Jan Koneffke

DIE
TSANTSA-
MEMOIREN

Jan Koneffke

DIE TSANTSA-MEMOIREN

Roman

Galiani Berlin

Erster Teil

Lehrjahre
Caracas, Rom, Bamberg
(zirka 1780–1850)

I

Von meinem Leben vor der Zeit, als ich reine Anschauung bin,
und dem Tag, mit dem meine Geschichte beginnt;
erste Schreibzimmererinnerungen an mein Erwachen
bei Don Francisco Ramirez in Caracas,
zwischen seinen Kindern und Pepitos Tieren;
der sprechende Blauara Cayo und El Pequeño

... nichts weiter als innerer Frieden und Feuchtigkeit ... ein Teppich, der bis zur entferntesten Grenze reicht, diesem abwechselnd gelben und lackroten Streifen ... in Sonne und Wasserdunst flimmernde Baumwipfel ... es ist der schwarzblaue Wollball mit dolchscharfem Schnabel, der aus der Vergangenheit wischt und mir krabbelndes Leben aus Haaren und Falten hackt ... Echsen, die sich mit erhobenem Kopf und halboffenem Maul von der Hitze durchrinnen lassen ... ein Tier, das sich an einen Zweig krallt, wo es seine sperrigen Lederhautschirme zusammenklappt ... ein atmender Moosklumpen an seinem Ast, dem ein Guß seine sprießenden Fellalgen auffrischt ...

Es melden sich wieder in mir die bei nachtklarer Finsternis flammenden Myriaden von Sonnen, orangene Riesen und sandbraune Zwerge, weißblaue Spiralen und neblige Schlieren ... erinnern sich wieder in mir die am schachtschwarzen Himmel verbrennenden Sternschnuppenschauer und Tausende Kugeln, die feurig zur Erde fielen, Meteore und flackernde Erdbebenlichter ... und es melden sich wieder die anschwellenden Tierstimmen, wenn schlagartig Dunkelheit einkehrte: Aus dem endlosen Wald, der sich vor mir erstreckte, stieg als erstes das tosende Grollen eines Raubtiers auf, dem das Geschrei seines Beutetiers folgte, ein Tumult, der den Dschungel in Aufruhr versetzte; es erwiderten kehliges Schmettern und Pfeifen. Bald war es Bellen, bald Schmatzen und Seufzen, das in Wellen aus dem Dickicht zu mir an die Klippe drang – und das Tier mit dem faltigen, blauschwarzem Bartgesicht, das an ellenlangem Schwanz in der Baumkrone hing, ahmte mit seiner Trommel im Kehlkopf das Grollen und Schreien und Trompeten der anderen nach.

Es tauchen in mir wieder baumhohe Farne im schummrig verhangenen Walddunkel auf; wegschnellende Steine, die bucklige Nager sind; Laub, das Beine bekommt, und der Geist eines Falters, lavendelgrau taumelnd und groß wie ein Vogel; Lianen, wie Holzketten bis in die Wipfel, und ananasschuppige schillernde Pflanzen. Ein Strom roter Tiere, dreiteilig und sechsbeinig, erreichte den Fleck, an dem ich mich aufhielt, kroch in meine Ohren und krimmelte auf meinen Augen.

Wo ich meinen Wachtraum verbrachte, war roter Stein, zeitweise mit moosigen Flechten bewachsen. Es war eine Mulde im Fels, die mir Schutz bot. Bei Gewitter und Wolkenbruch lief sie mit Wasser voll, das mir zur Nase, wenn nicht bis zum Haaransatz reichte ... es wiegte mich von einer Seite zur anderen, ohne mich in die Tiefe zu schwemmen, die sich vor mir auftat ... das Wasser verdunstete wieder in sengender und meine Lederhaut trocknender Sonne ...

Nichts als Feuchtigkeit, Frieden und Seelenruhe ... bis zu dem Tag, der mein Schicksal besiegelte und mit dem meine Geschichte beginnt. Es ist eine Erinnerung, schattenhaft und verwischt – mehr eine Schwingung, die sich in mir meldet –, an Stimmen, die vom Wald hoch zu mir an den Felsen drangen, anders beschaffene Stimmen, als die mir vertrauten, nicht schnatternd, nicht kreischend, nicht gellend, nicht keckernd ... selbst dem rotbraunen Pelztier mit blauschwarzem Bartgesicht, das an ellenlangem Schwanz im Lapachobaum hing, und das sonst alles nachahmte, Wind in den Palmenzweigen, tuckerndes Felshuhn und schimpfende Papageien, schienen diese Stimmen in der Tiefe zu unheimlich, um sie trotz seiner Echolust nachzuahmen ... und sie nahten beim Aufstieg zu mir auf den Felsen ...

In dieser verschwommenen Erinnerung kam es zu einer Bewegung, die ich zuvor niemals erlebt hatte, als es mich aus meiner Mulde im Felsen hob und hoch in der Luft vor die brennende Sonne hielt ... ich blinzelte blind in einen Kranz gelber Strahlen ... ich weiß nichts von einem Gesicht, das mich angaffte ... nichts von einem Palmenblatt, in das man mich wickelte, oder einem Korb, in dem man mich verstaute ... ich versank in einem Dunkel, das ich nicht gewohnt war, in dem es nicht schimmerte, blinkte und blitzte ... ich schwebte in ewiger Leere und Finsternis ...

Was sich als Erinnerung anschließt, ist klarer: Bei Dunkelheit schwebe ich in einem Zimmer mit schmiedeeisern verschlungen vergitterten Fenstern ... Geckos kleben an Mauern und Decke und Nachtfalter flattern um eine Gestalt, die mit kratzender Feder bei Kerzenschein schreibt, werfen raschelnde und sich vermengende Schatten und fallen als winzig aufflackernde Fackeln zu Boden ...

Eine Erinnerung aus diesem Zimmer, bei Tage ... mir steht der vor Hitze erzitternde Innenhof mit seinem Brunnen in der Mitte vor Augen ... um seine Schale weht hauchfeiner Dunst, und er sprengt diamantweiße Perlen in die Luft ... Dohlen, die Brotkanten stehlen und am Brunnenrand einweichen ... oder Wespen, die zum Nestbau verwendete Lehmkugeln im Fluge anfeuchten ... Schattierungen, Umrisse, Treiben und Trubel ...

Wieder eine Erinnerung an diesen Hof, den ich aus einer anderen Ecke betrachte ... mein Platz ist nicht mehr zwischen Landkartenrollen, Votivgaben, Rosenkranzketten und Bibel, zwei Klapperschlangenklappern und einem seine Schwingen aufspannenden Flugvampir, der an einem Kreuz steckt, nicht ohne sein Maul zu einem Schrei aufzureißen, beim Schreibtisch im zimmerhohen, bauchigen Glasschrank ... ich schwinge beim Lesepult, mit einer Kordel am Balken der niedrigen Decke befestigt, von wo aus ich bessere Sicht auf den Patio habe ...

9

An drei Seiten des Hofs mit seinem Pflaster aus weißem, von Schuhen und Fersen poliertem Naturstein, verlief eine Holzgalerie. Auf dem Arkadengang wippte der Schwefeltyrann, der bei Sonnenaufgang seinen Morgengruß schmetterte, aus voller Kehle, mit goldener Brust, falls das Holzdach nicht gerade vor Sittichen wimmelte oder Schwalbengeschwader im Himmelsloch flitzten. Vom Eingangstor, ausreichend groß, um mit Waren beladene Karren in den Innenhof zu ziehen, war von meiner Ecke aus nichts zu erkennen. Was ich erkennen konnte, war eine Pforte, verschluckt von den Rosen, die sich an der Mauer kanariengelb bis zur Krone hochrankten, an Tagen mit Meereswind klappte und klapperte sie; linker Hand wiederum kletterten Coralitas vom Dach des Arkadenumlaufs in den ersten Stock, in dem die Familienmitglieder schliefen ...

Andere Aussichten kannte ich nicht, meine Stelle beim Lesepult wechselte nicht mehr ... eines der Fenster, bei dem es sich mehr um ein Loch in der Wand handelt oder einen Spalt ohne Fensterglas oder Papierbezug, nur mit besagtem verschlungenen Muster vergittert, geht auf die Gasse, von der aus mich Schritte, I-Ah-Schreie, Hufschlag und Wagenradknirschen erreichen ... im breiteren Fenster der Wand auf der anderen Seite zeigt sich eine Bergkette, khaki- und schiefergrau, vor der sich verdorrendes Grasland ausbreitet, auf dem in der Nacht eine Unzahl von Feuern brennt, die einem Lavastrom gleichen ...

In dieser Anfangszeit sind es Gestalten und Namen, die in mich einwandern, bis ich sie wiedererkennen kann. Der entscheidende Name ist der Don Franciscos, der mir wiederholt alle Tage zu Ohren kommt. Don Francisco Ramirez, der mit mir das Zimmer teilt, wenn er ein Schreiben aufsetzen muß oder Besucher hat, ist ein kurzer, kompakter und rundlicher Mann. Er hat fleischige Wangen, ein Kinn, weich und vorstehend, und Lippen, die beides sind: schmal und korallenrot. In seinem Gesicht mit den kindlichen Augen, dem Bogen der schwarzen harmonischen Brauen und einer als Knolle auslaufenden Nase scheint er zu vereinbaren, was sonst unvereinbar ist, Strenge mit Sinnlichkeit, Rachsucht mit Unreife und kindische Neugier mit Unbeherrschtheit – Charakterisierungen, die ich erst treffen kann, als sich in mir ein Bewußtsein entwickelt hat, was eine (beachtliche und von mir nicht zu ermessende) Weile in Anspruch nehmen wird.

Der zweite entscheidende Name ist der eines Tiers, das, nicht anders als ich, Teil des Schreibzimmers ist. Es wippt unweit vom Lesepult auf einer Stange, heißt Cayo und ist ein Regenwaldpapagei. Aus seinem Schnabel, der meistens halboffen steht, quillt seine Zunge, ein Pfropfen mit Reibehaut. Beeindruckend wirkt sein saphirblaues Federkleid, selbst wenn es vom Alter halb stumpf, halb zerzaust ist. Dieser Ara, der mich bis zum Schluß nicht beachtet, kann sprechen, und seine besondere Leidenschaft ist es, sich mit Don Francisco zu streiten. Dauernd kommt es im Zimmer zu Krach und Krawall. Der am Schreibtisch Papiere studierende oder bekritzelnde Mann zischt und schimpft mit dem Cayo, der mit ohrenzerreißendem Kreischen erwidert und ganz außer sich um seine Stange rotiert: »Nux míssima míssima árax úxutl u!«

Zwei weitere Wesen im Haus sind Julietta, die Franciscos korallenrote Lippen geerbt hat und seine harmonischen Bogen von Brauen ... und vor allem Pepito, das kleinere Kind, seines Vaters Cariño und Chiquitito, dem er von den Lippen abliest, was sein Herz begehrt.

Pepito, das Kind, hat nichts lieber als Tiere, weshalb sie im Haushalt zu Unmengen vorkommen, ein Jungesel von zwergenartiger Rasse mit silbrigem Fell, willig, zutraulich, anschmiegsam, auf dem der jauchzende Junge den Springbrunnen umrundet; oder es zwitschert und tschilpt, pfeift und trillert, als aus in den Llanos und am Orinoko verstreuten Missionen Vogellieferungen eintreffen, Exemplare von aufsehenerregender Pracht, purpurrot, aprikosenorange und aurikelgelb, mit Streifen und Sprenkeln an Bauch oder Schwanzfedern, im Hof schwanken Bauer aus Palmblattstielen, Bast oder Eisendraht, bis der Junge den Aufruhr der

Vogelstimmen leid ist, und sein Vater den Hausangestellten befiehlt, sich die Bauer zu schnappen und aufzusperren und alle Insassen fliegen zu lassen; die meisten entfernen sich schleunigst ins Freie und hocken verwirrt auf dem Brunnenrand; andere bekriegen sich schreiend auf dem Dach, und ein Regen aus Federn geht nieder, aurikelgelb, purpurrot und aprisenkosenorange, sie treiben im Meereswind zu uns ins Zimmer und segeln um mich und den schimpfenden Blauara: »Nux míssima míssima árax úxutl u!«, ein schillernder Wirbel, der mir unvergeßlich ist.

Und unvergeßlich ist mir Don Franciscos Sohn, Pepito, das Engelchen, mit seinem schmollenden kleinen Mund, den großen und kindlichen Augen des Herrn Papa samt dessen harmonischem Bogen der Brauen, die beim Cariño ein Flaum oder Hauch feinsten Blondhaars sind, und dem ab der Stirn in die Breite anschwellenden Kinderkopf, der eine melonenhafte Rundung aufweist und von einem Helm blonder Haare bedeckt ist ... nichts kann das Engelchen heiterer stimmen, als die von Don Francisco erworbenen Affen, die das Haus Tag und Nacht auf den Kopf stellen: Sie stehlen Schuhwerk und Leibbinden, Schleier und Haarteile, die sie an entlegensten Stellen verstecken, zur Verzweiflung des Hausherrn und seiner Tochter, wenn sich beide beeilen, zur Messe zu kommen oder Essenseinladungen Folge zu leisten; sie setzen sich Don Franciscos vom Zambo entleerten und mit einem Palmenblatt gereinigten Nachttopf auf; springen verbotenerweise ins Schreibzimmer, verwirren seine Papiere, beschmieren sie mit roter Tinte, die aus dem Tintenfaß fließt, das sie umkippen; sie spielen mit Rosenkranzketten, Votivgaben, Klapperschlangenklappern, die sie aus dem Glasschrank holen; sie lassen auch Schließen und Armreifen mitgehen, die Julietta im Ankleidezimmer vergessen hat, und ich kann den Macavahu erkennen, der im Innenhof die goldene Schließe erforscht, die im Sonnenschein blendende Blitze versendet, was den Blauara an meiner Seite in Wallung bringt: »Cunucunúmu nux míssima«, zetert er.

Nein, nichts kann das Engelchen heiterer stimmen, als das von seinen sechs Affen verursachte Aufsehen, an dem, als siebter im Bunde, der Tukan beteiligt ist, der aus der Piepmatzperiode Pepitos stammt, sich vom Haus Don Franciscos nie weiter entfernen wollte und mit den Sechsen aufs Lustigste streitet (und seinerseits einheimst, was nicht niet- und nagelfest ist).

Einer der Affen – das Kind nennt das Tier El Pequeño, der Kleine – ist auffallend scheu. Nie vergreift er sich an Don Franciscos Papieren oder fegt seine Landkartenrollen aus dem Schrank. Wenn die andern um Schreibtisch und Lesepult springen und den Blauara an seinen Schwanzfedern ziehen – vergeblich hackt er mit dem Krummschnabel in die Luft, sie sind zu flink und zu wendig, um sich in Gefahr zu bringen –, hangelt der Kleine sich zu mir ans Lesepult, wickelt den Schwanz um sich, kreuzt seine Arme, als friere er, und mustert mich mit einer Mischung aus Neugier und Wachsamkeit.

Ich erinnere das in verschwommener Ferne. El Pequeño hockt vor mir und mustert mich eindringlich. Oh, es dauert, es dauert, bis ich seine Aufmerksamkeit und Beklommenheit auf mich beziehen kann. Ich kann Bewegungen erkennen, Gestalten und Dinge, und mit der Zeit werden Stimmen und Namen vertrauter, ich weiß, wer »Pepito« und wer »Don Francisco« ist, zwei Namen, die in mir ein Echo erzeugen, bis es zu einer unklaren ersten Empfindung wird, als sei es ein Lufthauch, der lau um die Haut streicht ... man kann sagen, ich bin ein erkennender Spiegel, und kein Spiegel bezieht, was er spiegelt, auf sich.

Mir geht es nicht anders beim Schreibzimmerspiegel mit feuervergoldetem Bronzerahmen an der Wand, wenn ich an windigen Tagen weit ausschwinge und ein zottiger, faustgroßer Schrumpfkopf erscheint, ist das eine Entdeckung, die mich nicht beeindruckt, ich bemerke nichts als einen pendelnden Gegenstand, und bis er zu mir wird, vergeht eine Ewigkeit.

II

Von der mitleidigen Erkenntnis eines Totenkopfaffen,
der Eifersucht Pepitos und dem Tigre im Raubtiergehege;
und von dem gemeinen Verbrechen, das
Don Franciscos Sohn an seinem Liebling begeht

Meine Erinnerung an diese erste Zeit, die ich im Haus Don Franciscos verbringe, versinkt wieder und wieder in milchigem Nebel. Aus dem weißen Nichts taucht eine Brise vom Bergkamm auf, die in Palmwedel und Coralitablatt raschelt, ein Gitarrenakkord aus dem Patio bei Nacht auf aus Muskeln der Boa verfertigten Saiten, eine Menschengestalt oder Cayos schmirgelnde Stimme … ich meine, man sollte sie nicht auf die Goldwaage legen.

Ein reines Gewissen bereiten mir nur meine Schilderungen von El Pequeños Besuchen, der ins Schreibzimmer kommt, wenn der Herr außer Haus ist, und aufs Lesepult klettert, um mich zu betrachten. Nichts steht mir klarer vor Augen als sein Gesicht, weiß, mit der Schnauze, die blauschwarz betupft ist, dem kappenhaft wirkenden Scheitel aus weichem und schwarzem Haar, goldgelben Fell und orangegelben Pfoten, den drollig mit Wolle bewachsenen Ohren, diese Maske, in der mir mehr Ausdruck begegnet, als im sich vor Grimm oder Heuchelei, Schmerz oder Kummer verziehenden Gesicht Don Franciscos.

Im Hof zankt der Tukan mit dem Macavahu, und Cayo wippt auf der Stange und knottert – nichts kann El Pequeño von seinen Erkundungen ablenken. Ich bin anders, das hat er bemerkt, das beansprucht den Affen und seine begrenzte Verstandeskraft. Ich bin zu ledig und klein, als es seiner Erfahrung entspricht, und der faustgroße Kopf mit dem Zottelhaar steckt auf keinem menschlichen Rumpf, das befremdet und reizt El Pequeño.

Ich denke, er ahnte, was in mir war. Er merkte, ich war keine leblose Sache, das steigerte seine Verunsicherung ... El Pequeño hebt seine Affenhand, faltig, orangengelb, die er in Zeitlupe gegen mich ausstreckt. Er ist auf der Hut, und es braucht eine Weile, bis er mir mit seinen Fingern um Augen und Lippen streicht. Ob er mich streichelt, kann ich nicht beurteilen, von seinen Fingern auf Stirn oder Wangen nehme ich nichts wahr. Er kann mich kratzen, es tut mir nicht weh. Meine mit siedendem Wasser und heißem Sand behandelte Haut ist vollkommen empfindungslos.

Andererseits ist der Affe ein Ausbund an Sanftmut. Er geht mit den Dingen, die er anfaßt, behutsam um. Mehr als das: Was den Liebling Pepitos veranlaßt, sich zu mir zu setzen, ist nicht nur sein Wissensdrang. Es ist Mitleid, das sich in seinen Forschungstrieb mischt. El Pequeño hat Mitleid mit mir, einer Kreatur, halb tot, halb lebendig, empfindungs- und willenlos, mit einer Seele, von Asche bedeckt, die anscheinend nicht vollends erstarrt und erkaltet ist. Wenn er am letzten erhaltenen Bambuspflock spielt, der meine Lippen verschließt – an den Durchstichen ablesbar, sind es sechs Nadeln gewesen –, legt er mit einem Fiepen den Kopf auf die Seite, Wasser sammelt sich in seinen Augen und kullert zum Kinn.

Es ist El Pequeños Mitleid mit mir, das mich auf die Dauer zur Welt in Beziehung setzt und mir erlaubt, wieder zu mir zu kommen. Es ist der erste Schritt zu einem Ich, das wollen, empfinden und Anteil nehmen kann, eine Formung, die er unabsichtlich beschleunigt, als mir sein grausamer Tod einen Schock erteilt.

Ich muß ausholen, um dieses Verbrechen zu schildern, das ich bereits wacher erlebte als Dinge, die sich vor El Pequeños Besuchen ereigneten ... und Pepito ist nicht mehr das Engelchen, das auf dem Zwergesel jauchzend den Brunnen umrundet, wenn ich mich richtig erinnere, ist er im Stimmbruch. Trotzdem muß ich mir Vieles von dem, was im Vorfeld passierte und sich meinem Wissen entzieht, aus Erlebnis- und Wahrnehmungsfetzen zusammenreimen.

El Pequeño stellte es heimlich an, zu mir zu kommen. Erstens wollte er nicht auf den Hausherrn treffen, sonst warf Don Francisco mit Sachen vom Schreibtisch, dem Elfenbeintintenabroller zum Beispiel oder seiner Bedienstetenglocke aus Messing, die mehr Wirkung erzielte als anderer Schreibtischkram – es war schmerzhaft, wenn sie El Pequeño ins Kreuz traf. Zweitens war es von Vorteil, den Sohn Don Franciscos von diesen Besuchen nichts merken zu lassen. Er wollte den Affen, in den er begreiflicherweise verliebt war, mit niemandem teilen. Kein Affengesicht konnte kindlicher sein und der Schalk, den es zeigte, war unwiderstehlich. El Pequeño haschte nach Heuschrecken, Wespen und Spinnen, die sein Leib- und Magengericht waren, auf einer Naturgeschichtstafel Pepitos. Diese Tafel der Elementaren Naturlehre, die der spanische Hauslehrer bei seinem Unterricht einsetzte, war aus Kupfer und nicht koloriert. Trotzdem fiel es dem Totenkopfaffen beileibe nicht schwer, seine Lieblingsmahlzeit zu erkennen. Und wenn er umsonst seine Finger ausstreckte, einen Einschlag von Unernst und Pfiffigkeit im Gesicht, warf sich Pepito im Hof auf den Boden und strampelte jauchzend mit Armen und Beinen.

Ansteckend wirkte die von El Pequeño im Haus Don Franciscos verbreitete Heiterkeit – und sein Schmerz, der den Jungen beileibe nicht kaltließ. In der Regel passierte es mitten im Spiel, unvermittelt und ohne ersichtliche Ursache, daß der Liebling Pepitos in Kummer verfiel. Er bekam feuchte Augen und schlang seine Arme um sich. »Nicht weinen, El Pequeño!« flehte das Kind, das den Affen umhalste und an seine Brust preßte.

»Warum bist du traurig, warum nur?« verlangte Pepito mit bettelnder Stimme zu wissen und brachte es fertig, den Affen zu knuffen, wenn er sich aus Pepitos Umarmung befreien wollte, um auf das Dach der Arkaden zu fliehen oder, falls er im Haus war, zum Pater zu springen, Pater Ignacio, dem Freund Don Franciscos, und sich im Priestergewand zu verstecken, wo er sich vor Pepito in Sicherheit wußte. Pepito blieb atemlos vorm Sacerdote stehen, der aufrecht und hager im Schreibzimmer hockte und seine Gewandfalten saumselig glattstrich. Im Priesterrock hatte der Affe ausreichend Platz: Zum einen war Ignacio nur noch Haut und Knochen und sein Priestergewand mittlerweile zu weit, zum anderen maß El Pequeño keinen halben Meter.

Unbeherrscht knirschte Pepito mit seinem Gebiß. Er durfte den geistlichen Rock, der den Erdboden fegte und an seinem Saum stark verschmutzt war, nicht kurzerhand anheben, das war dem Bengel klar, und der Priester beeilte sich nicht, es dem Kind zu erlauben. »Es tut dir weh, wenn dein Freund voller Kummer ist«, sagte Ignacio und legte dem unmutig nickenden Jungen eine Hand auf den Scheitel. »Ah, er ist nur ein Tier, dessen Seele verdammt ist, bei aller Begabung, mit der er uns blendet. Ja, anders als Seekuh und Tigre, Gallitos und Geier ahnt es seine Gottlosigkeit und das Schicksal, zu dem alle Tiere verurteilt sind«, sang Pater Ignacio mit einer Stimme, die mehr an ein Stimmchen am seidenen Faden erinnerte, heiser und hoch, ohne piepsig zu sein, »und um ein anderes nicht zu vergessen, Chiquitito, das habe ich in der Mission Pararuma mit meinen Indianern erlebt, die im Benehmen mit den Affen vergleichbar sind. Wenn sie den Urwald verlassen, ergreift sie der Kummer. El Pequeño ist ein empfindsames Wesen, es leidet besonders an Schwermut und Heimweh ...«

Das wollte der Sohn Don Franciscos nicht dulden, selbst wenn El Pequeños Verworfenheit unwiderruflich war. Nein, was Pepito nicht billigen konnte, war das Heimweh, von dem sich sein Liebling zerfressen ließ. Er war nicht bereit, auf das Tier zu verzichten, und das mußte er, wenn es nicht eingehen sollte. Er befreite sich von seinem schlechten Gewissen, indem er Verzweiflung und Niedergeschlagenheit, in die der sonst schelmische Affe verfiel, als verratene Liebe empfand. Und das hatte Auswirkungen auf seine Zuneigung, die bis zur Verbitterung mißtrauisch blieb.

Pepito war nie mehr allein. Er strich mit dem Totenkopfaffen im Arm oder auf seiner Schulter von Zimmer zu Zimmer. Sie hockten zusammen auf dem Springbrunnenrand, wo der Kleine den Jungen mit Hingabe lauste, und streiften im Umkreis von ein- oder zweihundert Metern ums vornehme Haus seines Vaters. Pepito war heiter und leichtsinnig und seine Stimme schwang silbrig und frei in der Luft. Das erfreute den Vater, zerstreute Julietta und belustigte das Personal Don Franciscos beim Leinentuchbleichen und Fußbodenwischen.

Wie gesagt, es war eine befangene Heiterkeit. Es durfte kein Schatten von Eifersucht auf sie fallen. Wenn er El Pequeño im Spiel mit dem Zambo entdeckte, sperrte Pepito sein Lieblingstier kurzerhand ein. Stundenlang hockte es in einem Bretterverschlag bei der Treppe zur Holzgalerie, oder in einer stickigen Schreibzimmertruhe.

El Pequeño nahm sich in Acht, wenn er zu mir kam, er hatte begriffen, was den Unmut des Jungen erregte, selbst wenn er nicht wußte, warum. Zwar war ich ein Ding und kein menschliches Wesen. Trotzdem mißtraute Pepito der Neugier und Sturheit, mit der mich sein Liebling studierte. Oh, Pepito war freigebig mit seiner Eifersucht. Auch Anibal war ja kein richtiger Mensch. Auf der Schulter des Zambo, in dem sich das Blut eines Negers mit dem einer Chaymas vermischt hatte, am glutroten Schein seiner Ebenholzhaut zu erkennen, prangte das Brandzeichen seines Besitzers Ramirez. Er war ein Sklave, ein Arbeits- und Lasttier, und konnte in Liebesdingen niemals ein ernsthafter Gegner sein. Andererseits schwante dem Jungen, daß diese Ideen seines Vaters und Pater Ignacios, die allgemein anerkannt, Recht und Gesetz waren, El Pequeño nicht im Geringsten beeindruckten.

In der Vergangenheit hatte Pepito halsstarrig vom Vater einen Tigre verlangt. Mit dem Pecarischwein, das auf den Tisch kam, als es nicht mehr fraß und sein Wille zum Leben versiegt war, schien diese Idee in Pepito erwacht zu sein. Meine Erinnerung an das

Pecarischwein, dem man einen Koben im Innenhof baute, wo es grunzte und stank, ist beileibe nicht klar. Am schlechten Geruch war der Junge nicht unschuldig. Er hatte vom Pater erfahren, daß das Tier seine Feinde mit einem Sekret in die Flucht trieb, einem widerlich stechenden Moschusgeruch.

Und das war Pepitos besonderer Spaß, den ich von meinem Lesepultplatz aus verfolgte: Er reizte das Schwein mit einem Stock, bis es vor Raserei sein Sekret in den Innenhof spritzte. Und der Bengel, der wußte, was er seinem Vater, der Schwester und allen Bediensteten antat, nahm mit teuflischer Freude Reißaus. Ich bekam nur die Brechreizaufwallungen Juliettas mit, die sich von Zimmer zu Zimmer fortpflanzenden Ekelausrufe des Dienstpersonals, und selbst der Blauara an meiner Seite beschwerte sich: »Mimíssi alcaras mai!« zeterte Cayo – mir bleibt der Gestank aus dem Patio erspart, mein Geruchssinn ist taub oder hat sich verschoben, und ich kann einen schmutzigen Schleier im Hof erkennen, eine sandbraune Wolke, die aufsteigt und sich zerstreut ...

Pepito verlor alle Lust am Pecarischwein, als sich das Tier nicht mehr piesacken ließ. Es preßte sich an eine Wand, um dem Kind zu entgehen, das es mit seinem Stecken mißhandelte, und war zu kraftlos, um seinen Gestank zu verbreiten. Es schien krank zu sein, was Don Francisco veranlaßte, es in aller Heimlichkeit schlachten zu lassen, und vor Pepito behauptete er, das Pecarischwein sei in der Nacht aus dem Koben entlaufen. Er ließ es als Braten ins Eßzimmer bringen, wo seine Sonntagsgesellschaft das lockere Fleisch lobte, der Junge sich auf seinen Teller erbrach und als Schadenersatz einen Tigre verlangte.

Erst auf der Schwelle zu Stimmbruch und Barthaarflaum trotzte er seinem Vater einen Jaguar ab, der im vom Zambo und anderen Sklaven errichteten Raubtiergehege im Hof voller Spannung und Rastlosigkeit auf und ab trabte; im goldgelben Fell mit den dunkelbraunen Ringflecken spielten beachtliche Muskeln. Alle anderen scheuenden, wiehernden, bebenden, kreischenden Tiere im Hof mußten weichen, teils ins Stockwerk und teils auf den Vorplatz verbannt werden, was sie und den Jaguar halbwegs beruhigte, der sein Grollen nicht mehr dauerhaft anstimmte. Er verbreitete mit diesem Grollen bei Julietta, den Dienern und Affen und allen Besuchern, außer bei Pater Ignacio, schieres Entsetzen. Wer dem Fauchen und Grollen mit Hingabe lauschte, war Vaters Cariño, der es sich zur Aufgabe machte, den Tigre mit Fleisch zu versorgen, mit blutigen Batzen, die er ins Gehege warf, oder mit einem lebenden Huhn.

Bald mußte der Junge auf seine Schar Affen verzichten, die im ersten Stock nichts als Unsinn anstellte. Nur El Pequeño verweigerte er seinem Vater, der beim Totenkopfaffen ein Einsehen hatte. Pepito verbrachte zwar Stunden um Stunden mit fiebriger Andacht vorm Raubtiergehege und lud in der Nachbarschaft lungerndes Jungvolk ein, um mit seinem Jaguar Eindruck zu schinden. Trotzdem ließ er den Totenkopfaffen nicht außer Acht, der heimwehkrank auf einem Fenstersims hockte. Pepito umarmte den Kleinen mit Leidenschaft und rannte, das Tier auf der Schulter, ins Freie, wo er es zerstreuen und von seiner Schwermut befreien wollte. Seinen Liebling ablenken zu wollen, war aussichtslos. El Pequeño hatte das Herz von Pepito am Anfang mit drolligen Launen erobert, diese Launen waren dem Affen vergangen. Er war nicht mehr wechselhaft in seinen Stimmungen, er war von Verzweiflung und Schwermut beherrscht. Von dieser Entwicklung verletzt und verbittert, konnte Pepito seinen Haß nicht mehr bremsen.

Es ist an einem Mittag, als Vater und Tochter ruhen und Pepito seinen Liebling im Schreibzimmer findet. Der auf dem Lesepult sitzende Affe spielt wieder am Bambusstock in meinen Lippen, zu schmerzhaft vertieft, um den lauernden und sich verschwiegen anschleichenden Jungen zu bemerken, der El Pequeño mit beiden Armen umschlingt. Ausnahmsweise benimmt er sich liebevoll, und El Pequeño hat keinen Anlaß, Reißaus zu nehmen. Als Pepito den Kleinen vom Lesepult hebt, zieht dieser versehentlich den letzten verbliebenen Bambusstab aus meinen Lippen.

Sie verlassen das Schreibzimmer nicht in den Flur, um zusammen den Vordereingang aus dem Haus zu nehmen oder ins obere Stockwerk zu steigen, nein, Pepito beeilt sich, schnurstracks in den Hof zu kommen, in dem eine Wolke aus Schmetterlingen taumelt, ein Wirbel aus Kornblumenblau, Zink und Safrangelb, der sich vor dem Paar, Kind und Affe, zerteilt, das sich, bei aller Unruhe, die es beschleicht, an den Jungen vertrauensvoll schmiegende Tier, und den mit klatschenden Sohlen um den Springbrunnen aufs Raubtiergehege zueilenden Chico. El Pequeño verbirgt das Gesicht in der Halsbeuge seines Besitzers, als ob er sich auf diese Weise vorm Jaguar unsichtbar mache.

Ach Pepito, er reißt sich den Kleinen vom Hals. Er schwenkt seinen Affen vor dem sich am Gitter behaglich und zutraulich reibenden Tigre, und holt am Ende weit aus, um sein Lieblingstier mit einem Schrei ins Gehege zu schleudern. Ob El Pequeño zu schicksalsergeben ist, zu krank an der Seele, ich kann es nicht sagen. Er springt nicht zum Gitter, um sich an den Stangen ins Freie zu hangeln, er bleibt, wo er ist. Nicht anders der Tigre, der weiter am Zaun auf und ab streicht, sei es aus Begriffsstutzigkeit oder Falschheit, mit der er seine Beute in Sicherheit wiegen will. Voller Anspannung stiert Don Franciscos Muchacho ins Raubtiergehege, in dem sich nichts tut. »Hol dir den Affen, du faule verfressene Katze! Mach Schluß mit meinem Liebling! Hast du keine Hoden, du feiges Biest?«

An diesem Punkt mischt sich der von der Gasse den Innenhof betretende Anibal ein. Er muß das Gehege von Tag zu Tag reinigen, im Morgengrauen schwemmt er mit Wasser aus Bottichen Wildkatzenkot und zu stinken beginnende Fleischreste vom Pflaster zur Steinrinne neben der Mauer; mit einem extralangen Besen aus Nabelschweinborsten kratzt Anibal Schmutz von den Steinen, ein den Tigre in Weißglut versetzender Vorgang, er hat bereits mehrere Stiele zerbrochen und mit einem Prankenschlag gegen das Gitter den Sklaven am Nacken verletzt.

Der El Pequeño im Raubtiergehege entdeckende Anibal geht

von einem Mißgeschick aus, das dem Affen beim Spielen passiert ist. Keuchend rennt er zu einem seiner randvollen Eimer beim Pumpschwengel und schwenkt den Zuber im Lauf, um den Wasserschwall gegen den Tigre zu kippen, der sich zum Sprung auf die Beute bereitmacht. »Drecksnigger verdammter! Was soll das, was machst du? Bleib stehen! Oder soll ich dich auspeitschen lassen? Bleib stehen, sage ich!« schreit der Junge wie von Sinnen und macht einen Schritt auf den keuchenden Zambo zu, der verwirrt und mit rollenden Augen zum Stehen kommt. »Querido Señor!« bettelt Anibal stammelnd, »El Pequeño ist in Gefahr, ich muß helfen!«

Pepito, aufs Schauspiel im Raubtiergehege versessen, verliert keine Silbe an Anibal und wendet sich fiebrig dem Jaguar zu, der El Pequeño ausgiebig studiert hat, seine Muskeln anspannt und vom Erdboden abhebt, in einer Bewegung von schwindelnder Leichtigkeit, als sei er ein fließender Bogen in Wasser- und Mittagsdunst. Mit einem Biss in die Kehle erlegt er den Affen und streckt sich bequem auf dem Hofpflaster aus, wo er seinen Fang mit der auf dem Kadaver verharrenden Pranke bewacht. Pepito mit Blutspritzern in seinen Haaren stimmt vorm Raubtiergehege einen schaurigen Singsang an, und der seinen Bottich umklammernde Anibal geht in die Knie und bewegt seine Lippen, als bete er.

Ich hatte das alles vom Schreibzimmer aus verfolgt, und es ist eine der klarsten Erinnerungen an meine Erlebnisse bei Don Francisco. Vor allem den Schock habe ich nicht vergessen, den mir El Pequeños Ende bereitete, und der mit einer Stichflamme Mitleid verbunden war, dieser mir erst vom Affen vertrauten Empfindung, die ich durch seinen grausamen Tod auf das Tier bezog. Von heute an war ich ein Spiegel, der mitempfand und sich selbst in der Ding-, Tier- und Menschenwelt spiegelte.

III

Cayo gibt mir unwissentlich Sprachunterricht;
Anibals Bestrafung und andere Mißhandlungen;
Señor, por favor, no lo haga!;
von qualvollen Trieben und Satan im Bett;
meine Ausritte mit Don Francisco nach Cumaná

»Kádumi ása dimí pássi í?« – »Chicú.« – »Pepito é úldi de Zambo a é íssa ...« – »Orém ittí issíma.« – »Así kei aoté ... aní ké íne ú era ú néo í? Tér El Pequeño a ú é ísse?« Das ist im Groben der Wortwechsel, den ich verstehe. Erst in der Erinnerung kann ich zusammensetzen, was Cayo und mein Besitzer verhandelten, als der Tigre den Affen im Raubtiergehege erlegt hatte ...

»Kannst du mir sagen«, verlangt Don Francisco zu wissen, »was an diesem Mittag passiert ist?« – »Chirimba cucúlu«, erwidert der Papagei. »Pepito beschuldigt den Zambo, das weißt du ja ...« – »Morémbu ixítel i míssima chala.« – »Das ist keine Antwort«, beschwert sich der Hausherr, »kann ich meinem Jungen vertrauen oder nicht? Wer hat El Pequeño auf dem Gewissen?« – »Magára«, sagt Cayo und flattert mit seinen Schwingen. »Magára ... magára ... was heißt das, du Mißgeburt?« – »Magára magára«, entgegnet der Blauara, als wolle er mit dem Besitzer seinen Spott treiben. »Ich warne dich ...«, knirscht Don Francisco und greift zur Machete, die an einem Schreibtischbein lehnt, und zerteilt mit der Schneide den Sonnenschein im Zimmer. »Pepito verlangt, Anibal zu bestrafen ... und er will den Zambo zur Rechenschaft ziehen, er will Anibal auspeitschen. Ist das gerecht, Cayo?« – »Ixitel tu tabaraí. Triba ba túmulu. Túmulu míssima míssima maligaí. Maligaí maligaí maligaí maligaí ...« – »Du wie-

derholst dich, Mann, mit deinem maligaí!« – »Maligaí!« bleibt
der keifende Blauara halsstarrig, »maligaí maligaí xáttel xá xáttel
xá kruxkrú!« – »Und das heißt, du stimmst zu, Cayo«, sagt Don
Francisco, »Anibal muß bestraft werden ... von meinem Engelchen ... mit dem Seekuhhautriemen ... du empfiehlst zwanzig
Hiebe ... ja, El Pequeño ist zwanzig Hiebe wert.«

In Wahrheit versteht Don Francisco den Vogel nicht besser, als
ich alle beide zusammen. Sein Papagei spricht ein totes Indianeridiom aus der Gegend von Ataruipe. Selbst Pater Ignacio, ansonsten vertraut mit entlegensten Urwaldbewoneridiomen, verzweifelt an Cayos Sprache. Trotzdem steht Don Francisco vom
Schreibtischstuhl auf und marschiert bis zur Stange mit dem
Papageienvogel, der hoheitsvoll schweigt und sein Federkleid
spreitet, stemmt rechte und linke Hand in seine Seiten, um mit
seinem Ara politisch zu streiten: »In Cariaco verehren sie Frank-
lin und Washington!« – »Cunucunúmu«, entgegnet das Tier.
»Das meldet mir der Korregidor aus Cumaná.« – »Cunucunúmu
mimíssi nasáli u«, antwortet der Cayo mit raspelnder Stimme.
»Was du nicht sagst! Sie wollen Freihandel treiben und von den
Verboten des Hofes befreit werden, um mit Tabak und Kakao bessere Einnahmen zu erzielen.« – »Mamúlu alcáras maí«, schmir-
gelt der Papagei. »Nein«, widerspricht Don Francisco, »das
stimmt nicht. Es steht mehr auf dem Spiel als Begrenzungen und
Zollschranken. Selbst wenn wir sie teilweise aufheben sollten – es
wird diesen Leuten nie reichen. Sie stehen mit dem Ausland in
lebhaftem Austausch, aus dem sie Ideen beziehen, die vergiftet
sind. Sie berauschen sich an den Vereinigten Staaten!« Don Francisco bekreuzigt sich vor seinem Papagei. »Diese Leute haben vor,
sich vom Mutterland abzutrennen, Venezuela soll eine Nation
werden! Und wo endet das? In einer Revolution!« – »Missíma
missíma arax uxutl u!« – »Du verteidigst sie«, tobt Don Francisco,
»du Mißgeburt! Míssima míssima arax ...«« – »... uxutl u!« kommt
Cayo seinem Besitzer zu Hilfe. »Das meinte ich ja«, schimpft der
Spanier, »uxutl u! Ich dulde keinen Anwalt der republikanischen

Sache in meinem Haus, merk dir das, Quatschhans!« – »Arax uxutl u!« regt sich der Ara auf, bis sich Don Francisco zu seiner Machete beugt ...

»Freihandel« oder »Vereinigte Staaten«, »Tabak und Kakao« oder »Revolution« – im Schreibzimmer fallen diese Worte andauernd. Und »missíma missíma arax uxutl u« ist Cayos sich wiederholende Antwort. Mit der Zeit lerne ich bei meinem Herrn und seinem Ara, die alles notwendigerweise falsch auffassen, das Wesen der Sprache im Nichtverstehen kennen, diesem bis an den Horizont reichenden und das Verstehen, eine Insel, umschließenden Wasser.

Trotzdem ist es ein anderer Satz, der sich in meinen Ohren und in meiner Seele verhaken wird und nicht aus dem Sprachschatz des Cayo stammt: »Ah Señor! Por favor, no lo haga! Tun Sie es nicht!« In meiner Erinnerung verbindet er sich mit dem Tag, an dem alle Bewohner des Hauses verpflichtet sind, an der Bestrafung des Anibal teilzunehmen, die Pepito dem Sklaven im Innenhof verabreicht.

Außer vom Blauara hatte der Hausherr sich Pater Ignacios Ratschlag erbeten. »Pater, was denken Sie in dieser Sache?« Eine der Dienerinnen steckte sechs Kerzen an, als mit der beim Silla versunkenen Sonne die Schreibzimmermauern in Nachtschatten badeten. »Sollte mein Kind seine Untat nicht beichten? Belohne ich nicht seine Unehrlichkeit, wenn ich den Zambo vom Engelchen auspeitschen lasse?« Sein zierlich und mager im Sessel vorm Fensterloch hockender Seelsorger blieb eine Weile stumm. »Vergeßt nicht, mein Lieber«, versetzte Ignacio mit seinem Stimmchen am seidenen Faden, »wilde Seelen zu bekehren, geht nur mit Gewalt. Indianer und Neger, die niemals den Knall unseres Pulvers vernahmen, sind taub gegen Gottes Wort. Es sind Kinder, die nichts außer Knute und Zucht verstehen.« – »Sprechen Sie von meinem Jungen?« erkundigte sich Don Francisco mit ratlosem Stirnrunzeln, »oder von Anibal, der nichts verbrochen hat ...« – »Denken Sie nur an den Sklavenaufstand in

Barinas«, erwiderte Pater Ignacio, wiederum scheinbar zusammenhanglos, »der uns allen als ernste Ermahnung dienen sollte. Wenn man diese Kinder nicht strengstens behandelt, vergelten sie uns unsere Lehre und Liebe aufs Schlimmste. Ein Atemzug Freiheit – und sie ziehen los, um zu stehlen, zu morden und Feuer zu legen.« Endlich begriff mein Besitzer und nickte erleichtert: »Es reicht, einen Stein aus der Mauer zu ziehen, um das Haus unserer Ordnung zum Einsturz zu bringen. Ich darf Pepito nicht bloßstellen. Wenn er behauptet, der Sklave sei schuld, muß der Sklave bestraft werden. Danke Pater, ich will Euren Ratschlag beherzigen.«

Diese Dinge belebe ich aus der Erinnerung und meinem Wissen um Pater Ignacios Ansichten, die er in seinen *Erbaulichen Briefen* vertritt. Ansonsten blieb alles ein Nebel aus Silben, der zwischen meinem Herrn und seinem Seelsorger waberte: »Até as ensi sa? Sómeiki nunn tatten? Oh ne inní ainú ehe ik íten in Zambo omm englíen asu eitsch asse?« Und Pater Ignacios Stimmchen sang faserig: »Il eelehn u ehen eht nurrit it alt!« Bis zu dem Vormittag, als man den Zambo halbnackt an einen Pfosten der Holzgalerie bindet, und es beim ersten Hieb mit dem Seekuhhautriemen auf seine Lenden am Springbrunnen fleht: »Señor! Por favor! Por favor! No lo haga! Tun Sie es nicht!«

Mir war dieses Betteln vertraut, das ist sicher, und es wiederholte sich alle paar Tage, bis ich aus dem Schreibzimmer in ein Kabuff kam. »No Señor, no Señor, por favor!« flehte Mora, eine der beiden kreolischen Dienerinnen, wenn sie den Befehl hatte, sich in den Sessel zu knien und vor Don Francisco den Rock anzuheben. »Bitte, tun Sie es nicht, Señor!« stammelte Inéz, die andere kreolische Hausangestellte, wenn er sie hechelnd zu sich auf den Schoß zerrte. Cayo und ich schauten seinen Mißhandlungen der beiden Bediensteten teilnahmslos zu. »Míssima malagaí«, schmirgelte Cayo bei Ansicht des mondweißen, haarigen Hinterns, der sich vor das dunkle Fleisch der Mestizin schob, sich runzlig zusam-

menzog und wieder rundete, und wiegte sich zu seinen Kolbenbewegungen, bis der Hausherr einen Schrei ausstieß und in die
Knie ging, und der Blauara zeterte: »Arax uxutl u!«

Don Francisco erledigte seine Mißhandlungen, als wolle er
nichts als sein Wasser abschlagen oder sonst eine Alltagsbesor-
gung verrichten, nicht anders als Beten vorm Kreuz an der Zimmerwand, Briefe aufsetzen und Siegellack heißmachen. Mit der
Zeit nahmen diese Mißhandlungen zu, und das hatte mit seinem
Ausschlag zu tun. Erst bedeckte er Schulter und Bauch Don Franciscos, den der beißende Reiz zur Verzweiflung trieb. Er brachte
sich blutnasse Striemen beim Kratzen bei – ja, er vergeudete
bald einen wertvollen Teil seines Arbeitstags mit dieser Kratzerei.
Anibal mußte ins Schreibzimmer kommen, um seinen Besitzer
an Stellen zu scheuern, die allen Verrenkungen zum Trotz nicht
erreichbar waren. Er ließ sich vom Zambo mit Rosen-, Kakteen-
und anderen stachligen Pflanzen abreiben. Von Qualen zerfetzt,
gab er Anibal Anweisung, sie an seinem Herrn mit der Peitsche
zu mildern. Das war ein Befehl, den der Sklave verweigerte, was
den Spanier wiederum kurzfristig ablenkte, der stattdessen dem
Anibal Frechheit und Eigensinn mit einer Reihe von Hieben
vergalt.

Doktor Vincente, sein baskischer Leibarzt, versagte. Und
nicht anders verhielt es sich mit dem Indianer, den Pater Ignacio
dem Hausherrn empfahl, trotz der Salbe aus Schlangengift, tie-
rischem Knochenmehl, Chitinpanzerpulver und pflanzlichen
Alkaloiden, die der Wilde bei Vollmond und Sternschnuppen-
schauern zusammenmixte, um sie Don Francisco auf Schulter
und Bauch zu schmieren. Diese Paste stank grauenerregend (ich
konnte nichts als einen moorbraunen und meinen Besitzer ein-
nebelnden Schimmer erkennen), und wochenlang wollte kein
Mensch mehr ins Schreibzimmer treten, selbst Pepito, Julietta
und Pater Ignacio kamen dem Vater und Freund nicht zu nahe,
der vergebens auf Linderung hoffte. In Caracas sagte man, Beelzebub habe den Spanier mit seinem Weihrauch besprenkelt, der

aasiger stinke als zehn nackte Teufel. Nichts wollte den wandernden Hautausschlag heilen. Teils purpurn-, teils feuerrot, Feuchtigkeit absondernd, eroberte er mehr und mehr Don Franciscos Schoß.

Sich zwischen Schambein und After Erleichterung verschaffen zu wollen, war wesentlich schwieriger, als es an Bauch oder Schulter gewesen war. An den Hoden Kakteen zu verwenden, verbot sich von selbst. Das konnte Verletzungen mit sich bringen, die sich der Hausherr begreiflicherweise ersparen wollte. Umso gewaltsamer, gieriger, triebhafter warf er sich auf seine beiden Kreolinnen, die Don Francisco vom qualvollen Juckreiz befreien sollten. Erst Monat um Monat, bald Woche um Woche, am Ende von Tag zu Tag wimmerten beide: »Señor! Por favor! No lo haga! Tun Sie es nicht!«

Selbst meinem Besitzer war seine Besessenheit unheimlich. Er nahm an, mit dem Hautausschlag strafe der Himmel die Geilheit, von der er beherrscht werde. Don Francisco beriet sich mit Pater Ignacio, was er zu tun habe, um seinen Trieb zu beschwichtigen. Zu dem Zeitpunkt verstand ich bereits eine Menge: Heilung versprach er sich von der Methode, mit der sein geistiger Lehrer und Seelsorger Julietta von Satans Verlockungen befreit hatte. Sie las nur noch Ignacios *Erbauliche Briefe* und vertrieb sich den Tag mit einem Kartenspiel namens Tarot. »Wie haben Sie das erreicht, Euer Gnaden?« erkundigte sich Don Francisco beim Pater, er hatte niemals zu wissen verlangt, was der Gottesmann an seiner Tochter begangen hatte.

Vor einer Ewigkeit war das passiert – und ich hatte in meiner Dumpfheit nichts mitbekommen –, als Don Francisco Julietta entdeckte, die sich in der Dienstbotengasse begrapschen ließ und mit willigen Seufzern im Abfall erniedrigte. Der vom Vater beauftragte Pater Ignacio befahl der chavala, sich splitternackt auszuziehen und eine Mischung aus frischem Lianensaft und anderen Pflanzenzutaten zu trinken. Sie streckte sich schlafwandlerisch auf dem Sofa aus. Als er es verlangte, schloß sie beide Augen und stellte sich Jobo, den Liebhaber, vor, der sie, seinerseits nackt, in den Kissen besuchte, seine Haut, seinen Salzgeruch und seine Hitze, bis sie auf dem stoßweise atmenden Bauch ein befremdliches Kitzeln und Prickeln bemerkte, ein Kribbeln und Krabbeln aus Lust und Gefahr. Was dieses Kribbeln und Krabbeln verursachte, war eine Spinne mit lackroten Beißklauen, die Pater Ignacio aus einer in seiner Kutte vergrabenen Schachtel befreit hatte. »Mein Kind, ist das Jobo, der um deinen Nabel kreist? Jobo, der dir den Atem raubt und dich erhitzt? Jobo, der sich mit Julietta vereinigen und seinen giftigen Schleim in sie spritzen will? Mach deine Augen auf«, raunte der Priester. Sich vor Ekel und Todesangst anspannend schielte la niña aus blauschwarzen Wimpern zur Kammspinne, die sie vom milchweißen Bauch aus belauerte. »Nein, es ist Satan«, erwiderte sie erstickt, »der seinen giftigen Schleim in mich spritzen will!« Eine Sitzung im Schlafzimmer reichte dem Pater, um Julietta (die bis zu meinem Abschied aus Caracas ledig blieb) von aller Verderbtheit zu heilen.

Don Franciscos Erleichterung war nicht zu verkennen, als der Seelsorger seine Methode beim starken Geschlecht als nicht ausreichend wirksam einstufte. Enthaltsamkeit bei einem Mann zu erreichen, eine seiner Natur widersprechende Keuschheit, erfordere schlauere Vorgehensweisen. Als erstes empfahl er dem Hausherrn, sich von seinen Dienerinnen Mora und Inéz zu trennen und auf dem Sklavenmarkt zwei junge Neger zu kaufen oder ein Paar nicht mehr taufrischer Negerinnen. Mit dieser Idee stieß er bei Don Francisco auf taube Ohren. Zwei junge Neger im Haus waren bedenklich und konnten im Nu zur Gefahr werden. Und diese Negerinnen mit schlaffen Brustbeuteln waren widerlich, gallig und feindselig.

Don Francisco entdeckte im Bett eine Schlange, anscheinend hatte er mit dem Tier ein paar Stunden der Nacht verbracht. Als er erwachte, glitt sie auf den Fußboden und aus dem Zimmer zur Holzgalerie. Dieser Schlangenbesuch wiederholte sich bald. Das war in den Augen des Hausherrn nichts anderes als ein Beleg seiner Teufelsverfallenheit: Er teilte mit Satan sein Bett.

Don Francisco Ramirez war nicht nur ein frommer Mann, dem es um sein Seelenheil bange war – außerdem grauste er sich vor indianischen Geistern. Wenn er mich mit diebischem Grinsen betrachtete und seine Hand vor der Kehle ein Messer nachahmte, konnte er sich nie verkneifen, zu kichern: »Í atsí it éne échen ar ónni en …«, sich mir schleichend erschließende Floskeln und Wendungen: »Ich halte sie mit deiner Gegenwart von mir fern. Sie haben Achtung vor dir und der Macht, die dir innewohnt, Tsantsa, das weiß ich vom Pater. Wenn du bei mir bist, werden sie mir nicht zu nahe kommen. Du bewahrst mich vorm grimmigen Geist Jolokiamo und vor Tikitiki, dem Vogel und Menschenfeind.« Das war der Antrieb, warum er mich mitnahm, sei es zu den Chaymas-Missionen im Bergland oder zum Hafen- und Handelsplatz Cumaná, als indianischer Fetisch, von dem er sich Schutz versprach.

Unvergeßliche Ritte zu Pferd oder Maultier, wenn ich bei Don Francisco am Sattelzeug baumelte, vor uns Cumaná mit seinem Schloßberg aus Brekzien und die ins Himmelsblau ragenden Kokos- und Dattelpalmen, die in der Nachmittagshitze und -helligkeit flimmerten. Am Ufer bemerkte ich Fischreiher und in der ruhigen Brandung Flamingos. Ich erinnere mich an die badenden niños im Fluß zwischen kleinen Krokodilen und Delphinen, an die sich bei Mondschein im Wasser auf Dreifuß und Stuhl von der Hitze erholenden Leute, die bis um Mitternacht rauchten und schnatterten. Und mir fallen die Horden von patschnassen Kindern ein, die aus dem Fluß sprangen, um uns zu folgen, Don Francisco und mir, die begleitet von Schreibern, Milizoffizieren und Dienern zum hiesigen Statthalter Neu-Andalusiens ritten. Sie umkreisten mit gellenden Stimmen den Besucher aus Caracas. Saß er ab und entfernte sich von seinem Reittier, umringten sie mich, heimlich zischelnd und raunend, bis sie ein Milizoffizier auseinandertrieb. Ich studierte im Gegenzug die sich vor Neugier und Abscheu verziehenden ebenholzschwarzen, kakaobraunen und milchkaffeeweißen Gesichter – bis ich den Schauder der Kinder auf mich bezog, mußte das Haar Don Franciscos ergrauen –, und rekelte mich in der Abwechslung, die mir der Ausflug vom Schreibzimmeralltag verschaffte, einer Seligkeit, die mein Erwachen belegte.

IV

*Vom Wirken meines ersten Besitzers, Termitenplagen und der
zweiten Bestrafung des Anibal; von dem Tag, als der Hausherr
in Raserei ausbricht, sich der Blauara lieber in Sicherheit
bringt und ich meine erste zeitweilige Menschwerdung erlebe*

Wann ich ins Haus meines ersten Besitzers kam, habe ich niemals
erfahren. Es mag 1780 gewesen sein, 1790 – ich kann es nicht sagen.
War Don Francisco Ramirez beim Zoll oder oberster Steuerein-
treiber der Krone? War er mit Handelsaufgaben betraut? Mein
Wissensstand war zu gering, um den von Don Francisco bekleide-
ten Rang zu verstehen. Seine Frau war am Schwarzen Erbrechen
verstorben, er zog Sohn und Tochter alleine auf. Er war Spanier
und stammte aus Guadalajara, was er vor allen Besuchern, Plan-
tagenbesitzern und Honoratioren, betonte. Seine Treue zur Krone
war keine Verstellung, er liebte den Hof und das Mutterland aufrichtig. Was Madrid befahl, setzte er um. Ausnahmen ließ er nicht
zu – oder nur ausnahmsweise. Trotz seiner Vorstellung, er sei
ein Fels in der Brandung, einer Brandung von Niedertracht und
Heuchelei, war Don Francisco an Schmugglergewinnen beteiligt.
Anscheinend sah er darin keinen Widerspruch. Seine Anteile an
einem Schleichhandel, der sich in Venezuela nie vollkommen
vermeiden ließ, diesem großen und wenig besiedelten Land, kam
einem Vertreter der Spanischen Krone und auf diese Weise der
Heimat zugute ...

Erst mit den weißen Ameisen in seinem Schreibzimmer, als
von einem Tag auf den anderen Urkunden, Schuldscheine, amtliche Mitteilungen, Listen mit Feinden der Spanischen Krone
oder mit zahlungsunwilligen Schmugglern, Bittschreiben und

Bibeln und Landkartenrollen verschwanden, kam alles bei meinem Besitzer ins Wanken. Als Don Francisco, der eine Verladung am Hafen Guairas beaufsichtigt hatte, nach drei Tagen ahnungslos heimkehrte, hatte man den von Termiten verursachten Schaden zu Hause inzwischen bemerkt. Inéz eilte, vom kreischenden Cayo alarmiert, ins Schreibzimmer, wo sie den Ameisenaufmarsch entdeckte, der alles vertilgt hatte, was aus Papier war. »Nux míssima míssima«, schimpfte der Papagei gegen den Ansturm der wimmelnden Tiere ... Bei Ankunft des Hausherrn traute sich niemand, den Vorfall umgehend zu melden. Stumm brachte der Sklave sein Pferd in den Stall. Mora und Inéz, die knicksend im Hof standen, stierten beklommen zu Boden und sagten nichts. Und Tochter und Sohn lehnten sich aneinander und schwiegen. Alle gingen von einem Tobsuchtsanfall des Gebieters aus, der zum Schreibzimmer lief und im Gehen seinen Rock auszog, den er den beiden Kreolinnen zuwarf. »Warum diese Stille? Haben wir einen Toten?« Einen Atemzug zauderte er vor dem Eingang, als ahne er die in seinem Zimmer entstandene Leere. Er marschierte zum Schreibtisch und hob seine Bibel hoch, die keine Seiten mehr hatte. Es dauerte, bis er begriff, was passiert war. Oder er lehnte es ab, seinen Augen zu trauen. Was war ein Beamter der Spanischen Krone wert, der Geheimdokumente des Hofes nicht sicher verwahren konnte und keine Aufzeichnungen mehr besaß, die Voraussetzung aller Verwaltungsentscheidungen waren.

Er brauchte Zeit, um den Schock zu verdauen, und schlief auf dem Sofa im Schreibzimmer ein. Erst im Morgengrauen rappelte sich Don Francisco auf. Alle seine Bediensteten, zehn an der Zahl, mußten jeweils alleine vorm Spanier antreten, der sie aushorchte, ohrfeigte und an den Haaren riß und – unter der Mitwirkung Cayos – beschimpfte. Es war sein Ziel, zu erfahren, ob dieser Termitenbefall ein verschleierter Anschlag war. Ein faßbarer Anhaltspunkt ließ sich nicht finden, und die Papiere waren ohnehin nicht mehr zu retten. Wieder versank er in Niedergeschlagenheit und schloß sich zwei Tage im Schreibzimmer ein, wo er sich verzweifelt an After und Hoden kratzte und aus der Erinnerung ein Inventar der vernichteten Schriftdinge anlegte.

Dieser Vorfall verband sich mit Nachrichten, die meinen Besitzer zu Recht alarmierten. In den Provinzen des spanischen Mutterlandes nahmen Verbitterung und Unruhe zu. Und dieser Mißmut blieb nicht mehr auf Kaufleute oder Plantagenbesitzer begrenzt, er weitete sich auf den Stadtadel aus.

Pater Ignacio, der sich verabschiedete, um in seinem Missionsdorf zu sterben, empfahl dem Vertreter des Hofs, um der heiligen Ordnung willen, Grausamkeit walten zu lassen, ein Ratschlag, den sich Don Francisco zu Herzen nahm. Und wieder ließ er seine Strenge am Zambo aus, dem er nichts Geringeres als ein Komplott und die Mitgliedschaft in einer Bande von Meuterern vorwarf. Anibal habe alle geheimen Papiere und Staatsdokumente im Auftrag entwendet. »In meinem Zimmer war weit und breit keine Termite, als ich aus Guaria nach Hause kam!« Mein erster Besitzer bezichtigte Anibal, der beklommen und schweigend beim Lesepult stand, wo er unverwandt auf seine krustigen Zehen stierte, nicht aus Zufall in Gegenwart hoher Besucher, Mitgliedern der Adelsgesellschaft von Caracas, die dem Beamten der Krone empfahlen, den Zambo bei der Polizei abzuliefern und mit allen Mitteln befragen zu lassen.

Das reichte dem Spanier nicht: Er wollte ein Signal setzen. Am anderen Vormittag band er seinen Haussklaven mit beiden Beinen am Schweif eines Pferdes fest, schwang sich in den Sattel und ritt ins Guaria-Tal, wo er bei den Kaffeeplantagen den Gaul zum Galopp antrieb. Mich hatte er wieder am Riemen seines Sattels befestigt, um indianische Geister auf Abstand zu halten. Anibal schleifte im Staub und verbiß sich das Wimmern.

Don Francisco ließ seiner Verbitterung freien Lauf. »Sage mir endlich, wo meine Papiere sind!« herrschte er seinen blutenden Zambo vom Sattel an, »oder bin ich am Ende zu milde mit dir? Du unseliger Bastard aus Neger- und Rothautblut! Du hast das

Schlechteste in dir vereint, Hundsfott! Falschheit und Halsstarrigkeit bis zum Letzten!«

Anibal war ein sehniger, starker und großer Mann, von besonderer Robustheit und Standhaftigkeit. Wiederholt hatten Schmuggler, Plantagenbesitzer und Honoratioren sich beim Hausherrn erkundigt, ob er nicht bereit sei, seinen Zambo an sie zu verkaufen. Den beachtlichen Summen, die sie anboten, zum Trotz, hatte er diesen Verkauf nie erwogen. Er kannte sich aus mit dem Wert eines Sklaven, und ein Anibal, der sich mit Lasten beschwerte, als besitze er Willen und Kraft dreier Kerle – ohne den Kohldampf von dreien zu haben –, ließ sich mit einem Neuerwerb schwerlich ersetzen. Sein Knecht war gesund, er vertrug eine harte Bestrafung – von dieser Annahme ging Don Francisco aus.

Anibals Tod stellte er auf dem Heimweg fest. Er rutschte vom Sattel und band seinen Sklaven los, den er wie einen Sack auf den Gaul warf. Das von Blut, Schweiß und Erde verschmierte Gesicht stieß bis vor das Haus Schritt um Schritt mit dem meinen zusammen, und es erfaßte mich wieder der Schmerz, den ich bei El Pequeños Ende erlebt hatte, diese Empfindung aus Mitleid und Grauen, die in meiner Seele verkapselt gewesen war.

Vor den Justizinspektoren, die in dieser Sache Ermittlungen aufnehmen mußten, wies der Spanier alle Verantwortung von sich. Verantwortung trage allein dieser Baske und Quacksalber, Doktor Felipe Vincente. Er habe Vincentes Beteuerung, Anibals Herz sei aus Eisenerz, zu seinem Schaden vertraut. »Wer ist der erste Leidtragende, meine Herren?« beschied er die beiden Beamtenkollegen, die, anders als er, nicht aus Spanien kamen, in einer Mischung aus Hochmut und Widerwillen, »dieser Verlust wird mich teuer zu stehen kommen, und ich werde keinen anderen Anibal finden.« Den beiden Justizinspektoren war es peinlich. Nickend kritzelten sie seine Aussagen mit und beeilten sich, wieder ins Freie zu kommen, nicht ohne beim Abschied im Tor zu versichern, an seinem Verhalten sei nichts zu beanstanden, es sei schlechterdings rechtens, einen Sklaven in Zucht zu nehmen, und sei eben Pech, wenn er bei der Bestrafung versterbe.

Umso unvorbereiteter traf Don Francisco der Brief vom Gericht mit der Mitteilung eines Verhandlungstermins in der kommenden Woche. Er hatte sich auf seine Stellung verlassen, eine Stellung im Staatsapparat und als Weißer, die er als solide, wenn nicht unangreifbar betrachtete. Er las das amtliche Schreiben im Stehen und mit lautlosen Lippenbewegungen, bis er zum Lehnstuhl beim Fensterloch taumelte. Minutenlang blinzelte er in die Sonne. Schlagartig sprang er auf, war mit zwei Schritten beim Schreibtisch und griff zur Machete. Cayo flatterte auf seiner Stange von einem zum anderen Ende und zeterte, und im Flurschatten konnte ich Mora erkennen, die nicht mehr wagte, ins Schreibzimmer vorzudringen, und sich, um nicht aufzufallen, flach an die Korridorwand preßte. »Árax uxùtel u«, schnarrte der Blauara, »triba ba túmulu míssima míssima!«

Das war leichtfertig von meinem Zimmergenossen – mein Besitzer hieb mit der Machete einen Spalt in den Schreibtisch. Daß sie steckenblieb, wirkte nicht hemmend oder abwiegelnd, es feuerte seine Verbitterung nur an. Mit einem Aufheulen wandte er sich zu seinem Glasschrank um, an dem er alle sechs Scheiben zerschlug. Anschließend hackte er wahllos auf Flugvampir, Klapperschwanzklappern und Rosenkranzketten ein, die sich zerhauen auf dem Boden verteilten.

»Míssima míssima!« keifte der Blauara vorlaut, »cucúlu cucúlu cucúlu!« – »Das wirst du bereuen«, versetzte der Hausherr, »du elende Mißgeburt von einem Papagei ... heute werde ich dir deine Frechheiten austreiben ... dieses Kauderwelsch ist nicht zum Aushalten ... bei deinem míssima míssima werde ich wahnsinnig ... nimm dein verdammtes Indianerblabla mit ins Grab!« Er hob seine Waffe und rannte auf Cayo zu, der außer sich um seine Stange rotierte. Wenn er der Machete entgehen wollte, mußte der Ara sich schleunigst ins Gleichgewicht bringen. Er kippte und kippelte, kreischte vor Grausen und flog, als das Buschmesser niederging, von seiner Stange. Er landete blutend beim Brunnen im Hof.

Don Francisco, der Cayo am Fuß erwischt hatte, sackte kurzfristig in sich zusammen. Er war verwirrt – und mir ging es nicht anders. Ich konnte mich an keinen Flug meines weise-erhabenen und halb erblindeten Zimmergenossen erinnern, nicht einen!

Erst der blutige Krallenfuß vor seinen Stiefeln belebte den Spanier wieder. Rasend holte er aus und zerkleinerte Kerzen, zerfetzte ein Polster, zerhieb einen Wandschirm und wirbelte um seine Achse. Ich verfolgte das Schauspiel mit kindlicher Neugier. Grauen vor dem nahenden Ende empfand ich nicht. In Gefahr zu sein, war mir auf schwer zu beschreibende Weise klar, seine Raserei ließ keine Ausnahmen zu. Nein, mein Vorwitz war dringlicher als diese Ahnung. Und alles in mir war zum Sprechen bereit.

Don Francisco kam mit seinem Hackmesser auf mich zu, um mich mit einem Hieb in zwei Teile zu spalten. »Ah Señor! Por favor, no lo haga!« versetzte ich mit einer Stimme, die mehr an das heisere Stimmchen von Pater Ignacio erinnerte. Trotzdem konnte mein flehender Ausruf nicht wirksamer sein – er war wesentlich wirksamer als bei den beiden Kreolinnen! Don Franciscos Machete fiel klirrend zu Boden. Schweratmend und mit einer Hand auf der Brust, ging der Mann in die Knie und stierte mich an.

Sein blankes Entsetzen war nicht zu verkennen. Ein sprechender Schrumpfkopf, das konnte nicht sein! Ob er ahnte, daß ich kein Indianerrest war und daß er den Kopf eines Weißen besaß, der vor indianischen Geistern keinen Schutz bieten konnte? ... Er kippte zur Seite und war mausetot.

V

Von Finsternis, Einsamkeit und Langeweile;
der Wille zum Leben; Aufbruch und Seereise nach Europa

In allen Erinnerungen an Julietta benimmt sie sich ablehnend und feindselig gegen mich und macht einen Bogen ums Lesepult, um meiner ledrigen Haut nicht zu nahe zu kommen. Wenn sie mich unmittelbar nach dem Tod Don Franciscos vom Schreibzimmer in ein Kabuff verbannt, hat das nichts mit dem flehenden Ausruf zu tun, der das Ableben meines Besitzers verursachte. Bei dem Krach, den der Spanier veranstaltet hat, hat niemand im Haus meine Stimme vernommen. Außerdem ist ein sprechender Schrumpfkopf undenkbar.

Nein, sie will mir nicht mehr in den Zimmern begegnen. Julietta, als erste ins Schreibzimmer eilend, wo sie dem Vater einen Tritt mit den Zehen versetzt, um sich zu versichern, ob er bei den seligen Engeln ist, ist nicht mehr das schlanke und biegsame Wesen, das sie vor Pater Ignacios Behandlung gewesen ist. Sie reißt meine Kordel vom Haken im Balken, ohne sich um den Toten am Boden zu scheren, den Mora und Inéz vom Flur aus betrachten, als trauten sie noch dem Verstorbenen nichts Gutes zu, und pendelt mich rennend zur Kammer im ersten Stock, wo sie mich auf ein Brett wirft und schleunigst den Riegel vorschiebt.

Tage vergehen oder Wochen, ich weiß es nicht, bis ich mich vom Vorfall im Schreibzimmer wieder erholt habe. Vor der Machete des rasenden Spaniers habe ich keine Beklemmung empfunden. Erst im Kabuff, nach bestandener Todesgefahr, merke ich ein Entsetzen in mir, das mir vom grausamen Tod El Pequeños vertraut ist. Ja, wenn mir mein erster Besitzer vor Augen steht, der mich mit seiner Machete zerhacken will, fliegt mich auf dem Brett in der Kammer ein Unwohlsein an, von dem ich nicht weiß, was es ist oder in mir bewirkt. Und es meldet sich in mir ein Wille zum Leben, der mich umso tiefer verwirrt, als ich in meiner Schreibzimmerzeit keinen Lebenstrieb kannte.

Diese Erregung versiegt wieder. In der Kammer, die finsterer ist als ein Sarg, der mit zwei Klaftern Erde bedeckt ist, versinke ich mehr und mehr in Langeweile und Einsamkeit. Nichts ist verzehrender als dieses dumpfe Ins-Nichts-Starren. Und der Kammer entrinnen zu wollen, ist aussichtslos. Erst im Kabuff ahne ich, was es heißt, unbeweglich und hilflos zu sein.

Und nichts lenkt mich in meiner Einsamkeit ab, außer Spinnen, Kakerlaken, Skorpione und Schlangen, die mir ein Netz ins Gesicht kleben, in meine Ohren krabbeln und mir auf dem Brett zischelnd ausweichen ... nur zu Beginn, als mein Herr frisch verstorben ist, dringen schwirrende Stimmen aus dem Haus in den Abstellraum, die ich Mora und Inéz, Pepito, Julietta, dem Tigre und Cayo zuordnen kann.

Wer sich als erster verabschiedete, war Pepito. Er schloß sich den Landsleuten an, die die Heimat auf seiten des spanischen Hofs gegen Republikaner und Nationalisten verteidigten, das teilte er gegen das Heulen und Betteln der Schwester im Treppenhaus aus voller Kehle mit. Die von Julietta nicht wesentlich besser als von Don Francisco behandelten Mora und Inéz nahmen bei Nacht und Nebel Reißaus. Am folgenden Tag bat Julietta Bekannte und Freunde des Vaters um Mithilfe bei der Ergreifung der beiden entlaufenen Dienerinnen und bezichtigte sie, Schmuck entwendet zu haben. Nur zwei Honoratioren schienen bereit, sich aufs Pferd zu schwingen, und die entflohenen Frauen wieder einzufangen – vergebens, sie blieben verschollen.

Und am Ende erstarb auch das Grollen des Tigre. Das war an dem Tag, als Vertreter der siegreichen republikanischen Junta ins Haus eindrangen – Kolbenhiebe am Tor, Stiefelstampfen und Peitschenknallen rissen mich aus meinem Tiefschlaf im Abstellraum –, die Befehl hatten, es zu beschlagnahmen. Von Julietta verlangten sie, schleunigst zu packen und sich eine andere Bleibe zu suchen. Geld, Schmuck oder andere Wertsachen werde man vor der Freigabe erst kontrollieren ... Julietta ließ voller Verachtung den Tigre frei, der sich mit einem Sprung auf die Juntavertreter warf. Man brachte sich in alle Richtungen in Sicherheit, trampelte, zeterte, warnte und feuerte, bis man den rasenden Tigre erlegt hatte.

Einen neuen Besitzer erlebte ich nicht. Keine zwei Tage vertrieben, bekam Julietta Erlaubnis, ins Elternhaus heimzukehren. Das verdankte sie Bruder Pepito, der sich bei den Siegern lieb Kind machte, als er Verrat beging und seine auf seiten der Spanier stehende Truppe bewußt in den Tod kommandierte. Das erfuhr ich aus einem Streit, den Don Franciscos Brut keifend und bellend im Innenhof austrug. Treulosigkeit warf Julietta dem Bruder vor, Treulosigkeit gegen Krone und Tradition, und Pepito beschimpfte Julietta als undankbar und ließ das Eingangstor krachend ins Schloß fallen.

Ab diesem Tag herrschte Stille in Zimmern und Hof, eine schwere, beklemmende Stille. Es erleichterte mich, wenn ich Schritte vernahm, in der Regel passierte das alle paar Tage. Ich hatte keinen Zweifel, es waren Juliettas Sohlen. Sie und ich waren anscheinend alleine im Haus auf dem Berg, das in Staub und Erinnerung verging. Hatte sie mich in der Kammer vergessen? Ich lauschte zum Hof, wo der Brunnen versiegt war und auf dem Pflaster vertrocknete Palmwedel raschelten. Schwalbe und Schwefeltyrann waren verstummt. Sie schienen um das Haus einen Bogen zu machen, in dem nur noch Schaben und Nachtfalter wisperten.

Umso erregender war es, als mich eines Tages ein Schrei aus der Einsamkeit riß. Ich ahnte, es stand eine Wende bevor. Selbst wenn diese Wende mein Ende sein sollte, befreite sie mich von der Dumpfheit, in der ich versunken war. Sie nahte sich mir mit den eiligen Schritten Juliettas. Ein Sonnenstrahl fiel auf mich, als das

Kabuff aufging und sie mich mit einem Griff in den Schopf vom Regalbrett riß. Schlagartig schwamm ich in blendendem Gelb und fand keine Gelegenheit, mich auf das Tageslicht einzustellen. Gleich schon verstaute sie mich in einem Sack, den sie zuband und mit sich ins Erdgeschoß schleifte, wo sie das Tor auf dem Vorplatz entriegelte, um mich aus dem Haus zu entfernen.

Ins Freie zu linsen verbot mir der Beutel, den sie auf der steinigen Straße bergab zog, ich knallte am Boden von einem Stein zum anderen. Anscheinend begleitete uns eine Kinderschar, »está desnuda!« krakeelten und jauchzten sie, »sie ist nackt!«, bis zur Kathedrale am Platz Alta Gracia, die uns mit modriger Stille verschluckte ...

An dieser Stelle reißt meine Erinnerung ab. Keine Ahnung, was sich in der Kirche ereignete, ob Julietta den Beutel mit mir auf den Boden warf, als der Priester das Schaf seiner Herde zusammenstauchte, das dem Herrgott in schamloser Nacktheit vor Augen trat, oder ob er selbst mich vor Wut an die Kirchenwand schleuderte. Erst im Hafen von Cumaná, den ich wer weiß wie erreicht hatte, tauchte ich aus meiner Ohnmacht auf. Ich steckte in einer randvollen Kiste, die man auf ein Schiff schleppte und in der Tiefe des Frachtraums zu anderem Ladegut stellte – bei dieser Gelegenheit hieß es, wir seien in Cumaná. Wir verließen den Hafen bei aufgehender Sonne und glitten mit knatternden Segeln aufs offene Meer.

Zugegeben, vom Schloßberg aus Brekzien konnte ich nichts erkennen; nichts von den haushohen Distelkakteen mit sich in der Mitte zerteilendem Stamm, die stachlige Reihen auf der Bergspitze bildeten; nichts von den mit harpunierten Makrelen beladenen Indianerpirogen am Ufersaum, nichts von den Reihern und Alcatras, die sie in sicherer Entfernung umkreisten; nichts von dem reinen und saphirblauen Himmel, an dem Geier und Seeraben schwebten; nichts von Cumaná, das mir von meinen Besuchen mit Don Francisco vertraut war und wieder vor Augen stand.

Daß wir bei aufgehender Sonne in See stachen, kann ich nicht mit Sicherheit sagen – ich kriegte ja an meinem Platz keinen Sonnenstrahl ab. Finsternis herrschte und Mangel an Atemluft (letzteres konnte mich Gott sei Dank kaltlassen). Langeweile erlebte ich auf dieser Reise nicht. Das hing an der See, die mich wiegte, hohen Wellen, die das Frachtgut im Schiffsbauch bewegten und umwarfen, wenn das Schiff, von einem Brecher erwischt, seitlich kippte, an den Stimmen, die holzig und hohl an mein Ohr drangen, und an dem quirligen Leben an Bord. Als wir die Kanarischen Inseln erreichten, schleppte man meine Kiste an Land und verschiffte sie auf eine andere Korvette im Hafen, die von den Kanaren aus Kurs auf Sizilien nahm. Und von Messina aus ging es bald auf einem Kauffahrerschiff nach Neapel.

Daß ich in Europa war, wußte ich nicht. Trotzdem ahnte ich, was mir bevorstehen mochte. Mein anderes Leben ließ sich nicht mehr aufhalten. Ich war auf dem Wege, zum Menschen zu werden ...

VI

Mr. Clifton und seine Beziehung zum Schaurigen;
die Verbindung von Dreck und Erhabenheit und der Besuch
einer dreifachen Hinrichtung, die meine
Menschwerdung beschleunigt

Ach, es dauerte, bis dieses Leben begann. Ich blieb eine Ewigkeit in der am Golf von Neapel entladenen Seefahrerkiste. Man schleppte sie anscheinend in einen Keller, wo sie, vom Besitzer vergessen, verrottete. Oder hatte sie keinen Besitzer mehr, da dieser mit der Anlandung in seiner Heimatstadt unversehens an einer tropischen Krankheit verendet war? Dumpf vernahm ich den Trubel von Kinderstimmen, Handwerksradau oder klappernden Radreifen, der von der Straße in meinen verlassenen Winkel drang. Am An- oder Abschwellen von Krach und Betriebsamkeit erriet ich, wann Tag und wann Nacht war.

Endlich, an einem strahlenden Vormittag, machte man sich an der Seefahrerkiste zu schaffen. Es war ein Junge, der mich in die Finger nahm und ausgiebig von allen Seiten betrachtete. Er schielte mit einem seiner Augen nach außen und zerrte fortlaufend am Hut, einem dem Bengel zu großen breitkrempigen Teller aus Filz. Er verstaute mich zwischen Tutumatrinkschalen und aus Knochen und Fruchtkernen bestehendem Indianerschmuck in einer Tasche der schmutzigen Kniehose und machte sich auf den Weg an den Molo, wo er alles vor sich auf dem Boden ausbreitete, neben Erwachsenen, die Reste von Filz oder Leinwand, Alteisen und brechendes Leder verkauften.

Oh, ich erinnere mich an den Tag meiner Rettung, als sei es erst gestern gewesen. Ich hatte das reine durchscheinende Meer vor mir mit seinen in der Ferne verschwimmenden Inseln. Und wenn mich Matrosen vom Erdboden aufhoben – nur das knorrigste Volk wagte mich zu besichtigen –, und mich, auf dem Pfeifenstiel kauend, in der Luft schwenkten, zur Gaudi des Publikums, das einen Kreis um uns bildete, reckte sich auf der anderen Seite der graue Vulkankegel. Mit baumelnden Beinen auf der Kaimauer hockend, pries mich der Bengel den Seefahrern an, die mehr zum Spiel als im Ernst in Verhandlungen eintraten. Und zwischen anderen, Schwefelquellwasser und Reiser als Brennholz feilhaltenden Gassenjungen, Kehricht auf Esel verladenden Knechten und Pferde- und Maultiermist sammelnden Rotznasen, mit Eiswasserfaß und Zitronen bereitstehenden und Limonade anbietenden Kerlen, lungernden Kulis und wartenden Kalessaren, Handwerkern, Priestern, einbeinigen Bettlern, fiel ein Schatten auf mich und den Jungen auf der Mauer, und das war der Schatten von Oliver Clifton.

Oliver Clifton erwarb mich nach meinen Berechnungen um 1820, als er sich am Golf von Neapel als Liebhaber aufhielt. Mein neues Leben verdankte ich diesem Mann – und der Ewigen Stadt, die wir in den kommenden Tagen erreichten und wo er nahe der Spanischen Treppe in der Rampa Sebastianello zu Hause war. Bis es seinen richtigen Anfang nehmen konnte, an dem ich fließend zu sprechen begann, mußte ich allerdings noch zwanzig Monate warten.

Nein, zeitliche Einheiten waren mir nicht mehr fremd. Ich lernte bald, sie von der Uhr abzulesen (Mr. Cliftons Comtoise-Penduluhr stammte aus dem Besitz eines Napoleonischen Offiziers, der bis 1814 im Haus an der Rampa Sebastianello logiert hatte) und aus den Minuten- und Stundeneinheiten zielstrebig auf Tage und Wochen zu schließen. Ich hatte ja sonst nichts zu tun, als im Luftzug zu schwingen und von meinem Platz aus ins Freie auf Schluchten aus Mauern und Kuppeln zu blicken, dem Trubel zu lauschen, der zu mir ins Zimmer drang (Hufe und Rad-

reifen, Kinder- und Bettlerstimmen, Hammerschlag, Glocken-
gewitter und Notschreie), und aus meinen Beobachtungen und
Berechnungen Schlußfolgerungen zu ziehen.

Kurzum: Dieses andere Leben begann an einem Tag Ende Mai
auf dem Campo de' Fiori, wo ich mit meinem Besitzer aus London der Hinrichtung dreier Banditen beiwohnte. Das Schauspiel
verursachte mir einen Schauder, bei dem sich mein Nackenhaar
aufstellte, was umso schwindelerregender war, als ich diese Empfindung noch niemals erlebt hatte.

Nicht in der Absicht, mir mit diesem Schauspiel einen Schock
zu versetzen, nahm mich Mr. Clifton mit. Er wollte im Anschluß
der Einladung seines Bekannten Lord Gifford zum Mittagsmahl
folgen. Er steckte mich gern zu Gesellschaften ein, wo er mich
seinen englischen Landsleuten zeigte, die er in der Regel von
Herzen verabscheute. Nein, Clifton ahnte nichts von meinem
Seelenleben. Ich hatte bis zu diesem Tag nicht erkennen lassen,
mehr mitzubekommen von der Welt, als er annehmen durfte.

Gelegenheit hatte ich mehrfach besessen. Nachts kam mein
Besitzer, der schwer in den Schlaf fand, zu mir ins Empfangszimmer, wo er im Hemd auf und ab rannte. Er legte mir Fragen und
Antworten in den Mund, Bedenken, Entgegnungen, Annahmen,
ich weiß nicht was, die er abwehrte oder mit Dankbarkeit aufgriff. Indem er sich scheinbar mit mir unterhielt, sprach der in
sich zerrissene Mensch mit sich selbst. Es dauerte, bis ich verstand, was er von sich gab, mir waren beide Sprachen, die er miteinander vermischte, Englisch und Italienisch, zu Anfang noch
unbekannt.

In diesen Nachtstunden ging es um Dinge, auf die ich mir
erst einen Reim machen mußte: Um seine laufende Scheidung
in London und Liebschaften, die er nicht sonderlich ernst nahm;
Kirchengeheimnisse und Spione – er war eine Weile Spion des britischen Monarchen, des umnachteten Georg III., gewesen; und
um seine ewigen Schmerzen im rechten Bein, das von Geburt an
zu kurz war und aus meinem englischen Herrn einen Hinkefuß

machte. Seine eindrucksvoll hohe und jugendlich straffe Gestalt stand im Widerspruch zu seinem Gang.

Man sagte zu Recht, er sei eine Erscheinung: Um seinen Charakterkopf lockte sich schwarzes und volles Haar, Cliftons Nase war gerade und schmal an der Spitze, mit der sie empfindlich und dreist in die Luft ragte, Lippen mit sinnlichem Schwung, ein energisches Kinn und eindringlich blaugraue Augen verliehen meinem zweiten Besitzer den letzten Schliff. Mehr als das: Ein metallischer Glanz in den Augen erweckte den Anschein, als leide er an einem Fieber. Der Mann imponierte mit einer Beredsamkeit, die von Sticheleien und scharfsinnigen Frechheiten bis zu Ernst und poetischer Leidenschaft reichte. Seine Stimme war abwechselnd weich und harmonisch (und konnte an eine Umarmung erinnern), sachlich und klar oder schneidend und scharf. Oliver Cliftons Erfolg in der Damenwelt, den selbst sein hinkender Gang nicht verringerte, der im Gegenteil weibliche Teilnahme wachrief an einem sein Wesen vertiefenden Leiden, konnte, mit anderen Worten, nicht weiter erstaunen, auch wenn ich mich in diesen Dingen nicht auskannte.

Nicht schwer zu erraten, warum ich es vorzog, dem Mann zu verhehlen, was sich in mir abspielte. Ich wollte meinen Besitzer nicht mutwillig umbringen! Gut, er war standhafter als seine Landsleute oder sein italienisches Dienstpersonal, die sich vor meinem Aussehen grausten. Nicht nur der Reiz, der vom Schaurigen ausgeht, hatte Clifton zum Kauf eines Schrumpfkopfs bewegt, selbst wenn er den modisch romantischen Kitzel, der in der Gesellschaft verbreitet war, teilte, und sich mit Bekannten und Freunden zum Zeitvertreib Schauergeschichten ausdachte, die man sich nachts in Salons oder Pavillons vortrug.

Oliver Cliftons Beziehung zum Schaurigen ging tiefer als die seiner englischen Mitmenschen. In einer Mischung aus Aufruhr und Forschungstrieb, der sich von herrschenden Sitten nicht bremsen ließ, versenkte er sich in den Schmutz. Seinetwegen blieb er in der Ewigen Stadt, die an Unrat verschwenderisch war.

Umso mehr, als Arkaden und Kirchen, erhabene Tempel- und Thermenruinen von Bergen an Abfall und Bettelvolk wimmelten.

Es war diese Kluft zwischen Dreck und Erhabenheit, Krankheit und Liebreiz, Entstellung und Harmonie, die meinen Besitzer aufs Grimmigste fesselte. Von Zeit zu Zeit schleppte er einen Backfisch heim, den er in den Gassen vom Pferd aus entdeckt hatte, ein knochiges, spitzes und fiebriges Menschenkind – gegen zwanzig Quattrini, die er mit der Mutter aushandelte, kam es bereitwillig mit.

Bei sich in der Wohnung ließ er es ein Bad nehmen und in ein durchsichtiges Hemd steigen, das nichts versteckte, von spitzigem Busen und haarloser Scham bis zu vorspringenden Rippen und Stecken von Schenkeln. Alle waren sie verlaust, voller Wanzen- und Flohstiche, husteten bellend und kratzten sich ausgiebig. Wenn sie im Beisein des Hausherrn, der sie nur studierte und selber nichts zu sich nahm, zur Nacht speisten, bedienten sie sich mit den Fingern und schmatzten begierig.

Ich wußte das alles und wußte es nicht. Mein Bewußtsein war mit einer Karte vergleichbar, auf der meine Einsichten nichts als versprengte und von weißer Leere umbrandete Inseln waren.

Ich sagte bereits: Es war nicht meine Absicht, meinem zweiten Besitzer zu schaden. Und das konnte passieren, wenn ich sprach. Ich hatte es bei Don Francisco erlebt, diese erste Erfahrung war mir eine Warnung. Und falls er starb ... wo blieb ich? Es anderswo besser zu haben, als an meinem Platz im Empfangszimmer bei Mr. Clifton, war eine verwegene Annahme. Warum sollte ich mich ohne Not in Gefahr bringen?

An diesem Punkt waren wir, als er mich an einem Maitag bei Sonnenaufgang von der Schnur hakte und in der Weste verstaute. Das passierte in Hast und war leichtfertig. Aus der Weste verlor er mich leichter als aus seiner Rocktasche, die in der Regel mein Platz war, wenn er zu Gesellschaften aufbrach. Das war Clifton und mir erst vor kurzem passiert, ein Erlebnis, an das ich mich ungern erinnere.

Sein Pferd scheute bei diesem Ausritt vor zwei aus dem Octavi-
ansbogen ratternden Karren, mit Feuer- und Schwertschluckern,
Liliputanern und Riesendamen, fahrenden Leuten, die Krach und
Klamauk machten. Ich fiel in den Dreck, geradewegs vor einen
streunenden Hund mit vorstehenden Rippen und milbenzerfres-
senem Fell, der mich sabbernd beschnupperte und in sein Maul
nahm, wieder fallen ließ, jaulte und bellte. Dieses Bellen veranlaßte Clifton, sich umzudrehen. Er schwang sich vom Sattel, verscheuchte den Hund mit einem Fußtritt und rettete mich aus der
Schmutzwasserlache, in der ich schwamm.

Es hatte auch Vorteile, in seiner Weste zu stecken. Wenn sich
der Stoff nur um eine Idee verschob, konnte ich meine Umgebung in Augenschein nehmen. Bereits auf dem Platz vor dem
Pantheon, wo man auf Steintischen Stockfisch und Brassen ausbreitete, schob er mich versehentlich halb aus der Tasche, indem
er sein Opernglas gegen den Bauch preßte. Ich linste in Gassen
mit Ochsenfuhrwerken, die sich zwischen krimmelnden Menschen einen Weg bahnten, zu Frauen mit Hauben und Flechtkorb
im Arm und in Hausecken klebenden Bretterlatrinen, dusteren
Treppenhausfluren und glitschigem Abfall.

Vor dem Campo de' Fiori verdichtete sich die zur Hinrichtung
eilende Menge. Man schubste sich, trat gegen Waden und Kniekehlen, ohne es grob oder grimmig zu meinen. Mein Besitzer und
ich waren Teil eines Volksauflaufs, der in seinem Taumel besin-
nungslos war. Es jauchzte und jubelte von allen Seiten. Ein Ellbogen landete auf meiner Nase, was mir, wie man weiß, keine
Schmerzen verursachte, mich allerdings in seiner Weste versenkte. Wieder blind steckte ich eine Reihe von Hieben ein, die
mich im Dunkeln auf Scheitel und Stirn trafen.

Daß ich einer Hinrichtung beiwohnte, war mir nicht klar. Oder
besser: Ich wußte nicht, was eine Hinrichtung war. Ich mußte
zwar eine Enthauptung erlebt haben – nur erinnerlich war sie mir
nicht. Kurz: Ich ahnte nicht, was mir bevorstand, als ich wieder
Gelegenheit hatte, ins Freie zu schielen.

Es war ein Hosenmatz, der mir zur Sicht aufs Schafott in der Mitte des Platzes verhalf. Dieses Kerlchen in speckig-zerrissenen Lumpen mit verschorftem Gesicht und verkrustetem Haar lehnte sich atemlos an meinen Besitzer und verkrallte sich mit seinen Fingern im Westenstoff, den er unwissentlich in die Tiefe zog.

Mr. Clifton bemerkte das magere Kerlchen nicht – und falls dieses den Fremden, der mit seinem Opernglas vor beiden Augen zum Holzpodest blinzelte, hatte bestehlen wollen, vergaß es sein Vorhaben. Und das war mehr als begreiflich. Am Platzende tauchte ein Trupp von Soldaten auf, um mit Bajonetten den Weg freizumachen – es entstanden zwei seitlich wegkippende Wogen im Menschenmeer –, auf dem zwanzig Priester, die alle maskiert waren, vor dem Pferdekarren mit den zum Tode Verurteilten, betend und singend zum Schafott schritten. Es folgte ein Aufzug aus Honoratioren und mit Trommeln und Rasseln Krach machendes Volk. Die aufrecht im Holzwagen schwankenden Spitzbuben, in Ketten und Eisenringen um Hand- und Fußgelenk, hatten verbundene Augen. Alle drei hoben das Kinn, um zu lauschen, ob sie bereits beim Schafott waren, oder der Aufzug aus anderem Anlaß zum Stehen kam.

Wie gesagt, ich verstand nicht, was vor sich ging, als man den ersten Verbrecher vom Pferdekarren holte, der mit klirrenden Schritten zum Holzpodest tippelte, das er auf einer sechsstufigen Treppe am Rand erklomm, schleppend und schwer, von den Ketten behindert, sich, von einem der halbnackten Henker empfangen, mehr strauchelnd als zaudernd zur Fallbeilmaschine bugsieren ließ, die mit Pfosten und Querbalken drei Meter hoch in die Luft ragte, wo das im Sonnenschein blendende Messer hing. Als ein Priester dem Dieb seinen Segen erteilt hatte, tippelte dieser mit Hilfe des Scharfrichters zum Brett auf der anderen Seite des Apparats und fiel mit dem Bauch auf die Bank.

Ich erkannte viel mehr, als mir lieb war. Ich hatte den Mann auf dem Brett nahe vor Augen. Sein Gesicht mit den bebenden Lippen, den Schweißperlen, die aus den Haaren zur Binde rannen – auf der sich gerade zwei Fliegen begatteten –, mahlenden Kiefern und pochenden Stirnadern, Blasen aus Speichel und Rotz in den Mundwinkeln, dieses vor Grauen zerfallende Gesicht, als der Henker dem Dieb seine Binde abstreifte, schien von mir keinen Meter entfernt. Ich brauchte kein Opernglas – anders als Clifton –, um den vor der Fallbeilmaschine bereitstehenden Holzzuber dicht vor meine Augen zu holen.

Das war eine neue Begabung, von der ich bis zu diesem Tag nichts bemerkt hatte. Sie mochte sich der Wiederholung verdanken, dem vom Hinrichtungsschauspiel verursachten Kurzschluß mit einer tief im Bewußtsein vergrabenen Erinnerung, die meine Sinne aufs Schmerzlichste anspannte.

Als der Scharfrichter den Mechanismus in Gang setzte und den Eisenblock losschickte, an dem das Messer hing, um dem Mann in der Tiefe den Kopf abzuschneiden, ließ der Steppke vor uns meinen Besitzer schlagartig los, ich verschwand wieder in der Versenkung und war meiner Aussicht beraubt. Ich mußte mich auf meine Ohren verlassen, die mir einen klatschenden Aufprall vermeldeten, dem ein Schrei folgte, vielstimmig, tausendfach, der aus der Menge zum Himmel aufstieg. Mein Besitzer, der in den vergangenen Minuten versteinert gewesen war, keuchte und taumelte. »Laßt mich, zum Teufel! Lascatemi!« schimpfte er und rammte seinen Ellbogen in alle Richtungen. Er hatte sein Opernglas fallen lassen und brauchte Platz, um es wieder vom Boden zu klauben.

Als er sich aufrichtete, stemmte er es erneut in die Seite und preßte mich halb aus der Weste. Man bugsierte den zweiten Verbrecher aufs Holzpodest, einen jungen Lulatsch mit schlenkernden Gliedern, der den Eindruck erweckte, als ob er nichts ernst nehme. Vom Henker empfangen, hatte er sich mit Ungeduld von seiner Binde befreien lassen und schnitt schiefe Grimassen ins Publikum, das seine Faxen mit Juchzern erwiderte. Nur vor dem weihrauchfaßschwenkenden Priester nahm er sich zusammen und ließ sich in Andacht und Ehrfurcht den Segen erteilen.

Als das erledigt war, zeigte der Lulatsch der Fallbeilmaschine die Zunge. Das ließ die Menge in Heiterkeit ausbrechen. Vor kindischer Beifalls- und Zuneigungssucht trieb der Mann mit der Apparatur seinen Schabernack, die er studierte, als ob er vor Lerneifer platze. Er umarmte den Pfosten mit komischem Augenrollen, faßte das Seil an und wedelte mit seinen Fingern, als habe er sie sich verbrannt. Das brachte den Henker auf Trab, der den Witzbold zur Bank scheuchte, eine Hartherzigkeit, die der Menge nicht paßte, er mußte Beschimpfungen und Pfiffe einstecken.

Bis zum Schluß blieb der junge Bandit seinem Jokus treu und steckte mit hechelnder Zunge im Halskragen, pustete, japste und zog seine Nase kraus, was die Menschenansammlung zu rasendem Johlen anstachelte, einem Johlen zwischen Grauen und Zerstreuungslust.

Mein am Scheitel befestigtes Trageband mußte sich an einem Knopf oder sonst was verhakt haben, und als Mr. Clifton sein Opernglas ansetzte, versank ich nicht mehr von allein in der Weste. Ich ahnte nichts Schlimmes – ich wollte nichts Schlimmes ahnen –, und ließ das Blut auf den Pfosten, an Zuber und blinkendem Beil außer Acht. Um ehrlich zu sein, ich verfolgte belustigt, was sich auf dem Holzpodest abspielte, ohne zu wissen, warum ich erheitert war.

Umso beklemmender war die den Campo de' Fiori schlagartig ergreifende Stille. Einer der Scharfrichter trat an den Pfosten. Er bediente den Hebel, der Eisenblock schoß in die Tiefe und hieb mit dem Messer den Spitzbubenkopf vom Rumpf, den der andere Scharfrichter an seinem Schopf aus dem Korb holte und vor dem johlenden Volk in der Luft schwenkte, diesen Kopf, der sein komisches Augenrollen, Hecheln und Japsen nicht einstellen wollte.

Oh, mir war schwindlig, ich hatte nur in alle Richtungen zerberstende Sterne vor Augen. Und es meldete sich dieser Brechreiz, der mir aus der Zeit im Kabuff Juliettas vertraut war und der umso qualvoller wirkte, als ich keinen Magen besaß und nichts ausspeien konnte.

Im Nebel aus Schleiern und Sternen blieb der dritte Halunke ein fleischig-stiernackiger Schemen. Das sei der Anstifter, raunte man sich in der Menge zu. Dieser Spitzbube wehrte sich, teilte mit Armen und Ketten aus, zeterte, schimpfte und flehte, und machte das Eingreifen zweier Soldaten erforderlich, die den Scharfrichtern beistehen mußten. Sie schleiften den Mann, der absichtlich zu Boden ging und sich in den Holzbohlenspalten verkrallte, zu viert bis zum Priester, dem er in die Wade biß, und – ohne Segen – zur Bank vor dem Halskragen. Er wollte nicht aufgeben, spuckte und kratzte. Selbst als man den Schurken mit Riemen aufs Brett schnallte, schnappte er fieberhaft nach seinen Scharfrichtern, bis sie dem Mann einen Knebel ins Maul stopften. Er zuckte und zappelte weiter.

Ich konnte mich nicht mehr zusammenreißen. Diesen verzweifelten Lebenstrieb kannte ich. Meine versunkene Erinnerung schoß mir mit der Heftigkeit eines elektrischen Schlags ins Hirn und setzte mein Schweigegebot außer Kraft. Ich heulte als erstes: »Señor! No lo haga!«, als ob ich im Schreibzimmer von Don Francisco sei, der mich mit seiner Machete zerteilen wollte. Ich bemerkte meinen Irrtum und schrie in einem Englisch, das vor Erregung und fehlender Erfahrung nicht sicher war: »Doodel not do it not! Let him to life, my good!« Meine Stimme war auffallend schriller als seinerzeit vor dem Vertreter der Spanischen Krone.

Oliver Clifton war merklich verwirrt. Trotz des Taumels, der alle erfaßt hatte, ließ er sein Opernglas sinken und zerrte mich an meinem Trageband aus seiner Weste. Sein Seufzer verriet, er mißtraute sich selbst und ging von einer Einbildung aus. Und um mich zu studieren, hatte er keine Zeit. Wieder verstaute er mich in der Tasche und wieder, vor achtloser Eile, nur halb.

Voller Grauen erkannte ich, was auf dem Holzpodest vor sich ging, wo der Nacken des Spitzbuben nicht in den Halskragen paßte. Scharfrichter, Priester und beide Soldaten schrien gegen den seinerseits schreienden Mann auf der Holzbank an – es war mehr ein durchdringendes Quieken als Schreien, bei dem es mir vorkam, als ob sich mein Nackenhaar aufstelle –, und quetschten vereint seinen Hals in den Halbmondkreis, was eine vergebliche Anstrengung blieb, sie kriegten den Halskragen nicht richtig zu. »No! Non uccidere!« heulte ich wieder los, »would you the goodness have! Lascia il vivere!« Auch mein Italienisch war linkisch und schlecht. Man drehte sich zu meinem Besitzer aus London um, teils witzelnd, teils unwillig keifend: »Silenzio!«

Rums! sauste der Eisenblock mit seinem im Sonnenschein blitzenden Beil auf den Mann in der Tiefe. Als der Henker den Kopf des Halunken nicht hochreißen und an den Haaren in der Luft schwenken konnte – er hing, halb verfehlt von der Schneide, im Halskragen und klapperte mit seinen Augen und Zahnstummeln –, entstand auf dem Campo de' Fiori ein Brausen.

Ich erlebte das Ende des Spitzbuben nicht mehr, dem man einen zweiten Schnitt beibringen mußte, um sich seines Ablebens sicher zu sein. Das hing an den Taumelbewegungen meines Besitzers, der sich beeilte, den Platz zu verlassen –, nicht um bei den Giffords vorstellig zu werden, wo er mit seiner Liebhaberin in Neapel, Lady Emily, hatte zusammentreffen wollen – nein, jetzt hatte er Dringenderes vor: nach Hause zu hasten und mir oder dem, was ich war, auf die Schliche zu kommen.

VII

Vom Ende meiner Einsamkeit; eine sich anbahnende
Freundschaft; vier Sinne und heilsamer Schlaf,
und ein schmerzhafter Stachel, der sich Geschlechtslust nennt

Ach Rom, Stadt der Klarheit und Heiterkeit, Hoheit und Strenge,
Begierde und Anmut. Stadt der Bogen aus meeres- und mitternachtsblauen, aus purpurnen und goldenen Himmeln, die sich
von der See bis zur Bergkette spannen. Stadt der Winde, die mild
oder heiß voll roten Sands aus der Sahara vom Mittelmeer wehen.
Stadt der rinnenden, fließenden, spritzenden Brunnen, Stadt
der Turmspitzen, Stadt der Kloaken. Stadt der Diesseitigkeit
und Unsterblichkeit. Stadt der schattigen Haine, Orangen und
Pinien, der Feigen, des Lorbeers, der efeubewachsenen, zweihundert Meter hoch ragenden Mauern verfallener Thermen mit
Kammern und Nischen. Stadt der feuchten und stickigen Luft,
der vom Sumpf vor den Toren in die Gassen eindringenden Malaria, der Epidemien, des Fiebers und Weihrauchdufts. Stadt des
Gestanks aus Latrinen und Hausfluren, aufdringlich riechender
Blumen, der Villen und Parks mit Zypressen und Erdbeerbaum,
Stechpalmen, Wiesen, verwildert und weit. Stadt des in Sonnenschein schwimmenden Marmors, in Drillich und klimpernden
Ketten das Pflaster von Unkraut befreienden Zuchthausinsassen,
der kirchlichen Heuchler mit Krummstab und Bischofshut, der
Waschfrauen, Kuhhirten, Kutscher und Fremden.

In dieser Stadt packten mich Leichtsinn und Heiterkeit. Ich
platzte vor Lebenslust bei meinem Besitzer, der mir seine Aufmerksamkeit nicht verweigerte und mich mit Großmut behandelte. Mehr als das: In den kommenden Monaten ließ er sich von

meiner Zuversicht mitreißen und vergaß tagelang seine Schmerzen. Man konnte meinen, wir seien ein Freundespaar, das sich gegenseitig mit Mutwillen ansteckte und stellenweise ins Kindische abglitt.

Am Hinrichtungstag, als wir heimkamen, befestigte Clifton mich an meiner Schnur im Empfangszimmer und hinkte zum Spieltisch, wo er in den Sessel sank. Er rieb sich das Bein mit verzerrtem Gesicht. Seine Neugier besiegte den Schmerz. »Was sagst du zur Fallbeilmaschine? Ich kann dir versichern, sie arbeitet sauberer als unser Londoner Henker mit seiner Axt ... außer beim dritten Banditen, naja ... ansonsten ein Fortschritt, das kann man nicht leugnen ... du sicher als letzter, ich denke, dich haben sie mit einem Messer enthauptet, nicht wahr?« – »Kann mich nicht erinnern«, entgegnete ich, selbst verwirrt von der Klarheit und Kraft meiner Stimme.

Clifton hieb mit der Faust auf den Spieltisch. »Zum Teufel, es stimmt ... er kann sprechen ... er spricht!« Er riß sich zusammen und kam aus dem Sessel hoch. Schleunigst verriegelte er sein Besuchszimmer und hinkte in Eile zur Ecke, in der ich hing, wo er den schlaffen, mein Auge bis auf eine Ritze verschließenden Deckel anhob. Seufzend ließ er mein Lid wieder zufallen. »Er hat eine Seele ... er lebt ... ist lebendig ... ich kann es erkennen«, bemerkte der Mann erstickt. Wieder im Sessel schlug er seine Hand vor die Augen, um mit dieser Neuigkeit fertig zu werden.

Wir verbrachten drei Tage allein miteinander im Zimmer. Mein Besitzer ließ niemanden ein, keinen Besucher, der vorsprach, und nicht seine Diener. Anfangs wollte er auch keine Mahlzeiten zu sich nehmen, nur seinen Tee mußte man auf die Schwelle stellen. Er vergaß seine Ware im Hafen Livornos – Vasen und Inschriften, Architekturteile, Edelmetalle, Skulpturen und Bronzen –, die man nur in seinem Beisein aufs Schiff laden durfte.

Lady Emily, die er bei Giffords versetzt hatte, schickte Laufjungen mit Briefen an seine Adresse. Sie erhielt keine Antwort, bis sie sich erniedrigte und bei Nacht in die Rampa Sebastianello kam. Trotz Cliftons Anweisung, niemanden zu empfangen, ließ man Lady Emily, die mit einem Duca aus Vietri sul Mare verheiratet war, eintreten und brachte sie vor sein Empfangszimmer. Aus seiner Achtlosigkeit gegen sie und den Stimmen, die hohl in den Korridor drangen, schloß sie auf den Besuch einer anderen Liebhaberin. Lady Emily machte einen Heidenrabatz, von dem er sich nicht im Geringsten beeindrucken ließ. Er beugte sich nur in den Hof und befahl seinem Knecht, sie notfalls mit Gewalt aus dem Haus zu entfernen.

Cliftons Dienerschaft fand sein Verhalten besorgniserregend. Und meine Stimme, die keinem im Haus entging, verursachte wildeste Spekulationen. Von einer zweiten Person war nichts zu erkennen, kein zeitweise am Fenster erscheinender Schemen, kein zweiter Schatten an Decke und Wand. Außerdem machte der Herr keine Anstalten, seinen heimlichen Gast zu bewirten – und der zur Entleerung vorm Zimmer bereitstehende Nachttopf enthielt nicht mehr Stuhlgang als sonst.

Meine Stimme war silbrig und flattrig, nicht tief und voll, und ließ sich mit der meines Herrn nicht verwechseln. Ob Mr. Clifton verwirrt war und in seinem Zimmer mit einer Besucherin redete, die er sich nur einbildete und der er eine Stimme lieh? Oder war er vom Teufel besessen? Ja, war es der Satan selbst, der mit dem Hausherrn in seinen vier Mauern verhandelte? Man konnte nie sicher sein bei diesen Kimmerern, die auf einer feuchtkalten, schummrigen Insel zu Hause waren!

Von den Ahnungen und Annahmen seines Gesindes berichtete mir mein Besitzer am vierten Tag, als er zwei der im Haushalt arbeitenden Frauen in den Gassen der Stadt wieder einsammeln mußte. Aus Grauen vor Teufel und Teufelszeug hatten sie sich bei Verwandten versteckt. Sie heimzuholen war alles andere als einfach, was meinen Besitzer und mich in den kommenden Monaten umso verschwiegener vorgehen ließ.

In den besagten Empfangszimmertagen hatten Clifton und ich tausend Dinge beredet, die ich nur noch schwer auseinanderbekomme. Er wollte als erstes meinen Namen erfahren. »Ist mir unbekannt«, stammelte ich. Bei seinen Erkundigungen zu meiner Herkunft ging es meinem zweiten Besitzer nicht besser. »Wer bist du?« verlangte er von mir zu wissen, »man sollte ja meinen, ein Indianerkopf, eine von anderen Indianern enthauptete Rothaut ... das kann nicht stimmen ... ich wette, du bist keine.«

Clifton kannte sich aus mit Indianergesichtern, er hatte in London Indianer studiert, die, lebend verschifft, auf der Reise verstorben waren, meine Haut sei zu hell, das erkenne man trotz der Behandlung, und anders, als es bei Indianern normal sei, fehle es mir an der typischen Falte am Augenrand. Auch sei mein Haar zu braun, um indianisch zu sein. Ich sei, by the Devil, ein Weißer! Ob ich Italiener sei, Spanier, er konnte es sich nicht verkneifen, zu kichern, am Ende ein Landsmann? »Alles vergessen ... ich weiß nicht mehr, wer ich gewesen bin«, sagte ich schuldbewußt.

Mein Besitzer sprang wieder vom Sessel hoch und humpelte von einer Ecke des Zimmers zur anderen. Und vor Neapel, wo er mich entdeckt habe, wo ich vor Neapel zu Hause gewesen sei? »Bei Don Francisco Ramirez, in Caracas ... ich baumelte in seinem Schreibzimmer« – »Hm. Ich verstehe«, erwiderte Clifton, der sich im niedrigen Sofa, auf dem er sich ausstreckte, von meinen Erlebnissen bei Don Francisco berichten ließ. Wenn ich zu hastig sprach und mich verheddberte, fiel mir mein Besitzer ins Wort. Und ich verschwieg meine Vorzeit im Urwald nicht, die mir verschwommen – verschwommener als heute – vor Augen stand. »Wer weiß, ob du nicht eine Ewigkeit auf diesem Felsen verbracht hast«, bemerkte der Hausherr, der wieder aufstand, um mich zu betrachten. »Was, zum Teufel, beherrschst du noch, außer zu sprechen? Dein Gesichtssinn scheint vollkommen intakt zu sein, selbst wenn dir nur eine Ritze zum Blinzeln bleibt.« – »Und ich brauche kein Opernglas«, sagte ich stolz. Clifton kratzte sich an seinem Lockenkopf. »Schall kannst du wahrnehmen, das wissen wir ... Schmecken?« Ich verband keine Sinnesempfindung mit diesem Wort. »Und riechen?« verlangte er von mir zu wissen.

Oh, mit meinem Geruchssinn verhielt es sich seltsam. Wenn das von Pepito traktierte Pecarischwein vor Raserei sein Sekret in die Luft spritzte, hatte ich einen schmutzigen Schleier erkannt. Und diese Wahrnehmung hatte sich wiederholt, wenn es in Reichweite aufdringlich stank und Anibal oder mein erster Besitzer Schweiß- und Uringeruch um sich verbreiteten (zu dieser Zeit wußte ich nicht, was das war), der mir als schmierige Dunstschicht erschienen war und einen wabernden Ring um sie bildete. Mein Geruchssinn entwickelte sich, und von Woche zu Woche nahm meine Empfindlichkeit zu. Mit dem Latrinendampf, der aus den Gassen bei stehender Hitze in unsere Wohnung zog, standen mir an meiner Schnur in der Ecke den Sonnenschein verschluckende Schwaden vor Augen, eine Verschiebung im Wahrnehmungsapparat, die ich dem Hausherrn weitschweifig verdeutlichen mußte.

Mit diesen Dingen verging unser erster Tag. Vorm Leibstuhl, in dem sich sein Nachttopf befand, zerrte Clifton das Hemd aus der Hose, um sich zu erleichtern. Abrupt hielt er inne und kniff beide Augen zusammen. Erst in seiner Verlegenheit machte er sich bewußt, was ich an meinem Platz alles mitbekommen haben mußte: Alles, von seinen Beichten in schlaflosen Nachtstunden bis zu Damenbesuchen und Liebesvereinigungen. »Ich kriege einen Harnverhalt in deiner Gegenwart«, meinte er grimmig und hinkte, seinen Nachttopf im Arm, in einen anderen Winkel des Zimmers, der meinem Gesichtskreis entzogen war.

Nachts rollte sich mein Besitzer vor mir auf der Liegebank neben der Wanduhr zusammen, schnarchte und knirschte mit seinem Gebiß, und ich konnte mich nicht mehr zum Wachbleiben zwingen. Nicht wach zu sein, hatte ich niemals erlebt. Mein versunkenes Vorleben als reine Anschauung war ja ein ewiger Wachtraum gewesen. Und selbst bei meinem ersten Besitzer in Caracas hatte ich Schlaf nicht vermißt.

In dieser Nacht war das anders. Vom Hinrichtungsschock auf dem Campo de' Fiori und der Anstrengung endlosen Sprechens benommen, versank mein Bewußtsein im Nichts. Ja, ich erwachte erst, als mein Besitzer bereits vor dem Zuber mit Waschwasser prustete, den er sich hatte vors Zimmer stellen lassen, Gesicht, Brust und Achseln bespritzte und seine Rasur vornahm. »Good morrow«, versetzte ich gegen den Hausherrn, seinen Lieblingsgruß, den er beim Aufstehen schmetterte. »Ah, wieder bei Sinnen«, erwiderte Clifton, »ich sage dir, Schrumpfkopf, du kannst nicht nur sprechen ... du schnarchst!« Vor Heiterkeit war er nicht ausreichend achtsam und brachte sich mit seinem Messer einen Schnitt an der Kehle bei. Ich entgegnete nichts, teils verwirrt von der Nachricht, zu schnarchen, teils noch duselig von der vergangenen Nacht.

Diese Bewußtlosigkeit war erholsam gewesen. Ich kam mir lebendiger, klarer, beschwingter vor und bemerkte an mir eine Zuversicht, die mit dem Wissen zusammenhing oder der Ahnung, von heute an nicht mehr alleine zu sein. Ich stellte mir meinen Besitzer als Freund vor, dem ich mich aufrichtig anvertrauen konnte. Diese Freundschaftsidee war noch wirr und verhalten, und ich konnte nicht sicher sein, ob sie auf Beifall stieß. Gut, er widmete mir Anteilnahme und Zeit und benachrichtigte seine Dienstboten mit einem Klingelzug, sein Wasch- und Rasierwasser wegzubringen und eine Kanne mit Tee auf die Schwelle zu stellen. Und er verbrachte mit mir seinen zweiten Tag, ohne Lord Gifford, der heimreiste und sich verabschieden wollte, im Haus zu empfangen.

Am zweiten Tag horchte ich meinen Besitzer aus, der mir bereitwillig Rede und Antwort stand. In seinen schlaflosen Nachtstunden hatte ich Dinge erfahren, die ich mir nur zum Teil oder nicht im Geringsten zusammenreimen konnte. Was Wirtschaft und Handel anging, war ich vollkommen ahnungslos. Ich ließ mich von Clifton in seinen Beruf einweihen, den Handel, den er ohne Leidenschaft, wenn nicht mit Abscheu und trotzdem erfolgreich betrieb. Zu handeln, das hatte er bei seinem Vater erlernt, einem strengen Puritaner, von dem er beileibe nicht freundlicher sprach als im Allgemeinen vom Kaufmannsberuf. Ach, er haßte das alles, Erwerbstrieb und Sparsamkeit, Enge, Moral und die von seinen Eltern vertretenen Ideen vom verworfenen Menschen, dem nichts anderes erlaubt ist, als Pflicht und Gesetz zu befolgen, und er haßte die englische Insel, von der diese Vorstellungen und Ideale kamen. Oh, er war kein Verfechter des Papsttums, das er, in Anspielung ans Kardinalspurpur, gerne als »madenzerfressene Pflaume« bezeichnete (wer weiß, warum ich diese Abneigung teilte, mein Wissen ums Papsttum ging zu dieser Zeit gegen null).

Der Kirche zu schaden, fand Clifton nicht schlimm – und umso weniger, wenn es sich auszahlte. Das war sein alleiniger Antrieb gewesen, sich als Spion in den Dienst seines Landes zu stellen und Kirchengeheimnisse auszukundschaften, eine Aufgabe, die seinem Gewerbe zugute kam. Als er mit seinem Handel ausreichend verdiente, ließ er den Agentendienst schleifen und meldete nur noch Belanglosigkeiten nach Hause.

In der ersten Zeit merkte ich nichts von dem meinen Besitzer zerreißenden Widerspruch. Es dauerte, bis ich in menschlichen Seelenhaushalten bewanderter war. Clifton lehnte den kleinlichen Kaufmannsgeist herrisch ab – und achtete wiederum beim Feilschen und Schachern peinlichst auf seinen Gewinn. Er, der ein sparsames Leben mißbilligte und es liebte, sein Geld aus dem Fenster zu schmeißen, konnte vor Raffgier und Geiz aus der Haut fahren und hatte nichts anderes als seinen Besitz im Sinn, den er mit allen Mitteln verteidigen mußte, sei es vor seiner Frau, Mrs. Lilia Clifton, beim laufenden Scheidungsverfahren in London, sei es vor Liebhaberinnen, die angaben, er sei der Vater von diesem und jenem Kind. Er platzte vor Mißtrauen, wenn mit der Kundschaft vereinbarte geldliche Anweisungen ausblieben, und ritt wieder und wieder zum Bankhaus Torlonia, bis man den Eingang des Geldes quittierte.

Mit seinem Englandhaß war es nicht anders. Er beteuerte, nie mehr einen Fuß auf die heimische Insel zu setzen und hielt es keinen Tag ohne seine verachteten Landsleute aus, die in der Ewigen Stadt zu Besuch weilten. Auf Londoner Klatsch konnte er nicht verzichten. Er rechtfertigte das mit der Notwendigkeit, in Erfahrung zu bringen, ob ein neuer Kunde als achtbar galt und sein Vertrauen verdient hatte oder ein alter Vertragspartner kurz vorm Konkurs stand.

Sicher, er stellte sich frech und vermessen an. Gegen zwei Damen, die seine robuste Erscheinung bekomplimentierten, versetzte er: »Myladys, es ist unentschuldbar, nicht blasser und leidender auszusehen, Sie haben recht. Bei der Luft dieser Stadt, der miasmenvergifteten, geht alle Welt von meinem baldigen Ableben aus, nicht wahr? Oh, es tut mir von Herzen leid, wenn ich nicht krank bin und keinen interessanteren Eindruck vermittele!« Und zu zwei anderen Damen, die ab und zu an einem Kamillebund schnupperten, sagte er: »Ja, es stinkt in der Ewigen Stadt, es stinkt schauderhaft, und man weiß nie, ob nach Blumen oder eher nach Scheiße.« Mir verlieh er einen englischen Spitznamen, keinen italienischen, und rief mich »Peewee«. Mich machte nur selig, von Oliver Clifton einen Namen verliehen bekommen zu haben.

Ich erinnere noch eine andere Sache, die wir in den besagten drei Tagen besprachen, umso mehr, als mich Cliftons Erwiderung verwirrte. Es hatte mich nie im Geringsten beleidigt, was er mit seinen Besucherinnen anstellte, wenn sie es zum Liebesspiel nicht mehr ins Schlafzimmer schafften. Ich fand nichts Abscheuliches oder Verwerfliches an den Verrenkungen auf der Ottomane, an Kolbenbewegungen und strampelnden Beinen. Von Moral oder Scham hatte ich keine Ahnung. Es befremdete mich, das war alles.

An unserem dritten Empfangszimmertag bat ich meinen Besitzer um Auskunft. »Darf ich mich erkundigen«, wollte ich wissen, »was Sie mit den Frauen auf der Liegebank machen? Mir kommt dieses Spiel nicht besonders bequem vor ... zugegeben, ich kann es nicht richtig beurteilen ... ich meine, ich bin nicht befugt zu ermessen ... was bequem oder unbequem ist, will ich sagen ... mir fehlen ja Gliedmaßen, die man verrenken kann ...«

Clifton ließ sich in seinen Marquisesessel fallen und zauderte mit einer Antwort. »Mir ist unbequem, wenn man mich in eine Tasche knautscht«, plapperte ich, »oder in einen Beutel, wo ich blind bleibe und mich im Finsteren langweile ...« – »Nein«, meldete sich mein Besitzer, »das kennst du nicht. Du bist empfindungslos gegen den Schmerz. Und es ist ein schmerzhafter Stachel, der mich zu den Frauen auf die Ottomane treibt. Er gibt keine Ruhe, er piesackt und peinigt mich. Es ist ein Schmerz, der mich aufreizt, das stimmt. Ein Schmerz, der mich mitreißen kann und begierig macht, begierig, noch tiefer im Schmerz zu versinken ...« Ich war verwirrt. »Dieser Schmerz ist auf Dauer aus?« fragte ich. »Nur dieser«, bejahte er, »den man Geschlechtslust nennt.«

Ich traute der Auskunft nicht hundertprozentig. Mir blieb schleierhaft, warum ich an meinem Besitzer kein schlimmeres Leiden bemerkt hatte, wenn er sich auf seinen zappelnden Damen verausgabte. Schmerzen waren mit schlimmeren Leiden verbunden, das hatte ich bei Don Francisco beobachtet, an seiner Mißhandlung der beiden Kreolinnen, dem beißenden Juckreiz, an dem er verzweifelt war, oder als er den Anibal von seinem Engelchen mit dem Seekuhhautriemen hatte auspeitschen lassen.

Trotzdem bedauerte ich, keine Schmerzen zu kennen, und gegen den schmerzhaften Stachel immun zu sein, mit dem mein Besitzer sich auf seine Freundinnen legte.

VIII

Von den beiderseitigen Vorteilen einer Freundschaft;
mein Bildungsgang in Dingen des Wissens und Empfindens;
leberkranke Lords und Benimmregeln samt einer
Zufallsbegegnung mit Folgen

Ich sprach bereits von der heimlichen Freundschaft, die meinen Besitzer und mich in der kommenden Zeit miteinander verband. Mir verhalf sie zu Bildung und tiefen Empfindungen und Clifton zu auffallender Frische und Energie, was man in seinen englischen Kreisen bemerkte und postwendend ins Mutterland meldete.

Das wiederum sollte sein laufendes Londoner Scheidungsverfahren in Schwung bringen. Schwiegermutter und Frau hatten, Clifton zufolge, aufgrund von Berichten heimkehrender Reisender auf seinen baldigen Tod spekuliert, umso mehr, als ein Doktor aus Brighton, der meinem Besitzer zu Pferd auf dem Weg nach Foligno begegnet war, diese Berichte beglaubigte. Angeblich litt er an einem nicht heilbaren Fieber, das man sich im Sumpf vor den Toren der Ewigen Stadt zuzog. Das hatte den Mistress Lilia Clifton beratenden Anwalt veranlaßt, auf Zeit zu spielen, bis Clifton ins Gras biß und seine Klientin das Erbe des Ehemanns antreten konnte, ein Plan, der im Handumdrehen sinnlos erschien, als man in London von Cliftons Erholung erfuhr.

Mit der Nachricht vom Scheidungsverfahren, das wieder ins Rollen kam, nahm Cliftons blendende Laune zu. Es machte meinen heimlichen Freund umso heiterer, den Anwalt der Ehefrau mit seinem vermeintlichen Fieber beschwindelt zu haben. Er nutzte Verwirrung und Schlappe beim Gegner aus, um der anderen Seite Bedingungen zu stellen, die seine Tochter, Lavinia, betrafen, zu der er freien Zugang verlangte.

An dem Tag, als er diese Bedingungen diktierte, um sein Schreiben per Schiff in die Heimat zu schicken, verschob er einen lohnenden Handel beim Palatin, um mit mir in die Berge zu reiten. Das war seine Leidenschaft in diesen Monaten: Er wollte mir alle erhabenen Ecken und schmierigen Winkel der Ewigen Stadt zeigen und das Land, von der Seeseite bis zu den Bergen, das Rom, diese »unreine Perle«, umrandete. Er benahm sich, als sei er mein Freund, und das ging mir nahe.

Clifton brachte mich auf seinem Pferd bis zum Wasserfall Ternis, der dreihundert Fuß in die Tiefe schoß, um als schneeweißer Dampf in der Schlucht zu verwirbeln; zu Kaiser Hadrians Villa in Tivoli, einer Palaststadt auf Tuffsteinterrassen mit Gartenanlagen und Meerestheatern, Zierbrunnen und Teichen, Banketthallen und Grotten, aus der er Mosaiken und Marmorintarsien in seine englische Heimat verkauft hatte; wir ritten zur Prachtstraße Via Flaminia im Norden der Ewigen Stadt, wo sich seitlich der Wege bald Galgen an Galgen aufreihte, mit verrotteten Resten gehenkter Banditen, die sich knarrend und faul in der Mittagsluft drehten, vergleichbar mit mir, wenn ich an meiner Schnur schwankte, nur weniger schonend behandelt und daher auch schlechter erhalten; und zur Appia Antica am anderen Ende, dem pinienbeschatteten schieferblauen Pflasterweg, der sich zwischen Haufen aus Steinen und Mauerschutt in die weite und wellige Landschaft erstreckte. Clifton liebte das zimtrote Sumpfland, das sich seine Schwermut und Wildheit bewahrt hatte. Klitzeklein konnte man in der Ferne einen Ochsenkarren oder einen schmutzigen Schafherdenfleck erkennen, sonst nur Staubwolken, Felsbrocken, Schlammstellen und Teppiche aus violetten und senfgelben Blumen.

Um einen Menschenauflauf zu vermeiden, falls man mich an seinem Sattel entdeckte, hatte er mir einen Beutel anfertigen lassen, der mit einem vergitterten Sehschlitz versehen war. Dieses

mich hauteng umspannende Futteral verlieh mir den sichersten
Halt. Niemand bemerkte mich, und ich verpaßte nichts. Clifton nahm mich zu Theatervorstellungen und zu Bestattungen
auf dem Protestantischen Friedhof mit. Theater, Beerdigungen,
Messen, Konzerte – das alles waren Dinge, die mir nicht bekannt
waren, mein englischer Freund war es, der sie mir nahebrachte.
Wenn wir sicher sein durften, allein zu sein, holte er mich aus
dem Beutel und hakte mich an eine Felskante oder einen schup-
pigen Palmenstamm, um freier und einfacher mit mir zu plaudern.

Und er beharrte auf meiner Begleitung zu Teestunden, Lotto-
und Billardspielrunden oder Essenseinladungen in der Gesellschaft, wo er mich allerdings vor seinen Landsleuten, die an der
Themse vom Schrumpfkopf erfahren hatten, den sie in Augenschein nehmen wollten, unwirsch verleugnete. »Ich habe den
Schrumpfkopf nicht bei mir«, versetzte er, »erstens bekommt es
dem Hautsack auf Dauer nicht, wenn er in einem fort von Hand
zu Hand wandert, und zweitens verbietet der Anstand das ewige
Vorzeigen.« – »Anstand? Du redest von Anstand?« bemerkte
Lord Matthew, ein Kindheitsfreund meines Besitzers, rothaarig,
mit gelbem Gesicht – er war leberkrank –, der auf Rat seines
Arztes am Mittelmeer weilte, und konnte es sich nicht verkneifen, zu feixen. »Es ist ein menschlicher Kopf«, sagte Clifton
ernst, »vor dem wir mehr Achtung und Scheu haben sollten.« –
»Wenn ich mich« nicht irre, war es ein Indianerkopf«, vergewis-
serte sich Matthews Ehefrau Aethel. »Mit anderen Worten ...« –
das kam von Lord Atkinson – »... man kann nur bedingt von
einem menschlichen Kopf sprechen!« Dieser Atkinson hatte zu
Hause in England den Posten des Innenministers bekleidet, um,
in Ehren entlassen, auf Reisen zu gehen, und sich der antiken
Geschichte zu widmen, die er in seiner Jugend studiert hatte.
»Dieser Kopf ist ein von Primitiven verfertigtes Ding«, wandte
Atkinson sich an die zustimmend nickende Runde von zwanzig
Personen, die im Zimmer verteilt an sechs Spieltischen saßen,

»nur ein scheußliches, aufsehenerregendes Ding, das belegt, warum Wilde kein Mitleid verdient haben. Ja, ein scheußliches Ding«, wiederholte er.

Mechanisch griff Clifton sich an seine Brust, wo ich in meinem Beutel am Gehrock befestigt war, als wolle er mich vor dem Menschen in Schutz nehmen. »Ich kann diese Meinung nicht teilen«, widersprach mein Besitzer. »Ach«, entgegnete Atkinson, »ich war mir sicher. Sie lieben es, anderer Meinung zu sein ... Wollen Sie behaupten, es sei nicht in Ordnung, den Wilden zu Sitte und Christentum zu erziehen ... und das zur Not mit der Peitsche, mein Herr?« Atkinson mit seinen winzigen Ohren, runden blinzelnden Augen im breiten Gesicht, seinem vorspringenden Kinn und dem Ansatz von Buckel wirkte insgesamt nilpferdhaft massig und plump. »Ich erinnere mich an einen James Louis Atkinson, der als junger Mann ein Verfechter der Revolution war, alle Menschen als Gleiche und Freie betrachtete und zur Sklavenbefreiung aufrief. Und an einen Atkinson-Innenminister, der sich seiner vergangenen Mitstreiter annahm, um sie vor aller Welt an den Pranger zu stellen. Das ist es, was mir nicht in Ordnung scheint«, wetterte Clifton, eine Antwort, bei der seine Lordschaft erblasste. Stephen Matthew erstickte den Streit auf der Stelle, indem er seinen Kindheitsfreund am Arm packte, zielstrebig aus dem Besuchszimmer zerrte und vom Zimmer ins Treppenhaus bis auf die Gasse, wo sich beide in einem Arkadengang nebeneinander und atemlos an eine Wand lehnten.

Lord Matthew betrachtete es als sein gutes Recht, Clifton zu maßregeln und zur Vernunft zu bringen. »Clif« und er waren Spielkameraden gewesen, bis Matthews Mutter im Kindbett verschieden und seine Familie aus London verzogen war. Beide waren sich in Oxford wiederbegegnet, wo sie Jura, Geschichte und Philosophie studiert hatten. Cliftons Bereitwilligkeit wiederum, sich von Matthew zum Einlenken zwingen zu lassen, beruhte auf seiner Erinnerungsseligkeit an diese vergangenen gemeinsamen Tage.

Ansonsten war seine Beziehung zu Matthew beileibe nicht eng und vertrauensvoll. Sie hatten sich weit auseinanderentwikkelt. Matthew war in Cliftons Augen zu steif und korrekt, um ein ernsthafter Freund zu sein, was er Matthews Frau, Lady Aethel, anlastete; sie sei »steifer als eine Benimmregel«, meinte er. Andererseits hatte er Mitleid mit Stephen, der schlecht beieinander war, Krisen erlebte und tagelang mit hohem Fieber im Bett bleiben mußte.

Oh, was ich bei meinem Besitzer erlernte, war mehr als nur Schulbank- und Vorlesungswissen, von englischer Sprache, Geschichte und Philosophie zu naturwissenschaftlichen Kenntnissen. Er brachte mir Zahlen bei, lehrte mich Kopfrechnen, was ich bald besser beherrschte als er. »Peewee, du hast eine atemberaubende Auffassungsgabe«, bemerkte er anerkennend, wenn ich seine Monatseinnahmen veranschlagte oder eine Prozentsumme ausrechnete. Ja, er machte mich zu einem Schrumpfkopf mit Bildung. Ich konnte mir Dinge im Handumdrehen merken, und sie gruben sich meiner Erinnerung langfristig ein. Nur lesen und schreiben erlernte ich vorerst nicht – das blieb sinnlos bei jemandem, der keine Buchseiten umwenden und keine Schriftzeichen malen konnte.

Im Haus an der Rampa Sebastianello, die in schwungvollem Bogen zum Pincio emporstieg, verhalf mir mein Freund zu Empfindungserfahrungen, die tiefer gingen als das erworbene Wissen. Diese Empfindungen verdankten sich keinem Reiz, beruhten nicht auf biologischen Wirkungen. Ich merkte nichts, wenn mein Besitzer mich mit seiner Faust umschloß und in den Samtbeutel steckte, nichts vom Druck seiner Hand, nichts vom Stoff seines Beutels, der sich meiner Lederhaut anschmiegte. Ich empfand keinen Schmerz, als er mich aus Versehen nicht richtig am Sattel befestigte und ich zu Boden fiel, wo mich ein Pferdehuf traf und ins Heu einer Stallecke schleuderte. Meine Empfindungen waren ideeller Natur und vereinten sich zu einem Wechselspiel seelischer Regungen, das vom Innenleben meines Besitzers beeinflußt blieb, seinem vertrackten und sprunghaften Wesen. Es waren Empfindungen von Lebenslust, Heiterkeit, Neugier und Neuigkeitshunger.

Ich sprach bereits von meiner Zuversicht und der am Anfang verschwommenen Idee einer Freundschaft, die mir bald klarer und fester vor Augen stand. Was in dieser Idee nicht enthalten gewesen war, war die sich zu Clifton entwickelnde Zuneigung. Sie hatte verwirrende Tiefe und Kraft. Es fiel mir von Tag zu Tag schwerer, alleine im Zimmer am Haken zu schwanken. Wenn ich im Morgengrauen zu mir kam und sich im Osten ein purpurner Himmel aufspannte, der sich auf Fassaden und Kuppeln zu spiegeln schien, verging ich vor Ungeduld, bis er sich zeigte. Und das konnte dauern bei meinem Besitzer. Er schlurfte bisweilen erst mittags ins Zimmer, um sein vertrautes »Good morrow!« zu schmettern, zur Verwirrung der Dienerschaft, die nicht verstehen konnte, warum Mr. Clifton ins leere Empfangszimmer alle Tage aufs neue »Good morrow!« rief. Ich bemerkte an mir eine Wiedersehensfreude, die nahezu krankhafte Ausmaße annahm und mich zu einem seligen Schluchzen ermunterte (ich konnte nicht schluchzen, ich stellte es mir nur vor), wenn er sich vor mir im Sonnenschein streckte und rekelte.

Mir war bei weitem nicht alles bewußt, was ich an meinem Freund und Besitzer bemerkte, der mir als seelischer Zerrspiegel diente. Ich erriet Cliftons Einsamkeit nur, die im Widerspruch zu seinen zahlreichen Frauenbekanntschaften und zu seiner Betriebsamkeit in der Gesellschaft stand. Ich erahnte es mehr, als zu wissen, daß er bei den Menschen vom Schlechtesten ausging. Im Inneren blieb er verschlossen und mißtrauisch. Nur bei mir konnte Clifton sich anders benehmen. Ich war kein in Schuld und Verderben verstrickter Mensch, der nichts anderes als seinen Vorteil im Sinn hatte, ich war ein reines und hilfloses Halbwesen, dem man sich anvertrauen konnte.

Und der Leichtsinn, den unsere Freundschaft verursachte, stachelte Clifton zu einer Verliebtheit an, die ernsthafter, wesentlich ernsthafter war als seine vergangenen Liebschaften und Techtelmechtel. An einem Junitag, als wir ins Ghetto kamen, hielt er vor einer Droschke und beugte sich halb vom Pferd, um einer Dame seinen Gruß zu erstatten. Sie neigte sich aus der Kabine und zeigte das von einem Schleier verdeckte Gesicht, indem sie das Gespinst, das vom Rand eines Hutes fiel, mit der behandschuhten Hand bis zur Krempe hob. Hut, Schleier, Handschuhe, alles war schwarz. Neben der Witwe, die selber noch jung wirkte, erschien eine zweite Person mit dem Schmelz eines Kindes – eines Kindes, das sie nicht mehr war –, die im Handumdrehen alles mit Frische und Munterkeit ansteckte. Sie hatte glattes kastanienbraunes Haar, das aus einer Haube auf Nacken und Schultern floß, wo es einen samtenen Schimmer verstreute, und quecksilbrig blinkende schwarze Pupillen.

Vor einer Ewigkeit war mein Besitzer den Schwestern (und Waisen) bei einer Gesellschaft begegnet, die sich in Frascati von Hitze und Stadtluft erholt hatte. Giovanna war an den Besitzer des Hauses, einen Reeder aus Ostia, vergeben gewesen, dem sie am Ende das Ja-Wort erteilt hatte, was sie zu einer reichen, beneideten Frau machte, der es nicht mehr schwerfiel, der kleineren Schwester ein sicheres Leben zu bieten. Diese Heirat bereut haben konnte Giovanna nicht, sie trauerte sichtlich um den in der See vor Neapel ertrunkenen Mann.

Mein Besitzer war doppelt und dreifach verwirrt, zum einen von der Witwenerscheinung Giovannas, zum andern von Laura-Laurina, die neben der Schwester im Kutschfenster auftauchte. »Bist du es, Laurina?« versetzte er heiser, »du kannst es nicht sein, du warst neun oder zehn, nicht wahr ...?«, und es entspann sich ein lebhafter Austausch, den ich im Einzelnen nicht mehr erinnere.

Eine andere Sache ist mir in Erinnerung: Wir bewegten uns nicht von der Stelle, als sich das Gespann mit den Schwestern entfernt hatte. Clifton blieb vollkommen in sich versunken und teilnahmslos gegen den Trubel, der uns umgab: die feilschenden Juden in schummrigen Ladenzeilen, wo man auf dem Boden verschlissene Kleidung abscheuerte und in der Sonne zum Bleichen ausbreitete, um sie am Markttag als neu zu verkaufen, die Haschen spielenden Kinder und Frauen beim Rupfen und Putzen von Federvieh und Artischocken, die sich um einen Seebarschkopf balgenden Hunde, der Ochsenkarren, dem wir im Weg waren, den unruhig scharrenden Huf seines Gauls auf dem Pflaster – mein Besitzer und Freund, von der Zufallsbegegnung bewegt und benommen, bemerkte sie nicht.

IX

Eine Sommerfrische in den Albaner Bergen;
meine verwirrenden Erfahrungen mit dem Deutschen;
Lord Matthews Eifersucht und die Wachsmodelle
einer anatomischen Sammlung in Verona

Es muß gegen Mitte September gewesen sein, als uns ein Konsul
aus Hamburg, Hans Petersen, zur Sommerfrische in Tivoli einlud,
wo er eine Villa mit zahlreichen Zimmern, Raucher- und Spielsalon, Speise- und Ballsaal besaß, und einen in Terrassen ansteigenden Garten, der wiederum Pavillons, Springbrunnen und Tei-
che bot, Rosarium, Hecken-Irrgarten, Orangenhain und eine am
waldiger werdenden Steilhang gelegene, nur auf sich windenden
Pfaden erreichbare, dem Auge vom Dickicht entzogene und sich
im Felsen verzweigende Grotte.

Hans Petersen war mit dem Kaufmann und Kunstkenner, mit
dem er von Zeit zu Zeit Handel und Wandel trieb, bereits eine
Weile bekannt. Er betrachtete Clifton als klugen, belesenen und
in Gesellschaft schlagfertigen Menschen, der keinen Mangel an
Abwechslung aufkommen ließ, und bat meinen Freund um zehn
englische Namen, die neben seinen deutschen und hiesigen
Freunden, an der Drei- bis Vierwochengeselligkeit teilnehmen
sollten. Neben den Matthews und anderen Landsleuten (Atkinson zu verhindern mißlang meinem Besitzer, der war ein zu guter
Bekannter von Petersen) setzte er das italienische Schwesternpaar, das er zwei Tage in meiner Begleitung (der als Beistand in
Herzensdingen leider nichts taugte) am Golf von Salerno besucht
hatte, wo sie bei einer Verwandten des Reeders zu Gast waren,
um sich zu vergewissern, ob er sich nicht irrte mit seiner Ver-

liebtheit in Laura-Laurina, auf die vom Deutschen erbetene Einladungsliste.

Wir trafen mit Matthews zwei Tage vor Ankunft der Dreißigpersonengesellschaft in Tivoli ein. Clifton wollte dem Konsul einen Kauf unterbreiten – eine Bronzekopie aus der mittleren Kaiserzeit –, und besonders beim Planen von Spielen und Ausflugszielen, Tischordnung und Zimmerverteilung zur Hand gehen – um neben den Schwestern zu wohnen und zu sitzen und nicht neben Atkinson, wie er mir zwinkernd verriet. Mit beiden Vorhaben war er beim Konsul erfolgreich, der den Eindruck von Schwere und Steifheit erweckte und seinem englischen Gast freie Hand ließ.

Hans Petersen war nicht besonders vertrauensselig, er war einfach unbedingt geradlinig – und mit Mitte Siebzig in einem begreiflicherweise zur Langsamkeit neigenden Alter. Klapprig allerdings wirkte der Deutsche mitnichten. Er war ein Riese mit seinen knapp ein Meter neunzig, zwei turmrunden Beinen und baumstarken Armen. An dem Mann war nichts krumm oder schlaff, und als er mit den Matthews und Clifton zur Grotte hochkletterte, zeigte er keinen Anflug von Kurzatmigkeit – anders als Stephen, der sich auf dem Kraxelpfad vor Atemnot an seinen Freund klammern mußte. Auch Petersens regelrecht krachendes Lachen, das sich in der Zimmer- und Saalflucht vervielfachte, war ein Beleg seiner Lebenskraft. Schwer tat sich der Gastgeber nur mit dem Sprechen, was allerdings nichts mit dem Alter zu tun hatte. Er schien an den Worten zu nagen, es dauerte, bis er es schaffte, ans Satzende vorzudringen. Das hing nicht am Englischen und Italienischen, beide Sprachen beherrschte der Hamburger fehlerfrei (nur Petersens harte Betonung war grausam) – nein, auch wenn er sein heimisches Deutsch kaute, als sei es Kautabak, war er nicht fixer.

Und ich machte eine verwirrende Entdeckung, als Petersen meinen Besitzer und die mit der Kutsche einlaufenden Matthews am Ankunftstag in seiner Sprache empfing. Clifton schwang sich vom Sattel, wo ich in meinem Beutel hing, vor mir das Herrschaftshaus mit breiter Freitreppe, auf der Petersen eine Willkommensansprache hielt. Ich verstand seine Worte nicht – oder verstand sie auf Anhieb, und es war der Schock, der sie wieder verwischte. Auf schwer zu benennende Weise kam mir dieses Deutsche bekannt, richtiggehend vertraut vor. Das hatte ich in der Vergangenheit bei keiner anderen Sprache erlebt, die mir fremd war. Sicher, aus Anstand vor seinen Besuchern verlegte der Hausherr sich schleunigst aufs Englische, und bis seine deutschen Bekannten eintrafen, fand ich keine Gelegenheit mehr zu vertiefen, ob meine Empfindung nicht nur reine Einbildung war.

Um es vorwegzunehmen: Sie war es nicht. Als elf deutsche Stimmen aus Zimmern und Pavillons, Raucher- und Spielsalon an meine Ohren drangen, Stimmen eines Kreises von jungen Kopisten und zwei Diplomaten im Alter des Gastgebers, der erste von beiden mit halbtauber Ehefrau, die man im Zweifelsfall anschreien mußte, der andere mit knochig versponnener Tochter, fiel mir nicht schwer zu verstehen, was sie sagten. Und besonders vertraut schien mir Jonathan Heises Deutsch, das Deutsch eines angehenden Dichters aus Franken, der es knorriger sprach als der Rest.

An diesem Punkt sei mir eine Bemerkung zu meinen Erinnerungen erlaubt, die ich in den Rechner diktiere, bedenkenlos, ohne auf eine modernere Sprache zu achten. Ich benutze das Deutsch, das ich wiederfand, als ich beim Hamburger Konsul in Tivoli weilte, ein Deutsch, das man um 1820 sprach, sicher mit Abschleifungen oder Neuerungen, die mir im Verlauf meines weiteren Lebens begegneten. Es ist folglich kein Zufall, wenn es meiner Leserschaft altmodisch vorkommen sollte.

Im Allgemeinen muß man sagen: Von Anfang an war es der Unstern, der Clifton und mich im Albanergebirge beschien. Bereits in den Tagen vor Ankunft der anderen Personen im Herrenhaus kam es zu Spannungen zwischen den Matthews und meinem Besitzer. Ich erinnere mich an einen Sonnenuntergang, dem wir auf einer Pavillonrundbank mit Sicht von den Bergen bis tief in die Ebene beiwohnten, glutrote Felsspitzen, blaue Beschattung im Flachland und purpurrot aufziehenden Himmel. In der Weite das Meer war ein glitzernder Spiegel, der mit sinkender Nachtstunde kobaltblau anlief.

Lord Matthew, ansonsten ein landschaftsverliebter Mensch, war zu erregt, um dem Schauspiel zu folgen. Unbedingt mußte er seine Erkenntnisse zu italienischen Frauen loswerden. Das hing mit der Einladung Cliftons an Witwe Giovanna und Schwester Laurina zusammen, die der Kindheitsfreund unpassend fand. Matthew wollte sich Clifton mit niemandem teilen und ging, nicht zu Unrecht, von heimlichen Absichten meines Besitzers bei einer der Schwestern aus. Das war eine Lord Matthew verbitternde Aussicht. »Weit und breit auf der Welt findet man keine Frauen, die verwerflicher sind, widerlicher, bigotter und dreckiger als Italienerinnen«, schimpfte er, »selbst vor Komtessen, die einem zu nahe kommen, muß sich ein englischer Mann seine Nase zuhalten. Dieser Knoblauchgestank, den sie ausdunsten!« – »Ja«, kicherte Aethel, »selbst die fressen Knoblauch! Abscheulich!«

Anfangs wiegelte Clifton nur ab. Er zeigte zur fernen, am Bergkegel klebenden Ortschaft aus in sich verschachtelten Mauern, die im Sonnenschein flammten, als seien sie aus fließendem Gold. »Macht mir dieses Schauspiel nicht madig!« versetzte er bittend, was Matthew beileibe nicht bremste, der eifrig sein Gift in die liebliche Luft spritzte. »Eine Ansammlung kindischer Wesen, das sind sie, die sich ohne Anstand und Hemmung verkaufen.« – »Sie bieten sich feil ...«, zischte Aethel erschauernd. »Ach dieses Italien«, seufzte der Ehemann, »fruchtbar und durchscheinend, luftig und strahlend, von einer Erhabenheit, die uns ergreifen muß, mit Ruinen aus achtunggebietender Zeit ... und auf der anderen Seite das stumpfe, verwilderte Volk, das es heute bewohnt, ein Menschenschlag, der seine Vorfahren beleidigt ...«

Auf Dauer ließ Clifton sich Matthews Mißbilligungen nicht bieten. Zum einen war nicht schwer zu erraten, warum sie der Kindheitsfreund mit einer Hingabe von sich gab, die nicht verbissener sein konnte: Eifersucht (dieses mich an Pepito erinnernde krankhafte Leiden). Es war weltfremd und anmaßend, was er sich vorstellte: Clifton sollte das Schwesternpaar kurzerhand ausladen. Das reichte bereits, um seinen »Clif« auf die Palme zu bringen. Umso mehr, als er Matthews Ideen zu Italien und Italienerinnen nicht im Entferntesten teilte. Er sprang von der Rundbank und lehnte sich auf den Stock, den er in letzter Zeit, wenn er spazierenging, besonders bei Aufstiegen, dringlicher brauchte, und baute sich vor seinem englischen Landsmann auf. »Nichts von dem, was du sagst, ist wahr! Absolut nichts! Um ehrlich zu sein, ich beneide das Land. Ich beneide es um seinen Reichtum an Frauen von unendlicher Unschuld und Sanftmut. Ja, sie benehmen sich einfach und frei und gehen nicht auf Stelzen, wie unsere Damen. Sich zu verstellen, beherrschen sie schlecht, warum sie uns vorkommen, als seien sie von schlichter Empfindung. Unverdorben, das sind sie, besonders, wenn man sie mit unseren verweichlichten Weibchen vergleicht, und von klarer, naturhafter Lieblichkeit.«

Bei Cliftons Bemerkungen zur englischen Damenwelt saß Lady Matthew schmallippig und steif auf der Holzbank, als sei sie aus Wachs. Und Matthew verkniff es sich, zu widersprechen, um schlimmeren Streit zu vermeiden. Clifton war reizbar und hitzig, das wußte er, und er wich keiner Zwistigkeit aus, wenn es sein mußte. Nein, Stephen Matthew verhielt sich nicht menschenklug; nur aus Feigheit verzichtete er auf ein Widerwort, nicht aus Zuneigung zu seinem Freund oder aus Einsicht. Es blieb bei den Spannungen und Sticheleien, als wolle das Paar Cliftons Willen unmerklich zermahlen, was nichts als Begrenztheit und Hochmut verriet.

Mein Besitzer bereute es, oh er bereute es sehr, Stephen und Aethel zur Einladung bei seinem Konsul verholfen zu haben. Nachts, wenn wir aufs Zimmer kamen, holte er mich aus dem Beutel und hob mich aufs Bord an der Wand, einen Platz, den er mich hatte ausprobieren lassen, ob er Aussicht auf Gartenterrassen und Berge bot und von praller Sonne verschont blieb. Seufzend befreite sich Clifton vom Rock, den er auf einen Stuhl zwischen Truhe und Bett hakte, und legte sein seidenes Halstuch ab. Und er wetterte gegen seinen Freund aus der Kindheit. »Es sind hohle Ideale, die Stephen vertritt. Er schwafelt vom Leben in Eintracht mit der Natur, das er in Pompeji bei den Griechen erkannt haben will. Und was ist er selber? Benehmen und Drill! Stephens Leben hat absolut nichts mit Natur zu tun, nur mit Gesetzen und englischer Selbstherrlichkeit ...« Er klappte den himmelblauen Waschtisch auf, schaute sich um, hob seinen Wasserkrug hoch und hielt inne. »Peewee, weißt du noch, wo ich mein Zahnpuder habe?« – »Psst!« machte ich wieder und wieder, wenn Clifton vergaß, seine Stimme zu senken. Es war undenkbar gewesen, dem Lord ein benachbartes Zimmer verweigern zu wollen, und mit Sicherheit lauschte das Paar an der Wand, falls es von nebenan seine Stimme vernahm. Besser, sie kriegten nicht mit, was er sagte – und auch von mir durften sie nichts erfahren.

Wachsam zu bleiben, fiel meinem Besitzer schwer. Er war in diesen Tagen besonders zerfahren, eine Flatterigkeit, die mit den Schwestern zusammenhing, mehr noch als mit den anstrengenden Matthews. Es sollte sich erst in der letzten Minute entscheiden, ob beide in Petersens Haus kamen oder andere Ablenkung vorzogen.

Giovanna Lombardi war unsicher, was von den Absichten Cliftons zu halten war, ob sie die Schwester dem in eine laufende Scheidung verwickelten Handelsmann und seiner Anwartschaft aussetzen sollte. Sicher, sie war ein moderner Mensch, und Mr. Clifton mit seinen Mitte Dreißig kein Greis, trotz des Abstands im Alter zu Laura-Laurina, die erst auf die Achtzehn zuging. Er war bemittelt, nicht geizig, ein blendend aussehender Mann und begehrter Gesellschafter von besonderem Scharfsinn und Witz. Und er wirkte frischer als in der Vergangenheit, nicht mehr von heimlicher Krankheit befallen. Laura keinem todkranken Mann zu verbinden und sie nicht vorzeitig zur Witwe zu machen, war Giovanna ein dringliches Anliegen – sie wußte, was Witwenschaft in jungem Alter bedeutete. Nein, seine Beschwerden schien Clifton erleichternderweise bezwungen zu haben. Und trotzdem, es war etwas Finsteres um den Mann, das sie, besonders als Laura verantwortlich beistehender Schwester, beunruhigend fand – alles Dinge, die mir in den kommenden Tagen im Rundpavillon auf der letzten Terrasse von Witwe Giovanna zu Ohren kommen sollten.

Keine der Schwestern nahm an, von einem Fremden belauscht und belauert zu werden, versteht sich. Und ich bin nicht mehr sicher, wer auf diesen Einfall kam. Ich will nicht ausschließen, daß er von mir stammte, um dem Verliebten von Nutzen zu sein, mir seine Verbundenheit und seinen Dank zu verdienen. Cliftons Besessenheit war nicht zum Aushalten, und ich machte mir ernsthafte Sorgen um meinen Freund. Oder er war es, der meine Hilfe erbat, der erfahrene Spion war auf diesem Feld firmer als ich ... Ich will meinen Besitzer nicht unrechterweise bezichtigen. Und wir gingen zu zweit dieses Vorhaben an. Ich meine, ich steuerte mit Rat und Tat zum Erfolg meines Spitzeldiensts bei. Wo war es sinnvoll, mich lauschen zu lassen, wo waren Verstecke, die niemandem auffielen – das heckten wir beide zusammen aus.

Um keine Verwirrung zu stiften, beginne ich mit unserem dritten Tag bei Konsul Petersen und der schleppenden Ankunft von dreißig Personen, die mit Kleidertruhen, Schachteln und Zofen anreisten, sich von Petersens Dienern aufs Zimmer bringen ließen, bald zwischen Rosarium und Teichen lustwandelten und sich um sieben zur Mahlzeit im Speisesaal einfanden: Das Herrenhaus glich einem menschlichen Taubenschlag.

Man kannte sich nicht oder nur ausnahmsweise. Das war der besondere Reiz von Gesellschaften, die zu Spiel und zu ernster Besprechung zusammentrafen, drei bis vier Wochen in luftiger Gegend, und diente der Anbahnung neuer Beziehungen. Anfangs hielt man sich lieber an die, die man kannte, und fremdelte aus der Entfernung. Es hatte vor allem mit Lord Matthew zu tun, daß sich Clifton nicht anders verhielt, der ansonsten beim Neue-Bekanntschaften-Schließen nicht scheu war. Matthew wich seinem Kindheitsfreund nicht von der Seite, ja, er trat mehr oder weniger auf dessen Zehen, was meinen Besitzer zu Jonathan Heise trieb, dem Dichter aus Franken mit Kinnbart und Haartolle, den er von anderen Begegnungen kannte. Heise verprasste das Erbe, das er seinem Vater, einem Bamberger Brauer, verdankte, mit Reisen von Mailand bis Enna und Syrakus und seinem Verbleib in der Ewigen Stadt, der bereits vierzig Monate dauerte.

Von den schweigenden Matthews beharrlich begleitet, stapften Clifton und Heise zur besseren Verdauung im dunkelnden Garten um Beete und Springbrunnen und verspotteten heimlich die deutschen Kopisten, die nach beendeter Mahlzeit im Rauchsalon Pfeifen mit Meerschaum- und Bernsteinkopf auspackten. Einheitlich bei allen dreien war der Haarschnitt, den sie augenscheinlich mit Hingabe pflegten. Das wellige Haar bis zum Nacken war Mode und eine Verbeugung vor Raffael, den man nicht nur bei den Deutschen verehrte. »Leider wird niemand, der sich seine Haartracht zulegt, automatisch zum Raffael!« Feixend zerrte der Bamberger an seinem Kinnbart. »Das ist wahr«, stimmte Clifton zu, der sich nicht bitten ließ, wenn es um Frechheiten und Frotzeleien ging, »sie sollten das Haar lieber kurzerhand abschneiden und schleunigst zu Pinseln verarbeiten lassen ... wer weiß, ob sie das nicht zu besseren Malern macht!«

Stephen Matthew und seine Frau stimmten ein Kichern an, dem man Unsicherheit und Verlegenheit anmerkte. Man sollte nicht mitbekommen, daß sie kein Deutsch sprachen. Das Gegenteil hatte Clifton vor Heise behauptet, der erleichtert war, daß man beim Deutschen blieb. Clifton wiederum, den Heises Sprache nicht anstrengte, hatte mit seinem Schwindel erreicht, Lord und Lady zu zwingen, den Schnabel zu halten.

Es fiel Cliftons Kindheitsfreund schwer, nicht zu zeigen, aufs tiefste verstimmt und beleidigt zu sein, als er sich mit Aethel aufs Zimmer verzog, um zu Bett zu gehen. Umso erheiterter war mein Besitzer, den beim Essen im Speisesaal, vor einer Stunde, eine schriftliche Nachricht Giovannas erreicht hatte, mit dem Versprechen von seiten der Schwestern, sich bis Ende der Woche bei Petersen einzustellen und zehn Tage beim Konsul zu bleiben.

»Ich kann Deutsch! Ich kann Deutsch!« wiederholte ich aufgeregt an meinem Platz auf dem Bord an der Zimmerwand, ohne von Clifton beachtet zu werden, der sich am Waschtisch mit Wasser bespritzte. »Willst du deine Gabe nicht Matthew vermachen?« bemerkte er endlich zerstreut. Er schien meine Aufregung komisch zu finden. Anzunehmen, ich war in seinen Augen ein Wesen, bei dem prinzipiell alles denkbar war ... warum sollte ein sprechender Schrumpfkopf kein Deutsch verstehen? Mit befeuchteten Fingern erstickte er die in den Wandleuchtern knisternden Flammen und streckte sich auf seiner Bettdecke aus.

Was bis zur Ankunft Giovannas und Lauras passierte, erinnere ich nur konfus – ich war zu verwirrt und benommen vom Deutschen und konnte nicht sagen, warum es mir naheging, es war keine Sprache, die anziehend und weich war, nichts angenehm Warmes und Singendes hatte sie, und trotzdem ergriff und bewegte sie mich – erinnere mich an den Garten im Fackelschein und zwei schallende Stimmen, die vom Irrgarten kamen, aus dem der preußische Botschafter mit seiner halbtauben Ehefrau nicht mehr ins Freie fand ... an Cliftons Verbindung zu Jonathan Heise, die sich in den kommenden Tagen vertiefte und in der Neigung zu Spitze und Spottlust zusammentraf – er lud Jonathan ein, bis zur Ankunft der Schwestern im Speisesaal an seiner Seite zu sitzen, ein sonst von Matthew beanspruchter Platz; an den Bund, den Lord Matthew mit Atkinson schloß, teils um Anschluß zu finden, den Clifton verweigerte, teils um seinem Unmut Gewicht zu verleihen ... an das knochige Menschenkind namens Luise, weizenblond, mit versponnenen meerblauen Augen – einem fahlen, verhangenen baltischen Meeresblau –, und bleicher Gesichtshaut, die apfelrot anlief, wenn es mit den Kopisten im Park Blinde Kuh spielte oder meinem Besitzer alleine begegnete, und das mit einer Neugier, die ich alarmierend fand, wieder und wieder meinen Samtbeutel musterte ... an meine Matthew betreffenden Warnungen, wenn wir auf dem Zimmer waren, Clifton und ich, oder ohne Gesellschaft im Garten spazieren hinkten, Warnungen, die Clifton nicht ernst nehmen wollte, »Stephen wird mir nicht schaden, er ist zu korrekt, Peewee. Und wenn er *das* nicht ist, ist er zu feige«; und an das Aufsehen, das Clifton und Heise vor Ankunft der Schwestern Lombardi erregten.

Ein Wolkenbruch hatte den Kreis von Besuchern vom Garten in Petersens Villa vertrieben, wo man an den Raucher- und Spieltischen Platz nahm, und Clifton, der mit seinem deutschen Bekannten bequem am Kamin lehnte, auf eine Anatomiegalerie in Verona zu sprechen kam. Beide kannten die Wachsmodellsammlung von lebensecht wirkenden Menschenorganen und -gliedern. »Niere und Darmschlingen kamen mir anschaulich vor«, sagte Heise, »nicht anders als Gallen- und Harnblase, meinen Sie nicht?« – »Oh ja«, stimmte Clifton zu, »im Allgemeinen sind sie treffend und von anatomischer Richtigkeit ...«, er vergewisserte sich in die Runde, die in Sesseln und Sofas zu schwatzen vergaß, sprang mit hallender Stimme vom Deutschen ins Englische und vom Englischen wiederum ins Italienische, das der Bamberger seinerseits fließend beherrschte, »... außer, was zu bedauern ist, bei den Geschlechtsteilen.«

»Außer wo?« wollte Minna von Otterstein wissen und knickte das Ohr mit den Fingern zum Botschafter. »Bei den Geschlechtsteilen!« bellte der Ehemann. »Ach, nur bei den Geschlechtsteilen«, grummelte Minna erleichtert und sank auf dem Sessel zusammen.

An Raucher- und Spieltischen brach man vereinzelt in Kichern aus, um sich schleunigst in krampfhaftes Husten zu retten und im betretenen Schweigen nicht aufzufallen. »Sie haben recht, außer bei den Geschlechtsteilen, besonders beim Mann«, sagte Heise, »was denken Sie?« – »Absolut. Nicht vereinbar mit unseren Erfahrungen und Maßen im Norden«, entgegnete Clifton. Heise mußte sich anstrengen, ernsthaft zu bleiben. »Nein, nicht vereinbar, das kann ich bejahen. Nehmen wir zugunsten Italiens an, daß der den Anatomen Modell stehende Mann aus Verona als Vorlage unbrauchbar war.« – »Unbrauchbar und unvorteilhaft ... eine Ausnahme«, versicherte Clifton den vier italienischen Herren, die das Kinn in der Hand oder mit einer Schnupftabakdose hantierend todernst und verstimmt wirkten, »anders als bei den weiblichen Schamteilen, denke ich ...«, es raunte und zischte im Zimmer von Tisch zu Tisch, was meinen Besitzer kein Quentchen beirrte, »sie kamen mir im Gegenteil eindrucksvoll vor, eindrucksvoller, als was uns aus England vertraut ist, und bei den englischen fehlt es mir nicht an Erfahrung.«

»An Erfahrung womit?« keifte Minna von Otterstein. »An Erfahrung mit Schamteilen englischer Damen, sie seien bescheidener als die italienischer Frauen«, schrie der Preuße ins Ohr seiner Gattin. »Aha!« sagte Minna von Otterstein trocken.

X

Von der Liebe und dem Menschen als Krone aus Blech;
erste Spitzelerfahrungen um die Niederungen
der Eifersucht und vernichtender Verleumdung

Nach beendetem Schauer beeilte man sich, in den glitzernden
Garten zu treten und sich zwischen Pavillons, Springbrunnen
und Irrgarten zu zerstreuen. Mit den Matthews im Schlepptau
kam James Louis Atkinson aus einem Bogengang auf meinen Besitzer und Heise zu, die an beschwingte Studenten erinnerten. An
den Flecken in Atkinsons Nilpferdgesicht ließ sich seine Erregung
erkennen. Beide Parteien blieben stehen und belauerten sich.

Der sich auf den Spazierstockknauf lehnende Clifton fixierte
das Trio ironisch und neugierig. Das ahnte ich mehr, als es vor
mir zu haben, ich hing ja im Beutel und starrte auf Atkinson, der
aussah, als ob er vor Mißmut ersticke. Er riß an seinem Halstuch, um Luft zu bekommen. »Widerlich! Widerlich!« schimpfte
er endlich mit kratzig versagender Stimme. Die Matthews, im
Hintergrund, nickten entschieden. Clifton beachtete Atkinson
nicht, das war schlimmer als eine Beleidigung. Er neigte sich auf
dem Spazierstock zur Seite und nahm seinen Kindheitsfreund
Stephen aufs Korn, der sein Kinn senkte, kleinlaut und muksch.
»Was soll ich sagen ... du brauchst einen Minister zum Beistand,
um dich zu beschweren? Oder was hast du sonst im Sinn – mit
mir zu brechen?«

Er hielt inne, als er einen Diener bemerkte, der winkend um
Putten und Steinvasen eilte. Außer Atem kam er bei der Gruppe
vorm Bogengang an, die in feindlichem Schweigen versteinert
war, und wandte sich keuchend an meinen Besitzer. »Ich soll aus-

richten, Sir ... eine Droschke traf ein ... mit zwei Damen ... Sie werden erwartet!« Clifton drehte sich ohne ein Wort auf dem Absatz um und hetzte an seinem Spazierstock zur Freitreppe, hinkend, mit Schmerzen verratenden Seufzern, und ich schlenkerte in meinem Beutel am Westenknopf von einer Seite zur anderen. »Peewee, es geht nicht. Ich habe mich nicht rasiert«, schnaufte er, als wir den Ballsaal erreicht hatten, den wir durchqueren mußten, um in die Halle zu kommen, »ich darf mich den beiden nicht zeigen.« – »Das stimmt nicht, Sie haben sich rasiert«, widersprach ich. »Bei Sonnenaufgang«, murrte er, »vor einer Ewigkeit. Und habe ich saubere Kleidung an, Peewee? Sollte ich nicht lieber Halstuch und Hemd wechseln?« Er lahmte zu einem der wandhohen Saalspiegel, die an Sockel und Kranz mit Palmetten und Sternen verziert waren, vor dem er sich reckte und wendete. Erst als wir nichts Unvorteilhaftes entdeckten, war mein Besitzer erleichtert und straffte sich.

Im Handumdrehen hatte er alles vergessen: seine Feindseligkeiten mit Matthew und Atkinson, ja seine verschworene Bekanntschaft mit Heise, den er in den kommenden Tagen links liegen ließ. Er hatte nichts Freches mehr an sich, war blendender Laune und neigte zu kindlicher Freude.

Diese harmlose Stimmung hielt zwei bis drei Tage an, bis sie einer wachsenden Unruhe Platz machte, die er vor der Gesellschaft erfolgreich verbarg. »Ob sie die meine ist, Peewee?« verlangte er von mir zu wissen, wenn wir auf dem Zimmer waren, »was denkst du ... ob Laura mich liebt?« – »Um das zu beurteilen, bin ich nicht der Richtige«, bekannte ich von meinem Platz an der Wand mit dem milchig verhangenen Garten vor Augen, diesem weißlichen Weben aus Mondschein und Feuchtigkeit, das in Schleiern vom Boden aufstieg.

Nein, ich konnte nicht sagen, ob Laura-Laurina in meinen Besitzer verliebt war. Oh, sie benahm sich beileibe nicht scheu gegen Clifton. Wenn man in der Runde zum Lottospiel Platz nahm, verbanden sie sich gegen andere Mitspieler und machten in Partnerschaft Kasse. Nie wirkte Laura verschlossen und abweisend. Seiner Idee, in der Mondnacht mit Fackeln zur Grotte zu kraxeln und sie zu besichtigen, stimmte sie voller Begeisterung zu, auch ohne Giovanna, die sich lieber ausruhen wollte (und am Ende, zur Sicherheit, doch mitkam). Ja, sie war von einem freien und heiteren Auftreten, das niemandem in der Gesellschaft mißfallen konnte (außer den Matthews, die es nicht zeigten). Das wiederum nagte an meinem Besitzer. Er fragte sich, ob seine Gegenwart an dieser heiteren Stimmung beteiligt war oder sie sich nie anders verhielt. Reizend und zutraulich war sie zu Petersen, der sie mit krachendem Lachen »min Deern« nannte, zu einem bohnenstangenhageren jungen Kopisten, mit dem sie sich bei der Quadrille zusammentat (sein Geburtsfehler hinderte Clifton am Tanzen, was er vor Laurina nicht zugeben wollte, vor der er sich lieber als Tanzmuffel ausgab), und zu Atkinson, der sie beim Parkbummel, Arm in Arm, in die antike Geschichte einweihte, mit der sie nur leidlich vertraut war. Spitze Bemerkungen meines Besitzers gegen Atkinson oder den jungen Kopisten stießen bei Laura auf Ablehnung. Sie mißbilligte Schlechtmachereien und Verleumdungen nicht aus moralischem Anstand, nein, sie war einfach zu rein und vertrauensvoll.

Clifton litt, und wir griffen zu anderen Mitteln. Ich sagte bereits: Mir ist nicht mehr erinnerlich, wer auf den Einfall kam, mich als Spion einzusetzen. Sicher ist nur, es war meine Idee, mich im Pavillon auf der Terrasse am waldig bewachsenen Steilhang verstecken zu lassen, zu dem Giovanna und Laura zur Mittagszeit hochstiegen, wenn sich alle anderen von Hitze und Mahlzeit erholten. Mein Vorschlag riß Clifton vom Bett auf die Beine. Er streckte den Arm aus, um mich in die Hand zu nehmen, was er zu meinem Leidwesen nur ausnahmsweise tat, und sich vertraulich mit mir zu beraten. Und im Morgengrauen, als noch kein Mensch auf den Beinen war, kletterte Clifton mit mir bis zum Waldrand hoch und wir suchten den Pavillon auf eine passende Stelle ab.

Das erwies sich als schwierig, das luftige Bauwerk bestand nur aus Bank, Balustrade und Pfeilern und seinem mit acht Balken zur Mitte verstrebten Dach. Es blieb meinem Freund keine andere Wahl, als den Raum voller Spinnweben, Asseln und Gartendreck zwischen Boden und Bank zu erkunden. Er krabbelte neben der Holzbank auf allen Vieren – meinen Samtbeutel mitschleifend, der von seinem Westenknopf pendelte – und tastete mit seiner Hand in die Tiefe, bis er einen vorstehenden Nagel entdeckte, an dem sich mein Beutel befestigen ließ. Sich auf den Knien halb aufrichtend wollte er wissen: »Und du bist bereit?« Ja, das war ich, bereit, meinem Freund und Besitzer einen leidensverringernden Dienst zu erweisen!

Freilich konnte ich an diesem Punkt noch nicht wissen, ob ich von den Schwestern sein Leiden verringernde oder vermehrende Dinge erfuhr ... das beunruhigte mich nicht besonders, um ehrlich zu sein. Ich konnte mir notfalls auch alles zusammenschwindeln, um Clifton von Zweifeln und Unruhe zu befreien. Ich kann vorwegnehmen: Es war nicht erforderlich. An meinem Platz zwischen Holzbank und Fußboden kam mir von Laura ausschließlich Erfreuliches und von seiten Giovannas nichts Schlimmes zu Ohren.

Leider dauerte es, bis sie eintrafen. Ich zappelte innerlich vor Langeweile und Ungeduld. Reine Anschauung, die an der Welt keinen Anteil nimmt und von der Gegenwart, in der sie treibt, keinen Schimmer hat, war ich nicht mehr. Es ekelte mich vor den Ameisen, die beim vergitterten Sichtschlitz zu mir in den Samtbeutel kletterten und mich erforschten. Ich hatte den Eindruck, sie zwickten und bissen mich. Und als am Vormittag Sonnenstrahlen in mein Versteck drangen und vor meinen Augen vergoldeter Staub schwebte, peinigte mich eine andere Einbildung. Ich litt an einem Niesreiz und konnte nicht niesen, mir fehlte es an den Bedingungen – Muskeln, Motorik und Atmung –, um mich von einem Zwang zu erleichtern, der doch nur eine Schnapsidee war.

Als Giovanna und Laura beim Pavillon ankamen, war ich beseligt und dankbar. Sie verharrten nur kurz auf den Stufen zum Rundbau, wo sie sich gegen Berge und Ebene wandten, um sich gegenseitig auf Dinge im Garten und Landschaftserscheinungen aufmerksam zu machen, von vermeintlichen Fabeltierwolken im Bergland bis zum Meer, das an schmelzendes Silber erinnerte. Ich betrachtete beide von meinem Versteck aus, Lauras Scheitel, der streng das in Kopfmitte zu einem Knoten hochstehende nußbraune Haar teilte, blitzende Augen und Striche von Halbmondbrauen, Schmollippenpolster und molliges Kinn (das der noch nicht erwachsene Teil des Gesichtes war), und Witwe Giovanna, bedeckt mit einem Schleier, den sie beim Ersteigen der Stufen zum Pavillon vom glatten und lackschwarzen Haar streifte. Laura folgte der Schwester und raffte beim Aufstieg das bis auf den Erdboden fallende, von einem beigeroten Stoffband umflossene weiße Kleid mit flachem Ausschnitt und Schleife im Kreuz, in dem sie kindhafter wirkte als sonst. Mir fielen Lauras Schuhe auf, als sie das Kleid anhob und zielstrebig auf meine Ecke zusteuerte, Seidentaftschuhe mit kantiger Spitze und Seidenrosetten verziert. »Du kennst meinen Lieblingsplatz!« sagte sie heiter zur Schwester und ließ sich bei mir auf der Bank nieder. Wenn sie hippelnd und wippelnd von meinem Besitzer sprach – und im Großen und Ganzen sprach sie von nichts anderem –, trat sie gegen den Beutel und traf meine Nase, was mir erfreulicherweise nichts ausmachte. Trotzdem beunruhigten mich diese Tritte. Laura mochte am Ende den Beutel bemerken, den sie unwillentlich in Bewegung versetzte und der seinerseits gegen das Sohlenleder schwang. Das lenkte mich teilweise von meinem Auftrag ab, mir nichts entgehen zu lassen von dem, was sie sagten.

Andererseits wiederholten sie sich und bald war mir der Frontverlauf zwischen den Schwestern klar. Giovannas Bedenken, ob Clifton es ernst meine und an Lauras Seite der richtige Mann sei, ließen sie zaudernd und abwartend bleiben. Wer jung sei, der neige zur Unvernunft, meinte sie, und es sei weiß Gott nicht erforderlich, sich zu beeilen. »Liebe vergeht nicht in anderthalb Wochen. Bis zu seiner Scheidung, mein Kind, ist es abwegig, eine englische Heirat ins Auge zu fassen ... Und ich habe«, versetzte sie stockend, als ob sie der Sache nicht traue, »im Kreis der Gesellschaft von einer Beziehung erfahren, mit der unser Freund sich angeblich zerstreut ... es soll eine englische Lady sein, die in Neapel mit einem italienischen Herzog verheiratet ist.« – »Das stimmt nicht«, versetzte ich, hitzig und leichtsinnig, »er hat Lady Emily aus seinem Haus werfen lassen!« Gott sei Dank kam meine Stimme im Beutel nicht an gegen Lauras erregte Erwiderung – bei der mich wieder ein Tritt vor die Nase traf –, sie hasse gemeinen und niedrigen Klatsch und wolle davon verschont bleiben.

Ich verschwieg meine Dummheit vor Clifton, als er in den Pavillon kam, um mich aus dem Versteck zu holen. Das war erst um zehn oder elf in der Nacht. Stunden waren vergangen, ich hatte den unangenehmen Besuch einer Ratte erlebt, die meinen Samtbeutel gierig beschnuppert und an seinem Nagel zerzaust hatte. Ich verdankte es Petersen, der mit dem Vater Luises zum Rundbau hochschlenderte, daß sich das Biest ohne mich aus dem Staub machte.

»Peewee, verzeih mir, ich konnte nicht eher kommen. Man hat mich bei Petersen einfach nicht gehen lassen. Und das bei meiner inneren Anspannung, zu erfahren, was du mir von Giovanna und Laura berichten kannst. Liebt sie mich, Peewee? Was kannst du mir mitteilen?« erkundigte er sich mit heiserer Stimme, als wir bei Eulenschreien, in mondloser Finsternis, zum schlafenden Herrenhaus stolperten.

Ach, er war selig, kein Mensch konnte seliger sein, als mein Freund und Besitzer! »Und das sagte sie, bist du dir sicher?« verlangte er wieder und wieder zu wissen – was Laura anging, konnte ich ja nur Gutes berichten – und hinkte im Zimmer vor mir auf und ab. Ja, sie hatte meinen Freund vor der Schwester verteidigt. Cliftons finsteren Hang, dem Giovanna mißtraute, betrachtete Laura als tragische Tiefe, die sie mit Frische und Zuversicht ausgleichen wollte. Seine Beinschmerzen seien am rauhen Verhalten schuld, das er gegen andere zeige, kein schlechtes Herz, man erkenne es an Cliftons Augen. Und an seiner Achtung und Aufmerksamkeit gegen sie gab es absolut nichts zu beanstanden. Trotzdem hatte sie Schwester Giovanna versprochen, den Anstand zu wahren und Abstand zu halten, bis alle restlichen Unsicherheiten beseitigt seien – eine Zusage, die sie sich andererseits wieder vergelten ließ.

Vorm Aufbruch im Pavillon hatte sie sich beschwert, kein Wort zu verstehen, wenn man bei den Mahlzeiten oder am Spieltisch ins Englische wechsle. Sie wolle bei Clifton um Englischlektionen bitten. Das sei nicht nur der Fremdsprache wegen von Vorteil – sie erwarte sich Einsichten in seine Seele, ob er Geduld zeigen oder sich launisch benehmen werde. Und seufzend hatte Giovanna der Schwester am Ende Erlaubnis erteilt.

Dieses Wissen verhalf meinem Besitzer zum Vorteil. Als er am anderen Tag beiden Schwestern beim Hecken-Irrgarten begegnete, bot er von sich aus an, Laura ins Englische einzuweihen. Das brachte Clifton als Anliegen vor, nicht als Gunst oder Artigkeit seinerseits. Er habe Bedauern in Lauras Gesicht bemerkt, wenn sie das Englische ausschließe, und das ohne Not, seine Sprache sei zu leicht zu erlernen, er sei bereit, ab sofort mit dem Unterricht zu beginnen. In seiner Hand hielt er eine der englischen Zeitungen, die, neben deutschen Journalen, im Rauchsalon auflagen, mit der Anregung, sich im Rosarium niederzulassen und zu zweit einen Artikel zu lesen.

Beeindruckt von Cliftons Zuvorkommenheit, stellte Witwe Giovanna der kleineren Schwester frei, ob sie sein Angebot annehmen wolle. Oh, und ob sie es wollte, das stand außer Zweifel. Andererseits mußte sie sich zusammenreißen, um meinem Besitzer nicht gleich um den Hals zu fallen. Mit wortlosem Nicken, benommen und blass, beeilte sie sich zum Rosarium zu kommen, Schritt zu halten fiel Clifton nicht leicht.

In den kommenden Tagen waren Laura und er unzertrennlich. Sie nahmen nicht mehr an den Lottospielrunden teil und zogen es vor, in der Villa zu bleiben, als alle anderen ins Umland ausflogen. Nur bei den Mahlzeiten zeigten sich beide, wo sie sich zu den Nachbarn zerstreut benahmen. Laura hielt sich vom jungen Kopisten aus Weimar fern, der sie unentwegt mit seinen Augen verfolgte, und wich der Nilpferdgestalt von Lord Atkinson aus, wenn er sie beim Bogengang abfangen wollte. Sie wirbelte nur noch um meinen Besitzer, bei dem sie im Englischen Fortschritte machte, und der sie im Gegenzug mit seiner Langmut eroberte.

»Er ist ausdauernd liebevoll«, sagte sie kratzig zu Schwester Giovanna und schmiegte sich an sie, »nie macht er den Eindruck, als ob er sich langweile oder andere Dinge als unsere Lektionen im Sinn habe ...« Clifton hatte mich rechtzeitig vor dem Zubettgehen bei den Frauen im benachbarten Zimmer versteckt, wo ich zwischen Tapete und Wappenschild klemmte. Ich hatte Sicht auf das Bett an der Wand, das Giovanna und Laura sich teilten, und falls ich mich leichtsinnig anstellte und einen Fehler beging, konnten sie mich vom Bett aus entdecken. Wenn ich mich nicht in Gefahr bringen wollte, zum Beispiel mit meiner Gewohnheit, zu schnarchen, blieb ich in dieser Nacht besser wach.

Zum Wachbleiben mußte ich mich nicht erst zwingen: Laura war von meinem Besitzer ergriffen und Giovannas Beanstandungen schienen zu schwinden, was mir Stiche versetzte, um ehrlich zu sein, Stiche, die mich am Einschlafen hinderten. Und wenn ich, mit Clifton und Laura als Liebespaar, am Ende allein und verlassen in seinem Empfangszimmer baumelte, fragte ich mich? Wenn mein Besitzer mich nicht mehr beachtete? Nichts anderes erlebte ich in diesen Tagen, alles kreiste bei Clifton um Laura ... Ja, wenn er es vorzog, sich von mir zu trennen, um seiner Verlobten keinen Schreck einzujagen? Schloß seine Laurabesessenheit mich nicht aus?

Oh, nicht anders als Matthew litt ich an Eifersucht, ich konnte es nicht mehr bestreiten. Ich beneidete Laura, das muntere Menschenkind, das, mit marmorweißschimmerndem Arm von der Schwester umschlungen, im Schlaf ein tiefes Behagen verratenden Seufzer ausstieß. Ich bemerkte an mir diesen Groll in der Zuneigung, den ich beim kleinen Pepito erlebt hatte, und stellte mir vor, meinen Freund zu entmutigen, indem ich mir Schwesternaussagen zurechtlegte, die einen Erfolg seiner Anwartschaft zweifelhaft machten.

Am anderen Vormittag, als er in das von Giovanna und Laura verlassene Zimmer schlich, sich auf die Zehenspitzen stellte und mich aus dem Spalt zwischen Tapete und Wappenschild zog, brachte ich es nicht fertig, den Menschen, der mich gut behandelte, mit falschen Behauptungen niederzuschmettern. Strahlend befestigte Clifton mich an seiner Weste und eilte zur Englischlektion ins Rosarium.

Nein, nichts Schroffes und Spitzes war mehr an dem Mann, wenn er mit seinem »Engel« zusammentraf. Er benahm sich zu Laura nur vornehm und gutherzig, brachte sie nie in Verlegenheit, was sie dem Bewerber hoch anrechnete. Und trotzdem beging er einen ernsthaften Fehler, als er sich vor der Gesellschaft einen Streit mit den Matthews und Atkinson leistete. Anlaß war eine kleine Theatervorstellung, um den unser Gastgeber einen in Tivoli lebenden Schneider ersucht hatte, der beim Karneval als Pulcinella auftrat und mit seinen komischen Darbietungen Zustimmung fand. Erheitert und Beifall bekundend zerstreute man sich mit dem Ende des Spiels in den von Kandelabern erleuchteten Speisesaal. Glasperlen und Kristallschuppen klimperten in der Luft, die lau aus dem Garten ins Haus strich.

Man redete von der »behaglichsten Nichtigkeit«, dem »reizvollsten Widersinn« menschlichen Daseins, die der pantomimische Auftritt vermittle. Das ermunterte Clifton, einen Vortrag zu halten und vom Nichts als der Mitte des Lebens zu sprechen. »Dieses Nichts ist der Schlund, der den Menschen verschlingen will. Und wir? Wir verbringen unser Dasein auf Erden als Kreisel, die sich um den Abgrund drehen. Oh ja, unser Schlingern und Eiern ist komisch.« – »Gott ist die Mitte des Lebens«, bemerkte sein Kindheitsfreund, »Gottes vollkommene Ordnung. Wer sein Auge zum Nachthimmel richtet, erkennt es. Warum gehst du nicht in den Garten, mein Lieber? Am Sternenhimmel herrscht Harmonie.« – »Clifton, zeigen Sie mir das Nichts!« spottete Atkinson, »mir ist es niemals begegnet.« Eitel reckte er sich in die kichernde Runde.

Ich weiß noch, daß ein Wort das andere gab und Cliftons Ansichten allgemein Abscheu erregten. Wo Atkinson Ordnung und Gleichmaß erkannte, konnte Clifton nur Chaos entdecken. Wenn Matthew das Gute auf Erden am Werke sah, konterte »Clif« mit dem Schlechten im Menschen, den er als Halunken und Heuchler verachtete. »In der von Gottvater erschaffenen Welt ist der Mensch«, widersprach Lady Matthew, »die Krone.« – »Eine Krone aus Blech«, machte Clifton sich lustig. »Was ist los?« wollte Minna von Otterstein wissen. »Alle Menschen sind Heuchler, Verehrteste«, bellte der Botschafter, »und unser Herrgott aus Schiet!« Frau von Otterstein, die auf dem Teller ein Wachtelei teilte, bemerkte: »In England, das glaube ich gerne. Nicht in unserem Preußenland, Wilhelm!«

Am schlimmsten vertat sich mein Freund bei der Liebe, auf die Atkinson sicher mit Absicht zu sprechen kam, als er von Clifton erfahren wollte, ob auch die Liebe nur scheinheilig sei. »Außer der Selbstliebe, ja«, meinte Clifton, »die wiederum Triebfeder unseres Verlangens ist.« – »Und keine Liebe ist rein und wahrhaftig?« ließ Matthew nicht locker und schielte zur Ecke, an der beide Schwestern dem Wortwechsel lauschten. Giovanna, des Englischen unkundig, beugte sich zu einem Landsmann aus Mailand, der dolmetschte. Laura, die blass an den Lippen der Streitenden hing, wirkte ernst und erregt. Sie hatte aus Ehrgeiz auf Hilfe verzichtet und allein mit dem Englischen klarkommen wollen, das sie in den vergangenen Tagen erlernt hatte. Sie verstand nur einen Teil der verbissenen Reiberei, der sie umso tiefer beunruhigen mußte. »Rein und wahrhaftig?« mein Freund winkte ab, »nur Kinder verstehen, aufrichtig zu lieben.«

Clifton erkannte seinen Fehler auf Anhieb. Er entschuldigte sich bei den stumm auf die Tischdecke starrenden Schwestern mit Unwohlsein. »Kann man sich idiotischer anstellen, als ich, Peewee?« raunte er mir auf dem Weg auf sein Zimmer zu, »ich beleidige Laura und merke es nicht. Ich habe bestritten, sie wahrhaft zu lieben.« Clifton hieb sich mit der Faust vor die Stirn.

In dieser Nacht klemmte ich wieder beim Wappenschild, um auszukundschaften, ob er seinen Anspruch verspielt hatte. Ich konnte Glimpfliches melden. Bei der Witwe, die von seinen Worten entsetzt war, hatte er einen schwereren Stand als bei Laura, die Clifton als »tragischen Menschen« in Schutz nahm. Er sei von der laufenden Scheidung verbittert und verzehre sich um seine Tochter. Und sein Herz sage andere Dinge als sein Verstand, das erlebe sie Tag um Tag wieder. Ansonsten behauptete sie vor der Schwester, der Dolmetscher habe nicht alles verstanden oder unrichtig wiedergegeben. Das war ein verwegener Vorwurf der jungen Frau, der das Englische gerade ein Quentchen vertraut war, ein sich freilich als Vorteil erweisendes Quentchen, mit dem sie Giovanna zum Schweigen verurteilen konnte.

Bei meinen Nachrichten atmete Clifton auf und preßte mir dankbar einen Kuß auf die Stirn, der meine ideellen Empfindungen erregte. Ja, ich ließ mich von Cliftons Erleichterung mitreißen und liebte den Mann umso tiefer und ernsthafter, als er selber vor Liebe zu Laura verging.

Wenn sie im Rosarium zusammentrafen, war er von einer Zerstreutheit, die uns in Gefahr brachte. Bei den Englischlektionen passierte es wiederholt, daß er meinen Beutel vom Westenknopf hakte und beim Aufbruch ins Haus auf der Steinbank vergaß. Erst war es Laura, die sich an den Beutel erinnerte, den sie kurzerhand aus dem Rosarium holte, um meinem Besitzer den doppelten Weg zu ersparen. Sich verleiten zu lassen, ins Innere zu schielen, oder sich zu erkundigen, was er enthielt, kam bei der verschwiegenen Laura nicht vor. Am andern Tag wiederum fand mich Luise und wollte das Futteral klammheimlich einstecken, als der hinkende Clifton im Bogengang auftauchte, vor dem das knochige Wesen rot anlief, als sei es ein Hummer in kochendem Wasser.

Bald hing ich zur Mittagszeit wieder im Pavillon, um in Erfahrung zu bringen, was Giovanna im Sinn hatte, die sich bei Begegnungen mit Clifton neutral verhielt, in einer Mischung aus Haltung und Scheu, weit entfernt von der anfangs bekundeten Herzlichkeit. Dieses Vorhaben konnte ich leider nicht wahrmachen, ich blieb mit den Schwestern Lombardi zu kurz allein. Sie hatten den Pavillon gerade erreicht, als sie eine Stimme vom Garten aus anrief, »Signora Lombardi, dobbiamo parlarvi!« Wer Giovanna und Laura zu sprechen verlangte, waren das Ehepaar Matthew und Atkinson, der vorgab, er wolle nur Dolmetscher spielen.

Laura wirkte von Anfang an unwillig und erregt, bei aller Anstrengung, sich zu bezwingen; was Giovanna anging, konnte ich nicht erkennen, ob sie mit den dreien stillschweigend im Bunde war oder Lauras Unwissenheit teilte. Befremdet und ablehnend benahm sie sich nicht. Atkinson machte Umschweife, bat um Verzeihung, man wolle den Schwestern weiß Gott nicht zu nahetreten und habe sich wieder und wieder befragt, ob man berechtigt sei zu diesem Schritt. Oh, man sei es, man sei es, versicherte Atkinson, um vor einer falschen Entscheidung zu warnen.

Laura, die wieder bei meinem Versteck saß, stieß mir vor Erregung den Fuß ins Gesicht. »Mylord, mit dem schwachen Geschlecht geht man schonend um. Sie versetzen uns in eine peinliche Spannung. Beeilen Sie sich, bitte, sonst will ich mich lieber empfehlen.« Mit seiner Nilpferdgestalt hatte Atkinson das in der Mitte des Pavillons wartende Ehepaar Matthew verdeckt. Von Laura ermahnt, trat er eiligst beiseite und empfahl seinen Freunden, sich niederzulassen und den Schwestern »nichts vorzuenthalten«. »Was soll das heißen?« erkundigte Laura sich alarmiert. »Lord Matthew«, erwiderte Atkinson hoheitsvoll, »dem Mr. Clifton bekanntlich von klein auf vertraut ist, wird Euch Dinge von Eurem Verlobten zur Kenntnis bringen, die beileibe nicht angenehm sind. Das mag Euch vorm Verderben bewahren, mein Kind.« Laura sprang von der Holzbank. »Ich will das nicht wissen. Ich hasse Gerede!« Sie stampfte verbittert auf.

Es war Witwe Giovanna, die sie an der Hand nahm und beschwichtigte, bis sie sich neuerlich niederließ, widerstrebend und niedergeschlagen. Matthew holte weit aus, fing mit Cliftons Charakter an, den er sprunghaft, berechnend und lasterhaft nannte, und seiner Ich-Sucht, die grenzenlos sei. »Er kennt nichts anderes«, dolmetschte Atkinson, »als sein gemeines Begehren zu befriedigen.« Und Matthew erging sich in Ehegeschichten, die aus dem Scheidungsverfahren in London im Umlauf waren und Clifton zum Unmenschen stempelten. Und bald war er bei seinen Liebhaberinnen, den englischen Ladys und vornehmen Damen, deren Anzahl Ms. Aethel, in buchhalterischer Beflissenheit, mit einundzwanzig bezifferte. Diese Frauen habe Oliver Clifton erobert und anschließend aus seinem Haus werfen lassen, was das Ausmaß an schamloser Niedertracht zeige, mit dem man es bei diesem Schwindler zu tun habe.

»Schluß!« schimpfte Laura, »Schluß mit dieser Schlechtmacherei! Es ist ehrlos, erniedrigend, elend. Sie benehmen sich abscheulich, mein Herr«, griff sie Matthew an, »man zieht keinen Menschen, mit dem man von klein auf befreundet ist, vor aller Welt in den Dreck. Lassen Sie das! Lassen Sie mich in Ruhe!« Wieder wollte sie aufspringen und sich entfernen, wieder war es Giovanna, die Laura am Arm festhielt und sie zum Bleiben vergatterte. »Es ist leichtfertig, Kind, diesen Dingen aus dem Weg zu gehen, selbst wenn sie widrig und scheußlich sind.« Und sie ermunterte Matthew, der aufrecht und steif, mit vorm Brustkorb verknoteten Fingern, teils kleinlaut, teils schmollend seine Knie anblinzelte, fortzufahren.

Oh, Matthew ließ sich nicht lang bitten und legte los. Es war ungeheuerlich, was er dem Kindheitsfreund vorwarf. Clifton verhandle nachts in den Gassen der Ewigen Stadt mit den Eltern von Backfischen, spitzrippigen Fratzen und unreifen Ludern, die er gegen zwanzig bis dreißig Quattrini in sein Haus nah der Spanischen Treppe verschleppe und am anderen Vormittag heimschicke; ja, er umgebe sich leider mit Abschaum und neige zu Praktiken, die auf der Insel undenkbar seien. »Und der englischen Sprache sind sie nicht bekannt«, mischte sich Lady Aethel mit flatternder Stimme ein, »warum sie Stephen nicht aussprechen kann ...«. Matthew und Atkinson nickten mit Nachdruck.

Bei diesen Lebensgewohnheiten, folgerte Matthew, sei mit Sicherheit von einer Ansteckung auszugehen, die sich schleichend zur ernsthaften Krankheit entwickle. Laura laufe Gefahr, vom Verlobten, wenn beide verheiratet seien, vergiftet zu werden. Und um einer Liebe willen, die keinen Bestand haben werde, setze niemand sein Leben aufs Spiel. Es werde am Ende nur Jammer und Gram herrschen, auf diese Voraussicht verwette er seinen Familienstammsitz in Newcastle-under-Lyme. Mit diesen Worten sank Matthew in sich zusammen, nicht ohne mit klimpernden Wimpern zur Bank mit den fassungslos schweigenden Schwestern zu schielen.

In meinem Versteck zwischen Boden und Bank hatte ich keine Sicht auf Giovanna und Laura. Von der Witwe kam nichts als verhaltenes Seufzen. Umso klarer drang mir Lauras Weinen ans Ohr, ein ersticktes, benommenes Weinen, das sie vor den anderen in sich verschloß. Und ich zagte und zauderte an meinem Platz. Ich stellte mir fieberhaft vor, Matthews falsche Behauptungen zu widerlegen. Ich wollte eingreifen, »es ist nicht wahr!« schimpfen, »Rangen und Backfische stopfen sich bei meinem Besitzer nur voll, bis sie einschlafen.« Ach, ich wagte nicht, mich zu verraten, mich und meinen Einsatz als Cliftons Spion. Und mir fehlte es in dieser Zeit noch an Wissen. Ich ahnte, es ging um den schmerzhaften Stachel, wenn Matthew von »Praktiken« sprach. Andererseits blieb mir unklar, ob es eine »Praktik« war, an der mein Besitzer sich anstecken konnte, wenn er die verlausten, sich ausgiebig kratzenden und hustenden Kindfrauen beim Essen studierte und aushorchte.

Witwe Giovanna bedankte sich bei den dreien und bat darum, sie mit Laura alleine zu lassen. Sie wirkte entschieden und kalt. Matthews und Atkinson stahlen sich im Nu aus dem Pavillon. Und als sie mit zwitschernden Stimmen bergab eilten, konnte Laura sich nicht mehr beherrschen und schluchzte auf, ein aus tiefster Verzweiflung aufsteigendes Schluchzen, das bis heute in meiner Erinnerung widerhallt, als sei es erst gestern gewesen.

XI

Von der Verbindung zwischen Reinheit, Verzicht und Geld;
das Ende meiner romantischen Zeit bei Oliver Clifton

Es fiel Clifton nicht ein, seine Ehre – und Liebe – zu retten. Als er
von den Verleumdungen Matthews erfuhr, sackte er vor meinen
Augen zusammen und verkroch sich in Schwermut und Ekel. Er
ekelte sich nicht nur vor seinem Kindheitsfreund und dessen verbissener Eifersucht. Ich hatte den Eindruck, als sei er erleichtert
und empfinde Lord Matthews Verunglimpfungen als gerechte
Vergeltung des Schicksals. Ja, es schien mir, als ekle Clifton sich
vor sich selbst und seinem vermessenen Anspruch auf Liebe, der
nur eine Verirrung gewesen war.

Zur Essenszeit blieb er dem Speisesaal fern und verbrachte die
Nacht im verriegelten Zimmer. Als Laura am anderen Vormittag
klopfte und mit brechender Stimme um eine Begegnung bat, sie
werde sich jetzt ins Rosarium begeben, verstopfte er sich beide
Ohren. Umso eiliger zog er sich an, als sie fort war, und hinkte
ins Spielzimmer, wo er auf Matthews traf. Man konnte meinen,
er wisse von nichts. Clifton verhielt sich zu Stephen und Aethel
nicht anders als in den vergangenen Tagen, in einer Mischung
aus Spott und Vertrautheit, was beide aufs Tiefste verunsicherte;
sie verzogen sich schleunigst ins Freie. Selbst vor James Louis
Atkinson, der an den Spieltisch trat, selbstsicher, streitlustig und
voller Bosheit, ließ sich mein Besitzer nichts anmerken. Erst mit
der Ankunft der Schwestern Lombardi sprang Clifton vom Stuhl
hoch und machte sich aus dem Staub.

Meinen Samtbeutel hatte er in seiner Anspannung mehrfach
zerstreut von der Weste gehakt, und beim Aufbruch vergaß er

mich auf seinem Platz, dem mit Gobelinstickereien versehenen Sitzpolster. In den ersten Minuten bemerkte mich niemand, und ich konnte Laura beobachten, die Cliftons Flucht aus dem Zimmer verfolgte, aschfahl, mit vom Weinen verquollenen Augen, und Anstalten machte, dem Mann in den Garten zu folgen. Witwe Giovanna erlaubte es nicht. Sie betrachtete Laura mit einem Gesichtsausdruck, der die verzweifelte Schwester entmutigte; mit baumelnden Armen blieb sie auf der Schwelle stehen.

Und in dieser Sekunde passierte das Unheil. Luise von Leitzke, das knochige Menschenkind, das mit einem der deutschen Kopisten ins Haus rannte, außer Atem, mit kirschroten Backen, entdeckte im Nu den vergessenen Samtbeutel, den sie sich vom Sitzpolster schnappte und aufband. Sie langte ins Innere und stieß mit der Hand auf das an meinem Scheitel befestigte Trageband, an dem sie mich schwungvoll ins Freie zog. Ich pendelte vor dem Gesicht mit den ostseeblauen, neugierig glitzernden Augen.

Luises Begeisterung erstarb auf der Stelle. Als sie erkannte, was sie in den Fingern hielt, schleuderte sie mich entsetzt und mit einem Schrei, der der Spielzimmerrunde ins Mark gehen mußte – ohne Knochenmark konnte ich das nicht beurteilen –, gegen eine mit Seidentapete bespannte Wand, wo ich vor Giovanna Lombardi zu Boden fiel, die schleunigst beiseite trat, nicht ohne Laura vor mir, diesem ledrigen Menschengesicht, mit einem Arm vor der Brust zu beschirmen.

»Was ist das, um Gotteswillen?« wollte sie wissen und machte dem massigen Atkinson Platz, der mich an meinem Schopf von den Fliesen aufhob. »Das ist er!« versetzte er strahlend, »das ist er! Das ist Mr. Cliftons Maskottchen, ein von Primitiven im Urwald verfertigter Kopf! Nicht wahr, Miss Luise, er steckte im Samtbeutel, der immer am Cliftonschen Westenknopf baumelt?« Luise, die bleich auf den Lehnstuhl beim Spieltisch sank, erwiderte mit einem zaghaften Nicken. »Ist er tot?« hauchte sie, »ist der Menschenkopf tot?« – »Mausetot, Miss Luise«, beschwichtigte Atkinson, »von diesem Wilden geht keine Gefahr mehr aus.« – »Er ist unheimlich ... abstoßend«, sagte Giovanna. »Nicht unheimlicher als mein englischer Landsmann, der sich dieses schaurige Ding an den Gehrock hakt und ohne es nicht aus dem Haus geht«, gab der pensionierte Minister zur Antwort.

Wehr- und willenlos hing ich an Atkinsons Fingern, die mich an den Haaren in der Luft schwenkten, absichtlich dicht vor den Schwestern Lombardi. Lauras Gesichtsausdruck werde ich niemals vergessen. Vom ersten Mitleid, mit dem sie mich musterte, dieser einfachen, reinen, mitmenschlichen Teilnahme, wechselte er zu verbitterter Ablehnung. Voller Abscheu, ja Haß, starrte Laura mich an. Sicher, diese Verachtung galt Clifton, nicht mir, was mir jedoch keine Erleichterung verschaffte. Es war meine Erscheinung, der faustgroße Hautsack in Atkinsons Fingern, der Laura veranlaßte, am Ende vor meinem Besitzer zu fliehen. Sie packte energisch Giovannas Hand, um mit der Schwester in Eile zusammenzupacken und bei Petersen um eine Droschke zu bitten, die sie aus den Bergen zur Stadt bringen sollte.

Wieder daheim in der Rampa Sebastianello war Oliver Clifton ein anderer Mensch als vor unserem Landaufenthalt. Er warf seine Niedergeschlagenheit nicht mehr ab. Cliftons Morgengruß war eine ferne Erinnerung, und ich wagte es meinerseits nicht mehr, »Good morrow!« zu melden, wenn er im Empfangszimmer schweigsam und mißmutig auf den Marquisesessel sank. Er benahm sich nicht grob oder vorwurfsvoll gegen mich und wandte sich auch nicht komplett von mir ab. Er blieb einfach unnahbar und in sich verschlossen, was sich auf alle Beziehungen auswirkte, sei es zu seinen Landsleuten, die er beharrlich mied, sei es zur Dienerschaft oder zu mir.

Es war nicht zu verkennen: Er bestrafte sich selbst. Mich bestrafte er nur als einen Teil seines Lebens, das er als verworfen und nichtig betrachtete. Mit anderen Worten: In meiner Erscheinung stand Clifton der Kern eines Daseins vor Augen, in dem er dem Schlechten und Unreinen verfallen gewesen war. Andererseits machte er mich nicht verantwortlich und trat seine Verfehlungen nicht freigebig an mich ab – nein, mich zu verteufeln, um sich zu entlasten, fiel meinem Besitzer nicht ein.

Feindselig behandelte er mich nur, als man den Tod seines Kindheitsfreunds meldete. Mit Lady Matthews handschriftlicher Todesnachricht in der Hand hinkte Clifton zu mir ins Empfangszimmer. »Und«, zischte er, »hast du erreicht, was du wolltest? Stephen und mich auseinanderzureißen? Bestimmt hast du seine Verleumdungen erfunden, ich wette, du hast sie erfunden, um mich zu beeindrucken. Und um dich unentbehrlich zu machen, nicht wahr?« Drei Tage ließ er seinen Schmerz an mir aus, bis man Matthew auf dem protestantischen Friedhof beim Stadttor S. Paolo beerdigte, und mein Besitzer, der vorhatte, Abschied zu nehmen, bereits auf dem Korso sein Pferd wieder heimlenkte, um nicht mit den Schwestern zusammenzutreffen.

Mit dem Londoner Scheidungsergebnis verschlechterte sich seine Seelenverfassung noch mehr. Aus einem Brief seines Anwalts erfuhr er vom Urteil, das seiner verflossenen Ehefrau eine beachtliche Leibrente zumaß samt einem Drittel des Anwesens unweit von London, dessen Gegenwert er an sie auszahlen mußte. Wesentlich schlimmer traf Clifton der Teil des Gerichtsentscheids um seine Tochter Lavinia. Sie blieb bei der Mutter, der man das alleinige Sorgerecht zusprach, im englischen Brighton. Lavinia zum Vater ins Ausland zu schicken, der keine Absicht erkennen ließ, heimzukehren, nannte der Richter »nicht zumutbar«. Wohl und Wehe des Kindes seien vordringlich und in der Fremde nicht sicherzustellen. Selbst Cliftons Besuche bei seinem Kind hingen von der Zustimmung Lilias ab, die laut Urteil das Recht besaß, sie zu verweigern.

Diese Richterentscheidung vernichtete Clifton. Jetzt hatte er nur noch zwei Dinge im Sinn: seinen Kaufmannsberuf und das Fieber im Sumpfland, das er sich bei Ausritten zuziehen wollte, Ausritten von Sonnenaufgang bis in die tiefe Nacht. Er nahm mich zu beidem mit, seinen Besprechungen in Kabinetten, Kontoren und Zollstuben, Warenbesichtigungen in Magazinen, Bauernscheunen, Kloster- und Kirchenkapellen (wo sich Pater und Priester ein Zubrot verdienen wollten, indem sie Skulpturen und Schreine verscherbelten), und auf dem Pferd in die feuchtheißen Marschen. Wir rasteten Stunden um Stunden an Teichen mit braunem, morastigem Wasser, von dem er gelegentlich schluckweise trank. Wenn ich Clifton ermahnte, Vernunft anzunehmen, versetzte er außer sich, ich solle still sein, sonst werfe er mich in den Schlick. Wir ritten um Schafherden, Turmruinen, Heugarben, die auf den Feldern im Sonnenschein knisterten. Anders als in der Vergangenheit brachte er mir nichts mehr bei und verbiss sich ins Schweigen. Und ich durfte nur reden, wenn er es verlangte.

Das passierte bei unseren Begegnungen mit zwielichtig wirkenden Warenanbietern und Teilhabern eines bevorstehenden Handels. Ich mußte sie aus meinem Sehschlitz im Samtbeutel mit meiner Opernglasgabe beobachten und ließ mir kein Augenlidflattern entgehen, das Verstellung und Falschheit verriet. Handlungsgehilfen, die logen und blufften, fingen in aller Regel unmerklich zu schwitzen an, was ich am Glanz der Gesichtshaut erkannte, oder ließen einen tonlosen Furz, den ich wahrnahm, indem ich den schmutzigen Schleier bemerkte, der sie umgab. Ich wußte im Nu, ob ein Schwindel im Gange war, und rettete Clifton vor zwei oder drei mit beachtlichen Summen verbundenen Gaunereien, als er mich wieder mit Spitzelaufgaben betraute.

Zu diesem Zweck mußte er mich nur absichtlich im Kunsthaus, das er zu Verhandlungen besucht hatte, zwischen zwei Lehnsesselpolstern vergessen, oder in einer Droschke, die er mit zwei Partnern bis zur Rampa Sebastianello benutzte. Er ließ meinen Samtbeutel in einen Hut gleiten, der einladend auf einem Pult deponiert war, oder in einen Spalt zwischen Truhe und Wand. Niemand ahnte, belauscht und belauert zu werden, und wer vorhatte, meinen Besitzer zu prellen, mit maßlosem Preis oder schadhafter Ware, verriet sich bereits in den ersten Minuten, wenn Clifton sein Pferd bestieg und aus dem Hof ritt. Vor Kommis oder Kommanditisten verspottete der Handelspartner seinen englischen Kunden als unbedarft, lobte sich selber als schlau und ideenreich und wiederholte seinen Plan, teils aus Eitelkeit, teils um sich mit seinen Handlangern abzustimmen. Im Allgemeinen holte mich Clifton gleich wieder ab und gab vor, er vermisse seinen Samtbeutel, den er anscheinend aus Zerstreutheit verlegt habe. Er spitzte und stocherte in alle Winkel, zusammen mit dem Hausherrn oder der Dienerschaft, bis er seinen Beutel im Hut auf dem Schreibpult fand und schwenkte, als sei er ein weißes Kaninchen.

Cliftons Einnahmen verdrei- und vervierfachten sich. In seiner Niedergeschlagenheit scheffelte er mehr Geld, als in den erfolgreichsten Zeiten. Sicher, er ging keine Liebschaften ein und ließ alle Gesellschaftseinladungen verstreichen. Außer ins Sumpfland zu reiten, erlaubte er sich nichts als Arbeit und wiederum Arbeit, von Vereinbarungen, die er mit Reedern zur sicheren Verschiffung des heiklen Frachtguts nach England traf, bis zur Abwicklung leidiger Zollamtsvorschriften und Entrichtung von Steuern und Abgaben. Er korrespondierte mit Adligen, Industriellen und Museen in der Heimat, die Architekturteile und Figurinen bestellt hatten, und lockte mit weiterer wertvoller Ware. Ich mußte den Buchhalter kontrollieren, der den Ansturm an Rechnungen nicht mehr bemeisterte. Nachts tappte Clifton zu mir ins Empfangszimmer, barfuß, in Haarnetz und knielangem Nachthemd. Er las mir die Einnahmen- und Ausgabenzahlen vor, Buchungen, die sich bei meinen Berechnungen als schlampig bis irrig erwiesen. Nur noch trockene Kalkulationen zur Schlafenszeit schienen Clifton und mich zu verbinden.

Dieses fremde Verhalten verletzte mich nicht. In der Verzweiflung klammerte er sich, so ahnte ich, an seinen verhaßten Beruf. Er bestrafte sich mit seinen Erfolgen als Kaufmann: Geld zu hecken, das war nur die andere Seite einer Versagung, mit der er verschmolzen war. Clifton quittierte mit seinem Gewinn den

Verzicht auf Verlangen und Liebe. Das Zusammenspiel von Geld und Enthaltsamkeit wiederum schien meinem Besitzer zu grimmiger Lust zu verhelfen, bei dem Eifer, mit dem er seinen Handel betrieb.

Es dauerte, bis er sich in den Pontinischen Marschen am Sumpffieber ansteckte – oder es brauchte nur Zeit, um zum Ausbruch zu kommen. Erst blieb es auf drei bis vier Tage begrenzt und war mehr mit Benommenheit und Schwunglosigkeit als besorgniserregenden Fieberaufwallungen verbunden. Clifton weigerte sich, einen Doktor ins Haus zu holen, ließ seine Termine absagen und legte sich voller Erwartung ins Bett. Umso beklommener und mutloser wirkte er, wenn er sich wieder erholt hatte und neue Ware begutachten konnte. Allerdings wiederholten sich diese Erscheinungen in einem sich erkennbar verringernden Zeitabstand.

Ein ernsthafter Fieberschub fiel mit dem Brief zusammen, den er von Laura erhielt. Bis zu diesem Tag hatte er lediglich mehrere Schreiben der Schwester bekommen, die er nicht beantwortet und ungelesen verbrannt hatte. Lauras Brief in der Hand schleppte Clifton sich bleich und mit Schweißperlen auf dem Gesicht ins Empfangszimmer und streckte sich auf seiner Liegebank aus. Er blinzelte in meine Ecke, wo ich mich, bei offenem Fenster und Januarwind, an meinem Faden halb pendelnd, halb drehend bewegte.

»Peewee«, sagte er heiser, »ein Brief von Lavinia ... ich habe Post von Lavinia bekommen.« Monatelang hatte er es vermieden, mich »Peewee« zu nennen – ich war erst zu selig, um seiner Verwechslung Beachtung zu schenken. Zwar verriet Lauras linkische Handschrift beileibe nichts von der erwachsenen Absenderin, man konnte mit gutem Recht annehmen, sie stamme von einem Kind – selbst mir, einem Nichtleser, fielen diese großen, verschwenderisch bauchigen Buchstaben auf. Trotzdem wußte ich, daß er sich irrte, es handelte sich um das Siegel, das mir von den Briefen Giovanna Lombardis vertraut war. Was das hieß, war nicht schwer zu erahnen: Laura hatte das Schreiben, das man jungen Frauen nicht beibrachte (auch Schwester Giovanna beherrschte es nicht und verließ sich bei schriftlichen Dingen aufs Diktieren), erst vor einer Weile auf eigene Faust erlernt.

Mit vor Anspannung bebenden Fingern brach Clifton das Wachssiegel auf und beeilte sich, mir Tochter Lavinias vermeintlichen Brief vorzulesen. Er las hastig und stammelnd, war schlecht zu verstehen, und kam nur bis zur Stelle, an der Laura mitteilte, sie habe sich mit einem jungen Vikar verlobt, dem sie am Golf von Salerno begegnet sei und der einer Gemeinde in Somerset vorstehe. Clifton, der seine Finger zur Faust ballte und Lauras Schreiben zerknitterte, schimpfte: »Zum Teufel! Das ist keine Nachricht Lavinias! Sich im Alter von zehn zu verloben ... was sollen diese Faxen? Man will mich anscheinend aufs Kreuz legen, Peewee!«

Um ehrlich zu sein: Cliftons Irrtum verwirrte mich. Ich konnte keine Verbindung von Laura Lombardi zur Cliftonschen Tochter erkennen, die diese Verwechslung rechtfertigte. Mein Besitzer schien nicht mehr bei Sinnen zu sein. Kein Zweifel, mir fehlte mein heutiges Wissen um menschliche Seelenbewegungen, die im romantischen Zeitalter wesentlich tiefer gingen, als wir es aus der Gegenwart kennen.

In der Erinnerung wird es mir klarer: Cliftons Versehen beruhte auf seiner Idee einer Reinheit, die beiden gemeinsam war, seiner Tochter und Laura Lombardi. Diese Reinheit begehren zu wollen, war verboten. Was seiner Begierde erlaubt blieb, war die sich dem Trieb nicht verweigernde Reinheit des Geldes, der er umso enthemmter verfiel.

Mit dieser Verwechslung brach seine Krankheit aus und fesselte Clifton zwei Wochen ans Bett. Sein Fieber, das anstieg und fiel, plagte meinen Besitzer mit Schweiß-, Frost- und Hitzeentladungen. Um den ins Koma verfallenen Kranken von seinem verdorbenen Blut zu befreien, ließ der englische Arzt, den die Diener ins Haus holten, seinen Patienten beharrlich zur Ader, bis dessen Befinden sich besserte. Bei der als Folge auftretenden Blutarmut kam der vom Fieber Befreite nur schwer auf die Beine, umso mehr, als er nichts mehr vom Leben verlangte.

Anders als in den vergangenen Monaten zeigte er keinen beruflichen Ehrgeiz mehr und ließ seinen Warenhandel schleifen. Das war das Erleichternde an dieser Krankheit: Sie entschuldigte Unlust und Nichtstuerei. Er verzichtete auf seine Tagesausritte, verkaufte zwei Pferde von dreien und schickte den Stallknecht fort (den letzten Gaul konnte sein Hauspersonal betreuen). In der Regel schloß er sich im Schlafzimmer ein, wo er auf seinem Kissen ein Loch in die Luft stierte. Er wanderte in sich versunken von Saal zu Saal oder nahm eine Aufstellung seines Besitzes vor – Barschaften, Guthaben und Immobilien –, um sein Testament zu verfassen.

Bei den Berechnungen seines Besitzes nahm er meine Hilfe in Anspruch. Nacht um Nacht tappte er barfuß zur Liegebank und weihte mich in seine Kalkulationen ein, die ich notfalls berichtigen mußte. Ich tat, was ich konnte, um Clifton Teestunden- und Essenseinladungen schmackhaft zu machen, Theaterereignisse nahezulegen, zu Droschkenausfahrten in Parks oder Berge zu raten; er sollte nur endlich neuen Lebensmut fassen! Sicher, nicht nur um seinetwillen legte ich mich ins Zeug, es ging mir bei diesen Ermunterungen auch um mich. Was sollte aus mir werden, wenn er es schaffte, sich von der Krankheit verschlingen zu lassen?

Clifton, der ahnte, was sich in mir abspielte, nahm meine Beklemmungen ernst. In einer Nacht, als wir seine bewegliche Habe veranschlagten, wollte er wissen, wem er mich vor seinem Ableben zusprechen solle. »Niemandem. Ich will bei Euch bleiben«, sagte ich trotzig. Er nickte belustigt und mutlos: »Und wenn das nicht geht, mein Freund? Wem kann ich dich anvertrauen, Peewee?«

Mir fiel niemand ein, der mich aufnehmen konnte. Bei keinem seiner Landsleute, die mir bekannt waren, rechnete ich mit besonderer Zuneigung. Ich konnte mir ausrechnen, was mich erwartete: Wieder ein Platz in Kabuff oder Kammer, wo ich vor Einsamkeit und Langeweile erstickte.

Am Ende verfiel ich auf Jonathan Heise, den angehenden Dichter mit Tolle und Ziegenbart, einem auffallend langen und herben Gesicht und der Tatkraft verratenden vorstehenden Kinnlade, der meinem Besitzer charakterlich nahestand. Beide hatten sich in der Gesellschaft bei Petersen frech und exzentrisch benommen und in diesem Eigensinn blendend verstanden. Sie verstießen mit Vorliebe gegen Gewohnheiten, die dem Mittelmaß Sicherheit bieten, das einte sie. Mehr wußte ich allerdings nicht von dem Menschen. Wenn ich in Betracht zog, bei Heise zu bleiben, hing das vorrangig mit seiner Sprache zusammen, dem mir heimatlich vorkommenden Deutschen. In Tivoli hatte er Clifton verraten, in einiger Zeit seine Zelte abbrechen zu wollen, um wieder nach Hause zu reisen. Es war eine atemberaubende Aussicht, mit Jonathan Heise ins Land auf der anderen Seite der Alpen zu kommen.

Meine romantische Zeit bei meinem Freund und Besitzer ging unwiderruflich zu Ende. Als sechs Wochen verstrichen waren, die mich ermutigten, zu denken, er werde vom Fieber verschont bleiben, zwang es Clifton erneut in die Knie. Tag um Tag ließ der Arzt seinen Patienten zur Ader. Clifton hatte sich nicht mehr bei mir vergewissert, wer sich meiner annehmen solle, er war zu zerstreut und zerfahren gewesen, um beim Testament letzte Hand anzulegen.

Ich war sprachlos, als er im Empfangszimmer auftauchte und vor der Liegebank einknickte. Kraftlos und schief hing er auf seinem Sofa. Es war eine angenehm warme Aprilnacht (was ich an den belebteren Gassen bemerkte), mein sterbender Freund schien sie in sich zu saugen. Ich erkannte den Mann nicht mehr wieder. Sein Kinn wirkte nicht mehr energisch, nur spitz, und um seinen Charakterkopf, vogelhaft knochig und hohlwangig, hatten sich von seinen Locken nur fransige Korken erhalten. Vom sinnlichen Schwung seiner Lippen, die schmal und bleigrau waren, konnte man nichts mehr erkennen. Unverkennbar war nur Cliftons Stimme, die weich und harmonisch an eine Umarmung erinnerte, als er sich mehr hauchend als sprechend erkundigte, wem ich vermacht werden wolle. »Jonathan Heise, dem Deutschen«, er nickte schwach, »Peewee, das ist keine schlechte Idee.« Er schlief ein bis zum Trubel im Morgengrauen, als seine Dienerschaft vorm leeren Krankenbett stand und ein Heidenspektakel veranstaltete, bis sie auf den Hausherren bei mir im Empfangszimmer stieß, wo er als erstes auf Schreibzeug beharrte und halb sitzend, mit keuchendem Atem, Papier mit einem Zusatz zu seinem Letzten Willen bekritzelte. Erst, als das erledigt war, war er bereit, sich ins Schlafzimmer helfen zu lassen. Von der beim Pincio aufgehenden Sonne beschienen, versetzte er kratzig und heiter: »Good morrow!« und zerfloß vor meinen Augen zu goldenen Strahlen.

XII

Von erstem Abschiedsschmerz und einer Beerdigung
bei Nacht, Sauwedeln und Schandbalgen;
Roulettetischwetten und deutsches Lotterleben

Schwer zu sagen, ob Oliver Clifton am Fieber starb oder ob die Behandlung des englischen Arztes seine restliche Lebenskraft aufbrauchte. Meine Erinnerung an diese Zeit, die mir niemals erfahrene Schmerzen bereitete, bleibt von meinem Kummer verwischt. Bis zu diesem Tag hatte ich nur einen Tod erlebt, der in mir mit Verzweiflung und Schwermut verbunden war, den des Affen im Raubtiergehege. Das war ein entsetzliches Ende gewesen und hatte in mir, mit der Kraft eines Schocks, meine absolut erste Empfindung verursacht, fern von dem Abschiedsschmerz, den ich bewußt empfand, als man meinen Besitzer im Sarg aus dem Haus schaffte. Mein Gesicht zu verziehen, um zu weinen, blieb mir versagt. Und ich verkniff es mir, auffallend zu seufzen. Das war vor den Hausangestellten nicht ratsam, die mich bis heute nur unheimlich fanden und nicht ahnten, mit wem sie es bei mir zu tun hatten.

Meine Erinnerung an diese Zeit ist verschwommen. Um zu begreifen, was vor sich ging, war ich zu kummervoll. Und ich denke, ich war nicht entgeistert, als Jonathan Heise zu mir ins Empfangszimmer rannte, um mich von der Kordel zu schneiden und mitzunehmen – ich schickte mich nur in den Gang der Ereignisse, ohne Erleichterung, vorderhand außer Gefahr zu sein.

Erst zu einem anderen Zeitpunkt erfuhr ich, warum sich der Deutsche beeilt hatte, mich aus dem Haus in der Rampa Sebastianello zu holen. Am Korso, wo Heise mit Freunden zusammenwohnte, hatte er eine Nachricht von Clifton erhalten (die man erst mit seinem Ableben zustellen sollte), einen krakligen, schwer zu entziffernden Zettel, der den mich betreffenden Zusatz im Testament meines Besitzers vorwegnahm. Sicherheitshalber versprach er dem Franken, der sein Bierbrauererbteil erfolgreich verschleuderte, eine beachtliche Geldsumme, falls er sich ohne Verzug meiner annehme. Heise konnte auf diesen Betrag nicht verzichten. Er bezog seine Erbschaft in Raten und war gerade klamm. Im Beutel, den er von der Dienerschaft mitbekam, machte er mich an einem Knopf seines Gehrocks fest, der allerdings lose am Zwirnsfaden schlenkerte und bald mit mir in einem Mistfladen landete. Heise schimpfte verbissen, als er in die Hocke gehen und mich aus dem dampfenden Dung graben mußte. »Du Scheißmatz, du Schandbalg, du Sauwedel«, fluchte er.

Es fiel mir nicht ein, diesen Vorgang auf die mir bei Heise bevorstehende Zeit zu beziehen. Und ich war zu versunken in Kummer und Gram, um von seinen Beschimpfungen in der mir nahegehenden Sprache ergriffen zu sein. Tage vergingen, bis ich seine Kammer am Korso bewußter in Augenschein nahm, und mehr Aufmerksamkeit auf die in den benachbarten Zimmern logierenden Deutschen verwendete.

Lebendig in meiner Erinnerung an diese Wochen ist nur die Beerdigung Cliftons auf dem protestantischen Friedhof bei der Pyramide, die geisterhaft weiß vor dem nachtblauen Himmel stand, mit dem prasselnden Fackelzug, der seinem Sarg folgte, Ladys und Lords aus der englischen Heimat, Prinzipale, Bankiers, Spediteure und Schiffseigner, Hufschmiede, Hausangestellte und Nachbarschaft, eine um lorbeerbewachsene Grabsteine, Zypressen und Pinien schlurfende Menge, in der ich am Rock meines neuen Besitzers hing, der in alle Richtungen nickte und winkte, und die sich an James Louis Atkinson klammernde, in Schluchzen ausbrechende Laura erkannte, neben der zischenden, Haltung befehlenden Schwester und Lauras Verlobtem, dem bleichen Vikar, der im Flammenschein, mollig und mit seiner Glatze, den

Eindruck von glibbrigem Eiweiß erweckte. Ach, dieser Kummer verband mich mit Laura.

Ich erinnere mich an den auf seinen Zehenspitzen im Menschenauflauf Ausschau haltenden Heise, der, als der Fackelzug bei einer Zeder zum Stehen kam und sich um ein klaffendes Erdloch im Wiesengras scharte, Cliftons Notar in der Menge entdeckte, zu dem er sich schleunigst einen Weg bahnte, um zu erfahren, wann mit der versprochenen, meine Betreuung belohnenden Summe zu rechnen sei. Bei diesen Worten hielt er meinen Beutel hoch. Ich bemerkte, nicht weit von uns weg, den entsetzt Cliftons Samtbeutel musternden pommerschen Backfisch. In den Augen Luises war ich nur ein Unheils- und Pechbringer, der sie beharrlich verfolgte. Sie stieß einen Schrei aus: »Er ist es! Er ist es!«, was alle Welt auf den Verstorbenen bezog, der in dieser Minute im Erdreich versank. Hastig zerstreute man sich auf der silbrigen Wiese und bestieg sein im Stadtmauerschatten beim Tor S. Paolo bereitstehendes Pferdegespann.

Heise, der nicht zu Fuß in die Stadt gehen wollte, hielt sich bedenkenlos an den Notar, und um vor dem Deutschen seinen Wagenschlag zuzuknallen, war der Jurist ein zu achtbarer Mann. Wir holperten auf den mit groben und ungleichen Steinen befestigten Straßen zum Korso, und auf der Fahrt ließ sich Heise versichern, bald in den Besitz seines Geldes zu kommen.

Meine Beziehung zu Heise war wechselhaft, von Anfang an schwierig und schwankend. Cliftons Sorge um meinen Verbleib fand er schrullenhaft. Daß sie mit einem Aufwand an Kosten verbunden war, der sich bei klarem Verstand nicht rechtfertigen ließ, machte sie in seinen Augen nur umso verschrobener. Zugegeben, zu dieser Zeit ahnte er nicht das Geringste von meiner besonderen Beschaffenheit. Ich blieb stumm, teils vor Kummer und Niedergeschlagenheit, die meine Tage in schummriges Grau tauchten, teils aus Bedenken, ob es mir nicht schadete, wenn sich herausstellte, daß ich ein sprechender Schrumpfkopf war. Heises Charakter war mir nicht vertraut. Ich wußte nichts von seinen Vorlieben, Abneigungen, Gewohnheiten, Stimmungen und Eigenheiten. Um auf Nummer Sicher zu gehen, war es besser, meinen neuen Besitzer erst aufmerksam zu studieren.

Heises Wohnungsgenossen waren ausnahmslos Deutsche. Zwei stammten aus seiner Heimatstadt oder der unmittelbaren Umgebung, der dritte im Bunde kam aus einer Stadt am Rhein und war eine Gasthofbekanntschaft von Heise. Alle drei hingen von der Erbschaft des Freundes ab und trugen zu Haushalt und Miete nichts bei. Von Jonathans flammenden Briefen zu Leichtsinn, Abenteuer und freierem Leben verleitet, von dem in der Welthauptstadt reichlich vorhanden sei, hatten sich August und Karl den in Jena und Gießen begonnenen Studien entzogen, um schnurstracks auf Reisen zu gehen. Heise hatte den beiden, die gegen den Willen der Eltern aufbrachen und selbst ohne Barschaft waren, versichert, er halte sie mit seinem Erbteil aus, bis es mit Lust und Laune verzehrt sei, ein sich mittlerweile abzeichnendes Ende. Christian, der Mann aus dem Rheinland, war Bildhauer und hatte ernsthafte Absichten, sich an den Vorbildern klassischer Zeiten zu schulen, ein Vorsatz, mit dem er im Allgemeinen an der Zerstreuungs- und Kurzweilbesessenheit scheiterte, von der seine Wohnungsgenossen beherrscht waren.

Mit anderen Worten: Sie lumpten und lotterten; liebten es, bis in den Mittag zu schlafen, ausgiebig im Gasthaus zu speisen und einen Zwei-Stunden-Spaziergang am Korso zu machen, den sie zum Scharwenzeln und Anbandeln mit jungen Frauen nutzten, die nicht zu vornehm und anspruchsvoll sein durften, junge Frauen aus dem einfachen Volk waren vorzuziehen, Backfische aus Stallknecht- und Schinderfamilien oder als Dienerinnen rakkernde Landpomeranzen, die ahnungslos, einsam und zutraulich waren. An glutheißen Tagen erfrischten die vier sich im Fluß, indem sie von Waschfrauenbooten ins Wasser sprangen, spielten stundenlang Billard und Karten, betranken sich, schmetterten Arien und heimische Weisen. Vor den tauben Vermietern, die im ersten Stock wohnten, mußten sie sich nicht in Acht nehmen. Dem Zollamtsvorsteher im Ruhestand ging es nur um einen fristgerecht zahlenden Mieter.

Im Gegenzug waren sie umso verrufener bei nahen und entfernteren Nachbarn am Korso, sei es der unernsten Liebschaften wegen, die den Backfischen reihenweise Sinn und Verstand raubten, sei es als Ergebnis der Streiche und Dummheiten, die sie mit besonderem Eifer begingen. Mit gellenden Pfiffen versetzten sie Pferde in Panik, die blindlings drauflos galoppierten, oder sprangen auf Droschkentrittbretter und schnitten Grimassen vor den in Schreie ausbrechenden Passagieren. Priestern den Hut an der Quaste vom Scheitel zu ziehen oder Kappen zu Boden zu schlagen, ohne sich von seinem Opfer erwischen zu lassen, war ein Lieblingssport meines Besitzers. Oder er fing in der Nacht eine Katze ein, der er einen Deckel aus Blech um den Schwanz band, mit dem das rasende Tier alle Anwohner weckte.

Bald sollte ich bei diesen Scherzen zum Einsatz kommen. Mein Besitzer betrachtete mich als ein Ding von bizarrer Natur und befremdlichem Aussehen, das einem Exzentriker gut zu Gesicht stand. Er selbst kam sich nicht als Exzentriker vor, trotz seiner exzentrischen Lebensgewohnheiten. Er strebte als Dichter – und Deutscher – auf Dauer zu anderen und allgemeineren Zielen. Seine hiesigen Ausschweifungen waren nicht der Lebensstil, an dem er in seiner Heimatstadt festhalten wollte. Es paßte zur Jugend, sich treiben zu lassen, und mußte ein Ende nehmen, wenn man sie abstreifte.

Das hieß, meine Zweckdienlichkeit blieb bescheiden. Ich war verwendbar, um Grauen zu erregen, besonders bei frommen und erzfrommen Menschen, die dem Aberglauben verhaftet waren. Und das waren in der Ewigen Stadt letztlich alle. Heise mußte mich nur aus dem Samtbeutel ziehen – sie rannten weg oder fielen in Ohnmacht. Nachbarinnen, die sich bei Heise beschweren wollten, nahmen vor mir auf der Stelle Reißaus. Mietdroschken leerten sich, wenn er mich hochhielt, und er konnte es sich in der Sedie alleine bequem machen. Wollte er eine Landpomeranze entmutigen, die Tag um Tag vor seiner Wohnung am Korso stand, preßte er mir vor den Augen der schmachtenden Hausangestellten einen Kuß auf die Stirn, und sie machte in Zukunft einen Bogen ums Haus. Mit Vorliebe schlenderten meine vier Deutschen im Mondschein um Titus- und Konstantinsbogen, mit Myrte bewachsene Tempel- und Thermenmauern, wo sie auf deutsche und englische Reisende trafen, romantische Seelen, empfindsame Geister, die sich vor den Rabauken und meiner Erscheinung am Trageband schleunigst in Sicherheit brachten.

Kurz: Ich diente meinem neuen Besitzer und seinen drei Wohnungsgenossen zur Gaudi. Nur der aus dem Rheinischen stammende Christian nahm noch ein anderes Interesse an mir. Das rettete mich vor der Achtlosigkeit, mit der mich der Bierbrauererbe behandelte. Wenn er nach Hause kam, warf er den Gehrock zusammen mit dem Beutel, der in seiner Tasche verstaut war, auf Stuhllehne, Bett oder Truhe, und stundenlang blieb ich im Dunkeln allein. Ich verdankte es Christian, der mich bei Heise zu Studienzwecken entlieh, wiederholt an der Kordel im niedrigen Zimmer zu schweben, neben dem Fenster zum Korso, das mit seinem welligen Glas meine Aussicht auf Fuhrwerke, Geistliche, Botenjungen, Bettler und Handwerker in der schattigen Tiefe verzerrte. In den benachbarten Zimmern erkannte ich Heise, der dichtend sein Schreibpult umkreiste, nicht ohne mit Daumen und Finger den Kinnbart zu streicheln.

Es konnte passieren, daß der auf seinem Bettstrohsack flegelnde Karl, der im Eckzimmer hauste, dem letzten der Reihe, zu wissen verlangte, ob seine Hilfe erforderlich sei. »Scher dich zum Teufel!« erwiderte Heise beleidigt, »dir fehlt es an Einbildungskraft! Du hast keinen Gran an Begnadung und Gabe zum Dichten!« Minuten vergingen, bis der seine Stiefel polierende August sich meldete. »Und? Was ist mit dem Musenkuß, Jonathan? Falls sie nicht willig ist, mußt du sie watschen!« – »Ruhe, verdammt!« bellte Heise fuchsteufelswild, der sich in der Regel bald wieder beruhigte und den Vierzeiler vorlas, mit dem er nicht klarkam. Mit fehlenden Zwei- oder Drei-Silbern, passenden Reimen und Umstellungen einer Verszeile, bis sie ins metrische Gleichgewicht fand, halfen meinem Besitzer am Ende nicht Karl oder August aus, die nichts als Faxen im Sinn hatten. Es war Christian, der auf einem Scherenhocker kauerte und seine Augen zu Schlitzen verengt hatte, um mich mit einer beharrlichen Aufmerksamkeit zu studieren, die mir schmeichelte (erst in einem anderen Zeitalter kam ich mir vor dieser forschenden Neugierde nackt vor). »›Teufelspfuhl‹ ist das passende Reimwort«, versetzte er unversehens gegen den um seine Verszeile ringenden Freund im benachbarten Zimmer, ohne mich aus den Augen zu lassen. Seine Hand mit dem Kohlestift warf automatisch mein lebloses Ledergesicht aufs Papier. Heise trat auf die Schwelle und nickte begeistert. »›Petri Stuhl‹ – ›Teufelspfuhl‹, recht hast du, Christian, das ist der passende Stich gegen Roms Klerisei!« Mein Besitzer war dankbar, wenn Christian half, einen Vers zur Vollendung zu bringen, auch wenn diese Dankbarkeit nie lange vorhielt. Er war der Dichter, kein anderer als er, der am Ende das Ei des Kolumbus entdeckt hatte, das durfte niemand in Abrede stellen! Kurzfristig war seine Dankbarkeit allerdings vorteilhaft, brachte Beachtung und Zuneigung mit sich, eine Wirkung, die ich nicht vergaß.

Es vergingen zwanzig Wochen, bis Jonathan Heise sein Geld aus der Erbmasse Cliftons erhielt. Wieder und wieder bei dessen Notar an der Spanischen Treppe vorstellig zu werden, um Dringlichkeit anzumahnen und den Betrag in Erfahrung zu bringen, erwies sich als nutzlos, Herr Lorenzo Manzini blieb stur und bestand auf der Einhaltung aller gesetzlichen Vorschriften. Das erschwerte es meinem Besitzer, sich Geld zu leihen. Nicht sicher, wann er seine Schulden begleichen und welche Summe er aufnehmen konnte, hatte er vor Kreditgebern einen schlechten Stand. Bei Petersen, den er in Tivoli aufsuchte, biß er mit seiner Anfrage gleich auf Granit. Und nicht besser erging es meinem neuen Besitzer, als er sich an Minna von Otterstein wandte, die ebenso geizig wie taub war. Erst im Ghetto fand Heise zu einer Adresse, wo man Darlehen zu maßlosen Zinsen vergab.

Seine Bamberger Freunde verspotteten Jonathan. Mit Sicherheit sei die vom englischen Kaufmann versprochene Geldsumme mehr als bescheiden, er habe ja keinen Aufwand mit mir, und sich dreihundert Scudi beim Juden zu leihen, belege mehr Mut als Verstand. Kurz vor der Vollstreckung des Cliftonschen Testaments kam es wiederholt zu Querelen zwischen August und Karl und dem Bierbrauersohn. Ich hatte den Eindruck, als ob er sie leid sei und sich bald von seinen Freundschaftsverpflichtungen befreien wolle, was teils mit seinem geldlichen Mißstand zusammenhing, teils mit der Absicht, sich ernsteren Zielen zu widmen.

Endlich bestellte Signore Manzini alle Cliftonschen Erben und Erbenvertreter ins Notariat an der Spanischen Treppe. Zu diesem Anlaß nahm Heise mich mit, aus Achtung vorm Toten und seinem Letzten Willen, und um sein Schicksal großherzig zu stimmen. Nahezu dreißig Personen hielten sich in dem heißen und stickigen Zimmerchen auf, welches ein Vorhang vorm Fenster verdunkelte. Die meisten der Anwesenden waren mir nicht bekannt, außer James Louis Atkinson mit einer Vollmacht der Schwestern, die Clifton anscheinend bedacht hatte, und einem halben Dutzend von im Testament nicht vergessenen Dienern und Zugehfrauen. Erst vergingen drei Stunden mit der Personalienfeststellung aller zur Erbschaft Berechtigten, die sich mit Urkunden ausweisen mußten, was bei den fremdsprachigen Tauf- und Geburtsscheinen aufwendig und langwierig war. »Und das wegen dir«, zischte Heise und quetschte meinen Beutel, der an seinem Gehrock vorm Hemd hing, dem zum Auswringen nassen, am Brustkasten klebenden Hemd, »... und zum Schluß hat er sich einen schrullenhaften Spaß erlaubt und vermacht mir nicht mehr als zwei lachhafte Scudi.«

Schließlich setzte Lorenzo Manzini sich aufrecht und bimmelte mit einer silbernen Glocke. Vor aller Augen erbrach er das Wachssiegel eines zwei Seiten umfassenden Briefes, der Tochter Lavinia und Laura Lombardi zu Erbinnen seines Besitzes bestimmte, und ansonsten nichts als eine Liste von Posten erhielt, die der Erblasser trocken verteilte. Nur zu Beginn hatte Clifton vermerkt, seine Schenkungen nicht kommentieren zu wollen, wer bedacht sei, der wisse warum.

Das war eine Auskunft, die Heise auf Dauer, bis zu unserer Trennung, verunsichern sollte. Er verstand nicht, warum er vom englischen Kaufmann einen sprechenden Schrumpfkopf vermacht bekommen hatte, der mit einer hohen und verpflichtenden Summe verbunden war. Als Signore Manzini sie vortrug: »Zehntausend Pfund«, vergaß mein Besitzer zu atmen. Mehr als das: Heises Herz setzte kurzzeitig aus (ich hing unmittelbar vor dem Brustkorb und kann es beeiden)! Mit leiernder Stimme erkundigte sich der Notar bei meinem neuen Besitzer, ob er den Betrag aus der Erbmasse annehmen wolle. Keine Antwort, im dusteren Zimmer blieb alles still. »Oder wollen Sie ausschlagen?« fragte Manzini. Wiederum Schweigen, man drehte sich zu uns um. »Signore! Sie halten uns auf!« murrte der Notar und reckte das Kinn, um den Deutschen ausfindig zu machen.

Es war keine bewußte Entscheidung. Halb wollte ich Heise in Schwung bringen, der auf bedenkliche Weise im Lehnstuhl versunken war, halb sicherstellen, dauerhaft Teil seines Lebens zu sein. Mit klarer und kraftvoller Stimme versetzte ich: »Ich nehme an, Herr Manzini!« Meine Entgegnung, die hohl aus dem Beutel drang, war im Kanzleizimmer gut zu verstehen. Atkinson, merkte ich, runzelte seine Brauen, und bei unseren Sitznachbarn herrschte Verwirrung. Heise, der meine Erwiderung unbewußt mitbekommen hatte, belebte sich wieder. Schwankend stemmte er sich aus dem Lehnstuhl hoch. »Ja, Herr Manzini ... ich nehme ... ich nehme an.« – »Sicher. Ich habe verstanden, mein Gott«, der Notar wirkte unwirsch und wandte sich wieder dem Blatt zu, das er in den Fingern hielt. »Clifton muß wahnsinnig sein«, sagte Heise laut und handelte sich aus den Stuhlreihen ein giftiges

Zischen ein, »zehntausend englische Pfund hat er mir vermacht ... zehntausend englische Pfund!«

Wieder hatte der Bamberger ausreichend Geld, um sich und seine Freunde bei Laune zu halten. Sie mieteten sich eine Droschke und kurvten in atemberaubendem Tempo um Markttische, Frauen mit Brotkorb und Kerle mit Holzkiepen, fegende Diener und schnatternde Waschweiber, peitschenknallend und krakeelend: »Zur Seite! Macht Platz, Leute!« Oder sie streunten zum Petersplatz, wo sie mit anderen Lungerern Spiele in Gang brachten und einem jungen Flegel die Augen verbanden. Von jauchzenden Menschen, Abates und Waschfrauen, Fischern und schuhlosen Strolchen umringt, mußte der Blinde den Brunnen in der Platzmitte finden.

Mit Hilfe von Petersen, den es beeindruckte, als er bei seinem lombardischen Schneider auf den sich neu einkleiden lassenden Heise stieß, nahmen sie an privaten Gesellschaften teil, die verbotenerweise am Drehrad um Geld spielten. Im Verlauf dreier Monate hatte mein Bamberger, der nur noch schlief oder an einem Roulettetisch saß, seine englische Barschaft verdoppelt.

Mich beachtete Heise nicht mehr. Nur aus Zufall erinnerte er sich an mich, wenn er in seinem Bett oder zwischen bekritzeltem Schreibpultpapier mit der Hand auf den Beutel stieß, den er zerstreut an seinem Gehrock befestigte. Von den Roulettetischgesellschaften war ich beeindruckt – nicht der fiebernden Teilnehmer oder der haushohen Summen wegen, die von einem Besitzer zum anderen wechselten. Es war das in schwindelerregendem Tempo rotierende Drehrad mit seinen achtunddreißig Zahlen, von dem ich meine Augen nicht losreißen konnte. Es stachelte mich zu meinen ersten Wahrscheinlichkeitsrechnungen an, die mir Einsamkeit und Langeweile vertrieben, wenn man mich wieder in Truhen und Koffern vergaß.

Als ich zirka drei Wochen in einer Kommodenschublade verbringen mußte, reichte es mir. Im Morgengrauen, Heise und seine drei Freunde kamen mit Geld um sich werfend von einer Roulettenacht heim, und mein Besitzer trat vor die Kommode, um sich aus der Dose mit Priem zu bedienen, machte ich mit einem Schrei auf mich aufmerksam. »Ich halte es in dieser Finsternis nicht mehr aus. Soll ich im Schiebfach verrotten, zum Teufel?«

Auf der Stelle verhallte das Wiehern und Prusten im Zimmer. Alle vier beugten sich ins Kommodenfach. Das verrieten mir mehr meine Ohren, als der Sehschlitz, der von einem Schnupftuch verdeckt war. »Was kann das nur sein?« fragte August erstickt. »Sicher der Schrumpfkopf«, erwiderte Christian, »ich hatte beim Zeichnen den Eindruck ... ich meine, er schien mir lebendig zu sein.«

Heise kramte den Samtbeutel aus der Kommode, den er weit von sich weg hielt, als er in der Luft schwang, mit der freien Hand zog er mich aus meinem Futteral. Die drei anderen wichen beiseite. Ich blinzelte blind in die Strahlen der aufgehenden Sonne, die mir ins Gesicht schienen und sagte nichts. »Von wegen, der ist mausetot«, murrte Heise, »wir sind zu betrunken und sollten zu Bett gehen.« – »Tut mir leid«, widersprach ich, »es ist nur zu grell in der Sonne ...«, und brachte den Satz nicht zu Ende. Heise schleuderte mich vor Entsetzen zu Boden, und die anderen drei sprangen ins benachbarte Zimmer, als seien sie dem Teufel leibhaftig begegnet.

Vom ersten Schrecken erholten sich Jonathan Heise und seine drei Freunde in kurzer Zeit. Er erlaubte es mir, bei seinem Schreibpult zu baumeln, wo ich Aussicht auf Palmen und Pinien am Pincio und den Reiseverkehr an der Piazza del Popolo hatte. Es stimmt, er erlaubte es mir schweren Herzens. Sich mit mir zu befreunden war nicht Heises Absicht, man konnte es unschwer an seinem Verhalten erkennen, das dauerhaft grimmig bis feindselig war. »Good morrow!« zu schmettern, wenn er aus den Kissen kroch, meine Angewohnheit aus Erinnerungsseligkeit, mit der ich Vertrauen und Aufmerksamkeit verband, war keine gute Idee. Zum einen stand er nie vor der Mittagszeit auf und mußte meinen Morgengruß als Stichelei verstehen. Zum anderen prallte er an Heises Schlaffheit ab, mit der er zum Waschbottich schlurfte. Er nahm mich zwar zu seinen Spazierrunden, Gasthausbesuchen und Mietdroschkenausfahrten mit, um mir Gesellschaft und Kurzweil zu bieten, blieb allerdings wortkarg und in sich verschlossen. Meinem Willen beugte Heise sich nur aus Verpflichtung, die er gegen den englischen Kaufmann empfand. Es war nicht nur schrullig von Clifton gewesen, meine Betreuung zu regeln und mit einer Summe von zehntausend Pfund zu vergelten. Meine Natur machte dieses Verhalten begreiflich. Allerdings zwang ein Schrumpfkopf, der lebte und sprach, seinen Besitzer zu Anteil und Zuwendung, die er beileibe nicht aufbringen wollte.

Anders verhielt es sich mit seinen Freunden. In meiner Erinnerung vergingen nur Stunden, bis sie sich zu mir benahmen, als seien wir miteinander vertraut. Kurzum: Ich war Teil der Familie. Sicher, ein Schrumpfkopf, mit dem man Erlebnisse austauschen konnte, war aufsehenerregend. Trotzdem wollten sie meine Natur nicht erforschen. Ja, als ich den vieren nicht mehr unheimlich vorkam, vergaßen sie meine Besonderheit, was in den kommenden Jahrzehnten undenkbar war, als man mich wissenschaftlich studierte, vermaß und verzeichnete und reihenweise Experimenten aussetzte.

Nein, dieser Wissensdrang war meinem neuen Besitzer und seinen drei Freunden noch fremd. In den Augen von Christian, August und Karl war ich mehr ein besonderes Haustier (vergleichbar mit dem Totenkopfaffen im Haus auf der Bergkuppe). Meinen Berichten aus Caracas lauschten sie, als seien es von mir erfundene Geschichten (und was den Verstorbenen anging, hielt ich mich bedeckt). Ich denke, sie waren im Ganzen zu leichtlebig, um sich in eine Sache vertiefen zu wollen (außer in Streiche und Dummheiten). Stundenlang malten sie sich neuen Unsinn aus, an dem ich beteiligt sein sollte. Sie planten meinen Einsatz bei Kartenspielschummeleien und als unsichtbar bleibender Gast einer Lustbarkeit, der alle Teilnehmer schamlos beleidigt und bloßstellt. Sie verfielen mit der Zeit auf noch irreren Schabernack, bei dem ich Theatervorstellungen lahmlegte, indem ich den Schauspielern sinnlos ins Wort fiel, oder mich bei einem Opernkonzert grausig falsch in Duette und Arien einmischte.

Von meiner Mitwirkung an diesen Dummheiten wollte mein neuer Besitzer nichts wissen. Nicht aus Mitleid mit mir oder heimlicher Zuneigung. Nein, sein Gewissen erlaubte es nicht. Es sei nicht im Sinne von Clifton, mit mir dummes Zeug anzustellen, beschied er die anderen drei.

Wenn Heise mich vor seinen Freunden bewahrte, hing das allerdings nicht nur an seinem Gewissen. Ausschlaggebend war auch nicht mein Halbmenschcharakter, den mein Besitzer im Grunde aufs Tiefste verachtete (er verachtete alles, was »halb« oder »minder« war). In seiner Weltordnung hatte ich keinen Platz, und mich erforschen zu wollen, fiel Heise nicht ein. Entscheidender war eine andere Sache: Er war sein verlottertes Leben am Korso leid und wollte den Hanswurstereien ein Ende bereiten. Dieser Stimmungsumschwung hatte – nicht ohne Ironie – mit den am Drehrad verdoppelten zehntausend Pfund zu tun, die Heise zu einem bemittelten Mann machten, der vor der Wahl stand, sein Geld zu verschleudern – nicht anders als in der Vergangenheit sein Erbteil – oder es in ein ernsthaftes Leben zu stecken.

Schlagartig hielt er sein Bares zusammen und wollte an keinem Roulettetisch mehr Platz nehmen; er ging lieber zu Fuß, als einen Mietkutscher zu bezahlen; er bestand auf den billigsten Gasthofgerichten und saurem Wein. Seine drei Freunde gingen von einer Laune aus, die sicherlich nicht ewig anhalten werde. Sie sollten sich irren – und wie. Angeblich traf eine Nachricht aus Franken ein – Heise hatte sie selber verfaßt und einen Boten beauftragt, den Brief zur Adresse am Korso zu bringen –, seine Mutter, an Schwindsucht erkrankt, sei dem Tode nahe. Seine Abreise ließ sich nicht besser rechtfertigen. Er half seinen Freunden mit eintausend Pfund aus und schwang sich an der Piazza del Popolo neben den Postillon auf seinen Bock.

XIII

Eine hindernisreiche und schicksalhafte Reise in den Norden;
die unangenehme Begegnung mit einer Bande von Banditen;
mein erster deutscher Winter

Oh ja, es war eine erregende Aussicht, ins Land auf der anderen Seite der Alpen zu fliegen! Ich war umso begieriger, in diese Welt zu kommen, als sie mir unerfindlicherweise vertraut erschien. Bereits in der Tivolivilla bei Petersen, wo ich von Deutschen umgeben gewesen war, hatte ich diese Vertrautheit bemerkt: Nachts im Traum waren mir Stuben und Kammern aus Holz erschienen, niedrige, knarrende, schummrige Zimmer, auf dampfenden Zinntellern Hering und Erbsenbrei – und das bei mir, der kein Magenknurren kannte! –, Marktflecken aus Fachwerk und Weiler im Schnee, der saphirblau im Sonnenschein glitzerte – und Schnee war mir niemals im Leben begegnet.

Gewiß, vor meinem ersten Zusammentreffen mit einer Gipfellandschaft, die kristallklar verschneit war, mußte mir wieder und wieder der Zufall zur Hilfe eilen. Ich bin mir nicht sicher, ob Heise im Sinn hatte, sein Reiseziel lieber allein zu erreichen, ob er bereits bei der Abreise plante, mich in einer Herberge liegenzulassen ... Nein, mein deutscher Besitzer betrachtete sich als einen Menschen, der seine Verpflichtungen einhielt. Ehrloses Verhalten verachtete er. Umso mehr, als er vorhatte, sich an der Regnitz einem Leben mit achtbaren Zwecken zu widmen. Bestimmt war es keine bewußte Entscheidung, als Heise im Wirtshaus, nicht weit von Orvieto, beim Aufbruch den Beutel am Fenstergriff baumeln ließ – am Fenstergriff mußte der Beutel ins Auge springen.

Und das tat er. Ein Kind aus der Herbergsfamilie sauste quer zu dem in Serpentinen verlaufenen Fahrweg halb rennend, halb rutschend bergab, um die Droschke mit Heise vorm Tal zu erreichen. Atemlos sprang der Knirps von sechs Jahren aufs Einstiegsbrett, barfuß, halbnackt und mit Staub in den Haaren, und hielt meinem Besitzer den Samtbeutel vors Gesicht. Schwer zu sagen, was Heise betroffener machte: sein Schlendrian oder mich wiederzuhaben. »Oh Gott«, seufzte er und vergalt es dem Jungen mit zwei Scudi, die er aus der Weste zog.

Ob bewußt oder nicht – bei einem Postkutschenwechsel in Carpi vergaß er mich in einer Sitzpolsterfurche, in der er mich achtlos verstaut hatte. An der Poststation, wo das zum Norden aufbrechende Fahrwerk mit schnalzendem Kutscher bereitstand, mußte sich alle Welt mit dem Umstieg beeilen. Heise sprang aus der Fahrzeugkabine ins Freie, ohne sich zu vergewissern, mich bei sich zu haben. Gegen Pferdegewieher und Stimmengewirr, Peitschenknipse und knirschende Radreifen auf dem Platz, einer einzigen Sonne und Wolkenzug spiegelnden Schlammlache, kam ich mit meinem Heulen im Beutel nicht an: »Vergeßt mich nicht, Heise, ich bitte Euch, nehmt mich mit!«

Als seine Tiere mit Wasser versorgt waren und er seinen Fahrgastraum ausfegen wollte, fiel dem Postillon, mit dem wir Carpi erreicht hatten, der Beutel im Polsterspalt auf. Mit einem Ruck zog er mich aus der Ritze. Ich merkte, er hielt sich nur schwer auf den Beinen, stank nach Branntwein und Pferdefell, Knoblauch und saurem Schweiß, was ich an der schlierigen Wolke erkannte – ein Zusammenspiel von Sepiabraun und Fliederblau –, die der Postkutscher um sich verbreitete. Er quetschte den Samtbeutel in seinen Fingern und linste beim Sehschlitz ins Innere – umsonst. Am Ende begann er, das Band zu entknoten.

Bei dieser Gelegenheit war es ein Reiter in Uniform, der vor der Poststation von seinem Pferd sprang, um einen Sack Hafer zu holen, und mir in letzter Minute zur Hilfe kam. Als er auf den Postillon traf, blieb er schlagartig stehen. »Ich kenne den Beutel«, bemerkte der Offizier aus einer Papstgarnison in Bologna, der vor zwei Tagen von Fiesole bis Casalecchio unser Begleiter gewesen war, halb neben der Postkutsche reitend, halb in der Kabine, wo Heise und er sich mit Schwatzen zerstreut hatten, »und mir ist sein Besitzer, ein Deutscher, bekannt. Du bist es nicht, das ist sicher.« – »Das hat man verbummelt«, versetzte der Postkutscher in einer Mischung aus Trotz und Verlegenheit, »eine Fundsache ist das ... ich bin kein gemeiner Dieb ... und Fundsachen sollten belohnt werden, Herr«, und trennte sich willig vom Beutel, als der Offizier einen goldenen Scudo springen ließ.

Und los ging's im Galopp auf Bagnolo San Vito zu, in einer durchsichtig scheinenden Landschaft aus Flußuferwindungen, bebuscht und bewaldet, und sich bis zum Himmelsrand ziehenden Plainen mit hohen Alleen aus Pappeln und Eschen, die, linder und lichter, Zypressen und Pinien ersetzten. Verstreut in der Ebene konnte ich goldockerbraune und marsgelbe Flecken erkennen, wo ein Bauerngut von seinen Feldern umrahmt war. Aus dem roten und erdfetten Boden stieg Nebel auf, als wir Bagnolo zur Fledermausstunde erreichten.

Heises Dankbarkeit kannte kein Ende, als der Offizier in der Gaststube an seinen Platz trat und mich neben den Teller mit Rinderschmor legte. Mein Besitzer ließ Messer und Gabel fallen. »Um Gotteswillen! Wo war er ... wo war er nur?« wollte er wissen und sprang auf die Beine, »ich nahm an, meinen Beutel auf Dauer verbummelt zu haben. Ach, es ist Euer Verdienst, wenn ich nicht mehr verzweifelt bin!« und er warf sich dem Papstoffizier an den Hals.

Wieder war mir nicht klar, ob er heuchelte oder mich nur aus Versehen verloren hatte. Als wir auf dem Zimmer und mit uns alleine waren, schmiss er sich in Reisemontur auf das Wirtshausbett, blies seine Kerze aus, hakte den Beutel vom Gehrock und zischte mich an. »Es ist deine eigene Schuld, wenn du abhanden kommst. Du mußt dich rechtzeitig melden, ich kann auf der Reise nicht alles im Auge behalten ... mein Geld, meine Koffer und Kisten, ich weiß nicht was.« Mich bemerkbar zu machen, sei heikel, das wisse er, erwiderte ich ins Gesicht auf dem Kissen, das im Dunkeln nichts als ein verschwimmender blassblauer Fleck war. Heise schnarchte bereits, ließ mich fallen und rollte sich in seinem Schlaf wiederholt auf den Beutel, als ob er mich zu Brei quetschen wolle. Gott sei Dank waren meine Empfindungen seines Gewichts, das mich tief in die Bettkuhle preßte, und der Stickluft im Futteral nur ideeller Natur.

Als wir beim Gardasee eintrafen und bis zur Bootsabfahrt zwei Stunden Zeit hatten, kraxelte Heise zum Schloß auf dem Felsen hoch, das keine Tore besaß, nicht bewacht und verkommen war. Zwischen Turm und verfallenen Mauern, im Innenhof, einem windstillen Platz voller Unkraut und Beerenstauden, ließ er sich auf einer Steinstufe nieder. Er saß keine halbe Minute im Sonnenschein, als vier windige Kerle den Schloßhof betraten. Zwei hatten einen Patronengurt um und waren mit Pistole und Flinte bewaffnet. Wer er sei, was er in dieser Einsamkeit treibe, verlangten sie von meinem Besitzer zu wissen mit der Grobheit bestechlicher Wachleute oder Gerichtsdiener. Er stamme aus Deutschland und sei auf der Heimreise, erwiderte Heise und machte zwei Schritte zum Torbogen. Von den vieren auf der Stelle umringt, blieb er stehen. Und er sei Dichter, bemerkte er hastig, ein Dichter bevorzuge einsame Gegenden, eine Beteuerung, die sie belustigte. »Diese Ausrede kennen wir noch nicht«, meinte einer der beiden Bewaffneten grienend und tippte mit seinem Pistolenlauf gegen den Beutel und meinen vergitterten Sehschlitz. »Gebt lieber zu, mein Herr«, sagte er ernst werdend, »in Wahrheit ein Schmuggler zu sein.« Ein Kontrebandist, Gott bewahre, er habe mit Schwarzhandel nicht das Geringste am Hut! »Beweist es!« versetzte der zweite Bewaffnete, »beweist es und leert eure Taschen vor unseren Augen aus!« Sie taten, als seien sie befugt, fremde Leute auf Schmuggelgut zu kontrollieren.

Es war vollkommen klar, diese vier waren Banditen. Und wegrennen zu wollen, war zwecklos. »Nehmt!« sagte Heise und hakte als erstes meinen Beutel vom Gehrock, den er in der Luft schwenkte. Der mit dem Pistolenlauf wedelnde Spitzbube schnappte sich mein Futteral mit der Hand, um es aufzuziehen und sich ins Innere zu beugen. Versessen zu wissen, was er aus dem Beutel zog, vergaßen die anderen den Reisenden kurzfristig, der sich verstohlen zum Torbogen schlich.

Weit kam er nicht. »Stehenbleiben, sonst schieße ich!« warnte der zweite Bewaffnete meinen Besitzer. Der erste Dieb, der mich am Trageband hochhielt, bespritzte mich freigebig mit seinem Speichel, als er in Beschimpfungen ausbrach. »Was ist das? Was soll das, du Hundsfott, du Lumpenhund? Willst du uns anschmieren?« keifte er Heise an, der auf seine Knie fiel, bibbernd und bittend, er habe im Gehrock zehn Goldtaler bei sich.

Ich war halbtaub von der Schreierei neben mir und drehte mich an meinem Trageband, das der Spitzbube in seinen Fingern vergessen zu haben schien, wild im Kreis. Bei meinen Schlingerbewegungen erkannte ich Heise, der sich vor den vieren seiner Kleider entledigen mußte. Gnadenlos krempelten sie alle Taschen um und rissen dem Deutschen sein knielanges Hemd vom Leib, in dem sie seine mit Nadel und Zwirn in einem Tuch auf dem Hemdstoff befestigte Barschaft teils aus Wechseln und teils aus Papiergeld entdeckten. Zwanzigtausend Pfund Sterling erbeutet zu haben, brachte sie um den Verstand. Sie stampften und tanzten von Sinnen im Innenhof, und ich schwankte am Trageband nur umso wilder.

Der Pistolenwedler riß sich als erster zusammen. Es sei besser, den Reisenden aus dem Verkehr zu ziehen. Als reicher Mann habe er alle Mittel, sie ausfindig zu machen und auf das Schafott zu bringen, dem solle man kurzerhand vorbeugen. Erbarmen! flehte Heise, der nackt in den Brennesseln kniete, er habe nichts mehr, um sie hetzen zu lassen, er wolle nur in seine Vaterstadt heimkehren, zu seiner sterbenden Mutter, »laßt mich leben, ich bitte Euch!« bettelte er, als der erste Halunke den anderen befahl, mit den Maultieren, die im Zitronenhain versteckt waren, in den

Schloßhof zu kommen, man brauche ein Muli, um den Leichnam beiseite zu schaffen, und sich breitbeinig vor meinen Besitzer aufstellte, dem er seinen Pistolenlauf gegen die Stirn preßte. Ich schwebte nahe vor Heises Gesicht, das vor Schweiß und Entsetzen zerging. Und ohne Vorwarnung heulte ich los. »Oh, soll dich der Teufel holen, wenn du den Mann erschießt, und auf seinem Rost braten, in alle Ewigkeit, zusammen mit deinen Komplizen!«

Ich flog in den Dreck, wo ich mit meiner Nase auf Mergel und Sand traf und nichts mehr erkennen konnte. Andererseits war nicht schwer zu erraten, was vor sich ging. Die Spitzbuben flohen, verwirrt und von Panik ergriffen, zum Torbogen und aus dem Schloßhof, bis Schritte und Stimmen in der Ferne versiegten, und mein Besitzer und ich in der Stille allein waren. Es verging eine Weile, bis Heise seinen Lebensmut wiederfand, seufzend Leinenhemd, Beinkleid und Gehrock zusammenraffte und sie mit lahmen Bewegungen anlegte. Anschließend hob er mich auf und verstaute mich wieder im Beutel, den er zwischen drei von den Dieben vergessenen Hunderterscheinen fand, und hakte mich an seinen Knopf. Wortlos taumelte er aus dem Schloßhof und eilte schweratmend zur Anlegestelle am See, wo das Boot mit den Ruderern wartete.

In den kommenden Wochen und Monaten ließ mein Besitzer mich nie mehr allein. Ich durfte nicht fehlen, wenn er aus dem Haus lief, Besuche bei seinen Verwandten abstattete, zur Druckkerei eilte oder spazierenging, und daheim mußte ich mit dem Mann Tisch und Bett teilen – in den Schlaf fand er nur, wenn ich an seiner Seite war. Nach dem Erlebnis im Schloßhof am Gardasee traute er seinem Schicksal nicht mehr. Und als habe er mit der erfundenen Nachricht von der Schwindsucht, an der seine Mutter erkrankt sei, den Tod erst ermuntert, war sie in der Woche unserer Ankunft in Bamberg wahrhaftig verstorben.

Das machte seine Beklemmungen nur umso schlimmer. Mit allem war zu rechnen: Von Ziegeln erschlagen, vom Fuhrwerk erfaßt und von Pferden zertrampelt zu werden, sich den Hals auf dem eisglatten Domplatz zu brechen ... er war besessen von dieser Idee seines sinnlosen und kurz bevorstehenden Todes. Heise, der mir besonnen und solide erschienen war – in meiner laienhaften und unmaßgeblichen Vorstellung rationaler, als es einem Dichter erlaubt war –, legte schlagartig mystische Neigungen an den Tag und spintisierte mit nahezu zwanghaftem Eifer.

Was mich anging, war diese Neigung von Vorteil. In der sicheren Annahme, ich sei sein Schutzengel, ließ er mich niemals am Schreibpult versauern, wo vor dem niedrigen Fensterchen, das aus sechs Scheiben bestand, eine dustere Gasse zum Flußufer abfiel. In diesem verkehrsarmen Winkel passierte nichts und umso dringlicher brauchte ich Abwechslung, die mir mein benommener Besitzer freigebig verschaffte.

Jonathan Heise war dauernd auf Achse. Als erstes beerdigten er und Elisabeth, seine einen Gasthof betreibende Schwester, die Mutter. Elisabeths Mann, dem der Schwager verhaßt war, den er als Leichtfuß und Faulpelz betrachtete, wollte den Mittellosen nicht mehr als zwei Wochen zu Gast haben. Somit mußte Heise beizeiten in Arbeit und Lohn kommen. Umso beharrlicher sprach er bei Pontius vor, von dem er sich bei Pilatus empfehlen ließ. In seiner Heimatstadt kannte er Hinz und Kunz, hatte neben der Schwester noch andere Verwandte, drei Tanten, einen Onkel, Cousins und Kusinen. Das war beides: von Vorzug und zu seinem Schaden. Aus seiner Schulzeit war Heise als vorlaut und dreist bekannt und als Romantiker mit radikalen Ideen, die Kirche und Krone aufs Korn nahmen. Mein Besitzer besaß eine Reihe von Feinden, besonders bei Lehrer- und Priesterschaft, die eine Anstellung wieder und wieder verhinderten.

Zum Assessor des Chefredakteurs bei der Zeitung, dem *Bamberger Tag,* brachte er es am Ende mit Hilfe des Onkels Johanni, der Richter war und den Chefredakteur aus der Gastwirtschaft kannte, wo die beiden sich Tag um Tag vollaufen ließen. Als heimliche Freidenker und Demokraten betranken sie sich aus politischem Kummer. Im *Bamberger Tag* standen allerdings keine Artikel, die die Zensur auf den Plan rufen mußten. Heises Chefredakteur ließ sich nicht in die Karten schauen, eine sein Leiden vertiefende Feigheit, mit der sich der Mann voller Reue dem Suff ergab. Umso dringender brauchte er einen Gehilfen, der das Redakteurspensum sicher erledigen und, falls erforderlich, mit einem Artikel dienen konnte. Mit Zeitungsamt und Assistentengehalt fand mein Herr in der Gasse zum Fluß eine Bleibe, zwei feuchte und sonnenarme Erdgeschoßkammern, die wir, wenn ich nicht irre, an einem Dezembertag 1830 bezogen.

Bald kannte ich mich in den Bamberger Gassen aus, von der Fischerei bis zum Obstmarkt und Judenplatz, von den Aussichtsterrassen am Michelsberg bis zum Schloß und den Hainen am Bug. Zwischen Klosteranlagen, Barockresidenzen, auf Bergkegeln schwebenden Gartenlokalen, die von Glockenturmspitzen umringt waren, kam ich mir heimisch vor, ohne zu wissen, warum.

Diese Vertrautheitsempfindung erfaßte mich am ersten Tag unserer Ankunft in Bamberg, als wir in der Kutsche zum Sonnenplatz rumpelten und mein Besitzer vorm Gasthof, den Schwester und Schwager betrieben, ins Freie sprang. Es war bereits dunkel, das weiß ich bis heute, Petroleumlampen und Kerzen erleuchteten die auf den Platz gehenden Gastwirtschaftsstuben, und vom Flußufer wehten uns grauweiße Schleier an. Ich denke, es war das Zusammenspiel von Fachwerk und Erkern im Dunst einer deutschen Oktobernacht, Schattenrissgiebeln vorm nachtblauen Himmel und anheimelnd gelblichem Schein in den Zimmern, der meinem Besitzer aus Buntscheibenglas vor die Stiefel fiel, von deutschen Stimmen und hohlklingenden Schritten auf Holzbohlen, das mich an ein anderes Leben erinnerte.

Ja, mein erster Winter steht mir noch vor Augen. Ich erinnere sonnige Tage mit Rauhreif, der mir in meiner Schrumpfkopfzeit niemals begegnet war, diese Wipfel und Wiesen bedeckende Schicht diamantweiß zerberstender Sterne. Ich schwankte am

Mantelknopf Jonathan Heises, der Gedichtzeilen brabbelnd zur Altenburg hochstapfte, wo wir auf rodelnde Kinderscharen trafen, die zu dritt oder viert einen Schlitten behockten und rotbackig jauchzend bergab sausten. Ich hatte den Eindruck, als werde mir warm – eine Einbildung, sicher, mir konnte nicht warm oder kalt werden –, verwirrt von der Vorstellung, die noch verschwommen blieb, selbst eine Kindheit besessen zu haben. Als ich einen Seufzer ausstieß, schimpfte Heise: »Ich dichte, du Scheißmatz! Ist dir das entgangen?« und hieb mit der flachen Hand auf meinen Beutel.

Oh schneeweiße Landschaft, die sich vor der Burgmauer bis zum cyanblauen Horizont dehnte! Oh Rauchfahnen, offene Feuer und Reisigkarren, wattiger Hufschlag und knirschende Schneewege, schlittschuhlaufendes Volk auf der dampfenden Regnitz, das mit Rocksaum und Kufen das Eis blitzblankblau fegte! Oh Schneewasserlachen und Pfeifenrauchschwaden, Ofenhitze und stinkige Kleider im Wirtshaussaal, wo mein Besitzer mit Onkel Johanni und Wendelin Vogt von der Zeitung, erstickt schwadronierend, vorm Bierhumpen hockte! Oh, das sich ans Flußufer kauernde Haus, das er Woche um Woche am Mittwoch besuchte, ab Turmuhrschlag sieben, wenn es auf der Gasse pechfinster war, um mit Josepha zusammenzukommen, die die Pforte entriegelte, wenn er im Garten den trillernden Pfiff eines Kauzes ausstieß. Oh Josepha, die Heise im Mieder empfing, aus dem sich der mehlweiße Busen ins Freie schob, an den sie mich ahnungslos preßte, wenn sie sich umarmten! Bei der Geruchsmischung, die aus den Halbkugeln aufstieg, zerplatzte ein Feuerwerk vor meinen Sinnen, das scharlachrot, fliederblau oder goldgelben war, und ich fing vor Verwirrung im Beutel zu keuchen an, bis Heise sich von seinem Mantel befreit hatte, den er eilig zu Boden warf, um mit Josepha das Bett zu teilen.

Nein, diesen zimtbraunen und ofenbankmolligen Schellenschlittenwinter vergesse ich nie. Er riß eine ferne Vergangenheit in mir an, die in meinem Schrumpfkopfbewußtsein verschollen gewesen war.

XIV

Politische Umtriebe; Erlanger Fechttourniere;
schwindelerregende Eisenbahnfahrten und
der Patriotismus eines Schrumpfkopfs

Als Vertreter des Chefredakteurs bei der *Bamberger Zeitung* war
Heise auf Dauer nicht haltbar. Wendelin Vogt, der in Faulheit und
Gram versank, ließ meinem Besitzer von Anfang an freie Hand,
um sich in aller Ruhe dem Suff zu ergeben. Er bekam nicht mehr
richtig mit, was in seinem Blatt stand – und wenn er im Wirtshaus streitbare Artikel von Heise studierte, bemerkte er grunzend: »Man kann es nicht treffender sagen – der Kerl ist begabt.«

Bald hatte Heise den Zensor am Hals. Vor jedem Gang in die
Setzerei mußte er sich bei der Schrifttumskontrolle am Rathaus-
platz eine besondere Erlaubnis zum Druck einholen. Er beugte
sich, knirschend vor Grimm und Verachtung, bis man diese allen
Beteiligten nichts als Erschwernis bereitende Auflage widerrief,
und ging in den kommenden Monaten schlauer vor. Kritik an der
Obrigkeit ließ er nur einfließen, wo sie der staatlichen Aufsicht
nicht auffiel (und selbst seinen Lesern entging).

Das konnte meinem Besitzer nicht reichen. Ein beschauliches
Amt bei der Zeitung war mit seinen Freiheitsideen nicht vereinbar. Ich muß bekennen, am Anfang verstand ich nichts von
seinen Ansichten und Idealen. Ich war kein Gegner, mit dem er
sich maß, und kein Mitstreiter, der sein Vertrauen verdient hatte.
Heise betrachtete mich mehr als Haustier, dem Vernunft und
politische Urteilskraft abgingen (ein Mangel, den er auch den
Weibern bescheinigte).

Nur wenn er seine Ideen mit den Standpunkten Oliver Cliftons verglich, legte er eine Redseligkeit an den Tag, die mir schmeichelte. Es war klar, was er mir zu verstehen geben wollte: ein wesentlich tieferer und ernsterer Mensch zu sein, als es mein letzter Besitzer gewesen sei. »Ach, dein verstorbener englischer Kaufmann«, versetzte er von seiner Schlafstelle an der Wand, wo er in Schlafrock und Wollsocken bibberte, »legte sich absichtlich mit der Gesellschaft an, indem er Sitten und Sittengesetze mit seinem Verhalten verletzte. Amoralisch und einsam – das wollte er sein. Ein Ich, das sich selbst absolut setzt und hemmungslos seine Begierden befriedigen kann. Das betrachtete er als vollkommene Freiheit. Diese Freiheit bleibt nichtig«, er hustete in seinen Wollschal und schlurfte ums Schreibpult beim Fenster, »wenn sie nicht zur Freiheit von Volk und Nation wird, was deinem Lebemann, dem seine heimische Insel verhaßt war, niemals in den Sinn kam. Bei mir ist das anders, ich liebe mein Vaterland«, schmetterte er in sein niedriges Zimmerchen, »und mein Volk, dem man abzwingt, auf Knien zu leben.«

Sein Versteckspiel mit der Polizeizensur endete, als er in einem Artikel verlangte, Presse und Schrifttum nicht mehr zu bevormunden. Dieses Ersuchen an Ludwig I. von Bayern zu richten, verschlimmerte sein Vergehen in den Augen des Staates und seiner Organe. Es dauerte nur einen halben Tag, bis drei Gendarmen meinen Besitzer verhafteten und auf die Wache am Rathaus verschleppten, wo er eine Spanne von eineinhalb Monaten zubrachte, ehe er, knochig und hohlwangig, heimkehrte. Sein Amt als Vertreter des Chefredakteurs war er los, nur vor einer auf Hochverrat lautenden Anklage konnte Onkel Johanni den Neffen bewahren.

Entmutigen ließ mein Besitzer sich nicht, selbst wenn er den Rat seines Onkels beherzigte, in eine andere Stadt auszuweichen, wo man von dem Vorfall nichts wußte. Johanni ließ seine Verbindungen spielen, um Heise im nahegelegenen Erlangen einen Studienplatz zu verschaffen.

Sein Gewahrsam bei der Polizei steckte mir in den Knochen (um es metaphorisch zu sagen). Mich mitzunehmen, hatte er seinerzeit nicht mehr vermocht, als die mit Bajonetten bewaffneten Staatsdiener in unser Zimmerchen trampelten. Zwei rissen Heise von seiner Matratze hoch und befahlen dem Benommenen, sich mit dem Anziehen zu beeilen, ein dritter zerstach den Zylinder, der neben dem Ofen hing, spießte Heises Papiere im Schreibpultfach auf und zerrte am Stehtisch, bis er auf den Boden fiel, wo das Tintenfaß ausrann und mir meinen Sehschlitz verklebte. Ohne Ansprache oder Zerstreuung und tief besorgt, meinen Besitzer verloren zu haben und am Ende wer weiß wo vergessen zu werden, blieb ich, vom Pult halb begraben, alleine, bis er aus der Haft wieder freikam.

Bald nahm Heise sein Studium in Erlangen auf, wo er in einem Haus an der Wasserturmstraße mit einem Kommilitonen aus Rothenburg Dachkammer, Nachttopf und Schlafstelle teilte. Unser Zusammenhalt verschlechterte sich. Mein Besitzer litt nicht mehr an zwanghaften Ahnungen seines bevorstehenden Todes, was mich zu einem entbehrlichen Gegenstand machte. Schlimmer als das: Heise war meine Gegenwart peinlich. Sein Zimmergenosse, der Nikolas Elze hieß, haßte alles, was irrational und romantisch war. Ich widersprach seiner Vorstellung einer auf strengen Gesetzen errichteten Welt, in der nichts Unerfindliches vorkommen konnte. Beide waren jungdeutsche Antiromantiker und Mitglieder einer Studentenverbindung mit Namen Concordiaburschenschaft, die sie zu politischen Zielen anstifteten, liberalen und republikanischen – mit Okkultistischem hatten sie nichts am Hut.

Kurz: Ich durfte mich in Elzes Beisein nicht mucksen. Ich baumelte stumm an einem Dachbalkennagel mit Aussicht auf Marktplatz und Erlanger Schloßgarten und fiel Heises Zimmergenossen nicht auf. Wenn sie ins Gasthaus »Zum Mondschein« gingen, wo sie mit anderen Verbindungsstudenten zusammentrafen, Bier tranken, Lieder sangen, politisierten, ließ es sich Heise nicht einfallen, mich mitzunehmen. Ja, selbst wenn er alleine zur Orangerie aufbrach, hakte er mich nicht mehr an seinen Gehrockknopf, um meinem Mitteilungsdrang zu entgehen, der mit der Schweigepflicht zunahm, zu der ich verdonnert war.

Und es war nicht nur mein Mitteilungsdrang, den er scheute – es waren meine Warnungen vor neuen Querelen mit der Polizei, die seinen Unwillen erregten. Ja, ich verging vor Beklemmung und Anspannung, wenn er um Mitternacht noch nicht zu Hause war, und nicht anders als eine verzweifelte Ehefrau rechnete ich mit dem Schlimmsten. Von mir bekniet und beschworen zu werden, seine politischen Umtriebe einzustellen, um nicht zur Feste verurteilt zu werden, konnte Heise in Weißglut versetzen. »Sind wir zwei miteinander verheiratet?« zischte er und ließ mich am Dachbalkennagel versauern.

Nur wenn ich mit brauchbaren Beobachtungen dienen konnte oder meinem Besitzer beim Dichten behilflich war, widmete er mir mehr Aufmerksamkeit. Mir fiel der an Markplatzbrunnen, Orangerieeingang oder benachbarten Hausecken lehnende Milchbart auf, der Stunde um Stunde zur Dachgaube hochschielte und die zum Burschenschaftstreffen im Gasthaus aufbrechenden Elze und Heise beschattete. »Du willst dich nur aufspielen«, wimmelte er mich ab, als ich meine Beobachtung meldete.

Ins Recht setzte mich erst der Einbruch bei uns, den der Spitzbube bei Nacht und Nebel beging, als Heise und Elze im Gasthaus »Zum Mondschein« waren. Mit Sicherheit stand er im Dienste der Polizei – warum drang er sonst bei zwei Jurastudenten ein, die von Schwarzbrot, Kartoffeln und Pfeifenrauch lebten.

Ich ahnte, wer zu mir ins Dach schlich, als ich auf der Stiege ein Knarren vernahm. Mit einer Laterne, die schummrig blakte, bis er, an seinem Ziel angelangt, den Petroleumhahn aufdrehte, schaute er sich in der Dachkammer um, streifte unwillig Hosen und Socken beiseite, die auf der Leine beim Ofen zum Trocknen hingen, linste in Schachteln und zerrte an Schubladen. Oh, mir war mulmig, als er seine Lampe hob, die meinen Dachbalkennagel beschien. Erst erkannte ich nicht, was er aus seiner Rocktasche kramte und einen halben Meter von mir entfernt, in einem schattigen Winkel, verstaute. An diesem Punkt zwischen Balken und Dach konnte der Gegenstand niemandem auffallen. In der Truhe, die neben dem Dachkammereingang stand, versteckte er zwischen Klamotten und Decken zudem einen Stapel bedruckten Papiers.

Ich schaffte es, Heise rechtzeitig zu warnen, als sein Kommilitone und er aus dem Gasthaus kamen und Elze auf Anhieb ins Schnarchen verfiel. Das Ding in der Nische war eine Pistole und das bedruckte Papier eine Flugschrift, die zur allgemeinen Erhebung im Bayernland gegen Ludwig I. und seine Regierung aufrief. Heise weckte den Zimmergenossen, der hicksend, mit glasigen Augen Pistole und Flugblatt betrachtete.

»Meuchelpuffer heißt das, nicht Pistole«, versetzte er lallend. In seinem Biernebel hatte der Mitstudent nichts als sein wahres und sauberes Deutsch im Sinn. Heise, vom Kommilitonen beeinflußt, beschimpfte mich, wenn ich ein Lehnwort benutzte und »Fieber« statt »Zitterweh«, »Pore« statt »Schweißloch« und »Keller« anstelle von »Erdzimmer« sagte. Als Verfechter der Sprachreinheit lehnten es beide ab, von »Natur«, »Anatom« oder »Pause« zu sprechen, dem Deutschen von Haus aus fremdartige Worte; »Zeugemutter«, »Entgliederer« und »Zwischenstille« zu sagen, das lernte ich erst in der Erlanger Zeit.

Als im Morgengrauen drei Polizisten ins Haus kamen, die bei den Jurastudenten im Dach alles umkrempelten, was man umkrempeln konnte, um sie als gewaltsame Aufwiegler mitzunehmen, hatte Heise Pistole und Flugschrift im Garten versteckt, zusammen mit mir, um mich vor den Gendarmen zu bewahren, die sich wer weiß was zusammenreimen mochten, wenn sie mich am Dachbalkennagel entdeckten. Unverrichteter Dinge entfernten sie sich aus dem Haus Nummer Zehn in der Wasserturmstraße, und Elze, der grau im Gesicht auf der Ofenbank bibberte, vor sich auf den Dielen zerrissene Buchseiten, Polsterwerg, Bettsackstroh, Garnspulen und Kautabak, und umhalste seinen Kommilitonen voller Dankbarkeit, als er von Heise erfuhr, um ein Haar der Verhaftung entgangen zu sein.

Dieses Ereignis verbesserte unsere Beziehung. Heise nahm mich zu den Gasthausbesuchen mit, wo ich mit den dreißig Verbindungsstudenten Rabatz machte – beim Hepp-Hepp-Krakeelen mischte ich aus voller Kehle mit – oder schleppte mich zu einem Fechtkampf vorm Stadttor, bei dem seine Germanen sich trimmten und drillten, was mir Hiebe auf Scheitel und Nasenbein und einen Kratzer beibrachte, als sei es ein Schmiss (und meinem Futteral einen nicht sichtbaren Schnitt).

Wenn er frisches Geld von Johanni bekam, lud Heise seinen Freund in den Saugraben ein, eine sich an die Stadtmauer schmiegende Gasse, und sie klopften zu zweit bei der hinkenden Lina an, die mit Mutter und Kindern ein Zimmer bewohnte, in dem sie den Webstuhl bediente. Mit Ankunft der Herren zerstreuten sich Kinder und Mutter in Hof oder Treppenhausnischen, wo sie sich summend ins Spielen versenkten. Lina war beider Josepha in Erlangen, die sie sich geschwisterlich teilten. Nur ich hing als stummer Begleiter im Gehrock am Fensterkreuz und durfte mich nicht mit den dreien in den Kissen suhlen.

Beim Examen erlitten sie Schiffbruch. In der Professorenschaft als Demagogen verschrien, die den Umsturz der Ordnung betrieben, verweigerte man meinem Besitzer und seinem Freund strafhalber den Stand des Juristen. Anders als Elze, der sich nicht beirren ließ und zum Medizinstudium an die Isar aufbrach, kehrte Heise, halb trotzig, halb niedergeschlagen, heim. Mit einer bescheidenen Gerichtsschreiberstelle, die Onkel Johanni dem Neffen vermittelte, sicherte er sich ein mageres Auskommen.

Und es begann eine bleigraue Zeit. Im Haus am Theaterplatz, wo wir drei Stuben bewohnten, zwei im ersten Stockwerk und eine im Dach, die durch eine Halbwendelstiege verbunden waren, hing ich wieder am Schreibpult, das neben der Gaube stand, die, statt auf den Platz, auf Kamine und Giebel ging. Bald zog Heises blutjunge Ehefrau ein, ein scheues, bescheidenes Ding, das vom Land kam und bei seiner Schwester zu Diensten gewesen war, bis er es heiratete.

Augustes Gesicht war ein blassgelbes Eirund im Schutenhut. Sie hatte unreine Haut, blonde Haare, die sie sich zu Ohrschnekken oder einem Knoten flocht, und gab dem Ehemann, der sie tyrannisch behandelte, niemals ein Widerwort. Heises Dachgeschoßfußboden hatte ein Loch, das von einem Kelim bedeckt war, falls er es nicht nutzte, um sie zu beaufsichtigen. Wenn er schlechter Laune war, warf er mit Sachen. Ein Buch, ein Paar Stiefel, ein Stiefelknecht oder ein Tintenfaß konnten sie schmerzhaft ins Kreuz treffen, und sie stieß einen Schrei aus, was Heise besonders erheiterte.

Auguste beschwerte sich nie. Sie verehrte den Dichter, der ein Pseudonym annahm, als in Bayreuth sein erstes Gedichtbuch erschien – 1840, wenn ich mich nicht irre –, das Aufsehen erregte und große Verbreitung fand, bis es der bayrische Zensor verbot. Wer der wahre Verfasser war, ließ sich nicht feststellen. Das rettete Heise sein Amt als Gerichtsschreiber und verbitterte Heise, den Dichter. Erst als eine andere Ausgabe mit seinen Versen im Schweizer Schaffhausen erschien und vom Herzogtum Baden bis Preußen Verbreitung fand, besserte sich seine Laune entschieden.

In seiner wiedererwachenden Zuversicht bewertete er den Erfolg seines Buches als Vorboten eines politischen Bebens. Er befestigte mich an einem Knopf seines Radmantels und scheuchte Auguste beschwingt auf den Platz vorm Haus, auf dem eine Droschke bereitstand. Heise verschwieg seiner Frau, was er vorhatte (auch mir hatte er seinen Plan nicht verraten). Sie quetschte sich in eine Ecke der Sedie, aufs Tiefste verunsichert ob seiner Absichten, nur seine Beschwingtheit beschwichtigte sie. Wenn er das Kinn hob und mit einem Anflug zerstreuten Befremdens Auguste bemerkte, die stumm, mit verknoteten Fingern im Schoß, hochsegelnde Wolken und flammenden Herbstwald betrachtete, betonte er, man werde Großes erleben.

Auguste und ich waren verwirrt, als wir hielten. Wir hatten Erlangen erreicht, das im Sonnenschein mit seinen Giebeln und Turmspitzen schimmerte, und blieben nicht weit vor der Stadtmauer stehen, wo ein Spielmannszug knallte und schallte und Menschen versammelt waren, die mit Schauder das Roß auf dem Erdwall besichtigten, das Pfiffe und Rauchschwaden ausstieß. Mir war klar: Dieses Tier mit den blinkenden Kolben und Kesseln aus Eisen war eine Maschine von schwindelerregenden Ausmaßen und einer alles zermalmenden Kraft.

»Das ist eine Eisenbahn«, teilte uns Heise mit, der ins Freie sprang und seiner Frau aus der Droschke half, die sich benommen beim Ehemann einhakte. »Sie wird dem Kleinstaatenelend ein Ende bereiten und unsere Heimat vereinen.« Freigebig teilte er Ellbogenhiebe aus, um sich einen Weg bis zu Lok und Waggons zu bahnen, die mit Blumengirlanden verziert waren. Auguste ließ sich widerstrebend zur Absperrung mitschleifen, vor der Schaffner und Gendarmerie kontrollierten, wer eine Berechtigung vorweisen konnte, bei der Erstlingsfahrt mit auf die Reise zu gehen. »Lieber nicht« , hauchte sie an der Seite des Ehemanns, der wortlos dem Schaffner zum ersten Waggon folgte, wo er aufs Eintrittsbrett vor dem Coupé sprang, zu dem sie zwei Platzkarten hatten. Er packte Augustes behandschuhte Hand, um sie hochzuziehen. Bei dem beachtlichen Abstand vom Erdboden und wegen des Unterrockdrahtgestells, in dem sie steckte, war das keine einfache Aufgabe, umso mehr, als Auguste beileibe nicht einsteigen wollte; sie hing nur am unbeirrt zerrenden Ehemann, ohne den Fuß auf die Plattform zu heben. »Sapperlot! Stell dich nicht an«, zischte Heise, dem Augustes Benehmen vor den anderen Herrschaften, die sich im Innern bereits auf der Bank quetschten, peinlich war. Zu guter Letzt konnte er sie ins Coupé ziehen (»›Coupé‹ ... diese ewigen Lehnworte«, zischte er, »warum kann man es nicht in ›Abteil‹ umbenennen?«) und stellte sich bei den Mitreisenden vor, einem Forchheimer Arzt, einem Kaufmann aus Wunsiedel und einem Erlanger Fuhrunternehmer, alle drei von den Gattinnen begleitet, die seine Auguste mit schnippischer Neugier betrachteten. Wir fielen auf den freien Platz neben dem Fenster, als dicke Qualmwolken um den Waggon zogen, die vor Feldern und Stadt eine Nebelwand bildeten, minutenlang konnte man nichts mehr erkennen. »Es ist schaurig ... ich will lieber aussteigen«, wagte Auguste zu jammern und handelte sich einen Ellenbogenhieb in die Rippen ein; mit einem Japsen rieb sie sich den Busen.

Endlich ein Stoß, und der Zug setzte sich in Bewegung. Es rumste und ruckelte, stampfte und knallte und ein ohrenzerreißendes Rattern brach los, mit dem bei den Reisenden alles zu beben begann, schwabbelndes Wangenfleisch, Doppel- und Dreifachkinn, sich kringelnde Locken und Bartspitzen – ganz zu schweigen von meinem am Radmantel schlenkernden Beutel. Man straffte sich, guckte verkrampft auf die Stadtmauer, von der wir uns anfangs nur schleichend entfernten, bis der schlingernde Dampfzug beschleunigte. Erst schimpfte der Erlanger Fuhrunternehmer noch: »Diese Eisenbahn ist nichts als Krach und Krawall, und vor Rußschwaden holt man sich ja den Erstickungstod. Sie kriecht und sie kriecht, eine Schnecke auf Schienen ... Warum bleibt man nicht besser bei Pferden und Holzwagen?« was mein Besitzer nicht auf sich beruhen ließ: »Qualm und Spektakel sind Mittel der Austreibung«, versetzte er gegen den Droschkenbesitzer, »die uns von den Vergangenheitsgeistern befreien wird!«

Auguste verkrallte sich keuchend in Heises Arm, dem sein Feixen, das ich in der Scheibe erkennen konnte, wenn schwarzer Qualm vors Coupéfenster schwappte, mehr und mehr zu einer schiefen Grimasse mißriet. Kaufmann und Kaufmannsfrau wirkten versteinert, und der Arzt hielt ein Taschentuch vor seine Lippen, mit dem er sich flattrig den Speichel abwischte. »Das hat Gott nicht erlaubt ... nein, das wird er nie gutheißen«, ließ sich der Kaufmann aus Forchheim vernehmen, und allen war klar, was er meinte.

Ich muß bekennen, es war ungeheuerlich. Biologisch betrachtet besaß ich keinen Gleichgewichtssinn, und mir konnte nicht schwindlig werden – trotzdem war mir grauenhaft schlecht. Alles kreiste und kreiselte vor meinen Augen. Die vor der Coupéscheibe rasend verschwimmende, zu Flecken und Klecksen zerfallende Landschaft schien nur noch ein blaugrauer Wirbel zu sein. Mir erging es kaum besser als Heises Auguste, die sich kurzerhand vorbeugte, um zu erbrechen, und auf Knien platzierte Zylinder und Handschuhe, karierte Hosen und Stiefel bespritzte – mein Vorteil war nur, keinen Magen zu haben. Ich konnte mich nicht mehr beherrschen und heulte los: »Halt! Auf der Stelle! Um Himmelswillen! Anhalten!« ein Aufschrei, den Jonathan Heise erstickte, indem er den Beutel am Radmantel in seine Faust nahm und warnend zerknautschte. Allen im Zugabteil mußte es vorkommen, als sei mein Besitzer in Panik verfallen.

Bis wir in Hirschaid, dem Reiseziel, eintrafen, wo wieder ein Spielmannszug paukte und rasselte und uns eine jubelnde Menge empfing, riß ich mich zusammen, um nicht nochmals versehentlich loszuschreien. Das fiel mir nicht schwer – mit bevorstehender Ankunft und langsamer werdender Fahrt flaute auch der Radau aus der Tiefe beim Aufprall von Eisen auf Eisen ab, beruhigten sich Weiden und Weiler vorm Fenster.

Als sich ein Schaffner aufs Einstiegsbrett schwang, um den Passagieren beim Ausstieg behilflich zu sein, taumelten alle erleichtert ins Freie. Auch wenn mein Besitzer den Anschein erweckte, auf sicheren Beinen zu stehen, war sein Herzschlag in Aufruhr, das bekam ich am Knopf seines Radmantels, unmittelbar vor dem pumpernden Hohlmuskel, mit. Trotzdem konnte er mir meinen Aufschrei nicht nachsehen. Ich hatte den Schwarmgeist vom Aufstieg der deutschen Nation aus dem Elend von Knechtschaft und Kleinstaaterei vor der Reisegesellschaft blamiert – und vor seiner Auguste, das war unverzeihlich. Wieder daheim sperrte er mich zur Strafe in eine bemalte Schatulle aus Buchenholz, die sich verschließen ließ und leicht verstaubar war, und steckte sie in eine Dachstubentruhe.

Auf mich aufmerksam machen zu wollen war aussichtslos. Niemand vernahm mich in Beutel, Schatulle und Kiste, in der mein Besitzer Brokatstoffe seiner verstorbenen Mutter verwahrte, selbst wenn ich Radau machen sollte. Und auch seine Frau konnte mich nicht befreien – um das Schloß an der eisenbeschlagenen Truhe zu sprengen brauchte es, außer passendem Werkzeug, mehr Kraft, als sie aufbringen konnte.

Ich verbrachte neun Monate in dieser Finsternis, bis Heise sich meiner erbarmte. Was mich rettete, war sein Verlangen zu dichten, eine Erregung, die meinen Besitzer unvorhersehbar und anfallsweise ergriff. In der bleigrauen Zeit bis zur Revolution, die uns beide aufs Engste zusammenschweißen sollte, bot mir nur seine poetische Leidenschaft Abwechslung, umso williger war ich am Verseaushecken beteiligt.

Meine Begabung war nicht zu bestreiten, wenn es um Reim oder metrisches Gleichmaß ging. Nicht anders als meine Wahrscheinlichkeitsrechnungen, die sich dem rasenden Spielrad verdankten, das ich am Roulettetisch beobachtet hatte, beruhte sie auf einer auch in der Dichtung nutzbringenden Kombinationsgabe. In Strophenform, Reimschema, Versmaß und Versakzent, Taktreihen oder rhetorischen Stilmitteln, von Symbolen zu Vergleichen und anderen Metaphern, kannte ich mich bereits aus der Wohnung am Korso aus, wo ich Zeuge der Dichtungswehen meines Besitzers gewesen war. Heise beim Versschmieden Beistand zu leisten, war alles in allem keine schwierige Aufgabe. Sein poetischer Grundwortschatz war nicht zu umfangreich, und er bevorzugte liedhafte Achtzeiler mit drei bis vier jambischen Hebungen im Vers, keine anspruchsvollen Metren und Strophenformen, die ich erst kennenlernte, als ich in Wien lebte.

Mehr als das: Bei den Erlanger Burschenschaftstreffen hatte mich eine erste Begeisterungswelle von nahezu heiliger Vaterlandsliebe erfaßt, die sich meiner Vertrautheit mit Sprache und Landschaft verdankte, ein mich wieder ergreifender Patriotismus, als ich »Fahnen« auf »Ruhmesbahnen«, »Pfaffen« auf »Waffen« und »Recht« auf »Germaniens Geschlecht« reimen durfte.

Zum Dichten befestigte Heise mich wieder am Schreibpult. Blind und benommen von der Sonne, die mir ins Gesicht prallte, blinzelte ich meinen Besitzer an, der seine Kinnfransen gegen einen Vollbart getauscht hatte. Heise kraulte sein struppiges Wangenhaar und sprach mir drei neue Gedichtstrophen vor, die er in den vergangenen Stunden verfaßt hatte. Ich mußte schweigen, wenn er um sein Schreibpult lief und sich verbissen den Bart raufte. Außerdem durfte ich nichts an den Tag legen, was er mir als Geltungsdrang ankreiden konnte. Es empfahl sich nicht, mit seinem Anspruch zu wetteifern, von Geburt an zum Dichter berufen zu sein. Beachtete ich diese Regeln, benahm er sich leidlich zu mir. Und um nicht einzugehen, brauchte ich menschliche Zuwendung – ob sie lebhafter oder verhaltener ausfiel, war zweitrangig.

Oh, wenn wir dichteten, rannte er mit mir am Gehrockknopf aus seiner Wohnung am Platz beim Theater und hastete keuchend zur Regnitz. »Lobe nicht, Dichter ... lobpreise nicht, Dichter ... lobpreise nicht, o deutscher Dichter, den Edelmann«, sang Heise im Buchenhain, wo wir uns beide auf einsamen Waldwegen gehen lassen konnten. »Sing nicht, o Dichter, dem Herrscher zum Ruhme«, stimmte ich in meinem Beutel mit ein, eine Zeile, die Heise als »mickrig« verwarf, um sie im Handumdrehen zu wiederholen, als sei sie ein Niederschlag seiner poetischen Eingebung: »Sing nicht, o Dichter, dem Herrscher zum Ruhme ... verschmachte nicht vor seinem Flitter aus Gold ...«. Er hatte kein passendes Reimpaar im Angebot, das diese Verszeilen abrunden konnte und wirbelte seinen Spazierstock ums Handgelenk, bis ich mich wieder im Samtbeutel meldete.

»Singe nicht, Dichter, den Herrscher zu preisen
der Drohne im Thronsaal von Gold, Prunk und Pracht,
besinge, oh Dichter, mit ruhmvollen Weisen
das deutsche Volk, das den Reichtum erbracht!«

»Schlecht, das ist schlecht«, schimpfte Heise und klopfte mit seinem Spazierstock Daktylen auf den Erdboden. Er wirkte beleidigt und schwieg eine Weile. Erst an der Spitze der Halbinsel, wo die zwei Arme der Regnitz zusammenflossen, schmetterte er meinen Vierzeiler gegen den Himmel. Jetzt fand er seine Gnade – und was seine Gnade fand, konnte nur der Ertrag wahren Dichtertums und seiner eigenen, Heiseschen Einfallskraft sein.

Daß bald alle Verse, die Heise als seine Gedichte im Schweizer Schaffhausen verlegen ließ, von mir stammten, scherte mich nicht im Geringsten. Ich ließ mich anstecken von seiner Stimmung poetischer und patriotischer Hingabe, die uns mehr und mehr miteinander verband. Und sie war mir von Nutzen, um ehrlich zu sein. Nicht nur zum Dichten im Freien nahm er mich mit, Heise schleppte mich auch ins Lokal zu seinen Freunden, die im Gaststubenzimmer, vor dem einer Schmiere stand, bei Rauchbier und Schweinshaxe politisierten, ging mit mir ins Gericht, wo man Gastwirtschaftsbalgereien oder den Diebstahl von Eiern verhandelte, und mittwochs zum Haus an der Regnitz, um sich auf Josepha zu legen, Besuche, die Heise sich niemals versagte, auch nicht, als er frisch verheiratet war.

Wir schlichen ins enge und niedrige Zimmer, das unbeheizt klamm oder bullenheiß feucht war, und nur einen Waschbottich, Schemel und Bett enthielt. Leibesabsonderungen fremder Besucher, Wandschimmel und Ausdunstungen von Josepha verdichteten sich vor meinen Augen zu gasigem Nebel. Anders als Heise, der mich nicht beachtete, wenn er sich zwischen den Schenkeln Josephas verausgabte – vor mir, einem Tier oder Halbmenschen, hatte er keine Scheu –, mit diesen Verrenkungen, die komisch und mitleiderregend waren, zog ich es vor, auf die Fliege zu starren, die an einem Leimpapierstreifen im Todeskampf zappelte.

In mir gingen andere Dinge vor, merkte ich, als in der Vergangenheit bei Don Francisco, wenn er seine beiden Kreolinnen mißbraucht hatte, oder vor der Ottomane in Cliftons Empfangszimmer, auf der es mein englischer Freund mit seinen Liebhaberinnen trieb. Ich blieb nicht mehr einfach nur stumpf und empfindungslos, ich bedauerte, nicht in der Lage zu sein, an einer Liebesvereinigung teilzunehmen. Heises Kolbenbewegungen versetzten meinen Beutel am Gehrockknopf, der an der Bettpfostenkugel hing, in Schwingung, bis ich mit seinen Zehen zusammenstieß, und anstelle der vormalig rein theoretischen Neugier bemerkte ich Neid und Befangenheit, mir war schlagartig peinlich, was sich vor mir abspielte.

Mein Forschertrieb, der einmal kindlich gewesen war, machte einem moralischen Mißfallen Platz, das nicht nur meinen Anpassungswillen verriet, in der mich umgebenden Menschenwelt heimisch zu werden. Mehr als der Verinnerlichung strenger Regeln verdankte sich meine Verwirrung einem seelischen Vorgang. Mit anderen Worten: Sie war der verneinende Vorgriff auf neue Empfindungen, die sich in mir erst entwickeln und Bahn brechen mußten. Das war eine der Ursachen, warum ich meinem Besitzer Vorhaltungen machte, wenn wir von Josepha zum Haus am Theaterplatz heimkehrten: seine Untreue gegen Auguste sei ekelhaft, murrte ich, ob er keine Gewissensqualen leide. »Du hast keine Ahnung«, versetzte er finster, »es ist keine Untreue, zu einer Dirne zu gehen.«

Ich trieb es mit meiner Kritik nie zu weit. Er sollte nicht auf die Idee kommen, seine Josepha-Besuche, die alles in allem eine Ablenkung waren, in Zukunft alleine zu machen. In letzter Zeit litt er vermehrt an von einer Minute zur anderen wechselnden Stimmungen. Und diese Wesensverzerrung verschlimmerte sich. Schlagartig konnte er fuchsteufelswild werden und seine Auguste mit Ohrfeigen eindecken, bis sie an Lippe und Braue verletzt war oder einen Zahn auf den Dielenboden spuckte. »Dieser Jud«, tobte Heise los, »dieser verdammte Jud! Man sollte seinen Dez abtrennen mit dem Schneiddeiferla!« seine wahllose Lieblingsbeschimpfung von Nachbarn, Hausierern, Lakaien und Bayerns Monarchen, mit der er auch mich hin und wieder zusammenstauchte, trotz meines Dezes, der sich nicht mehr abschneiden ließ. Oder Rohheit und Grimm kippten in eine Weichheit um, die mit Weinerlichkeit Hand in Hand ging. Bei einer Wanderung zur Walberlakuppe, vor der sich das Land in der Tiefe erstreckte, einer diesig und jadeblau schimmernden Ferne, bekam er vor Sehnen und Drang nasse Augen, was ich an den Kullern bemerkte, die auf meinen Beutel fielen. Und vor einem Hund, der im Rinnstein verendete, erlitt er einen Weinkrampf, nicht ohne das Tier mit dem milbenzerfressenen Fell zu umarmen. An anderen Tagen kam er mir verwirrt vor, wenn er im Gerichtssaal nur steif in der Bank hockte, ohne zu protokollieren. Ich war es, der Heise auf seiner Gerichtsschreiberstelle Unannehmlichkeiten ersparte, indem ich mir Wort um Wort merkte, was Staatsanwalt, Richter, Beklagter und Rechtsbeistand vorbrachten, und meinem Besitzer zu guter Letzt alles diktierte.

Ich weiß nicht mehr, wann ich erkannte, warum er von sprunghafter werdenden Launen beherrscht zwischen Schwermut, Rabiatheit und Hochstimmung schwankte und mit sich alleine beim Dichten verzweifelte. Ohne mich kriegte er keinen Vers mehr zusammen, ein Scheitern, das meinen Besitzer verbitterte, wenn er es nicht vor sich verleugnete und vergaß. Dieses Vergessen war Teil seiner zwischen den Schenkeln Josephas erworbenen Krankheit.

XV

Mein Spottlied auf Lola Montez; Meuchelpuffer,
Tabaksqualm, fliegende Kappen und Zylinder;
der Traum eines einigen Vaterlandes (und eines Besitzerwechsels);
Rindswurst und Apfelwein am Main
und ein bitteres Bamberger Ende

Heute kommt mir der Patriotismus befremdlich vor, mit dem
mein Besitzer mich ansteckte. Sicher waren seine Ideen um die
Aufhebung aller Feudallasten, Glaubens- und Preßfreiheit, deutsche Verfassung und Einheit von Preußen bis Bayern, von Baden bis Hessen verbreitet, und rissen beileibe nicht nur seinen
Schrumpfkopf mit. Trotzdem entbehrte der heilige Ernst, mit
dem ich mich der Revolution an den Hals warf, nicht der Komik –
aus heutiger Sicht.

Gut, meine Vaterlandsliebe entsprang dem Verlangen, eine
Heimat zu haben, und nicht nur der Spielball von Schicksals-
verkettungen oder launischem Zufall zu sein. Mich als Mitglied
der deutschen Nation zu betrachten, gab mir eine Sicherheit
und einen Halt, die ich in meinem baumelnden Dasein vermißte.
Mehr als das: Ich wollte aufgehen in einer Zielsetzung von allge-
meinem Charakter, um meinem Leben einen Sinn zu verleihen.

Diesen Sinn fand ich in meiner Hingabe an nationale Ideen
und Zwecke. Freiheit und Volksgewalt, Gleichheit und Bruderschaft waren Begriffspaare, die meine Leidenschaft anheizten,
selbst wenn sie mit mir nichts zu tun hatten. Ein Dasein als freier
Mann war bei einem Schrumpfkopf am Trageband eine idiotische
Vorstellung. Und wer von den Bambergern, die sich von Heise
(und mir) im Theatersaal mitreißen ließen und unsere Rede mit

Jubel begleiteten, strebte Bruderschaft mit einem sprechenden Schrumpfkopf an?

Nicht nur weltanschaulicher Drang war im Spiel, wenn ich mich radikalen Ideen verschrieb und vor Vaterlandsliebe verging. Ich mußte meinem kranken Besitzer zur Seite stehen, der mich in den Bamberger Revolutionstagen bis zu seinem Auftritt im Frankfurter Paulskirchenparlament dringender brauchte denn je.

Ohne Frage, ein Freund war er niemals gewesen. Ob bewußt oder unbewußt hatte er mich einst beim Postkutschenwechsel in Carpi verbummeln wollen, um sich seiner Verpflichtung bequem zu entziehen, mein Betreuer und Vormund zu sein. Sich einen Namen einfallen zu lassen, mit dem er mich anreden konnte, kam Heise nicht in den Sinn – und mich bei meinem englischen Spitznamen »Peewee« zu nennen, lehnte er halsstarrig ab. Unsere Beziehung war in der Vergangenheit vorwiegend schwankend und schwierig gewesen, meine Zuneigung hielt sich in Grenzen. Andererseits hatte er mir nichts angetan, mich nicht verbrannt oder sonstwie vernichtet. Was mich mit Heise verband, waren Gewohnheit und Dankbarkeit. Und es schmeichelte mir, meinem Besitzer in dieser erregenden Zeit unentbehrlich zu sein.

In den republikanischen Kreisen der Stadt war er zu keinem Zeitpunkt vergessen gewesen. Von seinem in der Bamberger Zeitung erschienenen Aufruf zur Preßfreiheit sprach man bis heute. Und trotz seines Decknamens munkelte man mehr und mehr, niemand anders als Jonathan Heise sei Autor der aufwieglerischen Gedichte, die vom Schweizer Schaffhausen aus Deutschland erreicht hatten, wo man sie mit Leidenschaft las, wenn nicht auswendig lernte. Dem widersprach allerdings Heises Auftreten. Halb war mein Besitzer ein kleiner Gerichtsschreiber, halb ein komischer Kauz mit tiefliegenden Augen, in die sich ein unheimlich wirkendes Flackern schlich. Beides paßte nicht zu einem Dichter von mitreißend klaren politischen Versen. Heise selbst hatte in diesen Kreisen nicht mehr verkehrt, bis zum Besuch der Maitresse des bayrischen Herrschers in Bamberg, bei dem es zum Aufruhr kam. Ich erinnere mich an den Menschenauflauf, der das Pferdegespann, mit dem Lola Montez zum Gasthof Bellevue rollen wollte, um in der Stadt eine Nacht zu verbringen, an der Weiterfahrt hinderte. Wenn ich mich nicht irre, war es vor dem Stadtgericht, wo sie in den Kutschpolstern lehnte, umringt von der Menge aus pfeifenden Leuten, die mit der studentischen Leibgarde haderten, drei auf den Trittbrettern stehenden Corpsburschen. »Zur Seite! Zur Seite!« befahlen sie vergeblich. Ludwigs Flamme mit graublauen Augen und schwarzem Haar, das wellig auf Spitzen und Borten am Kragen fiel, gab sich den Anschein, als ob sie der Trubel nichts anginge, zog an einer Zigarre und reckte das Kinn in die Luft.

Von der Maitresse mit Namen Lola Montez, die es aus Paris an die Isar versprengt hatte, hatte ich auf dem Markt, bei Gericht und im Biergarten aufsehenerregende Dinge vernommen, und preßte sie zu diesem Anlaß in merkbare Reime.

»Dem Herrscher fehlte Lebensmut
im bayrischen Verließ
den fand er bei der Schlangen Brut
aus Demimondeparis

bezahlt mit Gulden Gold und Gut
im bayrischen Verließ
wo man uns auspreßt bis aufs Blut
lebt sie – im Paradies.«

»Bist du bei Sinnen?« zischte Heise und hieb auf den Beutel, als ich meine Verse aufsagte – ich mußte in Gegenwart anderer Leute ja schweigsamer sein als ein Grab. Andererseits konnte ich bei dem Pfeifkonzert, das vor der Hauptwache herrschte, nur schwerlich bemerkt werden.

Das ermutigte mich, meine Reime zu wiederholen, zu Heises Verdruß, der mich von seinem Frack hakte und in die Westenbrusttasche verstauen wollte. In der Zwischenzeit hatten zwei neben uns stehende Handwerksgesellen mein Spottlied verstanden und betrachteten Heise als seinen Verfasser. »Wiederholen!« ermunterten sie meinen Besitzer und nahmen uns beide mit Schwung auf die Schulter.

»Dem Herrscher fehlte Lebensmut ...«, sangen sie meine Vierzeiler auf eine Volksweise, »... im bayrischen Verließ/den fand er bei der Schlangenbrut/aus Demimondeparis ...«. Ich war ergriffen, um ehrlich zu sein. Alles feixte und klatschte und stimmte mit ein. Bald heulte der Platz vor dem Stadtgericht voller Hohn gegen die schimpfende Hofkurtisane an, die den drei Corpsburschen Vorhaltungen machte: »Holt Hilfe, geht zu den Gendarmen und holt Hilfe, man soll uns den Abschaum vom Leib halten!« Als Abschaum beschimpft, sang das Volk umso wilder und keiner der Corpsburschen wagte, vom Trittbrett zu springen und sich von den Leuten zerraufen zu lassen.

Meine Opernglasgabe erlaubte es mir, trotz der rund hundert Meter Entfernung zur Kutsche dicht vor meine Augen zu holen, was Ludwigs Maitresse tat, die aus dem Rock, einem sich bauschenden Stoffrad, in dem sie versank, eine Handfeuerwaffe zog. Das Ding war vergoldet und blinkte im Sonnenschein. Sie klaubte auch noch eine zweite Pistole aus der Krinoline und steckte sie einem der Studenten zu. »Meuchelpuffer! Sie schießen!« schrie ich in meinem Beutel, ein Schrei, der von meinem auf den Schultern der Handwerksgesellen weithin sichtbaren Heise zu kommen schien. Von mir verwarnt, brachte er sich in Sicherheit und strampelte sich auf den Boden. Alle Welt auf dem Platz tat es meinem Besitzer gleich und ging rechtzeitig in Deckung. Man zerstreute sich schleunigst in Gassen und Torwegen, und Lolas Gespann setzte sich in Bewegung, um eilends zu wenden und wieder zum Bahnhof zu preschen.

Es war dieser Vorfall, der meinen Besitzer und mich in der Revolutionszeit zusammenschweißte. Ich scheute mich nicht mehr, das

Wort zu ergreifen, wenn Heise ins Stocken kam, um seinen Faden rang, mit rollenden Augen ins Publikum glotzte und lallend seinen Mund auf und zu klappte. Und er rechnete nicht mehr mit meiner Entdeckung (mein Futteral, das vom Alter zerfleddert war, ließ er zur Sicherheit von seiner Ehefrau ausbessern).

Wir mußten es nicht erst besprechen und einstudieren: Mit Lippenbewegungen gab er sich den Anschein, den Vortrag zu halten, der aus seinem Beutel am Frackknopf kam. Das bewahrte uns vor der Enttarnung – sei es meiner Schrumpfkopferscheinung, sei es seiner Syphilis – und sicherte Heise den Ruf, ein begnadeter Redner zu sein.

Meine Verse, die man in der Stadt quinkelierte, hatten meinem Besitzer bereits zur Beliebtheit verholfen, und sein Name verbreitete sich mit dem Lied zwischen Regnitz und Isar in Dampfroßgeschwindigkeit. Diese Beliebtheit erstreckte sich auch auf Auguste. Beim Gang auf den Markt und zum Gottesdienst konnte sie sich vor Verehrung und Zuspruch nicht retten. Als scheues und einfaches Ding, das vom Land stammte, war sie Schmeicheleien nicht gewohnt. Sie stammelte »Danke« und knickste vor wildfremden Leuten, die sie auf das Lola-Lied ansprachen, als ob sie nur seine Hausangestellte und nicht mit dem Erfinder verheiratet sei.

Auf diesen Ehemann stolz zu sein, ließ sich Auguste bei aller Bescheidung nicht nehmen. Als man den vermeintlichen Dichter des Lola-Lieds von seiner Gerichtsschreiberstelle beurlaubte, um den beleidigten Hof zu beschwichtigen, brach sie nicht in Hausfrauenkleinmut- und -jammer aus, trotz der sie zu umso strengerer Sparsamkeit zwingenden Lebensbedingungen. Und es verging keine Woche, bis man dem Entlassenen in einem der Kaufmannskontore am Kranen einen Posten als Schreiber anbot. Er verdiente im Monat das Dreifache eines Gerichtsschreibers und seine Arbeit erledigten maßgeblich andere, mit der Materie vertraute Kontordiener. Das alles verdankte er Gabriel Littauer, dem Sohn des verstorbenen Inhabers Salomon, der aus einer Familie von Hoffaktoren stammte und radikale Ideen vertrat.

Dieser las lieber Goethe, als Handel zu treiben, und war besser im Philosophieren als im Kopfrechnen. Außer zu Lohn und Brot wollte Littauer meinem Besitzer zur Schreibzeit als Dichter verhelfen, die er in Natur oder Wirtshaus verbringen konnte, und sich seiner mit musischem oder politischem Austausch verbundenen Freundschaft versichern. Heise ließ sich auf Littauers Angebot ein und knurrte nur heimlich, das habe er nicht verdient, von einem Israeliten verpimpelt zu werden. In den Revolutionstagen, die uns bevorstanden, sollten die beiden zu einem unzertrennlichen Paar werden – und mit mir, von dem Littauer zu meinem Kummer nichts ahnte, in Wahrheit einen Dreierbund bilden.

Oh diese Zeiten von Umtrieb und Aufstand, Besprechungen in Kellergeschossen und Dachkammern, mit erstickten, bei Schritten versiegenden Stimmen; diese Zeiten von Wirtshaus- und Hallenversammlungen, von Reden, Hurraschreien und Kappen, die hoch in die Luft fliegen; diese Zeit von Zusammenrottung und Barrikaden, von Pflastersteinhagel und Pulverdampf.

In diesen Monaten fanden wir keinen Schlaf. Wir hockten in Littauers Junggesellenwohnung am Vorderen Graben, um Briefe an unsere republikanischen Freunde zu schreiben, die im Morgengrauen mit einem Boten auf Reisen gingen und entlegenste Ecken in Bayern und Baden, Hannover und Sachsen erreichten. Zeitungen mußten erscheinen, Artikel verfaßt werden. Nachts eilten wir zum Druckereikeller, um unsere Zeitungen und Flugschriften setzen zu lassen, und einmal entkamen wir knapp einer Razzia der Polizei mit einem Boot auf der Regnitz. Wir flogen in Kutschen zu heimlichen Treffen mit unseren Gesinnungsgenossen im Frankenland und ratterten wieder im Eisenbahnwagen bis Erlangen, eine Reise, bei der mich ein Herz, das ich gar nicht besaß, mit krampfartigen Schmerzen im Stich lassen wollte, was meine erste Phantomschmerzempfindung war, die ich an diesem Punkt noch nicht einordnen konnte – sie paßte zu meinen abstrakt-ideellen Empfindungen von Heimat- und Vaterlandsliebe (beides: Heimat und Herz waren bei mir nichts als Einbildung). Wir kamen mit Germanen-Studenten zusammen, die die einstigen Burschen-schaftsmitglieder Elze und Heise politisch bis heute in Ehren hielten, um unsere Ideen und Vorhaben abzustimmen.

Im Allgemeinen riß ich mich zusammen trotz meines Beteiligungsdrangs. Wenn Heise den Faden verlor und mit baumelnden Armen in den Pfeifendampf stierte, fiel ich meinem Herrn nur sporadisch ins Wort. An dem, was ich sagte, war nichts zu beanstanden. Unsere Ideen wichen nicht voneinander ab – ich war ja aufs Tiefste von seinen Ideen beeinflußt –, ich brachte sie klarer und packender vor als er, einfacher, geistreicher, spitzer – und umso mehr Zustimmung heimsten wir ein. An sich war er gut beieinander in dieser Zeit, als ob sich vor Revolutionsschwung und -auftrieb seine Leidensentwicklung verlangsame.

Schwer zu sagen, ob Littauer ahnte, was los war mit Heise und seiner Erkrankung. Bei aller Zerstreutheit und idealistischen Weltferne war er ein achtsamer Mensch und merkte im Nu, wenn es seinem Besucher nicht gutging. Er beeilte sich, um frisches Wasser zu klingeln und dem Dichter aufs Sofa im Erker zu helfen, wo er sich von Schwindel und Schlappheit erholen sollte.

Heises Standhaftigkeit machte Littauer sprachlos. Leichenblass im Gesicht und mit Schweißperlen auf der Stirn ließ mein Besitzer sich nicht von der Arbeit abhalten und feilte im Polster an einem Artikel, der vor Anbruch des Tages in Druck gehen sollte. Sicher, es war niemand anderes als ich, der absichtlich heiser und matt Heises Zeilen verbesserte, ja um eine Reihe von witzigen Wendungen bereicherte, die der wieder und wieder in Prusten ausbrechende Littauer neben der Liegebank mitschrieb. »Wenn Sie zusammenbrechen«, keuchte er außer sich, »sind Sie begnadeter, als auf den Beinen.« Er nahm seine Brille ab, um sie zu putzen, und musterte Heise mit kurzsichtig blinzelnden Augen, als habe er einen Verdacht (mit Sicherheit stellte er sich keinen sprechenden, liberalen und vaterlandsliebenden Schrumpfkopf vor!). Heise wiederum blieb keine andere Wahl, als zu allem gute Miene zu machen.

Um ehrlich zu sein: Wiederholt tat mir leid, daß uns Gabriel

Littauer nicht auf die Schliche kam und mich nicht aus dem Beutel am Gehrockknopf zerrte, den er von Zeit zu Zeit neugierig anschielte. Er war zu gut erzogen, um sich zu erkundigen. Und auf eigene Faust in Erfahrung zu bringen, was im Beutel versteckt war, verbot sich von selbst.

Ja, halb bewußt spielte ich mit dem Feuer, als ich vor Littauer, der seine Ohren spitzte, meinen Besitzer nicht ausreden ließ. Das war in einer Februarnacht 1848, in der wir unsern bis heute als »Franken-Artikel« bekannten Appell an Ludwig I. und seine Regierung verfassten. »Nein«, widersprach ich, »das ist miserabel ... zu schwammig, zu wortreich, zu langatmig, wir brauchen Klarheit und Anschaulichkeit ... lassen Sie uns von vorne anfangen, mein Freund!«

Heise mußte mit Lippenbewegungen den Anschein erwecken, als ob er sich selber bekrittle. Notgedrungen hielt er sich an unser Einvernehmen, im spiegelnden Glasbuffetschrank konnte ich es erkennen. Littauer linste verwirrt auf mein Futteral. Trotzdem ließ er sich von seinem Mißtrauen nicht ablenken, unsere vierzehn Artikel waren wichtiger. »Sie haben recht«, stimmte er meinem Besitzer zu, »wir fangen mit Meinungs- und Preßfreiheit an ... Art. I: ›Vollkommene Preßfreiheit‹. Ist das gut?« – »Ja, das ist gut«, sagte ich, »und wir fahren fort: Man enthalte dem menschlichen Geist nicht mehr vor, Ideen und Meinungen unverstellt mitzuteilen, das gelte als vor dem Gesetz unabdingbares Recht!« Unser Gastgeber nickte und beugte sich vor, um den Artikel in fliegender Handschrift aufs Blatt zu bringen.

Littauers Aufmerksamkeit zu erregen blieb eine halbherzige Absicht. Meinen Besitzer zu wechseln, aus eigenem Antrieb, das konnte ich mir noch nicht vorstellen: Mir, einem Schrumpfkopf, stand diese Entscheidung nicht zu. Meine Freiheitsideen bezogen sich nicht auf mich. Das hing mit der Welt zusammen, in der mein »Ich« erst erwacht war, beim Vertreter der Spanischen Krone in Caracas, sie bestimmte mein Unterbewußtes bis heute.

Ich war von geringerem Wert als es Anibal, Don Franciscos leibeigener Zambo, gewesen war und belegte nicht mehr als den Rang eines Tieres, seines Blauaras oder des Totenkopfaffen.

Mich von Heise zu trennen und bei Littauer einzuziehen, war ein Verlangen, das ich mir nicht eingestand. Zu Littauer zog mich nicht nur sein Charakter, sein gleichbleibend freundliches Wesen. Er benahm sich nie widerlich zu seiner Dienerschaft und seine beachtlichen Geldmittel nutzte er, um Witwen und Waisen zu helfen. Ohne Aufhebens gab er notleidenden Menschen, ob sie christlichen oder mosaischen Glaubens waren. Bei seinen Besuchen im Haus am Theaterplatz verhielt er sich aufmerksam auch zu Auguste, die nicht gewohnt war, zuvorkommend behandelt zu werden, und in den Hof floh, wo sie sich im Holzschuppen einschloß, sei es aus Verlegenheit, sei es aus Heidenangst, Heises Verbitterung auf sich zu ziehen.

Am Tag vor Verlesung der »Franken-Artikel«, mit der die Revolution in der Stadt ausbrach, kippte Auguste, die im sechsten Schwangerschaftsmonat war, beim Feuerholzaufschichten um und erlitt eine Fehlgeburt. Heise schleifte sie grimmig zur Wohnung hoch. »Das ist unpassend«, keuchte er, »konntest du dir keinen besseren Zeitpunkt ausdenken?« und ließ sie aufs Bett fallen, ohne einen Doktor zu holen. »Sie braucht dringend einen Arzt!« flehte ich meinen Besitzer an. »Ruhe, du Scheißmatz!, du Sauwedel!« keifte er, »oder ich lasse dich in meiner Kiste verschimmeln!« und eilte ans Schreibpult im Dachgeschoß.

Auguste verdankte es Littauer, nicht zu verbluten. Als er erfuhr, was passiert war, ließ er seine Pferde anspannen und scheuchte seinen Arzt aus dem Schlaf. Erfahren sollte er es von mir, nicht von Heise, bei unserer Ankunft im Vorderen Graben. Auf der Schwelle zum Zimmer, in dem uns der Kaufmann, ein Buch auf den Knien, vom Sofa aus zuwinkte, ließ ich meinen Herrn nicht zu Wort kommen. »Verehrtester!« schimpfte ich los, »diese dumme Gans von meiner Frau mußte heute zusammenbrechen, sie hatte einen Abortus!« – »Ach Gott!« sagte Littauer, der auf uns zueilte, um seinen Freund zu umarmen, »das tut mir leid. Und was sagt der Doktor? Wird sie es verkraften?« Heise war zu verwirrt, um zu antworten. »Doktor? Sie braucht keinen Doktor!« bemerkte ich an seiner Stelle, mißmutig und ausweichend. »Ist Auguste allein?« wollte Littauer wissen – halb schien er zu ahnen, was sie bei diesem Menschen erduldete, mit dem er ansonsten aufs Engste verbunden war – und kaute vor Unwillen auf seinen Lippen. Das mußte ich nicht mehr bejahen. »Allein ... ja, allein«, murrte Heise in seinen Bart, »das ist nicht schlimm ... sie ist jung und durabel. Und uns bleibt keine Zeit ... meine Rede ist dringender«, versetzte er mit schriller werdender Stimme, als Littauer Diener und Stallknecht benachrichtigte, er habe einen dringenden Besuch zu erledigen.

Nein, zu Littauer zog mich nicht nur sein Charakter, auch sein Aussehen und Auftreten sprachen mich an, seine Locken, die schwarz auf den Frackkragen fielen, dieses frauenhaft weiche Gesicht mit der hohen Stirn, die zu seiner Ausstrahlung beitrug, ein Schwarmgeist zu sein, was sich in anderen Merkmalen spiegelte, der an Schilfrohr erinnernden schlanken Gestalt und den schmalen, schneeweißen Klavierspielerfingern. Selbst von Littauers Kurzsichtigkeit ließ sich auf seinen idealistischen Kern schließen. Was dieser Versponnenheit teilweise widersprach, war das Blinzeln um seine aufrichtigen Augen, ein beharrliches Blinkern und Zwinkern, das Witz verriet, Heiterkeit und milden Spott. Wenn man den Kaufmann ironisch nennen konnte, war nichts Verletzendes an seiner Ironie.

Und mich fesselte noch eine andere Sache an Littauer – das war sein Judentum. Mir blieb schleierhaft, was dieses Judentum war, oder besser, warum man es in Bausch und Bogen verurteilte. Bei meinem Besitzer war »Jude« ein Schimpfwort. Heises Lieblingsspruch gegen den Juden im Allgemeinen, »man sollte seinen Dez abtrennen mit dem Schneiddeiferla!«, war mir bereits aus der Wohnung am Korso vertraut, wo er als reine Gewohnheitsbemerkung bei Jonathan, August und Karl hoch im Kurs stand.

Heise hatte den Spruch eine Ewigkeit nicht benutzt und erst in letzter Zeit wieder verwendet. Mit seinem Fluch »dieser Jud! Dieser miese Jud!« konnte er Juden und Nichtjuden meinen. Dieser Sachverhalt steigerte meine Verwirrung. Ja, in Gegenwart Littauers wetterte er, man solle dem elenden Juden von Ludwig I. seinen Dez abtrennen mit dem Schneiddeiferla, ohne den Freund aus der Fassung zu bringen. Sicher, Littauer war seinem Glauben entfremdet und hielt aus Prinzip nichts von Kirchen und Religionen, er betrachtete sich nicht als richtigen Juden, was er in der Sichtweise meines Besitzers blieb. »Jude sein kann man nicht wollen oder nicht wollen«, belehrte mich Heise bei einem Spaziergang, »wer als Jude zur Welt kam, der kriegt dieses Pech nicht mehr ab.« – »Sagt er nicht von sich, er sei republikanischer Franke und Deutscher?« bemerkte ich ratlos. »Unleugbar, unleugbar, ein republikanischer Franke und Deutscher, der vorneweg Jude ist!«

Mit anderen Worten: Ich hatte den Eindruck, als sei ich mit Littauer heimlich verbunden. Sein unhintergehbares Dasein als Jude erinnerte mich an mein Dasein als Schrumpfkopf. Er tarnte sein Judentum, das man verabscheute, und ich, der nur Schauder und Grausen verbreitete, blieb mein Lebtag im Beutel versteckt (eine Annahme, die sich mit meinem Abschied aus Bamberg als Irrtum erwies). Er teilte mein Schicksal, als Halbmensch verachtet zu werden. Kurz: Wenn ich von Heise zu Littauer wechselte, konnte ich mit einer Teilnahme rechnen, die bis zu Vertrautheit und Zuneigung reichte.

Ernsthafte Anstalten zu einem Wechsel von Heise zu Littauer machte ich nie – mit Ausbruch der Revolution konnte ich meinen Herrn und Besitzer um keinen Preis allein lassen. Ich erinnere mich an den Tag, als wir unsere »Franken-Artikel« verlasen und von den versammelten Bambergern abstimmen ließen. Im Theatersaal, der brechend voll war, fiel niemandem auf, als sich Heise ans Rednerpult klammerte und nur noch ein krampfhaftes Lallen ausstieß. Man stampfte und klatschte, es herrschte ein alles in

Nebelblau tauchender Pfeifendampf. Ich beeilte mich, Heise zu Hilfe zu kommen und blinzelte aus meinem Sehschlitz aufs Blatt Papier, das er in den Fingern zerknickte.

Um seine Rede vom Blatt abzulesen (ich hatte das Lesen in Heises Gericht, wo er mein Protokoll Wort um Wort auf das Blatt kratzte, beim Artikel- und Flugblattverfassen mit Littauer oder am heimischen Schreibpult beim Dichten erlernt), hing ich zwei Zentimeter zu tief an seinem Frack, und mir blieb keine andere Wahl, als sie zu großen Teilen aus dem Stegreif zu halten. »Wir schließen uns dem sich in Deutschland erhebenden Streben nach Vaterlandseinheit an«, heulte ich ins Parkett, das mit zustimmendem Trampeln erwiderte. »Sollte uns hiesig ein Fehljahr bevorstehen, wird uns der Jammer befallen, den Schlesien, Flandern, Galizien und Irland erlebten. Und Vergantungen, Geldmangel, Stockungen von Handel und Handwerksgewerbe, Kartoffelmißernten – diese Vorboten haben wir alle vor Augen. Werden wir Elend und Hunger mit Parlament, Schwurgericht, Preßfreiheit und allgemeiner Bewaffnung alleine beseitigen?« – »Nein«, tobte der Saal und nahm mir meine Antwort ab. »Man muß alle Grund- und Feudallasten, Zehenten und andere Abgaben aufheben!« – »Ja! Aufheben! Aufheben!« raste es von allen Seiten. »Wir verlangen gerechte Besteuerung und einen Lohn, der zur Notdurft erforderlich ist.« Heise packte den an seiner Knopfleiste baumelnden Beutel und quetschte mich in seiner Hand. Das hieß nichts anderes als: Halt deine Klappe! Es war nicht nur Neid im Spiel, wenn er mich bremste und einen Anlauf nahm, um mir das Wort zu entreißen. Eine gerechte Besteuerung zu verlangen und einen Staat, der bei Hunger und Elend ins Mittel tritt, fand er, anders als der radikalere Littauer, zweitrangig. »Volksbewaffnung« und »Parlament«, »Freiheit« und »Einheit« sollten in seinen Augen im Vordergrund stehen.

Ich schwieg, und im Saal kehrte Ruhe ein. Es waren sicher tausend Personen, die atemlos ausharrten, Brillen und Uhrketten blinkten im Tabaksqualm. Ich merkte es, als mein Besitzer sich straffte. »Eine Vertretung des Volkes beim Deutschen Bund ... und ein Gesetz zur Verantwortlichkeit der Minister«, bellte Heise zusammenhanglos. Seine Stimme zerfiel zu einem Kratzen und Knarzen, und im Parkett regte sich keine Hand. »Ja, eine Vertretung des Volkes ist notwendig«, griff ich den Faden auf, um meinen Besitzer zu retten, »eine Vertretung des Volks, die den Staat in die Pflicht nimmt, Verwahrlosung, Leiden und Not zu beseitigen!« In den Saalreihen tobte und toste es wieder los. »Verirrung ist's ...«, schmetterte ich mit einem Eifer, der Heise zum Armehochreißen anstachelte, »von einem kommunistischen Ansinnen zu sprechen. Staat und Regierung obliegt es, Abhilfe zu schaffen, wo Menschen im Elend versinken. Man lasse keinen und sei es der Menschen Geringsten verderben an Seele und Leib – selbst der Geringste ist Ebenbild Gottes!« Oh, ich habe den Jubel bis heute im Ohr. Man sprang aus den Publikumsreihen zum Pult, wo man meinen Besitzer umringte und an sich zog (nicht ohne mich an seinem Frack zu zerknautschen). »Unsterbliche Rede«, beteuerte Littauer, der Heise als erster erreichte und abschmatzte, und nichts konnte mich seliger machen als dieses Lob.

Und bald kamen wir nach Frankfurt am Main, wo mein Herr als Vertreter der Frankenstadt Bamberg im Reichsparlament Abgeordneter war. Begleitet von Littauer als seiner rechten Hand, und mir, seiner linken, von der niemand wußte, nahmen wir zwei Zimmer im Augsburger Hof, einem verwinkelten, schiefstehenden Fachwerkhaus mit rußschwarzen Decken und Balken. In der Schankstube feierten wir unsere Ankunft mit Rindswurst und vier Kannen Apfelwein, lernten andere Parlamentarier kennen, Alemannen vom Kaiserstuhl, Pommern aus Kolberg, und waren voller Zuversicht und Energie.

Diese Zuversicht machte im Laufe von Wochen Verschlagenheit, Mißtrauen und Feindseligkeiten Platz, die das Paulskirchenklima vergifteten. In meiner Erinnerung hat sich verwischt, was im Paulskirchenrundbau von Tag zu Tag vor sich ging, wo sich der Schall zwischen Bankreihen, Pfeilern, schwarz-rot-goldenen Fahnen und Kuppeln vervielfachte – Munkeleien und Magenknurren, Schmatzen und Schuhscharren mischten sich mißlich in Ansprachen oder Bekanntgaben. Ich erinnere nur noch den Wirbel von Sitzungen, Verhandlungen, Aufritten, heimlichen Treffen, Besprechungen, Fraktionskonferenzen im Deutschen Hof, Streitereien und neue Fraktionsbildungen, Abspaltungsversammlungen am Mainufer oder in einem Hotel an der Taunusanlage. Und wieder Beratungen, Besprechungen, Reden. Und ich erinnere mich an den Aufstand, bei dem Littauer eine Gewehrkugel abbekam. Heise, ein Gegner des Aufstands der Arbeiter, Bauern und Handwerker, in seinen Augen ein zielloser Ausbruch von Haß gegen Preußen, hatte mit seinem Berater erkunden wollen, was an Konstabler- und Hauptwache vor sich ging. An Ort und Stelle stieg Littauer, der zu den Volksmassen hielt, auf ein querstehendes Fuhrwerk, um die Barrikaden errichtende Menge zu warnen. »Sie haben Truppen aus Mainz in die Stadt verlegt, die euren Aufstand zusammenschießen werden. Ich bitte euch, Leute, Vernunft anzunehmen.« Heise wich rechtzeitig in einen Torweg aus, als auf seinen Berater ein Steinhagel niederging. Ich zeterte, er sei ein elender Feigling, dem Freund nicht zu Hilfe zu eilen, was Heise nur mit einem Hieb auf den Beutel erwiderte. Und bald krachte ein Schuß, dem Kanonendonner folgte, als sich das Heer auf dem Roßmarkt in Marsch setzte und in die benachbarten Gassen vordrang.

Erst mit um Mitternacht blutig beendeten Unruhen brachte man Littauer auf einer Trage zu uns in den Augsburger Hof. Er war am Knie verletzt, das eine Kugel unrettbar zermalmt hatte, und sprach im Fieber. In der Nacht operiert, kam er bald wieder zu sich.

Seit diesem Ereignis beim Gehen behindert und vor allem seiner qualvollen Knieschmerzen wegen, die niemals abebbten, auch nicht bei Nacht, reiste er vorzeitig heim und verkroch sich bei sich in der Wohnung am Vorderen Graben. Selbst unsere

Briefe mit Bitten um Rat in der einen oder anderen Paulskirchensache beantwortete er nicht mehr. »Dieser Jud, dieser miese Jud«, wetterte Heise, »man sollte seinen Dez abtrennen mit dem Schneiddeiferla!«

Im Winter verschlechterte sich Heises Laune. Entmutigt von Abstimmungsschlappen im Parlament, seiner Einsamkeit ohne den Bamberger Mitstreiter und sich wieder mehrenden Krankheitsanzeichen, litt er an Unlust und Heimweh. Ich weiß nicht mehr, wann wir den Augsburger Hof mit der Postkutsche in Richtung Bamberg verließen, ich entsinne mich nur noch an Schneematsch- und Schlammwege und von allen Seiten anfliegende Dohlen, die uns folgten und unheilvoll schnarrten.

Meine Bamberger Zeit nahm ein bitteres Ende. Littauer bekamen wir nicht mehr zu Gesicht. Bei unseren Besuchen im Vorderen Graben ließ er sich von seinen Hausangestellten verleugnen. Mit der Welt wollte Littauer nichts mehr zu tun haben. Er scherte sich auch nicht mehr um sein Kontor. Das verwaltete ein Prokurist, der sich weigerte, meinen Besitzer am Kranen wieder einzustellen, wo er nur sinnlose Kosten verursache.

Anderswo in Lohn und Brot zu kommen lehnte der Ex-Abgeordnete hochtrabend ab. Und es kam wesentlich schlimmer: In meiner Gegenwart mußte sich Heise vom Arzt in der Domstraße mitteilen lassen, er leide an Lues, der in diesem Stadium mit keinem Mittel mehr beizukommen sei. Dieser Befund schien der Krankheit noch Auftrieb zu geben. Heise wirkte von Tag zu Tag niedergeschlagener, verzweifelter oder verwirrter. Von einer Minute zur anderen verfiel er in Raserei, zerbrach seinen Spazierstock, zerfetzte ein Buch oder versetzte Auguste einen Schlag in den Magen. Er erhielt eine Vorladung, sich in der Bayrischen Gendarmerie auf dem Heumarkt zu melden, der er mit unguten Ahnungen folgte. Zu seiner Erleichterung ging es um Littauer, dem eine Hochverratsanklage drohte.

Heise ließ sich bei seiner Vernehmung nicht lumpen, um den

»verschlagenen Juden« ans Messer zu liefern, den er der Anstiftung zu Mord und Totschlag bezichtigte. »Littauer war beim Septemberaufstand an der Bluttat beteiligt«, behauptete er, »bei der Graf von der Aue auf seinem Erkundungsritt in der Galgentorgegend von Frankfurt ums Leben kam ...« Heise verhaspelte sich in der Eile, mit der er den »Itzig« belastete, war außer Atem und mußte tief Luft holen, eine Gelegenheit, die ich ergriff, um seinen Verleumdungen ein Ende zu machen.

»Littauer ... beteiligt an einem Verbrechen ... bei dem Graf von der Aue in Frankfurt ums Leben kam ...?« erkundigte sich der mitschreibende Wachtmeister, er kam bei der Hetze nicht nach. »Das sagt man ... und sagt es zu Unrecht! Ich kann es bezeugen«, erwiderte ich mit Bestimmtheit, »wir waren an dem Vormittag beide im Augsburger Hof, wo wir in diesen Monaten wohnten. Und das trifft auf alle Beschuldigungen zu, die ich nur wiederholt habe – alle«, ich hob meine Stimme, »sind ehrlos und falsch!« – »Falsch?« wollte der Wachtmeister stirnrunzelnd wissen und stach mit der Feder ein Loch ins Papier. »Nein, nein ...«, keuchte Heise. »Und ob«, sagte ich. »Diese Anschuldigen sind wahr ...«, zischte Heise, »... erlogen ...«, versetzte ich, »... wahr!« bellte Heise, bis der Polizist mit der Faust auf den Tisch hieb und schrie: »Ja, sind's deppat, der Herr? I werd narrisch! Isses edzerla wahr oder nicht?« Er bekam keine Antwort, die er ins Vernehmungsbuch eintragen konnte – mein Besitzer und ich fingen wieder zu streiten an. Mit hochrotem Kopf nahm der Mann seine Feder und zog auf der Seite im Buch einen dicken Strich, um seine Mitschrift unwirksam zu machen, befahl einen niederen Dienstgrad ins Zimmer und schnaubte, er solle uns »naussschdambern«.

Mit dem Krankheitsschub, der meinen Besitzer ereilte, meldeten sich seine mystischen Neigungen wieder. Anders als bei unserer Ankunft in Bamberg betrachtete Heise mich allerdings nicht als seinen Schutzengel – im Gegenteil, ich war der Teufel. Seine Einbildungen waren eine Mischung aus Volksglauben und wiedererwachter katholischer Gottesfurcht. Noch in den Frankfurter

Tagen ein Kirchenfeind, ein Freigeist, dem Priester und Papsttum verhaßt waren, rannte er neuerdings keuchend zum Dom, wo er sich vorm Altar auf den Boden warf und um Vergebung bat. Das wiederholte sich bald Tag um Tag. Heise kniete vorm Gitter im Beichtstuhl und keuchte, er sei mit dem Teufel im Bunde gewesen, von dem er sich aufwieglerische Ideen und Vershetzereien habe einsagen lassen, was er um Gotteswillen anstellen solle, um sich von diesem Frevel zu reinigen. »Schwert oder Feuer«, versetzte der Beichtvater, »du mußt Satan vernichten, mein Sohn!«

Nicht schwer zu erraten, was Heise im Sinn hatte. Er konnte sich nur nicht entscheiden, ob er mich lebendig begraben, mit Steinen beschwert in den Fluß werfen, auf seinem Hackklotz zerhauen oder besser im Ofen verbrennen solle – und tat sich umso schwerer mit dieser Entscheidung, als er sich vor meiner Unsterblichkeit grauste. Unsterblich, das war ich ja – in einem bestimmten Sinn. Andererseits wollte ich lieber nicht wissen, ob ich, in drei Teile zerhackt oder zu einem Klumpen verkohlt, bei Bewußtsein blieb. Ich hing an meinem Platz in der Dachgeschoßkammer, umgeben von Kreuzen, die Heise der eisenbeschlagenen Kiste mit Leinen und Brokatstoff entnommen und im Zimmer verteilt hatte. Und er war nicht bereit, mit sich handeln zu lassen. Zu meinem Vorschlag, mich Littauer anzuvertrauen, schwieg Heise verkniffen und finster. Und auch mit meiner Bitte, mich bei Nacht und Nebel im Freien auszusetzen, biß ich auf Granit.

Gott sei Dank nahm er mich in diesen Tagen, wenn er aus dem Haus ging, nicht mit. Und ich rief von meinem Dachgeschoßbalken aus, bis Auguste es wagte, sich zu mir zu schleichen, was sie nur unwillig und notgedrungen tat. Sie scheute sich, Arbeiten liegen zu lassen, denn wenn Heise bemerkte, daß sie nicht erledigt waren, setzte es Watschen und Hiebe. Das galt umso mehr, als sie neuerdings Webstuhlarbeiten verrichten und Geld verdienen mußte, Heise brachte ja keines mehr heim. Zum anderen betrachtete sie seine Kammer im Dach als verbotenes Reich. Andererseits hatte sie Mitleid mit mir und leugnete nicht mehr, daß ich in Gefahr schwebte. »Auguste, warum bringst du mich nicht zu Littauer? Du mußt nur meinen Beutel beim Hausdiener abgeben. Alles andere erledige ich.« Sie stand vor mir, mit baumelnden Armen, grauem Haaransatz, eine hager-verzehrte Frau von Ende Zwanzig und verneinte mit flehenden Augen. »Er wird mich totschlagen, wenn ich dich wegbringe.« Ich beeilte mich, zu widersprechen: »Dein Mann wird den Teufel verantwortlich machen, nicht dich!« – »Ach, am Ende, ich denke, er wird dir nichts antun ... er wird dir kein Leid antun«, sagte sie heiser und floh auf der Halbwendelstiege treppab, als auf den Erdgeschoß-bohlen Heises Schritte gewitterten.

Ich weiß nicht mehr, wann mich Auguste bemerkt hatte. In der ersten Zeit lebte sie vollkommen ahnungslos Seite an Seite mit mir. In der Regel hing ich in der Dachkammer, oder ich schwankte am Gehrockknopf meines Besitzers, und daß Heise beharrlich am Kakeln und Krautern war, betrachtete sie als normal, oder besser: Normal bei einem Dichtergenie.

Denkbar, mein Schrei bei der Erlanger Eisenbahnjungfernfahrt hatte sie aufhorchen lassen. Als mein Besitzer bei einer Gelegenheit sternhagelvoll, ohne Jacke, vom Gasthaus kam, rannte sie los, um den Frack aus der Wirtschaft zu holen, und linste zu mir in den Beutel. Ich erinnere mich, sie erlitt einen Schock, und wir waren im Begriff, in die Regnitz zu kippen, was ich in letzter Minute verhinderte. »Nicht fallen, Auguste! Nicht fallen!« krakeelte ich, »keiner kann schwimmen von uns beiden!«

Anfangs fand sie mich grauenerregend und widerlich. Ich war in den Augen Augustes ein Geist, der Heise zu Rohheit und Schlechtigkeit antrieb. Einerseits legte sie diese Einstellung ab. Andererseits: Mich von sich aus beiseite zu schaffen, klammheimlich, war schlichtweg undenkbar. Eine Ewigkeit wich sie mir aus und verhehlte dem Ehemann, von mir zu wissen.

Auf Dauer verbesserte sich unser Umgang. Erstens ergriff ich Augustes Partei bei Schikanen, die Heise sich gegen sie ausdachte, und in der Zeit, als ich meinem Besitzer beim Dichten half, ließ er sich strichweise von mir belehren und stellte sich milder und menschlicher an. Das blieb nicht ohne Wirkung auf sie. Zweitens war sie von Haus aus vertrauensvoll und warmherzig und hatte Mitleid mit allen Kreaturen. Sie sprach mit den Tieren, der Henne, der sie auf dem Hackklotz vorm Feuerholzschuppen den Kopf abhieb und den noch lebenden Schleien und Hechten, die sie mit einem Schlag auf den Lehmboden umbrachte, um sie zu beschwichtigen und um Vergebung zu bitten. Im Anschluß verteilte sie Flossen und Krallenzehen an die sie umringenden Hunde und Katzen. Kein Mensch war verbundener mit der Natur als sie. Sie sprach mit den Fliegen, die sie in der Stube fing und vor dem Haus an die Luft setzte. Sie tschilpte mit den sich in Sand oder Dreckwasser badenden Sperlingen auf dem Theaterplatz, als seien sie sich aus einem anderen Leben vertraut.

Sie sprach nicht nur mit Tieren, sie sprach auch mit Pflanzen, kniete sich auf der Wiese vor Hornklee und Schafgarbe und wollte erfahren, warum sie sich mit dem Verdorren und Verwelken nicht Zeit ließen. Zum Waldknoblauch, den sie im Weidenkorb heimbrachte, meinte Auguste mit kindlicher Stimme, sein Duft mache Sultan und Großwesir neidisch. Beim Spaziergang zur Altenburg folgte sie meinem Besitzer und mir, Pusteblumen in den Fingern, in merklichem Abstand und summte versonnen: »... sie stieben vom Stengel/in Weiten und Ferne/schwirrt schwirrt weiche Sterne/fliegt fliegt weiße Engel ...«.

Selbst mit den Dingen im Haus stand Auguste auf Du und Du. Alle zehn Tage, beim Aufziehen, bedankte sie sich bei der Wohnzimmerstanduhr, nicht falsch zu gehen. Dieser Dank ging nicht anders an Reisig und Ofen, die sie beim Feueranmachen und Brennen nicht im Stich ließen. Sie betrachtete alles auf Erden als Gottes Werk, das Aufmerksamkeit und Zuneigung verdient hatte.

Von dieser ergebenen Sicht auf die Welt konnte sie mich am Ende nicht ausschließen. Ich war eine vom Herrgott erschaffene Kreatur oder ein Mensch, den das Schicksal aufs Schlimmste bestraft hatte. Von Ekel und Grauen, die sie gegen mich empfand, blieb mit der Gewohnheit nur Mitleid und Neugierde. Ja, sie faßte Vertrauen und wenn sie Gelegenheit fand, hakte sie mich von Frack oder Radmantel und bat mich, dem Mann ins Gewissen zu reden, den es nicht scherte, wenn seine Auguste in Lumpen ging. Und meine Einmischung hatte Erfolg. Schweren Herzens besorgte er zehn Meter Baumwollstoff, aus dem sie sich Kleider und Rock schneidern konnte. Heises Frau mochte mich mit der Zeit umso lieber, als ich unseren Herrn und Gebieter in Schutz nahm, er lebe in einer erhabenen Ideenwelt, in der Geringes und Kleines keinen Platz habe, was seine besondere Strenge rechtfertige, eine Ausrede, die sie vor zwecklosem Leiden bewahrte. Sie war ein bejahender Mensch, kein verneinender, und hatte nichts anderes im Sinn als dem Menschen zu dienen, mit dem sie verheiratet war, und wenn ich vorgab, er habe in Frankfurt vor Littauer wieder und wieder bekannt, sie zu lieben, verging sie vor Seligkeit. Auguste bekam es mit, als er erkrankte, und verlangte von mir zu erfahren, woran er litt. Das wußte ich damals noch nicht, bis zum Arztbesuch meines Besitzers, zu dem er mich mitschleppte, und selbst als ich es wußte, hielt ich an dem Schwindel fest, seine Beschwerden seien nichts als ein Zipperlein.

Sie wollte mir helfen, das stand außer Frage, und raffte sich trotzdem zu keiner Entscheidung auf. Es graute Auguste vor einer Bestrafung. Und im Haushalt mit Heise alleine zu bleiben, war alles andere als eine Aussicht, die eine Entscheidung beschleunigen konnte. Sie wirkte sowohl befreit als auch verzweifelt, als sie mir am anderen Tag mitteilte, man habe Littauer vor einer Woche verhaftet und mit seiner Verurteilung, munkele man auf dem Obstmarkt, sei sicher zu rechnen.

Diesen Schlag mußte ich erst verdauen. Ein anderer Besitzer als Gabriel Littauer, bei dem ich sicher war, fiel mir nicht ein. »Es hilft nichts, es hilft nichts«, versetzte ich außer mir, »du mußt mich verstecken, Auguste, ich weiß nicht wo ... du mußt mich verstecken, sonst wird mich dein Ehemann umbringen!« – »Ach, er wird dir nichts tun«, wich Auguste aus. Als sie mir nicht mehr widersprach, fiel es mir auf: anscheinend hatte sie Heise belauscht, den man wieder und wieder im Treppenhaus antraf, wo er, achtlos und blind gegen seine Umgebung, minutenlang in seinen Bart brabbeln konnte. Oder sie hatte den Kranken beobachtet, der am Wetzstein im Hofschuppen Messer und Beile schliff, was alles andere als seine Gewohnheit war. An einem Oktobertag hetzte sie zu mir ins Dachgeschoß, bleich, in Mantille und Schutenhut, und hakte mich von meinem Nagel am Balken. Sie sagte kein Wort, als sie mich in den Korb legte, ohne Beutel, der an seinem Platz auf dem Schreibpult blieb, um beim Ehemann keinen Verdacht zu erregen – wenn er entwich, brauchte Satan kein Futteral! –, und mit einem Leinentuch zudeckte. »Du wirst es gut haben«, keuchte sie auf dem Weg, als ich im Korb, der am Arm meiner Retterin schwankte, erfahren wollte, was unser Ziel sei. »Du wirst es gut haben«, sagte sie wieder, mit schluchzender Stimme, als ob sie beileibe nicht sicher sei.

Endlich waren wir bei einer Wiese am Fluß, was ich zwischen den Rutenverstrebungen erkennen konnte, die mir erlaubten, ins Freie zu linsen. Dunst kam vom Wasser, der sich in der Weite verteilte. Auguste lief zu einer Reihe am Ufer im Kreis stehender Wagen mit halbrundem Dach, die mit verblassenden Tieren und Menschen bemalt waren. Nicht weit entfernt fielen mir grasende Pferde auf, bescheidene Schimmel und Klepper mit vorstehenden Rippen. Ein Kreischen, das aus einem Holzwagen schallte, erinnerte mich an mein Leben in Caracas: Es war ein Affe, der schrillte und schrie.

Ich bekam es in meiner Verwirrung nicht richtig mit, als sie mich vorm Einstieg zum Wohnwagen ablegte, der in einem besseren Zustand war als alle anderen, und mich mit blinkenden Augen verließ. Ich stierte vom Holztreppchen, auf dem ich lag, in den Himmel, der Bamberg bedeckte, als sei er ein graues, sich senkendes Leinen- oder Leichentuch, und wartete ab, was das Schicksal bereithielt.

Zweiter Teil

Wander- und Wissenschaftsjahre
Berlin, Pommern, London, Cambridge,
Paris und Wien
(1850–1890)

I

Vom Mann mit dem Raubtierfell und unserer
Leidensgenossenschaft; den Lemuren einer Schaustellertruppe
und meinem Auszug aus der Frankenstadt Bamberg in die Welt

Das Schicksal trat mit einem Knall in mein Leben, als der Einstieg zum Wohnwagen aufflog und mit voller Wucht an die Bretterwand krachte. Von meinem Platz aus erkannte ich nichts von dem Mann, der seinen Fuß auf das Holztreppchen stellte. Bei seinem zweiten Schritt bebte die Trittleiter, wo mir auf der vorletzten Stufe von sechsen eine rußig verkrustete Sohle vor Augen stand, die im Begriff war, sich niederzusenken.

»Señor! Por favor!« machte ich mich bemerkbar und wechselte von einer Sprache zur anderen, »Attention, please! Aufpassen bitte!«, ein Aufschrei, mit dem ich den Mann aus dem Gleichgewicht brachte. »Blixem! Dat geiht neet! Dat gifft neet!« er ruderte mit beiden Armen, bis er wieder Halt fand.

»Dat is di wat!« sagte er wieder und wieder, als er mich am Trageband hochhielt, »ein Schrumpfkopf ... ein sprechender Schrumpfkopf ... wo heetst du van Huuse ut?« Ich schwieg; mir war schlecht von den Vorkommnissen dieses Tages, der Spannung und Aufregung und den nicht endenden Drehungen um meine Achse, die mir nicht erlaubten, den Mann zu betrachten, meinen voraussichtlich vierten Besitzer.

»Willst du mir weismachen«, murrte er, »du seist stumm? You don't want to speak with me? Ønsker tu ikke at tale? Of will jy nie praat nie? Ich kann alle Sprachen der Welt, mußt du wissen, Galizisch, Pomakisch, Zigeunerisch, Jiddisch und Afrikaans ...«
Er schleppte mich mit sich zum Flußufer, wo er sich in hohem

Bogen erleichterte, in den Knien wiegte, ausgiebig furzte und aufstieß und seinen Zipfel in der kurzen Hose verstaute – einer Hose aus Kaschmir, mit Borten aus schwarzem Samt – und zum fahrbaren Haus auf vier Holzreifen umkehrte, wo er mich an einen Wandnagel hakte, an dem ich mich endlich besinnen und umschauen konnte. Das ging umso besser, als er eine Gaslampe ansteckte und an der Kordel befestigte, die sich in der Mitte des Wohnwagens von einer Seite zur anderen spannte. Ein blauweißgestreiftes Trikot und zwei Wollsocken trockneten neben dem brennenden Ofen und bewegten sich in der von Einstieg und Klappladen ins Innere dringenden nasskalten Luft. Teppiche hingen reihum an der Wand, die granatapfelrot oder indigoblau waren. Trotz der im Wagen verbreiteten Schatten, von Motten zerfressenen oder verblassten Stellen, fluoreszierten sie vor meinen Augen. Bescheidenere Kelims bedeckten den Boden. Mein vierter Besitzer ließ sich auf der niedrigen Sitzbank im Schneidersitz nieder und nahm eine Meerschaumkopfpfeife zur Hand.

»Hm«, machte er, lehnte sich an einen Kissenberg, saugte schmatzend am Holm und studierte mich ausgiebig, »mein Name ist ›Leu‹, alle Welt nennt mich ›Leu‹ oder ›Leo‹«, und kratzte sich an seinem nackten, von rotblonden Zotteln bewachsenen Bauch, »›Lion‹, ›Oroszlán‹, ›Aslan burcu‹, ›Leone‹! Und deiner?« verlangte er von mir zu wissen. »Ich habe keinen Namen«, erwiderte ich, »nur Oliver Clifton, mein zweiter Besitzer, taufte mich auf den Spitznamen ›Peewee‹.« In der Ecke am anderen Ende des Wagens, wo eine Matratze den Strohsack ersetzte, ein leidlicher Wohlstand, den Leu wohl seinem Ansehen und Rang bei der Schaustellertruppe verdankte, bemerkte ich eine Bewegung. Von dem sich regenden menschlichen Wesen erkannte ich nur einen Pilz krauser Locken und das Weiß zweier kreisrunder Augen.

»Na bitte, du kannst, wenn du willst«, grunzte Leu, »darf ich vorstellen?« er nickte zu seiner Matratze, »das ist ›Seun-Seuntjie‹, was ›Junge‹ auf Deutsch heißt ... Seun-Seuntjie, willst du nicht zu mir kommen und diesen Schrumpfkopf angaffen, der sprechen kann? ... ein sprechender Schrumpfkopf, der fehlte mir noch in der Sammlung«, Leu blies einen Rauchkringel in meine Richtung, »... du paßt in meine Truppe, und ob du zur Truppe paßt! ... wenn du bei mir auftrittst, wird man von dir reden, von der Zugspitze bis an die Pommersche Ostsee, von Weser und Rhein bis an Weichsel und Spree ... ach, was sage ich, bis Saloniki und Mailand ... nur schade, nur schade, daß es dir nichts nutzen wird! Was solltest du anfangen mit Geld oder Frauen ... ja, was solltest du anfangen mit Frauen!« er klatschte sich auf seine Schenkel vor berstender Lustigkeit. In der Zwischenzeit krabbelte Seun-Seuntjie, ein Knabe mit Hohlkreuz und vorstehenden Rippen, der ebenholzschwarz und bis auf eine Schlupfhose nackt war, aus der Ecke im Wohnwagenwinkel zu seinem Herrn, um sich an dessen Seite zusammenzurollen. Stirnrunzelnd, mit kummervollen Augen, als sei er ein Hund, nahm der Mohr mich in Augenschein. Seuns Gesicht stand im Gegensatz zu seiner Knabengestalt und war runzlig, als sei er steinalt.

Leu paffte und kraulte den Jungen am Hals. »Und wer kam auf den Einfall, dich vor meinen Eingang zu legen?« verlangte er von mir zu wissen. Um Auguste nicht in Schwierigkeiten zu bringen, log ich stockend: »Das kann ich nicht sagen ... es war eine Zufallsbegegnung ... ich kenne den Namen nicht.« Leu schnitt eine Grimasse, als glaube er mir kein Wort. Er stocherte mit einem Finger im Pfeifenkopf, ohne sich zu verbrennen – oder es zu bemerken – und grummelte: »Und was ist deine Geschichte?«

Ich ließ mich nicht bitten und schilderte meine Erlebnisse bei Don Francisco im Schreibzimmer, in dem mit der Zeit mein Bewußtsein erwacht war, und erinnerte mich an meinen englischen Freund, bei dem ich eine Unmenge Dinge erlernt hatte; um meine Bamberger Spuren zu verwischen, erfand ich aus dem Stegreif einen Frankfurter Buchbinder, der mich als junger Italienreisender erstanden und in seine Heimat verschleppt hatte, wo er mich in einem Verschlag seiner Buchbinderei vergaß; angeblich hatte sein Schwengel, der Spielsucht verfallen und bis an den Scheitel verschuldet, mich vor Verzweiflung bei Nacht und Nebel entwendet, um beim Knobeln im Gasthaus einen Einsatz zu haben, und zum Schluß an einen Wandergesellen verloren; der wiederum hatte mich auf seiner Wanderschaft an einen tippelnden Maurer verscherbelt und dieser bald an einen walzenden Tuchscherer; ich wechselte monatelang meinen Besitzer, schmorte in Handwerksgesellentornistern und war letzte Nacht beim Pikett in der Wirtsstube an einen Burschen gegangen, der sternhagelvoll war, und mich, beim Erwachen, nichts als hatte loswerden wollen.

Ich beobachtete den am Kissenberg lehnenden Mann, der den Eindruck erweckte, zu schlafen. Leu war sehnig und breitschultrig, stark und solide und ließ, ohne mager zu sein, kein Gramm Fett erkennen. Das an diesem Menschen Besondere war sein Fell, das von den Schienbeinen bis an den Hals reichte, rotblond und aus welligen Zotteln. Er hatte nichts als kurze Hosen und ein seinen Brustkorb umspannendes Halbtrikot an – sein Pelz kam im Lampenschein flimmernd zur Geltung. Leus Gesicht mit den feuchten und kirschroten Lippen wirkte eben und glatt bis zum niedrigen Haaransatz aus – abermals rotblonden – Stoppeln.

Nein, er schlief nicht, es war nur behagliche Schlaffheit, die den Impresario in ruhender Haltung ergriff, der bei aller Bequemlichkeit wachsam und sprungbereit blieb. Schlagartig klappte sein Augenlid hoch. »Du Faultier!« versetzte er gegen den Mohren, dem er einen Hieb in den Nacken verabreichte, »leg Holz nach, sonst geht unser Feuer aus!« Seun-Seuntjie kam widerspruchslos auf die Beine und eilte zum Korb mit den Scheiten beim Ofen. Er schien eine Mischung aus Diener und Ziehsohn, Lustknabe und Hund meines neuen Besitzers zu sein. Auf dem Boden kniend, stieß er den Haken in Flammen und Funken und quiekte, als sei er ein kleines Kind – es dauerte, bis ich begriff, daß der Mohr mit dem Greisengesicht und dem Leib eines unreifen Jungen geistig minderbemittelt und stumm war.

»Hhm«, grunzte Leo, der in seinen Zehen puhlte, »du bist ein Leidensgenosse, mein Gutster.« Und bis zum Anbruch der Dunkelheit, mit Seun-Seuntjie im Arm, der sich an seine Brust schmiegte, weihte er mich in sein Leben ein. Leu hieß mit richtigem Namen Carl Gustav zum Rittersitz Wusterwarth Brutzen Altliepenfier und war der Sohn einer pommerschen Freifrau, die selbst auf dem Sterbebett nicht hatte zugeben wollen, seine Mutter zu sein. Als Bankert war er auf dem Gutshof von Wusterwarth eine verheimlichte Schande gewesen. Leus Vater, Kemal Mahmud Bey, seines Zeichens osmanischer Botschafter, hatte sich auf einem Festball im Schloß zu Berlin in die blutjunge Frau aus dem Tal in der pommerschen Schweiz verliebt und machte der Jungfer auf Anhieb ein Wechselbalg, das eine Amme vom Rittergut großzog, bis er ein Bengel von zirka vier Jahren war und im Schulzenamt Brutzen Zigeuner auftauchten. Sie bewahrten das Kind vorm Ertrinken im Moor, in das er sich beim Spielen ohne Aufsicht verirrt hatte, und nahmen es kurzerhand mit auf die Reise, die kreuz und quer von den Baltischen Breiten bis an den Atlantik verlief.

Was sie zum Kindsraub verleitete, war der ans Fell einer Katze erinnernde blonde Flaum, dieses sonnenweiß knisternde Pelzchen gewesen, das den Kleinen beinahe restlos bedeckte. Sie verehrten den Jungen, den sie Monat um Monat zurechtstutzen mußten, als sei er ein Lamm, und schrieben dem Bankert besondere Gaben in Wetter- und Sternenkunde zu. Er lernte im Handumdrehen Kessel zu flicken, stumpfe Messer zu schleifen und Zugtiere zu besohlen, und wenn es ums Mausen ging, war er von allen der Flinkste. Nachts stahl er im Bauernhof Eier und Federvieh und bei Tagesanbruch frisches Brot aus der Backstube. Nie ließ er sich beim Stibitzen erwischen. Leu lernte Sprachen und Landschaften kennen, jagte Elche in Schweden, briet Schlangen am Mittelmeer. Erst in der Stimmbruchzeit, mit sich im Unreinen, bemerkte er, daß er kein echter Zigeuner war. Seine Gesichtshaut war weiß, nicht olivfarben, seine Behaarung anstelle von schwarz rotblond, auch seine teichblauen-schiefergrauen Augen waren anders. Als seine vermeintlichen Eltern bekannten, in Wahrheit sei er ein aus Pommern verschlepptes Kind, kam er sich von seiner Sippschaft verraten vor und brach vor Morgengrauen in seine Heimat auf, wo er Schankwirte, Hebammen und Dorfschulzen ausfragte und sich zusammenreimte, von wem er abstammen mußte. Leus Amme war nicht mehr am Leben. Und seine an Atemnot leidende Mutter ließ den jungen Besucher vom Diener verjagen, der bestellte, ein Kind habe sie nie besessen.

Seufzend stieß Leu seinen Mohren beiseite und kam aus dem Schneidersitz hoch. Er eilte auf klatschenden Sohlen zur Bretterwand und griff zur Trompete, die neben meinem Nagel hing, um mit mir und dem Horn vor den Eingang zu treten, wo er seine Schaustellertruppe zusammenblies, bis im Nachtdunkeln Fackeln anschwankten. Es regnete nicht mehr, der Himmel war sternenklar und im Feuerschein, der auf dem Wiesengras flackerte, blinkten rubinrote Tropfen. Vor den Gesichtern der Schausteller stieg weißer Atem auf, der sich zur Wolke zusammenballte.

Es waren um die zwanzig, teilweise verwachsene Gestalten, die umso lemurenhafter wirkten: ein Junge mit wulstigen Elefantitisbeinen, zwei Liliputaner und ein Siamesisches Zwillingspaar, ein Riese von Pi mal Daumen zweieinhalb Metern, ein Skelettmensch, der mumienmager war und eine durchsichtig blassblaue Haut aus Papier hatte, und ein Mann ohne Arme und Beine, der auf einem Holzbrett zur Trittleiter rollte; was sich sonst vor dem Treppchen im Halbkreis versammelte – Messerwerfer und Steinfresser, Tigerdompteuse und Handlangerdienste verrichtender Anhang –, ließ sich in der Dunkelheit schlechter erkennen.

Leu streckte den Arm aus und schwenkte mich in der Luft: »Darf ich vorstellen? Das ist mein heutiger Fund! Ja, ein Schrumpfkopf! Und nicht nur das!« rief er begeistert, »dieser Schrumpfkopf kann sprechen … nicht anders als du und ich … ja, er kann sprechen und wird unser Zugpferd sein, eine Glanznummer, die uns beliebt machen wird ... und namhafter als alle anderen Schaustellertruppen ...« – »Wir sind dein Zugpferd«, beschwerte sich das Siamesische Zwillingspaar zweistimmig quengelnd, »ich bin deine Glanznummer«, keuchte der Mumienmensch, und es grollte und schmollte im Schaustellerkreis. Mit rudernden Kinderarmen kletterte einer der Liliputaner zu Leu auf das Holztreppchen, stellte sich auf seine Zehenspitzen und wollte mir seinen Finger ins Nasenloch stecken, der aber zu dick war, um in meine Nase zu passen. Und als ich versetzte: »Dat gifft neet! Dat geiht neet!« plumpste er vor Verwirrung auf seine vier Buchstaben. Es dauerte, bis er sich aufrichtete und beim Riesen im Mantel verkroch, der dem Gernegroß Schutz bot, als sei er ein Zelt. »Er treibt seinen Scherz mit uns!« johlte ein Seilgeher, der sich vor dem Wohnwagen radschlagend Luft machte, bis er im Handstand beim Holztreppchen anhielt, »das war nicht der Schrumpfkopf! Du willst uns verkohlen!« – »Ja, ein Trick, nur ein Trick«, fiel der Steinfresser ein, »das war nichts als Bauchrednerei, gib es zu!« Alles bog sich vor Heiterkeit, feixte und kicherte.

»Ik fleit di wat!« sagte mein neuer Besitzer und winkte den Mumienmann auf die Trittleiter, der sich mit mir auf die Wiese entfernen mußte, wo er mich am Trageband an seine Fackel hielt. Er setzte mich absichtlich Hitze und Feuer aus, um mich zum Schreien zu bringen, falls ich lebendig war. Hitze machte mir allerdings nicht das Geringste aus, und daß er mich Feuer fangen ließ, war nicht anzunehmen, bei dem Erfolg, den sich der Impresario von mir versprach.

Als ich keinen Mucks machte, war er erleichtert. »Nein, der spricht nicht«, bemerkte er gegen die uns auf der Wiese umringenden Schausteller. »Ja, soll ich aufs Geratewohl losquatschen?« schimpfte ich, »wenn man nichts von mir wissen will, schweige ich lieber.« – »Zum Henker!« versetzte der Mumienmensch leichenblass und schleuderte mich vor Entsetzen weit von sich.

Vormittags brachen wir auf. Man spannte den Wohnwagen, Karren und Fuhrwerken, beladen mit Raubtiergehege und Jahrmarktskram, Zugklepper, Ochsen und Maultiere vor. Mit »Ho!« und »Hauruck!« setzten wir uns in Marsch, Reifen sanken ins Erdreich ein, Schlamm spritzte auf, und der Menageriewagen mußte von sieben Mann aus der morastigen Wiese befreit werden. Man ging vor oder neben der Fahrzeugkolonne zu Fuß, um den Zugtieren Gewicht zu ersparen, und am Karawanenende trabte ein kauendes Kamel neben Schimmel und Rappen. Mich hatte mein neuer Besitzer an einem seiner Wohnwagenklappladenriegel befestigt, und Bamberg entfernte sich vor meinen Augen, was mir Erleichterung und Wehmut bereitete. Adieu, sagte ich zu Terrassen und Turmspitzen, Palais und Barockgiebeln, Gassen und Fischerbehausungen, die sich am Regnitzrand quetschten, habt Erbarmen mit Auguste und Jonathan Heise und dem armen, zur Feste verurteilten Littauer!

Ich haderte mit meinem Schicksal, indem ich es annahm. Paßte der Sproß einer pommerschen Adligen mit seiner Raubtierbehaarung nicht besser zu mir, als ein Bamberger Jude? Wo war mein Platz in der Welt, wenn nicht in dieser Ansammlung schauriger Wesen, die von einem Landstrich zum anderen reisten? Ich stand noch dem Rumpfmenschen in der Beweglichkeit nach, der in einer mechanischen Vorrichtung steckte und sein Rollenbrett mit Hebeln in Schwung bringen konnte. Er wiegte sich in seinem Riemenzeug auf und ab und lenkte mit Schultern und Kinn. Wenn es bergauf ging, verfluchte er alles, was heilig war, bis sich ein Kollege bereitfand, sein Holzbrett zu ziehen – und wenn es bergab ging, verunfallte er, krachte gegen einen Baum oder flog von der Felswand, ohne sich je einen Knochen zu brechen.

Anders als Seun, dem man bei den Buren im Kapstaat Natal seiner Zunge beraubt hatte, um den Jungen von seiner Verlogenheit zu befreien, und der seinen Peinigern auf einem Dampfschiff entkommen war, bis er in Holland von Bord flitzte und einen Schock erlitt, als er im Hafen nur Weißen begegnete – ja, anders als Seun brauchte ich keine Zunge zum Sprechen. Auf eine besondere Leidensgenossenschaft, die mich mit meinem neuen Besitzer verband, konnte ich mich in dieser Gesellschaft nur schwerlich berufen.

Es war auch nur eine Gewohnheit gewesen, mich als »Leidensgenossen« willkommen zu heißen. Leu war ein Prinzipal, der sein Handwerk verstand. Um einen Schausteller an sich zu binden, benahm er sich anfangs vertraulich und teilnahmsvoll. Und seine Zuwendung war keine Heuchelei. Er verliebte sich aufrichtig in einen Neuzugang, der Publikumszustrom und steigende Einnahmen versprach. Mit dieser Verliebtheit eroberte er seine Leute, die von dem Mann nicht mehr loskamen, wenn sie erlosch. Sie waren willenlos gegen den Menschen, den sie als Familienvorstand verehrten, als strengen, gerechten und sich um sie sorgenden Vater.

Er war es, der mit den Dorfschulzen oder Gemeindevorstehern verhandelte, um eine Auftrittsbewilligung einzuholen, oder einen Jahrmarktsbesitzer beschwatzte, sie auf seinem Rummel gastieren zu lassen. Niemand sonst in der Truppe verstand sich aufs Rechnen und planvolle Gelderverwalten. Selbst im Winter, wenn sie keine Auftrittsgelegenheit fanden, waren sie nicht zum Hunger verurteilt, der sie zum Betteln zwang (oder zum Stehlen). Leus Geld reichte aus, um sie alle auf Monate mit dem Dringlichsten, Branntwein und Brot, zu versorgen.

Und er legte noch andere Veranlagungen an den Tag, die seine besondere Stellung rechtfertigten. Er konnte das Wetter- und Temperaturgeschehen bis auf eine Woche voraussagen, was sie wieder und wieder vor Unheil bewahrt hatte. Mitten im Juli, bei Bade- und Strandwetter, befahl er der Truppe den Aufbruch aus Ahlbeck, dem Seebad auf Usedom, wo sie erfolgreich gastiert hatten, und trieb sie zu einem Gewaltmarsch ins Inland an, gegen den Willen der murrenden Schausteller, die erst am sechsten Tag von einer Springflut erfuhren, bei der eine Unzahl von Menschen und Tieren ertrunken war. Dank seiner Gabe entkamen sie Hochwassern oder meterhohem, Landstrich um Landstrich verschlukkendem Schnee. Leu mußte nur sein Gesicht in den Wind halten und sich seinen Wolken- und Vogelbeobachtungen widmen, um zu wissen, wo Frost oder Unwetter drohten.

Und er hatte Ideen, die den Liliputanern, dem Siamesischen Zwillingspaar oder Skelettmenschen, die sich anfangs nur linkisch vorm Publikum drehten, zu einem bejubelten Auftritt verhalfen. Auch zu meiner Schrumpfkopfschau trug er Ideen bei, die sie bei weitem erfolgreicher machten und den Ruhm seiner Schaustellertruppe vermehrten.

Erst mußte der Winter vergehen, bis wir auftreten konnten, und wir zogen zum Schwarzwaldrand mit seiner milderen Witterung. Vor einer Ortschaft, die Riet- oder Kirchheim hieß, durften wir auf einer Weide kampieren. Wochenlang wiegten wir uns in burgundischen Winden, die lau aus dem Rhonetal anwehten und uns vor dem Schlimmsten bewahrten. Reisende, die aus dem Norden kamen, meldeten uns einen Wolfswinter, der zwischen Ostpreußen, Schlesien und Bayernland heule.

Alle waren dem Mann mit dem Raubtierfell dankbar, der sich trotzdem verbiestert im Wagen verkroch. Ach, er haßte den Winter, in dem er zum Nichtstun verurteilt war. Und seine Launen beherrschten den Trupp. Wenn er blendender Stimmung war, platzten sie alle vor Heiterkeit und Energie, was sich bis auf den milbenzerfressenen Affen erstreckte, der in der Wohnwagenrunde von einem Dach zum anderen sprang, nicht ohne beim Landen drei Saltos zu schlagen, ja noch auf den Tiger in seinem Gehege, der, auf den Hinterbeinen stehend, mit den Tatzen zu winken schien. Hatte er hundsmiserable Laune, blieb es im Kreis seiner Wohnwagen mucksmausstill, als seien sie leer und verlassen.

Das erlebte ich in diesem lauen und dunstigen, Wochen um Wochen verregneten Winter. Ich hing an meinem Wandnagel neben dem Ofen, in dem Seun im Morgengrauen Feuer entfachte, bis es im Wohnwagen knackte und knisterte. Er lehnte es ab, mir Beachtung zu schenken. Wenn er halbnackt vorm Kanonenofen kniete und sein Greisengesicht in den Feuerschein hielt, erwiderte er meinen »Good morrow«-Gruß, den ich mehr hauchte als schmetterte, um unseren schlafenden Herrn nicht zu wecken, mitnichten. Seun verkniff sich ein Nicken und stierte zu Boden. Nur beim Aufstehen warnte er mich mit den Augen, mich nicht in sein Leben und seine Beziehung zu mischen.

Meine Gegenwart stieß in der Truppe auf Widerwillen. Das war nicht schwer zu verstehen bei der Eifersucht, von der sie alle besessen waren. An meinem Platz beim verriegelten Klappladen bekam ich vom Treiben im Freien nichts mit und hielt mich an das, was im Wohnwagen vor sich ging. In der Ruhezeit langweilte ich mich zu Tode. Tagelang schmiegten und rieben sich Leu und Seun-Seuntije im Schlaf aneinander. Sie brauchten kein Essen und schmatzten im Traum. Seun scherte sich nur um das Feuer im Ofen und vertrieb alle Schausteller, die an die Holzpforte klopften.

Erst, wenn mein vierter Besitzer erwachte, ging es wieder lebendiger zu. Vom schnatternden Affen benachrichtigt, dem nie entging, wenn der Mann mit dem Raubtierfell austrat, trabte der Riese von zweieinhalb Metern an, der nur mit einem Knick in den Wohnwagen paßte, oder das Rollenbrett knallte vors Holztreppchen. Friedrich Papke, der Rumpfmensch, verlangte, empfangen zu werden und ließ sich von Seun neben Leu auf einem Kissenberg absetzen. Ob Riese, ob Rumpfmensch, ob Schwertschlucker oder Dompteuse – alle bezichtigten sich gegenseitig. Es ging um den Diebstahl von Eiern und Reisigholz oder Beleidigungen, die unverzeihlich waren.

Nichts machte sie seliger, als vor den anderen vom Impresario recht zu bekommen oder bevorzugt zu werden. Selbst das Paar Siamesischer Zwillinge balgte sich um seine Aufmerksamkeit. Es trippelte knicksend zur Sitzbank, ließ sich auf den Steiß fallen und zeterte zweistimmig los. »Ella behauptet, du habest sie lieber als mich«, keifte Emmy und Ella erwiderte, »das stimmt nicht, ich sagte, wenn Emmy sich vorstellt, du werdest sie heiraten, sei sie im Irrtum.« – »Von wegen«, verwahrte sich Emmy, »du warst es ... du warst es, die meinte, er werde dich heiraten.« – »Und du machst den Mann, dem wir alles verdanken, schlecht«, schimpfte Ella, »du hetzt Tag um Tag vor den anderen, er lebe auf unsere Kosten in Saus und Braus.« – »Nie und nimmer«, schrie Emmy, »du schamlose Heuchlerin!« Sie versetzte der Schwester einen Hieb mit dem Ellbogen, die Emmy den Stoß in die Brust umso heftiger heimzahlte. Japsend rissen sie sich in den Kringeln und Locken, die einen spiraligen Doppelturm bildeten, nicht ohne zu heulen: »Du Schlange! Du falsches Aas!« Leu sprang auf die Beine, um sie zu beschwichtigen. »Ach Dummchen, ach Dummchen, ich liebe euch beide«, bemerkte er heiter und hielt sie im Nacken fest, bis sie, in einer Mischung aus Reue und Seligkeit, aus seinem Wohnwagen stolperten.

Meinem Besitzer verhalf dieser Vorfall zu einer dem Auftritt von Emmy und Ella mehr Zugkraft verleihenden Idee. Sie mußten sich auf das Gemeinste bekriegen, gegenseitig den Hintern versohlen und ins Ohr beißen und am Ende, zerzaust und zerkratzt, in einen Bottich mit Jauche fallen – und das alles aus Liebe zum Liliputaner Prinz Andrusch aus Preßburg, den beide begehrten. Und wenn sie der Zwerg aus der Scheiße befreit hatte und sich seine Nase zuhielt, mit bekleckerten Fingern, verdattert, warum der Gestank nicht verging, und keiner der Schwestern einen Kuß geben wollte, raste es auf dem Anger mit Podium und Bretterwand. »Nichts liebt das Publikum mehr als den Schaden bei andern«, bemerkte mein vierter Besitzer kurz vor unserem Aufbruch aus Riet- oder Kirchheim, »und das wird dir in deine Karten spielen, Zoddelkopp« – das war der Name, den er mir verliehen hatte – »dein Schaden ist nicht zu verkennen.« Ich ahnte nur, daß dieser Eifersuchtsstreit der am Rumpf miteinander verwachsenen Zwillinge ein Schicksalswink war, der meinen Abschied aus Mißgunst und Neid bei der Schaustellertruppe vorwegnahm.

11

Ein Traum, den alle Schausteller teilen;
unsere Ankunft in Friedrichshain zu Berlin und
mein erster umjubelter Auftritt begleitet von
Cholera- und Menschenfressergeschichten

Leichtsinn und Lebenslust packten mich, als wir um Mitte April in den Norden aufbrachen, Empfindungen, die mir nicht besonders vertraut waren. Vor einer Ewigkeit hatte ich sie bei meinem englischen Freund und Besitzer erlebt, der mir mit Großmut und Aufmerksamkeit seine Welt und sein Wissen veranschaulicht hatte. Diese wiedererwachende Lebenslust schrieb ich zwei Dingen zu: Zum einen der Erregung, die sich mit dem Ende des Winters bei Tieren und Schaustellern breitmachte. Wiesen und Weiden auf unserem Weg waren mit lila und eigelben Flecken besprenkelt, um die Wolken aus Bienen und Schmetterlingen schwebten. Wir zogen mit unseren Wagen bergauf und bergab in kirschrosa- und birnenweißumflocktes Land, das sich bis in die dunstige Ferne erstreckte. Alles rieb seine Augen, benommen vom warmen Wind, der Feldern und Wald neues Leben einhauchte.

Zweite Triebfeder meiner Bejahung war eine mich rauschhaft erfassende Anspannung: Mich zu zeigen, vor Publikum, und mir von Jahrmarkt zu Jahrmarkt als Schrumpfkopf einen Namen zu machen, war eine Aussicht, bei der mir der Schweiß ausbrach – um es redensartlich zu sagen. In der Vergangenheit hatte man mich versteckt, und wenn ich Heise als Redner ersetzt hatte, war das klammheimlich gewesen. Ich besaß keine richtige Auftrittserfahrung und sollte meinem vierten Besitzer als »Zugpferd« dienen, was mich umso verzweifelter machte. Andererseits stellte er mir eine Aufgabe und verlangte von mir, sie erfolgreich zu meistern. Bei dem Mann mit dem Raubtierfell war ich kein Gegenstand – ich war, nicht anders als Rumpf- und Skelettmann, Siamesisches Zwillingspaar oder sein Riese, ein zu Schaustellerzwecken verwendbarer Mensch.

Beschwingt hing ich an meinem Klappladenriegel, wenn wir auf unserem Marsch eine Pause einlegten an einem im Sonnenschein glitzernden Bach und alle Mann losrannten, um sich ins Wasser zu werfen, selbst der Rumpfmensch befreite sich aus seinen Riemen, bis er vom Rollenbrett ins spritzende Nass kippen konnte. Ja, ich baumelte an meinem Klappladenriegel und stellte mir vor, mit den anderen nackt in den Bach zu springen, im Wasser zu tollen und mich zu erfrischen.

Auf unserem Marsch in den pommerschen Norden, der das bevorzugte Auftrittsziel meines Besitzers war, wenn sein Wettersinn Milde und Trockenheit meldete, sollte mir klarwerden, was seine Schaustellertruppe im Gleichgewicht hielt. Vor der Welt zu bestehen, aus der sie verstoßen waren und es zur Jahrmarktslegende zu bringen, war der Wille, der alle zusammenschweißte. Neben der Eifersucht, die es beherrschte, teilte das fahrende Volk einen Traum.

Oh diese schwindelerregenden Tage auf Hutweiden, Dorfwiesen, Angern und Flußbleichen zwischen in Eile errichteten Schaubuden und einem Holzpodium vor der Bretterwand, auf der unsere Entstellungen in Schautafeln prangten, und wenn uns der Modder um Waden und Knie schwappte, in Gastwirtschaftstanzdielen oder Theaterhallen.

Meinen ersten Auftritt erlebte ich in Berlin, wo wir Erlaubnis bekommen hatten, auf einer Wiese in Friedrichshain zu gastieren. Wir erreichten den Wiesenplatz gegen halb sieben, beschienen von der Sonne, die zwischen den Schornsteinen sank und sich Stockwerk um Stockwerk im Fensterglas spiegelte, als ob in den Steinhaufen Feuer ausbreche. Seun hatte vergessen, mei-

nen Laden zu schließen, er packte beim Schaubudenaufbau mit
an, und ich linste zum gasblau beschienenen Himmel hoch, den
von Norden anziehende Wolken bedeckten. In der Schaustellertruppe war man diese Menge an leuchtenden Großstadtlaternen
nicht gewohnt, und das fahrende Volk stand minutenlang atemlos schweigend auf Wohnwagentreppchen und Wiese.

»Es wird nie mehr Nacht sein in unserer Welt«, sagte Friedrich
Papke, der Mann ohne Arme und Beine, und wiegte sich in seinen Lederriemen. »Und in einer Welt ohne Nacht wird man uns
nicht mehr anschauen wollen«, seufzten Emmy und Ella. »Verzeihens«, versetzte Prinz Andrusch aus Preßburg und zerrte sich
seinen Zylinder vom Liliputanerschopf, in hohem Bogen, begleitet von einer Verbeugung, er liebte den Auftritt, als sei man bei
Hofe, »verzeihen's, meine Teuersten, in einer Welt ohne Nacht
werden wir nicht mehr vorkommen.« – »Warum? Warum?«
wollte der Mumienmann wissen und pochte mit knochigen Fingern von Rippe zu Rippe, als spiele er Xylophon. »Verzeihens
Hoheit«, piepste Prinz Andrusch, »verzeihens, i hoab auf mein
kloares Kanzleideutsch vergessen ... in einer Welt ohne Nacht
wird nichts Schiaches mehr wachsen, alles wird fadengerade und
makellos sein.« – »Leute, was soll das? Beeilt euch mit Aufbauen!
Morgen um Elfe beginnt unsere Vorstellung! Wir sollten um Mitternacht fertig sein, oder nicht?« mischte sich mein Besitzer ein,
der mit einem Stieltopf im Arm auf das Treppchen vorm Eingang
trat. Nebenbei knallte er meinen Klappladen zu, und ich blinzelte
von einer Seite zur anderen schlenkernd auf Sitzbank und Kissen,
in die er fiel, um in Ruhe seinen Brei aus dem Stieltopf zu kratzen. »Schlaf eine Runde, du solltest dich ausruhen«, ermahnte er
mich, »vor deinem Auftritt ... deinem ersten!«, und stieß saure
Magenluft aus, die in gelbbraun zerplatzenden Sternchen zur
Wohnwagendecke stieg.

Am anderen Vormittag packte er mich in den Kasten, den er bei
einem Schreiner bestellt hatte, um meine Publikumswirkung zu
steigern. Ein Sichtgitter an seiner Stirnseite ließ mich nur mehr

erahnen, und ich linste auf die vor dem Holzpodest wimmelnde Menge aus Stickerinnen, Badern und Uhrmachern, Spreefischern, Kutschern, Dienstboten und Amtsschreibern, mit Familien oder alleine, im Sonntagsstaat, von sparsamer und sich aufs Flicken verstehender Sauberkeit, die an der Kasse vier Groschen bezahlt hatten. Andere stahlen sich zwischen den Schaustellerwagen klammheimlich umsonst auf die Wiese, wenn man sie nicht rechtzeitig aufgriff und zu den das Treiben bewachenden Schutzleuten schleppte.

Ich hatte von Papke erfahren, Berlin sei ein derbes und schwer zu eroberndes Pflaster – eine Mitteilung, die mich entmutigen sollte. Meine Gegenwart, fand er, verringere nur seine Geltung als Mann ohne Arme und Beine, mir fehlten ja wesentlich mehr als vier Gliedmaße, und als leibloser, lebender, sprechender Kopf stellte ich seine Wirkung erst recht in den Schatten –, trotzdem mochte er mit seiner Warnung nicht falsch liegen, was mich umso kribbeliger machte.

Ich schwankte im Holzkasten, den mein Besitzer – in knielanger Hose aus Kaschmir und um seine Schulter einen Fetzen aus Seide – dem in einer Uniform steckenden Mohren – blauer Stoff, goldene Knopfleiste, Kappe mit Kinnriemen – reichte, als wir, von Stimmen und Pfiffen empfangen, zum Holzpodest schritten, wo er uns allein ließ, um mit einem Sprung auf die Rampe zu hechten. Selbstherrlich warf er den seidigen Fummel zu Boden und zeigte der Menge sein Raubtierfell. »Großer Gott!« heulte es in den Zuschauerreihen, »man ahnt es ja nicht!« oder »mich laust der Affe!«, und vor dem Podium brandete Beifall auf. »Willst du nicht als Teppich bei unserem Friedrich Wilhelm dienen?« johlte es aus einem Kreis von Verbindungsstudenten mit Kappen und Farbenband. »Er soll zu mir kommen«, meldete sich ein Herr, sichtlich bemittelter als seine Nachbarn, Samtweste, goldene Uhrenkette, Opernglas, »ich kann einen Wandbehang brauchen.« Das ermutigte andere zu Frechheit und Spott. »Nimm uns nich uff de Schippe!« ereiferte

sich eine Arbeiterin, die ein Kind in den Armen hielt, »blauer
Dunst is det!« schimpfte es von allen Seiten und im Menschen-
pulk grummelte es.

Mein Besitzer war nicht im Geringsten verwirrt. Er rechnete
mit diesen Publikumsstimmungen, die seinen Nummern mehr
Spannung verliehen, und es war Teil seines Auftritts mit baumelnden Armen eine Zeit vor den Zuschauern auszuharren, als
ob er seinen Schwindel bekenne. Am Ende beleidigt zu tun, war
nur Spiel. Seine Augen abschirmend, wippte er auf den Zehenspitzen, um zwei Schaulustige auf das Podium zu winken, die
seine Behaarung von Nahem besichtigen sollten, um dem Publikum mitzuteilen, ob er anstelle von menschlicher Haut einen
Pelz habe oder nicht.

Seine erste Wahl fiel auf ein junges und scheues Ding, anscheinend eine Dienstmagd, die nicht von der Spree stammte – es
fehlte dem Wesen an Vorwitz und Forschheit. Sie wankte mit
zaudernden Schritten zum Holzpodest, als das Volk sich beeilte,
beiseite zu weichen und eine Gasse zu bilden. Seine zweite Wahl
fiel auf ein Mitglied der Burschenschaft mit auffallendem Stirn-
verband vom letzten Hiebfechten, dem seine Frechheit verging,
als er neben der Magd vor dem Mann mit dem Raubtierfell stand.
Leu ermunterte beide, sein Fell anzufassen und mit Gewalt an
den Zotteln zu reißen. »Und, was sagt deine Nase? Was riechst du,
zum Henker?« wollte er von der Hausangestellten erfahren, die
sich vorbeugte und den Geruch seines Fells einsog.

Es kam mir beileibe nicht komisch vor, als sie die Hand vor
den Mund halten mußte und taumelte. Ich kannte Leus strengen Geruch, den Geruch einer Wildkatze, der aus dem Fell aufstieg. Diese gelbstichig unreine Wolke war mir aus den Tagen des
Tigre im Caracas-Haus bekannt, wo sie sich ums Raubtiergehege
im Patio zeitweise verdichtet und wieder zerstreut hatte, voller
Schlieren und Streifen, die scharlach- und fleischfarben waren.
Bei dem Schwindelanfall, den die Dienstmagd erlitt, brach auf
der Friedrichshainwiese Begeisterung aus – der Mann mit dem

Raubtierfell hatte die Menge erobert, und es konnte losgehen mit unserem Programm!

Leu winkte als erste den Liliputaner, Prinz Andrusch aus Preßburg und Conte Filippo Rossini, den Neapoletaner, aufs Holzpodest, wo er sie mit »du« ansprach, was sich die beiden zur Gaudi der feixenden Leute verbaten, »wir sind erstens adlig und zweitens erwachsen«, schimpfte Prinz Andrusch mit piepsiger Stimme, »und wir wollen bald heiraten, porca miseria!« pflichtete Conte Filippo Rossini bei, der nicht auf den Hocker kam, den er erklimmen wollte, bis er bereit war, sich helfen und vom Impresario hochhieven zu lassen, um von diesem Hocker aus, auf dem er kurzbeinig kippelte und seine Augen beschirmte, im Publikum Ausschau zu halten. »Ob Sie im Volk einen Bekannten entdeckt haben, Conte?« erkundigte sich mein Besitzer. »Vergognatevi!« schnaubte Rossini beleidigt, »ein Conte hat keine Bekannten im Volke ... ich fasse nur Frauenspersonen ins Auge, heiratswillige Weibszimmer sind mir willkommen!«, er zwinkerte wahllos verbissen ins Publikum, wo er Kopftuch, Kapotthut und Spitze entdeckte, in alle erheiternder Aufdringlichkeit, »vom Hocker aus sehe ich mehr als vom Boden aus, und komme meinerseits wesentlich besser zur Geltung«, er wischte sich eitel ein Staubkorn vom Frackkragen.

»Als erster bin ich an der Reihe mit Heiraten!« versetzte Prinz Andrusch und zerrte an einem der Schuhe Rossinis, die vor seiner Stirn in der Luft wippten. »Warum das?« – »Du bist kleiner als ich.« – »Falso«, kreischte Rossini, »der Kleinere bist du!« – »Nur in deiner Einbildung«, sagte Prinz Andrusch streng, »an Zentimetern erreichst du knapp Siebenundsechzig. Und ich Einundsiebzig, das kannst du nicht leugnen!« Es folgte ein Streit, der die Menge begeisterte: Zankend stellte der eine sich neben den anderen, sie reckten und streckten sich, setzten Zylinder von ungleichen Maßen auf, ließen sich auf zwei benachbarte Hocker stellen, die nicht gleich hoch waren, riefen den Riesen zu Hilfe, der sie auf die Schulter nahm, um zum Schluß, ineinander verkeilt, vom

Podest zu rollen und zwischen den Schaulustigen, die beiseite sprangen, hart auf die Erde zu prallen.

Im Anschluß trat der Steinfresser auf, dem der Impresario anreichte, was er verzehren mußte: Holzsplitter, Groschen, scharfkantige Steine, einen spitzen und ellenlangen Hufschmiedenagel. Wenn er sie sich in den Mund steckte, von einer Backe zur anderen schob und sein Gesicht verzog, sie zu kauen gleich aufgab und alles verschluckte, was man an seiner Gurgel beobachten konnte, hielt man auf der Wiese den Atem an. Und wenn er aufstieß, bog man sich vor Lachen. Man hatte den Eindruck, als klirrte und klackerte es in seinem Bauch voller Beulen und Schwellungen, der in einem hautengen Trikot steckte.

Dem Steinfresser folgten jetzt Jean de la Croix, Messerwerfer aus Aix-en-Provence, und Jehanne, seine Frau, die dem Gatten als Zielscheibe diente. Es blieb totenstill, als er Messer um Messer warf. Und erst wenn sie sich mit der Spitze ins Holz bohrten und seine Ehefrau haarscharf verfehlten, stieß das Volk vor der Plattform einen Seufzer aus.

Bald waren es Emmy und Ella, die auftraten, und der mit seiner Dompteuse an schleifender Kette aufs Podium tappende Tiger, ein Tier, das an Schmerzen zu leiden schien, was keinem auffiel; der Junge mit Elefantitisbeinen und der Skelettmensch mit seiner durchscheinenden Haut, bei dem man Magen und Lungen erkennen konnte und das im Herzbeutel schlagende Herz; bald der Rumpfmensch, den man aufs Podest tragen mußte, wo er sich auf dem Rollenbrett in seine Riemen warf, von einer Podiumsseite zur anderen schlingerte und in rasender Fahrt einen doppelten Salto schlug, bis mein Besitzer den Mann mit den Rumpfstumpen auf eine Tischplatte setzte und andere Handlungen zu Wege bringen ließ, aus einem Glas trinken, sich eine Pfeife anstecken und mit einer Jagdflinte zielen – das Publikum duckte sich sicherheitshalber.

Ich bekam nicht mehr mit, ob der Rumpfmensch ins Blaue schoß oder treffsicher in einen Baumwipfel feuerte und eine

Taube vom Ast holte – ich hatte nur meinen Auftritt im Sinn, der mir in meiner Box kalten Schweiß auf die Stirn trieb (um es mit einem physiologischen Vorgang zu sagen, der nur anschaulich machen soll, was in mir los war). Endlich schaukelte ich mit dem Mohren aufs Podium, wo er mich bei meinem Besitzer ablieferte, der den Kasten mit mir in der Luft schwenkte. »Ich sage euch«, heulte der Mann mit dem Raubtierfell, »was in diesem Kistchen steckt, ist eine Sensation. Keinem Menschen, nicht mal meinen Leuten und mir, ist Vergleichbares in unserm Leben begegnet.« – »Manne, mach keene Fisimatenten, nu sachet!« – »Ein Wesen lebt in dieser Kiste«, blieb der Impresario beharrlich, »ein Wesen, dem alles fehlt, außer dem Kopf, den man von seinem Leib trennte ...«

Seine restlichen Worte sind mir nicht erinnerlich, mir teilte sich nur die das Volk auf der Wiese ergreifende Neugier und Unruhe mit, die in einem Aufschrei zum Ausbruch kam, als er mich an meinem Band aus dem Kasten befreite. Tumult, spitze Schreie und weibliche Ohmachten, die meine Ansicht verursachte, kannte ich, sei es aus den Tagen bei Oliver Clifton, sei es von den Scherzen und Streichen, die Heise und seine drei Freunde am Korso begangen hatten. Dieser Tumult blieb nicht aus. Ich erkannte zu Fratzen verzogene Gesichter, die man mit den Fingern bedeckte, um meine Erscheinung am anhaltend kreiselnden Trageband nicht mehr vor Augen zu haben.

Trotzdem machte das Volk nicht den Anschein, als ob es sich lieber zerstreuen und heimhasten wolle. Großteils wirkte es in mich vertieft im Bestreben, lebendige Regungen an mir zu entdecken, eine vergebliche Anstrengung, ich war ein Hautsack, aus dem alle Muskeln entfernt waren. »Dit is keen Menschendez«, moserten erste Stimmen, »kleener als pfotengroß«, meckerten andere, »von lebendig kann ick in dit Ding nischt erkennen.« Dieses Mißtrauen war meinem Besitzer willkommen. Er hatte sich von seinen Handwerksgesellen, die unsere Truppe zeitweise begleiteten, wo sie eine Mahlzeit bekamen und Abwechslung fanden, eine besondere Rute anfertigen lassen, aus Wacholderholz, wenn ich mich richtig erinnere, von sechs bis acht Metern, die er vom Podestrand aus in die Zuschauerreihen halten konnte. Mit meinem Band an der Spitze befestigt schwankte ich unmittelbar vor den Nasen der Leute.

»Oh, er ist beseelt und kann sprechen«, versicherte der Impresario, »stimmt es nicht, Zoddelkopp?«, und ich erwiderte: »Ja!« Meine Stimme, erfahren mit Paulskirchenreden und Marktplatzansprachen, war deutlich vernehmbar. »Ich sage euch, dieser lebendige, denkende, alles verstehende und sprechende Menschenkopf ist nicht mit Gold aufzuwiegen. Er ist ein Wesen, das mit den Gesetzen von Gottes Natur nicht vereinbar ist. Unsterblichkeit kann nur der himmlische Vater in seinem unerforschlichen Ratschluß verleihen.« Es blieb totenstill auf der Wiese. »Und er wird euch seine Geschichte verraten. Los, Zoddelkopp, sag unseren Zuschauern, wer du bist und was du im Dschungel erlitten hast.«

Er ließ mich vom Mohren an der Weidenholzrute befestigen, die er ins Publikum schwenkte, das vor meiner Hautsackerscheinung beiseite wich, man prallte zusammen, man schubste und rammte sich, bis ich vor einer zertrampelten Stelle hing, um die man in sicherem Abstand im Kreis stand.

Meine Geschichte, die reine Erfindung war, sollte mir zu einem Schicksal verhelfen, das mich menschlicher machte und an dem man Anteil nehmen konnte. Von meinem Besitzer erdichtet, der wußte, was notwendig war, um das Volk zu beeindrucken, hatte ich, nie weit entfernt von der Stadt, wo wir auftraten, Kindheit und Jugend verbracht, umso inniger ging mein Erlebnis den Menschen ans Herz. Wenn ich mein Nest in der Uckermark schilderte, mein Zuhause am Titisee oder im Schlesischen, ließ ich mich bei keinem Fehler erwischen, sei es bei Familien, die in der Gegend bekannt waren, sei es bei Namen von Bergen und Niederungen, lokalen Ereignissen, Schnack und Legenden, und schwelgte im

Zungenschlag meiner vermeintlichen Heimat. Leu, der sich in allen Landstrichen auskannte, weihte mich in seine Kenntnisse ein, bis ich meinen Part fehlerfrei aufsagen konnte.

In Berlin stammte ich aus der Stadt Liebenwalde, wo ich als Sohn einer Pfarrersfamilie dem verheerenden Feuer, das Pfarrhaus und Kirche, meine Eltern und kleineren Geschwister verschlungen hatte, in letzter Minute entronnen war (dieser Brand hatte sich vor einem Vierteljahrhundert ereignet und selbst der Name der Pfarrersfamilie stimmte). Vom Tod meiner Leute aufs Tiefste betroffen, hielt ich es bei meinem Oheim nicht aus, einem als Schlosser arbeitenden Trinker, der mich in seine Obhut genommen hatte. Bei Nacht und Nebel verließ ich den Junggesellen und wanderte, bis ich im Hafen von Wismar ohne Umschweife auf einem mit seiner Ware Le Havre ansteuernden Segler anheuerte.

Meinen Meester, einen rauhen und verbitterten Riesen, erinnerte ich an seinen Sohnemann, der in meinem Alter von knapp sechzehn Jahren ertrunken war, als eine Welle den Moses vom Schiffsdeck riß, warum mich der Captain mit Samthandschuhen anfaßte. In Le Havre verhalf er mir beim Ersten Offizier, mit dem er aus Hafenbordellen und Spelunken von Havanna bis Dover und Varna bekannt war, zu einem Platz auf der Auswandererbrigg, die mit aufgehender Sonne in See stechen sollte, um in rund vierzig Tagen New York zu erreichen. Mit sechshundert Menschen, die sich auf den Zwischendecks tummelten, war der nur dreihundert Seelen verkraftende Zweimastersegler bedenklich beladen.

Und am zwanzigsten Tag auf dem Meer brach im Laderaum zwischen den Kojen der Gallenfluß aus, der sich an Bord wie im Fluge verbreitete, scharenweise Schiffspassagiere und Mannschaften, Offiziere und Captain hinwegraffte. Keine hundert Personen widerstanden der Cholera, die die Brigg nicht bedienen und an Land steuern konnten, herrenlos trieb sie auf offenem Meer. Bei Monsunregen, der alle Segel zerfetzte, lief unser Zweimaster in einer Nacht auf Grund, Seemeilen um Seemeilen vom

Hafen New Yorks entfernt, was wir erst bei Anbruch des Tages bemerkten, vor Augen den Uferstrich mit seinen Palmen, rosa Punkten, die sich als Flamingos erwiesen, und auf dem Meerboden flammenden Korallen.

Wenn ich halb in Erinnerung an Cumaná, das ich beim Spanier am Sattelzeug baumelnd erlebt hatte, in meinen Schilderungen der Meeresbucht schwelgte, stauchte mich mein Besitzer zusammen. »Sag uns lieber, wer dir deinen Kopf abschnitt«, fauchte er, was im Publikum dankbare Zustimmung fand. Ich pendelte an meiner Weidenholzrute vor den scheu einen Kreis um mich bildenden Zuschauern und sagte den zweiten Teil meiner Geschichte auf, der umso dramatischer war.

Unsere Brigg zu verlassen, das hatten wir nicht vermocht, und wer es wagte, bezahlte es bitter. Sie hatte sich in einem Korallenriff verkeilt und bis zum Gestade war es wieder schwindelerregend tief, das ließ sich am nachtblauen Wasser erkennen. In diesem Graben, der sich kilometerbreit zwischen uns und dem rettenden Ufer erstreckte, teilte ein Haifischschwarm mit seinen Flossen das Meer. Beiboote, von Mannschaftsmitgliedern und Passagieren im Laufe des Cholerasterbens entwendet, um rechtzeitig dem Tode an Bord zu entkommen, hatten wir keine zur Hand. Wir schlingerten Tage und Tage im Wellengang, ohne uns einen Meter vom Fleck zu bewegen, in unerbittlicher Hitze, verzweifelt, dem Wahnsinn nahe. Unser Schiffsproviant war verbraucht, und der Wasservorrat ging empfindlich zur Neige.

Wir beteten, machten mit Feuern und Rauch auf uns aufmerksam – alles umsonst. Wir hungerten, dursteten, hielten uns nicht auf den Beinen und sprachen im Fieber. Als einer vom Mastkorb aus nahende Ruderer meldete, meinten wir, er sei von Sinnen. Bald zeigte sich, er war es nicht. Im Handumdrehen waren wir von Kanus indianischer Krieger umzingelt, die rotschwarz bemalt und an Lippen und Backen von Bolzen durchbohrt waren. Wir waren zu elend und niedergeschlagen, um uns diese Wilden vom Leibe zu halten, die wir um Wasser und Nahrung anbettelten. Ungehindert schwangen sie sich mit Tauen an Bord, wo sie uns an der Spitze des Seglers zusammentrieben, in der Absicht, uns alle zu fesseln. Als einer von uns aus Versehen einen Schuß abgab, kannte das heulende Kriegsvolk kein Mitleid mehr. Es metzelte alle Erwachsenen nieder, stieß Kinder und Frauen von der Reling ins Meer zu den Haifischen und verschonte nur mich und zwei andere Jungs meines Alters. Daß das kein Zufall war, sollte mir klarwerden, als sie uns Hemden und Hosen vom Leib rissen, grunzend umrundeten, von allen Seiten betrachteten, wir waren zarte und knusprige Knaben. Kichernd bissen sie in unsere Arme und Schenkel, um uns wissen zu lassen, was sie mit uns vorhatten: Unser Fleisch auf dem Feuer zu braten und es zu verzehren.

Es war mucksmausestill auf der Wiese vorm Podium. »Als wir bei den Wilden im Heimatdorf eintrafen, einer Siedlung aus Sippenbehausungen mit Palmstrohdach, um die ein Zaun aus Staketen verlief mit dem ein oder anderen Totenkopf auf seinen Pfahlspitzen, banden sie uns an drei auf dem Versammlungsplatz nebeneinander errichtete Pfosten, und verrichteten tagelang heilige Handlungen. Sie umtanzten uns splitternackt, singend und speerschwenkend, zwangen uns, indianische Worte zu schmettern, die im Deutschen besagen: Ich bin euer Essen«, das Rummelmelplatzpublikum seufzte und griente, »oder: ich werde euch schmecken, was wir wiederholen mußten, und wem seine Stimme versagte, den piesackten sie mit den Speeren bis aufs Blut. Wasser und Nahrung verweigerten sie uns nicht, wir bekamen mehr Eßbares, als wir vertrugen, Leguan-, Pakas- und Wildschweinfleisch, das wir erbrachen, wenn uns wieder einfiel, warum sie uns stopften.«

Was ich bei den Wilden erlebt haben wollte, stammte großteils aus Schilderungen Pater Ignacios und anderer Besucher im Haus Don Franciscos, die ich, an der Kordel im Schreibzimmer kreisend, belauscht hatte, teils setzte es sich aus Erinnerungen zusammen, die ich mir ab 1901 in der Wiener Weintraubengasse bewußt machen sollte. Mehr als das: Ohne anthropologische Kenntnisse, die ich mir erst notgedrungen in Cambridge erwarb, wo ich in einer Museumsvitrine hing, warf ich Schrumpfkopfbrauch und Kannibalengewohnheiten leichtfertig in einen Topf, um den Leuten ein schmackhaftes Kleistergericht zu bereiten.

Angeblich war ich der Letzte gewesen, den die Indianer verspeist hatten, und wollte Schritt um Schritt miterlebt haben, was sie meinen Landsleuten Grausames antaten.»Am siebenten Tag ging es los, und sie banden dem ersten von uns eine Schnur um sein Glied, an der sie den Jungen zum Bratfeuer zerrten, umsprungen von vier Frauen, die grellbunt bemalt waren und dem Gefangenen sein Schicksal vorhielten, indem sie schwelgerisch kauten und schmatzten, bis ein Krieger, mit Asche beschmiert, aus dem Schatten trat, eine Keule schwang und meinen Schicksalsgenossen erledigte, dem das Gehirn aus der Schwarte quoll.«

Ich ersparte dem Rummelplatzpublikum nichts: Man habe den After des Toten verpropft, um den Platz vor Verunreinigung zu bewahren, begonnen, seine Haut aufzutrennen und abzuziehen und Arme und Beine vom Leichnam zu trennen, um sie auf den Holzrost zu legen; man habe den Jungen zerschnitten, sein Inneres entnommen und zu einer Suppe verarbeitet, vergleichbar den Metzel- und Schlachtsuppen unserer Breiten; von dieser habe man mir und dem anderen Jungen verabreichen wollen, eine Absicht, die uns vor Entsetzen in Ohnmacht fallen ließ.

Ich mußte tief einatmen, als ich zum Schluß kam.»Am zweiten Tag traf es meinen Leidensgenossen, den sie umbrachten, brieten, zu Suppe verkochten, und am dritten war ich es, den sie auf den Rost legten, den Sohn einer ehrbaren Pfarrersfamilie aus der Stadt Liebenwalde an Havel und Schorfheide, der in seinem Leben keinen Frevel begangen hatte, ich flehte zum Vater im Himmel in meiner Not, mir beizustehen in meinem irdischen Elend, was er mißverstand und mich in einen von den Wilden verfertigten Hautsack einsperrte, in dem ich zum ewigen Leben verurteilt bin.«

»Meine Damen und Herren, ein sprechender Schrumpf-kopf! Mit einem bewegenden Schicksal, das niemand vergessen kann!« brach mein Besitzer das Schweigen vorm Podium, und es klatschte und pfiff auf der Wiese von Sinnen, man riß seine Arme hoch, weinte ins Taschentuch, bis der mich am Trageband schwenkende Prinzipal mit tiefen Verbeugungen vom Publikum Abschied nahm, und mit sich, mit uns beiden, der Welt und seinen Tageseinnahmen zufrieden zum Wohnwagen stampfte.

III

Als sprechender Schrumpfkopf in aller Munde;
von Einsamkeit und ersten Liebeserfahrungen;
und wie ich gegen meinen Willen die Schaustellertruppe verlasse

In den kommenden Wochen und Monaten konnte ich einen
Erfolg um den anderen feiern und mein Name verbreitete sich wie
ein Lauffeuer, was der Schaustellertruppe im Ganzen zugute kam.
Von Tag zu Tag ging es uns besser. Ob wir in entlegenen Gegenden
auftraten, auf Angern im Spessart, in Westerwaldtanzdielen, oder
auf Altonas Jahrmarkt und Oldenburgs Festwiese – wir konnten
uns nicht mehr vor Publikum retten, ein Aufschwung, an unseren
Tieren bemerkbar, die, reicher verpflegt, bald ein glanzvolles Fell
hatten, und im Schaustellerkreis an mehr Fleisch auf den Rippen
und zunehmender Launenhaftigkeit.

Das bot wiederum Anlaß zu Unstimmigkeiten, beispielsweise
wenn Leu den Skelettmenschen anschnauzte, ob er seine Nummer versauen wolle, mit dieser Fettschicht sei er nicht mehr
durchsichtig. Er stritt sich mit den Siamesischen Zwillingen, die
dem Eierschnaps zusprachen, der jetzt erschwinglich war, bis sie
im Rausch nicht mehr auftreten konnten. Vergeblich verbot er
seinen Leuten den Alkohol. Sie litten an Schmerzen in Elefantitisbeinen, Steinfressermagen und Liliputanergelenken, die sie
ohne Fusel nicht aushielten. Geizig konnte man meinen Besitzer
nicht nennen, er brachte Stunden um Stunden mit Ausgaben-,
Einnahmen- und Umsatzberechnungen vorm Haushaltsbuch
zu und war auf gerechte Verteilung bedacht, trotzdem mußte
er streng und verantwortlich vorgehen, sollte unser Erfolg nicht
leichtfertig verspielt werden.

Alle wußten, wem dieser Erfolg zu verdanken war, was mir beim Fahrenden Volk keine Zuneigung einbrachte. Sie neideten mir, in der Zeitung zu stehen, in *Posener Boten* und *Leipziger Tageblatt,* wo man sie mit keiner Silbe bedacht hatte oder nur mit einer Seitenbemerkung, das fanden sie umso verletzender. Und es erheiterte sie, als im schlesischen Neisse Gendarmen zu uns auf den Platz kamen, um mich zu beschlagnahmen. Man glaubte, es handele sich um Betrug. Meine Proteste verfingen nicht bei den Gendarmen, die mich auf die Wache verfrachteten. Bei der Befragung vermied es der diensttuende Stabsmeister, mich zu betrachten und nebelte mich mit seinem Tabaksqualm ein, bis ich hustete – ich, der keinen Hustenreiz kannte. Es war dieser halbe Erstickungsanfall, der dem Oberwachtmeister zur Einsicht verhalf, am vernommenen Schrumpfkopf sei nichts zu beanstanden. »Er antwortet willig und hustet normal«, ließ er seinen Polizeischreiber kritzeln und schickte mich mit seinen Wachleuten wieder zum Rummelplatz. Zur Erleichterung des Prinzipals – und zum Mißmut der restlichen Schaustellertruppe – erschien ich noch rechtzeitig zu meinem Auftritt.

Eine Vorzugsbehandlung erfuhr ich auch jetzt nicht von Leu, der sich vorsah, der Eifersucht Vorschub zu leisten. Er war unser aller Familienvater. Trotzdem lebte ich an seiner Seite im Wohnwagen, das stachelte sie bereits gegen mich auf. Und mein steigender Einfluß war nicht zu bestreiten. Ich half meinem Herrn, der den Kassensturz vornahm – Falter raschelten um unsere Gaslampe neben der Kiste, auf der er die Groschen aufschichtete – und sich zu nachtschlafender Stunde ins Haushaltsbuch beugte, bei seinen Berechnungen von Einnahmen und Ausgaben, die ich in einer Handvoll Sekunden erledigte. Anfangs mißtraute er mir und meinen Zahlen, bis sie sich als absolut richtig erwiesen, und bald bezog er mich in seine Ausgabenplanungen ein; ich machte mich bei meinem Herrn unentbehrlich.

Ich muß ehrlicherweise bekennen: ich sonnte mich anfangs in meinem Erfolg. Mich zu verstecken war nicht mehr erforderlich, was ich bereits als Befreiung erlebte, und mein erfundenes Schicksal ließ niemanden kalt. Ja, an meinem Klappladenriegel zu schlenkern, wenn wir von Auftritts- zu Auftrittsziel reisten, mit knirschenden Reifen auf Heide- und Feldwegen, dumpf holpernd im Wald und mit krachenden Achsen auf Straßen aus groben und ungleichen Pflastersteinen, von Sonne beschienen, in der ich mir vorstellte, sie kitzele und reize mich zu einem Niesanfall, als sei ich ein Knecht bei der Heuernte oder ein Kuhmist einsammelnder Knirps auf der Weide, dieses Mich-in-den-Mittagsschlafwiegen in Fahrtwind und Bienenschwarmsummen – ich liebte es.

Kreuz und quer ging es von einem Landstrich zum anderen. Holzkaten, Zaungitter, Ziehbrunnen und Dorfkirchen wechselten sich vor dem Klappladenriegel ab, Stechfliegenteiche und Lokomotivenqualm, Obstwiesen und Telegraphendrahtmasten vor einem granitschwarzen Unwetterhimmel. Erst mit der Zeit fing ich an, mich zu langweilen. Das lag zum einen an meiner Geschichte, die ich wiederholen mußte, bis ich es leid war. Ich verfiel vor den Leuten in lustloses Leiern, das meinen Besitzer in Weißglut versetzte. »Du bist undankbar, Zoddelkopp«, schimpfte er außer sich, »deinen Namen habe ich dir verschafft und kein anderer! Werde vor Selbstherrlichkeit nicht bequem! Oder willst du uns alles verderben?«

Zum anderen fehlte mir Aufmerksamkeit. Bei meinem Herrn konnte ich nicht mit Ansprache rechnen. Er hatte zu tun und verbrachte den Tag außer Haus oder lehnte halb wachend, halb schlummernd im Kissenberg, wo er in Ideen und Erinnerungen schwelgte, die mich, in seinen Worten, »einen Kehricht angingen« – nur in Buchhaltungsdingen wandte er sich an mich. Seun-Seuntjie, der fegte und Teppiche ausklopfte, Flickarbeiten vornahm, im Stieltopf Kaffee kochte, ging mir mit Bedacht aus dem Weg. Und daß mich die anderen Schausteller mieden, muß ich sicher nicht extra betonen.

Ich ließ mich vom Mohren zum Tigergehege bringen, wo ich das leidende Raubtier betrachtete, das seine Schnauze zur Witterung hob – alle Tiere bemerkten mein inneres Leben – und sie bald wieder lahm in den Staub legte. Dieses Tier hatte nichts von der berstenden Energie, die ich am Jaguar im Hof Don Franciscos bemerkt hatte, es war nur eine erloschene, willenlose Kreatur. Ob es sich in diesem Mangel an Selbstachtung und vergessener Erhabenheit von mir erkannt vorkam? Grimmig verzog sich das Tier in den Schatten, als wolle es sich nicht mehr ausforschen lassen. Ich behielt es im Auge mit einer Beharrlichkeit, die es umso reizbarer machte. Es schleppte sich zu mir ans Gitter und mit einem Prankenhieb landete ich auf dem Erdboden aus sandigen Stellen und sonnenverbranntem Gras.

Nicht besser erging es mir mit dem Schimpansen, der auf meine Freundschaft keinen Wert legte. Harry, wie er bei den Schaustellern hieß, sprang und kletterte von einem Wagen zum anderen und war im Allgemeinen auf der Suche nach Eßbarem. Oder er wollte stehlen, nicht um eines Gegenstands willen, der belanglos war – nein, er begrasmardelte alle Welt aus Prinzip. Es konnten Zylinder sein, die er stibitzte, ein Hemd, das zum Trocknen in Sonne und Brise hing oder ein einzelner Schuh, den er abschleppte. Er mißhandelte alles, verbeulte den Filzhut und zerrte am Leinenhemd, bis es zerfetzt war, und der Schuh fand sein Grab in einem schlammigen Weiher. Vor den Besitzern aufs Wohnwagendach zu fliehen, mit einem Kreischen, von dem sich schwer sagen ließ, ob es mehr Beklommenheit oder mehr Hohn verriet, schien Teil eines unhintergehbaren Spiels zu sein. Trotz schwerer Bestrafung ließ er es sich einfach nicht austreiben, mit der Kasse im Arm in den Wald zu entwischen, wo er das Silbergeld in alle Richtungen schleuderte.

Seine Kreuzigung dauerte zweieinhalb Tage. Mit Stricken um Waden und Arme hing er in einem Baum neben unseren parkenden Wohnwagen, heulte und quengelte, fiepte und wimmerte, bis seine Stimme versagte.

Harry konnte nicht anders, als Dummheiten anzustellen. Er war von der Schaustellerkrankheit befallen und beleidigt, wenn er nicht im Mittelpunkt stand. Und mit mir, der bewegungslos an einem Haken hing und mehr ein Ding als ein lebendes Wesen schien, das nichts besaß, was man klauen oder kauen konnte, hatte das Tier nichts am Hut.

Harrys Herrin, bei der er im Wohnwagen hauste, belustigten meine vergeblichen Anstrengungen, mit dem Schimpansen Bekanntschaft zu schließen. Ich konnte singen oder pfeifen, er wandte sich von mir ab, und wenn ich zu aufdringlich war, gab er mir eine Ohrfeige. Kaethe, die Pferde und Tiger abrichtete und Harry das Schmusen und Watschen beibrachte, warf in diesen Tagen ein Auge auf mich, und traf mit dem Mohren eine heimliche Abmachung.

Zu dieser Zeit waren wir wieder im Pommerschen, wo wir auf einer Flußbleiche unweit vom Meer in Pensionen und Strandhotels wohnende Urlauber, kinderreiche Familien mit Diener und Kinderfrau, Offiziere und Witwen in Herrenbegleitung aus Berlin oder Potsdam erheiterten. Ich erinnere mich an einen glutheißen Juli zwischen Buchten und Sandzungen, die in den Fluß ragten. Grillen ratschten vom Mittag bis tief in die Nacht und bei Anbruch der Dunkelheit taumelten um unsere Wohnwagen Fledermausschatten. Wenn sie vorm lagunenblauen Nachthimmel flatterten und unser Besitzer wer weiß wen besuchte – man munkelte von einer pommerschen Liebschaft, die auf einem benachbarten Gutshof zu Hause sei –, brachte der Mohr mich zum Wohnwagen nebenan.

Ich darf nicht vergessen: Um mich zu empfangen, brauchte es einen sturmfreien Wohnwagen. Bei sieben Behausungen und zwanzig Schaustellern konnte keiner einen Wagen alleine beanspruchen. Kaethe wohnte mit Emmy und Ella zusammen, die in der stickigen Nachtluft nicht einschlafen konnten und sich in der Regel ins Freie verzogen, um mit Skelettmensch und Liliputanern am Flußufer, bis zu den Waden im Wasser, trotz der sie zerstechenden Schnaken, Pikett und Tarot zu spielen.

Kaethe hatte den Leumund, ein triebhafter Mensch zu sein,

der mit beiden Geschlechtern schlief und keiner Liebhaberin und keinem Liebhaber treu bleiben konnte. Es hieß, von den Schaustellern habe sie alle besessen, außer dem Jungen mit Elefantitisbeinen und meinem Besitzer, der sich auf nichts einließ, was in seiner Truppe zu Spannungen beitragen konnte. Schadlos hielt sie sich angeblich an den Zigeunern und Handwerksgesellen, die uns zeitweise folgten, oder an Zufallsbegegnungen auf unseren Reisen, Knechten und Melkerinnen, Kulis, Matrosen und auf einen Seitensprung schielenden Urlaubern aus Berlin. Ich war zu ahnungslos in diesen Dingen, um mir aus den Bemerkungen zusammenzureimen, was ich mit der Dompteuse am Ende erlebte.

Kaethes Ecke im Wohnwagen trennte ein Vorhang vom Eingangsbereich, der den Zwillingen zustand und um den seinerseits wieder ein Vorhang verlief. Ich verlangte vom Mohren zu erfahren, was er vorhabe, als er mich huschend zur Koje brachte, wo ich – ohne mein Wissen – verabredet war. Kerzenschein, der im Vorhangstoff flackerte, warf Kaethes Schatten an Wohnwagendecke und -wand. Sie streckte nichts als den Arm aus dem Vorhangspalt und ließ sich von Seun mein Trageband reichen, sank dann auf den Schemel beim Tisch mit der Kerze und vertiefte sich in mein Gesicht, das sie schweigsam und ausgiebig mit einem Finger erforschte. Mir war mulmig bei diesem Empfang. »Wo ... wo steckt Harry?« versetzte ich flattrig. »Mach dir keine Sorgen«, entgegnete sie und ließ offen, um wen oder was.

Ich denke, sie war sich am Anfang nicht sicher, was sie mit mir anstellen sollte. In der Regel hing ich am Kommodenknauf neben dem Strohsack, auf dem sie sich ausstreckte und mit dem Kinn in der Hand auf dem Ellenbogen lehnte, oder sie schaukelte mich auf den Knien, die sie an der Wand sitzend anwinkelte. Ob es kitzele, wollte sie kichernd erfahren, was ich ehrlicherweise verneinen konnte. Sie war klein von Statur und im Kreuz umso kraftvoller, hatte ein herbes Gesicht und einen Wuschelschopf.

Bis zu meinem vierten Besuch in der Koje ging ich von einem harmlosen Zeitvertreib aus. Erst in der vierten Nacht hauchte sie mir ins Ohr: »Ich kann mich nicht mehr verstellen ... ich begehre dich.« – »Du ... du begehrst mich?« versetzte ich stammelnd. Sie nickte und preßte mich seufzend ans Nachthemd, ein auffallend reinliches Nachthemd mit Stickereien, in dem sie mich bei sich im Wagen empfing. »Warum?« keuchte ich in den Baumwollstoff vor meiner Nase. »Aus Liebe, du Dummchen«, erwiderte Kaethe, als sei es normal, einen Schrumpfkopf zu lieben.

Kaethes Bekenntnis, sie liebe mich, ging mir nahe. Bis zu diesem Tag hatte das niemand behauptet. Clifton hatte sich freundschaftlich zu mir verhalten – Zuneigung und Hingabe hatte ich nie erlebt. Ich war außer mir und meine Stimme versagte – da klopfte der Mohr an den Laden, um mich wieder abzuholen.

Ich war zu erfahrungslos in diesen Liebesdingen, und meine Seligkeit hielt bis zur kommenden Nacht. Kaethe streifte das Nachthemd ab, packte mich an meinen Haaren und ließ sich mit mir auf den Strohsack fallen. Sie stieß Seufzer aus, die ich besorgniserregend fand. »Kaethe, was hast du? Tut dir etwas weh?« Kaethes Antwort bestand aus beschleunigtem Atmen. Dieses Hecheln verwirrte mich nur umso mehr. Und meine Beklommenheit steigerte sich. Kaethes Finger verkrampften sich in meinen Haaren, als sie sich mit meinem Gesicht um den Nabel strich, ein Reiben und Kneten, das mir auf die Dauer mißfiel. »Warum machst du das?« wollte ich wissen, »das paßt mir nicht! Kannst du das seinlassen? Ich werde seekrank!«

Milde stimmte es mich, wenn sie sich wieder aufrichtete und mich dankbar betrachtete. »Ich liebe dich«, sagte sie strahlend, »ich liebe dich ... einen besseren Liebhaber kann man nicht finden.« Eine Weile bestachen mich Kaethes Versicherungen – bei allem Widerwillen gegen die Dinge, die sie von Besuch zu Besuch mit mir trieb. Ich fand es abstoßend zwischen den Beinen, wo es mir zu eng und zu stickig war, und halb zerquetscht und klatschnaß zu sein, wenn sie mich freigab, war nicht weniger unangenehm.

Kaethes Liebe verbitterte mich mit der Zeit. Ich verlangte vom Mohren, mich nicht mehr zum benachbarten Wagen zu bringen und in Ruhe zu lassen. Es kratzte den Diener nicht, was ich verlangte. Er mochte mich nicht, was mir schadete, fand seinen Beifall. Und mit Sicherheit brachte er mich nicht umsonst Nacht um Nacht zu der Schaustellerin nebenan. Meine Warnungen, es unserem Besitzer zu melden, verfingen nicht bei seinem Ziehsohn und Lustknaben, ich hatte ja nichts in der Hand.

Am Ende kam Hilfe von anderer Seite – eine Hilfe, mit der sich mein Schicksal verfinsterte. Sie beruhte auf einem vorbereiteten Plan, vorbereitet vom Rumpfmenschen und einem Wandergesellen, der uns in diesen Wochen begleitete – beim Mann auf dem Rollenbrett war Eifersucht maßgeblich, bei seinem Komplizen nichts anderes als Habgier.

Von Kaethes vergangener Liebesbeziehung zum Mann ohne Arme und Beine war mir nichts bekannt. Diese ersten Erfahrungen geschlechtlicher Lust hatten Papke in den siebten Himmel versetzt. Nacht um Nacht war ich wieder bei Kaethe im Wohnwagen – das konnte er mir nicht verzeihen. Sicher nicht mir, der von Auftritt zu Auftritt mehr Beifall einheimste als er. Man mußte mich dringend aus dem Weg schaffen! Mit dem Handwerksgesellen, einem Zimmerer und Stralsunder Schlitzohr, vereinbarte er einen Handel: zwanzig Vereinstaler, wenn er mich wegbringe, unwiederbringlich weit weg.

Es verging Tag um Tag, und sein Stralsunder Schlauberger wagte es nicht, sich an mir zu vergreifen, bis sich eine gute Gelegenheit fand: Ende Juli, bei unserer Nachmittagsvorstellung, die mit Balgereien im Publikum endete, einem Aufruhr, an dem ich nicht vollkommen schuldlos war – falls es eine Schuld ist, aus Zufall den Weg eines Menschen zu kreuzen, mit dem man bekannt war.

Aus der Holzbox, in der ich meinen Auftritt abwartete, bemerkte ich sie in den Zuschauerreihen zwischen Badeurlaubern und Einheimischen auf der Stelle. Einerseits war das nicht schwer: Von zwei Bediensteten hatte sie sich einen Lehnstuhl aus Nussbaum ins Gras stellen lassen, einen mit Akanthusblatt-schnitzwerk versehenen Thron, und flegelte in einer Mischung aus Mißmut und Ungeduld vor dem Podest – alle anderen Zuschauer standen. Andererseits hatte sie nichts mehr vom staksig-versponnenen Kind in der Tivolivilla. Knochig – von wegen, mit Nacken und Schultern schien sie aus der Seide der Bluse zu platzen, und das einst spitze Gesicht war ein fleischiger Fladen. Beim Armlehnstuhl bildete sich eine Schlange aus bessergestellten Beamten und Hauptleuten. Sie traten, mit Kindern und Frauen im Schlepptau, vor, um sich mit dem pommerschen Landadel gut zu stellen. Zwei Gendarmen auf der Flußbleiche paßten auf, daß keine niederen Bittsteller vordrangen.

Diese Frau war Luise von Leitzke – und war es nicht, wenn ich sie mit meiner Erinnerung verglich. Diese Luise wog einhundert Kilogramm und klopfte reizbar aufs Nußbaumholz zu beiden Seiten. Es sollte losgehen, sie war ja zur Stelle!

Mir schwante Schlimmes, um ehrlich zu sein – selbst, wenn ich das Schlimmste, das wahrhaftig eintrat, nicht ahnte. Weglaufen konnte ich nicht, und mein Herr und Besitzer war niemals bereit, meine Nummer in letzter Minute zu streichen. Was mich erleichterte – halbwegs erleichterte –, war die Ermattung, die sie bei den Nummern von Liliputanern und Rumpfmensch beschlich. Mit wieder und wieder zufallenden Augen und pendelndem Kinn hockte sie vor dem Holzpodest, bis sie in sich zusammensank und schnarchte. Eine Bedienstete, die mit dem Sonnenschirm neben der Herrin im Armlehnstuhl stand, sie mit Schatten versorgte und Fliegen verscheuchte, beugte sich mit einem Taschentuch vor und fing den Speichel auf, wenn er aufs Kleid rinnen wollte.

Nein, sie erwachte nicht, als mein Besitzer mich an meinem Band aus der Holzbox zog und alle Welt auf der Bleiche in Schreie ausbrach. Auch von meiner Stimme ließ sie sich nicht wecken, mit der ich den Zuschauern vor mir versicherte, ein lebendiger, denkender, alles verstehender und Empfindungen habender Schrumpfkopf zu sein. Ich sprach absichtlich matter als sonst, das ist klar, um sie nicht aus dem seligen Schlummer zu reißen, eine Hemmung, die meinen Besitzer befremdete: »Was hast du? Sprich deutlicher!« zischelte er.

Letztlich war er es, der uns auseinanderriß, selbst wenn man zu seiner Verteidigung sagen muß, daß er eine Kette von Ursache–Wirkungen in Gang setzte, die nicht im Geringsten vorhersehbar war. Er schwenkte mich an meiner Weidenholzrute bewußt vor den Stuhl in der vordersten Reihe und hielt mich der Schnarchenden dicht vors Gesicht. Es machte den Anschein, als wecke sie nichts mehr auf – selbst als er mich absichtlich gegen den Strohhut stieß, der um Millimeter verrutschte, erwachte sie nicht.

Wer sie allerdings aus dem Schlaf holte, war die den Sonnenschirm haltende Magd. Mein Besitzer, der sich bei der Schnarchenden keinen Erfolg mehr versprach, hatte mich zu Beamten und Hauptleuten neben dem Armlehnstuhl schwenken wollen, und streifte versehentlich das einfache Landkind, eine Dienstmagd von knapp zwanzig Jahren, sommersprossig und blass, blasser als der von Schleiern bezogene, in milchigem Sonnenschein zerfließende Himmel. Als mein Gesicht, von der Seite kommend, gegen ein Ohr der Bediensteten pendelte, brach sie in einen Verzweiflungsschrei aus, hoch und grell, der imstande war, Tote zu wecken. Und das war nicht alles: Sie ließ vor Entsetzen den Schirm los, der mit einem Knall auf dem Armlehnstuhl landete.

Halbbegraben von Schirm und zerknittertem Strohhut machte Luise sich japsend im Polster bemerkbar: »Dat geiht neet! ... Dat gifft neet! ... To Help ... komm to Help!« Sie wischte den Strohhut beiseite, sie keilte den Schirm weg und setzte sich feindselig aufrecht. Und ich bin sicher, als erstes bemerkte sie mich, der keine zwei Schritte entfernt in der Luft schwebte, unmerklich schwankend, ansonsten bewegungslos – verwirrt von dem Vorfall mit Dienstmagd und Sonnenschirm war sich mein Herr und Besitzer nicht sicher, was er mit mir anstellen sollte.

Ich schielte zum Armlehnstuhl, in dem Luise von Leitzkes Gesicht sich zur Fratze verzerrte. Mit anschwellenden Stirnadern, rot bis zum Haaransatz, von einem Rot, das ins Veilchenblau wechselte, mahlenden Kiefern und Schaum in den Mundwinkeln, schien es zerspringen zu wollen. Sie keuchte, und wenn sie den Atem ausstieß, warf der Schaum in den Mundwinkeln Blasen. »Er ist es ... er ist es!« versetzte sie außer sich, nicht anders als bei unserer letzten Begegnung auf dem protestantischen Friedhof im Fackelschein. »Edle Frau, edle Frau!« mischte sich mein Besitzer ein, »das ist richtig, er ist es! Er ist unsere Zugnummer, ein von Wilden enthauptetes pommersches Waisenkind, das sie komplett, bis auf Haar und Gesichtshaut, verspeist haben. Hochwohlgeborene! Und trotzdem: Er lebt. Er ist ein beseelter und sprechender Menschenkopf!«

Schwer zu sagen, ob sie seine Worte verstand. Luise von Leitzke schob sich aus dem Lehnstuhl, ein qualvoller Kampf, der sie restlos beanspruchte, stellte sich unsicher auf beide Beine und wankte einen Schritt auf mich zu. Den Bediensteten, der sie am Arm nehmen wollte, stieß sie mit dem Ellbogen weg. Es war ein Irrtum zu meinen, sie wolle nichts anderes, als mich von Nahem zu betrachten. Leider konnte ich meinen Besitzer nicht warnen, bereitwillig schwenkte er mich vor Luises Gesicht, das vor Anstrengung weiß und von Schweißperlen bedeckt war. »Du bist es, nicht wahr?« zischte sie, als sie vor mir stand, »du bist es, du Erzfeind, du Deibel, du Beelzebub ... du bist mein Verderber gewesen, von Anfang an, du Bringer von Einsamkeit, Gram und Verfall!« Sie streckte den Arm aus, um mich mit einem Ruck von der Weidenholzrute zu reißen. Rechtzeitig zog mich mein Herr von der Hand weg, die linkisch und hilflos ins Leere griff.

Sie ließ es nicht bei diesem Angriff bewenden und stellte sich auf die Zehenspitzen, um mich zu packen. »Ich kratze dir deine Augen aus ...«, heulte sie, »zerhacken, ich will dich zerhacken, Verderber ...«, und als sie zusammensackte, bellte sie mit letzter Kraft: »kommt to help und erschlagt diesen Beelzebub!«

Als Teufel betrachtet zu werden (mit anderen Worten: als Leibhaftiger ohne Leib), nahm ich mir nicht mehr zu Herzen.

Entscheidender ist, was mir an diesem Punkt beim Diktat meiner Lebenserinnerungen aufgeht: Es sollte (bis auf eine tragische Ausnahme) nicht mehr passieren! Selbst wenn sich meine Lebensbedingungen verschlechterten, hatte sich meine Rolle als Teufel erledigt. Das Zeitalter weithin verbreiteten Aber- und Volksglaubens hatte sein Ende erreicht. Um vorbeugend klarzustellen: In diesem Zeitalter war es mir besser ergangen, als es mir in der Zeit wissenschaftlichen Denkens ergehen sollte, das mich als Gegenstand vorurteilsfreier Erforschung und Experimente betrachtete. Ich vermißte es bald, muß ich aufrichtig sagen, vor der Welt nichts mehr an mir zu haben, dem man unheilbringende Wirkung und Macht zuschrieb. Ich verursachte Schauder und Abscheu, das ja – ansonsten war ich in den Augen der Leute nichts als eine schwache und schutzlose Sache.

Es kam zu Unmutsbekundungen im Publikum. Beamte und Hauptleute wandten sich an die Gendarmen und verlangten ein Ende der Vorstellung, nach dem Zusammenbruch der Landgutbesitzerin verbiete der Anstand, sich zu verlustieren. Mich solle man amtlicherseits in Verwahrung nehmen. Diese Forderung war den Gendarmen Befehl. Sie kletterten in aller Eile aufs Holzpodest, wo sie mit meinem Besitzer verhandelten, der beileibe nicht vorzeitig abbrechen und mich den beiden Gendarmen nicht ausliefern wollte. In den Zuschauerreihen brach Streit aus. Badeurlauber und heimische Kulis ermutigten unsere Truppe – Staatsdiener, Kanzleiangestellte und alles, was Uniform hatte, pfiff meinen Besitzer aus. Man fing miteinander zu rangeln an, bis das Gendarmenpaar klein beigab und ohne mich Leine zog.

Ich muß bekennen: Was sich in den kommenden Stunden ereignete, weiß ich nicht mehr. Das hat mit der Wendung zu tun, die mein Schicksal nahm, eine meine Erinnerung verschattende Wendung. Erst in der diesigen Mondnacht setzt sie wieder ein. Im Wohnwagenkreis herrschte knisternde Unruhe, die Steinfresser,

Liliputaner und Zwillinge vom gewohnten Pikett- und Tarotspielen abhielt. Leu war beim Rittersgut, wo er Luise beschwichtigen und zur Besinnung bringen wollte, um sich Scherereien mit der Gendarmerie zu ersparen. Anfangs war seine Absicht gewesen, mich mitzunehmen und in der Schloßhalle vor dem Kamin den Beweis meiner Harmlosigkeit anzutreten, eine Idee, die er wieder verwarf, als seine Schausteller von diesem Vorhaben abrieten, da es leichtfertig, wenn nicht halsbrecherisch sei.

Was ich erinnere: Ich hing im Freien, und der Rumpfmensch schob sich auf seinem Brett bis zum Klappladen. »He!« erkundigte er sich erstickt, »bist du wach?« – »Ja«, erwiderte ich, »was ist los?« – »Du bist lustig ... was los ist? Sie wollen dich mitnehmen ... und es sind keine Gendarmen, mein Gutster, es sind Leute, die sicher sind, du seist der Teufel. Und was das heißt, kannst du dir an drei Fingern ausrechnen. Sie sind auf dem Weg, und wir sollten uns sputen.« Ich kam nicht auf den Einfall, mich zu vergewissern, wem er diese Nachricht verdankte. »Am besten wird sein, dich verschwinden zu lassen. Und an ein Versteck zu bringen, das keiner kennt. Bist du bereit?« Ja, ich war es, idiotischerweise. Mit Schlangenbewegungen wand er sich aus seinen Riemen und fing auf dem Rollenbrett zu wippen an, bis er den richtigen Schwung hatte. Er hechtete mit diesem Schwung durch die Luft, um mich mit dem Mund von meinem Riegel zu reißen. Das war an sich ein verwegenes Vorhaben – und bei seinen Zahnstummeln umso verwegener, richtig zubeißen konnte er nicht.

Und trotzdem: Er brachte es fertig. Beim dritten Anlauf erwischte er mich an meinen Haaren, die zottig verklebt in die Tiefe hingen, und mein Trageband, alt und zerfranst, hielt dem Ruck nicht stand. Ich landete neben dem Mann auf dem Brett. Er beugte sich vor, packte mit seinen Lippen das Riemenzeug und glitt in die Schlaufen. »Sollten wir nicht Bescheid sagen?« wandte ich ein, als der Rumpfmensch sich in seiner Vorrichtung wiegte und das Brett auf den Rollen in Schwung brachte. »Nein, besser nicht. Niemand sollte Bescheid wissen.« Wir entfernten uns schlingernd vom Platz mit den Wohnwagen im Gras, das das Rollenbrettrattern verschluckte.

Oh, er hatte es eilig, zur Stelle am Fluß zu kommen, wo sich sein Komplize, der Wandergeselle und Zimmerer, mit einer Dienstmagd zerstreute. »Nicht heute ... nicht heute«, beschied er den Rumpfmenschen, der an der Bruchkante kippelte, aus seinem Liebesnest neben der Uferwand. »Komm hoch! Eine bessere Gelegenheit wird sich nicht finden«, versetzte der Schausteller außer sich, »wir haben eine Vereinbarung, Mistkerl!« – »Das kostet«, erwiderte der an der Kante erscheinende Stralsunder Blondschopf erpresserisch, »du zahlst zehn Vereinstaler mehr und ich bin auf dem Sprung.«

Eine Weile vergaßen sie mich und verhandelten. Schleierhaft ist mir, warum mich das Feilschen und Schachern nicht mißtrauisch machte, ja an einem Punkt trieb ich beide zur Eile an. Sie einigten sich, und der Zimmerer griff nach seinem Felleisen, in dem er mich pfeifend versenkte. Mit energischen Schritten entfernten wir uns von den Schaustellerwohnwagen, die auf der Bleiche in dunstigem Mondschein verschwammen.

Fritz Jahnke – ich werde den Namen nicht vergessen, selbst wenn wir nicht mehr als sechs Tage zusammen blieben und von Kolberg am Baltischen Meer bis Berlin reisten, zu Fuß, mit der Postkutsche und mit der Eisenbahn. Mit seiner Barschaft von dreißig Vereinstalern, die er im Gurt seiner Hose versteckt hatte, konnte er sich einen Platz in der Holzklasse leisten, zudem eine Mahlzeit am Tag in der Gastwirtschaft und ein Bett mit Matratze, das wanzenfrei war. Das wollte er sich auch in Zukunft erlauben – mit der Barschaft, die er sich von meinem Verkauf versprach.

Jahnke war leutselig, lustig und in seiner Aufrichtigkeit von entwaffnender Dreistigkeit. Mit meiner Verschleppung der Schaustellertruppe zu schaden, besonders meinem Herrn und Besitzer, war nichts, was dem Zimmerer ein schlechtes Gewissen bereitete. Im Morgengrauen, als er sich ausruhen mußte und vor einem dachlos-verfallenen, efeu- und geißblattbewachsenen

Bauernhaus rastete, wo er mich aus seinem Tornister befreite, hilfsweise mein Trageband flickte und mich an einen Zweig hakte, meinte er mit einem Zwinkern: »Na und? Dem einen sein Schaden, dem anderen sein Nutzen – das verteilt sich am Ende gerecht auf der Welt.« Er lehnte sich gegen den Birkenstamm, zog an der Hutkrempe, um sein Gesicht zu bedecken – ein Gesicht ohne Brauen, mit frischen und straffen Wangen und Wangenvertiefungen neben den Mundwinkeln, passend zum Mutwillen, von dem er beherrscht war, und niedriger Stirn, in die weißblonde Haarfransen fielen – und sich von der Fußreise auszuruhen. Und mein Schade, sei der nicht erheblich?, versetzte ich. Jahnke, der seinen Hut mit dem Finger anhob und zu mir in den Zweig linste, machte nur: »Hm ... hm ... hm ...« – und schnarchte am Ende mit offenen Augen.

Er hatte nicht vor, sich den Kopf zu zerbrechen, mit Dingen, die vollkommen abwegig waren: Ein Gegenstand konnte keinen Schadenersatz verlangen! Jahnke schlief eine Stunde, und als er zum Brunnen schlurfte, wo er an quietschender Kette im Eimer anstelle von Wasser einen Frosch aus der Tiefe zog, der sich mit einem Sprung ins verfallene Bauernhaus zwischen Steinschutt und Buschwerk in Sicherheit brachte, redete ich auf den Handwerkgesellen ein, mich wieder zur Schaustellertruppe zu bringen, ich sei meinem Besitzer bestimmt einen Finderlohn von mindestens dreißig Vereinstalern wert, mit anderen Worten: er werde das Doppelte einstreichen, und vom Rumpfmenschen werde er sicher verschont bleiben, wenn der sich nicht selber sein Grab schaufeln wolle ... Das sei zu heikel, erwiderte Jahnke, der mich vom Zweig hakte und im Tornister verstaute, er habe einen wesentlich besseren Handel vor.

Und auf dem Weg bis zur Poststation schwatzte er von meinem Verkauf an einen Menschen aus London, von dem er aus pommerschen Zeitungen erfahren habe. Zeitungen aus Kolberg und Lauenburg hatten vermeldet, Mr. Charles Worthington, Anthropologe und Arzt, der zur Zeit im Berliner Hotel d'Angleterre wohne, beabsichtige, seine aufsehenerregende Reiseausstellung vom »Leben der Wilden« bald von der Insel aufs Festland zu bringen und in der preußischen Hauptstadt zu zeigen. Das hatte den Schlauberger Jahnke veranlasst, an den Londoner Doktor zu telegraphieren und mich zum Verkauf anzubieten.

Und postwendend hatte er Antwort erhalten: Mr. Worthington wußte von mir und meinen Auftritten bei der Schaustellertruppe aus Presseberichten und hatte bereits einen Vertrauten entsenden wollen, um mich fachlich beurteilen zu lassen. Fritz Jahnkes Behauptung, er sei mein Besitzer, machte den Anthropologen nicht mißtrauisch, dem es um einen Schrumpfkopf und nicht um Wahrhaftigkeit ging. Dem Vorschlag, sich im d'Angleterre zu treffen, in zwei bis drei Wochen – kurz vor seiner Abreise aus Berlin –, fand Mr. Charles Worthingtons lebhafte Zustimmung.

Im Stillen nahm ich Abschied vom fahrenden Volk, das mir nahezu eine Familie gewesen war, allen Spannungen und Feindseligkeiten zum Trotz, und in der ich ein Leben als namhafter Schausteller vor mich bejubelnden Menschen verbracht hatte. Sicher, ich stellte mir Tag um Tag vor, Leute seien beauftragt, mich wiederzufinden und Jahnke bereits auf den Fersen. Mich einfach stehlen und verschleppen zu lassen, widersprach meinem Besitzer und seinem Charakter ... Leider kam niemand, um mich zu befreien, und auf der englischen Insel und in Paris erfuhr ich nichts mehr von der Schaustellertruppe und meinem (vergangenen) Herrn; erst in Wien sollte ich in einem Zeitungsartikel, den Thomas Merunka mir zeigte und vorlas, auf den noch mit gut achtzig Jahren im Prater auftretenden Rumpfmenschen stoßen, der sich bei den Wienern besonderer Beliebtheit erfreute, eine Familie, Kinder und Geld hatte ...

IV

Wie ich verkauft werde und in England lande;
erste Erfahrungen als Bildungszwecken dienender
Schaukastenschrumpfkopf sammle; ausbrechende
Pythons, revoltierende Neger und sterbende
Kariben in Sydenhams Kristallpalast erlebe

Mehr als Anthropologe und Arzt war Charles Worthington ein als Wissenschaftler auftretender Hochstapler. Schal war der Vorteil, den mir diese Einsicht bot: Wissenschaftlichem Denken nicht blind zu vertrauen, das von Hochstapelei schwer zu trennen war. Einen anderen Vorteil darf ich nicht vergessen. Zu sicher in seiner Vernunfthaftigkeit, einem klaren, modernen und methodischen Standpunkt, sollte Worthington niemals erfahren, daß er einen sprechenden Schrumpfkopf erwarb, was den Mann einer wichtigen Einnahmequelle beraubte. Das heißt, er erfuhr es, und nicht nur von Jahnke, Charles Worthington wußte es auch aus den Zeitungen. Seine Krux war, er glaubte den Zeitungsberichten nicht. Es mußte sich um einen Schaustellertrick handeln. Von seiner Wissenschaftswarte aus war es absurd und verstiegen, das Gegenteil anzunehmen.

Es dauerte, bis ich das alles begriff, und den handfesten Jahnke verwirrte es nur. Bereits vor dem Englischen Hof hatte er sich seinen Schneid vom Hotelportier abkaufen lassen, einem Altersgenossen, der sich in der Uniform mit goldener Knopfleiste maßgeblich vorkam. »Stehenbleiben!« Er hob seinen Arm gegen Jahnke, der schlendernden Schrittes, als sei er gewohnt, in den besten Berliner Hotels aus und ein zu gehen, in die Empfangshalle vordringen wollte (ich verfolgte das von seiner Hose aus, die

an der richtigen Stelle ein Loch hatte). »Ich bin mit einem Hotelgast verabredet«, rechtfertigte Jahnke sein Ansinnen in einer
Mischung aus Trotz und Befangenheit, die ich an dem Handwerksgesellen bisher nicht erlebt hatte. »Unwahrscheinlich«,
versetzte der junge Portier mit Verachtung und wandte sich ab,
um zwei Damen, die aus der am Bordsteinrand haltenden Mietdroschke stiegen, den Schlag aufzuhalten, seinen Zylinder zu ziehen und sich tief zu verbeugen.

Unentschlossen trat Jahnke von einem Bein aufs andere, bis er
sich einen Ruck gab und den in die Vorhalle schwebenden bau-
schigen Hinterteilen folgte, als ob er ein Diener der reisenden
Damen sei, die den Wandergesellen nicht beachteten. Im Trubel,
der zwischen Kristalleuchtern, Tischpalmen, Stuckleisten, Pilastern und Wandspiegeln herrschte, fielen wir eine Weile nicht
auf (auch der junge Hotelportier hatte nichts mitbekommen).
Erst am Empfang machte man große Augen, einen Walzbruder
vor sich zu haben, der angab, bei einem Hotelgast vorsprechen
zu wollen, mit dem er verabredet sei. Ob er sich in der Adresse
vertan habe, wollte man schnippisch erfahren. Falls Charles
Worthington im d'Angleterre wohne, nicht, gab der Handwerksgeselle zur Antwort. Es ließ aufhorchen, daß er Charles Worthingtons Namen kannte, und man schickte einen Boten zum
Londoner Doktor hoch, der den Gesellen postwendend aufs
Zimmer bestellte.

Worthington machte sich anscheinend nichts aus den schad-
haften Sachen, die Jahnke am Leib trug, oder hatte keinen anderen Aufzug erwartet. Er selbst steckte in einem seidigen Morgenrock, in dem ich ein kreisrundes Brandloch entdeckte – und
bald fielen mir noch zwei weitere auf. Worthington war ein
kleines und zappeliges Kerlchen (mehr als ein Meter sechzig maß
er sicher nicht) mit mageren, kurzen Beinen, Armen, die nahezu
stummelhaft an seinem Tonnenleib flatterten und einem Kopf,
der zu groß auf den Schultern saß. Sein Gesicht wirkte platt, was
sich teils seinen flachen Wangen, teils seiner Sattelvertiefung im

unteren Drittel der Nase verdankte. Auffallend waren Worthingtons stahlblaue Augen, die kurzsichtig aus rundem Brillenglas blinzelten.

»Bitte, platzen Sie!« sagte der Doktor in unsicherem Deutsch und bugsierte den Handwerksgesellen zur Sitzecke neben dem Marmorkamin, auf dem eine Lederschatulle mit Messingring stand, der er eine Zigarre entnahm. Man beachte: Nur eine, nicht zwei! Er biß das Mundende von der Zigarre ab, spuckte es auf den Fußboden und riß ein Streichholz an, um sich behaglich mit Qualm einzunebeln. Dieses Benehmen, das englischen Anstand vermissen ließ, war kein Versehen, versteht sich. Es kam einem Handwerksgesellen nicht zu, auf vornehme Weise behandelt zu werden. Und der Londoner Arzt war nicht unvorbereitet. Aus seinem Morgenrock zog er ein Zeitungsblatt, das er, am Kamin lehnend, mit Andacht entfaltete. »Kennen Sie das?« wollte er vom Besucher erfahren, legte seine Zigarre im Ascher aus Jade ab und schwenkte das Blatt in der Luft: »Handelt von Diebstahl an Schrumpfkopf ... bei Schaustellertruppe.«

Jahnke sprang von seinem Stuhl hoch und streckte den Arm aus in der Absicht, das Zeitungsblatt an sich zu reißen, was Worthington mit einem Grienen verhinderte. Er ließ es sinken und steckte es wieder ein, ohne es extra zusammenzufalten. »Ach ... eine Verwechslung ...«, sagte er wegwerfend, griff zur Zigarre und setzte sich. Paffend betrachtete er seine Taschenuhr, die an einer goldenen Kette befestigt war, klappte den Deckel zu, drehte sie in der Hand.

»Und was ist mit die Corpus delicti?« Er zwinkerte. Jahnke war dieses Wort nicht bekannt. Verunsichert ruckelte er auf dem Polsterstuhl, schweifte mit seinen Augen vom qualmenden Worthington zu rot-gelber Streifen- und Seidentapete, dem Stuck an der Wand, Kapitellen und Girlanden, dem weichen und wertvollen Teppich am Boden, den er mit seinen Stiefeln beschmutzt hatte ... (ich konnte den Wandergesellen aus dem Loch in der Manchesterhose im Spiegel erkennen). »Mit dem was? ... Mit

delicti?« versetzte er stammelnd. »Na, mit die Ware«, erwiderte
Worthington, der sich einen Anflug von Ungeduld anmerken ließ.
»Erst wenn ich eine Zigarre bekomme!« Das war keine Frechheit,
die Jahnke bedacht hatte – er biß sich bedripst auf die Lippen.

Charles Worthington schien eher belustigt zu sein und an Jahnkes Direktheit Gefallen zu finden. Er stand auf, um das Leder-
etui vom Kamin zu nehmen, und versorgte den Flegel mit einer
Zigarre. Der hatte beim ersten Zug einen Hustenanfall. Es dauerte,
bis er sich wieder erholte. »Mein delicti ... ist in meiner Tasche«,
bemerkte er keuchend, stand auf, faßte in seine Hose und zerrte
mich an meinen Haaren ins Freie, wo ich vor dem kurzsichtig
blinzelnden Worthington baumelte, der sich beeilte, mich an sich
zu nehmen. Er betrachtete mich, den am Trageband Kreisenden,
mit lebhaftem Mundwinkelzucken und Augenbrauenrunzeln.
»Gut erhaltenes Exemplar ... geradezu großartig«, kommentierte
der Doktor auf Englisch, um Jahnke nicht wissen zu lassen, wie
sehr er beeindruckt war. »Ja, ist ein Tsantsa«, bemerkte er nik-
kend zum Handwerksgesellen, der paffte und hustete, »nur ob er
falsch ist, wer weiß ...« – »Falsch? Der soll falsch sein? Das ist er
bestimmt nicht«, japste Jahnke und trocknete sich seine Augen
ab, die vom Husten und Luftholen nass waren.

»Tsantsa« – ich hatte den Ausdruck nicht mehr vernommen,
seit ich mit dem Segler Europa erreicht hatte, wo ich »shrunken
head«, »Schrumpfkopf« und »testa mozzata« hieß, und versank
in Erinnerungen an eine Zeit, als ich willen- und bewußtlos gewesen war und nicht im Entferntesten ahnte, was man mit mir
anstellte. Meine Vergangenheitsseligkeit lenkte mich kurzfristig
von den Verhandlungen ab, die zwischen dem Doktor und Jahnke
in Schwung kamen. »... seine Augen und Lippen sind offen, das
darf nicht sein, sie werden beim Tsantsa mit Nadel und Faden
verschlossen ... Ja, Mr. Jahnke, ich kenne mich leider aus .... Well,
we will see ... wollen Sie mir einen Preis nennen?« Nein, das hatte
Jahnke nicht vor, der inzwischen den Husten besiegt hatte und
seinen Qualm in die Luft paffte, als ob er ein erfahrener Zigarren-

raucher sei. »Warum sagen Sie nicht, was Sie bieten, Herr Worthington? Ich hoffe, ich spreche Sie richtig aus ...« Das war pfiffig, klar sprach er den Namen ohne Fehler aus, den er sich von mir hatte vorbeten lassen. »Ja«, erwiderte Worthington schmunzelnd, »es ist perfekt ... sagen wir, sagen wir ... zwanzig Vereinstaler?«

Er legte mich vorsichtig neben sich auf den Tisch, und ich konnte nur an die Decke starren, was sich in Jahnkes Gesicht tat, entging mir. »Hundert«, versetzte der Handwerksgeselle, »mein delicti ist hundert Vereinstaler wert, wenn nicht mehr ...« Worthington konnte es sich nicht verkneifen, zu feixen. »Ja, Corpus delicti, Sie sagen es, Jahnke, Diebswaren machen niedrige Preise ...« – »War es nicht eine Verwechslung?« fragte der Handwerksgeselle teils fahrig, teils heiter – er streifte sein lustiges Wesen nie ab – »und es ist ein besonderer Schrumpfkopf, Herr Doktor, das steigert den Preis, will ich meinen! Dieser Schrumpfkopf kann denken, empfinden und sprechen!« – »Ja sicher, ja sicher«, entgegnete Worthington kichernd, »nicht anders als Schaustellerexemplar. Scheinen alle zu sprechen ... muß ansteckend sein.«

In dieser Minute erst sollte mir klar werden, als was mich der Londoner Doktor betrachtete: Ich war ein Gegenstand, der mausetot war. Das hieß, ich war frei zu entscheiden, wann ich vor dem Mann meine Karten aufdeckte. Ich war mißtrauisch, muß ich bekennen, von Anfang an, und mit diesem Mißtrauen lag ich nicht falsch. Ich weiß nicht mehr, zu welchem Zeitpunkt auch ich mitbekam, was in London ein offenes Geheimnis war: daß Worthingtons Titel erschlichen waren. Sein anthropologisches und medizinisches Studium hatte er niemals beendet. Dem Impresario sah man es nach – im Organisieren von toten und lebenden Studienobjekten war er unerreichbar und belieferte Englands Museen und Forschungsanstalten mit wertvoller Ware, ein lebhafter Handel, der Worthington Geld brachte und Beziehungen in akademische Kreise verschaffte. Erfolgreich war er mit den Wilden-Ausstellungen, die er von London bis Sheffield und Birmingham zeigte und bald an Seine und Spree bringen wollte. Es nutzte absolut niemandem, diesem Mann aus seinen erfundenen Titeln einen Strick zu drehen.

Jahnke, der mich von der marmornen Tischplatte nahm und am Trageband hochhielt, beharrte: »Einhundert Vereinstaler! Oder ich gehe.« Mein zerfranstes, nur leidlich verknotetes Trageband riß, und ich fiel auf den Teppich. »Gut, gut, sagen wir vierzig«, gab Worthington scheinbar nach, »und wir stoßen auf unsere Abmachung, tuen wir?« Er zog an der Kordel, die rot von der Decke hing, und in der Ferne erklang eine Glocke. Schritte nahten, ein Mann trat ein, eselsgrau, aufrecht, steif, und nickte wortlos, als Worthington Whisky verlangte. Worthington selber verzog sich in ein Kabinett, das als Zutritt einen Wanddurchgang hatte. Man konnte meinen, er versank in der Streifentapete ... aus der er bald wieder zum Vorschein kam, in seiner Hand einen Sack voller Taler, den er mit Schwung auf der Tischplatte auskippte, um den Handwerksgesellen zum Springen zu bringen. Der krabbelte auf allen Vieren um den Rauchertisch und stopfte sich in aller Eile die Taschen voll. Mein neuer Besitzer – ich hatte keinen Zweifel mehr, ab heute in Worthingtons Obhut zu bleiben – wippte in seinem Lehnstuhl vor Heiterkeit. Als Jahnke, der auf Nummer Sicher ging, murrte, es fehle ein Taler zum vollen Betrag, schnippte der Londoner Doktor einen Silberling aus seinem Morgenrockschoß auf den Rauchertisch, wo er sich den Fingern von Jahnke entzog, indem er ein Weilchen lang kreiste und kreiselte. Schweißperlen standen dem Stralsunder auf der Stirn und verklebten die weißblonden Fransen. Jahnke brach auf, eilig, grußlos – was mich anging. Mit seinem Geldsack im Felleisen hatte das Schlitzohr mich sicher auf Anhieb vergessen.

Ich bekenne, ich kam mir allein und verlassen vor. Trotz meiner Verbitterung gegen den Handwerksgesellen war er meine letzte Verbindung zur Schaustellertruppe gewesen. Und beim fahrenden Volk hatte ich eine Zeit verbracht, die ich sofort zu vermissen begann. Diese Sehnsucht war nicht zu vergleichen mit der, die mich in den kommenden Wochen verzehren sollte. Meine Zuversicht, bei einem Besitzer aus England werde es sich mit Sicherheit aushalten lassen, selbst wenn der Doktor nicht Oliver Clifton sei, erwies sich als schmerzlicher Irrtum. Oh, ich ahnte es, ahnte es an diesem ersten Tag, als der Doktor mit mir ins benachbarte Zimmer lief, wo sich sein steifer, grauhaariger Reisebegleiter auf Zuruf zum Schreibtisch begab, Papier aus der Lade nahm, Tinte bereitstellte und mit Bewegungen, die automatenhaft eckig waren, niederschrieb, was er diktiert bekam.

Als erstes gab Worthington eine Bestellung auf. Es ging um eine Transportbox, in der man mich sicher verwahren konnte, wenn es auf Reisen ging. Zweitens schrieb er an einen Professor aus Cambridge, einen Anthropologen, mit dem er befreundet war, und teilte mit, an der Spree, mehr aus Zufall, einen Schrumpfkopf erworben zu haben, der eine Reihe von auffallenden Merkmalen zeige. Er machte seinem Freund, William Owen, den Vorschlag zu einem Besuch auf seinem Landgut in Paddington, um mich wissenschaftlich zu expertisieren. Ein dritter Brief ging an einen Mann namens Palmer, den mein Besitzer mit Studienobjekten belieferte. »Ich habe Nachricht, das Schiff aus Westafrika lande in drei bis vier Tagen in Dover, mit dreißig Skeletten aus Sierra Leone, zwei Kisten mit Leichenteilen, Gliedern und Haaren, neben zehn unverletzten Gehirnen aus Gambia ...«, diktierte er, sich ans Klavier werfend, wo er den Deckel aufklappte und einen Akkord anschlug, »... sterbliche Reste von Feinden, die bei Stammesfehden und -feindseligkeiten ums Leben kamen ... Sie wissen ja, Blutrache ist bei den Wilden das A und O ... und die wir von den siegreichen Kriegern im Tausch gegen Schußwaffen und Naturalien erhalten, was ich nur zur Beruhigung sage, moralisch bedenklich ist unsere Lieferung nicht.« Er schlug einen zweiten Akkord in die Tasten, sprang vom Schemel und nahm seinen Weg wieder auf.

Ob meine Erinnerung an diese Briefzeilen hundertprozentig stimmt, kann ich nicht sagen. Mag sein, ich vermische das ein oder andere, Briefdiktate Charles Worthingtons in meiner Gegenwart erlebte ich wieder und wieder. Seine Aufmerksamkeit gegen mich war begrenzt. Am ersten Tag legte er mich in einen Schrank aus Glas, der beim Klavier stand und abschließbar war, und betrachtete mich bei seinen Wanderungen von Zimmer zu Zimmer bisweilen aus der Ferne. Und er vermied es, mich seinen Besuchern zu zeigen, die bis tief in die Nacht aus und ein gingen. Vor den Hoteldienerinnen, die in spitze Schreie ausbrachen, als sie mich entdeckten, beeilte sich Worthington mich zu entfernen und in einen Koffer zu werfen.

Daß er mich zur Mittagszeit wieder befreite, erleichterte mich eine halbe Minute – nicht mehr. Ich bemerkte als erstes den Laufjungen auf der Hotelzimmerschwelle, dem Worthingtons Reisebegleiter ein Trinkgeld verabfolgte, und als zweites den handlichen Kasten aus Kirschholz, der blinkend lackiert auf dem Schreibtisch stand. Ich kann mich gut an den Sonnenschein erinnern, der sich in den Wandpfeilern und im Klavierkasten, dem Marmorkamin und den Spiegeln vervielfachte, umso mehr, als ich von diesem Zeitpunkt an bei meinem neuen Besitzer in Finsternis lebte ... Charles Worthington packte mich an meinem Zottelhaar, steckte mich in den Kasten und klappte den Deckel zu.

Von unserer Reise in Kutschen- und Schiffskabinen bekam ich nur Schaukelbewegungen, dumpfen Radau oder Stimmen aus der Ferne mit, ich mußte tief in Charles Worthingtons Frachtgut verstaut sein; wenn meine Schiffahrtserlebnisse von Cumaná bis Messina erregend gewesen waren, kamen mir Seeweg und Fahrt auf der Themse bis London nur bleiern und fade vor ... nein, ich versprach mir nichts Gutes von Worthington. Das veranlaßte mich zu beharrlicher Schweigsamkeit, trotz aller Zweifel, die mich beinahe schwach werden ließen. Bereits mit der Ankunft beim Doktor in Paddington, als eine Reihe von Tagen vergangen war, ohne daß er mich aus meinem Kasten nehmen wollte, zermarterte ich mir im Finstern mein Hirn, ob es nicht ratsamer sei, meinem Besitzer zu zeigen, daß ich ein lebendes Wesen war, um nicht auf ewig im Kasten zu liegen.

Erst am sechzehnten Tag – ich berechnete Stunden und Tage anhand einer Pendeluhr, die sich gewissenhaft in meiner Nachbarschaft meldete – holte mich Worthington aus meiner Kirschholzbox und schwenkte mich vor einem mir fremden Gesicht mit beachtlichem Schnauzbart (der struppig den Mund verbarg), und einer dickfleischigen Nase (von blauen und purpurrot platzenden Adern durchzogen). Das mußte William Owen aus Cambridge sein, der Anthropologe und Schrumpfkopfexperte, der mich wissenschaftlich begutachten sollte. Seine zum Greifen nahen Augen erinnerten an eine englische Wiese bei Regen – einen Vergleich, den ich an diesem Tag noch nicht ziehen konnte, ich stand ja erst am Beginn meiner Zeit auf der Insel –, verhangen und voller verschwimmender gelbbrauner Punkte, beschirmt von zwei wiederum zottigen und mit dem Schnauzbart in Wettbewerb tretenden Augenbrauen.

Owen schien in mein Inneres kriechen zu wollen. »Hm«, machte er wieder und wieder mit neidischer Stimme, »phantastisch ... phantastischer Zufallsfund! Und Sie haben recht, lieber Charles, er zeigt auffallende Merkmale, von seinen unverschlossenen Lidern bis zu diesem braunen Haar, das vom glatten und schwarzen Indianerhaar abweicht. Umso mehr, als er keine Mongolenfalte zeigt. Das kann man nur außerordentlich nennen. Seine Brauen passen besser, die haben keinen Schwung und sind feiner, wie es bei Indianern normal ist. Andererseits ist sein Gesicht alles andere als rundlich und breit, muß man sagen, und tja, diese Kiefer- und Wangenknochenstellungen stimmen nicht, ich meine, wie sie in die Haut modelliert sind ...«, ließ er uns an seinen Beobachtungen teilhaben, bis mein Besitzer sich nicht mehr im Zaum halten konnte: »William, wollen Sie sagen, das ist kein Indianer?«

Sie standen mit mir in einem Erker des Landhauses, einem halben an Worthingtons Wohnzimmer mit seinen Wandfriesen, Buchregalen, kreisrunden Sofas und Puffs in der Mitte angrenzenden Sechseck, das aus seinen Reihen kleinteiliger Fenster mehr Tagesschein abbekam als der im Vorhangstoffschummer verschwimmende Salon. Vor diesem Erker erstreckte sich eine zum Horizont reichende wellige Landschaft aus Grasland und waldigen Inseln.

Sollte ich mich dem Freund von Charles Worthington anvertrauen? Ob es mir nicht besser ging, wenn ich zu Owen kam, der an mir wissenschaftliche Forschungen anstellte (zu dieser Zeit war mir nicht klar, was das hieß)? Ich gab mir bereits einen Ruck, als der Cambridger meinem Besitzer versicherte, ich sei bestimmt ein Indianer, was solle ich sonst sein. »Machen Sie sich keine Sorgen, mein Freund«, sagte der seine Bartenden zwirbelnde Owen, »es ergeben sich Regelabweichungen von Stamm zu Stamm der im heißen Erdstrich beheimateten Primitiven, und denken Sie nicht, unserer Wissenschaft seien alle Populationen und Subspezies bekannt. Ich ging nur von den auffallenden Merkmalen aus, die Sie als wissenschaftlicher Mensch gleich entdeckt haben. Ansonsten stimmt beinahe alles, nicht wahr? Niedrige Stirn, flache Nase und Nasenlochrundung ...« Von der Schmeichelei Owens ermutigt, fiel Worthington ein: »... und die Haut: kupferrot! Ein Indianer!« – »Oh, das will ich nicht meinen«, erwiderte Owen zwischen Spott und Verstimmung, als wolle er klarstellen, wer Laie sei und wer sich auskenne. »Mein Lieber, von Kupferrot kann keine Rede sein. Und bei der Anfertigung eines Schrumpfkopfes kann es auch anders zu dunklerer Haut kommen, wenn man den Tsantsa, der besseren Haltbarkeit wegen, dem Rauch aussetzt.«

Daß er einen lebendigen Schrumpfkopf betrachtete, entging William Owen, dem Anthropologen, anders als allen Tieren oder Oliver Clifton ... »Und was sagt Lynna zum Tsantsa?« erkundigte Owen sich bei Worthington, als sie den Erker ins Zimmer verließen, um an einem runden, dreibeinigen Tischchen den Tee einzunehmen, und legte mich auf einem Buchstapel ab. Schenkelklatschend versetzte mein neuer Besitzer: »Hach, Lynna! Sie will von dem Hautsack nichts wissen ...« – »... nicht anders als meine Frau«, pflichtete Owen bei, »ich hatte daheim einen Schrumpfkopf bei mir im Salon, in einem luftdichtverschlossenen Glaskasten, dem meine Samantha-Sophie nie zu nahe kam. Und trotzdem behauptete sie steif und fest, wenn es dumpf und gewittrig sei, rieche er.« – »Aus dem Glaskasten?« – »Ja, aus dem Glaskasten komme ein widerlich strenger Geruch, meinte sie.« – »Nichts als Einbildung, oder?« erwiderte Worthington fragend und steckte sich eine Zigarre an. Owen brach in schallendes Lachen aus. »Nein, meine Frau hatte recht, aus dem Glaskasten wehte bei Sommergewittern ein fauler Geruch, der das Zimmer verpestete.« Beide brachten vor Wiehern das Tischchen zum Wackeln, und aus den Teetassen schwappte es heftig auf Tischtuch und Stickdeckchen.

Wieder verging eine Reihe von Wochen, die ich in Worthingtons Holzbox verbringen mußte, in Finsternis und ohne menschliche Ansprache. Schlimmer als das: Er verwahrte mich an einem anderen Ort seines Landhauses auf, in Kabuff oder Lattenverschlag auf dem Dachboden, wo kein Pendeluhrschlag mir mehr Stunde und Tag verriet und mich beklemmende Stille umgab. Um nicht zu versinken in Leere und Abstumpfung, zwang ich mich bisweilen, mit mir selber zu sprechen, oder schmetterte mein Lola-Montez-Couplet, das eine Weile meinen Kummer zerstreuen konnte: »Dem Herrscher fehlte Lebensmut/im bayrischen Verließ/den fand er bei der Schlangen Brut/aus Demimondeparis ...«

Im Laufe der Wochen verließ mich mein Zeitsinn. Ich schwamm in einem Meer, das mir endlos und schwarz vorkam, mit Wellen, die aus Blei waren und mich verschluckten. Ich wiegte mich algen- und muschelbewachsen am Meeresgrund, wo ich zerfiel und zerfaserte.

Umso schockierender war mein Erwachen, als man den Holzkasten hochhob und mit sich nahm. In meiner Bewußtlosigkeit – auf dem Meeresgrund – blieben Stimmen und Pferdegetrappel und knirschende Radreifen ein aus der Ferne andringender traumhafter Schall. Erst mußte der Deckel aufspringen und mich eine Hand aus dem Kasten ins Freie ziehen. Ich erkannte am Anfang nur weißliches Flirren wie auf dem Meerwasser wirbelnde Sonnenflecken, den von allen Seiten einschießenden Tagesschein.

In einem vergleichbaren Bau war ich niemals gewesen. Mit seinem Tonnendach, das an den Himmel stieß, schien er aus Glas zu bestehen, das Reihen um Reihen an Pfeilern auflag, die von streichholzhaftschlanker Zerbrechlichkeit waren. Man konnte meinen, das Glas wolle sich in die Luft schwingen, oder es schwebe bereits, statt dem freistehenden Pfeilerwald aufzuruhen. Bald sollte ich Galerien erkennen, die schwerelos auf zwei Etagen ringsum liefen, und einen sich zum Tonnendach hochrekkenden Springbrunnen, der Wasser versprengte, das glitzernd ins Becken fiel, einen Brunnen aus reinem, in Muscheln und Schalen auf Eisenstangen schwingendem Kristall. In den unermeßlichen Hallen herrschte Hochbetrieb. Man schnauzte Befehle, es knallte und krachte, man schleppte mit Seilen umwickelte Frachtkisten, meterhoch und von einem Gewicht, das auf zwei oder drei Dutzend Schultern verteilt werden mußte, und setzte sie ab, wo es Worthington anzeigte, der von einem Transporttrupp zum anderen zappelte, haareraufend und hechelnd: »Nicht fallen lassen, Leute! Macht mir nichts kaputt, bloody hell!«

Das kriegte ich alles aus einer Vitrine mit, in die mich mein neuer Besitzer verbannt hatte. Sie stand weithin sichtbar im Querschiff des Glaspalasts in einer Ecke auf brusthohem Sockel, was mir freie Sicht auf die sich gegen Norden und Westen erstreckenden Hallen erlaubte. Wieder Menschen und Dinge vor Augen zu haben, befreite mich von der Verzweiflung, die mich in Leere und Ohnmacht beherrscht hatte. Kurzfristig packte mich Lebensbejahung, selbst wenn diese Stimmung bei weitem nicht rein war, und das hatte mit meinem Nachbarn zu tun.

Nein, ich war nicht alleine in meiner Vitrine, ich teilte sie mit einem anderen Schrumpfkopf, wir drehten uns beide den Hinterkopf zu, und nur ab und an konnte ich meinen Nachbarn im spiegelnden Glas unseres Kastens erkennen. Studiert hatte ich meinen Mitmenschen, der bereits an seiner Schnur in der Auslage pendelte – in den Hallen war es zugig und unsere Vitrine stand offen –, als Worthington mich auf dem Sockel ablegte, um beim Springbrunnen dringliche Anweisungen zu erteilen.

Oh ja, er war anders als ich, seine Lippen, von fransigem Barthaar umrahmt, waren praller, und sein junges vorstehendes Gesicht zimthellbraun. Zu schweigen vom glatten, einen blauschwarzen Schimmer verbreitenden Schopf, der dem Mann in die Augen fiel, die mit Fasern aus Flachs oder Hanfgarn verschlossen waren. Es war kindisch, idiotisch, ich weiß nicht was, als ich mir schlagartig vorstellte, er sei lebendig, und ich bliebe von heute an nicht mehr allein. Denkbar, es hing mit dem Schauder zusammen, den mir mein Nachbar verursachte. Dieser Schauder aus Mitleid und Abscheu war zweideutig, ein seelischer Schmerz, der sich mehr auf mich selbst bezog und von dem ich mich mit meiner Zuversicht ablenken konnte.

Mein Besitzer kam wieder, befestigte mich an meinem Nagel und knallte den Ausstellungskasten zu, den er mit einem Werkzeug verriegelte. Er legte den Kopf schief und nahm uns in Augenschein, um sich unserer Wirksamkeit zu vergewissern, bis seine Gegenwart an einer anderen Stelle der Halle erforderlich war. »Pst!« machte ich, als er sich eilig entfernte, »wir sind außer Gefahr ... niemand kann uns belauschen ... wie heißt du, mein Junge, sag mir deinen Namen ... oder hast du deinen Namen vergessen wie ich? Willst du mich ›Peewee‹ nennen? Das ist der Spitzname, den mir mein zweiter Besitzer verliehen hat ...« Pause. Ich lauschte vergeblich und schluckte. »Wo bist du zu Hause gewesen, mein Junge? Du bist ein Indianer, das wirst du nicht abstreiten, und verbrachtest dein Leben im Dschungel, nicht wahr? Oh, ich kenne den Urwald ... ich kenne den Urwald ... wenn ich mich an den Frieden erinnere, der um mich war, fern der Menschenwelt, auf meinem Felsen, wo mich Angelitos und Schmetterlingswolken umschwebten, habe ich Heimweh und wird es mir schwer ums Herz ... Warum sagst du nichts? Ob dir das Englische fremd ist? Sprichst du am Ende das tote Indianeridiom aus der Gegend von Ataruipe, das der Blauara auf seiner Stange im Schreibzimmer schmirgelte ... paß auf, was ich aus der Erinnerung zusammenkratze: ›Nux míssima míssima árax úxutl u‹ – sagt dir das was?« Was ich vom Stapel ließ, war nichts als Plapperei, mit der ich mir Luft machen konnte. Oh, es war unheimlich, unheimlich mit einem Toten den Ausstellungskasten zu teilen. Wenn es mir vorkam, als streife sein Schopf meinen Haarwirbel – was nichts als Einbildung war, wir bewegten uns keinen Millimeter im Glasschrank –, brach ich vor Grausen in Keuchen aus. »Kannst du nicht aufpassen?« schimpfte ich, »bleib wo du bist!«

Trotzdem vergaß ich meinen schweigsamen Nachbarn von Zeit zu Zeit, und diese Zeitspannen dehnten sich aus. Das hing mit dem Trubel zusammen, der mich umgab. Und es fiel mir nicht schwer zu erraten, was los war: mein Nachbar und ich, wir waren Teil einer Ausstellung. Der Wirbel beim Aufbau von Worthingtons Wilden-Schau versetzte mich in eine Mischung aus Schwindel und Lebenslust. Man errichtete runde Behausungen aus Stroh und Lehm, von Palisaden umgeben, die knotig und krumm waren, streute Unmengen beigerotorangenen Sand aus, um ein afrikanisches Dorf vorzuspiegeln. Nicht weit entfernt, in der Halle zum Norden, zog man ein Gehege mit Wasser- und Schlammpfuhl hoch, und am dritten Tag war eine Hundertschaft Kulis erforderlich, um zwei gigantische Frachtkisten vor das Gehege zu schaffen. Aus dem Innern drangen Tierstimmen, die Glas und Eisenverstrebungen zum Beben und Klirren brachten. Man stemmte sie auf, und zwei Flußpferde stampften mehr taumelnd als wild in die Menagerie.

Diese Ereignisse hielten mich wach und bei Laune, denn nicht nur bei Tag konnte ich mich zerstreuen. Wenn es im Park vor den Glashallen dunkelte, hatte ich wieder den Himmel vor Augen mit seinem bleichen und narbigen Mond, der in Wolken schwamm. »Wir sind nicht im Urwald, mein Junge«, bemerkte ich zu meinem Nachbarn, »mit Erdbebenlichtern kannst du auf der englischen Insel nicht rechnen ... nux missima – wenn du verstehst, was ich meine.« Ich erntete Schweigen, sonst nichts.

Meine Stimmung verschlechterte sich, als sich Worthington mit einer Truppe aus Schaustellern einfand, sechzig Negern, die nichts als einen Lendenschurz umhatten. Mit zwitschernden Stimmen sanken sie in den Sand zwischen runden Behausungen und Palisaden und lauschten der Ansprache meines Besitzers, der sich zum Aufstieg der Menschheit aus Unwissenheit und barbarischer Wildheit ausließ. »Das ist ein Aufstieg, der euch noch bevorsteht. Und wir werden mithelfen, England wird mithelfen, aus dem kulturlosen Neger einen Neger von zivilisiertem Benehmen zu machen. Zu diesem Zweck muß man euch erst studieren und dem heimischen Publikum nahebringen.« Zweitens teilte er mit, was er von seinen Truppenmitgliedern als Publikumsauftritt verlangte, mit Speeren zu tanzen, Tonware zu formen und zu brennen, zu jagen und Kinder zu stillen, zu singen und sich gegenseitig zu lausen und zum Schluß kannibalische Sitten zur Schau zu stellen. Drittens warnte er alle vor strengstens verbotenen Handlungen; diese reichten vom Nichtstun in Publikumsgegenwart oder Unfrieden und Reibereien in der Sippe bis zu Aggressionen gegen Wachpersonal oder Zuschauer. Beschimpfen, bespucken und handgreiflich werden bestrafe man mit einer Reihe von Hieben und Einbuchtung in einem Loch. Worthingtons Liste an Anweisungen, Warnungen, Gegenmaßnahmen und Strafen war endlos lang. Als er fertig war, mußten sich alle mit Kokosfett einreiben (was ich vom Sklavenmarkt kannte, dem Sklavenmarkt in Cumaná, den ich bei Don Francisco am Sattelzeug pendelnd besucht hatte), um der Negerhaut Glanz zu verleihen, eine Vorgehensweise, mit der sie sich anfreunden sollten.

Anfangs hing es mit meinen Erinnerungen zusammen, wenn ich in diesen Tagen an schlechterer Laune litt, Erinnerungen an meine Zeit bei den Schaustellern, die ich auf unseren Reisen am

Klappladenriegel in Freiheit verbracht hatte. Im Schaukasten, Seite an Seite mit einem mausetoten indianischen Schrumpfkopf, vermißte ich selbst Streitereien aus Neid oder Eifersucht, und besonders meinen letzten Besitzer, den strengen und gerechten Familienvater. Meine Erinnerung an diese Geborgenheit machte mich niedergeschlagen. Und ich verachtete Worthington, der keine Ahnung vom Schauberuf hatte. Seine Anweisungen an diesen Haufen von Schwarzen waren eine Beleidigung meiner Berufsehre – die unwiederbringlicher Teil der Vergangenheit war –, sie waren nur von seiner Liste an Zwangs- und Vergeltungsmaßnahmen beeindruckt gewesen. Im Dunkel der Nacht kamen sie aus den Behausungen, in die sie sich großteils bei Tage verkrochen, wenn man sie nicht – probehalber – zum Tanzen und Singen preßte, hockten im Sand, lehnten am Palisadenzaun, ohne Mucks, um den Aufsichtspersonen nicht aufzufallen, und stierten ins Freie, den Park, der sich scherenschnitthaft und vom Wind bewegt vor dem Kristallpalast wiegte (daß diese Hallen »Kristallpalast« hießen, der im Londoner Stadtviertel Sydenham stand, hatte ich aus der Ansprache meines Besitzers erfahren) – bis heute erinnere ich mich an das vielfache Augenweiß, das in der Dunkelheit schimmerte.

Unserem Schaukasten wichen sie aus – mein Nachbar und ich waren den Afrikanern zu unheimlich. Mehr Aufmerksamkeit schenkten uns die von Worthington bald in der Halle empfangenen Indianer, eine Gruppe von sechzehn Kariben mit Kindern und Kleinkindern. Ein Indianer vom Stamm der Kariben war Pater Ignacios treuer Begleiter gewesen, in den Monaten vor dessen Tod im Missionsdorf, ich kannte das Aussehen der Stammesmitglieder von geradem und hohem Wuchs, sehnig und kraftvoll und mit einer Haube aus dichtem und glattem Haar, das chorknabenhaft in den Stirnen verschnitten war. In den Augen der sich um den Schaukasten scharenden Gruppe erkannte ich Leere und Abstumpfung, die an erloschenen Lebensmut grenzte, und nur bei den Kindern einen Anflug von Glut.

»Sind sie euch bekannt?« wollte Worthington wissen und hielt sich vor Wiehern den Bauch in der Weste, zusammen mit den Wachleuten an seiner Seite und einem Indianer mit Frack und Zylinder, rotadrigen Augen und Zopf auf der Schulter, der meinem Besitzer als Dolmetscher diente, »ich kann euch versichern, wir werden das nicht machen ... wir haben Achtung vor unseren Feinden ... und wenn sie ehrenhaft fallen, begraben wir sie! Das muß euch keinen Kummer bereiten, beileibe nicht – Englands Kultur wird nicht ruhen und rasten, um euch alle zu Bildung und Menschlichkeit zu erziehen!« Mit seinen Armen wedelnd scheuchte er sie in die westliche Halle, wo auf einem Siedlungskreis, um den zu Zweidritteln ein Zaun aus Staketen verlief, eine kleinere Gruppe von Zelten errichtet war. Vor diesen Zelten fielen sie auf den Boden und lauschten der Ansprache Worthingtons teilnahmslos, als ob sie das alles nichts anginge.

Und mit den Kariben begann alles Unheil. Zu einem Zwischenfall kam es bereits bei der Ausstellungseinweihung, die vor Vertretern von Krone, Regierung und Oberhaus stattfand, einem Pulk Journalisten und sich in den Hallen auf Kleidsaum und Schuhspitzen tretenden Publikumsmassen. Man zog von den Speersammlungen, Totems und Masken, Straußeneiern und Nilpferden, Affen und Pythonschlangen, vom afrikanischen Dorf zur indianischen Zeltrunde, wo sich das Karibenvolk Kriegsschmuck anlegte und anmalte – mit Bewegungen, die schleppend und teilnahmslos waren. Als ein Photograph vor den Zelten in Stellung ging und seinen Kamerakasten mit Balg und Tuch auf eine stillende Indianerin richtete, die bei Blitz, Knall und Rauch in einen Schreikrampf ausbrach, erweckte er drei der karibischen Krieger zum Leben. Sie traten den Dreifuß um und warfen sich auf den Zeitungsmann, der mit seiner Kamera schleunigst Reißaus nehmen wollte. Erst mit dem Einsatz von Peitschen- und Stockhieben konnte man den Photographen befreien – ein Vorfall, den Worthington vorm Journalistenpulk als Teil des Programms ausgab, das indianische Wildheit und Unwissenheit illustriere.

Bald hauchte der erste Karibe sein Leben aus. Von den Besuchern bemerkte es niemand, als der Indianer, der an einem Pfeil schnitzte, zur Seite sank und seinen Geist aufgab. Selbst seine Sippe blieb stumpf und benommen, als ob sie sein Tod nichts mehr anginge. Das erlaubte es meinem Besitzer, den Leichnam von seinen Wachleuten heimlich entfernen zu lassen. Sicherheitshalber ließ er einen Doktor kommen, der den Kariben den Puls nahm, Kotproben besichtigte, Rachen- und Zungenbeläge in Augenschein nahm und Entwarnung gab. Krankheitsanzeichen waren nicht zu erkennen. Sie schienen nur schwach zu sein, und er empfahl eine bessere, fetthaltigere Verpflegung. Das half nichts: Sie kippten das Essen, das man an sie austeilte – bis auf den Kleinen vorbehaltene Spatzenportionen – beharrlich und unbemerkt weg.

Als eine Woche vergangen war starb eine Indianerin, aus Zufall im Beisein von zwei anglikanischen Priestern, die auf der Stelle das Wachpersonal alarmierten – vergeblich, der Wilden das Leben zu retten, mißlang. Dieser Zufall behinderte Worthington in seiner Absicht, den Tod zu vertuschen, am anderen Morgen stand er in den Londoner Zeitungen, mein Besitzer erlitt einen Tobsuchtsanfall und zerfetzte sie vor meinem Ausstellungskasten. Wieder mußte ein Arzt kommen – und konnte nichts feststellen außer einer besorgniserregenden Mattheit und Magerkeit bei den Kariben, die man im Kristallpalast anscheinend nicht richtig versorge. Worthington tobte, das gehe nicht mit rechten Dingen zu, er versorge sie reichlich, ja, besser als Neger und Tiere, das ließe sich an seinen steigenden Ausgaben ablesen, ob man nur noch Quacksalber finde, wenn man einen Arzt brauche ...

Und ab dem zwanzigsten Ausstellungstag verendeten seine Kariben wie Fliegen. Selbst das Kind, das mich an El Pequeño erinnerte, wenn es im Morgengrauen oder bei Mondschein von den Zelten ins Querhaus zum Schaukasten schlich, um uns, meinen Nachbarn und mich, zu betrachten, an zwei Fingerchen saugend, mit Augen, teichrund, voller dunklem Naß. Oh ja, er erinnerte mich an den Totenkopfaffen im Haus meines ersten Besitzers, der voller Kummer gewesen war, nicht mehr im heimischen Urwald zu leben – einem Kummer, von dem er sich nicht mehr erholt hatte. Ob ich einen Fehler beging, als ich sprach? Ich zauderte tagelang, bis ich es wagte, dem Kleinen aus dem Schaukasten Mut zuzusprechen. Das holte den Jungen aus seiner Versunkenheit. Er sprang auf die Beine und rettete sich zum Staketenzaun, als sei er dem Teufel begegnet. Leider kam er nicht wieder, und an meinem letzten Tag, den ich im Kristallpalastquerhaus verbringen sollte, schleppten zwei Aufsichtspersonen den Sarg mit dem Kind aus den Hallen ins Freie zu einem beim seitlichen Eingang bereitstehenden Karren.

Schwierigkeiten bereitete meinem Besitzer bei weitem nicht nur sein Karibenstamm. In einer Nacht flohen drei Afrikaner, und Tage vergingen, bis man sie in Finsbury sichtete. Bei der Gefangennahme wehrten sie sich, und man legte sie sicherheitshalber in Ketten, als man sie wieder zur Wilden-Schau schaffte. Worthington stauchte das Wachpersonal zusammen, das vom Entkommen der drei nichts bemerkt hatte und mit dem Kinn auf der Brust vor dem Doktor stand, der zehn seiner Aufsichtspersonen bestimmte, dem Negervolk eine Lektion zu erteilen. Man holte die Ausreißer aus den Behausungen und schleppte sie bis vor den Springbrunnen (und meinen Schaukasten), wo man sie von allen Seiten mit Hieben mißhandelte, eine schwere Bestrafung, bei der Blut und Hautfetzen gegen das Glas klatschten und meine Scheibe verschmierten.

Und diese Bestrafungen nahmen bald zu. Sicher, sie waren zu gnadenlos, um sie vor Presse und Publikum vornehmen zu lassen. Wochenlang feierten Londoner Zeitungen Worthingtons Ausstellung als »wissenschaftlichen Meilenstein«, und er verzeichnete hohe Besucherzahlen, die seine Ausgaben deckten. Trotzdem ging seine Rechnung nicht auf und vom Reinverdienst, den er hatte erwirtschaften wollen, blieb er weit entfernt (alles

Dinge, die ich bald erfuhr, als ich bei meinem Besitzer im Office hing). Keinen echten Gewinn zu erzielen, machte Worthington reizbar.

Er war außer sich, als eine Python entwich und das Publikum evakuiert werden mußte, ohne daß sich das Tier wieder auffinden ließ. Eine Ausstellungsschließung war nicht zu vermeiden, und in den Zeitungen hagelte es Kritik. Worthington bezichtigte die Afrikaner, den Ausbruch aus Rache betrieben zu haben. Wieder setzte es Hiebe mit Peitsche und Stock, bis ein Schlangenexperte das Kriechtier entdeckte.

Diese Ereignisse konnten nicht folgenlos bleiben: Im afrikanischen Dorf lehnte man es ab, vor den Besuchern zu singen und zu tanzen und andere heimische Sitten zur Schau zu stellen. Vom Wachpersonal ließ man sich nicht mehr antreiben, und dieses verkniff sich im Beisein von Pressevertretern und Publikum zu Stock oder Peitsche zu greifen ...

Ich sagte bereits: Ich verließ den Kristallpalast an dem Tag, als man drei Stunden vor Zuschauereinlaß die Leiche des kleinen Indianers entfernte. Er hing in den Armen seiner Mutter, die stumm und mit leerem Gesicht vor dem Zelteingang hockte und sich das Kind ohne Gegenwehr abnehmen ließ. Beklommen verfolgte ich, wie man es in einer einfachen Kiste verstaute und wegschleppte.

Ich war zu niedergeschlagen, um mitzubekommen, was sich beim Afrikanerdorf abspielte, bis mich Krach und Krawall aus der Halle erreichten. Beschwerden im Publikum, was mit den Negern sei, die sich in den Strohdachbehausungen versteckt hatten, anstatt sich beim Lausen begaffen zu lassen – das erfuhr ich von Worthington, der in den Nachtstunden in meiner Gegenwart Briefe diktierte –, hatten zwei Aufsichtspersonen veranlaßt, eine Gruppe von Schwarzen ins Freie zu treiben. Erst rannten zwei vor den Aufsehern weg und bald nahmen alle Reißaus und verstreuten sich in den Hallen. Sie bei dem Besucherandrang zu ergreifen, war alles andere als eine Kleinigkeit. Umso mehr, als im Publikum

Chaos ausbrach. Und ein Wachmann, der um unseren Schaukasten hetzte, um einen der Schwarzen zu Boden zu strecken, traf mit seinem Schlagstock versehentlich unsere Vitrine.

Worthington ließ uns aus unserem von Scherben umgebenen Schaukasten holen und den anderen Tsantsa und mich ins Depot bringen, einen Speicher aus Backsteinen nahe beim Kristallpalast. Meine Transportbox fand er nicht mehr wieder – was mich vor Langeweile und Einsamkeit rettete –, und behelfsweise kam ich an einen Regalnagel. Von dieser Stelle aus hatte ich gute Sicht. An einem Schreibpult stand Worthingtons aufrechter, steifer und grauer Berliner Begleiter, der seine Schreiben aufsetzte und Zahlenkolonnen ins Haushaltsbuch kritzelte. Daß es um die Ausstellung schlecht stand, erriet ich bald. Wegen kostspieliger Sicherheitsmaßnahmen und der immer kritischer schreibenden Presse verzeichnete Worthington schmerzhafte Einbußen. Er bat um Vorauszahlungen seiner Partner in Wien und Berlin, an der Seine und am Genfer See, wo seine Wilden-Schau anschließend hinwandern sollte. Die beriefen sich auf anderslautende Abmachungen. Ergiebiger waren seine Einnahmen aus dem Verkauf der verblichenen Wilden. Er verschacherte sie an Museen und Privatleute, an Mediziner und Anthropologen, und an Lords, die exzentrisch veranlagte Sammler waren.

An einem diesigen Regentag schleppte ein Kuli zwei kleinere Kisten zum Schreibtisch, die mein Besitzer am Haken entriegelte, um aus der ersten einen menschlichen Kopf zu befreien, in dem ich den kleinen Indianer erkannte und mir einbildete, seine Wangen seien naß. Das war zu schmerzhaft, ich konnte mich nicht mehr beherrschen. »Bitte nicht!« keuchte ich, »bitte nicht! Nicht den kleinen Jungen!« Worthington drehte sich mißtrauisch zu mir um. »Was war das? Wer sagt das?« Verwirrt brannte er sich mit seiner Zigarre ein Loch in den Westenstoff, schnickte die Glut auf den Teppich und trat sie aus. Er kam zum Regal, stellte sich auf die Zehenspitzen, hielt mir sein Ohr an die

Lippen und lauschte. »Ach was! Kann nicht sein! Ich bin nicht mehr bei Sinnen ...«

Am Nachmittag traf William Owen aus Cambridge ein, und Worthington jammerte wortreich, in England seien Bildung und Lehre keinen Pfifferling wert, was sich an den schlechten Besucherzahlen seiner Kristallpalast-Ausstellung zeige. Owen rieb seine fleischige Nase, um sich nicht beim Grienen erwischen zu lassen. »Mein lieber, verehrter Freund«, sagte er mit einem Zwinkern, das seine Verstellung verriet, »ich bedaure den Mißerfolg, den Sie erleben. Schlimm, was ich unseren Zeitungen entnehmen muß ... diese Berichte sind keine Reklame. Und trotz Engstirnigkeit und moralischer Heuchelei, die in den Meldungen unstreitig am Werke sind, habe ich keine Wahl«, Owen hob seinen Finger, den er krumm in der Luft schwenkte, »als Sie zu schelten, nicht von Anfang an meinen Ratschlag erbeten zu haben. Unser anthropologisches Wissen ist Gold wert, mein Lieber, und bei der Haltung von Wilden von praktischem Nutzen. Nicht anders als Tiere verlangen Indianer und Neger eine Behandlung, die artgerecht ist.«

Beim Stichwort »Gold« konnte Worthington sich nicht mehr bremsen. Er beeilte sich, zuzustimmen, »sicher, ein Fehler ... ich bitte Sie, William, schreiben Sie einen Artikel! Loben Sie meine Ausstellung ... aus wissenschaftlicher Sicht, meine ich ... in der *Times!* Und ich verscherbele alles zum halben Preis – was mir bei meinen Schulden den Hals brechen wird ... und den kleinen Indianerkopf, der Sie begeistert, nicht wahr?, er begeistert Sie, streiten Sie es nicht ab!, sollen Sie kostenlos von mir bekommen. Ist das ein Wort?«

Owen wand sich, sprach von Expeditionsvorbereitungen, er werde bald Sierra Leone bereisen und habe anderes im Sinn als einen Zeitungsartikel. »Oh, den Artikel zu schreiben, macht mir nichts aus ...«, gab mein Besitzer sich einsichtig, »ich brauche nichts als den Namen: William Owen, vor dem alle Meckerer und Krittler verstummen werden, bei dem Ansehen, das er in England genießt.«

Allen Schmeicheleien zum Trotz blieb der Anthropologe stur, eine Sturheit, die Worthington aufbrachte. Owen wirkte umso belustigter. Und als er am Ende zu mir ans Regal trat und, seine Bartenden zwirbelnd, verlangte, zu Ehren und Nutzen der englischen Wissenschaft solle mich Worthington an sein Museum abtreten, das sei Voraussetzung, um eine Lobhudelei in der Zeitung ins Auge zu fassen, erlitt mein Besitzer einen Tobsuchtsanfall. »Hurensohn! Hurensohn!« heulte er außer sich. Owen, der – sich wieder verstellend – ein ernstes Gesicht schnitt, um meinen Herrn nicht zu Handgreiflichkeiten zu reizen, nahm seinen Zylinder vom Schreibtisch und schritt aus dem Zimmer. Und auf der Schwelle bemerkte er trocken: »Sie benehmen sich dumm, lieber Freund. Wollen wir wetten? Bald wird der Tsantsa in meinen Besitz wechseln, ohne mich einen Guinea zu kosten, nicht einen.« Und selbstsicher stapfte er zu seiner Mietkutsche, die im strichelnden Regen vorm Eingang bereitstand.

William Owen behielt recht. Niemand fand sich bereit, meinem Herrn einen Ausstellungskasten zu liefern, in dem er den anderen Tsantsa und mich im Kristallpalast wieder zur Schau stellen konnte, sein Ruf, keine Rechnungen mehr zu begleichen, hatte sich lauffeuerhaft an der Themse verbreitet.

Ich verbrachte nicht mehr als acht Tage im Speicherhaus, bis sich mein Herr vor seinen Schulden aufs Festland absetzte. Wann ich von seiner Flucht erfuhr, weiß ich nicht mehr. Ich erinnere mich nur an die Nacht, als er sich mit Petroleumfunzel und Koffer, als sei er ein Dieb, in die Speicherhausschreibstube schlich, wo er alle Schubladen aufriß, um seine Papiere zusammenzuraffen. Erst zum Schluß hob er seine Petroleumlampe hoch, die sich mit blauem Flackern im Brillenglas spiegelte, und beschien eine Weile mein Ledergesicht am Regal, um nach einer Weile den Arm auszustrecken. Worthington wollte mich mitnehmen, das war klar, und ich mußte mich auf der Stelle entscheiden, etwas zu tun. Ich stieß einen tiefen, anhaltenden Seufzer aus, den Worthington mit einem Aufschrei erwiderte. Er ergriff seinen Koffer und rannte ins Freie, um auf Nimmerwiedersehen aus meinem Leben zu fliehen.

Ach, ich hatte mein Schicksal vergeblich beeinflußt. Es nahm weiß Gott keine bessere Wendung, nachdem man mich aus der Konkursmasse Worthingtons an Owens Museumsabteilung verscherbelte.

V

*Vom Schweigen, das Ohren hat; der Museumszeit in
sich versunkener Dinge; meinen ersten, die Anfertigung
eines Tsantsa betreffenden, wissenschaftlichen
Erkenntnissen (die mir auf den Magen schlagen);
einem englischen Kauz, Misanthropen und Gutsherrensohn,
der mich und meine Schicksalsgenossen als seine Kinder
betrachtet; und jungem, alle Naturgesetze mißachtenden
Forscherehrgeiz, dem ich meine Befreiung verdanke*

Nein, mir stand nichts Gutes bevor im Museum von Cambridge,
wo ich, zusammen mit anderen Tsantsas, in einer Vitrine am Trageband schwebte. Mein Ausstellungskasten zog sich an der Stirnseite im letzten Saal einer Saalflucht von Wand zu Wand. Es war
nicht zu verkennen: Wir waren das alle Besucher von William
Owens Museumsabteilung am Ende belohnende Ereignis.

Wenn diese Ausstellungseinrichtung Absicht war, paßte sie
allerdings schlecht zu der schummrigen Luft, die das letzte der
Zimmer verschattete. In den anderen Zimmern waren Fenster
vorhanden und wenn, ausnahmsweise, die Sonne schien, wiegte
sich vor mir ein Staubballett, das ich an meinem Platz in der
Vitrine mit Andacht verfolgte. Bei uns gab es nur einen eirunden
Wanddurchlaß, schmiedeeisern vergittert und nahe der Decke,
der mir keine Aussicht ins Freie erlaubte. Anders als im Kristallpalast hatte ich nichts vor der Nase als Menschenskelette, Skalps,
Ohren und Totenkopfreihen im Glasschrank zur Rechten, Kale-
bassen und Schmuckfedern, Speere und Zeremonialkeulen im
Glasschrank zur Linken. In der Mitte des Saals hockten zwei aus-
gestopfte Indianer in einer Piroge und ruderten in der Luft, als

wollten sie aus dem Museumssaal paddeln. Zwischen Leichenteilen, Toten und Schemen im Halbduster litt ich an Langeweile
und Niedergeschlagenheit.

Sicher, was meine Niedergeschlagenheit steigerte, waren die
neben mir schwebenden Tsantsas. Diese Sturheit, mit der sie
mich anschwiegen, war auf die Dauer zum Wahnsinnigwerden.
»Psst!« machte ich in meiner ersten Museumsnacht, »wer von
euch ist am Leben und willens zu plaudern? ... Niemand bereit,
mir Gesellschaft zu leisten? Ich werde keinen verpfeifen, der sprechen kann ...«, und lauschte erregt in die Runde. »Wir sind zwischen zwei bis drei Dutzend«, versetzte ich in einer Mischung aus
Trotz und Verzagtheit, »und ich soll von euch allen der einzige
sein, der lebt? Das spricht gegen alle Wahrscheinlichkeit, oder?« –
es war mehr als wahrscheinlich, das wußte ich nur zu gut – »ich
wette, es scheitert am Sprechen, nicht wahr? Wer hat sonst Tag
um Tag einen Blauara neben sich, der versehentlich zu seinem
Sprachlehrer wird? ... Bitte, bitte, man muß ja nicht sprechen, es
reicht, sich auf andere Weise bemerkbar zu machen ...« Das wiederholte ich in allen Sprachen, die ich im Laufe der Jahre erlernt
hatte. Ich stieß nur auf ein Schweigen, das Ohren zu haben schien
und mir im Rundfenster schlafende Tauben oder eine das Kanu
benagende Maus verriet.

Ich drehte mich mit meinen Schicksalsgenossen unmerklich
im Ausstellungskasten am Trageband, und verging, Nacht um
Nacht, vor Verlassenheit, Stumpfsinn und Leere. Umso begieriger
wartete ich auf den Tag, an dem menschliches Leben einkehrte,
Diener, die fegten und Staub wischten, oder Museumsaufseher,
die sich vergewisserten, daß wir alle an unserem Platz waren. Ja,
ich muß bekennen, in meiner Verzweiflung betrachtete ich die
Museumsbesucher als Rettung vor der mich zermahlenden Einsamkeit. Wenn sie uns angafften, nicht ohne Schauder, Belustigung oder Befremden zu zeigen, klammerte ich mich an diese
Beachtung, als sei sie der tiefere Sinn meines Lebens als anthro-
pologischer Ausstellungsgegenstand. Dankbar war ich beson-

ders den Kindern und jungen Frauen, die mich – und uns alle im Kasten – bedauerten. Und Sir Andrew Audley, der dienstags und donnerstags an seinem Spazierstock zu uns in den Saal stampfte, zur Mittagszeit, wenn er sich ausrechnen konnte, mit seinen Tsantsas (mit Vorliebe nannte er uns: »meine Kinder«) alleine zu bleiben. Von diesem Menschen bald mehr.

Außerhalb der Museumsbesuchszeiten waren es Owens Assistenten, die Abwechslung boten, wenn sie eine Gruppe Studenten mit einem (mich leider bald langweilenden) Vortrag belehrten, oder mit Professoren und Forschern von nah und fern, Anatomen, Medizinern und Anthropologen, vor unseren Schaukasten traten. Man betrachtete unsere Sammlung in Wissenschaftskreisen von England bis Frankreich und Deutschland als »beneidenswert« und »unvergleichlich«, ein Ansehen, das mir in meiner Vereinsamung schmeichelte – bis ich mir diese Dummheit verbot.

Mit Howard und Hughes, William Owens Assistenten, schloß ich gleich bei der Ankunft in Cambridge Bekanntschaft, als sie mit vereinter Kraft meine Transportkiste aufstemmten – die zweite von zwanzig Konkursmassekisten – und mich aus der Enge befreiten. Beide waren Mitte Zwanzig und steckten in Kitteln, die sie in meinen Augen zu Zwillingen machten. Ich erinnere mich an ein dusteres Zimmer mit vollen Regalen, die in Reih und Glied standen, in dem sie an einem mit Papieren und Lexika, Reagenzglasgestellen und zwei Mikroskopen beladenen Schreibtisch Tabellen anlegten, Schulter an Schulter, in buckliger Haltung, eine Arbeit, bei der sie sich abwechselten (wenn der eine ins Buch schrieb, diktierte der andere).

Im Verlauf der Beschreibung des Neuzugangs und einer Auflistung seiner besonderen Merkmale, hielten sich beide mit Rauchen und Singen bei Laune, und Howards Veranlagung – oder Gewohnheit –, sich von Zeit zu Zeit mit einem Furz zu erleichtern, der vor meinen Augen als grellgelber Dampf in der Luft schwebte, veranlaßte Hughes, seinen Nebenmann mit einem Ellbogenhieb zu bestrafen. Es war zu eng, Howard konnte nicht ausweichen, er rieb sich halb schimpfend, halb kichernd, den Schmerz aus den Rippen. Sie nahmen meine Maße, beschrieben mein Aussehen, besonders mein Haar, das mir lockig und kurz in den noch vorhandenen Teil meines Nacken hing, nicht, was bei einem Schrumpfkopf normal war, glatt, strohig und lang, und trugen mich zwischen zwei Skalps, die aus Feuerland stammten, und drei afrikanischen Plattfußpaaren auf der Objektliste ein.

Ich verbrachte zehn Tage in diesem Museumstrakt, der Magazine, Verwaltung und Werkstatt beherbergte, und erhielt eine Nummer von Howard und Hughes, die sie auf einem Schildchen aus Pappe vermerkten. Dieser Karton mit der Aufschrift »T47, MoC/AP, 1870«, bekam einen sichtbaren Platz an meinem Trageband. Es dauerte, bis ich mich mit einem neuen Namen: »Tsantsa Siebenundvierzig, Museum of Cambridge, Querstrich, Anthropological Part, Achtzehnhundertundsiebzig«, der nur eine Nummer (plus Kennzeichenfolge) war, anfreunden konnte. Meinen neuen Besitzer bekam ich erst zu Gesicht, als er die erweiterte Ausstellung einweihte, im Beisein von Cambridger Honoratioren und namhaften Londoner Anthropologen.

Owen hielt eine humorige Ansprache, in der er der englischen Wissenschaft riet, besser nicht zu indianischen Mitteln zu greifen und Kontrahenten in Forschung und Lehre den Kopf abzuschneiden und zu einem Hautsack zu schrumpfen, ein primitives Verfahren, zu primitiv, um mit Anstand und Sitte in England vereinbar zu sein und im weißen Europa Anwendung zu finden, selbst wenn seine Wirksamkeit nicht zu bestreiten sei und sicher der ein oder andere bedaure, seinen Rivalen nicht zu Hause als faustgroßen Schrumpfkopf im Schaukasten aufzubewahren. Schallendes Lachen kam von allen Seiten. Andererseits wolle er seinen Kollegen gleich ausreden, diese Idee in die Tat umzusetzen. Wieder Lachen und Beifall aus der unseren Kasten im Halbkreis umstehenden Festtagsgesellschaft. Er habe daheim einen Schrumpfkopf besessen, der an gewittrigen Tagen zu riechen begonnen habe, und wenn das erst mit einem toten Kollegen passiere ... »Ich bin mir sicher, das wird dem Museum von Cambridge mit unserer Sammlung erspart bleiben«, bemerkte er abschließend in den Applaus, »und wenn nicht, halte ich mich in Afrika auf, und Howard und Hughes sind alleine verantwortlich!« Mein neuer Herr schien ein Witzbold zu sein, der sich mit seinen Pratzen, die rot aus dem Frack ragten, struppige Brauen und blauadrige Nase rieb und mit Magnesiumblitzen und puffenden Rauchschwaden vor unserem Schaukasten ablichten ließ.

Dreißig Monate blieb William Owen seiner Heimat fern, und meine wahren Besitzer waren Howard und Hughes, in erster Linie Hughes, Alan Arthur, der mehr Ehrgeiz und Zielstrebigkeit an den Tag legte, als der bequemere Oliver Howard. Hughes hatte vor, irgendwann Owens Platz einzunehmen und sich in der Wissenschaftswelt einen Namen zu machen. Howard und Hughes waren große und schlaksige Kerle mit Storchenbeinen und schmalen Schultern, die beide beim Schreiben einen Buckel bekamen, im anthropologischen Magazin Seite an Seite, zwei aschblonde Jungs, die sich eckig bewegten. Beide kamen aus der guten Gesellschaft von Cambridgeshire, hatten zu zweit eine Zeit an der Seine verbracht, liebten Pferde und Billard, Zigarren und Frauen, und sprachen ein Englisch, das selbstherrlich steif wirkte. Sie hatten Tenorstimmen, die schwer auseinanderzuhalten waren. Nur in Aussehen und Wesen waren beide verschieden, Alan Arthur mit charakteristischer Nase und markigem Kinn wirkte klarer und kantiger, Oliver ansehnlicher.

Bei meiner Ankunft in Cambridge schienen Howard und Hughes unzertrennlich zu sein. Erst mit der Abreise Owens kam es zwischen den beiden zu Spannungen und Reibereien, was man selbst im Museumssaal mitbekommen konnte, Zwistigkeiten, die im Allgemeinen von Hughes ausgingen, der sich in Abwesenheit seines Lehrers mehr und mehr einbildete, dessen Rang einzunehmen.

Bald tauchte Hughes mit seiner Verlobten auf, um der jungen Frau »sein« Museum zu zeigen – »mein Museum«, das sagte er wieder und wieder. Emma Victoria, wenn ich mich richtig erinnere, wirkte verzagt, als sie vor unserem Kasten stand und Alan Arthurs Belehrungen lauschte. »Sind sie nicht unwiderstehlich?« bemerkte er, und seine Verlobte versetzte: »Ich weiß nicht ... sie tun mir leid.« – »Spar dir dein Mitleid«, versetzte er trocken, »ich kann dir versichern, enthauptet zu werden, ist kein qualvoller Tod, wenn der Krieger sein Handwerk beherrscht und das passende Messer verwendet« – er zeigte zur Sammlung indianischer Messer, die im Glasregal neben uns lagen. »Oh«, machte Emma Victoria und klammerte sich umso bebender an den Verlobten. »Mein Kind, einen menschlichen Kopf abzutrennen ist einfacher als einen tierischen. Wir haben eine weichere Nackenmuskulatur.« – »Oh ... oh«, machte Emma Victoria wieder, mit bleichem Gesicht, das zum kess auf den Locken mit Kinnriemen verzurrten Kapotthut nicht paßte. »Und sie sind echt ... echte Menschen ... gewesen?« verlangte sie stammelnd zu wissen. »Was heißt echte Menschen, mein Kind? Primitive ... kein Schrumpfkopf ist weiß oder christlich gewesen. Und du findest bestimmt keinen Bekannten aus Cambridgeshire«, feixte er, eine Bemerkung, die seine Verlobte beileibe nicht heiterer stimmte. Sie stierte uns nur umso dringlicher an, als wolle sie Schrumpfkopf um Schrumpfkopf zum Leben erwecken.

»Dein Beruf«, seufzte sie, »dein Beruf ist abscheulich«, und riß sich von unserem Ausstellungskasten los, um im pastellblauen, den Dielenboden fegenden und sich am Hinterteil bauschenden Kleid voller Spitzen und Schleifen den Saal zu verlassen. Hughes schlang energisch und streng einen Arm um die Taille seiner Verlobten und hielt sie fest. »Laß mich los! Laß mich los! Mir ist schlecht!« keuchte sie bei der Anstrengung, sich seinem Griff zu entwinden, »dein Museum ist grauenhaft ... ich muß frische Luft schnappen ... wirst du mich endlich loslassen, Hughes?«

Hughes gab nicht auf und verpflichtete sie wiederholt zu Besuchen in »seinem« Museum, um Emma Victoria zu lehren, vor der Wissenschaft, selbst wenn sie der Frau von Natur aus verschlossen blieb, mehr Ehrfurcht und Aufmerksamkeit aufzubringen. »Einen Tsantsa anfertigen, Liebes, ist aufwendiger, als dem Feind seinen Kopf abzuschneiden«, weihte er sie bei anderer Gelegenheit ein, »dieser Vorgang nimmt Tage und Wochen in Anspruch und erlaubt unserer anthropologischen Wissenschaft Einblicke ins animistische Denken von Wilden – was animistisch ist, mußt du nicht wissen, das piesackt und peinigt am Ende nur deinen Verstand.« Emma Victoria folgte dem Vortrag mit blutleeren, trotzig verkniffenen Lippen.

Ich lauschte umso begieriger. Bis zu diesem Tag hatten mich nur verschwommene Ideen begleitet, was meine Verfertigung zu einem faustgroßen Hautsack anging – diese Belehrungen verschafften mir drastische Klarheit. »Stell dir einen Krieger vor, der von seinem Feldzug im Urwald nach Hause kommt zu seinem Stamm. Er bringt einen Kopf oder zwei seiner Feinde mit. Das heißt, bei der Blutrache war er erfolgreich, die er nun mit der Schrumpfkopfherstellung vollenden wird, zu der man die Kopfhaut am Halswirbel auftrennt und abzieht. Um sie einwandfrei von Gewebe und Knochen zu reinigen, sind Anstelligkeit und Erfahrung erforderlich – uns ginge das nicht von der Hand, meine Liebe ...«, bemerkte er zwinkernd zu seiner Verlobten, die sich ein falsches belustigtes Schnaufen abzwingen ließ, »... alles muß restlos entfernt werden, verbliebenes Hirn, letzte Spuren von Fleisch oder Muskeln. Und der zweite Schritt ist von besonderem Gewicht. Man muß den Rachegeist einsperren, wenn er der Sippe kein Unheil bringen soll. Das verhindert der Krieger mit Nadel und Faden. Er verschließt Augendeckel und Trennschnitt am Nacken und mit Stiften aus Bambus den Mund. Das kannst du bei allen erkennen, außer dem da«, er zeigte zu mir in der Schaukastenmitte, »der hat nichts als Nadeleinstiche im Nacken, und bei den Augen an anderer Stelle, um sie, komischerweise, am Zufallen zu hindern ... sie wirken nahezu lebendig, nicht wahr?«

Emma Victoria blinzelte unwillig in meine Richtung und wandte sich schaudernd ab. »Ja, das tun sie«, versetzte sie heiser. »Keine Bange, er ist mausetot, Emma«, sagte Hughes, »das ist sicher, bei dem, was er mitmachen mußte. Man erhitzt einen Hautsack als erstes in Wasser, das zur Schonung der Haare nicht kochen darf; die fallen der Kopfhaut bei kochendem Wasser sonst aus. Anschließend muß er sich ausschwenken lassen, abwechselnd mit Steinen und Sand, die man heiß in den Hautsack gibt, ein mit der Zeit seine Schrumpfung bewirkender Vorgang. Am Ende setzt man einen Schrumpfkopf der besseren Haltbarkeit wegen dem Rauch aus.«

Hughes rieb seine milchweißen Finger und holte Luft: »Das alles erniedrigt den Feind auf das Schlimmste. Wenn er am Band vor der Brust des Indianers schwankt, dem er zum Opfer fiel, ist er den Rest seiner Ehre los ... und von einem Feind ohne Ehre geht keine Gefahr mehr aus, ein Feind ohne Ehre und Ansehen ist machtlos. Verstehst du, mein Liebes, das alles sind Krieger, die nichts als Verachtung verdient haben. Diese faustgroßen Ledergesichter vernichteter Feinde sind Zeugnis von Schande und Schmach. Mitleid mit den Besiegten ist fehl am Platz. Sie sind zum Verspotten gut, nur zum Verspotten!«

»Ach, das ist abstoßend!« lehnte sich seine Verlobte auf. »Abstoßend? Von wegen!« entgegnete Hughes erregt, »das ist eine wirksame Kriegsstrategie, an der sich unsere Gesellschaft ein Beispiel nehmen sollte. Es ist in der sittlich und rassig hochstehenden Welt ja nicht anders, als in der Natur. Es herrscht Krieg, es herrscht permanent Krieg! Nationen befehden Nationen, um sich Kolonien und Bodenschatzvorkommen zu sichern; und selbst in der Kultur heißt es Mann gegen Mann – man bekriegt sich andauernd, um Ansehen, Geld oder Frauen. Stark kann sich nennen, wer Erfolg hat in diesem Kampf. Und dem schwachen, besiegten, vernichteten Gegner sollte man mit Verachtung begegnen, als sei er ein Schrumpfkopf. Mitleid mit dem Besiegten verweichlicht das Leben und bringt nur Verderbnis und Niedergang mit sich.«

»Und was ist mit Liebe und Menschlichkeit, die uns das Christentum lehrt?« wollte Emma erfahren. »Wir sind denkende Wesen«, entgegnete Hughes zerstreut, mit einem Anflug von Strenge und Ungeduld, »wir haben den nichts als Empfindungen kennenden Tieren Verstand und Vernunft voraus. Was uns zu Menschen macht, ist unser Wissen. Und Wissen verleiht unvergleichliche Macht. Hat uns Gott nicht zur Herrschaft auf Erden bestimmt? Macht sie euch untertan ... sagt er das nicht? Und wenn Gott uns den Vorzug gibt, wenn er uns Menschen liebt, gilt seine Liebe dem Starken, nicht wahr?« – »Ja«, erwiderte Emma Victoria mau, die von einem Stiefelabsatz auf den anderen trat.

Hughes bemerkte es nicht oder war nicht bereit, sich dem Aufbruchswunsch seiner Verlobten zu beugen. Er wollte als erstes seinen Vortrag zu Ende bringen, den ich in den kommenden Monaten wieder und wieder zu Ohren bekam. »Meine Kollegen in Oxford behaupten, der indianische Krieger ergreife Besitz von der Lebenskraft seines enthaupteten Feindes. Mit dem Schrumpfkopf, den er um den Hals trage, wolle er sich dessen seelische Macht einverleiben. Das ist anthropologisch nicht haltbar. Und ich werde es widerlegen, mein Kind. Um seine seelische Macht in sich aufzunehmen, muß man den Toten verspeisen. Und bei der Schrumpfkopfherstellung wird nichts verspeist. Nein, nein, das ist eine idiotische Theorie, umso mehr als vom Feind, den man ißt, nichts vorhanden bleibt, anders als beim zum Schrumpfkopf erniedrigten Gegner, der in seiner Schande und Unehre ewig ist. Er ist von stofflichem Wert, nicht von seelischem.«

Hughes rannte vor unserem Schaukasten auf und ab. »Und was uns anzieht, das ist diese Stofflichkeit. Man muß sie anfassen, Emma Victoria, man muß sie sich dicht vors Gesicht halten und diese Stofflichkeit hautnah erleben. Soll ich den Glaskasten aufschließen? Soll ich?« – »Ich … ich will sie nicht anfassen.«, stammelte seine Verlobte und zerrte verkrampft an den Handschuhen. Hughes streckte bereits seine Finger aus, um mich vom Haken zu nehmen und zu Emma zu bringen, als Oliver Howard auftauchte, um seinen Kollegen zu einer Besprechung zu holen. Zusammen entfernten sie sich aus dem Saal.

Ich blieb alleine und konnte mich endlich besinnen. Bei den Belehrungen des Anthropologen hatte sich meine Kehle verengt. Mir war nie schlechter gewesen (selbst nicht bei der Eisenbahnfart mit dem Ehepaar Heise) als bei seinen Worten zum Schrumpfkopfverfertigungsvorgang, an den ich mich Gott sei Dank nicht mehr erinnerte. Ich hatte den Drang, mich erleichtern zu wollen, und mir schien der Schweiß auszubrechen.

Ich hatte mich erst wieder bei seinen Bemerkungen zu den erniedrigten Feinden erholt. Mit der Idee, das Ergebnis von Schande und Schmach zu sein, mußte ich mich erst vertraut machen. Von meiner Zeit als indianisches Stammesmitglied und mit anderen Sippen verfeindeter Krieger war mir nichts bekannt. Schien sich meine Erscheinung einem Vorleben als Indianer nicht zu widersetzen? Wenn ich mein Dasein als Schrumpfkopf mit meiner Entehrung als Krieger zusammendenken mußte, kam mir alles nur umso absurder vor.

Allerdings machte mir meine Ehrlosigkeit nichts aus, kriegerische Veranlagung plagte mich nicht (was bei einem Schrumpfkopf von faustgroßem Ausmaß nur logisch war), und meine mit Revolutionsgeist verbundene Hingabe an nationale Ideen, in Bamberg an Heises und Littauers Seite, kam mir in der Erinnerung komisch bis kindisch vor. Ich konnte als Schrumpfkopf kein Vaterland haben und in Nationalstolz zu schwelgen, fiel mir nicht mehr ein, als ich aus Bemerkungen Sir Audleys vom Krieg zwischen Preußen und Frankreich erfuhr …

Um ehrlich zu sein, es verbitterte mich, ein erniedrigter Krieger zu sein, und das hatte nichts mit der verlorenen Ehre zu tun. Ein Mensch, der nicht mehr als ein faustgroßer Hautsack war, konnte sich keine Achtung mehr anmaßen. Nein, was mich verbitterte, das war der Aberwitz, dieser beliebige, sinnlose Aberwitz, den das Schicksal sich mit mir erlaubt hatte.

In dieser Zeit lenkte mich Sir Andrew Audley mit seinen Besuchen am Dienstag und Donnerstag vor unserem Glaskasten ab. »A. A. kommt«, hieß es bei den Aufsehern, wenn in der Saalflucht sein Stock auf den Dielenboden knallte. A. A. war beeindruckend in seinem Mantel, diesem nassen und radrunden Umhang von schwarzem Glanz, und dem Bowler Hat, den er vor uns, seinen »Kindern«, von der Stirnglatze nahm, altersfleckig und voller Beulen, und auf seinen Spazierstockgriff hakte. Ein schlaffer, schweratmender Fleischberg mit Doppelkinn, das an den Kropf eines Pelikans denken ließ, wenn in seinem Sack ein erbeuteter Fisch zappelt, sank er auf den Stuhl, den der Aufseher vorsorglich vor unseren Glaskasten stellte (um das Trinkgeld Sir Audleys erst von sich zu weisen und am Ende mit vornehmem Unwillen anzunehmen), und mußte als erstes verschnaufen. Oh, Audleys Fimmel waren nicht zu verachten. Ewig hob er das Kinn in die Luft, um sein langes, graufettiges Haar in den Nacken zu werfen. Seine untere wulstige pflaumenblaue Lippe rieb und rieb an der oberen, die nur ein Strich war. Und dauernd versicherte er sich mit einer abrupten Bewegung, ob jemand sich anpirschte.

Freilich waren das nicht seine einzigen Macken. A. A.s richtiger Auftritt begann erst, wenn er sich vom Fußmarsch zu uns ins Museum erholt hatte. Er legte Spazierstock und Bowler Hat neben sich, stand vom Stuhl auf und wankte vor unseren Schaukasten, wo er sich mit rechter und linker Hand gegen das Glas lehnte. »Ach, meine Kinder«, versetzte er mit einem Seufzer, »in euch ist es ruhig, das tut mir gut. Ich liebe es, bei euch zu sein.« Sir Andrew Audley, der nahezu Siebzig war, wandte sich an meinen Kristallpalastnachbarn, den zimtbraunen Jungen, den er abwechselnd »Psito« und »Pau« nannte. Er hatte uns allen einen Namen verliehen, der nichts mit den Nummern und Kennzeichenfolgen auf unseren Tragebandschildchen zu tun hatte, teilweise indianisch und teilweise spanisch war, und versagte sich nie, auch mit allen zu sprechen, es sei denn, er meinte, sich mit einem Schrumpfkopf zerstritten zu haben und weigerte sich bewußt, diesem Tsantsa zwei Tage, zwei Wochen, zwei Monate, das ließ sich nie absehen, Beachtung zu schenken.

»Pau, mein Junge, mein Lieber, bist du guten Mutes? Ich weiß ja, du brauchst keine Ablenkung mehr. Wer erst im inneren Frieden lebt, kann ohne Not auf Zerstreuung verzichten. Trotzdem sollst du erfahren, was mir gestern passiert ist. Man hat mich um zweihundert Schilling begaunert! Ja, man hat mir den Beutel mit zweihundert Schilling entwendet, als ich vor einem Fuhrwerk beiseite sprang und in den Kot auf dem Pflaster fiel. Im Handumdrehen war ich von Leuten umringt, die mir aufhalfen, um mir mein Geld zu stehlen. Das ist der Mensch, ein verschlagenes Tier!« Audley schwieg eine Weile und lauschte. »Nein, mein Junge, es tut mir nicht leid um mein Geld – mich ekelt die menschliche Falschheit an! Dich kann das kaltlassen ... euch kann das kaltlassen, in eurem Reich zwischen Leben und Tod. Ach, meine Kinder, wie ich euch beneide!«

Sir Andrew Audley war sicher kein Menschenfreund, und sein Benehmen trug zu seiner Vereinsamung bei. Bei aller englischen Liebe zur Schrulligkeit – der Mann ging seiner Mitwelt zu weit. Als Sohn eines Großgrundbesitzers in Cambridgeshire hatte er an der Themse Rechtslehre und Philosophie studiert, ohne einen akademischen Grad zu erwerben und jemals beruflich auf diesen Gebieten zu wirken. Lieber verbummelte er seine Zeit. Er warf sich ins Londoner Nachtleben: Kartenspiel, Billard, Theater- und Opernpremieren, Gesellschaftsklatsch und Zechereien.

Als er vom Vater kein Geld mehr erhielt, zog er in eine Bude am Hafen. In den Lokalen lernte Audley das Falschspielen, das eine Weile sein Einkommen sicherte, und lernte, wie man sich einen Gegner am Spieltisch, der Lunte roch, mit seinem Messer vom Leibe hielt. Wieder und wieder in Feindseligkeiten verwickelt, ging er irgendwann einem Trupp von Konstablern ins Netz. Er verbrachte zehn Monate in einer Haftanstalt, wo er den menschlichen Abschaum studieren konnte, bis der Vater seinem Sohn zur Entlassung verhalf – der wiederum mußte versprechen, sich von diesem Tag an der heimischen Wirtschaft zu widmen (ein Schwur, den Sir Audley bereits in der ersten Minute zu brechen entschlossen gewesen war).

Und bald hatte den Gutsherrn, Sir Anthony Audley, im Beisein des Sohnes der Schlagfluß ereilt. Bis ins Alter war Andrew an Armen und Beinen von Narben entstellt, die er Anthony Audleys Mißhandlungen in seiner Kindheit verdankte, und er ließ den Tyrannen seiner Kindheit ohne das keuchend erbetene Glas Wasser verenden, ja, er verriegelte sicherheitshalber das Zimmer, um den vatertreuen Butler am Zutritt zu hindern ... Als man zur Beerdigung schritt, hatte Andrew bereits Haus und Hof an den Nachbarn verkauft, mit dem sein Herr Vater zeitlebens verfeindet gewesen war.

Mit dem Geld aus dem Gutsverkauf ging er auf Reisen, von Neapel bis Syrakus, Tunis und Tanger, wo er Kinder auflas, die verlaust und verhungert waren, um sie als seine Hausdiener in Lohn und Brot zu bringen, was sich wieder und wieder als Fehlschlag erwies: sie benahmen sich bald frech, waren faul oder unehrlich und vergalten dem Sir seine Zuneigung schlecht, der sie zum Schluß mit der Peitsche vertrieb. Das ließen sich diese Teufel nicht bieten, und er fand seinen Hund auf der Schlafzimmerschwelle tot, falls sie nicht seinen Gaul an den Sehnen verletzt hatten oder Brandfackeln landeten in seinem Pferdestall und Hafer und Bretterwand gingen in Flammen auf.

Mit seinen englischen Landsleuten, die er auf Dampfschiffen und in Hotelhallen antraf, erging es Sir Audley nicht besser. Er haßte Erwerbstrieb und Geldwirtschaft, Eisenbahn, Bergwerke und Industrie, und im Allgemeinen sprachen sie von nichts anderem. Mit seinen Landsleuten Karten zu dreschen, in feuchtheißer Nachtluft, auf fernen Terrassen, bis sie um Taschenuhren, Stiefel und Bargeld erleichtert waren, verschaffte dem Falschspieler Audley Genugtuung, bis ein Londoner Konsul seinen Landsmann des Schwindels bezichtigte und zu einem Pistolenduell zwang. Man verabredete den Pistolentyp, den Ort und die Uhrzeit und traf sich im Morgengrauen außerhalb Tangers bei klarem saphirblauem Himmel am Meer. Zu sterben fand Sir Andrew Audley nicht schlimm – seine Erfahrung im Schießen war mangelhaft und sein Gegner mit Schußwaffen sicher vertrauter –, ein absurder und schleuniger Tod beim Duell paßte zu seiner Lebensverneinung. Alles kam anders, als sich auf der See Nebel bildete und an den Strand schwebte. Der mit seiner Duellwaffe zielende Konsul ließ sich in der Suppe nicht mehr als erahnen. Er schoß und verfehlte Sir Audley bei dieser Sicht, und der wiederum traf seinen Gegner aus Zufall ins Auge.

Das alles vertraute er uns, seinen »Kindern«, an: Um einer Schmerzensgeldforderung und seinen englischen Landsleuten zu entkommen, schiffte er kurzerhand auf einem spanischen Segler ein, mit dem er den Zuckerhut von Teneriffa erreichte, und nahm einen Dampfer bis Venezuela (bei seinen Schilderungen Cumanás mußte ich seufzen). In Amerika war er einem Belgier begegnet, dem steinreichen Sohn eines Grubenbarons aus Liège, der zu Abenteurer- und Jagdzwecken reiste und am Rio Apure Kariben beschwatzt hatte, eine junge Indianerin niederzumetzeln – der Belgier hatte sie auf seinem Ritt in der Steppe bemerkt und aufs Maultier verladen, um das Wesen, im Alter von zehn oder elf, halb bewußtlos und nackt vorm Verdursten zu retten, bis er auf die Laune verfiel, es ermorden zu lassen –, ja, aus nichts anderem als Lust an der Grausamkeit in seiner Gegenwart niederzumetzeln, zu zerschneiden und vor seinen Augen zu essen; oder Schmugglern, die auf einem Floß von einem Ufer ans andere wechselnd beim Ringkampf aus Habgier ins Wasser fielen, das blutig aufschoß und sprudelte – es wimmelte in diesem Seitenarm von Krokodilen; Audley war in Alabama gewesen und hatte auf Baumwollfarmen Sklavenverbrennungen erlebt und in Cin-

cinnati das Abstechen Tausender, kopfunter am Flaschenzug baumelnder Schweine.

»Ja, meine Kinder«, bemerkte Sir Audley und scheuerte mit seiner unteren Lippe, der wulstigen blauen, am verbissenen Strich seiner oberen, »was ist unsere Welt, wenn nicht Leiden und Schmerz ... Haltet den Belgier und seine Befriedigung gegen die Qualen der jungen Indianerin – nicht schwer zu erraten, wer tiefer und greller empfunden hat. In eurem Reich zwischen Leben und Tod muß euch das nicht mehr scheren. Ach, meine Kinder, wie ich euch beneide!« Er nickte verbittert und schleppte sich an seinem knallenden Stock aus dem Saal.

Oh, er konnte hitzig und ausfallend werden. »Nehmen Sie endlich das Trinkgeld, Sie Hammel!« versetzte er außer sich gegen den Aufseher, der erst seine Arme hob und sich verwahrte, als sei Audleys Zuwendung eine Beleidigung, »Sie heucheln nur Selbstlosigkeit und Bescheidenheit! Denken Sie, ich erkenne das nicht? Ich erkenne es! Ich besitze mehr Menschenerfahrung, als gut ist!« Er tobte und schwenkte seinen Stock in der Luft, was den Wachmann veranlaßte, schleunigst den Kronentaler an sich zu reißen und Leine zu ziehen.

Unausstehlich war er zu Museumsbesuchern, die dienstags und donnerstags in seine Mittagszeit platzten. Und Audley stritt sich mit Hughes oder Howard, wenn sie einen namhaften Gast mangels anderer Gelegenheit am Mittag zu unserem Schaukasten brachten. Er sank auf den Stuhl und umklammerte seinen Spazierstock, der zwischen den Baumstammbeinen klemmte, um dem Vortrag von Hughes oder Howard zu lauschen, erst aufrecht und steif (wie der Stock zwischen seinen Beinen), bis er sich unmerklich vorbeugte, mehr und mehr, schief auf dem Griff lehnte und eine Hand auf die fleckige Stirnglatze legte. Er kratzte sich, stieß seine Luft aus der Nase ... und kam auf die Beine, wenn Hughes oder Howard uns mit Wandschmuck im Schloß eines englischen Adligen und leidenschaftlichen Weidmanns verglichen, mit Hirschgeweihen, Tigerfellen, Adlern und

Wildschweinen, Sinn und Zweck eines Schrumpfkopfes sei seine Stofflichkeit.

Ach, Sir Audley verteidigte uns, seine Kinder, indem er den Stock gegen Hughes oder Howard schwang und schimpfte, das alles sei falsch und erfunden, ein indianischer Krieger vernichte den Schrumpfkopf, wenn er im Besitz seiner seelischen Macht sei, seiner Kraft, seines Willens, seines Ansehens und Mutes, die er sich bei Feierlichkeiten aneigne, sich auf Jahre erstreckenden kultischen Handlungen, und trotzdem verbleibe im Hautsack ein Seelenrest, und diesem Seelenrest traue der Krieger Vergeltung zu, ja, einen verglimmenden Seelenrest, und das verbiete es, uns als Dinge in einem Museum zu zeigen! Was wir sonst seien, entgegneten Hughes oder Howard beherrschter und heiterer, als sie es waren (vor dem namhaften Gast wollten sie sich nicht gehen lassen), was wir sonst seien, wenn keine Dinge, Sir Audley?

Beim Streit, ob wir Dinge seien oder Personen, konnte Audley, mit pfeifenden Lungen um Atem ringend, sich niemals enthalten vor Howard und Hughes zu versichern: »Es sind meine Kinder!« Das wird mir erst heute klar, muß ich bekennen, beim Diktat meiner Lebenserinnerungen in Grinzing, warum ich es an dieser Stelle vermerke: Sir Audleys Verbindung zu uns war ein menschliches Du und Du, das bei den Anthropologen und in der Museumsverwaltung von Cambridge keinen Wert besaß. In seiner Verneinung von Welt und Gesellschaft erinnerte er mich an Oliver Clifton, meinen zweiten (und von mir beweinten) Besitzer. Sicher, Sir Audley war krasser als Clifton, der sich Kompromisse erlaubt hatte. Audley waren geschlechtliche Triebe verhaßt, er hatte sich zeit seines Lebens der Niedertracht tierischer Paarung verweigert. Junggeselliger als es Sir Audley war, konnte ein Mann nicht sein. Zu heiraten und eine Tochter zu zeugen wie Clifton war beim Hagestolz Audley undenkbar. Zu schweigen von Cliftons Verliebtheit in Laura und seiner Idee reiner Jugend und Unschuld, mit der er sich hatte verbinden wollen – Sir Audley betrachtete Liebe als psychischen Fehler. Selbst Cliftons Kaufmannsgeist teilte er nicht:

Besitz zu erwirtschaften war eine Lumperei, die nur das Schlechte in Mensch und Gesellschaft verewigte. Wem es im Leben ums Geld ging, fand Audley, der hatte dem Teufel bereits seine Seele verkauft – man hatte es oder man hatte es nicht. Und Geld hatte der Gutsherrensohn nach dem Tod seines Vaters ausreichend besessen.

Das war Vergangenheit, sein Erbe ging anscheinend zur Neige. Er kam sich bestohlen vor, von allen Seiten, und schimpfte verbittert auf eine Ms. Robertson, die eine Zeitlang seinen Haushalt betreut hatte, bis er sich sicher gewesen war, von dieser Hexe schrittweise vergiftet zu werden. Mahlzeit um Mahlzeit kam Audley sich elender vor, litt an Bauchschmerzen, mußte erbrechen und fieberte. Das Unwohlsein trat nur zu Lunchzeiten auf, das untermauerte seinen Verdacht. Ms. Robertson stritt alles ab, frecher, schamloser, als einer Hauswirtschaftshilfe erlaubt war, ein Verhalten, das Audley zur Weißglut trieb – er griff zum Spazierstock und hieb seiner Dienstmagd aufs Lottermaul, die mit einem Nasenbeinbruch aus dem Haus rannte, und gegen Sir Audley Anzeige erstattete. Und sie hatte Erfolg vor Gericht, das den Junggesellen wegen Mißhandlung mit bleibendem Schaden zu einer Abfindungssumme verurteilte.

Von Monat zu Monat kam er mir verwahrloster vor, wenn er in den Museumssaal stampfte und sich mit den Handtellern gegen den Schaukasten lehnte. Er war schlecht rasiert, seine Glatze verschorft, Gehpelz, Weste und Beinkleider wirkten verkrustet und steif vor Dreck. Er wollte nichts wahrhaben von diesem Niedergang, an seinen Trinkgeldzuwendungen ließ es sich ablesen. Seinem schlechten Leumund tat das keinen Abbruch, und die Saaldiener schienen eher erleichtert zu sein, als das Museum Sir Audley ein Hausverbot aussprach.

Dieses Hausverbot traf Sir Audley nicht unvorbereitet. Man hatte A. A. bereits vor einer Weile verwarnt, wenn er weiter Museumsbesucher vergraule und Kinder am Ohr reiße, werde er bald keinen Zutritt mehr finden. Er gab sich zerknirscht und versicherte Owens Assistenten, sich bessern zu wollen. Von seiner Reue beeindruckt, verzichteten Howard und Hughes auf strengere Maßnahmen. Seine Schuldeinsicht wiederum hatte mit mir zu tun und meiner Entscheidung, in Gegenwart Audleys zu sprechen.

Mein Schweigen zu brechen war heikel, das war mir bewußt. Ich mußte mich vorsehen vor Owens Assistenten. Wenn sie erst mitbekamen, was mit mir los war, brachten sie mich mit Sicherheit wieder ins Magazin, wo sie mir am Ende wer weiß was antaten ...

Bei einem der Besuche Sir Audleys vergaß ich das alles und konnte mich nicht mehr beherrschen. Wir waren alleine im Saal, als A. A. vor den Ausstellungskasten trat und seinen Bowler Hat abnahm: »Guten Tag, meine liebsten und teuersten Kinder!« Sein Gesicht mit den schweren und teigigen Backen und dem von einer Seite zur anderen schwingenden Doppelkinn verzog sich nur unmerklich, als ich erwiderte: »Oh, good afternoon, Sir, we are honored!«

Verwirrt – oder schlimmer: entsetzt – wirkte Audley nicht. Mit den mir bekannten abrupten Bewegungen zur Seite versicherte er sich, allein zu sein, holte Luft und erwiderte: »Meinerseits, Kinder! Psito«, wandte er sich an den zimtbraunen, neben mir baumelnden Jungen, »bist du guten Mutes? Ist es dir langweilig an deinem Trageband? Nein, das kennst du nicht mehr, Langeweile, nicht wahr? in deinem Traum zwischen Leben und Tod ...«

Sir Audley im Namen von Psito zu antworten, war keine absichtliche Vorsichtsmaßname. Nein, es war Audleys Bemerkung, die mich kurzentschlossen zum Widerspruch reizte. Und das tat ich mit Psitos vermeintlicher Stimme, die ich mir als lispelndes Stimmchen vorstellte. »Oh Sir, Sie irren sich, irren sich, irren sich«, meldete ich mich anstelle von Psito, den ich mit der Neigung ausstattete, alles zu wiederholen, »wenn uns nichts zerstreut, gehen wir ein, gehen wir ein ...« Heiser mischte sich Naapi, mein Nachbar zur Rechten, ein. In alle Richtungen abstehendes Kraushaar umrahmte sein Narbengesicht. »Sir Audley, es stimmt«, sagte Naapi erstickt, »als zum Nichtstun verurteilte, unfrei am Trageband schwingende Wesen, graut uns vor der Leere.« Audleys Augen bewegten sich forschend von Schrumpfkopf zu Schrumpfkopf: »Wer sagt das ... Chosovi?« Chosovi war ich. »Naapi sagt das«, beeilte ich mich zu erwidern, mit klarer und sicherer Stimme, die ich nicht verstellen mußte. Audley, der sich mit Naapi vor Wochen verzankt hatte, schimpfte: »Was Naapi denkt, will ich nicht wissen ...« – »Oh Sir, wir sind alle der Meinung von Naapi, der Meinung von Naapi, der Meinung von Naapi«, ließ ich Psito erwidern, »wir kommen nicht zur Ruhe, wir kommen nicht zur Ruhe, wir kommen nicht zur Ruhe, uns zerfressen Erinnerungen und Niedergeschlagenheit ...« – »Niedergeschlagenheit, Niedergeschlagenheit«, echote Audley mit Psito (und mir), »... und umso mehr Ablenkung brauchen wir, brauchen wir ...«

Daß wir sprachen, fand Audley normal – ganz anders verhielt es sich mit der Erkenntnis, daß uns unser Leiden an Leere und Einsamkeit keinen inneren Frieden erlaubte. Dem Sonderling tat es um uns, seine Kinder, leid! Bald kam er an allen Besuchstagen, nicht mehr nur dienstags und donnerstags, in den Museumssaal.

Oh ja, mich belebte es, wieder zu sprechen. Ich dichtete Psito und Naapi und allen im Schaukasten baumelnden Schicksalsgenossen ein Heimatdorf und eine Stammesgemeinschaft an – bei Landschaftsnamen, Siedlungen und Sippenereignissen behalf ich mir mit meinen ersten Erinnerungen aus der Zeit beim Beamten der Spanischen Krone, und das verhalf mir zu Ablenkung. Kurzfristig zum Wollhaarschopf oder zum Jungen zu werden, zu Jaci, Taborri, Zerepe und bei diesem Spiel meine Stimme zu wechseln, von kratzig zu silbrig, verhalten bis berstend, befreite mich, zeitweise, von meiner Schwermut.

Sir Audleys Beschwingtheit war nicht zu verkennen. Bei uns konnte er seine Einsamkeit abwerfen. Kehrseite dieser Beschwingtheit war Audleys Empfindlichkeit gegen Museumsbesucher, die in den Saal kamen und mich zum Verstummen brachten. Wieder und wieder brach er sein Versprechen, alle Beleidigungen gegen das Publikum einzustellen, bis man in der Museumsverwaltung entschied, Sir Audley auf Dauer den Zutritt zum Haus zu verwehren. Von diesem Tag an kam es wiederholt in der Treppenhaushalle zu Aufruhr und Schreierei, mit Saaldienern, die aus der Zimmerflucht rannten, um der Aufsicht im Eingang zu Hilfe zu eilen, wo Audley, ein bebender, schimpfender, spuckender Fleischberg, seinen Stock schwenkte und auf sie losging.

Zutritt verschaffte Sir Audley sich wieder, als William Owen aus Afrika heimkam und zu einer Museumsveranstaltung einlud, um vor der guten Gesellschaft von Cambridge nebst Pressevertretern und Forscherkollegen seine Expeditionsabenteuer zu schildern und neueste Entdeckungen der Wissenschaft mitzuteilen. Audleys Erscheinen blieb beileibe nicht unbemerkt. Anscheinend wollte man Aufsehen vermeiden, und als er den Saal betrat, griff man nicht ein. Mehr als das: William Owen war der Junge des Nachbarn, dem Audley das Gut seines Vaters verkauft hatte, man war sich aus vergangenen Zeiten bekannt, und das hemmte den Anthropologen.

Owen trat in Tropenmontur vor sein Publikum, in weißem Helm, weißem Anzug und kniehohen Stiefeln. Neben sich, auf einem Tisch, hatte er Exponate aus Afrika aufreihen lassen, mit einem Tuch bedeckt, um seinem Auftritt mehr Spannung und Aufmerksamkeit zu verleihen. William Owen wollte gerade beginnen, als Audley seinen Platz in der Menge verließ und mit knallendem Stock bis zu unserem Kasten lief, sein langes, graufettiges Haar in den Nacken warf, und zum Anthropologen, der vor der Vitrine stand, und sicherheitshalber zwei Schritte beiseite wich, bemerkte: »Mit deiner Erlaubnis ...« Er lehnte sich mit seinen Handtellern gegen das Glas und betrachtete uns, seine Kinder. »Hm ... ja«, sagte Owen verwirrt, »wenn du mir versprichst ...« Er setzte den Zwicker auf, setzte den Zwicker ab, und entschied sich, Sir Audley zu ignorieren. »Ladies and Gentlemen!« legte er los.

Bereits bei der Anrede kam er ins Schlingern, verwirrt von der Stimme Sir Audleys dicht neben sich. »Guten Tag, meine Kinder, es ging mir nicht gut ohne euch«, wandte er sich verhalten an uns, »diese Teufel, sie haben es mir nicht gestattet, meine Kinder besuchen zu kommen. Und was ist mit euch? Hat mich einer von euch vermißt? Psito? Chosovi? Zerepe? ...«, er lauschte.

Unerbetene Antwort erhielt er von Owen: »Andrew, I ask you! Sit back in your seat! Wir wollen anfangen!« Zwei Saaldiener bauten sich neben Sir Audley auf, der sie mit seinem Spazierstock vertrieb. »Ich lasse mir das nicht mehr bieten!« versetzte er, »wie konntest du nur meinem Hausverbot zustimmen, William? Willst du mich fernhalten von meinen Kindern?« – »Deinen Kindern?« entgegnete Owen verwirrt. »Meinen Kindern, wem sonst!« heulte Audley und zeigte mit seinem Spazierstock auf uns. Eine Heiterkeitswelle erfaßte das Publikum. »Du darfst sie nicht mehr in den Glaskasten einsperren! William, es ist eine Schande, sie auszustellen und angaffen zu lassen, als seien es Tiere! Du mußt sie freigeben, William Owen! Es sind Wesen, die leben, empfinden und sprechen. Psito, Chosovi, Zerepe ... sie sprechen!« Sir Audley ermutigte uns mit einem Nicken.

Ich muß bekennen: Mir war es zu brenzlig, im Beisein von Owen, seinen zwei Assistenten und anderen Forschern zu sprechen. Wenn ich bedenke, was bald auf mich zukam und auf Sir Audley, war diese Entscheidung ein Fehler. Dieser spitzte, zusammen mit dem Saal, seine Ohren. Er hob einen Finger und zwinkerte um sich, als ob er mit allen eine Heimlichkeit teile. Man lauschte, man scharrte, es tat sich nichts. »Hm ... ja«, machte William Owen, »ich denke ...«, als Audley dem Anthropologen ins Wort fiel: »Das war Psito, er hat mich als erster vermißt ... und das Naapi, der Wollhaarschopf, mit seiner kehligen Stimme, die man nicht verwechseln kann ...«

Keine Ahnung, wer Audley ins Irrenhaus brachte. Ich versank wieder in dieser Leere und Einsamkeit, die ich bereits in den

Hausverbotswochen erlebt hatte. Meine Niedergeschlagenheit ging umso tiefer, als Sir Audleys Besuche bei uns im Museumssaal unwiderruflich Vergangenheit waren.

Kurzfristig lenkten mich Treiben und Trubel ab, die der heimkehrende William Owen verursachte. Man baute um, stellte neue Vitrinen auf und mottete Teile der Ausstellung ein, die verzichtbar schienen; Owens afrikanische Anschaffungen brauchten Platz. Bei der Anordnung oder Beschriftung der Studienobjekte aus Gambia und Sierra Leone zankte sich Hughes erbittert mit Howard, den er als »schlampig« und »unwissenschaftlich« beschimpfte. Das zerstreute mich, bis wieder Alltag einkehrte – nichts vergeht fader und reizloser, als die in einem Museumssaal herrschende Zeit, eine Zeit der vergangenen und in sich versunkenen Dinge.

Was mich aufrechterhielt, waren die von mir erfundenen Stimmen. Wenn ich mit Psito und Naapi alleine blieb, mit Jaci, Zerepe, Taborri – andere Namen sind mir entfallen –, zu besucherfreien Stunden und vornehmlich nachts, fingen wir miteinander zu raunen und zu lispeln an, erinnerten uns an den Urwald, bedauerten Audley oder bekakelten neuesten Klatsch, den wir bei den Museumsaufsehern erlauscht hatten, und ich konnte mir, von einer Stimme zur anderen springend, einbilden, im Ausstellungskasten Gesellschaft zu haben.

Dieses Spiel konnte mich auf die Dauer nicht retten. Und schlimmer: Es drohte, mich um den Verstand zu bringen. Bald meldeten sich meine Nachbarn bei Nacht, ohne erst meine Hilfe in Anspruch zu nehmen. Mit anderen Stimmen, die keuchten und hechelten, aus verengten, um Luft ringenden Kehlen zu kommen schienen und ein Mischmasch aus Menschen- und Tiersprache ausstießen, rissen sie mich aus dem Schlaf. Es graute mir halb vor den Stimmen und halb vor mir, der sie sich einbildete.

Dieser Museumssaalkoller verhalf mir am Ende zu einer Erkenntnis: Es ging nicht mehr! Ich brauchte dringend einen Plan, mit dem ich den Ausstellungshallen von Cambridge entrinnen konnte! Zu diesem Zweck war ein neuer Besitzer erforderlich oder ein Mensch, der mir half, einen neuen Besitzer zu finden. Sinnlos, mich an einen Museumsbesucher zu wenden. Ich verscheuchte den Mann – und wenn nicht, hatte er keine Handhabe, mich zu befreien. Es konnte nur jemand sein, der im Museum arbeitete und Zugang zu unserem Glaskasten hatte. Was das anging, kamen eigentlich alle in Frage, Diener, die fegten und abstaubten, Aufseher, Schreiner und Buchhalter aus der Verwaltung, Wissenschaftler aus allen Museumsabteilungen oder William Owens Assistenten. Mich seinen Erbfolgern anzuvertrauen, hatte ich in der Vergangenheit tunlichst vermieden. Wenn sie Bescheid wußten, rechneten sie sich von meiner Erforschung bahnbrechende Einsichten und wissenschaftliche Ehrungen aus, das war klar ...

In meiner Not kam ich zu einem anderen Ergebnis: Nur dem von Ehrgeiz zerfressenen Hughes war es zuzutrauen, mich aus dem Ausstellungskasten zu stehlen und wer weiß wo daheim zu verstecken. Aus dem Museum zu kommen, war mein erstes Ziel. Und ich verließ mich auf Emma Victoria, mit der er inzwischen verheiratet war. Wenn sie mich zu Hause entdeckte (dem konnte man nachhelfen), rechnete ich mit dem Mitleid der jungen Frau, das sie sich in unserem Saal hatte anmerken lassen.

Dieser Teil meines Plans sollte leider mißlingen. Die gerade erst von einem Jungen entbundene Emma Victoria war zu beansprucht, um bei sich daheim einen Schrumpfkopf ausfindig zu machen, umso mehr, als mich Hughes in Schummer und Muff einer leerstehenden Dienstbotenschlafstelle sperrte, außerhalb seiner Wohnung, im Treppenhaus.

Erfolgreicher war ich beim ersten Teil meines Plans. Es dauerte Wochen bis Hughes, groß und schlaksig, ohne einen Begleiter zu mir in den Saal trabte und sich ausnahmsweise kein Saaldiener zeigte, eine Gelegenheit, die ich entschlossen ergriff. »Good morning, Sir!« sagte ich, »darf ich mich vorstellen? Ich bin der Schrumpfkopf T47 ... Sie wissen, der Tsantsa mit den unverschlossenen Lippen ...« Hughes drehte sich nach allen Seiten um: »Howard? It's you, I'm sure! Wo hast du dich versteckt?«

In der Vorstellungswelt eines Anthropologen kam ein sprechender Schrumpfkopf nicht vor, das war klar! Hughes eilte von Glasschrank zu Glasschrank und beugte sich in alle Ecken und Winkel im Saal. »Mr. Hughes! Ich bin es, nicht Howard! Vertrauen Sie mir!« meldete ich mich aus meiner Vitrine. Hughes kam aus der Hocke hoch, lockerte seine Krawatte und holte tief Luft. Er wollte meinen Namen und mein Alter erfahren, meine Heimat, meinen Stamm, wo ich Englisch erlernt habe, und ich gab eine Weile bereitwillig Auskunft. Erst als ein Aufseher nahte, entfernte er sich.

Hughes vergaß alle Gesetze, Prinzipien und Notwendigkeiten naturwissenschaftlichen Denkens. Sein Wissens- und Geltungsdrang hatten mehr Macht als sie. Bei seinem zweiten Besuch hakte er mich von meinem Platz, und mir schien es, als ob ich mich recke und strecke, um meine lahmen und knackenden Glieder in Schwung zu bringen. Er betrachtete mich zwischen Neugier und Mißtrauen und sagte benommen: »Es kann ja nicht sein ...« Von wegen! Es konnte nicht nur, es war wahrer als wahr! Hughes versicherte sich meiner Sprachfertigkeit, und wir sagten uns beide Verschwiegenheit zu. Wenn wir nicht heimlich vorgingen, mußte er seine Forschungsergebnisse teilen (mit Howard) oder an William Owena abtreten.

Es vergingen zwei Monate, bis Alan Arthur Hughes seine Bedenken und Hemmungen besiegte. Als Emma seinen Sohn Arthur William (letzteres eine Verbeugung vorm Lehrer) zur Welt brachte, stand meinem Ortswechsel nichts mehr im Weg. Hughes konnte Eichen ausreißen und platzte vor Ungeduld, sich einen Namen zu machen. In dieser Stimmung stahl er mich an einem normalen Besuchertag, ließ mich im Gehpelz verschwinden und schleuste mich aus dem Museum. Daheim in der King's Parade hakte er mich in das Dienstbotenloch außerhalb seiner Wohnung und beteuerte, mich an einen besseren Platz zu bringen, wenn man im Museum meinen Diebstahl verschmerzt habe und alle Ermittlungen einstelle ... Ich war zu erleichtert, um mich zu beschweren.

Am dritten Tag kroch er zu mir in die Schlafstelle. Bis zur heutigen Schließungszeit habe mich keiner vermißt, teilte Hughes mir mit heiserem Raunen mit, selbst Howard, der mit einem namhaften Anthropologen in unserer Sammlung gewesen sei, habe mein Fehlen nicht bemerkt, dieser Dussel! Er streifte ein kleistriges Spinnennetz von mir ab, in das ich inzwischen verpackt war, und wechselte einige Worte mit mir ... Und am vierten Tag meinte er stolz, daß er sich einen Trick habe einfallen lassen: er habe meinen Diebstahl vermeintlich entdeckt und mit großem Theater seinen Lehrer benachrichtigt. »Das wird den Verdacht von mir ablenken!« war er sich sicher.

Eine Woche verging, und Hughes ließ mich versauern. Erst am elften Tag schloß er das muffige Dienstbotenloch wieder auf, packte mich an meinem Band und verstaute mich in einer passenden Spanschachtel. Vorsichtshalber verschicke er mich auf den Kontinent, mehr ließ er sich nicht aus der Nase ziehen und setzte in aller Eile der Schachtel den Deckel auf. Er werde mich abholen, in ein paar Monaten, drang mir dumpf noch an die Ohren ... und meine schaukelnde Reise begann.

VI

*Bei einem englischen Bummelstudenten in Paris, wo
man mich am Montmartre in einem Chanson verewigt;
von blauen Stunden und Bootspartien auf der Seine;
diesem Kitzel in den Fingern von Grisetten und Kokotten
und meiner Fortschritte machenden Menschwerdung;
Henrys Wortbruch und Mathildes Geschichte*

Daß Henry Humphrey der Bruder Alan Arthurs war, legte seine
Erscheinung nicht unbedingt nahe. Sein sommersprossenbe-
sprenkeltes Milchgesicht, das eine Pagenfrisur schwarzer Haare
umrahmte, hatte nichts Charakteristisches an sich. Henrys Nase
war gerade und schmal und kein Haken, sein vorspringendes
Kinn wirkte wesentlich weicher.

Henry Humphrey, von kleinerem Wuchs als sein Bruder (er
war einer von dreien und im Alter der mittlere), litt nicht an
Ehrgeiz und kannte keinen Wissensdrang. Er studierte – angeblich – an der L'Université impériale von Paris Medizin, sein Vater
im heimischen Cambridge bezahlte das Studium. Mr. Hughes
konnte sich diese Ausgabe leisten – er war erstens ein reicher und
zweitens ein geiziger Mann. Von dem Betrag, den er monatlich
anwies, hatte man als Student ein bescheidenes Auskommen, das
keine Verschwendung erlaubte. Und dieses bescheidende Leben
war Henry zu armselig.

Andererseits hatte der faule Student, der im Allgemeinen seine
Vorlesungen an der Sorbonne verschlief und erst aufwachte, wenn
seine Kommilitonen in den praktischen Lehrstunden Leichen
aufschnitten, ein Zimmer gemietet, das billiger war, als es sein
mußte. Er sparte, um nachts in Montmartre-Lokalen den jungen,

bemittelten englischen Weltmann zu spielen und mit seinem Hang zur Vergeudung zu prahlen. Sich vor allen Leuten freigebig zu zeigen und im Privaten ein kleinlicher berechnender Mensch zu sein, war bei Henry Hughes kein Widerspruch. Bekannten, die zeitweise wohnungslos waren, bot er an, eine Weile sein Bett zu teilen – und ließ sich den Schlafplatz am Ende bezahlen.

Als Henry das Postpaket Alans aufmachte und mich am Trageband aus meiner Spanschachtel zerrte, schwankte er zwischen Mißmut und Heiterkeit. »Will der mich auf den Arm nehmen?« grummelte Henry, »warum schickt er mir diese Scheußlichkeit zu?« Es dauerte, bis er zum Brief in der Schachtel griff und sich mit mir und dem Schreiben ins Bett verzog – es war ein nasskalter Februarnachmittag, und im Kohlenbecken war keine Glut mehr vorhanden. Er befestigte mich an einem Pfosten des Eisenbetts, das quietschte und schlingerte, als er sich ausstreckte, und las sich mit verhaltener Stimme den Brief seines Bruders vor. Alan verheimlichte Henry wohlweislich, mich aus dem Museum in Cambridge entwendet zu haben – angeblich hatte er mich in der englischen Hauptstadt in einem Auktionshaus ersteigert. Mich daheim mit methodischer Zielstrebigkeit zu studieren, schrieb er seinem kleineren Bruder, sei in diesen Monaten leider undenkbar – und dem Assistentenkollegen, der im Magazin seine Forschungsergebnisse stehle, behalte er mich lieber vor. Nein, Emma Victoria dulde mich nicht im Haus, sie bilde sich ein, meine Gegenwart bringe dem kleinen Arthur William Unheil. Kurz: Seine Bitte an Henry sei, mich einstweilen bei sich aufzubewahren, bis er Gelegenheit finde, mich abzuholen. Er sei sich sicher, es werde dem Bruder nicht schwerfallen, gut mit mir auszukommen, umso mehr, als mit mir keine Kosten verbunden seien, trotz meiner besonderen Veranlagung. Erst an diesem Punkt hob er den Deckel vom Topf.

»Ein Schrumpfkopf, der spricht«, schimpfte Henry, »mein Bruder ist nicht bei Trost!«, und betrachtete mich von der Seite, belustigt und mißtrauisch. »Er hat recht«, widersprach ich vom Bettpfosten aus. Henry war mit einem Sprung auf den Beinen. Erst beim Waschbecken mit seinem Wasserkrug und einem Spiegel, der silbrig blind an der Mauer hing, wandte er sich zu mir um. »Ich kann nur sprechen, nicht beißen«, versetzte ich – eine Bemerkung, die Henry verstimmte. Mißmutig tappte er wieder zum Bett. »Und mir scheint, du bist schlagfertig«, meinte er unwirsch, was man als Willkommen verstehen konnte.

In der Tat, Henry fand es nicht schlecht, einen Begleiter zu haben, bei dem er ein offenes Ohr fand. Er war schwatzhaft und schwelgte in Frauengeschichten, verbreitete Klatsch oder machte sein Elternhaus schlecht. In die Tiefe zu gehen, war nicht seine Sache. Sein Leben – sein Nachtleben – kreiste bedenkenlos und ohne Scheu um Zerstreuung und Ausschweifung. In den Cabarets am Montmartre war er beliebt. Er war munter, schmiß ab und zu eine Lokalrunde, nahm es sportlich, wenn er beim Pikett auf der Strecke blieb und erheiterte alle mit seinem Akzent, den er einfach nicht ablegen konnte. Das braune Sakko, der fuchsrote Hut, seine Lackschuhe und seine weißen Gamaschen belegten einen Mangel an Stil und Kultur, den man in seinem Freundeskreis geradezu mitleiderregend fand. Daß dazu noch ich an der Samtweste baumelte, steigerte seine Beliebtheit in Billard- und Tanzlokalen zwischen Place Blanche und Pigalle, und das hielt er mir redlicherweise zugute. Ich verlieh seiner blassen Erscheinung einen Hauch von Verwegenheit, der seine Wirkung entfaltete – besonders beim anderen Geschlecht. Er verdankte mir reihenweise neue Bekanntschaften: studentische Schnorrer, exzentrische Dichter, Chanteusen, Theaterschauspieler und Luden, die mich voller Neugier und Schauder umringten, mich anfaßten, zwickten und in meinen Schopf griffen oder mich aushorchten und bald mit einem Chanson besangen, in dem ich meinen jungen Besitzer aus England in allen Belangen von Liebe und Leben beriet – mit der Warnung im Kehrreim, er solle sich vorsehen und seinen Dez auf den Schultern behalten. Außer »Tête réduite«

nannte das Lied mich »Petit Coquin«, und bald war das mein feststehender Name.

Man pfiff oder sang dieses Lied auf den Boulevards, und es zog mit der Zeit eine Reihe von Leuten an, die ich absolut nicht vertrauenerweckend fand. Zwei Einbalsamierer, die von einem Museum kamen, wollten mich ausleihen, um mich zu studieren. Sie boten dem Jungen eine Summe, die nicht zu verachten war. »Ich will nicht«, entgegnete ich an meinem Pfosten und der auf der Bettkante hockende Henry, der grau und verschlafen in seinen nackten Zehen pulte, erwiderte endlich, er brauche kein Geld. Sie boten das Doppelte, er lehnte ab. Erst als sie die Summe verdreifachten, schien er zu schwanken. »Ich will nicht! Ich will nicht!« versetzte ich wieder, im verzweifelten Wissen, kein Mittel zu haben, um mir diese Leute vom Halse zu halten, die von meinem Widerspruch nicht im Geringsten beeindruckt waren. Henry blieb standhaft und wischte die Francs auf den Fußboden.

Selbst dem namhaften Hirnforscher und Anatomen Paul Philippe Laurent widersetzte er sich. Laurent, sonst kein Mann, der in Wirtschaften ging, kam extra ins Billardlokal an der Rue de Clichy. Er tauschte nicht mehr als zehn Worte mit mir und wollte mich auf der Stelle von Henry erwerben, zu einem Betrag, den man an sich nicht ausschlagen konnte. Er werde sich nicht von mir trennen, teilte Henry dem Menschen mit Zwicker und krausschwarzem Kinnbart mit, und wandte sich wieder dem Billardspiel zu, bei dem er eine schlimmere Schlappe einsteckte als sonst. Auf dem Heimweg, bei aufgehender Sonne, bemerkte er lallend: »Ich werde dich niemals verscherbeln ... ich muß dich ja aufbewahren, Petit Coquin ... bis mein Bruder dich wieder ... dich wiederhaben will, nicht wahr?« – »Ich will lieber bei dir bleiben«, sagte ich ehrlich und nahm mir bei dieser Gelegenheit vor, Alans Diebstahl nicht mehr zu verheimlichen, sollte der Anthropologe verlangen, mich von der Seine an die Themse zu schicken. »... bei mir bleiben ... meinst du das ernst?« fragte

Henry ergriffen und hielt mich am Trageband hoch, um mir mit seinen blutvollen, kreisrunden Lippen einen Kuß auf die Nase zu pressen.

In den zirka acht Monaten vor seinem Wortbruch, ging es mir bei meinem Bummelstudenten nicht schlecht. Bis in den April blieb Paris eine Stadt blauer Stunden. Mit Immortellen im Knopfloch und mir in der Weste verließ Henry sein Erdgeschoßzimmer vor Nachtanbruch, bestieg einen pferdegezogenen Omnibus und quetschte sich zwischen das Volk auf die Sitzbank, die rundum an den Seiten verlief. Wir schwankten und schepperten auf groben Pflastersteinen zwischen Reklamen und Ladenauslagen zu einem Cancan-Schuppen an der Place Blanche, oder zu einem Stelldichein am Belvedere, das mir gute Sicht auf den Steinhaufenwirrwarr verschaffte, der in emailleblauer Ferne versank. Mit Hufe- und Wagenradklappern, Drehorgelmusikfetzen und an der Seine blaue Perlenreihen bildenden Gaslaternen legte Paris sich im Staub eines ausgehenden Tages zur Ruhe – und ich konnte nichts mehr erkennen, wenn mein neuer Besitzer Mimí oder Martha, Marion oder Adelaide umschlang.

Was mich in beschwingteste Stimmung versetzte, das war unser Treiben von Mai bis September. Beinahe kein Tag verging ohne einen Ausflug im Kreis seiner Billard- und Tanzlokalfreunde zu Fuß oder mit einer Mietdroschke aus der Stadt – in grasige Buchten am Fluß, wo man badete, oder in Gartenwirtschaften mit Lauben. Zwischen Schatten und spielenden Sonnenflecken stritt man sich weitgehend zum Spaß und drosch Karten. Oder man picknickte auf einer Wiese, die bis an den Horizont mauveblau besprenkelt war. Unvergessen sind mir unsere Bootspartien auf der Seine, wenn Henry sich von seiner Weste befreite und ich auf der Ruderbank an seiner Seite, von Wasser bespritzt, in den Scherenschnitthimmel aus Eschen und Pappeln am Uferrand blinzelte, dieses erfrischende Fließen und Fliegen. Und ich hatte Anteil an seiner Gesellschaft, die mich bald ernster nahm als meinen Besitzer (was dem lustigen Jungen nichts ausmachte).

Im Landgasthof baumelte ich an einem fauligen, halb in der Erde versunkenen Zaun neben Eggen im Gras, Kinderschaukel und Hasenstall und drei Tischen im Freien, die mit zehn oder zwanzig von Henrys Bekannten und Freunden besetzt waren. Ich war in den Stunden, die sie miteinander verbrachten, abwechselnd als Schiedsrichter, Ratgeber, Lehrer und Weiser im Einsatz. Man verlangte von mir meine Meinung zu Dingen, die ich eigentlich gar nicht beurteilen konnte: Mode, moralische Ansichten, weibliche Anziehung oder Terminhandelsspekulationen (letztere sollten erst in ferner Zukunft, zu Ende des kommenden Jahrhunderts, mein Steckenpferd werden). Man rechnete mit meiner Lebenserfahrung. Besonders die einfachen jungen Frauen, die sich in Henrys Bekanntenkreis tummelten, betrachteten mich nahezu als Orakel. Sie glaubten mir nicht, wenn ich zugeben mußte, von weiblichen Reizen keinen Schimmer zu haben, ein Bekenntnis, bei dem Henrys Billard- und Tanzlokalkumpel in feixende Heiterkeit ausbrachen.

Zuspruch fand ich vor allem bei den Frauen, die mich in einer Mischung aus Ehrfurcht und Mitleid behandelten und gerne vom Nagel am Zaunpfosten hakten – oder vom Weidenzweig in einer Badebucht, wenn sie aus dem Wasser kamen, schnatternd und strahlend, mit triefendem Haar und der Haut voller Perlen, um mich in die Hand zu nehmen und mit mir heimlichzutun. Sie vertrauten mir Heirats- und Trennungsabsichten an, Schlechtigkeiten der Liebhaber, Neid oder Eifersucht, und baten mich um einen Wink, was sie tun sollten oder meinen schleichenden Einfluß auf Henry, falls es eine von seinen – nie haltbaren – Liebschaften war.

Und es war nicht nur dieses Vertrauen, das mir guttat. Besonderen Kitzel bereitete mir, eine Weile von den Fingern Marions oder Adelaides, Mimís oder Marthas umschlossen zu sein, diesen abwechselnd flußwasserfrischen und sonnenwarmen, erdbeschmutzten und pfannkuchenklebrigen Fingern, die mich streichelten, wissentlich oder mechanisch, und mich nicht knautschten und quetschten, wie ich es von meinen Besitzern gewohnt war. Ja, es kitzelte mich auf erregende Weise, wenn ich bei Mademoiselle Marion auf den Knien wippte und sie mir von der Nase einen Schlammspitzer rieb, oder wenn Mademoiselle Adelaide mit zwei Fingern meine Lippen und Ohren erforschte. Das war eine neue, verwirrende Erfahrung. In der Vergangenheit hatte ich nicht einmal mitbekommen, ob man mich grob oder schonend anfaßte.

Mit anderen Worten: Mein Wahrnehmungsapparat erlaubte mir schlagartig sinnliche Vorstellungen, die bis vor kurzem noch vollkommen undenkbar gewesen waren. Sicher, es konnten nur Vorstellungen sein – oder besser: Erinnerungen aus meinem Vorleben, die sich mit der sinnlichen Gegenwart kurzschlossen. Mit meiner Menschwerdung ging es erkennbar voran – und zwar bereits vor den Experimenten, die Doktor Laurent an mir vornehmen sollte, und selbst wenn sie meine Entwicklung beschleunigten, erfolgte das, mehr als im Guten, im Schlechten. Aus diesem Grund tue ich mich mit dem kommenden Kapitel schwer. Meine Zeit bei Paul Philippe Laurent, dem Chirurgen und Arzt, Neurophysiologen und Anatom, fanatischen Forscher und Lehrstuhlinhaber, machte anfangs den Eindruck, gefahrlos zu sein. Gegen Ende August oder Anfang September tauchte Laurents junge Freundin Mathilde auf und nahm an den Ausflugsgesellschaften teil. Ich weiß nicht mehr – falls ich es jemals gewußt habe –, wer Mathilde zum Schwimmen und Picknicken mitbrachte, ob sie am Arm eines Schauspielers oder dem eines Studenten in unserer Runde erschien. Schwer zu sagen, ob sie sich im Auftrag Laurents in den Freundeskreis meines Besitzers einschmuggelte, oder ob sie es aus eigenem Antrieb tat, um dem Mann, den sie grenzenlos liebte, zum dringend beanspruchten Studienobjekt zu verhelfen. Oder war es ein Zufall, der sie an die Seite des heiteren englischen Taugenichts brachte, und hatte – am Anfang – mit mir nichts zu tun?

Von dieser Annahme auszugehen, macht es mir leichter, Mathildes Erscheinung zu schildern. Ach, sie war außerordentlich. Mathildes Gesicht mit der hohen und glatten Stirn wirkte, elfenbeinblass und mit halboffenen Lippen, geheimnisvoll in sich verschlossen und rein. Zwei goldbraune Haarzipfel fielen aus dem Nest auf dem Scheitel und lockten sich neben den Ohren. Von der Frische aus junger quecksilbriger Heiterkeit und spatzenschwarmhafter Lebendigkeit, die bei den anderen Ausflugsgrisetten verbreitet war, traf man bei Mathilde nichts an. Sie war zwar im Alter Marions oder Adelaides, schien allerdings wesentlich reifer als zwanzig zu sein.

Ich sagte bereits, mir ist nicht mehr erinnerlich, wer sie in Henrys Bekanntenkreis einschleuste, ich erinnere nur, daß der Junge aus Cambridge vom ersten Tag an von Mathilde begeistert war. Ja, er schien seinen Leichtsinn vergessen zu haben und sich ernsthaft verlieben zu wollen. Als erstes vertrieb er Mimí oder Marion – ich habe vergessen, mit welcher von beiden er zu diesem Zeitpunkt zusammen war –, um frei zu sein, wenn er Mathilde den Hof machte. Und sie ließ sich bald auf den englischen Leichtfuß ein und nachts in sein Erdgeschoßzimmer verschleppen, wo er mich aussperrte und auf den Gang hakte, das war ich ohnehin von seinen anderen Frauenbesuchen gewohnt. Mitte September, als niedrige Temperaturen und einziehende Feuchtigkeit Kartenspiel und Zechereien im Freien verboten und sich unsere Ausflugsgesellschaft zerstreut hatte, zog mein Besitzer es vor, Tag und Nacht mit Mathilde im Bett zu verbringen, was mir Stunden um Stunden im Treppenhaus einbrachte. Vom Kind einer Putzmacherin, die im Haus wohnte, ließ er sich Fischsud und Schnaps aus der Eckkneipe holen, und Kohlen, um Feuer zu machen. Auszugehen lehnte er ab.

Henry verbrachte drei Wochen im Liebesrausch – als Mathilde eines Vormittags schweigsam und hastig sein Zimmer verließ, war er umso entsetzter. Was das solle, warum sie nichts sage, verlangte der Junge zu wissen und rannte auf nackten Sohlen und im knielangen Hemd auf den Treppenhausgang, wo er sie, exakt vor meinem Nagel, am Arm festhielt. »Laß mich«, versetzte Mathilde mit ruhiger Stimme und machte sich los. »Ich bitte dich«, flehte er wieder, »was hast du vor?« Sie senkte das Kinn und wich meinem Besitzer aus, der es nicht zuließ, daß sie bis zur Treppe kam. In seiner Verzweiflung packte er sie am Hals. »Es ist besser, wenn du es nicht weißt.« Sie sagte das heiser, um Luft ringend, ohne Beklommenheit erkennen zu lassen.

Diese Sicherheit brachte den Jungen zur Vernunft. Er fiel auf die Knie und umklammerte sie. »Verzeih mir, Mathilde, verzeih mir ...« Nickend streichelte sie seinen Pagenschopf. »Trotzdem mußt du mir sagen ... ich bitte dich ... sag es mir ... unwissend zu bleiben, ist schlimmer, als ... es wird mich umbringen, wenn ich nicht erfahre, was vor sich geht ...« Mathilde zog Henry am Arm auf die Beine. Sie gingen ins Zimmer, und Henry vergaß, es zu schließen, was mich in die Lage versetzte, das Paar zu belauschen.

»Ich liebe einen anderen Mann«, sagte sie mit der Schlichtheit des absolut Unwiderruflichen. Henry erwiderte nichts, nur das Bettgestell jammerte, anscheinend ließ er sich auf seine Matratze fallen. »Ich halte es ohne den Mann, den ich liebe«, bekannte Mathilde, »sonst keine drei Tage aus – und ich habe mit dir zwanzig Tage verbracht. Ich schaffe es nicht mehr ... ich sterbe vor Sehnsucht ... ich muß dringend zu meinem Verlobten ...« – »Wer ist es? Wo wohnt er? Ich werde den Kerl zum Duell zwingen und totschießen«, heulte der Junge und eilte im Zimmer auf klatschenden Sohlen von Wand zu Wand. Er fegte den Haufen mit Kleingeld vom Fensterbrett und schleuderte sein medizinisches Lehrbuch, das noch unaufgeschnitten war, gegen den Wasserkrug, der auf einem Schemel beim Waschbecken stand und zu Bruch ging.

Henrys Wutausbruch legte sich bald. Bei aller Mathilde-Versessenheit fehlte dem Bummelstudenten das Feuer zur Raserei. Lieber bat er sie – weinerlich quengelnd – zu bleiben. »Ich komme ja wieder, wenn du mir versprichst, meinen Liebsten in Frieden zu lassen, versprichst du das?« Bei allem Mitleid benahm sie sich standhaft und unnahbar. Sie richtete sich auf der Schwelle den Filzhut. »Und es ist besser, wenn du mich nicht ausspionierst ...« Mit diesen Worten flog sie in den Hausflur und nahm die drei Erdgeschoßstufen zum Ausgang, wo der Concierge, eine Katze im Arm, die miauend das Nackenfell aufrichtete, sich beeilte, den Weg freizugeben.

Zwei Tage vergingen, bis sich Henry erholt hatte, wieder anfing zu essen und auszugehen, mit dem Ziel, in Erfahrung zu bringen, wer Mathildes Verlobter war. Er tat sich in Billard- und Tanzlokalen um und stieß auf eine Reihe von Kerlen, die vorgaben, mit Mathilde zusammen gewesen zu sein, eine Reihe von Tagen, nie mehr als drei Wochen – sie hatte alle Beziehungen schleunigst beendet. Keiner von diesen Liebhabern konnte sich an einen Verlobten Mathildes erinnern. Erst im Morgengrauen traf er auf einen Studenten von der L'Université impériale, der Paul Philippe Laurents neurophysiologischen und hirnanatomischen Vorlesungen beiwohnte und bereitwillig Auskunft erteilte: Laurent sei Mathildes Verlobter – oder besser: Mathilde sei seine Maitresse und wohne beim Doktor im Haus in der Rue de Bretagne, dem Laurent'schen Familiensitz.

Oh, ich witterte Unheil beim Namen des Hirnforschers und teilte dem englischen Jungen meinen Argwohn mit, als wir bei aufgehender Sonne den Heimweg antraten. Henry war in seinem Kummer nicht ansprechbar. Ja, er hatte das Kaufangebot von Laurent in der Rue de Clichy mittlerweile vergessen. Und wenn ich nicht irre, erfuhr er nie, was Mathilde an seinen Gegenpart kettete. Laurent war zu unachtsam in dieser Sache, und Mathilde bewahrte es tief in sich auf, vor keinem Menschen bereit, es in Worte zu fassen. Ich war der Einzige, dem sie es beichtete.

Als junger Forscher und Arzt hatte sich Laurent in einem Waisenhaus unweit der Gare du Nord, dem ein Verwandter als Leiter vorstand, geistig kranke, hysterische und epileptische Kinder als Studienobjekte besorgt, die er bei sich zu Hause im Keller der Rue de Bretagne einer Reihe von Experimenten aussetzte, um der lokalen Verteilung von Aufgaben im menschlichen Hirn auf die Schliche zu kommen, und sie, wenn machbar, zu heilen. Beim Hirnforscher legte man sie nicht in Ketten, sie bekamen keine Hiebe und konnten sich satt essen. Und sie schliefen nicht auf dem Boden im eigenen Kot, wie sie es aus dem Waisenhaus kannten. Man schloß sie im Dach in den Dienstbotenkammern ein, wo sie sich zu mehreren Kindern ein Bett teilten. Es konnte am Tag oder tief in der Nacht passieren – der rastlose Laurent brauchte keine drei Stunden Schlaf –, daß seine Diener ein Kind an die Hand nahmen und drei Stockwerke tiefer ins Laboratorium brachten. Was sie im Keller erlitten, verriet mir Mathilde nicht, das hatte sie aus dem Bewußtsein verbannt – es paßte nicht zu der besessenen Liebe, mit der sie dem Doktor verfallen war.

Mathilde, mit sieben bewußter als andere Kinder, hatte Laurents Besuche aufmerksam verfolgt. Alle paar Monate tauchte der junge Arzt an der Seite des Schwagers und Anstaltsdirektors auf und wanderte mit einem Buch in der Hand, das von Pflegern verfaßte Eintragungen zu Krankheiten oder auffallendem Verhalten der Kinder enthielt, von einem Waisenhauszimmer zum anderen. Von Zeit zu Zeit las der Doktor einen Namen vor, »Maxime« oder »Jules«, »Caroline« oder »Madeleine«, und das betreffende Kind mußte vortreten, machte einen Knicks und ergriff seine weiße Hand, um dem Mann einen Kuß auf die Finger zu pressen. Sie taten es alle mit Hingabe. Dieser vornehme Herr, der sie freundlich betrachtete, konnte nichts anderes sein als ein Prinz.

Erregung und Schwindel erfaßten Mathilde bei den Anstaltsbesuchen Paul Philippe Laurents. Leider fiel niemals der Name »Mathilde«. Daß er Doktor und Forscher war, wußten sie nicht. Und warum er Madeleine oder Jules den Vorzug gab, schien sein

Geheimnis zu sein. Als Mathilde es ahnte, begann sie aus heiterem Himmel an schweren epileptischen Krisen zu leiden, die Pflegern und Aufsehern absolut echt vorkamen. Daß man sie knebelte und an einen Mauerring kettete, nahm sie in Kauf. Und Mathildes Entbehrungen sollten sich auszahlen. Als er wieder ins Waisenhaus kam, nahm Laurent sie mit. In der Kutsche, die aus dem Verwahranstaltshof in die Rue de Hauteville abbog, teilte der Arzt Karamellbonbons an seine kleinen Begleiter aus, die sich, mager und nahezu kahl rasiert, in eine Ecke der Lederbank quetschten, und wandte sich, einsilbig, seinen Papieren zu. Mathilde war dankbar, als sie in der Rue de Bretagne in den Holzbottich steigen und ein heißes Bad nehmen durfte und von einer Hausangestellten ein sauberes Kleidchen mit Spitzen und Schleifen bekam. Vorm Schlafengehen schickte sie Dankesgebete zum Himmel und schwor sich, dem Doktor ein Lebtag in Liebe und Treue verbunden zu bleiben. Das galt umso mehr, als der Doktor Mathilde mit Milde behandelte und nicht bestrafte, trotz des auf Knien abgelegten Bekenntnisses, an Fallsucht zu leiden, sei Schwindel gewesen. Sie werde alles tun, was er verlange – nur solle er sie nicht ins Waisenhaus bringen lassen, flehte sie, bitterlich weinend.

Laurents Unwillen war nicht von Dauer, er schien mehr erheitert als grimmig zu sein. Nein, er ließ sie nicht wieder ins Waisenhaus bringen. Und von seinem Schwager, der bald ein Verfahren wegen Nahrungsentzug und Mißhandlungen am Hals hatte, beschaffte er sich keine Kinder mehr. Laurent zog es vor, sich von seinen im Dachboden wohnenden Studienobjekten zu trennen. Er vermittelte alle an fremde Familien, die zu arm waren, um auf das Geld zu verzichten, das der Doktor als Leibrente aussetzte.

Mit Mathilde verhielt es sich anders. Sie durfte im Haus in der Rue de Bretagne bleiben und niedere Dienste verrichten. Das vergaß sie dem sich in der Fachwelt – bis zur Medizinischen Akademie – bereits in jungen Jahren hohe Achtung verschaffenden Doktor nie, der im Allgemeinen zu zerstreut und versunken war, um sie in seinem Haus zu bemerken. Wortlos wich er dem Wesen aus, das vor seinen Lederpantoffeln den Fußboden scheuerte. Er nahm sie nicht wahr, wenn sie mit einem Kuvert auf dem Lacktablett in sein Studierzimmer huschte, um einen wartenden Gast anzumelden – kein »Danke, Mathilde« kam von seinen Lippen. Bei der Liebe, die sie zu Laurent empfand, konnte sie alles verzeihen und verwinden. Im Laufe der Jahre entwickelte sich Mathilde zu einer auffallend anziehenden jungen Frau, und als sie das Alter von Sechzehn erreicht hatte und dem Arzt in der Nacht den Kamillentee brachte (ausnahmsweise, Laurents Kammerdiener war krank), setzte er sich verwirrt und bewegt seinen Zwikker auf: »Verzeihen Sie bitte«, verlangte er zu erfahren, »sind Sie etwa Mathilde, die Kleine vom Waisenhaus, Mademoiselle?«

Seine Liebhaberin zu sein, machte sie selig. In der Regel im Abstand von acht bis zehn Tagen bestellte der Hausherr sie zu sich ins Schlafzimmer. Daß er nichts sagte, wenn er sie bei sich empfing, in wadenlangem Nachthemd und Haarnetz aus Stahlperlen, auf der Bettkannte hockend, ein Buch auf den Knien, machte Mathilde nichts aus. Sie war vollkommen anspruchslos, was diesen Mann anging, der sie eilig beschlief und am Ende bat, wieder zu gehen. Bescheiden erduldete sie, mit Laurent keine andere Verbindung zu haben. Von anderen Frauen, die er, sei es versteckt, sei es vor aller Welt, seiner jungen Bediensteten vorzog, war weit und breit nichts zu entdecken. Mathilde hatte nie eine Frau bei Laurent erlebt, und er war zu besessen von seinem Beruf, um auch nur eine Sekunde an Heirat zu denken.

Trotz seiner Unnahbarkeit, wenn sie sich auf der Treppe oder im Hof unabsichtlich begegneten, billigte er seiner heimlichen Liebhaberin eine bessere Stellung im Haushalt zu. Man hatte dem fegenden, feudelnden, feueranmachenden Waisenkind nie einen Sous bezahlt; es hatte zu essen bekommen und, wenn es erforderlich war, abgetragene Sachen zum Anziehen; und es schlief auf dem Dachbodenflur in einem kleinen Verschlag, den man mit einer Leiter erreichte. Das war alles Vergangenheit. Laurent ließ Mathilde von Pierre, seinem vertrautesten, noch aus der Kinderzeit stammenden Diener, im zweiten Stockwerk – der Hausherr bewohnte das erste – ein Zimmer anweisen. Sonnenreich, mit Baldachinbett und Toilettentisch, Kachelofen und Schreibschrank bot es eine Menge Platz. Haushaltsarbeiten erledigen durfte Mathilde nicht mehr. Pierre bestellte den Schneider, der Maß nahm, Modelle vorzeigte und eine Garderobe anfertigte. Und Monat um Monat erhielt sie vom Diener im Auftrag Laurents einen Geldbetrag, der sie zum Ausgehen anspornen sollte. Zaghaft, mit Pierre an der Seite, der sie ins Benehmen der guten Gesellschaft einweihte – nahezu unmerklich, ernst und erhaben –, wagte sie, in Theater und Oper zu gehen oder Laterna-magica-Vorstellungen beizuwohnen (letzteres tat sie am Anfang besonders gern), besuchte Cafés und spazierte auf Parkwegen und ließ sich mit wachsender Freude ins Umland kutschieren: Sie liebte Obstwiesen, die an den Wald stießen, Mauern mit Heidekrauthauben und Zugbrunnen, Stille und Dunggeruch und frische Luft. Wenn sie auf dem Land waren, taute der Diener auf, der sonst verschwiegener war als ein Grab, und erinnerte sich seiner Kinder- und Jugendzeit in einem Dorf in Burgund.

Mathilde verehrte Laurent umso mehr. Seinen Großmut verstand sie als Zuneigung, die alles ausglich, was man in seinem Alltagsverhalten als kaltherzig mißverstehen konnte. Nichtsdestotrotz hielt Mathilde auf Dauer Zerstreutheit und Unnahbarkeit nicht mehr aus, die er, selbst wenn sie beide allein waren, nicht ablegte. Sicher hatte sie diese Zerfahrenheit verdient. Sie war eine dumme Gans, unreif und unwissend, hatte keinen Schimmer von dem, was er trieb, in seinem Laboratorium oder am Schreibtisch, sie konnte dem Liebhaber nichts anderes bieten als junge und frische Bereitwilligkeit. Sich zu bilden erschien beinahe aussichtslos. Aus dem Bibliothekszimmer nahm sie sich Lexika und medizinische Nachschlagewerke. Stunden um Stunden studierte Mathilde anatomische Vorder- und Seitenansichten, buchstabierte Organnamen und Termini – zielstrebig, krampfhaft, am Ende verzweifelt. Sie erfuhr, wann der Doktor vor seinen Studenten las, und bat den Diener, sie zu einem Vortrag an der L'Université impériale zu begleiten. Diese Bitte befremdete Pierre – er lehnte ab. Auf eigene Faust stieg sie in eine Mietkutsche, die sie aufs andere Seineufer, an die Sorbonne, brachte. »Haben Sie eine Berechtigung?« wollte der Hausmeister wissen, bei dem sie um Auskunft bat, wo Dr. Laurent seinen Lehrvortrag halte. Einer Frau sei der Zutritt verboten, versetzte er und wies sie barsch aus der Halle ins Freie.

Es war kein Verrat an der Treue zum Liebhaber, wenn sie sich auf kurze Beziehungen einließ. Nein, sie dienten dem Zweck, Laurents Liebe aus der sie umpanzernden Schale zu brechen (sie war eine Auster, die sich vor Mathilde verkapselte). Sie hatte bereits bei den ersten Theater- und Opernbesuchen bemerkt, daß man sie aus Parkett oder Logen genauestens studierte. Verwirrt bat sie Pierre, alle schriftlichen Botschaften, die sie erhielt, unbesehen zu vernichten. Diese Befangenheit legte sich schrittweise. Mathilde bewilligte einem jungen Mann und Studenten der Medizin, sie zum Spaziergang im Jardin des Plantes einzuladen. Bald folgten weitere Verabredungen im Park. Sie wollte bei diesen Begegnungen erfahren, was Doktor Laurent bei seinen Vorlesungen von sich gab – und im Anschluß daran, was das alles bedeutete. Bereitwillig weihte der harmlose Junge sie in seine Kenntnisse ein. Sechs Monate war er zu scheu, um aufdringlich zu werden – bis er sich bei einem Ausflug aufs Land vergaß und Mathilde leidenschaftlich umschlang. Anderntags trennte sie sich von dem jungen Mann und wandte sich einem seiner Kommilitonen zu, der von Anfang an frecher und forscher war ... alle diese Beziehungen waren nicht von Dauer, wenn drei Wochen um waren, brach sie sie wieder ab. Daß Mathilde nicht auf sie verzichtete, hing mit der Wirkung zusammen, die sie auf Laurent hatten. Sie merkte dem Mann eine heimliche und sie aufs Tiefste bewegende Eifersucht an, wenn sie von einem der Drei-Wochen-Flirts heimkehrte. Er brachte es fertig und winkte sie in den Salon: »Guten Tag, Mademoiselle, Sie sind blass um die Nase ... Sie sollten sich vorsehen bei diesem Wetter.« Und Mathilde erwiderte kregel: »Bonjour, Monsieur, wird schon nichts Schlimmes sein ... und wenn ich krank werde, habe ich ja meinen Doktor im Haus.« Ja, er nahm sie von Zeit zu Zeit mit in die Rue Jacob, wo er donnerstags in seinem Stammlokal speiste – um vor der Welt seine Ruhe zu haben, im Separee. Sie fand es nicht langweilig bei diesen Essen, die von der Vorspeise bis zur Verdauungszigarre absolut schweigsam verliefen – wichtig war, daß er sie neben sich duldete und mit erkennbarer Achtung behandelte.

Wie gesagt, Henry wußte von dieser Geschichte nichts, und mir selbst kam sie erst bei meinem siebten Besitzer (rechne ich Henry mit, war es der achte) in einer der Dach- und Bedienstetenkammern zu Ohren. Nein, mein Bummelstudent war sich sicher, Mathilde verlange vom Leben Verschwendung und Glanz. Mit anderen Worten: Sie hasse sein Erdgeschoßzimmer, das keine Bequemlichkeit biete. Kurz: Um auf seidenen Kissen zu schlafen, nehme sie Alter und Leidenschaftslosigkeit beim Anatomen und Forscher in Kauf. Das bedeutete: er brauchte dringend eine bessere Bleibe. Henrys Finanzen erlaubten das, wenn er bei anderen, entbehrlichen Ausgaben sparte. Zur Sicherheit schrieb er dem Vater und bat um mehr Geld, seine Zuwendungen reichten nicht aus angesichts der gestiegenen laufenden Unkosten. Um das zu entscheiden, verlangte Hughes Senior von seinem Sohn eine Ausgabenaufstellung, die Henry drei Tage in Atem hielt. Und was tat sein Vater? – er schickte dem Sohn eine Liste mit denkbaren Kosteneinsparungen und zahlte nicht einen Penny mehr! Grimmig wandte sich Henry postalisch an Alan, »... es werde mir sicher nicht schwerfallen, meintest du, mit deinem Schrumpfkopf gut auszukommen – tut mir leid, deine Annahme hat sich als irrig erwiesen. Er spricht mehr als mir lieb ist, und schlimmer als das, er behindert mich mit seinem ewigen Schwadronieren bei meinen anstrengenden Studien. Sein abscheuliches Aussehen vertreibt meine Freunde, ganz zu schweigen von den Mademoiselles, die ich kennenlerne und die seiner ansichtig werden ... selbst wenn dein Studienobjekt mich nichts kostet, solltest du dich erkenntlicher zeigen.« Ich mußte schlucken, als er mir das vorlas. Bald erhielt er von Alan einen beachtlichen Zuschuss, der Henry bescheinigte, was ich der Wissenschaft wert war.

Mit Erhalt dieser Summe begann er mit mir von einem Pfandleiherladen zum anderen zu streifen und sich zu erkundigen, zu welchem Preis man bereit sei, einen Schrumpfkopf in Zahlung zu nehmen. Was man anbot, war in seinen Augen ein Witz. Um einen besseren Preis zu erzielen, verriet er den Pfandleihern, ich sei ein sprechender Schrumpfkopf. Oh, meine Weigerung, vor dem Prêteur meinen Mund aufzumachen (ich meine das figurativ), nahm der Junge mir krumm. »Hat es dir die Sprache verschlagen, Petit Coquin?« wetterte er auf dem Gehsteig, »hast du keine Stimme mehr oder was ist mit dir los?«, und betrat das benachbarte Pfandhaus.

»Willst du mich vor aller Welt blamieren?« schimpfte er, als wir den Laden verließen – ich hatte mich wieder verweigert. »Von wegen, vor aller Welt – vor einem Pfandleiher«, murrte ich in seiner Samtwestenbrusttasche, »und darf ich dich an dein Versprechen erinnern, mich niemals verschachern zu wollen?«

Henry schwieg eine Weile, verstimmt und verlegen. »Ich stamme aus England, ich halte mein Ehrenwort. Ich lege dir nahe, mich nicht zu beleidigen!« – »Und warum schleppst du mich dann von einem Pfandhaus zum anderen?« – »Ach, das ist nichts als ein Spaß«, winkte Henry ab, »bei dem du bedenkenlos mitmachen kannst. Es ist lustiger, wenn du bei mir bleibst, Petit Coquin.«

Und in den kommenden Tagen beim Pfandleiher, im Auktionshaus und in der Versteigerungshalle, ließ ich meinen Bummelstudenten nicht mehr im Stich, der mit einem sprechenden Schrumpfkopf beachtliche Kaufangebote erzielte.

Mathilde kam wieder, als er eine andere Bleibe im 1. Arrondissement bezog. Mit einem Brief hatte Henry sie von seinem Umzug benachrichtigt und um ein Stelldichein in seinem neuen Zuhause ersucht, das sie sicher »ins Herz schließen« werde. Sie war von der Wohnung beeindruckt und ließ sich beknien, einige Zeit bei dem Jungen zu verbringen, der mich seiner Bediensteten anvertraut hatte, einem groben und massigen Weib aus der Picardie, das mich nicht ausstehen konnte und mitleidlos ins Vorratskabuff zu Salami und Speck sperrte. Ab und zu zeigte er sich im Verschlag, wo ich zwischen zwei Wurstringen baumelte, um mir zu melden, was er bei Mathilde erreicht habe. Meine Bitten, mich aus diesem Loch zu befreien, vergaß er im Handumdrehen, wenn sie im Korridor auftauchte. Mit einem Tritt knallte Henry den Eingang zu, und ich blieb im Finstern allein.

Das war nicht das Schlimmste, beileibe nicht. Aber bald ließ er sich gar nicht mehr blicken. Und meine Ahnung erwies sich als richtig. Es waren Reue und schlechtes Gewissen, die den englischen Jungen von mir fernhielten. Er hatte mich seiner Mathilde versprochen. Henry tauschte mich gegen Mathilde ein, im irrigen Glauben, sie werde den Doktor verlassen. Was sie meinem Besitzer versicherte, weiß ich nicht – und kann nicht sagen, ob er mich bedenkenlos preisgab oder gegen seinen Willen verriet.

Henry wagte es nicht, sich von mir zu verabschieden. Er erschien im Kabuff, riß mich wortlos und fieberhaft zwischen den Wurstringen vom Haken und quetschte mich in eine Schachtel, die er in den Fingern hielt.

An meinem Auf und Ab war die Hast zu erkennen, mit der er im Treppenhaus Stufe um Stufe nahm und auf der Straße ins Rennen verfiel. Sicher, ich konnte mir denken, was los war, und heulte: »Du wirst es bereuen! Nimm Vernunft an! Du wirst diesen Wortbruch am Ende bereuen! Und was sagst du deinem Bruder, wenn ich nicht mehr bei dir bin?« Es war sinnlos, zu schimpfen – mit Absicht nahm er keinen Wagen bis zu seinem Ziel in der Rue de Bretagne. Im Radau des Verkehrs ließen sich meine Warnungen, die dumpf aus der Schachtel kamen, leichter mißachten.

In Laurents Haus gab er mich in der Halle bei Pierre, dem eisgrauen Diener des Doktors, ab, der seine kurzsichtigen Augen zusammenkniff, als er mich am Treppenabsatz aus der Schachtel nahm. »Bonjour, Monsieur«, sagte er, vornehm und steif, und verbeugte sich schwach – mehr erlaubte sein Alter nicht – »ich werde Sie anmelden. Bitte kurz Platz zu nehmen«, und lehnte mich, meine bedingte Bewegungsfreiheit nicht vergessend, ins Vorzimmersofa.

VII

Von meiner Zeit in der Rue de Bretagne als Studien- und
Experimentalobjekt des namhaften Doktors, Anatomen,
Neurophysiologen und Hirnforschers Paul Philippe Laurent;
meine Keller- und Schmerzerlebnisse und ein Akademievortrag,
der meinem Besitzer Schimpf und Schande einbringt

Es dauerte, bis mich der Hausherr beachtete. Pierre hatte mich
an einem Lehnstuhl befestigt und sich ohne einen Laut aus der
Bibliothek entfernt. Auf der anderen Seite des Tisches, vor dem
ich hing, saß mein neuer Besitzer und las in einem Buch. Blind
griff er zu einer Tasse mit Mokka und setzte sie abwesend an seine
Lippen. Mir blieb ausreichend Zeit, um den Mann zu studieren.
In Erinnerung war mir sein krausschwarzer Kinnbart und der aus
der Brusttasche linsende Zwicker, mehr nicht. Er war hager und
schmalschulterig, hatte einen langen Hals, dessen schneeweiße
Haut aus dem Stehkragen ragte, und wirkte schlaksiger, als er in
Wahrheit war. In seinem Gesicht, das verschattet und spitz war,
ließ sich nichts Weiches entdecken. Es strahlte Entsagung und
Willenskraft aus und eine das Leben des Doktors beherrschende
Strenge. Von der ersten Minute an unheimlich war mir sein Ernst.
Laurent litt nicht an Launen, ob sie gut oder schlecht waren.
Auch sich zu verstellen war dem Hirnforscher wesensfremd. Es
war kein Spiel, daß er mich nicht beachtete, es war dem Arzt nur
entfallen, daß ich da war.

Erst als ich hustete, hob er sein Kinn, nicht verwirrt oder eilig,
mehr schleppend-versunken, und klemmte den Kneifer auf seine
vorspringende Nase. »Ich muß um Entschuldigung bitten, Monsieur ...«, Laurent stockte, »Verzeihung, haben Sie einen Namen,

mit dem ich Sie anreden kann?« Ich verneinte. »Hm«, machte der Hausherr und klappte sein Buch zu (es handelte sich um ein Werk von René Descartes). Er legte es zu Zigarettenetui, Aschenschale und Tasse vor sich auf den Tisch. »Es widerstrebt mir, Sie ›Petit Coquin‹ zu nennen ... diese Chansons und Couplets vom Montmartre sind schamlos ... patzige Reime und kindischer Witz ... und ›Monsieur Tête réduite‹ ist nicht einfallsreich.« In sich horchend, ließ er eine Pause verstreichen. »Und was halten Sie von dem Vornamen ›Hugo‹? Es scheint mir passend und gut, Sie ›Hugo‹ zu nennen. ›Hugo‹ – wissen Sie, was der Name besagt? ›Denkender Geist‹, ›sich erinnernder Geist‹! Ich meine, das trifft auf Sie zu, Monsieur, nicht?«

Ich gab keine Antwort – was sollte ich antworten? – und mit den Schultern zu zucken, war leider undenkbar. Es ließ mich kalt, ob er mich mit ›Hugo‹ ansprach oder einen anderen Namen bevorzugte. Ich war zu verbittert von Henrys Verrat an mir und seiner Feigheit beim Abschied. Und es brachte mich gegen mein Schicksal auf, wieder nichts anderes gewesen zu sein als ein Gegenstand, den seine Besitzer als willenlose Ware betrachteten.

»Sie schweigen – darf ich das als Zustimmung werten? Leider ist mir nicht klar, was ich anbieten kann ... Sie nehmen nichts zu sich, nicht wahr? Es hat keinen Sinn, bei meinem Diener Kaffee zu bestellen ...? Und ich denke, Sie rauchen nicht, Monsieur Hugo?«, er bemerkte das ohne einen Schimmer von Ironie und steckte sich an der Petroleumlampe – trotz der Vormittagszeit war es schummrig im Bibliothekszimmer mit seinen randvollen Regalen –, eine von seinen Papierzigaretten an. »Warum haben Sie mich erworben, Monsieur Laurent? Sie hatten kein Recht, das zu tun!« – »Ich hatte kein Recht?«, er schien ehrlich perplex. »Ich wollte nicht weg von dem englischen Jungen!« – »Und er wollte Sie an mich verkaufen.« – »Er wollte, er wollte ... und was ist mit *meinem* Willen?« – »Sie scheinen mir ein Idealist zu sein.« Asche fiel vor seine Wildlederhausschuhe. »Auf seinem Willen zu bestehen, ist idealistisch? ... selbst wenn es um meine Bewegungs- und Handlungsfreiheit schlecht bestellt ist, das gebe ich zu.« – »Nein, ich beneide Sie um diesen Standpunkt, beneide Sie ehrlich«, versetzte der Hausherr ernst, »sollten Sie nicht als erster erkannt haben, daß unsere Willensentscheidungen Einbildung sind? Was wir wollen, beruht nicht auf unserem freien Willen – es verdankt sich Signalen und Impulsen, sensorischen oder motorischen Reizen, elektrischen Stimulationen und Erregungen im Gehirn ...«

Ich beeilte mich, wieder zur Sache zu kommen. »Sie haben einen Handel vereinbart, der wertlos ist. Henry ist nie mein Besitzer gewesen.« – »Ach ja? Und wer ist es ... ich meine, wer war es?« – »Sein Bruder in Cambridge, ein Anthropologe.« Sicher, das war ein Schwindel – ein halber –, von dem sich schwer sagen ließ, ob er mir dienlich sein konnte. »Gut zu wissen«, zerstreut nahm der Mann seinen Zwicker ab, »ich werde es meinem Notar melden.« Ob ich mich nicht besser als das ausgab, was ich war, Eigentum des Museums von Cambridge und Teil seiner anthropologischen Sammlung? Wahrscheinlich war das eine Auskunft, mit der ich beim Doktor mehr Wirkung erzielte. Ein Museum zu prellen, als Vertreter der Wissenschaft, konnte seinem Ansehen schaden. Andererseits tat ich mir keinen Gefallen, wenn ich wieder in Cambridge im Glaskasten baumelte ... In meinem bisherigen Leben war mir meine Unfreiheit niemals verhaßter gewesen.

Wenn ich mich richtig erinnere, mußte der Hausherr zur Vorlesung aufbrechen. Er ließ sich Zylinder und Paletot bringen und erteilte seinem Diener den Auftrag, mir zu einem »angenehmen Tag« zu verhelfen. Pierre nickte, und als wir allein waren, machte er mich mit dem Haus in der Rue de Bretagne vertraut, das sich mit einer Holzgalerie auf den Stockwerken, von der die Zimmer abzweigten, ums Hofviereck mit seinen Herdstellen, Waschkesseln, Stallungen und Wagenremisen im Erdgeschoß zog. Mir fiel der Stallknecht auf, der einen Pferdehuf auskratzte. Dieses verwachsene und grimassierende Wesen verkroch sich vor meiner

Erscheinung auf Anhieb im Heu. Das sei der minderbemittelte Puce, weihte Pierre mich ein, ich solle mir aus seinem Benehmen nichts machen, an sich sei er willig und folgsam, nur wenn er nicht mehr ein und aus wisse, neige er zu Gewalt.

Laurents Bediensteter wiederum hielt mich bei unserem Rundgang in seinen weißbehandschuhten Fingern am Trageband weit von sich weg, als sei ich ansteckend oder er wolle sich seine Livree nicht beschmutzen. Andererseits tat er alles, um mich vor den Schlingerbewegungen beim Gehen zu bewahren, seine linke Hand hielt mich im Nacken fest – es war klar, er nahm an, diese Pendelei mache mich schwindlig ...

Im ersten Stock lernte ich neben der Bibliothek, die drei durchgehende Zimmer beanspruchte, Laurents Musiksalon kennen, in dem sich der Doktor bei Nacht ans Klavier setzte, um von der Arbeit Entspannung zu finden (ich sollte das Spiel bald zu Ohren bekommen, das zur Schlafenszeit in meine Dachkammer wehte). Im zweiten Stock brachte mich Pierre in einen Ballsaal mit einer teils rosa, teils goldenen Stuckdecke. Die in den Ecken posaunenden Gipsengel vervielfachten sich in den Goldrahmenspiegeln. Laurents Vater, ein hoher Beamter im Staatsdienst (unter Louis-Philippe und Napoleon III.), hatte große Gesellschaften bei sich empfangen – seinen Sohn stießen Rummel und Tanzmusik ab. Trotzdem ließ er den Ballsaal in Schuß halten.

Vom Zimmer Mathildes, am anderen Ende des Flurs, war mir zu dieser Zeit nichts bekannt, und Pierre fiel es nicht ein, es mit mir zu betreten. Seine Pflicht schrieb dem Diener Verschwiegenheit vor. Auf der Dienstbotentreppe ging es hoch zum Dachboden mit seinen vom Korridor abgehenden Schlafkammern, die von den Hausangestellten belegt waren (mit Ausnahme von Pierre, dem ein Zimmerchen im ersten Stock zustand, wo er in Reichweite Doktor Laurents wohnte, und dem lieber im Heu bei den Zugtieren schlafenden Stallknecht Puce), oder unbewohnt waren und Hausrat enthielten, der teils nur verstaubt, teils kaputt kreuz und quer in der Gegend lag.

Eine der Kammern, die rechteckig schmal an der Nische mit Dachgaube endete, hatte der Doktor zu meiner Mansarde bestimmt. Sein Diener entschuldigte sich angesichts der Verwahrlosung, die in der Dachstube herrschte, er habe erst an diesem Vormittag von meinem bevorstehenden Einzug erfahren. In zwei bis drei Tagen, beteuerte er, werde alles blitzsauber und ordentlich sein. Und er lasse mir, wenn das in meinem Belieben sei, Teppiche, Vasen und Lampen ins Zimmer bringen, ein Lesepult und einen Diwan ... er stammelte ... nein, letzteres werde nicht notwendig sein. Was ich von einer Uhr hielte ... und einem Spiegel?, beeilte er sich, seinen Schnitzer vergessen zu machen. »Soll ich aus der Zeitung vorlesen, Monsieur Hugo? Oder wollen wir zu einer Spazierfahrt aufbrechen? Wir haben Zeit bis zur Mahlzeit um zwanzig Uhr, die Sie mit meinem Herrn einzunehmen willkommen sind ... ich meine«, verbesserte er sich verzweifelt, »bei der Sie willkommen sind, dem Doktor Gesellschaft zu leisten.«

Dankend lehnte ich seine Idee eines Ausflugs ab, mir sei es lieber, alleine zu bleiben und auszuruhen, diese vergangenen Stunden seien anstrengend gewesen (oh, es stimmte, ich mußte mich erst von dem Schock erholen, in den mich der englische Junge versetzt hatte), angenehm sei mir ein Platz an der Gaube mit Aussicht auf Giebel und Schornsteine von Paris. Pierre nickte und hakte mich an einen Nagel, der krumm in der Nischenwand steckte. Auf Zehen entfernte er sich aus der Kammer (mit diesem Takt hatte er es vermieden, mich ins Laboratorium im Keller zu bringen und ahnen zu lassen, was mir bald bevorstand), und holte mich erst wieder ab, als der Hausherr zum Essen bat.

Hungrig wirkte der Doktor nicht, als er sein Entrecôte vor mir in kleine bis winzige Bissen schnitt. Bevor er sich aufraffte, sie von der Gabel zu beißen, nahm er Happen um Happen in Augenschein, was jeweils eine halbe Minute beanspruchen konnte. Sein erst halbleerer Teller ging wieder an Pierre, der die Reste des blutigen Steaks in ein Fach des mechanischen Speiseaufzugs in der Wand stellte, den man mit einer Kurbel bewegte. Er fuhr in die Erdgeschoßtiefe zum Personal, das mit Kochen und Abwasch betraut war. Es schickte als Antwort ein Achtelchen Apfeltarte hoch und ein kleines Kristallglas mit Portwein (nichts von beidem erreichte den Magen des Hausherrn).

Nebenbei bemerkt ließ mich der Doktor bewirten, als wolle er zu meinen Ehren den Schein wahren – den Schein einer Mahlzeit mit einem normalen Gast –, oder es war mehr der Diener gewesen, dem seine Gewohnheiten heilig waren. Ja, Laurent schien nichts mitzubekommen von den Tellern, die Pierre unbewegten Gesichts an meinen Platz brachte und vereisten Gesichts wieder weg. Laurent blieb im Laufe der Mahlzeit zerstreut. Wir schwiegen, und wenn er das Wort an mich richtete, tauschten wir nur Lappalien aus. »Hatten Sie einen angenehmen Tag?« oder »Werden Sie sich mit der Kammer im Dachboden anfreunden?« – andere Dinge verlangte er nicht zu erfahren.

Erst als er rauchte und an seinem Kaffee nippte, erwachte der Hausherr zum Leben. »Sie wissen, warum Sie bei mir sind, Monsieur Hugo?« Ich war mir nicht sicher und stammelte: »N-n-nein«. Er wandte sich seitlich zur Schale aus Silber, um den Wurm aus verbranntem Tabak und Papier abzustreifen. Und bei dieser Gelegenheit stach mir der Knoten am Hinterkopf meines Besitzers ins Auge, eine Schwellung beim Haaransatz neben dem rechten Ohr, die erst warzengroß war und harmlos erschien.

»Ich werde ausholen, wenn Sie erlauben … In den vergangenen zwanzig Jahren habe ich jede Nacht mit meinen Forschungen verbracht, um die Funktionsweise unseres Gehirns zu verstehen. Ich machte Entdeckungen, die unwiderleglich waren und unser Wissen erweiterten. Und sie verhalfen mir zu einem guten Namen, den ich zu verteidigen habe.«

Er nickte dem Diener zu, der seinem Herrn aus der Kanne, die von einer Spiritusflamme erhitzt auf dem Rolltisch stand, frischen Kaffee eingoß. »Mein Ansehen beruht auf dem Siegeszug der in der Wissenschaft heute verbreiteten Sichtweise, die von lokalen Funktionen im menschlichen Hirn ausgeht. In meinen

Forschungen konnte ich diese Erkenntnis lokaler Funktionen vertiefen, und, um ein Beispiel zu nennen, unsere sprachlichen Anlagen im linken Frontallappen ansiedeln. Das belegte ich an einem Patienten. Eine schwere Verletzung im linken Frontallappen, die er sich bei einem Reitunfall zuzog, beraubte den Mann seiner Sprache. Er verstand mich – doch antworten konnte er nicht. Unsere Eignung zur Wiedererkennung ist wiederum in einem anderen Hirnsektor wirksam, dieser hatte beim Landgutverwalter keinen Schaden erlitten, als er in den Zaunpfosten fiel, der sich in sein Gehirn bohrte. Er brachte mich selbst an den Ort, wo der Unfall passiert war, ja, er erkannte den Zaunpfosten wieder ... im Gegensatz zum Apothekenbesitzer, der seinen Laden am Ende der Rue de Bretagne betrieb und dem ich als Nachbar und Doktor bekannt war, er zog seinen Zylinder, wenn wir uns begegneten, sein Verhalten blieb jahrelang gleichbleibend aufmerksam ... bis er sich meiner nicht mehr zu entsinnen schien, und ich erfuhr, selbst von Kindern und Frau wisse der Apotheker nicht mehr, wer sie seien, er verlaufe sich und finde nicht mehr nach Hause ... Und was entdeckte ich beim Apotheker, als ich seinen Hirnkasten aufmeißelte? Zersetztes Gewebe in dem unsere Wiedererkennungsanlagen enthaltenden Sektor. Verstehen Sie, Monsieur Hugo? Wissen, Erinnerung, Aufmerksamkeit, mathematische Fertigkeit, Logik und Sprache – alle unsere Anlagen sind im Gehirn verteilt, vergleichbar Paris, seinem Nordbahnhof, Observatorium, Weinlager und Telegraphenturm, oder denken Sie nur an den Schlachthof von La Villette, diesen Bauten und Einrichtungen in der Stadt, die begrenzten und feststehenden Aufgaben dienen, und sie alle zusammen ergeben Paris ... und auch wenn im Bahnhof kein Zug mehr verkehren oder der Telegraphenturm umfallen sollte, kann man in La Villette trotzdem schlachten, nicht wahr?«

Mein Besitzer erwartete keine Erwiderung. Er steckte sich eine Papierzigarette an (Laurent war kein Freund von Zigarre und Pfeife, sie zu rauchen, betrachtete er als zu zeitraubend), nahm einen tiefen Zug, hustete, sammelte Schleim in der Kehle und dankte dem Diener stumm, der seinem Herrn einen Spucknapf vorhielt. »Ich sprach von Wissen, Erinnerung, Logik ... nein, unser Gehirn steuert mehr, nicht nur geistige Leistungen oder bewußte Entscheidungen ... es regelt alles, von Atmung und Schluckvorgang bis zur Bewegung von Armen und Beinen – unbewußte Ereignisse, wenn ich das einflechten darf, die nicht notwendig sind bei einem Schrumpfkopf, der nicht atmen und schlucken muß und keine Gliedmaßen hat, die Bewegungsbefehle vollstrekken. Habe ich recht, Monsieur, habe ich recht?«

Ich nickte, ich meine, ich wollte es tun ... oder besser, ich folgte einem unmittelbaren Drang, der zum Scheitern verurteilt war, logischerweise. »Ja«, sagte ich matt und benommen, »sicher haben Sie recht.« – »Diese mechanischen Dinge lenkt unser Gehirn wieder an einer anderen Stelle als willentliche Handlungen oder Bewußtseinsereignisse. Und nicht nur sie – eine Aufteilung von Emotionen und Verstand, Intellekt und Empfindungen ist eine nicht mehr zu bestreitende Gegebenheit. Unsere Theorie von den lokalen Eigenschaften und Aufgaben hat gegen holistische Vorstellungen – die bis vor kurzem noch vorherrschend waren und unser Gehirn als ein Ganzes betrachteten, das einheitlich an allen Verrichtungen mitwirkt – in der Wissenschaft mehr und mehr Geltung erlangt ...«

»Und was hat das mit mir zu tun?« fiel ich dem Mann ins Wort. Laurents Vortrag verursachte mir einen Schwindel, der mehr meinen Ahnungen als seinem Inhalt verschuldet war. »... und ich darf sagen, ich hatte meinen Anteil am Siegeszug dieser Erkenntnisse«, sagte der Doktor und stemmte sich seufzend vom Stuhl. Vor Steifheit halb krumm, mußte er sich erst strecken, was er gegen den Schmerz im Kreuz vorsichtig anstellte (Schmerzen, ich muß es bekennen, um die ich den Hausherrn in dieser Minute beneidete). Er ging zum Kamin, nahm den Haken und stocherte mit einem Summen in der Glut. »Oh, eine Menge«, versetzte er endlich. Mit erhitztem Gesicht, fingerknackend, ließ er sich erneut auf seinen Stuhl an der Eßtischschmalseite fallen und wiederholte bestimmt: »Eine Menge, Monsieur. Sie sind ein Schrumpfkopf, der denken und sprechen kann. Sie haben ein Seelenleben und Sie erinnern sich. Reize dringen in Sie ein, mittels Augen und Ohren, die sie geistig empfangen und verarbeiten. Das heißt, Monsieur, Sie sind ein geistiges Wesen. Und um ein geistiges Wesen zu sein, braucht man ein Gehirn, ein Gehirn, das aus Nervengeflechten, Gewebezellen und funktionellen Bereichen besteht ...« –

»Ich kann kein Gehirn haben«, wandte ich eilig ein, »man hat alles, was an meiner Kopfhaut an Hirnmasse-, Muskel- und Fleischresten klebte, entfernt.« Dieses anthropologische Wissen, das ich William Owens Assistenten im Cambridgemuseum verdankte, erleichterte mich. Warum sollte ein Hirnforscher von Rang und Namen seine Zeit mit einem Hautsack vergeuden, der nicht ein Gramm an Gehirnsubstanz vorweisen konnte? »... alles restlos entfernt«, wiederholte der Doktor meinen Einwand mit niedergeschlagener Stimme, um vielsagend zu schließen: »Das ist es ja.« Nicht nur dieses knappe »das ist es ja« echote unheimlich in meinen Ohren. Sein Kneifer lag noch im Schoß, als er vom Stuhl aufsprang. Er bemerkte es nicht, als die Brille zu Boden fiel, und er sie aus Versehen mit dem Stiefel zertrat. Grußlos rannte der Mann aus dem Zimmer. Ich bat seinen Diener, der, nicht mehr gelenkig genug, um sich niederzubeugen, den Teppich auf Knien von Scherben und Splittern befreien mußte (und mit beendetem Tun kaum noch hochkam), mich in meine Dachbodenkammer zu bringen.

Meine Ahnungen schienen sich nicht zu bewahrheiten, in den folgenden Wochen passierte nichts Schlimmes. Alle zwei bis drei Tage nahm ich an den Mahlzeiten meines Besitzers teil, der niemals hungrig war. Erst bei Zigarette und einem Schluck Kaffee legte der Doktor mehr Redseligkeit an den Tag. Er teilte mir Annahmen, Lehrmeinungen oder Geschichtliches aus seinem Fachgebiet mit – in der Pharaonenzeit habe man dem Gehirn ein nur niedriges Ansehen zuteil werden lassen und Leber und Magen mehr Achtung erwiesen, und bis vor kurzem sei alle Welt sicher gewesen, unsere Hirnkammern seien der Sitz der unsterblichen Seele, oder er schilderte eine Gehirnkarte, auf der verzeichnet sei, wo man Geschlechtstrieb, Genauigkeit, Hingabe, Ehrgeiz, verbindliches Wesen, Instinkt oder Willenskraft antreffe, alle weit voneinander entfernt ... manches verstand ich und anderes blieb mir verschlossen.

Was mein Gehirn anging, ließ er sich Zeit. In der Regel am Vormittag brachte mich Pierre aus der Kammer zum Hausherrn ins Bibliothekszimmer, wo ich seine Fragen beantworten mußte. Mit Recht kann man sagen, er quetschte mich aus. Ob mir meine Enthauptung erinnerlich sei, erkundigte sich mein Besitzer als erstes. »Nein, absolut nicht«, antwortete ich. »Und wann erwachten Sie wieder zu vollem Bewußtsein?« Dieses »wieder« sei fehl am Platz, stellte ich klar. Von dem »Ich« eines Menschen mit Gliedern und Rumpf, der ich vor meinem Dasein als Schrumpfkopf gewesen sei, wisse ich nicht das Geringste. »Nicht das Geringste?« Er beugte sich zu einer Kladde, die Seite um Seite mit Buchstabenreihen, Tabellen und Skizzen bedeckt war. »Nicht das Geringste«, beteuerte ich, guten Glaubens, nichts Falsches zu sagen (meinen Irrtum erkannte ich erst viele Jahre danach).

Laurent wollte ausnahmslos alles erfahren, was mit meiner Bewußtseinsentwicklung zusammenhing, von meinen ersten verschwommenen Erinnerungen an einen Felsen im Dschungel, auf dem ich ein zeitloses Dasein verbracht hatte. Ich sollte vom Totenkopfaffen berichten, der im Zusammenspiel von Mitleid und Neugier den Nebel in meinem Bewußtsein zerteilt hatte (und den ich bis heute beweinte, wenn er mir im Traum erschien), und dem »missima missima« schimpfenden Blauara, bei dem ich das Sprechen erlernte. Ich weihte den Doktor in meinen ersten Aufschrei ein, mit dem ich dem Tod Don Franciscos verschuldet und der mich vor seiner Machete bewahrt hatte: »Señor! Por favor, no lo haga!« Mein Besitzer bekritzelte aufmerksam Blatt um Blatt – seine kratzende Feder verfolgte mich in den Schlaf –, und ließ sich den Werdegang meiner Empfindungen schildern, Empfindungen, die ideeller Natur waren – sie hatten sich erst an der Seite von Oliver Clifton entfaltet und in mir vertieft, diese Regungen von Zuneigung, Freundschaft und Eifersucht; ganz zu schweigen vom Wissen, das er mir bei Ausritten oder bei Nacht in seinem Haus an der Rampa Sebastianello vermittelte.

Meine Leistungen im Kopfrechnen – und in der Buchhaltung – schienen auf den Doktor besonderen Eindruck zu machen. Einen Vormittag widmete er meinem Geruchssinn, besagter Verschiebung im Wahrnehmungsapparat, die ich bis ins Letzte charakterisieren mußte. »Wo ist der Umschaltpunkt?« knurrte er wiederholt, »wo kann der Umschaltpunkt sein?« Ansonsten vermied er es tunlichst, mich in seine Annahmen, Ideen und Erkenntnisse einzuweihen (die mich, das Objekt seiner Studien, nichts angingen). An einem anderen Vormittag wollte er wissen, ob mir neben seelischen Leiden auch leibliche Schmerzen bekannt seien. Das befremdete mich – hatte ich nicht bereits in vergangenen Vormittagsstunden versichert, nichts mitzubekommen von Frost oder Hitze, und keinen leiblichen Schmerz zu empfinden, wenn mich ein Pferdehuf oder ein Fechthieb traf? Selbst als man mich an die Kirchenwand schleuderte, in der Kathedrale am Platz Alta Gracia, und ich Tage bis Wochen bewußtlos gewesen war – von einem »Hirntrauma« zu sprechen, verkniff ich mir lieber –, hatte ich keinen schmerzhaften Aufprall bemerkt ...

Was ich bei meinem entschiedenen Nein vergaß, waren meine Brechreiz- und Schwindeleinbildungen, die mich bei meinem ersten Eisenbahnerlebnis oder zwischen den Schenkeln von Kaethe befallen hatten, und meine Anwandlungen qualvoller Atemnot (selbst wenn sie nur ideeller Natur waren); und ich vergaß diesen Kitzel, den ich in den Fingern von Henrys Grisetten erlebt hatte, den komisch erregenden Reiz auf der Lederhaut, wenn sie mir einen Schlammspitzer abwischten oder mich streichelten ... ich sagte nur: »Nein, Schmerzen kenne ich nicht.« Und mein Besitzer, der mit einem Strich in sein Buch unsere Vormittagssitzung beendete, sprang auf und erwiderte knapp: »Umso besser« – eine Bemerkung, bei der es mich schauderte, auch wenn ich nicht richtig zu sagen vermochte, warum.

Wenn der Hausherr nichts anderes von mir verlangte, als Rede und Antwort zu stehen, hatte ich keine Ursache, mit meinem Schicksal zu hadern, und ich ließ mich bereitwillig aushorchen. Sicher, mir fehlte das Nachtleben von Paris, das mich in prickelnde Stimmung versetzt hatte – und wenn ein Laufjunge oder ein Kutscher in der Rue de Bretagne mein Chanson vom Montmartre pfiff, stieß ich am Dachkammerfenster einen Seufzer aus. Sonst ging es mir gut in meinem sauberen Zimmerchen. Es war vom Diener mit allem versehen, was zu meiner Behaglichkeit beitragen konnte. Neben Sesseln und Teppichen, Diwan und Lesepult tickte und schlug eine Pendeluhr, und an der Wand hingen von mir erbetene Stiche, die die Spanische Treppe, die Appia antica, den Wasserfall Ternis und Tivoli zeigten. Zur Nachmittagszeit las mir Pierre aus der Zeitung vor, eine neue Erfahrung, kurzweilig und anregend, und bald war ich auf diese Stunde begierig. Mit Opernbesuchen (Pierre mietete uns eine Loge, so daß ich kein Aufsehen erregte) und Abstechern zur Pferderennbahn von Vincennes, wo wir Wetten abschlossen, vertrieb ich mir meine Zeit und fand zu Gleichmut und Zuversicht.

Diese innere Ruhe kam wieder ins Wanken, als ich mit beendeter Vormittagssitzung von der Galerie aus Mathilde erkannte, die im Innenhof, empfangen von Puce, aus der Droschke stieg. Mit der behandschuhten Hand auf dem Scheitel beschwichtigte sie den erregt grimassierenden Stalljungen. Im Nu hielt er still mit verquollener, aus einem Mundwinkel hechelnder Zunge. »Ist sie wieder zu Hause?« erkundigte ich mich bei Pierre, der mich steif in den Dachboden brachte und mir eine Antwort verweigerte.

In den kommenden Tagen entdeckte ich sie nicht mehr. Und ich wagte nicht, meinen Besitzer zu fragen, ob sich Mathilde mit

Henry entzweit habe. Sie schien im Haus zu sein und sich vor mir zu verstecken ... und an meiner Zuversicht kratzte bei Nacht das Klavierspiel, das aus dem Musikzimmer drang, dieser hohle und hitzige Schwall von Akkorden. Oder ein fernes Kreischen zerriß meinen Schlaf, und wenn in der Nachbarschaft Nachtruhe herrschte, ließ sich manchmal ein Jaulen oder Winseln erraten. Woher diese Tierstimmen kamen, blieb mir schleierhaft. Sie stammten mit Sicherheit nicht aus dem Stall, denn der Doktor besaß keine anderen Tiere als Pferde. Selbst streunende Hunde und Katzen in Reichweite machten sich anders bemerkbar. Um mich zu beruhigen, schrieb ich die Laute dem Stallknecht zu und sagte mir, liebeskrank ahme der Bursche im Innenhof leidende Tierstimmen nach.

Bald sollte ich eines Besseren belehrt werden. Wenn ich mich richtig erinnere, holte mich Pierre gegen alle Gewohnheit bei Nacht aus der Kammer, um mich in den Keller zu bringen. Ich betone: Wenn meine Erinnerung nicht fehlgeht – was ich im Laboratorium erlebte, war verbunden mit Schocks, die Empfindung und Wahrnehmung, Klarheit und Urteil behinderten. Selbst mein Zeitsinn kam mir in den kommenden Monaten wieder und wieder abhanden, in mir tickte nichts als Verzweiflung und Unruhe.

Ja, ich habe vergessen, was sich in mir abspielte, als es im Treppenhaus tiefer und tiefer ging und sich vor mir das Laboratorium auftat mit seinen Vitrinen und Apparaturen, blauen Spiritusflammen und Blutspritzern an der Wand, in Alkohol schwimmenden Gehirnen und Gehirnscheiben, die sich Glas neben Glas auf Konsolen gruppierten, Arbeitstischen und spiegelnden Kolben. Meine Erinnerungen an Ratten und Hunde, die in Drahtgitterboxen im Keller verteilt waren, fiepende, bellende und jaulende Schatten, stammen aus einer Zeit, in der ich bereits machtlos zwischen Nassbatterien und Chirurgenbestecken hing. Es war der im Einfangen von Ratten und Hunden unschlagbare

Stallbursche, der seinen Herrn mit Tieren zu Studienzwecken belieferte. Laurent erleichterte sie in seinem Keller methodisch um Sehkraft, Geruchssinn und Hirnrindenteile, oder er hinderte sie systematisch am Schlafen. In den Monaten meiner Verwendung als Studienobjekt ließ mich das Grauen, das sich in meiner Nachbarschaft abspielte, achtlos und kalt. Nur bei einer Gelegenheit brach es sich zu mir Bahn, als der Arzt einen in Schraubzangen steckenden Affen bei lebendigem Leibe am Hirn operierte, und das mich an El Pequeño erinnernde Tier seine faltige Affenhand gegen mich ausstreckte. Ich weiß es bis heute, ich stieß einen Schrei aus, der sich an der Kellerlabordecke brach, und rief wie von Sinnen: »Por favor, no lo haga!« Das lenkte den Doktor beim Schneiden empfindlich ab, trotz der Watte, mit der sich der Mann seine Ohren verstopfte, wenn er eine Vivisektion vornahm ... wenn ich mich richtig erinnere, wischte er sich seine blutigen Finger am Kittel ab, eilte zum Schalltrichter, der an der Mauer hing, eine bis in den ersten Stock reichende Rohrleitung, und erteilte seinem Diener den Auftrag, mich abzuholen und in meine Kammer zu bringen.

Kurz: Meine Kellererlebnisse sind mir nur als grelle und wirbelnde Flecken erinnerlich – nicht als Geschichte mit Anfang und Ende –, in die ich zu Zwecken von Klarheit und Anschaulichkeit ordnend eingreifen muß. Ich denke, es war meine erste Verschleppung ins Laboratorium, die mein Besitzer zum Anlaß nahm, mir einen Vortrag zu halten, mit dem Ziel, meine Zustimmung sicherzustellen. Wenn ich mittat, vereinfachte das seine Arbeit. Er hatte mich an einem Galvanometer befestigt und rannte vor mir auf und ab, fingerknackend und fieberhaft rauchend. Mit seiner hohen und fahrigen Stimme versprach er mir, nichts mit mir anzustellen, was nicht im Dienste von Forschung und Wissenschaft sei. »Und Sie werden der erste sein, Monsieur Hugo, dem das alles zugute kommen wird! Stellen Sie sich vor, eines Tages wird uns unser Wissen erlauben, Sie zu einem vollkommenen Menschen mit Armen und Beinen zu machen, einem Mann, dem der Kopf auf den Schultern sitzt und der sich frei, seinen Signalen und Impulsen, Erregungen und Reizen entsprechend, bewegen kann ... wollen Sie an dieser Entwicklung nicht mitwirken?«

Oh, das wollte ich, sicherlich wollte ich das! Wieder zum Menschen zu werden, zum richtigen Menschen, war eine erregende Aussicht! Sie befreite mich von meiner ersten Beklommenheit, als er mir zehn kahle Stellen ins Haar scherte und an diesen Stellen Elektroden anlegte. Es fiel mir am Anfang nicht schwer, willig mitzuspielen. Aus den Metallleitern auf meiner Lederhaut teilte sich mir nur ein Knistern und Kribbeln mit, das mich an den angenehmen Kitzel erinnerte, diesen prickelnden Reiz in den Fingern von Henrys Grisetten.

In meiner Erinnerung ließ sich der Doktor Zeit. Bei Sonnenaufgang durfte sein Diener mich abholen und in die Dachkammer bringen, wo ich bis zur Mittagszeit ausschlafen und mich erholen konnte. Erst als ich den Schmerzen nicht standhalten konnte, sperrte er mich ins Laboratorium ein. Diese sich schleichend anbahnenden Schmerzen hingen mit der elektrischen Spannung zusammen, die der Doktor von Nacht zu Nacht steigerte. Ich weiß nicht mehr, wann ich ein Ziehen bemerkte, ein schmerzliches Ziehen, das mich zu einem Seufzer zwang – in meiner Kammer vergaß ich es wieder. In der kommenden Nacht trat es unangenehmer auf. Und bald war es ein Brennen, das sich tiefer und tiefer fraß, und mir ein Winseln abpreßte.

Mit vor Aufmerksamkeit und Anspannung verzerrtem Gesicht nahm der Arzt mich in Augenschein. »Was ist? Warum wimmern Sie?« wollte er wissen. Bei meiner Erwiderung winkte er ab. Schmerzensempfindungen seien, wissenschaftlich betrachtet, undenkbar bei mir. »Sie empfangen keine Reize mehr, die mittels Nervenverbindungen bis zu den Muskeln vordringen ... selbst bei einem Stromstoß von mittlerer Spannung kann ich keine Faser erkennen, die sich bewegt ... alles um Lippen und Augen bleibt leblos und tot, mein Freund ... und wenn Sie keine Reize empfangen, kann nichts weh tun!« Er stritt meine Schmerzen zwar strikt und energisch ab – trotzdem schienen sie den Arzt zu ermutigen, seine elektrischen Experimente nicht einzustellen und mit den Voltzahlen hochzugehen.

Bald verstopfte er sich seine Ohren mit Watte, wenn er mir Stromschlag um Stromschlag versetzte. Innerlich wand ich mich an meinem Trageband, und es schien mir, als sprenge es mich in die Luft oder ich ginge bei vollem Bewußtsein in Flammen auf. Mit meinen Schreien erreichte ich nichts – er behielt mich zur Sicherheit in seinem Keller. Aufsehen im Haus, schlimmstenfalls in der Nachbarschaft, konnte der Arzt sich nicht leisten. Mich im Labor einzusperren, war vorteilhaft. Bei der Besessenheit, mit der er forschte, mußte ich in seiner Reichweite bleiben.

Den Diener bekam ich nicht mehr zu Gesicht, nur den Stallknecht, der von Zeit zu Zeit einen am Fangeisen zerrenden Hund ins Labor schleifte oder zwei Ratten am Schwanz in der Luft schwenkte und in den Drahtgitterboxen verstaute. Wenn das erledigt war, linste er heimlich zur Ecke, in der ich am Galvanometer hing. »Kannst du mich nicht mitnehmen? Ich bitte dich«, flehte ich, »bring mich ins Freie, mein Junge!« Puce schnitt eine Grimasse und floh aus dem Keller.

Meine Verzweiflung spitzte sich zu. Erstens verschlimmerten sich meine Schmerzen. Selbst als der Doktor auf seine elektrischen Stimulationen, die ergebnislos blieben, verzichtete, ließen mich meine Schmerzen nicht los. Und im Keller, wo ich keinen Sonnenstrahl abbekam und großteils allein blieb, verschlechterte sich mein Befinden. Alles schien sich nur sinnlos im Kreise zu drehen. Umso mehr, als der Arzt nicht zu sagen bereit war, wann er seine Studien abschließen wollte und ich wieder meine Mansarde beziehen durfte (ach, warum konnte nicht alles beim Alten sein?). Er wußte es selbst nicht, es dauerte, bis mir das aufging. Was mir bevorstand, hing von seinen Erkenntnissen ab. Sie entschieden, ob er keine andere Wahl hatte, als mich mit seinem Skalpell zu zerlegen, bis ich nur noch sauber zertrenntes Gewebe war, das sich nicht mehr zusammenflicken ließ.

Im Widerspruch zu seinem Versprechen, mich nicht zu entstellen, rasierte er mich ratzekahl. Zwar hing kein Spiegel in Sichtweite, trotzdem erkannte ich mich, mehr verschwommen als klar, in Vitrinen an der Kellerwand, Glaskolben oder metallisch ummantelten Apparaturen – und war entsetzt von der abstoßend nackten und umso verletzlicher wirkenden Fratze.

Bald fing er an, erste Schnitte zu setzen. Mich packte ein rasender Schmerz, wenn er mit seinem Messer einen Einstich vornahm, um mich aufzutrennen und meine Haut auseinanderzufalten. Ich stieß Schreie aus, schrillere Schreie als bei den elektrischen Stimulationen, die sich an den Mauern des Laboratoriums brachen. Sie trafen den Doktor ins Mark. Mehr als einmal ließ er sein Skalpell fallen, das mit einem Klirren auf dem Steinboden landete.

Trotzdem wollte der Arzt meine Schmerzen nicht ernst nehmen, es dauerte, bis er ein Einsehen hatte. Wieder und wieder versank ich vor Qualen in Ohnmacht. Und selbst wenn der Forscher vor Tagesbeginn von mir abließ und sich auf der Pritsche ausstreckte, zu benommen und kraftlos, um weiterzuarbeiten, verwand ich sie erst mit der Zeit.

Ab einem Punkt, den ich nicht mehr erinnere, horchte der Doktor mich zu meinen Schmerzen aus, die sich bald als ergiebigster Teil seiner neurochirurgischen Forschungsanstrengungen erwiesen, und schrieb meine Schilderungen – und die sich aus meinen Schilderungen ergebenden Schlußfolgerungen – auf dem Schemel vorm Arbeitstisch in seine Kladde.

Ich sagte bereits, in der Mischung aus Schmerzen und Abstumpfung kam mir mein Zeitsinn abhanden. Stunden und Tage waren in meinem Bewußtsein nichts als eine graue und breiige Masse. Es war der Knoten am Hinterkopf meines Besitzers, den ich bei der Mahlzeit entdeckt hatte, an meinem ersten Tag in seinem Haus, als Laurent zur Verdauung Kaffee trank und rauchte, diese Schwellung beim Haaransatz neben dem rechten Ohr, die meinen mangelnden Zeitsinn ersetzte. Wenn mir der Arzt Elektroden anlegte oder mit dem Skalpell meinen Hautsack erforschte, stand sie mir automatisch vor Augen. Und sie entwickelte sich. Was eine mittlere Quaddel gewesen war, verdickte sich zu einer eigroßen Beule, an der er sich kratzte, verbissen und blind, bis sie blutig verschrammt aus dem Stehkragen ragte. Mit den Experimenten und Operationen, die er an mir vornahm, fand er keinen Schlaf mehr (er erholte sich nur kurze Zeit auf der Pritsche, statt ins Schlafzimmer im ersten Stockwerk zu steigen), sein hageres Gesicht wirkte gelblich und leidend, ganz zu schweigen vom Kinnbart, der auffallend ergraute. Kurzum: Sein Verfall war mein Zeitmaß im Keller.

Als er dem Zusammenbruch nahe war, legte der Doktor mit mir eine Pause ein. Er rechtfertigte es vor sich selbst mit einem Vortrag, in dem er der Wissenschaftswelt von Paris seine Forschungsergebnisse mitteilen wollte, die allen neurophysiologischen Annahmen und hirnanatomischen Lehrmeinungen widersprachen. Meine Gegenwart bei seinem Auftritt an der Medizinischen Akademie in der Rue Bonaparte war – zu Anschauungszwecken – erforderlich. Das hatte den Vorteil, daß ich mich erholen durfte. Ich konnte den Keller verlassen und schaukelte wieder bei mir in der Dachkammernische, von der Aussicht auf Giebel und rosa Kamine im milchigen Dunst eines angehenden Tages ergriffen, ja, dem Heulen nah, als sich sein Diener erkundigte, ob er mir vorlesen solle.

Sicher war er vom Doktor beauftragt, mich aus meiner Stumpfheit und Schwermut zu reißen. Pierres Mitleid war nicht zu verkennen. Ich war nackt, meine Haut voller Operationsschnitte, und mußte in meiner Verwirrung und Weinerlichkeit auf den Diener bedauernswert wirken, der mich bei meiner Ankunft im Haus seines Herrn in wesentlich besserer Verfassung erlebt hatte. Bald ging es zur Pferderennbahn von Vincennes, wo Pierre mich wieder mit Wettfieber anstecken wollte, oder er schleppte mich in ein Lokal am Montmartre, wo das Chanson vom »Petit Coquin« auf dem Programm stand, um meine Stimmung zu heben. Erfolgreich waren seine Bestrebungen nicht. Ich war zu entsetzt von meinen Kellererlebnissen, mit einer Handvoll Zerstreuungen waren sie nicht abzutun. Mehr als das: Voller Scham vor meinem Aussehen, zog ich es vor, in der Kammer zu bleiben.

Ich bekniete den Hausangestellten tagaus tagein, mich vor dem Doktor zu retten. »Wollen Sie mir eine ehrliche Hilfe sein? Bringen Sie mich zu einem anderen Besitzer! Sie kennen einen Menschen, mit Sicherheit kennen Sie einen, der mich bei sich aufnehmen wird ... ich beanspruche keinen Platz, brauche kein Essen. Oder Sie lassen mich liegen, am Seineufer ... nein? ... auf der Pferderennbahn ... im Jardines des Plantes ... nein? ... Sie verlieren mich einfach ... verlieren mich einfach!« Mein Betteln und Flehen verbitterte Pierre. Bei allem Mitleid mit mir war der Diener dem Doktor in Treue ergeben. Und zu verlangen, dem Hausherrn zu schaden, grenzte an eine Beleidigung seiner Person. Ich merkte dem steifen und vornehmen Mann seinen Widerwillen an, wenn er in meine Kammer trat, heiser »Bonjour« sagte und in den Diwan fiel, wo er eine Zeitung ausbreitete. Pierre beeilte sich mit seiner Vorlesung, was er mit dringenden Pflichten im Haushalt entschuldigte, nickte hastig und stakste ins Freie.

Und bald kam Mathilde in meine Mansarde ... als er mich am gestrigen Tag untersucht hatte, war der Doktor mit mir nicht zufrieden gewesen. Wenn er in der Akademie seinen Vortrag hielt, sollte ich Rede und Antwort stehen, kein wirres Zeug stammeln oder in Schluchzer ausbrechen. Er brauchte mich, um seinem Bruch mit den geltenden Wissenschaftsmeinungen die richtige Wucht zu verleihen. Von meinem Auftreten hing eine Menge ab. Mit meinem Ich-Bewußtsein, meinem Wissen und meiner Begabung zu Reim oder Zahlen war ich ein lebendiges Beispiel des Irrwegs, den man in der Forschung beschritt – zu diesem Zweck brauchte der Doktor mich in der Verfassung, in der ich vor seinen Experimenten gewesen war. Von Mathilde versprach er sich mehr Erfolg bei meiner seelischen Aufrichtung als von seinem Diener.

Kein Zweifel: sie tat, was Sie konnte. Sicher war nicht nur Berechnung im Spiel, Mathilde war kein kaltes und herzloses Wesen. Trotzdem trat sie zu Anfang mit Widerwillen in meine Kammer. Ich fing zu weinen an, vor Kummer und Seligkeit, ich schluchzte (mit trockenen Augen) und schluckte (eine sinnlich empfundene Einbildung, bei der mir salziger Schleim in die Kehle rann). Mathilde, die erst zaudernden Abstand bewahrt hatte, eilte in meine Nische, um mich zu beruhigen. Und sie nahm mich in die Hand, was ich in meiner Zeit an der Seite von Henry vermißt hatte. »Ach Gott, was ist los, warum weinen Sie, Monsieur?«

Mathildes Bedauern war nicht zu verkennen, was meine Empfindungen von Kummer und Seligkeit steigerte – die mit Befangenheit und Scham Hand in Hand gingen, als ich mich an meine Nacktheit erinnerte, was wiederum meinen Weinkrampf verschlimmerte. »Warum weinen Sie, Monsieur? Ach, Sie sollten nicht weinen!« Sie strich mir um Lippen und Augen und kam zu den Stellen meiner Haut, die rasiert und zerschnitten waren. »Bitte nicht! Bitte nicht!« heulte ich bei dem Schmerz, den Mathildes mich streichelnde Finger verursachten. Entsetzt ließ sie mich auf den Holzboden fallen. Anders als vor meinen Kellererlebnissen, war mir meine Schrumpfkopfrobustheit vergangen, ich kam mir zerschunden und wund vor. »Oh, das wollte ich nicht, Monsieur ... es tut mir leid.« Sie ging in die Knie und hob mich vom Boden auf, unsicher, wie sie mich anfassen solle, ohne mir wieder weh zu tun.

In der verbleibenden Zeit bis zum Akademievortrag verbrachte sie Stunde um Stunde bei mir in der Dachkammer, wo ich sie vergeblich um Hilfe anflehte. Sie war nicht bereit, mir zur Flucht aus dem Haus zu verhelfen. »Ich kann das nicht ... dich aus dem Haus schaffen ... kann das nicht«, entschuldigte sie sich mit echter Verzweiflung.

In diesen Tagen erfuhr ich Mathildes Geschichte. Und ich verzieh es dem Waisenhauskind, das sich als junges Ding in den Menschen verliebt hatte, dem es ein Zuhause verdankte. Ich war selig, sie um mich zu haben. Mathilde befreite mich von meiner Nacktheit. »Du bist eitel«, versetzte sie mit einem Kichern, als sie mir ein Haarteil mitbrachte und aufsetzte, und ich mich dankbar im Spiegel betrachtete. Meine Eitelkeit fand sie erheiternd, nicht abwegig. Vorm Toilettentisch im zweiten Stock, wo sie wohnte, verhalf mir Mathilde mit Rimmel und Reismehl zu einem vertretbaren Aussehen, bis es mir vorkam, als sei ich der Alte.

Und sie scheute sich nicht, mich ins Bett mitzunehmen, wo wir nebeneinander den Baldachinhimmel betrachteten und uns, in einer Mischung aus Wehmut und Stichelei, an den Bummelstudenten aus Cambridge erinnerten. Ich erfuhr vom Besuch seines Bruders und Anthropologen, der bei Henry erschienen war, um mich wieder an sich zu nehmen ... und als Henry zugab, er habe mich an einen namhaften Forscher und Doktor verscherbelt, hatte Alan den Jungen beim Vater verpfiffen, der dem Nichtsnutz von Sohn keinen Penny mehr auszahlte und seine Enterbung androhte. Henry blieb keine Wahl, als Paris zu verlassen und in der Firma des Vaters zu arbeiten.

»Er wollte mich mitnehmen«, sagte Mathilde neben mir auf dem Kopfkissen mit einem Seufzer, »und meine Weigerung fand er schockierend ... was soll ich in Cambridge, weit weg von der Seine ... und dem mir am tiefsten verbundenen Menschen? Es machte den Jungen halb wahnsinnig, mich mit dem Doktor zu teilen, er war nicht mehr das lustige Leichtgewicht, das alles wegsteckte, pauvre Henri ... ich denke, er wird unsere Trennung verschmerzen, wenn er erst bald wieder Fuß faßt in England.« Oh, ich liebte das, muß ich bekennen, diesen sich mit der Atemluft mischenden Duft, den die junge Frau an meiner Seite verbreitete und der mich als rosarotgoldene Wolke umschwebte, und ich bedauerte nur, keine Arme zu haben, mit denen ich Mathilde umschlingen konnte, die sich neben mir reckte und streckte. »Pauvre Henri«, wiederholten wir beide zusammen (und im Stillen bezog ich den Seufzer auf mich).

Ich weiß nicht, warum ich mir einbildete, mit bestandenem Akademievortrag werde der Doktor mich mit seinen Studien und Experimenten im Keller verschonen. In der Meinung, ich sei nun ein Freund und Begleiter Mathildes, war ich heiterer Laune, als wir an einem Nachmittag zur Charité in der Rue des Saints-Pères aufbrachen. Ich erinnere mich an den Stallknecht, der uns vor dem Eingang des Innenhofs den Wagenschlag aufriß. Bei seiner schiefen Verbeugung schien er mit der Stirn auf das Pflaster zu schlagen. Mich musterte Puce voller Abscheu und Bitterkeit: Ich stand in der Menschenwelt tiefer als er, der, selbst wenn er verwachsen war, Glieder und Rumpf besaß, und trotzdem behandelte mich seine Herrin mit einer Vertrautheit, die sie keinem anderen menschlichen Wesen im Haushalt bezeigte (wenn man den eisgrauen Pierre außer Acht ließ). Sein Neid mischte sich mit dem Haß eines treuen Knechts, der die Gefahren wittert, die von einem Konkurrenten ausgehen. Der Doktor war schlecht beieinander, das stimmte ja, mit der am Haaransatz neben dem rechten Ohr aus seinem Stehkragen platzenden Beule, verschatteten Augen und einer Gesichtshaut, die ungesund gelb und verknittert war.

Diese Dinge vergaß ich, als wir mit einem Peitschenknall losrollten und in die Rue de Bretagne bogen. Ich schwankte im Schoß von Mathilde, die in einem Seidenkleid neben dem schweigenden und sich ins Wagenkabineneck pressenden Doktor saß. Dieses Seidenkleid kitzelte angenehm an meiner Haut und sein Knistern belustigte mich. Und ich nahm mir fest vor, meinem Besitzer zu helfen, vor der Akademie eine Rede zu halten, die aufsehenerregend und bahnbrechend war. An mir sollte der Doktor nicht scheitern.

Wir waren am Ziel und der Doktor belebte sich, als ob er sich selbst einen Stromstoß verpaßt habe. Er sprang aus der Wagenkabine ins Freie und scheuchte uns beide, Mathilde und mich, zu den sechs Akademievorstandsmitgliedern, die das Empfangskomitee in der Vorhalle bildeten. Laurent riß sich seinen Zylinder vom Scheitel und stellte den Herren Mathilde vor, die er als »kleine Kusine« ausgab, um sich Klatsch zu ersparen und schleunigst zur Sache zu kommen. Und diese Sache war ich. »Das ist Monsieur Hugo«, sagte er zu den Herren, als ich vor der Runde am Trageband baumelte, »der bei meinem heutigen Vortrag im Mittelpunkt stehen wird.« Ich legte gutes Benehmen an den Tag. »Bonjour, meine Herren!« versetzte ich aufmerksam, »es ist mir eine Ehre, Sie kennenzulernen!« Man erblasste, verschluckte sich, stammelte einen Willkommensgruß, streckte die Hand aus, um sie mir zu reichen – und ließ sie verwirrt wieder sinken. »Wir sollten aufbrechen«, meinte Laurent, und der Trupp setzte sich in Bewegung.

Ich pendelte vor seinem Frackhemd zum Vortragssaal, in dem alle Sitzreihen randvoll besetzt waren. Der Doktor befestigte mich an einem Wandnagel, wo man sonst Karten und Schautafeln anbrachte, zwei Schritte vom Pult entfernt, an dem er vortragen wollte. Trotz meiner Auftrittserfahrung als Schausteller war mir halb schlecht vor der Menge aus Forschern und Anatomen, die mich mit einem Raunen betrachteten. Stock und Zylinder vor sich auf der Bank abgelegt, saugten sie an Zigarren im grauen oder schuhwichseschwarzen Bart und empfingen uns mit zauderndem Beifall.

Mathilde, die man in der vordersten Sitzreihe zwischen den Vorstandsmitgliedern platziert hatte, strahlte mich an, was mir Schwung verlieh, als ich dem Doktor mit Antworten dienen mußte und mir auf Publikumsvorgaben Reime einfallen ließ oder atemberaubende Kopfrechnungen anstellte, mich an meinen Sprachlehrer Cayo erinnerte, um meine Bewußtseinsentwicklung zu schildern, und papageienhaft »Nux missima missima« schmirgelte.

Bei einem Teil des im Großen und Ganzen erheiterten Publikums machte sich Unruhe breit. »Wollten Sie uns keine Forschungsergebnisse vortragen?« meldete sich eine Stimme. »Das soll Wissenschaft sein?« mischte sich eine zweite ein, »das ist nichts als Theater, Monsieur!« Man applaudierte den beiden verhalten, was Laurent aus dem Tritt brachte, der in den Saal stierte, als wisse er nicht, wo er sei.

Er faßte sich rasch. Seine Forschungsergebnisse beruhten auf Experimenten und Eingriffen an einem sprechenden Schrumpfkopf, versetzte er. »Meine Herren! Wem nicht klar ist, was er in den letzten Minuten erlebt hat, dem sollte man in aller Ehrlichkeit einen Berufswechsel nahelegen.« Das saß – in den Bankreihen holte man Luft. »Dieses Wesen«, er zeigte auf mich, »diesen Menschen, den das Schicksal ereilte, enthauptet zu werden und den man zum Schrumpfkopf verarbeitet hat, weist kein Gramm an Gehirnmasse auf. Muskelfleisch, Nerven und Hirnmasse – alles hat man aus dem Hautsack entfernt.« Mit wiedererwachendem Grauen lauschte ich seinen Schilderungen der an mir vollzogenen Experimente und Operationen. Am Ende verkrallte er sich in meinem Haarteil und zerrte es mir mit einem Ruck von der Glatze. Ich war zu entsetzt, um zu schreien, als der Doktor mich an einer Ohrmuschel packte und vor seinem Publikum wild in der Luft schwenkte. »Des Langen und Breiten ... des Langen und Breiten ... man kann meine Schnitte erkennen ... ich habe den Schrumpfkopf ausgiebig erforscht, meine Herren ... es war absolut nichts zu entdecken!« Er hielt mich den Akademievorstandsmitgliedern kahl und entstellt vor die Nase. Ich schielte Mathilde an, die sich vor Mitleid und Reue im Holzstuhl verkrampfte. Sie konnte nicht einschreiten, wenn sie – als kleine Kusine und einsame Frau in der Menge – den Doktor vor der medizinischen Wissenschaftswelt von Paris nicht auf Dauer blamieren wollte.

»Professor Guillaume und Professor Reichmann kennen meine Verdienste in der anatomischen und neurophysiologischen Hirnforschung. Ich darf Sie erinnern, in aller Bescheidenheit: Ich hatte meinen Anteil am Siegeszug unserer Theorie von den Bestimmungen und Aufgaben, die sich im Gewebe ermitteln und abgrenzen lassen. Er verschaffte mir Aufnahme in den erlauchten Kreis unserer Académie Impériale. Warum sollte ich diese Ehre verspielen und mich von meinen Erkenntnissen lossagen? Meine Herren! Trotzdem kann ich nicht anders, es tut mir leid, in den vergangenen Wochen und Monaten mußte ich diese Erkenntnisse aufgeben, die auf einem tiefgreifenden Irrtum beruhen.« Im Vortragssaal kochte und brodelte es. Man machte seinem Unmut Luft, zischte und zischelte, fuchtelte von einer Sitzbank zur anderen, trampelte mit seinen Stiefeln und pfiff. »Und wo irrten Sie?« wollte man von allen Seiten erfahren, »wo irrten Sie, Monsieur Laurent?«

»Nicht ich«, gab der Doktor zur Antwort, »wir alle!« Bei dem Radau, der im Publikum losbrach, legte mich mein Besitzer mit Nase und Stirn auf der Platte des Vortragspults ab. Leider konnte ich so nicht mehr sehen, was vor sich ging. »Meine Herren, wir alle!« betonte der Arzt, der anscheinend vor den Zuschauerreihen auf und ab rannte, was mir seine sich eilig entfernende und wieder anschwellende Stimme verriet. »Wir sind alle dem Irrtum erlegen, res cogitans und res extensa nicht strenger zu trennen. Gehirn ist nicht Geist, meine Herren, und Geist nicht Gehirn! Das ist die Schlußfolgerung, die sich logischerweise aus meinen chirurgischen Eingriffen und Experimenten am Schrumpfkopf ergibt. Von unserem Gehirn gehen alle Bewegungen und Regungen vegetativer Natur aus, die keine bewußte Entscheidung verlangen. Nicht aus Zufall kommen diese Bewegungen und Regungen bei meinem Patienten nicht vor. Als Wesen, dem alle Organe und Glieder fehlen, braucht er kein Gehirn, das sie leitet und lenkt. Und trotzdem: Empfindungen, Bewußtsein und Wille sind beim Schrumpfkopf unleugbar vorhanden. Meine Herren, es mangelt seinem menschlichen Geist an nichts!«

Laurent mußte schreien, um sich zu behaupten. »Monsieur Professeur, warum sprechen Sie es nicht aus?« schimpfte es aus einem Winkel im Vortragssaal, »Sie wollen den menschlichen Geist in die Seele verlegen, die immateriell und unsterblich ist!« – »Ja«, stimmte man zu, »wir sind alle verzichtbar. Seelen lassen sich schlecht anatomisch erforschen.« Man wieherte los, und

der Arzt hatte Not, sich ein letztes Mal Aufmerksamkeit zu verschaffen. »Wir sind nicht verzichtbar«, bemerkte er heiser, »ich
gehe von einem Organ im Gehirn aus, das wir bis zum heutigen
Tag nicht entdeckt haben – oder verkannt, nicht beachtet, wer
weiß – ein Organ, in dem Seiendes und Geist sich verbinden ...
mit Sicherheit ist es von winziger Ausdehnung ... und als man
aus meinem Patienten einen Schrumpfkopf verfertigt hat, blieb
es versehentlich erhalten ... meine Herren, ich verspreche, ich
werde es finden«, beteuerte er in den buhenden und pfeifenden
Saal.

»Epiphysis cerebri!« schrie es aus der Menge, »wir wissen
bereits, wo es sitzt, Monsieur ... im Epithalamus ... es ist nicht
schwer zu ermitteln ...« Gegen das Tohuwabohu war kein An-
kommen mehr. Wahrscheinlich war kaum zu verstehen, was der
Doktor entgegnete: selbst wenn Descartes' Epiphysis-cerebri-
Annahme ein Fehler gewesen sei, habe sich sein erster Lehrsatz
vom »Cogito ergo sum« an mir, einem denkenden Schrumpfkopf,
bewahrheitet ...

Ich bekenne, ich kriegte den Rest nicht mehr mit. Es war sein
Versprechen, das mich in Beschlag nahm. Wenn er es ernst meinte
mit seinem Vorhaben, einem nicht bekannten Organ auf die Spur
zu kommen, hing ich mit Sicherheit bald wieder in seinem Keller.
Das hieß: meine Leidenszeit war nicht zu Ende, ja ich mußte von
Schlimmerem ausgehen.

Wie wir ins Freie kamen, weiß ich nicht mehr. Und ich kann
mich nicht mehr erinnern, warum sich der Doktor nicht bei uns
im Wagen befand, als wir vom Charitéhospital in die Rue de Bretagne rollten. »Du irrst dich, Petit Coquin«, summte Mathilde
und strich mit behandschuhten Fingern um meine Stirn – beim
Aufbruch im Vortragssaal, eilig und außer sich, hatten wir leider mein Haarteil vergessen – »er wird dich nicht umbringen,
bestimmt nicht, Petit Coquin«, und hob das Kinn, um ins Freie
zu linsen, wo Gaslaternenputzer mit Umhang und Schirmkappe
die Straßenbeleuchtung zum Brennen brachten.

Nach seinem Vortrag in der Medizinischen Akademie sollte es zwischen mir und meinem siebten Besitzer zu keiner Begegnung mehr kommen ... Neulich erst bat ich Michael, der, nebenbei bemerkt, meine Lebenserinnerungen in den Computer tippt, sich bei der heutigen Akademie zu erkundigen, ob sie mit schriftlichen Zeugnissen dienen kann, die den Vortrag des Doktors belegen. Er telefonierte mit der Archivleiterin, der der Name Paul Philippe Laurent ein Begriff war. Bis wir Antwort bekamen, verstrichen drei Tage. Sie teilte uns mit, leider finde sich zu einem »Schrumpfkopf«-Vortrag im Archiv keine Zeile; mehr als das: den letzten verzeichneten Akademieauftritt habe Laurent 1867 bestritten (und das war wiederum eine Ewigkeit vor meiner Ankunft im Haus in der Rue de Bretagne). Verstorben sei er, hieße es in den Akten, am 4. April 1878 – ich hatte den Doktor und seine Mathilde bereits zwei Jahre vorher verlassen.

Mehr Erfolg hatten wir, als sich Michael an einen Freund in Paris wandte, der als Historiker Erfahrung mit Zeitungsarchiven besaß. Er durchforstete alle Pariser Journale – elektronisch, auf Mikrofilm und in Papierfassung –, die zeitlich in Frage kommen konnten. In zwei Zeitungen (*Le Temps* und *Gazette de France*) fand er Berichte zum Akademieauftritt von Laurent, die den Doktor als Scharlatan brandmarkten. Ich kam in keinem der beiden Artikel vor – umso verworrener oder befremdlicher mußten der Leserschaft, die medizinisch beschlagen war, seine Ideen erschienen sein.

Nur in *Le Petit Parisien* stand Ergiebigeres von der Akademierede. Es deckte sich großteils mit meiner Erinnerung und auch von mir war die Rede. Sicher, man sprach in besagtem Artikel von billigen Tricks meines siebten Besitzers, mit dem Ziel, alle geltenden Forschungsergebnisse und erwiesenen Lehrmeinungen zu verwerfen. Nichts als krankhafter Ehrgeiz sei Antrieb des Vortrags gewesen, der in den Annalen der Akademie einen Schandfleck darstelle (offensichtlich hatte man in der Akademie reagiert und das Archiv um diesen Makel bereinigt). Am Ende verlangte der Beitrag den baldigen Ausschluß Paul Philippe Laurents aus der ehrenhaften Einrichtung.

Laut den Meldungen vom 6. und 7. April 1878 zum Tode des Doktors, die Michaels Freund in den Zeitungen entdeckte, war aber kein Ausschluß erfolgt. Trotzdem war es dem Arzt und Chirurgen mißlungen, in der restlichen Zeit seinen Ruf zu verbessern, das ließ sich der Presse entnehmen, die den Toten als »große Begabung« charakterisierte und bedauernd sein »schmachvolles Scheitern« betonte (worin dieses Scheitern bestand, das erfuhr man nicht).

Besonders zwei Dinge machten mich nachdenklich, als ich diese Artikel las. Erstens tat es mir leid, den Ruf meines siebten Besitzers – unwillentlich – vernichtet zu haben. Mit mir hatte sich der namhafte Hirnforscher Leben und Laufbahn verdorben, ein Scheitern, von dem er sich nicht mehr erholt hatte. Zweitens fiel mir das Schweigen der Zeitungen auf. Ich kam in den Artikeln zum Vortrag des Doktors gar nicht oder nur auf verlogene Weise vor. Bei den Schaustellern war es mir anders ergangen: Man hatte ausgiebig vom sprechenden Schrumpfkopf und seinen Abenteuern bei den Kannibalen berichtet, ich war in aller Munde gewesen. Kurz: Beim fahrenden Volk, das in Holzwagen hausend von Landstrich zu Landstrich zog, durfte ich vorkommen – in der Wissenschaftswelt aber hatte ein alle Natur- und Verstandesgesetze verletzender Schrumpfkopf wie ich keinen Platz ...

Ich sagte bereits: in den letzten zwei Tagen, die ich in der Rue de Bretagne verbrachte, ließ der Arzt mich zu meiner Erleichterung in Ruhe. Ich hing allein in der Dienstbodenkammer, voller Anspannung, lauschend, ob Schritte nahen und mich der Diener abholen wird – und ich unwiderruflich im Keller verschwinde – oder Mathilde in meine Mansarde eilt, um mir zu versichern, der Doktor, sie habe sein Wort!, werde mich keinen Experimenten mehr aussetzen. Es herrschte Stille im Haus, tiefe Stille, als ob es kein Leben enthalte. Nur nachts drangen Jaulen und Wimmern zu mir in den Dachboden. Schlimmer als diese Tierstimmen kam mir der rasende, aus dem Musiksalon anwehende Schwall von Akkorden vor – ich erschauderte bei dem besessenen Spiel.

In der dritten Nacht sollte ich Stimmen vernehmen, Hufgeklapper im Hof, Laufereien auf der Steintreppe, ein Heulen und Hetzen, das unheimlich war. Stunden vergingen, bis der Aufruhr sich legte. Im Halbschlaf bemerkte ich humpelnd und hohl auf der Dienstbotentreppe erbebende Schritte, und war schlagartig wach, als mich Lampenschein streifte. »Bist du es ... bist du es, Mathilde?« versetzte ich sehnlichst – und gegen mein besseres Wissen ...

In dieser Nacht hatte der Hausherr einen schweren Zusammenbruch erlitten, und dies wiederum hatte seinen Stallknecht veranlaßt, meinem unheilvollen Einfluß ein Ende zu machen und mich aus dem Haus zu entfernen. Das reimte ich mir aus den Dingen zusammen, die der Reitbursche von sich gab, stammelnd und atemlos, als er mit mir um vergitterte Ladenzeilen und verschlossene Hoftore eilte ... nein, ich warf dem verwachsenen Kerlchen nichts vor, ich wollte das Haus in der Rue de Bretagne ja verlassen und in seiner tierhaften Treue zum Doktor schien Puce meine Rettung zu sein. Und er verriet nicht, was er mit mir vorhatte.

Das ahnte ich erst, als der Fluß vor uns auftauchte, mit seinem tiefschwarzen Wasser, das schmatzend und schwer an die Kaimauern schwappte. »Nein! Nicht in die Seine!« heulte ich alarmiert, »ich warne dich, Junge, du wirst es bereuen! Niemand wird mich mehr finden, wenn du mich versenkst! Um Gotteswillen, laß das, ich bitte dich, laß es sein!« Es war zwecklos: ich kreiste am Trageband, wirbelte hoch in die Luft, sackte tiefer und tiefer und traf in der Flußmitte auf.

VIII

Von meiner Zeit in der Seine, Fieberanwandlungen
und Phantasien; stummen Tagen im Pfandleihhaus;
Appetit und Eiffelturmtaumel; meiner neuen Familie,
den Eheleuten Gina und Thomas Merunka aus Wien,
und unserer ersten Sommerfrische in Grinzing

Ich hatte doppeltes Pech. Als ich ins Wasser fiel, nahm mich ein Fisch ins Maul und tauchte mit mir in die Tiefe. Ich erinnere mich an sein spitzes Gebiß, eine Reihe von Nadeln, die in meine Haut eindrangen und testeten, ob ich ein schmackhafter Happen war. Der Fisch spuckte mich wieder aus, und ich hoffte, bei meinem geringen Gewicht gleich nach oben zu schweben, als das an der Kopfhaut befestigte Trageband widerstand. Es hatte sich an einem Wagenrad, das aus dem schlammigen Flußboden ragte, verfangen – ich erkannte das Fuhrwerk mit seinen zwei Pferdeskeletten, die weiß vor der Zugstange schimmerten, erst bei Tage, als schummriger Sonnenschein einfiel.

Ich entsinne mich noch an den Wahn zu ersticken, der mich in den ersten Minuten beherrschte. Es dauerte, bis dieses Grauen sich legte, und an seine Stelle ein anderes Entsetzen trat. Kein Mensch konnte mich auf dem Flußboden finden! Es war mein Schicksal, im Fluß zu verrotten, bis mich mein Bewußtsein, wer weiß wann, verließ …

Von heute aus kann ich mein Grauen schwer schildern. Es war mit Seelenbewegungen verbunden, die in der Erinnerung unwiederholbar sind. Verzweiflung, Auflehnung, Niedergeschlagenheit, Achtlosigkeit oder haltlose Zuversicht wechselten sich in mir ab. Und wenn diese Zuversicht von mir Besitz ergriff, tat ich alles, um mich bei den Waschfrauen und Anglern am Ufer, die ich mehr erahnen als erkennen konnte, mit Schreien bemerkbar zu machen. Umsonst – meine Stimme versagte im Wasser.

Neunundneunzig Prozent von dem, was in mir vorging, in leeren und einsamen Wochen und Monaten, habe ich heute vergessen. Mir stehen Erinnerungssplitter vor Augen: Wasserschlangen, die sich zur Musik, die vom Kai in die Tiefe drang, tanzend bewegten; Mondschein, der den Schlickboden sprenkelte und um den Gespensterkarren und seine Pferdeskelette strich; Bootsschatten, die auf den Wellen anschwebten; Lausejungen, die jubelnd und johlend um die Wette schwammen und mich in selige Stimmung versetzten, als sei ich am kindlichen Wettkampf beteiligt; das Wasser, in dem ich mich wiegte, umfing mich bei Tag wie ein Vorhang, der durchsichtig leuchtete, schlieriggelb oder sepiabraun; und mit dem Nebel, der Kaimauern, Stege und Anlegestellen am Ufer verschleierte, schien ich mich in Milch zu bewegen; Fische mit silberweiß blitzenden Schuppen umspielten und blendeten mich; und wenn sie auf Wanderschaft gingen, zu Tausenden, zwickten und zwackten mich Scharen von Flußkrebsen, die sich einen triebhaften Weg bahnten ...

Vierzehn Jahre vergingen, bis ein Zufall mich rettete. Vorher pendelte ich zwischen Wachzustand, Halbschlaf und tiefer Bewußtlosigkeit. Anfangs litt ich an Fieberanwandlungen, die sich aus Traumphantasien und Erinnerungen zusammensetzten: Ich kam dem Totenkopfaffen zu Hilfe, indem ich Pepito rechtzeitig am Arm packte, als er beabsichtigte, seinen Liebling im Raubtiergehege zerfleischen zu lassen – und El Pequeño umhalste mich mit nassen Augen und dankbarem Fiepen; ja, ich entriß dem Beamten der Spanischen Krone im Schreibzimmer seine Machete und der Blauara Cayo behielt seinen Fuß; oder ich war ein begnadeter Reiter und ritt neben Oliver Clifton ins Sumpfland aus – im Fieberwahn hatte ich Arme und Beine und beim Galoppieren erzitterten meine sich eng an den Pferdeleib pressenden Schenkel –, wo ich meinen Freund mit Gewalt von seinem Vorhaben abhielt, auf dem Bauch aus morastigen Bracken zu trinken, und beim Ringkampf am Teichrand besiegte; oder ich stieg, splitternackt und klatschnaß, aus der Seine und eilte zur Rue de Bretagne, um Mathilde zu beknien, Paul Philip Laurent zu verlassen und mit mir zu kommen – diese Einbildung, Arme und Beine zu haben, die ich willentlich bewegen und stillhalten konnte, war alles andere als immateriell und abstrakt und reichte mir, wenn man will, bis in Finger- und Zehenspitzen ...

Meine Fieberanwandlungen legten sich mit der Zeit, ich versank in bewußtlosem Schlaf. Mein Ich reduzierte sich auf einen Kern. Und dieser Kern bemerkte irgendwann das Ziehen und Zerren eines Hakens, der sich in meinem Trageband verfing und mich von einer Seite zur anderen schleuderte. Ich erwachte, benommen, als mich das Trageband freigab und ich an einer Angel zu einem Bootsschatten hochschwebte. Ich kreiste und kreiselte triefend am Haken vor einem verschorften Gesicht, das mich mit pfiffigem Blinzeln in Augenschein nahm.

Als der Angler in mir einen Schrumpfkopf erkannte, ließ er mich vor Schreck auf die Ruderbank fallen, von der ich abprallte und in einen Holzbottich klatschte. »Was soll ich mit dir anfangen?« lispelte er – statt Zahnreihen hatte er Stummeln und Spalten im Mund –, und fischte mich aus seinem Bottich. Ich war sicher, er plante, mich wieder ins Wasser zu werfen und riß mich zusammen, um loszuheulen: »Nehmen Sie mich bitte ans Ufer mit, guter Mann!«, war jedoch zu benebelt und schwach, um einen Pieps zu tun.

In einem Leihhaus kam ich wieder zu mir. Ich kannte den Laden mit tabakbraundusterer Decke, teils holzverkleideter Wand, teils vergilbten Tapeten, noch aus meiner Zeit an der Seite von Henry. Sonnenstrahlen spielten um Tee-, Schokoladen- und Kaffeeservice aus Porzellan, Silbersaucieren und Vorlegeplatten, Serviettenringsammlungen und Platzkartenhalter, die sich auf Kredenzen und Anrichten stapelten. Toiletten- und Schachtische, Wiegen und Holzpferde, Weltkugeln, Standuhren und Ottomanen stießen in der Verkaufsstube gegeneinander. Motten flatterten um Musselinkleider, Paletots, Jockeykittel, Zylinder, Melonen und Filzschlappen, Bettvorleger und Teppiche, Spitzen und Schleifen. Ich baumelte an einem Holzpfosten, unweit des Ladeneingangs, neben einem Klavierkasten, auf dem ein Puppenhaus stand.

Von meinem Pfosten aus hatte ich gute Sicht auf den Gehsteig- und Straßenverkehr vor dem Pfandleihhaus. Bei dem lebhaften Treiben befreite ich mich nach und nach von meinem inneren Taumel. Bald geistig und seelisch in besserer Verfassung, blieb ich auf der Hut vor dem Leihhausbesitzer, Monsieur Michel, einem Riesen, der in seiner Wandnische Stunden um Stunden im Halbschlaf verbrachte. Er war ziemlich fettleibig und paßte gerade so in die Vertiefung der Mauer. Mit seinen vorm Nabel verknoteten Fingern und dem Kinn auf der Brust machte er einen schlaffen und treuherzig friedlichen Eindruck.

Dieser Eindruck war falsch. In Bewegung kam er gegen elf Uhr am Vormittag, wenn seine Mutter einen Eimer mit Fleischbouillon anschleppte. Beide waren es gewohnt, miteinander zu zanken, ums angeblich salzlose Essen Madame Michels oder um seine Einnahmen, die sie zu gering fand. Das war nicht gerecht gegen Monsieur Michel. Er verstand es seinen Kunden, die, sagen wir, billige Griechische Spitze verlangten, stattdessen ein Eßgeschirr aus sechzig Teilen anzudrehen.

Ich gab dem Leihhausbesitzer nicht preis, wer ich war. Ich wollte nicht wieder an einen Besitzer gehen, der mich zu Studienzwecken erwarb, und an einen Mann von der Wissenschaft konnte Monsieur mich rentabel verkaufen. Zu meiner Erleichterung betrachtete er mich nur als minderwertigen und schlecht erhaltenen Artikel.

Und es stimmte, ich wirkte bemitleidenswert, obwohl man mich vom Flußdreck befreit hatte. In einem Spiegel mit Goldblattverzierungen konnte ich Tag um Tag meine Kahlheit beweinen und vor den Narben erschaudern, die kreuz und quer von der Stirn bis zum Scheitel verliefen. Aus meiner im Wasser stellenweise verrotteten Haut hingen vereinzelte Zwirnsfadenenden.

Ich werde den Tag nie vergessen, als ein junges Paar, Arm in Arm, vor dem Pfandleihhaus stehenblieb. In der Sonne, die alles in gleißendes Gold tauchte, mußte der Mann seine Augen abschirmen, um in den Laden zu linsen und zu erkennen, worauf seine Frau mit dem Finger wies. Meine erste Idee war, sie zeige auf mich, und mein Herz fing zu flattern an – wenn ich das sagen darf –, bis ich meinen Irrtum erkannte: Sie meinte das Puppenhaus neben mir auf dem Klavier. Trotzdem wußte ich, wußte ich instinktiv, daß dieses junge Paar meine Gelegenheit war.

An der fremdelnden Scheu, die sie zeigten, ließ sich erkennen, daß sie nicht einheimisch waren. Er war einen Kopf kleiner als sie, das fiel auf, sein Gesicht wirkte klar, nicht zu kantig und nicht zu rund, und seine Augen, an durchscheinende Murmeln erinnernd, stachen von schwarzem Schnurrbart und Rabenhaar ab. Ich traute dem Mann mit den glasblauen Augen eine Menschlichkeit zu, die mir Mut machte.

Und nicht anders erging es mir mit seiner Frau, die den Sonnenschirm zuklappte und in den Laden trat, den zaudernd-belustigten Thomas Merunka (das war sein tschechischer Name) im Schlepptau. Gina Merunka war Norditalienerin und stammte aus einer Familie von Juden (der Vater, ein schwerreicher Anwalt, Turiner, seine Frau aus der guten Gesellschaft Odessas). Gina konnte besonderes Feuer entwickeln, wenn sie einen Vorsatz verfolgte. Ob das der Wechsel zum Katholizismus war, den sie sich nicht hatte ausreden lassen (von der russischen Mutter – der Vater war zu liberal, um der Sache Gewicht beizumessen), als Voraussetzung einer katholischen Ehe, auf der Merunka und seine Umgebung bestanden, oder das aus dem Piemont stammende Puppenhaus – ein Modell dieser Art hatte sie in der Kindheit besessen –, das sie dringend erstehen und mitnehmen wollte.

Außer den braunen und lebhaften Augen, fiel mir Ginas Nase auf, gerade und mittellang, mit vorspringender Spitze, die eine Spur breiter war und zu keinem Zeitpunkt bereit schien, zur Ruhe zu kommen. Es war ein beharrliches Spiel aus belustigtem Krausziehen, begehrlichem Witterungaufnehmen und Ausstoßen von Luft, das Erleichterung anzeigte (oder Groll, den sie loswerden mußte). Sie war reizend und eitel und drehte sich mehrfach zum Spiegel um, an der Hutkrempe zupfend, ein Haar aus der Stirn streichend, sich halb von der Seite betrachtend und straffend.

Ginas Mann wiegte sich in den Knien und lauschte dem Leihhausbesitzer beschwingt. Von Zeit zu Zeit ließ er sich von seiner Frau einen Flachs oder geistreichen Ausspruch ins Deutsche bringen und kraulte seinen Schnauzbart mit heiserem Lachen. Sie redeten Deutsch, dieses mir von den Wiener Vertretern zu Paulskirchenzeiten vertraute Deutsch, eine Mischung aus Singsang und breiten Verschleifungen; als sie, scherzend und kichernd, vom Ladeneingang zwischen Leibstuhl und Waschtisch zum Puppenhaus vordrangen, hatte ich es auf Anhieb bemerkt. Oh ja, das war meine Gelegenheit, zu einem neuen Besitzer zu kommen, mit dem ich befreundet sein konnte, einem Herrn meiner Wahl.

»Pst!« machte ich an meinem Holzpfosten, »pst!« Schlagartig ernst, wandte sich Ginas Mann zu mir um. Er war sich nicht sicher, ob er sich nicht irrte, und ließ seine Augen von mir zu den anderen Dingen in Reichweite wandern. »Ich bin es«, versetzte ich raunend und auf Deutsch, ein den Wiener besonders verwirrender Sachverhalt, so daß er kurzzeitig an seinem Verstand zweifeln mußte, »ja, ich baumele am Pfosten ... Sie haben mich bereits entdeckt! Und bitte kein Wort an den Inhaber, lieber Herr! Er darf nicht erfahren, daß ich sprechen kann!«

Ginas Mann nickte sprachlos und spitzte zum Pfandleiher, dem man einen Hauch von Verstimmung anmerkte. Von Anfang an hatte es Monsieur Michel mißfallen, nicht zu verstehen, wenn sich seine Kundschaft auf Deutsch beriet. Normalerweise ließ er seine Kunden vor spritzigen Wendungen nicht zur Besinnung kommen – das ließ sich mit dem Paar, das seinen Schnickschnack belustigt auf Deutsch kommentierte, nicht machen.

»Bitte nehmen Sie mich mit, lieber Herr«, sagte ich erstickt, »ich verzweifle sonst an meinem Holzpfosten, bitte ... und er weiß nichts von meiner Begabung, das senkt den Preis ... ich brauche ein neues Zuhause, verstehen Sie? Es ist sterbenslangweilig in diesem Laden ...« Stirnrunzelnd schielte Monsieur Michel in unsere Richtung. Er war der Meinung, es sei Ginas Mann, der sich an seine Frau wende, um sie zu warnen, sich nicht beschwatzen zu lassen, das Puppenhaus zu erstehen.

»Wer bist du, um Gotteswillen?« keuchte Merunka, »ich bilde mir das alles ein ... oder nicht?« Diese Stimme war Gina vertraut, und sie horchte auf. Dem Leihhausbesitzer ins Wort fallend, drehte sie sich zu uns um: »Du bist blass, Liebster! Fehlt dir was?« Sie war mit drei Schritten beim Ehemann, der sich zusammenriß. »Nein, alles in Ordnung«, entgegnete er, »es ist nur dieser Schrumpfkopf ... ich meine, er tut mir leid ... bedauernswert, findest du nicht?« – »Tremendo! Terribile!« Gina stieß Luft aus der Nase und wollte sich nicht mit mir aufhalten.

Umso verdatterter war sie, als Ehemann Thomas meinen Preis zu erfahren verlangte. Auch Monsieur Michel mußte um eine Antwort ringen. Er hatte anscheinend bis heute vergessen, einen Preis anzusetzen, zu dem er mich abgeben wollte. »Ich denke, Madame zieht mein Puppenhaus vor, alle Teile vorhanden, aus wertvollstem Material. Habe ich recht, Madame?« wollte er wissen. »Von wegen«, versetzte sie trotzig, »ich lege keinen Wert mehr aufs Puppenhaus, nicht den geringsten«, und aufstampfend, aufstampfend gegen den Ehemann, der dem Verlangen seiner Frau einen Schrumpfkopf vorzog, verließ sie mit tippelnden Schritten den Laden. Und gegen zehn Francs, die er Monsieur Michel auf den Ladentisch warf, nahm mich der Wiener vom Haken und eilte ins Freie.

Thomas Merunka, mein neuer Besitzer, war Ingenieur bei den Staatsbahnen und war es mit Leidenschaft. Diese Hingabe hatte politische Ursachen – er verehrte das Kaiserhaus und seine Monarchie, dem Europa Entfaltung und Frieden verdankte – und andere, die mehr philosophischen Ursprungs waren. Als ein dem technischen Denken verpflichteter Mensch ließ er keine Ideen und Ansichten gelten, die nicht logisch und nutzbringend waren. Klarheit und Brauchbarkeit waren seine Leitsterne und sollten das Leben in allen Bereichen bescheinen, von der praktischen und theoretischen Wissenschaft bis zu Gesellschaft und Staat. Selbst von der Kultur – und nichts liebte er mehr als Theater und Oper – verlangte er Einsichtigkeit und erzieherisch wertvolle Anregung. Diese Anschauung von der Welt ging Hand in Hand mit einem festen katholischen Glauben. Sein Wesen war diesseitig, sachlich und praktisch – trotzdem zweifelte er Gottes Ordnung nicht an. »I sag mer, im Himmelreich haben's keine Eisenbahn«, witzelte Thomas Merunka von Zeit zu Zeit, um seinen inneren Zwiespalt zu leugnen.

Kurz: Er mußte mich eingliedern in seine Weltsicht. Zerstreut seine Wangen einsaugend, studierte er mich, bis er in der Kutsche das Schweigen mit Gina brach, die seit dem Leihhaus verstummt war. »Er kann sprechen«, bemerkte mein neuer Besitzer knapp. »Wenn du willst, kannst du sprechen, das weiß ich, mein Lieber. Aber warum benutzt du die dritte Person?« Gina konnte es sich nicht verkneifen, zu kichern; sie war dem Mann, den sie liebte, nie anhaltend gram. »Nein: Er! Er kann sprechen«, erwiderte Thomas Merunka und gab mir einen Stups mit dem Finger. »Thomas«, sagte sie mahnend, mit tieferer Stimme, »du machst es nicht besser, wenn du mich sekkierst ... dieser Schrumpfkopf ist scheußlich, das weißt du!« – »Er kann es! Er kann es!« versetzte der Ehemann, »warum sprichst du nicht? ... sag was! Du mußt dich nicht scheuen.« – »Bonjour, Madame«, eilte ich meinem Besitzer zur Hilfe, »es stimmt, ich kann sprechen. Und ich will mich bedanken, von Herzen bedanken, daß mich Euer Gatte im Leihhaus errettet hat ...« Mit den behandschuhten Fingern vorm offenen Mund starrte Gina mich an.

Ich lebte mich schnell bei meinen neuen Besitzern ein, und sie faßten leicht Zutrauen zu mir. Anzeichen letzter verbliebener Fremdheit bemerkte ich nur zwischen Gina und mir. Bei Thomas Merunka verhielt es sich anders. Dieser im Denken und praktischen Leben geradlinige Mann konnte kindlich und schlicht sein. Und in dieser Reinheit fand ich meinen Platz. Vor allem am Anfang betrachtete er mich als Spielzeug, das abwechslungsreich und erheiternd war. Und Gina Merunka war klug genug, dem Kindskopf sein Spielzeug nicht streitig zu machen.

Mir ging es gut bei den beiden Verliebten, die sich erst vor dreieinhalb Wochen am Stephansplatz Wiens in der Curhauskapelle verheiratet und als Hochzeitsreisende Genf, Montpellier, Toulouse und Versailles besucht hatten. »Ich bekenne«, verriet mir mein Herr mit einem Zwinkern, »ich wollte nichts als Frankreichs Eisenbahn kennenlernen. Ich ahnte schon, daß unsere Staatsbahnen besser seien ...«, Gina stieß Luft aus der Nase, als sei sie ein Pferd, »... und meine Annahme hat sich bewahrheitet. Erstens: Es fehlt den Franzosen an Schienen, oft mußten wir wieder in Kutschen umsteigen – die unseren erstrecken sich von Banja Luka bis zum letzten galizischen Wasserturm. Zweitens ...« – »Was *uns* fehlt, ist schlimmer«, warf Gina ein, »oder wo kann man bei uns solche Austern bekommen – die erstens frisch sind und zweitens spottbillig?« Sie nahm eine Muschel vom Teller, hielt sie an die Lippen und legte den Kopf in den Nacken – und ließ sie sich mit Genuß in die Kehle rinnen.

Bei einer anderen Mahlzeit im Quartier Latin, wo sich beide mit saftigem Beefsteak vollstopften, meinte ich, Appetit zu bekommen. Das war ein mir vollkommen neues Begehren, das ich als Entwicklungsschritt in meiner Menschwerdung auffaßte. Meine Erfahrungen im Laboratorium hatten sicherlich Anteil an einer Entwicklung, die rein ideelle Empfindungen »verleiblichte« und meine Sinne bereicherte. Mein Appetit war am Anfang nicht mehr als ein Reiz, der mir harmlos und angenehm vorkam, ein von mir wer weiß wo empfundenes Ziehen und Kitzeln.

Und er entsprach meinem seelischen Aufschwung, den ich an der Seite des Paares erlebte. Vor der aus zwei Zimmern bestehenden Suite, die sie an der Place de Breteuil bewohnten, hatte man freie Aussicht auf Marsfeld und Eiffelturm mit seinem Fachwerk aus Eisen. Gina war gegen das Bauwerk, in dem sie das »kalte Skelett eines Kirchturms« erkannte; Thomas konnte sich als Ingenieur nicht verkneifen, in baulicher Hinsicht beeindruckt zu sein, selbst wenn er den Turm als »zu hohen Laternenmast« verspottete.

Bei mir war es anders, das weiß ich bis heute. Ich erlebte einen richtigen Eiffelturmtaumel. An einer Quaste des Vorhangs aus Goldbrokat konnte ich meine Augen von seinen zum Himmel aufsteigenden Pfeilern nicht losreißen. Sie schienen zu sagen, es stehe uns allen, mir selbst, meiner neuen Familie oder den Menschen im Kreis der Nationen Europas ein besseres Dasein bevor!

Mein seelischer Aufschwung vollendete sich in Wien, das wir Ende Juli erreichten. Ich erinnere mich an Merunkas Bedienstete, die aus dem Haustor lief, keuchend und heißbackig, mit strohigem Haar um den mittleren Scheitel, und das junge Ehepaar knicksend willkommen hieß. Mausi, in Wahrheit Maria Therese, war zupackend, strahlend und hatte ein großes Herz. Sie schleppte mit Hilfe des Wirts, der im Erdgeschoß sein »Gasthaus zum Weinberg« betrieb und um Mausi warb, Lederkoffer und Hutschachteln hoch in den dritten Stock – und ich folgte im Sakko von Thomas Merunka, der bei Nachbarn und Dienern am Fleischmarkt mit meiner Erscheinung nicht vorzeitig Anstoß erregen wollte.

Ich konnte mich nicht mit der Wohnung vertraut machen, die sich im Viertelbogen vom Fleischmarkt in eine benachbarte Gasse erstreckte – in aller Eile brach meine Familie, von Hitze und Stickluft vertrieben, zum Stadtrand auf und bezog eine

Ferien- und Wochenendbleibe in Grinzing. In diesem Haus aus der Beethovenzeit, niedrig, einfach, bescheiden und anmutig, mit bis zum Weinberghang reichendem Garten und Obstgarten, einem Paradies voller schattiger Stellen zwischen Linden, Akazien und mannshohen Hecken, sollte ich bis 1914 alle kommenden Sommer verbringen. Sein Besitzer, ein Hofrat namens Julius Mitterer, der in der Regel von Anfang Julei bis September in Oberitalien weilte, kam nur zu Besuch, wenn er dringliche Dinge in Wien zu erledigen hatte. Keinem anderen als Mitterer, seinem geistigen Ziehvater, verdankte Merunka, trotz seiner Jugend, die verantwortungsvolle Stellung bei der Eisenbahn.

Julius Mitterer war kein moderner Mensch, der Regeln und Sitten mit Absicht verletzte – nein, als Matyas Merunka, der Vater von Thomas, der Tuberkulose erlegen war, hatte sich Mitterer gegen seinen Kriegskameraden aus der Schlacht von Langensalza verpflichtet, dem Sohn und der Witwe zur Seite zu stehen.

Vor meiner ersten Begegnung mit Mitterer, der Ende August in sein Grinzinger Landhaus kam, vergingen meine Tage im Flug. Alles war heiter und schwerelos. Ich freundete mich auf der Stelle mit Mausi an, die sich als Prachtmensch erwies. Von einem sprechenden Schrumpfkopf ließ sie sich nicht umhauen, umso mehr, als wir beide mit Vorliebe sangen. Am Waschzuber schmetterten wir um die Wette, Operettenmusik oder Wiener Couplets, bis der Seifenschaum flockte und wirbelte.

Wenn Thomas Merunka um sechs Uhr sein Bett verließ, las er mir im Garten bei Mokka und Eierschmalz in frischer belebender Luft aus der Zeitung vor. Vor Anbruch der Dunkelheit nahmen wir am Schachtisch Platz und spielten, von Fackeln beschienen, bis Mitternacht Partien, die ich zu meinen Gunsten entschied, es sei denn, ich stellte mich absichtlich dumm, um meinen Freund und Besitzer bei Laune zu halten, schließlich war er es, der meine Figuren bewegte. Er ließ sich nicht anmerken, ob er es mitbekam. Ich denke, er war sich im Klaren, in mir einen Gegner zu haben, der nicht zu besiegen war.

Gina wiederum, die mit beendeter Mahlzeit in den Schatten der Laubenbank sank, um sich auszuruhen, nahm mich zum Gartenhaus mit, wo sie meine Lebensgeschichte erfahren wollte – was uns bis zum Ende der Ferien beanspruchte. Sie fand sie atemberaubend und mitleiderregend. Sie war es, die mir meinen Namen verlieh: »Tato«. Und um mich von Scham und Verlegenheit zu befreien, die mir meine mißhandelte Glatze bereitete, ließ sie mir eine Kappe aus Ziegenhaar fertigen und dauerhaft an meiner Kopfhaut befestigen.

Ende August kehrte Julius Mitterer aus Oberitalien heim. In der Stadtwohnung war es zu heiß, und er zog es vor, in seinem Landhaus zu bleiben. Kurzerhand aufbrechen konnten Merunkas nicht, wenn sie den gastlichen Mann nicht beleidigen wollten, trotz der Spannungen, die mit seiner Ankunft verbunden waren.

Mitterer hatte Merunkas Entscheidung mißbilligt, die aus einer Judenfamilie stammende Welsche zu heiraten. Selbst, daß man Gina nicht arm nennen konnte und sie sich zum Katholizismus bekehrt hatte, konnte den Hofrat nicht vollkommen beschwichtigen. Sicher, er fand sich am Ende mit allem ab und nahm an der Hochzeit am Stephansplatz teil – nur Trauzeuge sein wollte er nicht. Und sich von seinem heimlichen Widerwillen zu befreien, brachte der Ziehvater meines Besitzers nie fertig.

Sonst verbindlich und redselig, wirkte der Hofrat verkrampft, wenn er Gina alleine begegnete. Gina wiederum kam sich vom Widerwillen Mitterers gegen »den Juden« verletzt vor. Sie reagierte mit Hochmut und Schweigsamkeit. Zwischen den beiden stand Thomas Merunka. Mitterers Judenfeindschaft zu verurteilen, fiel seinem Ziehsohn nicht ein. Sie war unwiderleglicher Teil einer Ordnung, die er als naturhaft empfand. Allerdings war seine Frau keine Israelitin mehr. Daß der Hofrat dies einfach nicht anerkennen wollte, machte Merunka befangen und ratlos.

Mitterers Sturheit und Starrsinn betrafen auch mich. Kaum, daß der Hofrat sein Landhaus erreicht hatte und sie zu dritt in der Laube am Kaffeetisch saßen, hielt mein Besitzer mich an meinem Trageband hoch. »Julius, schauen Sie ... den habe ich aus Paris!« – »Ein Schrumpfkopf«, bemerkte sein Ziehvater sachlich und betrachtete mich ohne Scheu. »Kennst du den Galanteriewarenkaufmann am Kohlmarkt, Franz Mayr? Der hat eine Sammlung. Sie zu sammeln, scheint neuerdings Mode zu sein.«

»Ich wette, er hat keinen Schrumpfkopf, der sprechen kann«, versetzte sein Ziehsohn mit Stolz in der Stimme, »es ist wahr, Onkel Julius, mein Schrumpfkopf kann sprechen!« – »Ach«, sagte der Hofrat und kraulte seinen Bart mit einem hohen, halb schwachsinnig wirkenden Kichern. Ich linste zu meinem Besitzer, der mir ein ermunterndes Nicken zuteil werden ließ. »Guten Tag, Hofrat Mitterer«, sagte ich, »Eure Bekanntschaft zu machen, ist mir eine Ehre. In der Familie heiße ich ›Tato‹, wenn Sie belieben, mich bei diesem Namen zu nennen ... meinen Taufnamen habe ich leider vergessen ...«

Julius Mitterer sagte kein Sterbenswort und schien in die Ferne zu starren. Anschließend beugte er sich auf dem Korbstuhl vor, um an seiner Tasse mit Mokka zu nippen, und horchte Merunkas zum Eiffelturm aus. Alle drei waren sich einig, er stehe der Stadt an der Seine nicht gut zu Gesicht. »Ich bin anderer Ansicht«, bemerkte ich voreilig, »ich denke, vom Eiffelturm geht eine Wahrheit aus, die der Welt neue Ziele vorgibt.« Das war meine ehrliche Meinung, und außerdem wollte ich mich in Erinnerung bringen.

Und wieder ging Mitterer nicht auf mich ein. Er kam auf anstehende Theaterpremieren zu sprechen, ein Thema, das Gina und Thomas entflammte, und bald tauschten sich alle erregt zu vergangenen und heutigen Schauspielerlieblingen aus. Es sollte sich fortsetzen: Wenn ich das Wort ergriff, stellte sich Mitterer taub. Ja, er mußte sich zu dieser Taubheit nicht zwingen, seine geistige Steifnackigkeit wehrte mich automatisch ab. In seinen Augen war ich nur ein totes Ding, das zwischen Hummeln und Blauregen in seiner Pergola hing.

Ich konnte in Gegenwart Mitterers, der mit seinem Ziehsohn

im Herrenzimmer politisierte oder neuesten Klatsch aus der Hofburg austauschte, meinen Chanson vom »Petit Coquin« singen oder pfeifen – er redete unbeirrt weiter. Mich zu ermahnen, meine »Pappn« zu halten, ließ Merunka bald bleiben, es war ja nicht notwendig. Und ich weiß nicht mehr, wann wir begannen, uns auf Kosten von Julius Mitterer lustig zu machen.

Man muß wissen: der Hofrat, eher ruhig und bedachtsam, fing bei Alkoholeinfluß aufs Derbste zu giften an. In breitestem Wienerisch schimpfte er los, voller Lust, alle Welt in den Dreck zu ziehen – nur Kaiser und Vaterland blieben verschont. Es ging gegen Russen, Osmanen und Juden oder namhafte Damen der Wiener Gesellschaft – »a Hur is ... a Sau is«, versetzte er pausenlos. Seine Beleidigungen, die er bei Karten- und Schachspiel vom Stapel ließ, fanden kein Ende. Das lenkte keinen der beiden vom Spielen ab. Im Luftzug, der knisternd vom Garten ins Zimmer drang, studierten sie aufmerksam Blatt oder Schachbrett. Ja, mir schien es, als halte der Hofrat sich schimpfend wach. In der Verwaltung des Reiches zu Hause, wo er von der Pike auf Finten und Kniffe erlernt hatte, war er ein windiger Spieler. Er siegte und siegte haushoch. »Ziehen Sie den Turm, nicht den Bauern, Merunka«, riet ich meinem Besitzer bei einer Gelegenheit, »sonst setzt Sie der Hofrat schachmatt.« – »Misch dich nicht ein, Tato«, sagte mein junger Herr, der verlegen und zaudernd zum Ziehvater schielte. Julius Mitterer grantelte ausdauernd. Und beschwerte sich nicht, als Merunka den Turm nahm und anstelle des Bauern verschob. Er zwinkerte zum Bibliotheksschrank, vor dem ich hing, um sich bei mir zu bedanken.

Das ermutigte mich, meinem Besitzer zu helfen, wenn er Anstalten machte, sich mit einem Zug in Gefahr zu bringen. »Nehmen Sie das Pferd, mein Gott, sonst ist die Dame weg! ... Passen Sie auf, Onkel Julius will sich den Bauern holen und von der Flanke aus angreifen!« Bald bestritt ich einen Großteil der Schachspiele, die sich Merunka mit Mitterer lieferte. Ich zischte, ich warnte, riet ab oder legte nahe – den schimpfenden Gastgeber scherte es nicht. Selbst als sein Ziehsohn Partie um Partie gewann, schenkte der Hofrat mir keine Beachtung.

Das machte uns wiederum frecher und frecher. Zwar kam sich mein Herr seinem Mentor verpflichtet vor und den Mann auf die Schippe zu nehmen, war nicht seine Absicht. Ehrfurcht vor Mitterers Alter und Stellung ging mit ehrlich empfundener Dankbarkeit Hand in Hand. Doch hatte er sich auch Verschmitztheit und Leichtsinn bewahrt. Und vielleicht nahm er unbewußt Rache daran, daß der Hofrat seinen Widerwillen gegen die Ehe mit Gina nicht ablegen konnte.

In der letzten Nacht vor unserem Aufbruch aus Grinzing, als er sich mit Onkel Julius aufs Kartenspielen einigte, hakte Merunka mich an eine Spanische Wand in der Ecke des Herrenzimmers. Von dieser Stelle aus war es ein Kinderspiel, das Blatt zu erkennen, das der Gastgeber in seinen Fingern hielt. Der mir Nacken und Schultern zuwendende Mitterer, der in einem Ohrensessel vor dem Kamin saß, trank Kognak und grantelte los. Und trotz meiner Meldungen an seinen Mitspieler, ob er beispielsweise einen Joker besaß oder mit seinen Assen einen Stich machen konnte, Dinge, die ich teils schreiend bekanntgeben mußte, um neben dem Hofrat verstanden zu werden, der es sich nicht einfallen ließ, seine Stimme zu schonen, ignorierte er mich komplett. Um Mitternacht stemmte er sich aus dem Sessel hoch. »Gratulation, Burschi«, meinte er lallend, »du wirst besser und besser, das muß man dir lassen. Deine Schliche sind nicht zu verachten und werden dir bei deiner Laufbahn im Staatsdienst von Nutzen sein. Und von wem hast du das, wenn nicht von mir ...« – »Ja sicher«, versetzte Merunka betreten. Schwankend schellte der Hausherr seinem Diener, um sich beim Zubettgehen helfen zu lassen.

Mein Herr hakte mich von der Spanischen Wand. Aus Befangenheit vor mir, seinem Komplizen, schwieg er sich aus, als er mich im Garten zum Bogengang brachte, meinem in diesen Wochen bevorzugten Schlafplatz, wo ich vor Sonnenaufgang ein Gewitter erlebte, das mich auf den Erdboden schleuderte. Klatschnaß auf der Erde zu kleben erfrischte mich, voller Zuversicht schmetterte ich Wiener Walzer. Gina fand mich auf dem Kiesweg und rannte ins Haus, wo sie mich mit einem Handtuch abtrocknete – vor lustvollem Kitzeln verfiel ich ins Kichern. Und zur Mittagszeit ging es in frischer Septemberluft mit großem Hallo in die Stadt!

Dritter Teil

Liebes- und Kriegsjahre
Wien, Bukarest, Kronstadt, Berlin
(1890–1945)

I

Von meinem Leben als Vertrauensperson in
friedlichen Zeiten; Fernsprecher-, Kaffeehaus- und
Pratererfahrungen; Hungerempfindungen bei Blunzn
und Geselchtem; eine Schaubudenhypnose und
abstrakte Geschlechtsreife im sittsamen Wien

Mit meinem Vertrauen in die Merunkas behielt ich recht, es war eine sichere und heitere Zeit. Ich weiß nicht mehr, wann man elektrische Kabel verlegte und strahlende Beleuchtung den Schummer bei Regen und Nebel aus unseren Zimmern vertrieb. Oder wann man im Flur einen Fernsprecher anbrachte.

Wenn der Fernsprecher losschrillte, vormittags punkt elf Uhr, und Gina vom Sofa im Wohnzimmer aufsprang, wo sie mir Balzac oder Tolstoi vorlas, vergaß sie nie, mich in den Korridor mitzunehmen, und wenn sie mit dem Ehemann telefoniert hatte, hielt sie mir den Schlauch mit dem Trichter ans Ohr, der aus dem an der Mauer befestigten Holzkasten kam. Ich tauschte mich kurz mit meinem Freund und Besitzer aus, zu einem politischen Vorkommnis oder zum Wetter, und lauschte der Stimme, die fremd und abstrakt klang. Alle Fernsprecherstimmen waren immateriell. Das mochte ich an diesem Kasten im Korridor mit seinen Verzierungen aus Pfeilern und Turmspitzen und seiner technischen Apparatur, den elektrischen Schellen und der Kurbel, mit der man der Fernmeldestelle Bescheid sagte: Ich sprach mit den anderen Teilnehmern von gleich zu gleich. Wenn ich telefonierte, mit Hilfe von Mausi, die mir den Trichter ans Ohr hielt, unterhielt ich mich auch mit Personen, die nichts von mir wußten. Meine Stimme erregte kein Mißtrauen, im Gegenteil, sie wirkte anscheinend verbindlich und angenehm und zeigte besondere Anziehungskraft bei den Damen. Bei Kartenbestellungen im Wiener Musikverein bat man mich um meine Meinung zu diesem und jenem, bis Mausi das Kichern und Feixen verging, weil sie einen Krampf in den Armen bekam. Ich mußte nur telefonieren und mir fehlte nichts mehr zum Mensch- oder Mannsein.

Zur Mittagszeit brachte der Ehemann Blumen mit, die Mausi Begeisterungsrufe entlockten: »Ach, der Herr, diese Aufmerksamkeit, Tag um Tag ... das ist Liebe, wahrhaftige Liebe, Frau Gina.« Sie rannte von Zimmer zu Zimmer und fand keine Vase, die nicht in Benutzung war. Mein Herr, der sich auf seinen Zehenspitzen vorbeugte und Gina einen Kuß auf den Mund pressen wollte, mußte sich von der Dame des Hauses ermahnen lassen. »Tesoro, wir werden beobachtet«, sagte sie und streckte das Kinn zum Buffetschrank, an dem ich hing. Diese Scham meiner Herrin erleichterte mich. Sie behandelte mich nicht als Kind oder Haustier. Und unbewußt schien sie zu ahnen, was sich in mir regte.

Tag um Tag war ich mit meinem Herrn im Kaffeehaus, wo er bei einer Melange und einem Glas Wasser Zeitungen studierte. Er berichtete mir von der Dreyfuß-Verurteilung, Choleraepidemien und versunkenen Dampfschiffen oder vom Thronfolger namens Karl Ludwig, der sich auf dem Ring aus seinem Landauer lehnte, um spazierengehende Wiener und Wienerinnen zu segnen. »Er ist nicht bei Sinnen«, weihte mich mein Besitzer ein, mit beklommener Stimme, von unguten Ahnungen ums Kaiserhaus und seine Stammhalterschaft geplagt, Ahnungen, die sich bewahrheiteten, als der Thronfolger an einer Vergiftung starb – trotz aller Warnungen vor Keimen und Miasmen hatte Karl Ludwig, als Pilger im Heiligen Land, es sich nicht nehmen lassen wollen, Jordanwasser zu trinken ... Mein Herr spielte stundenlang Domino oder Schach mit hohen und niederen Staatsbahnenbeamten, Bekannten und Freunden aus Studienzeiten oder fremden Kaffeehausbesuchern. Wenn wir ausgingen, versteckte er mich in der Jacke, er wollte kein Aufsehen mit mir erregen (in Wien ging es strenger zu als in Paris). Erst im Griensteidl hakte er mich an seinen Jackenknopf, und bald war ich eine vertraute Erscheinung, Bedienung und Kundschaft beachteten mich nicht mehr.

Es war nicht zu verkennen: Mein Neuigkeitswert war geringer als in der Vergangenheit. Und warum, war nicht schwer zu erraten. Meine Schicksalsgenossen vermehrten sich sprunghaft, ich meine, man trieb einen schwunghaften Handel mit uns ... Ich schwieg in Gesellschaft, das hatte Merunka sich ausbedungen. Ich galt als eine Marotte, die er sich in seinem Kaffeehaus erlaubte. Nur wenn wir an unserem Stammplatz allein blieben, in einer Ecke mit brusthoher Trennwand, die uns vorm Saal mit seinen Spiegeln, Kristalllampen, Blattgoldpilastern und Marmortischplatten verbarg, tauschte er sich mit mir aus.

»Was sagst du zu meinem Studienfreund Adolf?« verlangte er von mir zu wissen. Er gab eine Menge auf meine Beobachtungen, die er erheiternd und zutreffend fand. »Er ist eitel«, erwiderte ich, »und um aufzufallen, neigt er zu maßlosen Worten und Handlungen, die er am Ende bereuen muß.« – »Das ist weise und wahr, Tato«, sagte Merunka, »seine Frau begeht Ehebruch ... mit Adolfs Vorsteher ... einem Inspektor der Eisenbahn-Direktion! Umso wilder und maßloser spielt er sich auf.«

Ich studierte Merunkas Kaffeehausbekanntschaften, wenn sie in Tarock- oder Schachspiel vertieft waren, sich erfindungsreich anstellten, zu Schummeleien neigten ... beim Spielen trat der wahre Charakter zutage. Diese Beobachtungen waren wertvoll und verhalfen meinem Freund und Besitzer zu Vorteilen, wenn er sich zu Brett- oder Kartenspiel niederließ. Bald hieß es, Merunka sei nahezu unschlagbar. Sein Ruf verbreitete sich bis zur Staatsbahnendirektion, wo man dem jungen Ingenieur eine verantwortungsvollere Stelle zutraute. Sicher, das dauerte, nichts in der Monarchie erledigte man in vermeidbarer Hast. Aus Prinzip mußte erst eine gewisse Schonfrist verstreichen, die den Werten von Maß und Beherrschtheit entsprach. Andererseits hatte der Aufschub sein Gutes: Er bot Merunka Gelegenheit, neue Bahnstrecken zu planen, die das Gleisnetz verbesserten und von großem wirtschaftlichem Nutzen waren.

Bei diesen Planungen bediente er sich meiner Hilfe. Er merkte auf Anhieb, daß ich unentbehrlich war. Ich konnte bald Wirkungen von Masse und Achslast auf Gleise und Gleisbett ausrechnen und sie in Beziehung zur Bodenbeschaffenheit setzen. Anhand von Gesteins- und Entfernungsangaben ermittelte ich Sprengstoffmengen und Zeitaufwand, die man zum Tunnelbau brauchte. Auch mußten wir andere Dinge bedenken, die sich aus dem Landschaftscharakter ergaben, Steigungen, Gebirgsseen, Schluchten und Witterungshemmnisse, und gegen unsere Berechnungen halten, um zu einem korrekten Ergebnis zu kommen. Ich lieferte diese Berechnungen in einem schwindelerregenden Tempo ab. Vor Gina betonte er wieder und wieder, meine Mitwirkung sei nicht mit Gold aufzuwiegen. »Na, Gott sei Dank braucht er kein Gold«, flachste die aus der Vorstadt Brigittenau stammende Mausi, vorwitzig genug, alles zu kommentieren (keiner in der Familie nahm es der Dienstmagd krumm).

Mit anderen Worten: Er konnte beim Stellenwechsel zur General-Direktion aller Staatsbahnen einen fertigen Plan zur Verbindung vom Salzburger Land bis Triest aus der Schublade ziehen. Als unmittelbare Empfehlung erwies sich das nicht. Man betrachtete dieses Benehmen bei einem Mann von erst Mitte Dreißig als vorlaut und anmaßend. Und man hielt absolut nichts von der Schnelligkeit, mit welcher der Neuzugang vorpreschte.

Man schob seinen Plan auf die lange Bank. Das schien Merunka, der ein zuversichtlicher Mensch war, mehr zu ermutigen als zu beirren. »Sie haben den Plan nicht verworfen«, versetzte er, um uns zu beschwichtigen, Gina und mich. Wir bedauerten seine vergebliche Anstrengung und wetterten gegen den Amtsschimmel und seinen Schlendrian. Merunka verteidigte beides auf Biegen und Brechen, dieser Trott biete Sicherheit, Frieden und Harmonie.

Seine staatstreue Haltung beeindruckte mich. Und ich teilte sein Ziel, Land und Kaiser zu dienen! Sicher, von heute aus muß das absurd erscheinen. Andererseits war es mir in meinem Leben nie besser ergangen als in dieser Wiener Zeit, die alles in allem berechenbar blieb und in ruhigen Bahnen verlief. Mein Idealismus beruhte auf Eigennutz. Wenn ich der Habsburger Herrschaft mit Schienenverbindungen zu Einheit und Dauer verhalf, hielt ich mir Gefahren vom Hals. Ich war diese ewigen Wechsel von Land zu Land und von einem Besitzer zum anderen leid. Bei meinem Alter von Pi mal Daumen einhundertzwanzig Jahren kam mir das nur recht und billig vor.

In den kommenden Monaten schickte das Amt meinen Herrn zu Eisenbahnbaustellen in Kreischgebiet, Kroatien, Bosnien und Vojvodina, die auffallend weit von den Alpen entfernt waren. Monatelang weilte er außer Haus, und ich blieb mit Gina am Fleischmarkt allein.

Gina hatte es aufrechterhalten, mir vormittags aus einem Buch vorzulesen. Wenn ich nicht in Amtszimmer oder Café weilte, ließ sie mich an Damengesellschaften teilhaben, die sie bei sich in der Wohnung ausrichtete. Meinen Anblick ersparten wir den in der Regel empfindsamen bis reizbaren Besucherinnen. Ich hing im Vertiko, das teils verglast war, versteckt in der Ecke, von der aus ich alle und alles beobachten konnte – und alles mitbekam, was man beredete, wenn meine Besitzerin nicht im Salon war.

Gina war eine Fremde in Wien und das machte sie unsicher. Mit meiner Hilfe erkannte sie bald, was von Julius Mitterers Nichten zu halten war, Henny und Wilna, die Herzlichkeit heuchelten und Gina in Wahrheit verachteten. Nicht anders verhielt es sich mit einer Reihe von Frauenbekanntschaften aus dem Theater oder dem weiblichen Anhang von Staatsbahnenbeamten, mit dem sie sich zu Kammermusikrunden traf. Und ich riet

meiner Herrin zur Freundschaft mit Dora Wessely, der anziehenden Frau eines Industriellen und zweifachen Witwers von knapp
sechzig Jahren. Dora, die wagte, im Herrensitz zu reiten und es
sich heimlich erlaubte zu rauchen, verwirrte sie. Gina fand diese
kluge, mit Schauspielern und Literaten verkehrende Freundin
halb unangenehm und halb unwiderstehlich. Meine Besitzerin
sollte von mir erfahren, was Dora den Mitterernichten erwiderte,
als diese der Damengesellschaft verrieten, Gina werde trotz aller
Bestrebungen nicht schwanger. »Schuld ist das unreine Blut«,
zischten Henny und Wilna. »Lieber unreines Blut in den Adern
als schieres Gift« – bei Doras Entgegnung brach alles in Kichern
aus, und die Mitterernichten verstummten beleidigt.

Kurz: Gina betrachtete mich als Vertrauensperson, der sie
selbst Dinge mitteilte, die sie vor dem Mann, den sie liebte, verschwieg. Und eine andere Sache verband uns. Daß ich zur Musik
einen tieferen Zugang fand, verdankte ich meiner Besitzerin. Vormittags setzte sie sich ans Klavier und schwelgte in Bachschen
oder Chopinschen Werken. Oh, es ergriff und bewegte mich tief,
wenn sie spielte, sich wiegte und alles vergaß ... das war nicht der
schaurige Schwall von Akkorden, der mir aus der Rue de Bretagne
erinnerlich war. Neben dem musikalischen Wissen, das Gina mir
beibrachte, als sie mein Interesse bemerkte, vom Kontrapunkt
bis zu harmonischen Spannungen, entwickelte ich an meinem
Wohnzimmerplatz, in der Regel am Vorhang mit Sicht auf den
Fleischmarkt, bei den Stimmen und Akkorden, die weich in mich
eindrangen, eine niemals erfahrene, ziellose und mich auf lust-
vollste Weise zerreißende Sehnsucht.

In meiner Menschwerdung machte ich Fortschritte. Bei den Mit-
tagsmahlzeiten am Fleischmarkt um punkt halb eins, an Ofen-
gesims oder Anrichte baumelnd, riefen Frittaten- und Grießnok-
kerlsuppen in dampfenden Schalen aus blauweißem Porzellan
in mir angenehmste Empfindungen wach. Mausi schleppte als
zweiten Gang Paprikahendl an, Geselchtes mit Kraut oder Stei-

risches Wurzelfleisch, und es kribbelte mich in der Kehle. Mit den Geruchsschleiern vor meinen Augen, die muskatbraun und soßendick, krenweiß und flockig oder mehlerbsengelb von den Tellern aufstiegen, kamen mir unsere Stunden im Eßzimmer warm und behaglich vor.

Einflechten sollte ich an dieser Stelle, was mit meinem Geruchssinn passiert war. Von der Verschiebung im Wahrnehmungsapparat hatte ich mich in letzter Zeit weitgehend befreit. Das heißt, ich erkannte zwar Nebel und Schleier, nicht anders als in der Vergangenheit, und konnte keinen Duftstoff von sich aus erfassen. Allerdings schlossen sie sich mehr und mehr mit Erinnerungen aus einem Vorleben kurz, ich meine, tief in mir vergrabenen Erinnerungen. Und durch diese unmittelbare Verbindung, die einem elektrischen Stromschlag vergleichbar war, war ich mir sicher, das Essen zu riechen, vom Duft krosser Zwiebeln und Speck aus der Pfanne bis zu Strudel und Kaiserschmarrn, die in Vanillesoße schwammen.

Wenn Mausi mit, sagen wir, Kalbsschnitzeln oder mit Beuschel aus Schweinsherz und Lunge ins Zimmer kam, lief mir allen Ernstes das Wasser im Mund zusammen (oder besser: ich stellte mir das allen Ernstes vor). Kurz: Ich entwickelte mehr und mehr Appetit, und unser vertrautes Familienbeisammensein bei den Mahlzeiten steigerte diese Empfindung.

Warum sie in Hunger umkippte – wer weiß. Ich strengte mich tage- bis wochenlang an, meine beiden Besitzer nichts merken zu lassen, wenn sie Gansleinmachsuppe und Schweinsbraten zu sich nahmen und das Mittagsmahl mit einer Mehlspeise abschlossen. Gina zeigte mehr Rundungen als in Paris, und mein Freund brauchte Stehkragenhemden und Westen, die weit genug waren und seinen Bauch nicht beengten. Ich schloß meine Augen (im Geiste), ich stierte zum Nippes, der auf den Konsolen und Simsen stand, und zum Barometer, das neben der Wanduhr hing (und seit dreizehn Monaten unbeirrt Schneefall anzeigte), oder versenkte mich zwangsweise in den Radau, der von Fleischhauerei,

Kohlenladen und Schuhmacherwerkstatt ins Eßzimmer drang. Auf diese Weise entging es mir wiederholt, wenn meine Besitzer das Wort an mich richteten, und ich rettete mich in zerstreute Entschuldigungen.

Das ging gut, bis ich mich nicht mehr ablenken konnte. Von Hunger beherrscht, fing mein Magen zu knurren an. Sicher, ich hatte keinen Magen und wie oder wo dieses Knurren entstand, blieb mir schleierhaft. Meine Besitzer erstarrten beim Kauen. »Ich habe Hunger«, bekannte ich in einer Mischung aus Scham und Verzweiflung. »Das mußt du dir einbilden, Tato«, versetzte Merunka. »Und wenn«, gab ich keuchend zur Antwort, »es hilft ja nichts. Ich kann an nichts anderes mehr denken als Essen, und an meinen leeren, sich schmerzhaft verkrampften Magen ... diese Hungerempfindungen verfolgen mich in den Schlaf, wo ich mich mit tausend Gerichten vollstopfe ... Stelze und Sauerkraut ... Blunzn und Leberwurst ... Kasnocken, Powidltascherln und Punschkrapfen ...« – »Und was sollen wir tun?« wollte Gina mit bebender Nase vom Ehemann wissen.

Sich an Dr. Horvath zu wenden war sinnlos. Man konnte von keinem Mediziner verlangen, einen Schrumpfkopf zu heilen, der an Heißhunger litt. Und Mausis Vorschlag, mir abwechselnd Gulaschsaft, Soßen und Schlagobers auf meine Lippen zu schmieren, hatte die gegenteilige Wirkung. Mir schien es, als ob ich das Rindsragout schmecke, es machte mich aber begreiflicherweise nicht satt, was meinen Essensdrang nichts als verschlimmerte. Es blieb uns kein anderer Ausweg, als mich an der Mittagsmahlzeit nicht mehr teilnehmen zu lassen.

Selbst diese Verbannung vom Mittagstisch half nicht viel; wenn mir der Essensgeruch in die Nase stieg, ganz gleich, wo ich mich in der Wohnung befand – im Wohnzimmer, in einer Kammer am Flurende, zwischen Ausklopfer, Besen und Feudel – erwachte der Hunger. Bald dachte ich Tag und Nacht nur noch ans Essen, man konnte es nicht mit mir aushalten. Ob ich meinem Herrn bei Berechnungen half oder Gina mir eine Mazurka vorspielte – ich gluckerte, gluckste und knurrte aufs Peinlichste. Man konnte mich nicht mehr ins Griensteidl mitnehmen oder zum Ausspionieren im Salonschrank verstecken.

Es war Mausis Idee, mich zum Hypnotiseur zu bringen. Letztens, bei einem Ausflug zum Prater mit Lucie, die Merunkas bekochte und eine Kusine war, und Ernst Schneeberger, Mausis Verehrer im Erdgeschoß, hatte sie einen dieser Schaubudenhypnotiseure erlebt. »Ernstl stand a Ewigkeit auf seinem linken Bein«, meinte sie leutselig, »als er in Trongse war.« – »Trance heißt das«, berichtigte sie meine Herrin. Zu Anschauungszwecken hob Mausi das rechte Bein, das sie anwinkelte und am Schienbein umklammerte. »Er hat g'schlafen«, versetzte sie japsend, »und is net aus dem Gleichgewicht kommen.« – »Und Aloisia Aichinger«, machte sich Lucie am Korridorende vom Herd aus bemerkbar, »vergiß nicht Aloisia vom Greissler im Hafnersteig.« – »Ja, Willibald Aichingers Ladenbedienung, die Spinnen nicht hat ausstehen kinna ... in Trongse ließ sie sich ein Tier auf den Handteller setzen und is net in Ohmacht g'fallen ... sie hat's betrachtet, tat keinen Mucks und is standhaft blieben. Heut macht sie sich nicht mehr ins Sackerl vor Spinnen ... Verzeihung ... ich meine, sie hat keine Federn mehr. Stimmt das nicht, Lucie?« – »Und ob!« ließ sich Mausis Kusine vernehmen.

Gina erlaubte es Mausi, mich mitzunehmen, und war willens, den Hypnotiseur zu bezahlen, ein Vorhaben, von dem mein Herr nichts erfahren durfte; Mesmerismus, Hypnose, das alles war in seinen Augen bloß unwissenschaftlicher Schmu. Und ich, ja, ich hoffte auf Heilung, allem Mißtrauen zum Trotz, das ich gegen den Schausteller hegte, der ein Nachfahre der Rumpfmenschensippe war, sein Familienname verriet es. Das heißt, er war Sohn oder Enkel des Mannes, dem ich mittelbar meinen Verkauf an Charles Worthington und meine Zeit im Kristallpalast Londons verdankte.

Mausi knotete mich in ein Tuch und befestigte es an dem Band, das sich breit um die Taille schlang. Los ging es zur Pferdebahn, die uns vom Donaukanal bis zum Praterstern brachte. Von der Endhaltestelle aus eilte Merunkas Bedienstete summend zur Venediger Au mit den Wursteltheatern und Rutschbahnen, Singspielhallen und Karussels, Riesenschaukeln und Schießbuden. An diesem frischen und weißlich bedeckten Aprilvormittag wirkte alles verschlafen. Alleen, Wasserwege und Gartenanlagen, Restaurationen und Praterkaffeehaus waren leer.

Max Papke, der Hypnotiseur, hockte barfuß und im losen Leinenhemd unrasiert vor seiner Schaubude. Mit seinen gelben, kasrandigen Ohren und den an Burenwurstpelle erinnernden Lippen glich er seinem Großvater (oder dem Vater) aufs Haar. Allerdings hatte er einen dichteren Schopf, schwarzfransig und tief hing er Max in die Stirn.

»Darf ich Sie ansprechen, lieber Herr Papke«, Mausi knickste vom Schausteller auf seinem Schemel, »ich heiße Maria Therese und stehe bei einer Familie am Fleischmarkt in Diensten ...« – »Maria Theresia?« kicherte Papke und linste sie scheel aus zwei spaltbreiten Augen an. »Alle Welt nennt mich Mausi«, versetzte sie heiser. »Mausi paßt besser«, bemerkte er blinzelnd, »du bist eine Fesche, das weißt du, nicht wahr?« Er kam auf die Beine und faßte sie schmatzend am Oberarm. »Wollen Sie nicht erst wissen, worum ich Sie bitten will?« erkundigte Mausi sich stammelnd, als er sie zum Schaubudeneingang bugsierte. »Das weiß ich, worum du mich bitten willst«, feixte er. »Sie wissen's bereits ... von wem wissen's es? Ach, ich wett, das ist diese Fernwirkung ... is' es das? Sie lesen es mir von der Stirn ab, Herr Papke ... und verraten Sie mir, was es kostet? ... ich habe nur anderthalb Kronen bei mir, wird das reichen?«

Mausi konnte vertrauensvoller sein als erlaubt war – trotzdem war sie an sich keine dumme Person. Nur diesem Papke schien sie auf den Leim zu gehen. Selbst im Brettergang zu seinem Budentheater, wo er sie umschlang und sich gegen sie preßte – und mich bei dieser Gelegenheit einklemmte –, gab sie dem Kerl keine Ohrfeige. Allerdings zerrte sie mich aus dem Kopftuch am

Rockband. »Lieber Herr Papke«, versetzte sie atemlos, »kann unser Tato vom Hunger befreit werden?« – »Tato bin ich«, sagte ich zu dem Schausteller, der prompt von Merunkas Bediensteter abließ, »ich leide in letzter Zeit an einem Essensdrang, den ich nicht mehr aushalte ... ich brauche Hilfe!«

Im Schaubudensaal mit der kreisrunden Plattform, die sich in der Mitte befand, ließ sich Papke auf eine Besucherbank sinken. Er drehte mich in seinen Fingern und mußte sich erst sortieren. Es war nicht zu verkennen: er traute es sich nicht zu, mich mit Hypnose vom Hunger zu heilen, was er logischerweise nicht zugeben wollte. »Lassen Sie uns nicht im Stich«, flehte Mausi, »ich habe Sie meiner Herrschaft empfohlen ... soll ich unverrichteterdinge nach Hause gehen?«

Max Papke wich aus und verlangte zu wissen, ob ich nicht auf Anhieb steinreich werden wolle, reicher als Friedrich Papke, sein Großvater, der Rumpfmensch, der von den Wienern verehrt werde. Er mache mich zu einem Pratermagneten und berechne mir dreißig Prozent von den Einnahmen, seine Ausgaben dekkende dreißig Prozent, nicht mehr ... oder zwanzig, gestand er mir zu, als ich stumm blieb. »Erspar uns das, Papke, du willst mich nur ausnehmen. Und ich kenne mich aus mit dem Schaustellerleben, ich werde es nicht wiederholen, mein Freund. Beweise uns, daß du kein Schwindler bist. ›Erster K.u.K.-Hypnotiseur‹ – prangt das auf deiner Schaubudenfront oder nicht?« – »Na ja«, maulte Papke, »ich ziehe zehn Kinder groß, die alle den Schnabel aufsperren, wenn ich heimkomme ...«

Er winkte Merunkas Bedienstete zu sich, die mich in einer Entfernung von zwei bis drei Schritten am Trageband hochhalten mußte. »Tief atmen«, befahl er mir, »einatmen ... ausatmen ... entspannen Sie sich ... mit den Handtellern auf den Knien ...« – »Was soll das? Wo sollen meine Knie und Handteller sein?« – »Sicher ... Sie haben ja recht ... es war dumm von mir ... Verzeihung«, er ließ eine Pause verstreichen, »tief eintamen, ausatmen ... einatmen ... ausatmen ... und Sie werden alles vergessen,

was um sie ist ... und einschlafen ... einschlafen, wenn ich es vor-
schreibe ... jetzt!«

Bis ich einschlief, verging eine Ewigkeit. Wiederholt wollte
Papke ergebnislos abbrechen. Sein Hemd war klatschnaß, auf
der Stirn standen Schweißperlen. In mir widersetzte sich alles,
den Schausteller in mein Bewußtsein eindringen zu lassen ... erst
zu Hause am Fleischmarkt erwachte ich wieder. Mausi lieferte
mich bei der Herrin ab, die vom Klavierschemel aufsprang und
von uns erfahren wollte, was in den vergangenen Stunden passiert sei (wir hatten ganze vier Stunden am Prater verbracht).
Meine Erinnerung war mehr als verschwommen. »Alles ging
gut«, sagte Mausi und strahlte, »ich wette, er wird keinen Hunger
mehr haben ...«, ich schlenkerte vor Mausis Augen am Trageband,
»Papke hat es befohlen und du hast versprochen, dir von heute an
nichts mehr aus Essen zu machen.« – »Und?« vergewisserte sich
meine Herrin mit kippelnder Stimme vor Neugier und Ungeduld,
»stimmt, was sie sagt, Tato? Merkst du was?«

Ab diesem Tag nahm ich wieder an allen Familienmahlzeiten teil.
Wenn meine Besitzer in Tafelspitz schwelgten oder Fleischlaib-
chen, Krautfleckern, Specklinsen zusprachen und sich zum Nachtisch mit Salzburger Nockerln vollstopften, blieb ich von Essensdrang vollkommen frei. »Wird sich zeigen, ob das eine Heilung
von Dauer ist«, bemerkte mein Freund und Besitzer verstimmt,
als er von meiner Hypnosebehandlung erfuhr, »mich nicht zu
Rate zu ziehen, darf nicht wieder vorkommen.«

Mausi eilte zum Prater, um Papke meinen Heilungserfolg zu
vermelden – das machte mich mißtrauisch. »Hat er sich schamlos benommen? Hat der Filutierer dich unsittlich angefaßt?«
horchte ich Mausi aus, als sie nach Hause kam. »Warum Filutierer?« versetzte sie kichernd, »hat er dich nicht von deinem
Kohldampf befreit?«, und verweigerte mir eine klare Erwiderung.
Mein Moralismus war allerdings zweifelhaft. Ich meine, im Stillen begehrte ich Mausi. Mein Verlangen gestand ich mir monate-

lang nicht ein, bis ich mir selbst nichts mehr vormachen konnte: Mit meiner Heilung von Hunger und Magenknurren war mein Geschlechtstrieb erwacht.

Ich ließ Mausi nicht mehr aus den Augen. Beim Wollsacheneinmotten, Fußbodenwischen, Fensterputzen, Toiletten- und Waschbeckenschrubben, Kragenwenden und Silberbesteckepolieren, Holzhacken im Hof, Kachelofenanheizen und Tausenden anderer Haushaltsaufgaben war sie in Sichtweite vor mir. Sie schleppte mich mit sich, von Arbeit zu Arbeit, befestigte mich, wo es paßte, und schwatzte und sang mit mir. Was mir besonderen Kitzel bereitete, waren unsere Vormittagsstunden im Waschkeller. Sie sperrte den Eingang zum Hinterhof auf und ließ Sonnenschein ein, der um die an der Mauer verlaufende Reihe von Waschbecken brandete. Mich befestigte sie an einem Wasserhahn neben sich und scheuerte Nachthemden, Kittel und Beinkleider auf dem Waschbrett im Becken. Seifenschaum wirbelte um Mausis Schopf, einen strohgelben Kegel aus Knoten und Kranzflechten. Leider kippte der Haarschwall nie um, um der Hausangestellten in Kreuz oder Kniekehlen zu fallen. Von Zeit zu Zeit landete eine vereinzelte Locke im Nacken, mehr nicht.

Vom Oberteil mit dem beengenden Kragen befreite sie sich in den ersten Minuten. Mausi hatte mit Dreizehn das Elternhaus in der Brigittenau-Vorstadt verlassen und stand seit zehn Jahren in Arbeit und Brot. An den Fingern, die rissig und rauh aus der Heißwasserlauge im Waschbecken auftauchten und mich versehentlich bespritzten, war es zu erkennen. Sie war ein frisches und handfestes Vorstadtkind, das mich an Millirahmstrudel und Nierchen erinnerte, und verbreitete einen belebenden Duft um sich, aus warmer besonnter Haut, Achselausdunstungen, Ofenqualm und Naphthalin in den Kleidern. Mausi wrang alle Teile aus, walzte sie, an einer Kurbel drehend, zwischen zwei Mangelrollen platt, und schmetterte das Wiener Fiakerlied – zu meiner Erleichterung bemerkte sie nicht, was ich ausstand. Ich entspannte mich erst, wenn sich Schneeberger anpirschte und aus dem Hof in den

Waschkeller linste. »Ernstl spechtelt dich aus«, alarmierte ich Mausi, die in aller Eile zum Oberteil griff und den Gasthausbesitzer zusammenstauchte.

Meine Besitzerin schien zu erraten, daß etwas mit mir nicht in Ordnung war. Sie zeigte sich nicht mehr in Nachthemd und Seidenrock, und ließ mich auch nicht mehr ins Schlafzimmer holen, um beim Schminkeauflegen Gesellschaft zu haben. Bald wich sie mir aus, wo und wann sie es konnte. Zum Vorlesen war sie angeblich zu heiser, und meine Gegenwart hinderte sie beim Klavierspiel – verlegen verbannte sie mich aus dem Zimmer. Auch von den Teestunden hielt sie mich fern. Umso lieber ließ ich mich von Mausi zum Markt mitnehmen und, wenn sie nicht arbeiten mußte, in Schaubudenstummfilme, wo ich, unweit von Schoß oder Busen der jungen Frau, zwischen Schleifen und Spitzen und Rockfalten steckte – das fand ich erregender als alle Lebenden Bilder.

II

Von den Verschickungen meines Besitzers auf Baustellen
und seinem Ehevertrauen; ich spiele Telefonrollen,
lasse mich ablenken von unmoralischen Dingen und gestehe
mein Begehren; Triebabbau mit Nacktaufnahmen;
bei Irma im Keller; Fortschritte bei meiner Menschwerdung

Ginas Stimmung verschlechterte sich. Sie litt an der Einsamkeit, das war das eine. Zum anderen litt sie an dem Umstand, nicht schwanger zu werden – nichts ersehnte sie mehr, als ein Kind zu bekommen. Gina verkroch sich mit Schwindel und Brechreiz, Kopfschmerzen und anderen Beschwerden im Schlafzimmer, das Mausi von Sonnenschein freihalten mußte, und ließ sich vor der Gesellschaft verleugnen. Mausi mußte zum Telefon rennen, wenn es losschrillte. »Und was soll ich sagen?« verlangte sie von mir zu wissen. Mit Onkel Julius oder dem weiblichen Staatsbahnenanhang zu telefonieren, war der Hausangestellten verhaßt. Wenn sie bestellte, Frau Doktor sei außer Haus oder auf einer Besuchsreise in Turin, verhaspelte sie sich vor Scham und Verlegenheit und kam sich beim Schwindeln ertappt vor. Lieber zerrte sie mich aus dem Kittel und hielt mir den Schlauch mit dem Trichter ans Ohr.

Komischerweise brach Mitterer niemals ab, wenn ich es war, der sich am Fernsprecher meldete. Anfangs war er verwirrt und verwechselte mich mit dem Hausherrn. »Bist du auf Urlaub, Bursch? Ich dachte, du bist in Großwardein oder Agram ...« Im Allgemeinen wußte er auffallend gut, wo mein Freund und Besitzer beruflich auf Reisen war, als ob er bei allem seine Finger im Spiel habe. Genau diesen Verdacht hatte Gina: bestimmt lasse er

seinen Ziehsohn bis Lemberg verschicken, um einer Ehe zu schaden, die er nie bejaht habe ...

»Verzeihung, Herr Hofrat, verzeihen Sie, ich bin das nicht ...« –
»Sie sind nicht Herr Doktor Merunka am Fleischmarkt 10? ...
Kruzifixsakrament! Hat man mich falsch verbunden? ... Vermittlungskraft, bitte, Vermittlungskraft! Heans ma net?« – »Sie sind
richtig verbunden, Herr Hofrat, mit Fleischmarkt 10.« – »Ja, und
wer sind Sie?« versetzte er mißtrauisch. »Ich bin der Schrumpfkopf, Herr Hofrat, Sie kennen mich ... in der Familie nennt man
mich: Tato!«

In der ersten Zeit war ich mir sicher, er werde sich schleunigst
und stumm aus der Leitung verziehen, und war sprachlos, als er
mir ein »Servus!« ins Ohr quakte. »Servus, Herr Professor! Ist mir
eine Ehre! Tut mir leid, Sie verwechselt zu haben, mein Lieber.
Sind Sie am Fleischmarkt auf Krankenbesuch, Dr. Horvath?« Der
Einfachheit halber ließ ich mich auf alles ein. »Ja leider, Herr Hofrat«, erwiderte ich zerknirscht, »Frau Thomas Merunka ist ernst-
lich malad; sie ans Rohr holen zu lassen, kann ich nicht verantworten ... Was darf ich ausrichten?« – »Nichts«, meinte Mitterer,
»meine besten Empfehlungen ...«, und legte auf.

Oder er wollte in mir Adolf Uhlendorf, den Studienfreund meines Besitzers erkannt haben. »Uhlendorf! Servus! Was treiben's
am Fleischmarkt? Wollen Sie sich um Frau Merunka verdient
machen? Sie braucht Zerstreuung, das kann ich verstehen, der
Mann in Galizien, um seine Pflicht zu tun, und sie mutterseelen-
alleine z' Haus, jaja ... spielen Sie zu zweit auf dem Bankerl Klavier
oder lieber Verstecken, mein Bester?«

Um ehrlich zu sein, war ich Mitterer dankbar, der mir mit
seinen Verwechslungen zu einer Idee verhalf. Ich gab mich vor
Anruferinnen und Anrufern – wenn es mir dienlich schien – als
Dr. Horvath aus, der seiner Patientin Bettruhe empfohlen hatte
und Krankenbesuche nicht gutheißen konnte. Wenn der weibliche Anhang der Staatsbahnenbeamten erfahren wollte, ob es
ein besorgniserregendes Leiden sei, berief ich mich unwirsch auf

meine Verschwiegenheitspflicht. Oder ich ließ das Wort »anstek-kend« fallen, um sie uns vom Leibe zu halten.

Anders stellte ich mich bei den Mitterernichten an, die sich Woche um Woche im Fernsprecher meldeten. »Mit wem sprech' ich?« kicherte Henny ins Rohr, eine magere, hopfenstangenhohe, rothaarige Faferl mit langem und derbem Gesicht. »Mit einem Freund der Familie«, sagte ich und legte mir schleunigst einen Namen zu. »Und wir sind uns niemals begegnet, Herr Petersen?« wollte Wilna erfahren, die neben der Schwester gespannt in den Sprechkegel atmete. Wilna, die Besseraussehende, war im Beneh-men eine eitle und gansige junge Frau. »Zu meinem Leidwesen, nein«, seufzte ich, »wer sollte zwei Damen wie Sie beide verges-sen? Und ich kann mich ... beim besten Willen nicht erinnern.«

Sie quetschten mich aus zu Familie und Beruf – ich weiß nicht mehr, was ich mir aus meinen Fingern sog, ich war sicher ledig, von Stand und bemittelt und lebte, wenn ich mich nicht irre, im Ausland –, und beide platzten vor Lustigkeit, als ich mein Alter mit einhundertzwanzig angab – bis Mausi mich, steif in den Armen, mit lautlosen Lippenbewegungen anflehte. Ich mußte abbrechen, was ich mit meinen Verpflichtungen als »Freund der Familie« entschuldigte. »Mag sein ... und wir treffen uns bei den Merunkas, Herr Petersen? ... wenn es der Zufall will ...«, legten mir beide beim Abschied mit heiseren Stimmen nahe, und ich ließ sie zappeln: »Ja, warum nicht? Wenn es der Zufall halt gut mit uns meint ...«

In meinen Rollen als Hausfreund und Arzt konnte ich mir vorm Kasten im Korridor einbilden, ein Mitglied der Wiener Gesellschaft zu sein, und zwar kein beliebiges Mitglied: ein Mann von Welt! Mit erheblicher sinnlicher Ausstrahlung! Und in dieser Eigenschaft lenkte ich alle von meiner Besitzerin ab, die so von Einladungen oder Besuchen verschont blieb.

Wenn mein Herr aus Galizien auf Urlaub kam, rappelte sich seine Frau wieder hoch und stellte sich heiterer an, als sie war. Selig, den Ehemann bei sich zu haben, konnte sie sich vom Kummer nicht vollkommen befreien. Ich denke, Merunka bemerkte es nicht. Er war beileibe kein Menschen- und Seelenkenner. Verwirrt, ja das war er, als er, noch keinen Tag daheim, einen Anruf von Henny und Wilna annahm, die sich als erstes erkundigten, wo sein Bekannter sei oder ob er den Hausfreund verpaßt habe. »Familienfreund? ... Dr. Petersen? ... er meldete sich von meinem Fernsprecher aus?« Merunka entschuldigte sich bei den Mitterernichten mit der anstrengenden Heimreise und legte auf. Und sie witterten einen Skandal. Im Handumdrehen rief Onkel Julius an, der seinen Ziehsohn mit Horvathschen Krankenberichten und Uhlendorfs Fleischmarktbesuchen befremdete. Mein Besitzer bekannte, er wisse von nichts – und es dauerte, bis ich Gelegenheit fand, meine Fernsprecherstreiche zu beichten.

Das war am zweiten Tag, als er mich mitnahm, um im Staatsbahnenamt nach dem Rechten zu sehen – und um mit mir alleine zu sein. Bereits auf dem Fußweg vom Fleischmarkt zum Schillerplatz konnte ich meinen Besitzer von seiner Verwirrung befreien. »Alles gewohnt und vertraut«, seufzte er vor Erleichterung, als wir ins Amtszimmer traten, in dem muffige Staubluft und Stuhlganggeruch vom Anstandsort auf dem Korridor herrschten. Merunka fiel auf seinen Drehstuhl beim Rollschreibtisch, fuhr eine Weile mit mir Karussell, und wir pfiffen zusammen das Chanson vom »Petit Coquin«. Mit frischer Tinte, die er aus der Schreibstube holte, setzte er einen Brief an den Ziehvater auf – und einen anderen an dessen Nichten: Er selbst sei es gewesen, der Adolf ersucht habe, seiner zeitweilig an Fieber erkrankten Frau mit Besuchen am Fleischmarkt Gesellschaft zu leisten ... und brachte die beiden versiegelten Schreiben zur Poststelle.

Wer weiß, ob es dieses Vertrauen in Gina war, das seine Verschickungen beendete. Im April 98, wenn ich mich nicht irre, konnte er seine Koffer im Dachboden einmotten. Mehr als das: Man verlangte von meinem Besitzer, sich geradewegs an seine Alpenbahnenplanungen zu setzen und in Monatsfrist einen ver-

344

wendbaren Entwurf vorzulegen. Das war zu schaffen, wir hatten
ja einen Entwurf, den wir nur vervollkommnen mußten. Hinge-
bungsvoll warf Merunka sich auf seine Arbeit und ging von meiner sicheren Mitwirkung aus. Ich sollte mir alle Berechnungen
vornehmen und von verbliebenen Fehlern bereinigen, falls mich
meine Zahlen um Gleichgewichts-, Kraft- oder Massebeziehun-
gen nicht auf Ideen brachten, die zur Bauplanverbesserung beitragen konnten.

Leider versagte ich wieder und wieder, wenn wir beide im
Erdgeschoßzimmer ans Werk gingen, und im Lampenschein auf
dem Schreibtisch Papiere, Maßstabzeichnungen und Landkar-
ten auslegten. Ich verwechselte Meter- mit Tonnenangaben, vertat mich bei Stoffmengen und Tiefeeinheiten, vergaß Zahlen oder
drehte sie um. Merunka verzweifelte: »Das kann nicht sein! Das
ist falsch! Was ist nur mit dir los?« Haareraufend sprang er auf die
Beine und rannte im Amtskabuff von Wand zu Wand. Zaudernd
bekannte ich vor meinem Besitzer, warum ich zerstreuter war, als
ich es sein durfte.

»Mir fehlt es an Anstand ...« – »Dir fehlt es an was?« – »Ich
meine, ich habe nichts als ... unmoralische Dinge im Sinn, die
mich ablenken.« – »Unmoralische Dinge? Was heißt das?« Ich
war bestrebt, es meinem Herrn schonend beizubringen. »Es
sind ... Triebe vorhanden«, versetzte ich heiser und schilderte,
was mich von meinen Berechnungen abhielt. Es waren Erinnerungen ans Hinterteil der sich auf Knien im Sessel vorbeugenden
Mora; an die im Empfangszimmer Oliver Cliftons in Mond- oder
Sonnenschein strampelnden Frauenbeine; an den Busen Josephas, an den sie mich ahnungslos preßte, wenn Heise und sie
sich umarmten und er mit der Hand eine Brust aus dem Mieder
hob, um an der karminroten Spitze zu reiben; an Kaethes mich
eng und nass einklemmende Schenkel, die mir absolut nicht
mehr abstoßend vorkamen; von allen am klarsten vor Augen
stand mir Mathilde, die sich schimmernd und langgliedrig
neben mir streckte ... und ich wollte mich auf sie rollen und sie

umarmen, auch wenn es mir meine begrenzte Bewegungsfreiheit nicht erlaubte.

»Begattungstrieb«, seufzte mein Freund und Besitzer, »sexuelle Begierde ... bei dir! Einem Schrumpfkopf!« Nachdenklich lief er im Amtszimmer auf und ab und meinte am Ende, er wolle mir helfen, ich solle mich nur, das sei seine Bedingung, bis zur Abgabe unseres Bauplans zusammenreißen. Ich versprach es und strengte mich an. Mir fehlte es nicht an Gewissen und Pflichteifer, Treue zum Kaiser und Zuneigung zu meinem Herrn. Trotzdem hielt meine Aufmerksamkeit keine Woche an. »Zeitvergeudung ... mir bleibt keine andere Wahl ... keine andere Wahl, als Maßnahmen zu ergreifen ... um uns beide aus dieser Verlegenheit zu befreien!« Er eilte ins Freie, und ich blieb im Zimmer allein. Mir war schleierhaft, was er im Sinn haben konnte. Es war klar, als Verstandesmensch setzte Merunka auf andere Mittel und Wege, als sie seine Frau und Bedienstete an mir erprobt hatten.

Es verging eine Stunde, bis er wieder da war und sich außer Atem von Strohhut und Sakko befreite. »Ist es das, was dir helfen kann?« wollte er wissen und hielt mir zwei Photographien vor die Nase, Aufnahmen von nackten, sich in der Natur und zu zweit auf einem Schaukelpferd spreizenden Frauen, mit spekkigen Schenkeln und molligen weichen Gesichtern. Sprachlos betrachtete ich seine bei einem Hausierer erstandenen Mitbringsel. »Wenn unser heutiges Pensum erledigt ist«, bestimmte er streng, »kriegst du sie zu Gesicht« und verstaute den »nackerten Dreckfadlkram« in der Schublade.

Bei dieser Abmachung sollte es bleiben. Alle paar Stunden erlaubte er mir eine Pause und legte die Photographien vor mir aus. Wenn ich sie studierte, ließ er mich in Ruhe. In der Zwischenzeit eilte Merunka zur Schreibstube, wo man unsere Vorlagen sauber kopierte. Vorsichtshalber verriegelte er sein Kabuff. Falls wir aus Zufall Besuch bekommen sollten, konnte das peinliche Auswirkungen haben. Ich atmete schwerer, ich seufzte und keuchte und bemerkte ein komisches Kribbeln und Ziehen in mir. Von dieser Phantomlust kam ich nicht mehr los.

Wir reichten den Streckenplan rechtzeitig ein, und mein achter Besitzer war blendender Laune. Ich hatte leider keinen Anlaß, beschwingt zu sein – mein Zustand verschlimmerte sich. Mit den Aufnahmen konnte ich mich nicht mehr ablenken, mit der Zeit fand ich sie nur noch reizlos und fade. Und wieder versprach mein Besitzer zu helfen.

Bald brachte er mir neue Photographien mit. »Finden sie deine Zustimmung?« wollte er wissen; er selbst hatte keine der Aufnahmen begutachtet und konnte nicht sicher sein, ob er nicht harmlose Abbildungen von Steffl und Hofburg besorgt hatte. »Ja«, sagte ich schluckend und schielte zu der jungen Frau, die mit nichts als einem Strumpfpaar und Schuhen bekleidet war, und die sich, in hingebungsvoller Versunkenheit, breitbeinig und in der Hocke in einem an der Zimmerwand lehnenden Spiegel betrachtete.

Niemand außer Merunka war mit meinem Leiden vertraut. Wenn sich Gelegenheit fand, ließ er mich mit den Photographien eine Weile allein, daheim in meinem Zimmer, im Amtskabuff, oder er schleppte sie in seiner Brieftasche mit sich, um sie mir auf der Fahrt im Fiaker zu zeigen, wo er selbst bis ans Ziel von seinen Zeitungen verdeckt blieb. Seine wachsende Sammlung von Ansichten nackter Frauen – ich brauchte Abwechslung, Woche um Woche – verwahrte mein Herr an verstreuten Verstecken auf, zwischen Estrich und Dielenbrettern und in verschließbaren Schubladen oder an andern Stellen, die er nicht alle behielt.

Alles spitzte sich zu, als Merunka und seine Frau zu einer Italienreise aufbrachen, und er mich nicht mitnehmen durfte. Gina wollte mit Thomas allein fahren. Ich war nicht gewohnt, wochenlang keinen meiner Besitzer mehr um mich zu haben. Ich kam mir verlassen und einsam vor. Zwar hatte ich Mausi – um mich bei Laune zu halten, las sie mir am Vormittag mit Ach und Krach aus der Zeitung vor oder nahm mich an sonnigen Tagen ins Freie mit, zu Riesenradrunden mit Ernstl und Lucie oder Schrammelmusik in einem Nußdorfer Heurigen ... meine innere Einsamkeit konnte sie mir nicht vertreiben. Außerdem litt ich bald an einem qualvollen Triebstau, ich hatte nur noch meine Photos im Sinn. In meiner Verzweiflung war ich auf dem besten Weg, Mausi zu bitten, die Aufnahmen zu holen und ans Notenpult auf dem Klavier zu lehnen – leider wußte ich nicht, wo mein Herr sie versteckt hatte. Waghalsiger war meine zweite Idee: Mausi anzuflehen, sich vor mir auszuziehen – mir fehlte am Ende der Mut, es zu tun.

Zehn Wochen vergingen, bis meine Familie heimkam, und Merunka als erstes ins Wohnzimmer eilte, langhaarig, sonnenbraun und gut erholt, um von mir zu erfahren, ob alles in Ordnung sei. »Nein«, zischte ich, »nichts ist in Ordnung ... ich bin halbtot ... halbtot vor Begehren und Erregung ... ich brauche dringend ...«, meine Stimme versagte.

Mit dieser Heimkehr begann meine Zeit bei den Strichhuren, Fensterhennen oder Bordellschnepfen, die von der Leopoldstadt bis nach Meidling im Einsatz waren. Wenn mein Freund und Besitzer bereit war, mich alle paar Wochen zu Prostituierten zu bringen, verdankte ich das seinem schlechten Gewissen und seiner praktischen Lebenseinstellung. Peinlich blieb es: Merunka war schamhaft, er heuchelte seine katholische Sittsamkeit nicht, und an seiner Treue als Ehemann war nicht zu zweifeln. Wenn die Merunkas am Sonntag um elf aus der Messe kamen und gegen ein Uhr mit dem Mittagsmahl fertig waren, riegelten sie sich im Schlafzimmer ein, und ich hielt am Wohnzimmervorhang mein Nickerchen. Teil dieser Regelung waren vier Freistunden, die Mausi und Lucie im Freien verbringen mußten, selbst Eis oder Sturm waren keine Entschuldigung. Was das hieß, war ein offenes Geheimnis. Trotzdem drangen niemals Seufzer zu mir an den Vorhang, und alles im Haushalt am Fleischmarkt blieb mucksmausstill, außer der klackenden Pendeluhr und den ans Fensterglas dotzenden Fliegen.

Logischerweise tat sich mein Besitzer schwer, mich mit einer Hure zusammenzubringen. Bei Anbruch der Dunkelheit packte er seinen Spazierstock und eilte mit mir in der Weste zur Siebensterngasse am Spittelberg. Beharrlich verlangte er von den an Mauern und Haustoren lehnenden Frauen zu wissen, ob sie im Besitz einer Zulassung seien. »Scher di' zum Teufel!« bekam er zur Antwort. »Das macht's nur teurer, mein Schatz«, schnurrten andere. Dritte versicherten, Woche um Woche zum Arzt zu gehen – und machten sich schimpfend Luft, wenn er erwiderte, Voraussetzung, um handelseinig zu werden, sei ein Gewerbeberechtigungsschein.

Zwischen qualmenden Petroleumlampen und Gaslaternen zogen wir beide von Gasse zu Gasse, Merunka, mit seiner Melone tief in der Stirn, und ich, der vor Triebstau nicht mehr zur Besinnung kam. »Warum brauchen wir einen Gewerbeschein?« wimmerte ich an der Weste, »mir droht keine Ansteckung. Wo sollte ich mir eine Krankheit zuziehen?« Er kratzte sich an seinem Schnurrbart und nickte – was mich keine halbe Minute erleichterte. Jetzt fing er an, mit den Dirnen um den Preis zu verhandeln, mehr als anderthalb Kronen wollte er nicht bezahlen, und wenn er mich von seinem Westenknopf abhakte und in den Schein einer rußenden Lampe hielt, um sich zu rechtfertigen, ich sei nicht anspruchsvoll, ließen sie meinen Besitzer nicht ausreden und nahmen voller Entsetzen Reißaus. »Er is' pervers ... was er in seiner Weste versteckt, is' a Messer ... das ist der Irre, der was Brustwarzen abschneiden tut«, heulte es, und in der Stiftsgasse leerten sich Mauern und Haustore.

Gegen Mitternacht hatten wir endlich Erfolg. Im Durchgang von Garde- zu Fassziehergasse entdeckten wir Irma, die sich vor dem Kellerloch von einem Freier verabschiedete, der in weitem Bogen um uns aus dem Hof eilte. Merunka ersparte es mir und der jungen Frau um zwei halbe Kronen zu streiten. Und er bereitete sie auf mich vor. Sie rannte nicht weg, als er mich von sich losmachte und der Kleinen vors magere und blasse Gesicht hielt.

»Jessas ... is' der aus der Sammlung von Franzl ... ich meine vom Herrn Dr. Mayr?« – der Galanteriewarenkaufmann am Kohlmarkt und sie waren anscheinend miteinander bekannt. »Nein, das ist meiner. Franz Mayr besitzt keinen lebendigen Schrumpfkopf, was wollen wir wetten? Ja, dieser kann denken, empfinden und sprechen ... er kann es nicht schlechter als du oder ich ... und er hat Begierden ... du weißt, was ich meine«, am Ende verfiel mein Besitzer ins Keuchen. Sie stocherte mit einer Schuhspitze zwischen dem groben und ungleichen Pflaster in Moos und Dreck. »Zu dritt, ist es das, was sie wollen, mein Herr? Ich mit diesem ... Ding, diesem Schrumpfkopf, und Sie ... Sie schauen zu?«

Erst als ich selber mein Anliegen vorbrachte (sie erstickte einen Aufschrei und hielt sich am Kellerlochgitter fest) und Merunka betonte, er werde im Hof bleiben, dreißig Minuten, das sei sicher ausreichend, und der Kleinen drei Kronen in die offene Hand legte, streckte sie zaudernd den Arm aus und nahm mich am Trageband. Mein (nicht vorhandenes) Herz pochte rasend, als sie mit mir aus dem Hof in den Keller stieg, der aus drei Abteilen bestand, die von Drahtleinen baumelnder Vorhangstoff abtrennte – drei Prostituierte benutzten das Kellerloch zum Arbeiten, Essen und Schlafen.

Irma bewohnte das letzte Abteil in der Reihe, das wir mit zehn Schritten erreichten. Sie schob den Vorhang beiseite und huschte zum Bett, wo sie sich von der Petroleumlampe befreite, indem sie sie an einem Haken befestigte, zwischen Spiegel und Schemel, auf dem eine Wanne mit Wasser stand, und beugte sich vor, um die Bettdecke straff zu ziehen. Mich streckte sie waagerecht am Trageband aus. Irma betrachtete abwechselnd mich und den Lehmboden, der großteils nackt, nur vereinzelt von Kelims verdeckt war. In der Ecke entdeckte ich einen Sack Linsen und einen mit Reis. Beim Vorhang zum Nachbarabteil hingen Nachthemd und Damenhose von einer Stuhllehne vor einem Tisch, den ein Wachstuch bedeckte. Ich erkannte einen Spirituskocher im Schatten, ein Tee-Ei, zwei Brotkanten, Gurken im Einmachglas.

Ach, ich erinnere mich gut an das Kellerabteil, das ich wieder und wieder besuchte. Irmas Namen erfuhr ich bereits in der ersten Nacht. Bei diesem ersten Mal ging ich vor Scham beinahe ein. »Du bist meine erste Frau«, stammelte ich. Mein Vorteil war: Rot werden konnte ich nicht. Ratlos schielte mich Irma vom Bettrand aus an. »Und Sie sind mein erster ...«, sie stockte, »und was soll ich machen?« – »Dich ... ausziehen, bitte.« – Sie erhob sich und fing mit dem Kragenknopf an, bis sie das Oberteil ablegen konnte. Zu diesem Zweck schlang sie mein Band um die Stuhllehne, wo mich Nachthemd- und Damenhosenlochspitze kitzelten. »Und ... ist es gut?« wollte sie von mir wissen, als sie nichts mehr anhatte und mit den Armen vor der Brust, in der Feuchtigkeit schaudernd, aufs Bett sank.

An der Wand lehnend, winkelte sie beide Beine an, und linste zu mir an der Lehne. Oh, es zwickte und kribbelte mir in den Knochen, ich schien wieder Knochen zu haben ... Es kitzelte mir in den Leisten und Hoden, ich schien wieder Leisten und Hoden zu haben ... und ein Geschlecht, das sich aufrichtete. Irma spreizte die Beine, und ich fing zu pendeln an, pendelte an der Stuhllehne, heulte vor Lust, und eine unglaubliche Seligkeit schwemmte mich mit sich fort.

Meine Pendelbewegungen verlangsamten sich. Irma begriff, ich war fertig, und wollte zur Zinkwanne springen und sich waschen ... das war bei mir entbehrlich, sie brach in erleichtertes Kichern aus. Ein bequemerer Kunde als ich war schwer vorstellbar. Auf dem Weg in den Hof, wo mein Herr auf und ab rannte und seine Uhr aus der Weste zog, meinte sie zutraulich: »Ich heiße Irma ... Sie kommen bald wieder, nicht wahr?«

Ich sagte bereits, ich war selig und summte und pfiff auf dem Heimweg beschwingt in die Nacht. Und in den kommenden Wochen und Monaten stellte ich mich immer weniger linkisch an. Mehr als das: Ich verliebte mich in dieses halbe Kind, das eher vierzehn als sechzehn war, mager, mit vorstehenden Rippen und

einem Gesicht, das nicht unbedingt ansehnlich wirkte. Ich verliebte mich in seine Jugend und Einfachheit, der eine naturnahe
Schlauheit anhaftete, mit der sie mir vormachte, ich sei ein blendender Liebhaber, bis ich mir einbildete, es sei wahr ... Es reichte
mir bald nicht mehr, sie nur nackt vor mir zu haben – sie schob
mich zum Schoß, der mich warm in Empfang nahm mit seinem
benebelnden Bitter- und Salzgeruch, und ich zerbarst, wenn sie
mich mit den Beinen umklammerte ... »ich liebe dich!« heulte
und wimmerte ich halb zerquetscht in der Enge aus Schenkeln
und Hautfalten, bis sie mich aus der Tiefe befreite.

Ich liebte sie halb und halb nicht – ich war dankbar. Und bei
der Trennung im Hof konnte ich mich vor Mutwillen und Kraft
nicht mehr retten! Ich bat meinen Besitzer um eine Trabucco-
Zigarre – er rauchte nichts anderes als heimische Sorten –, und
mit belustigtem Nicken zog er aus der Westenbrusttasche einen
Viertelzigarrenstumpen, den er anbrannte und mir im Fiaker oder
beim Fußmarsch von Zeit zu Zeit an meine Lippen hielt.

Alle drei bis vier Wochen beschwatzte ich meinen Herren, mich
zum Keller im 7. Gemeindebezirk zu bringen. Er fand es bequem
und erleichternd, eine vertraute Adresse zu haben. Nie stellte ich
seine Geduld auf die Probe. Ich kam zu begierig ins Kellerabteil
und nach dreißig Minuten ließ ich mich selig erschlafft wieder
im Hinterhof abliefern. Ich hatte den Plan, mit der »Strichlisl«
auszugehen – zum Kaffeehauskiosk, ins Lustspieltheater oder zu
Ringkampf und Schwergewichtsheben in Ottakring –, um mir
vorzumachen, ich sei ein normaler Mann mit einer Liebhaberin
an der Seite. Von diesem Vorhaben wollte Merunka nichts wissen.
Er verbot es mir strikt, mich von »dieser Person« in der Wohnung
am Fleischmarkt abholen zu lassen und sie enger an seine Familie
zu binden, in welcher, seinen Worten zufolge, »Verderbtheit keinen Platz« hatte.

Ich muß bekennen: Mein Begehren nahm nicht ab, es nahm
zu. Ich schaffte es bald keine anderthalb Wochen mehr, auf einen
Kellerbesuch zu verzichten. Ausnahmen waren unsere Wochen

in Grinzing, die mich zu Enthaltsamkeitsqualen verurteilten, und eine Alpenbahnbauvorbereitungen dienende Reise von Wien bis Triest, auf der meine Hilfe erforderlich war – vor der Eisenbahnkommission hatten wir bei Karawanken- und Karstplan den Zuschlag erhalten. Bereitwillig brachte mich Thomas Merunka im Abstand von einer bis anderthalb Wochen zum Hof zwischen Garde- und Fassziehergasse – und Mausi verlangte von mir zu erfahren, ob er heimlichen Liebesbeziehungen nachgehe. Das konnte ich guten Gewissens verneinen. Eines Nachts klopfte er mit seinem Stockgriff vergeblich ans Hofkellerfenster. Von einer der Frauen im Keller erfuhren wir, Irma sei im Spital, Eiterausfluss und Schwellungen, die komme bestimmt nicht mehr wieder. »Geh Peperl, plausch net«, versetzte die andere, Irma sei in einem Puff, wo es warm sei und man sie fein einkleide – nur in welchem Bordell sie sich aufhielt, war nicht zu ermitteln.

Dieser Schlag traf uns hart. Wenn es stimmte, daß Irma schwerkrank war, tat sie mir leid, und es war zwecklos, sie ausfindig machen zu wollen. Und sollte sie in einem Freudenhaus arbeiten, mußte der Zufall es gut mit mir meinen. Bordell um Bordell abzusuchen, empfand mein Besitzer als wahres Martyrium. Trotzdem klapperten wir in den kommenden Wochen vergeblich ein Lusthaus ums andere ab – »eine Irma? Wenn sie eine Irma bevorzugen, finden wir eine«, bekamen wir zur Antwort –, bis ich mich schließlich auf andere Strichlisl einließ. In Erinnerung sind mir mit Seidentapeten verkleidete Dielen und hochflorige Zimmer, Frauen in Damentoiletten aus Ballkleidern, Hahnenfederboas, die mir ins Gesicht wischten oder Fuchsschweife, die mich am »Luftholen« hinderten ...

In einem vornehmeren Haus an der Landstraße wollte man mir was Besonderes bieten. Man brachte mich in ein Geheimkabinett. Es enthielt nichts außer Sofa und Sessel und einen Beistelltisch, auf dem ein Opernglas stand. Licht warf eine Petroleumlampe mit nachtblauem Zylinder. In der Tapetenwand waren drei Glasscheiben zu drei auf der anderen Seite verspiegelten Zimmern.

Von den Dirnen verlassen, die in der Empfangshalle antreten mußten, hing ich eine Weile allein am Garderobenarm im Kabinett und schaute den Paaren beim Liebesakt zu, bis es ein Besucher betrat. Schwer atmend befreite er sich von Zylinder und Mantel und warf sie in Eile aufs Kanapee, was mich vor der Entdeckung bewahrte. Ich war erleichtert, wir waren uns bekannt. Dieser Mann mit dem lockigen Vollbart, den polstrigen Wangen und der Warze auf seiner Ballonnase war kein anderer als Julius Mitterer.

III

Vom neuen Jahrhundert und neuen Erdenbewohnern,
verfehlten Hochzeiten und mißlingenden Selbstmorden;
einem Kinderwagen mit Kutschfederung und
Fahrradfahrten mit blutigem Ausgang; von der Libido eines
Schrumpfkopfs, einer Schweinerei, die sich als Wissenschaft
tarnt und ersten Erfahrungen in Abrahams Schoß

Als mein Besitzer und ich alle zwei bis drei Wochen bei Anbruch der Dunkelheit ausgingen, war Gina verwirrt und verunsichert. Bald vergingen nur zehn Tage, bis wir wieder loszogen, das befremdete sie umso mehr. Er wolle nichts als frische Luft schnappen, ließ sie der Ehemann einsilbig wissen. Bald war sie der Ansicht, es sei eine Frau im Spiel – ein Verdacht, dem sein sonstiger Lebensstil allerdings widersprach. Außerdem ging er niemals allein aus dem Haus. Warum nahm er mich mit, wenn er zu einer Liebschaft aufbrach? Das konnte sie sich nicht zusammenreimen.

Auch schienen seine Liebe und Aufmerksamkeit sich nicht verringert zu haben, im Gegenteil. Er begehrte sie nicht mehr nur sonntags. Es mochte ein Montag sein oder ein Donnerstag – tief in der Nacht rollte er sich zu Gina, um sie zu umarmen und an sich zu ziehen. Es dauerte, bis sie das zulassen konnte, zu groß war Ginas Scham vor den Dienstbotinnen in der Flurkammer. Sein neues Begehren verdankte Merunka mir, besser: seinen Erfahrungen an meiner Seite, und als ich erfuhr, meine Herrin sei schwanger, betrachtete ich das zum Teil auch als meinen Erfolg. Mit dem beginnenden neuen Jahrhundert brachte Gina Merunka ein munteres Kind zur Welt.

Vor Bettys Geburt im Juli 1900 heiratete Mausi den Gasthausbesitzer im Erdgeschoß, um, erstens, nicht als alte Jungfer zu enden und, zweitens, Familie Merunka verbunden zu bleiben, sie bezog ja im Haus nur ein anderes Stockwerk.

Und das neue Jahrhundert, Jahrhundert des Goldstandards, der Meeresverkabelung und Attentate und Zeppelin-Luftschiffe, nahm seinen Lauf. Zum Leidwesen Hennys verlobte sich Wilna, die feschere Nichte von Julius Mitterer, mit einem verwitweten Staatsanwalt. In der Hochzeitsnacht stand sie im Nachthemd auf dem Balkon und war bereit, in die Tiefe zu springen, wenn der Mann auf der Schwelle sich einfallen lasse, sie wieder zu sich in Zimmer und Bett zu ziehen.

Und das neue Jahrhundert, Jahrhundert des SOS-Notsignals, nahm seinen Lauf. Adolf Uhlendorf, den seine Frau mit dem Staatsbahnen-Inspektor betrog und der seine Wettschulden nicht mehr bezahlen konnte, hielt sich im Mai 1900 beim Billardspiel im Griensteidl eine Pistole an seine Stirn. Uhlendorf zitterte, als er den Schuß abgab, streifte sich nur und traf einen der Kellner ins Herz.

Julius Mitterer schimpfte aufs Judentum, wenn er Familie Merunka Besuche abstattete. In Gegenwart Ginas hielt er sich noch halbwegs bedeckt. Erst mit seinem Ziehsohn (und mir) vor dem Schachbrett im Wohnzimmer kannte er keine Hemmungen mehr. Juden seien Blutegel und Parasiten, Theater und Presse beherrschende Giftmischer, sie in die Schranken zu weisen, sei Christenpflicht. Am wirksamsten sei es, sie wieder ins Ghetto zu zwingen und nicht mehr aus den Augen zu lassen.

Am folgenden Tag, bei der Mahlzeit am Mittag, konnte Gina sich nicht mehr beherrschen und sagte scharf: »Warum hast du Julius nicht widersprochen?« Thomas Merunka, der mit einem Summen sein Schnitzel aß, zuckte zusammen. »Widersprechen? Warum widersprechen? Was meinst du?« Er musterte sie mit seinen murmelblauen Augen in einer Mischung aus Reinheit und Ratlosigkeit. Gina zauderte mit einer Antwort, als Rosa, die neue

Hausangestellte, ins Zimmer trat, bis sie sich mit den schmutzigen Vorspeisetellern entfernt hatte. »Wenn er sagt, ›Jud bleibt Jud, es ist zwecklos, sich taufen zu lassen‹, denkt Julius an mich, das ist klar ...« – »Das ist seine Ansicht?« – »Das ist sie! Er spricht von *mir* ...« – »Du irrst dich, ich wette, er sagt das im Allgemeinen.« – »... und wenn er von mir spricht, meint er unser Kind!« – »Ja warum unser Kind? Nie und nimmer! Von Anfang an wird es katholisch sein«, sagte Merunka und hantierte energisch mit Messer und Gabel, als wolle er sein Porzellangeschirr kleinkriegen.

Ende Juni, zwei Wochen vor Bettys Geburt, ließ der Hofrat am Fleischmarkt einen Kinderkarren abliefern. Gina, die dick aus dem Schlafzimmer watschelte, verlangte von Thomas Merunka, den Wagen nicht anzunehmen. Das brachte den werdenden Vater in Not. Alles an diesem Karren sei praktisch und funktional, formgerecht und aus hochwertigen Materialien, er schiene auf Butter anstelle von Reifen zu laufen, verteidigte er das Geschenk seines Ziehvaters, das am Ende bei Mausi im Erdgeschoß landete, mehr auf Verdacht als aus Notwendigkeit.

Und das neue Jahrhundert, Jahrhundert der U-Boote, Lichtspieltheater und Fußballvereine, der Olympischen Spiele und Kreiselkompasse, Fingerabdruckverfahren, Sufragetten und Expeditionen ins Nordpoleis, nahm seinen Lauf. Als Betty zur Welt kam, blieb nichts mehr beim Alten. Gina spielte nicht mehr Klavier und las mir nicht mehr vor. Eine Amme zog ein, die bei Nacht auf dem Flur schlafen mußte, alle Zimmer im dritten Stock waren belegt. Merunkas Verhalten war auffallend launisch. Einerseits liebte er Mutter und Kind. Andererseits hielt er es zwischen Windel- und Milchgeruch in der bedienstetenquirligen Enge nicht aus. Erst schmetterte er einen Walzer und schwenkte die auf seinen Handtellern quiekende Betty vom Speise- ins Schlaf- und vom Kinder- ins Wohnzimmer, bis er sie abrupt in der Wiege verstaute und mit Stock und Melone Reißaus nahm. Er war umso launischer, als sich Minister und Reichsrat mit einem Gesetz zur Errichtung von Alpenbahnentunnel- und Schienenstrecken Zeit

357

ließen. In diesem seelischen Taumel vergaß er mich. Und wenn er mich an seinen Westenknopf hakte und mitnahm, verhielt er sich einsilbiger und zerstreuter als in der Vergangenheit.

Ich litt an Eifersucht, muß ich bekennen, in der Familie drehte sich alles nur noch ums Kind. Gina beachtete mich nicht mehr, Amme und Dienstbotin zogen es vor, mir mit schweigsamer Feindseligkeit aus dem Weg zu gehen. Mit Widerwillen brachte mich Thomas Merunka im Abstand von ein bis zwei Wochen in ein Bordell, nicht ohne mich wissen zu lassen, er sei es leid, seine Geduld mit mir gehe zu Ende, eine Bemerkung, die mich alarmierte. Von meinem Besitzer verstoßen zu werden, schien mir nicht mehr vollkommen abwegig. Ich brauchte dringend einen Ausweg aus meiner Misere.

Hilfe kam von unerwarteter Seite. Ich erinnere mich an einen milden Oktobertag, als ich mit meiner Familie und Mausi, die uns begleitete, in einem Heurigen landete.

In der Sonne, die warm Tisch- und Bankreihen beschien, dichtbesetzt mit Familien oder mit Herrenrunden, fielen sechs bartlose Flegel auf. Alle sechs wirkten ungepflegt, steckten in fleckigen Sakkos und hatten ausfransende Hutkrempen. Von Sonne und Heurigenwein erhitzt, stritten sie lauthals um eine Theaterpremiere. Das Aufsehenerregende an dieser Runde war die zwischen den Streitenden sitzende Frau um die Dreißig, die den Wortwechsel lenkte und Stichworte einwarf. Trotz der Bestimmtheit, mit der sie sich einmischte, machte sie nicht den Eindruck von Herbheit und Strenge. Nein, diese reife und reizvolle Dame ließ sich von den sechs jungen Kerlen verehren und machte sie in aller Offenheit in sich verliebt. Dieses freie Verhalten empfand man als unpassend, an den Tischen im Buschenschank schaute man scheel auf die Runde am Rande des Gastgartens.

Ich hatte die Frau auf der Stelle erkannt, als wir in den Heurigen kamen. Mitten in meinem Ausruf: »Ist das nicht Frau Wessely?« zischte mein Freund und Besitzer mich nieder. Gina bemerkte sie nicht. Dora war eine Weile im Ausland gewesen –

wir hatten Post aus Las Palmas erhalten, wo sie mit einem spanischen Maler zusammenlebte –, Gina mußte sie noch auf der Insel vermuten, und vom Platz meiner Herrin gleich neben der Schwarzpappel konnte sie von der Freundin und den Maturanten nichts mitbekommen.

Am Ende war es Dora Wessely, die sich bei Thomas Merunka einen Handkuß abholte, Gina mit großem Hallo um den Hals fiel und die eine winzige Faust aus dem Kinderkarren streckende Betty besichtigte. »Das ist gut«, sagte Dora erheitert und beugte sich vor, um die Faust mit der Hand zu umfassen, »ich wette, du wirst eine starke und auf deinen Rechten bestehende Frau werden! Und was ist das?« wandte sie sich an meinen Besitzer und zeigte auf mich. »Das ist Tato«, beeilte sich Mausi mich vorzustellen, »ein Schrumpfkopf im Alter von einhundertzwanzig Jahren. Und er kann sprechen!« gab sie mit mir an. »Er kann sprechen?« Belustigt und zweifelnd betrachtete Dora halb mich, halb Merunka, der an seinen Bartenden riß und nicht wußte, was antworten. »Ja, meine Dame«, versetzte ich an seiner Stelle, »ich lernte es bei einem Blauara ...« – »Bei einem Papagei?« Sie brach in schallendes Lachen aus.

Doras Freundschaft zu Gina belebte sich wieder. Alle zwei Wochen kam sie an den Fleischmarkt, beladen mit Stofftieren, Rasseln und Spieluhren, und ließ sich das lallende Kind auf den Arm geben, das der Besucherin mit seinen Fingerchen auf die verkrustete Stirnnarbe patschte. Sie stammte von einem Ausflug im Marchfeld, bei dem sich Dora erlaubt hatte, Fahrrad zu fahren, bis sie ein Bauer mit Steinen empfangen hatte, um diese zuchtlose Frau zu bestrafen. Eine Steinkante traf sie und warf sie vom Sattel. Mit Hilfe der beiden Begleiter, zwei Abiturienten und Dichterbegabungen, war sie dem Saubau in letzter Minute entkommen, der auf sie zurannte und seine Peitsche schwang. Sie hatte sich von diesem Schock mit den zwei jungen Leuten im leerstehenden Großelternhaus erholt, lesend, dichtend und phi-

losophierend bei Tage und in der Nacht miteinander im Groß-
elternbettkasten.

Vor Gina beließ sie es lieber bei Anspielungen, wenn sie von den
Beziehungen zu Kritikern, Schauspielern, Musikern und von der
Schule zum Studium wechselnden angehenden Dichtern sprach,
und das nicht aus Scheu oder Feigheit. Dora achtete Gina und
achtete Ginas Welt, in der man an engere Grenzen von Sitte und
Anstand stieß. Und Bekenntnisse waren nicht erforderlich. Allen
war klar, diese Frau war ein freier Mensch, belesen und scharfsinnig, sinnlich und mitreißend, der sich nahm – und gemeinhin
bekam –, was er wollte.

Gina trat anders auf, als vor der Schwangerschaft; sie wirkte
besonnener, harmonischer, mit sich Reinen. Wenn sie sich
im Spiegel betrachtete, fiel es mir auf. Sie studierte Garderobe,
Gesicht und Gestalt mit dem Ernst einer Frau in erfahrenem
Alter. Und trotz dieses Mit-sich-im-Reinen-Seins schien sie mehr
Wagemut in sich entwickelt zu haben, der sich mit Erlebnis- und
Tatendrang paarte, einem Drang, der den Rahmen von Familie
und Mutterschaft sprengen mußte.

Alles das hatte Anteil an der sich vertiefenden Freundschaft
zwischen Gina und Dora. Doras Bemerkungen zu Betty, »ich
wette, du wirst eine starke und streitbare Frau werden«, die sie
von Besuch zu Besuch wiederholte, mit kehliger Stimme, halb
zwinkernd, halb eindringlich, stachelten meine Besitzerin an.
Wenn Dora die Wohnung betrat, sich von Mantel, Hut, Handschuhen und Herrenspazierstock befreit hatte, eilte sie in der
Regel als erstes zum Vorhang, und wollte von mir tausend Dinge
erfahren, die mein Leben und Wissen betrafen. Auch Ginas Verbindung zu mir frischte wieder auf, was ich dem Interesse der
Industriellengattin an mir und meinem Schicksal verdankte.

Aus Dora Wesselys Sicht war ich wesentlich mehr als ein sprechender Schrumpfkopf: Ich stellte nicht weniger als eine Abwei-
chung von allen Normen und Gesetzen, die unwidersprechliche
Geltung beanspruchten, dar, sei es in der Natur, sei es in der

Gesellschaft, und in dieser Eigenschaft zog ich sie an. Mehr als das: Ich war ein Schatz an Geschichten, den sie sich um keinen Preis entgehen lassen wollte. Und in den Augen der kritischen Leserin war ich ein schauerromantischer Gegenstand. Trotzdem behandelte sie mich als Wesen, das von sich in Anspruch nehmen durfte, ein Mensch zu sein. Was sie an mir verstimmte, war meine Bereitschaft zur Anpassung. »Mein Herr ... meine Herrin ... das sagst du andauernd«, bemerkte sie mißmutig, »willst du nicht frei sein? Und du mußt nicht alle Ansichten unseres verehrten Merunka zum Kaiserreich teilen!« – »Er ist mein Freund und Besitzer«, versetzte ich. Eine Antwort, die sie mit einem Seufzer erwiderte.

Bei einer Gelegenheit, als wir allein waren, weihte ich Dora in meine geschlechtlichen Qualen ein. Meine Bekenntnisse ließen sie aufhorchen. Aus dem Stegreif entwickelte sie eine Theorie und rannte mit schwappender Teetasse von einer Wohnzimmerecke zur anderen. Ich verstand nichts als Bahnhof, um ehrlich zu sein. Und war erleichtert, als sie von einem Doktor sprach, dem sie mein Triebleiden vortragen werde. »Muß er mich aufschneiden?« wollte ich wissen. »Dich aufschneiden? Um deine Seele zu finden?« Sie verneinte belustigt und nahm mich am Trageband, um mit Gina und mir ins Theater zu gehen.

Dora brachte es meiner Besitzerin bei, und Gina schien eher erleichtert zu sein. Endlich wußte sie, warum Merunka sich alle zwei Wochen bei Nacht aus der Wohnung stehlen mußte. Auf Doras Empfehlung riet Gina dem Ehemann, mich beim Psychiater Elias Lew Abraham mit Ordination in der Weintraubengasse beim Prater in Krankenbehandlung zu geben. Mit den neumodischen Sexualwissenschaften, die man im Griendsteidl und in der Presse als akademisch verschleierten Voyeurismus betrachtete, wollte mein Herr nichts am Hut haben. Und mich von einem Therapeuten behandeln zu lassen, war teurer, als mich im Bordell abzugeben. Andererseits war der Arzt ein studierter Mann, im Spital hatte er eine Stelle bekleidet, und mit dem vom Reichsrat verabschiedeten, in der Hofburg bewilligten Eisenbahnbaugesetz blieb keine Zeit mehr, sich Woche um Woche mit meinem sexuellen Verlangen auseinanderzusetzen ... pragmatisch wie immer gab er seine Zustimmung.

Bei meinem ersten Besuch in der Weintraubengasse begleitete mich Dora Wessely. Sie hatte den Doktor, mit dem sie bekannt war, zur Sicherheit schriftlich benachrichtigt, um zu erfahren, ob er willens sei, mich zu behandeln. In seinem Antwortbrief hatte er das bejaht. Trotzdem fiel Dr. Abraham aus allen Wolken, als Dora mit mir in sein Sprechzimmer trat. »Ach ... Sie meinten es ernst mit dem Schrumpfkopf«, versetzte er, »ich dachte, es handelt sich um einen Vorwand ... ein Spiel oder eine Geheimbotschaft ... was weiß ich ...« – »Sie sollten mich besser kennen, Abraham«, sagte sie, sank in den Besucherstuhl vor seinem Schreibtisch und ließ sich vom sprachlosen Doktor Zigarre und brennendes Schwefelholz reichen.

Es dauerte, bis er sich wieder berappelte. Dr. Abraham blieb ohnehin keine andere Wahl, als mich in seinen Patientenkreis aufzunehmen (was Dora Wessely wußte und ausnutzte). Seine Lebensbedingungen waren miserabel. Mit knapper Not bei einem Judenfeind promoviert, hatte er erst an der Hochschule bleiben und einen akademischen Lebensweg einschlagen wollen (zu diesem Zweck hatte er sich seinen Bart wachsen lassen und eine Brille mit Goldrand erstanden, um sich den Anschein von Alter und Reife zu geben) –, ein Vorhaben, dem seine »Rasse« im Wege stand. Als Spitalsaspirant auf der niedrigsten Stufe hatte er sich erdreistet, einen Oberarzt zu kritisieren – und mußte die Klinik verlassen. Abraham eckte bei aller Welt mit seinem Benehmen an, dieser Mischung aus Ehrgeiz und vorlauter Ehrlichkeit. Er fand keinen Zutritt mehr zu psychologischen Zirkeln, die sich in Privatwohnungen trafen und neuen Ideen verpflichtete Theorien und Behandlungsmethoden besprachen. Kollegen empfahlen Dr. Abraham nicht mehr, und eine Praxis beim Prater war keine Adresse, mit der man beeindrucken konnte. Mit anderen

Worten: Er darbte und brauchte das Honorar, das mein Besitzer zu zahlen bereit war.

Es war Mausi, die mich in der Regel zur Ordination Dr. Abrahams brachte. Auf diese Weise erholte sie sich von der Gastwirtschaft. Und von Ernstl Schneeberger, der seit der Heirat in seinem Lokal keinen Finger mehr krumm machte und sich als Alleinherrscher aufspielte. Und wenn sie mich bei der Bediensteten abgab, einer zierlichen und hasenschartigen Alten, streckte der Doktor seinen Kopf aus dem Sprechzimmer und empfing mich aufs Freundlichste mit seiner Formel: »Willkommen in Abrahams Schoß!«

Dr. Abraham stellte ein Kissen auf seine beigebraune Couch. Er verpaßte dem Polster mit einem Klaps – oder zweien – eine Kuhle, in der ich nicht umfallen konnte, und setzte sich in einen Ohrensessel neben mich, wo er ein Bein auf das andere legte. Eine Weile tat er nichts als rauchen. Und ich hatte das Riesenrad mit seinen Waggons vor mir, das sich bewegte und drehte und drehte und unmerklich kreiste und anhielt und stillstand und sich wieder drehte und kreiste und stillstand ... Lexika reihten sich auf den Konsolen, und vor der verschmutzten Tapete mit Blumenmustern hingen historische Stiche und Weltkarten. Parkettboden, Teppiche, Sessel und Ledercouch, alles wirkte verschlissen und armselig. Um meinen Arzt hing als grießige, schlamm- und farnfarbene Wolke ein billiger Tabak- und Kohlgeruch, der mir nicht angenehm war.

In der ersten Zeit schien Dr. Abraham ratlos, was er mit mir anstellen solle. Er horchte mich zu meinem Seelen- und Bewußtseinsschock bei den Verbrecherenthauptungen aus, die ich auf dem Campo de' Fiori erlebt hatte, von dem ein Stich an der Praxiswand hing; er befragte mich ausgiebig zu den Beziehungen, die mich mit Gina und Thomas Merunka verbanden, oder zum letzten Traum, der mir erinnerlich war – eigentlich waren sie das alle, denn alle waren gleich: ich hatte Arme und Beine, war sehnig und zupackend, spielte Billard im Griensteidl, saß auf dem Fahrrad und trieb es mit Schauspielerinnen im Fiaker. Er wollte wissen, warum ich mir sicher sei, ein Mann zu sein und keine Frau – ich sei ein zum Schrumpfkopf erniedrigter Krieger, erwiderte ich, mit meinem Wissen aus Cambridge prahlend, und somit logischerweise ein Mann ...

Zu meinem geschlechtlichen Leiden fiel in Dr. Abrahams Praxis kein Wort, und eine Besserung meiner Beschwerden war nicht in Sicht. Wieder eilte Merunka mit mir alle ein bis zwei Wochen zum Freudenhaus beim Karmeliter-Platz, wo man uns kannte und wir einen verminderten Preis zahlten. Trotzdem schimpfte er auf Dora Wessely, die diesen »Judenpsychiater« empfohlen habe, der nur teuer sei und keine Abhilfe schaffe. Im Winter entschied er, den Doktor nicht mehr zu entlohnen und verzankte sich mit seiner Frau, die den Ehemann »kleinlich« und »engstirnig« nannte. Ich hatte inzwischen Vertrauen zum Arzt, ein Vertrauen, das von Zuneigung nicht weit entfernt war. Auf meine Donnerstagsstunden im Sprechzimmer wollte ich nicht mehr verzichten – und Dora, von Gina benachrichtigt, war bereit, sein Arzthonorar zu begleichen.

IV

Meine Behandlung in der Weintraubengasse;
aus der Studie Dr. Abrahams: Schamkapseln und Kirchenlieder;
als Landsknecht und als Abenteurer; bei den Wilden;
mit Willen und zur Ehre Gottes; Gold und Gier;
Abrahams Behandlungserfolg – und ein zweiter Vertreter
der Wissenschaft, den ich ins Verderben reiße

Aus der Studie Dr. Elias Lew Abrahams:

... Achtzehn Sitzungen sind notwendig, bis der Patient seinen psy-chischen Widerstand aufgibt und seine Erinnerung in Fluß kommen kann. Von »seiner« Erinnerung zu sprechen, ist allerdings heikel. Sie kreist ja nicht um einen blinden Fleck »seines« Ichs, sie kreist um ein fremdes Ich, das er gewesen ist. Dieses fremde Ich will er sich wie-der bewußt machen, um zu einem »richtigen Menschen« zu werden, einem Menschen mit Elternhaus, Heimat und Kindheit, dies ist sein Ziel. Andererseits zeigt der psychische Widerstand bei der Erinnerung Zwiespalt und Spannung an und steht ersichtlich im Gegensatz zu dieser Intention.

... In Wien herrscht an diesem Behandlungstag Frost, ich muß den Patienten in Schal und von Decken umwickelt im eiskalten Zim-mer empfangen. Meine Dienstmagd heizt in aller Eile den Ofen an. Es scheint das im Flammenschein leuchtende Frauengesicht zu sein, das dem Patienten zu seiner Erinnerung verhilft. »Mutters Magd kniet vorm Ofen, ich kann sie erkennen ...«, sagt er erregt, »... und ich hocke in Kittel und Strumpfhosen auf der Bank, die unsere ruß-schwarze Stube umviert ...« Ich bitte um eine Beschreibung der Stube. »Auf dem Tisch steht ein Handbecken, das voller Blut ist ... und der

365

Brief an der Wand zeigt ein teuflisches Fabeltier ...« – *»Wie nennt sich das Fabeltier?« will ich erfahren. »... kein Fabeltier«, meint er verlegen, »es ist ein Rhinozeros ... und ein Laßtzedel[1] schaukelt am Wandnagel neben mir, der mit Tierkreiszeichen und Ziffern beschriftet ist ... und den Aderlaßzeiten von unserem Herrn Vater.« – »Ist er krank?« – »Ja, schwerkrank ... und man pfeift mir vom Hof ... im Schafsfell, das Mutters Bediente mir umwirft, springe ich aus der Stube und renne ins Freie ... zwischen dem Federvieh, das auseinanderstiebt, schlittere ich auf der Eisschicht zum Misthaufen ... Himmel und Hofpflaster, alles ist gletscherblau, als ich mich zu den Jungs stelle, die in die Luft pissen ...«* – *»Und?« muß ich meinen Patienten, der wieder verstummt ist, zum Sprechen ermuntern. Er zaudert. »... unsere Strahlen prasseln nicht auf den Misthaufen«, erwidert er mit einem heiseren Lachen, »sie erstarren zu glitzernden Bogen aus Eis.«*

Ich mache mir, absichtlich schweigend, Notizen. Als eine Pause verstrichen ist, will er erfahren, was diese Erinnerung besagt. »Verraten Sie es mir!« bitte ich meinen Patienten. Schlagartig heiter, versetzt er: »Das ist nicht schwer. Vor ein paar Sitzungen fragten Sie mich, was mich sicher sein lasse, ein Mann zu sein ... meine Erinnerung tritt den Beweis an.« Ich sage erst nichts, das verstimmt den Patienten. Sein Verlangen, als Mann Anerkennung zu finden, geht mit seinem sexuellen Begehren Hand in Hand. Es ist ein verzweifeltes Mann-Sein mit tieferen Ursachen, die in dieser Kindheitserinnerung verdichtet sind. »Sie erinnerten sich an das Handbecken voller Blut ...« – »Ja, einer der Jungs ist mein Bruder, der zweite der Sohn des Heilkundlers, der den Vater behandelt.« – »Das macht meine Auslegung umso plausibler. Die in der Frostluft erstarrenden Urinstrahlen symbolisieren stillstehende Zeit. An diesem Tag stirbt der Vater, nicht wahr?« Das weist er erst von sich, bevor er mir zustimmt. Anscheinend ahnt er den anderen tieferen Sinn der Urinstrahlen in seiner Erinnerung. Es geht bei der Wette um Mannhaftigkeit – und darum, wer den Platz des verstorbenen Vaters einnehmen wird.

---

1 Blatt mit den Aderlaßzeiten

... Um den Vater geht es in den kommenden Sitzungen. Mein Patient kann sich bald auf seinen Namen besinnen. »Er hieß Eberlein ... Eberlein Bartholomeus[2]. Er steht mir wieder vor Augen in Schaube mit Pelzbesatz, Goller und nachtblauem Seidenwams. Er war ein starker und strenger Mann, der seine Dienerschaft triezte und schindete. Und nicht anders verhielt er sich zu seinen Kindern – er hatte uns aus drei verschiedenen Ehen –, wenn sie nicht folgsam, ergeben und fromm waren. Und wehe dem, den er bei einem Vergehen erwischte.« – »Und er hat Sie bei einem Vergehen erwischt?« Mein Patient wirkt belustigt: »Nicht unmittelbar. Er hat meinen Griff in die Truhe nicht mitbekommen ... Schmuck und Kleider bewahrte er in seiner Truhe auf, Hemden und Goldketten, Ringe und Riemen ...« – »Und was war es, das Sie aus der Truhe entwendeten?« Es dauert, bis ich eine Antwort erhalte. »Einen Gliedschirm, um den ich den Vater beneidete ... mit Schleifen verziert und mit samtweichem Polster.« – »Er bemerkte den Diebstahl?« – »Am anderen Tag ... er hat Agth im Verdacht, Mutters junge Bedienstete ... um sie zu einem Bekenntnis zu zwingen, wirft er Agths Stichling[3] den Schweinen im Koben vor ... und sie kniet nieder und gibt alles zu ... nur kann sie nicht sagen, wo sie Vaters Stofflatz versteckt hat und das Kind bei den Schweinen schreit zum Ohrenzerreißen ... ich renne und bringe den Bruch in den Hof ... Vater reißt mir meine Kleider vom Leib und sein Ochsenstock drischt erbarmungslos auf mich ein ... ›Du sollst nicht stehlen, du Erdenwurm‹, donnert er, ›hast du Gottes Gebote vergessen?‹«

Auffallend seine Eile, den Vater in Schutz zu nehmen – wer Eberlein Bartholomeus verteidigt, ist allerdings schwer zu entscheiden. Ist es das Vor-Ich, das aus meinem Patienten spricht? Oder ist es das Ich des Patienten, der sich an sein wiedererinnertes Elternhaus klammert? »Ja, mein Herr Vater, der Schulrektor war, zwischen Rathaus und Barfußthor, unweit vom Perleturm ... er warnte uns Kinder vor Geizteufeln, Faulteufeln, Huren- und Saufteufeln ... er predigte uns eine

---

2 Ein Pseudonym

3 Kleinkind/Bastard

treue Vernunft, die dem Glauben dient, und die nicht frech ist und vorwitzig und alles besser weiß ... er konnte Laute spielen und ließ sich Lieder einfallen, fromme Verse und Kompositionen ...«, mein Patient auf der Couch stimmt ein Lied seines Vaters an, »... oder er hockte vor einem mit Linien versehenen Brett, auf dem er in schwindelerregendem Tempo Rechenpfennige von einer Seite zur anderen schob, ich konnte den flitzenden Steinen kaum folgen ... er studierte die Bibel und anderes Druckwerk, betrieb Astronomie und erwarb kosmographisches Wissen ... es herrsche in anderen Erdstrichen monatelang nichts als Tag oder Nacht, brachte er uns bei, und von winzigsten Sternen behauptete Vater, sie seien in Masse und Ausdehnung gegen den Anschein gewaltiger als unsere Erde ...«

... Schwerer als bei seinem Vater tut sich mein Patient mit Erinnerungen an seine Mutter. Und es bleibt unklar, ob er von der leiblichen oder bereits von der Stiefmutter spricht. Diese Unklarheit scheint sich der Scham zu verdanken, die seine Beziehung zur Mutter belastet. Er spioniert sie mit Hingabe aus, wenn sie badet. »... mein Lieblingsplatz ist der Verschlag, der ans Bad grenzt«, vertraut er mir an einem Behandlungstag an, »wo ich die sich waschenden Frauen belauere. Eine mit steifen und rosigen Zitzen im dampfenden Holzbottich zieht mich besonders an ... ich will sie umarmen und seufze vor Liebe ...« – »Und wer ist diese Frau?« – »Es ist nicht meine Mutter«, versetzt der Patient auf dem Kissen verstimmt.[4] In der kommenden Sitzung kommt er auf die harten Vergeltungsmaßnahmen des Vaters zu sprechen, nachdem er sich mit seinen Seufzern beim Ausspionieren der badenden Mutter verraten hat ... an Kette und Halseisen muß er im Hof knien und wird von allen bespuckt und mit Unrat beworfen ...

... Es stellen sich erste Behandlungserfolge ein: Mein Patient hat sich an seine Eltern erinnert und an seinen Familiennamen. Er ist deut-

---

4 Man sollte dem psychischen Schutzmechanismus der Leugnung in Zukunft besondere Aufmerksamkeit widmen

scher Nation, protestantischen Glaubens und seine Geburtsstadt ist Augsburg am Lech. In der 36. Sitzung erfahre ich von sexuellen Begegnungen mit einer Kusine. »Sie hat beteuert, mich ewig zu lieben ... und duldet es, wenn ich sie mit meinen Fingern und Lippen im Stroh unserer Scheune erforsche ...« Diese Beziehung zerbricht. Seine Base wird von der Familie an einen verwitweten Augsburger Schreiber verheiratet. Das ist eine Erinnerung, die meinen Patienten schmerzt – es vergeht eine Weile, bis er wieder antwortet –, trotzdem hilft sie uns, auf seinen Vornamen zu stoßen. »Ich habe sie bei einem Abschied vor Augen«, bemerkt er mit stockender Stimme, »ich weiß nicht mehr, ob es der letzte war oder ein anderer ... in Mantel und Schultertuch und einem schneeweißen Sturz auf den Haarkringeln dreht sie sich zu mir um und winkt von der Gasse: ›Adieu, Vetter Melchior,[5] adieu!‹«

... Melchior B. ist guten Mutes. Es festigt sein Ich, einen »richtigen« Namen zu haben. In der Wiener Familie, in der er zu Hause ist, nennt man den Patienten bereitwillig Melchior, und das Dienstpersonal sagt »Herr Bartholomeus«. Besserung meldet er mir auch in Hinsicht auf sein sexuelles Verlangen. Es scheint sich erheblich verringert zu haben. Bei Auftreten seiner »unheimlichen Triebe« beansprucht er keine gewerbliche Hilfe mehr. Er »schiebe«, sagt er, dem »Begehren einen Riegel vor«, indem er ein Kirchenlied seines »Herrn Vaters« anstimme oder sich seine badende Mutter vorstelle.[6]

Beim letzten Behandlungstermin vor den Ferien bedauert er, bis Ende August nicht in Wien zu sein. Erstens werde er unsere Sitzungen vermissen. Von sich aus erinnere er sich an nichts aus der Zeit seiner Kindheit und Jugend in Augsburg. Voraussetzung aller Erinnerungen seien meine Gegenwart und sein Vertrauen in mich. Zweitens sei eine Pause in seiner Behandlung schlecht. Er frage sich, ob nicht mit einem

---

5 Pseudonym

6 Das heißt, mein Patient klammert sich an Instanzen, die sein Vor-Ich verinnerlicht hat: Gottesfurcht und Tabu.

Wiederauftreten seiner geschlechtlichen Leiden zu rechnen sei[7] ... Ich beschwichtige meinen Patienten, selbst wenn sich ein Wiederauftreten nicht ausschließen lasse, sei meines Erachtens ein milder Verlauf zu erwarten; eine vollkommene Heilung erzielen zu wollen, werde allerdings weitere Anstrengungen erfordern. Als man Melchior B. aus der Praxis abholt, spricht er mir seinen Dank aus und assekuriert mir, daß er zu diesen Anstrengungen bereit sei.

... Im September nehmen wir unsere Sitzungen wieder auf. Melchior B. ist nach eigenen Worten erfreut und erleichtert, mich wiederzusehen. An diesem ersten Behandlungstag schildert er mir seinen Werdegang als junger Mann. Ich kann keinen psychischen Widerstand feststellen, an dem sich seine Erinnerungen stauen – trotz seiner verzweifelten Liebe zur Base. Diese Liebe vertreibt meinen Patienten aus Augsburg, als seine Lateinschulzeit endet. »Eine Anstellung als Kaufmann lehnte ich ab. Ich wollte mich in der Fremde behaupten und diente zu Anfang im Heer Kaiser Karls.« – »Als Landsknecht?« – »Als Landsknecht im Habsburger Haufen ... wir marschierten von Kampfplatz zu Kampfplatz bis Wien, das wir gegen die Truppen des Sultans verteidigten.« – »Melchior B. war in Wien?« – »Ja! Er muß es gewesen sein ... und hat den Janitscharen mit Erfolg widerstanden!« Mein Patient scheint nicht weniger sprachlos als ich.[8]

In der folgenden Woche beschreibt er mit Hingabe seine Erscheinung als Landsknecht: Bewaffnet mit Kurzschwert und sechs Meter langem Spieß; auf dem Kopf einen Filzhut mit wippender Pfauenfeder; ein Brustpanzer und eine Platte im Kreuz, um sich vor feind-

---

7 Unbewußt macht er mich zu einem Teil der Instanzen, die Beistand und Schutz bieten.

8 Seine Genugtuung ist eine doppelte. Sie entspricht den zwei Ichs, die er in sich vereint. Melchior B. muß es schmeicheln, sich um seine heutige Heimat Verdienste erworben zu haben. Sein Vor-Ich bewahrte den christlichen Kaiser vor einer verheerenden Kriegsniederlage – bei dieser Melchior B. mit seinem Vor-Ich verbindenden Harmonie wird es nicht bleiben ...

lichen Stichen und Hieben zu wappnen.«... und mein Gliedschirm ist auffallender«, kichert er, »als es die Schamkapsel meines verstorbenen Herrn Vaters war. Ich bin ein Schweimling[9] und starker Mensch, trotzig ums Kinn, das einem vorstehenden Kanten gleicht, und meine breite Stirn wird sich nicht beugen ...« – »Sie wollen es mit aller Welt aufnehmen?« – »Und ob!« – »Und Sie sind stolz auf den jungen Melchior B.?« – »Auf seine Kraft und Verwegenheit, ja. In der Erinnerung will es mir scheinen, als kribbele es in meinen Finger- und Zehenspitzen. In dieser Erinnerung habe ich sehnige Glieder ... und wenn ich ans Beil denke, das meine Schulter traf, oder die Lanze, die in meinem Fuß steckte, schmerzt es ...«, keucht der Patient auf der Ledercouch neben mir.

... »Sie haben den Kriegsdienst quittiert?« frage ich, »warum?« – »Es war Gottes Wille«, entgegnet mir Melchior B., »im Auftrag der Welser in die neue Welt zu ziehen. Mit meinem Schulfreund, dem Buchhalter Balduin, der einer Plantage mit Zuckerrohr vorstehen sollte, ging es von Antwerpen ins Spanische und von Sevilla aus nach Amerika. Vor aller Heiligen Tag fuhrn wir auf Klein-Venedig zu. Um 400 Meilen von Barbaria[10] ab, mußten wir unsere Segel vorm Sturmwetter einholen. Bulgen[11] schlugen ins Schiff, es erschienen blaue Feuer und tanzten um unsere Masten. Gott sende dies, hieß es von den Hispaniern, als Vorzeichen besseren Wetters. Und wir sanken aufs Deck zu gemeinem Gebet ... Sonn und mildguter Wind wehte anderen morgens. Kamen Fische umbigen,[12] weiß Thunfisch und Goldmakrelen und heringsgroße mit beidseitig Fittichen, die sich aus dem Wasser in Haufen erhoben und neben dem Schiff eine Weil in der Luft hielten ... wir fanden sie oftmals des Tags auf den Bordplanken, auf die sie

---

9 Junger, großgewachsener Mann

10 Berberland

11 Wellen

12 Es waren Fische um uns (unser Schiff) herum.

nachtlichs im Fluge gefallen ... mein Augsburger Schulfreund und ich waren uns einig: Gott hatte uns einem neueren Zeitalter anvertraut, daß es der Welt alles Dumpfe und Tierische austreibe, einem goldenen Zeitalter menschlicher Macht. Und wir lobten und preiseten unseren Herrn ...[13]*«*

Als der Schiffskommandant seinen Vize im Streit ersticht, kommt es auf dem Viermaster zu einer Meuterei – der Erstochene war bei der Mannschaft beliebt. Bluttat und Meuterei werden, laut Melchior B., mit einer anhaltenden Flaute von Gott bestraft. Hunderte nautischer Meilen vom Festland entfernt, verharren sie Tage in sengender Sonne, bis Wasser und Nahrung zur Neige gehen. Alles ist leidend an Bord. Endlich regt sich eine Brise und treibt sie an. Es dauert drei weitere Tage bei gutem Wind und Land kommt in Sicht, ein von Palmen bestandenes Ufer weit weg vom Bestimmungsort. Um Trinkwasser, Beeren und Fleisch zu beschaffen, macht Melchior B. sich im Beiboot mit anderen zum Ufer auf, wo er seine erste Begegnung mit Wilden hat, einer Schar mutternackter Indianer, die handeln wollen und die Mannschaft, im Tausch gegen Messer und Beile, mit Fischen und Hirschblut statt Wasser versorgen. Am folgenden Tag ziehen wieder zwei Gruppen los, um auf die Suche nach Wasser und Wild zu gehen. Im Laufe der Jagd dringt man tief in den Wald ein und trifft auf einen anderen Stamm, der auf Kriegszug ist ...

»Beidseitig des Weges erhob sich ein Heulen«, erinnert sich Melchior B. auf dem Kissen, »wir waren von Hunderten Wilder umzin-

---

13 Mit Absicht zitiere ich an diesem Punkt Melchior B. mit seinem Mischmasch aus zweierlei Deutsch, unserem heutigen Deutsch und dem Deutsch, das sein Vor-Ich sprach. Nicht schwer zu erraten, warum mein Patient wiederholt in die Sprache der Luther-Zeit abgleitet: Sein Vor-Ich schiebt sich in den psychischen Vordergrund. Andererseits muß man festhalten, daß dieses Lutherdeutsch »unrein« bleibt. Teilweise liegt das an mir, der beim Mitschreiben Fehler macht, teilweise an Melchior B., der beim Sprechen irrt – oder sich seinem vorigen Ich unbewußt widersetzt.

gelt. Einer der meinen konnte fliehen, zwei andere starben, von Spee-
ren verletzt ... ich traf drei Wilde mit der Arkebuse, bis man mich mit
Stecken und Fausthieben niederhieb und mir meine Kleider bis zum
letzten Fetzen vom Leibe riß. Erst als ich nackt war, ließ man von mir
ab, und legte mir Stricke um meinen Hals, vier an der Zahl. Diese
Wilden, mit Steinen in Backen und Lippen, bissen sich in die Arme –
das sollte besagen, man beabsichtige, mich beizeiten zu essen – und
zerrten mich an den vier Stricken dem Meer zu, an anderer als unse-
rer Anlegestelle, weit und breit war vom Schiff keine Mastspitze zu
erkennen. Am Strand waren Nachen im Buschwerk versteckt. Sie
hießen mich, eins zu besteigen und banden zur Vorsicht die Enden
der Stricke am Bootsbug fest. Wir legten nicht ab, es entspann sich
ein Streit um mich ... sie stammten anscheinend nicht aus ein und
demselben Dorf und kiebten sich, wer mich mit heimnehmen durfte.
Andere wollten mich noch vor dem Ablegen totschlagen, um wenig-
stens einen Teil von mir mitzunehmen. Ach, helfe Gott meiner Seele,
sprach ich im Stillen. Mit Gesten und Lauten bezeigte man mir, mich
erst bei einem Fest mit den Frauen zu Hause umbringen, zubereiten
und essen zu wollen ... nach der Sonnen zu rechnen war es gegen
sechs Uhr am Abend, als wir aus dem Meer in einen Fluß bogen, und
sie ruderten tiefer und tiefer ins Land, um vor Anbruch der Nacht
einen Platz zu erreichen, der sicher ist, ein von den Caicámara – das
war der Name des Stammes – vorzeiten verlassenes Dorf. Vor den
Behausungen steckten sie Reisig an, um meine toten Begleiter zu
braten. Sie spannten ein Netz zwischen Baum und Baum, zwangen
mich, in diese Matte zu steigen und knoteten meine vier Stricke am
Baumstamm fest. Elend und Not packten mich beim Geruch der zwei
Christen, die sie auf den Flammen zubereiteten, und ich stimmte ein
frommes Lied meines Herrn Vaters an ...«

　　»Bitte!« fleht der Patient, »bringen Sie mir ein Glas Wasser!« Er
erleidet vor Grauen einen Anfall von Atemnot und wendet sich in der
erinnerten Not an mich. Seine Lebensbedingungen hat er vergessen.
Ich begehe denselben Fehler, erhebe mich aus dem Fauteuil – erst
beim Aufstehen wird mir mein Irrtum bewußt. Trotzdem, ich bringe

das Glas mit dem Wasser und stelle es neben der Ledercouch ab. Mel-
chior B. atmet bald wieder ruhiger.

... Es dauert drei Tage, bis Melchior B. mit den Wilden im Dorf Ata-
bubu eintrifft. Die neben der Siedlung aus sieben Behausungen den
Boden bestellenden Frauen rennen an, um den Gefangenen an Haa-
ren und Bart zu zerren. Sie umtanzen den weißen Mann und rei-
ben sich den Bauch, zum Zeichen, er werde ein schmackhaftes Essen
sein. »*Waren Sie in den Augen der Wilden nichts anderes als Speise?*«
will ich vom Patienten erfahren. »*Es sind Menschenfresser*«*, bemerkt*
er beleidigt, als ob er mir vorwerfe, seine Erinnerung nicht ernst zu
nehmen.[14]

Am Ende ergibt sich ein zweites Motiv, warum das Dorf Mel-
chior B. erschlagen und essen will: Sie wollen an Deutschen und Spa-
niern Rache nehmen, die sie wieder und wieder verfolgt und versklavt
haben – der Dorfvorsteher Wakiri-Watabu kam bei der Verfolgung
ums Leben.

Melchior B., dem sie Brauen und Bart abrasieren, Rasseln ans
Bein binden und einen Federstrauß aufsetzen und zwingen, zum Ge-
sang der Indianer zu stampfen, muß mit seinem kurz bevorstehen-
den Ableben rechnen. Erst mit der Zeit wird der Augsburger sicherer.
Melchior B. wechselt seine Besitzer. Er wird von den Kindern Wakiri-
Watabus an Aru-arúm, einen Onkel, verschenkt, der sich mit die-
sem Menschenbesitz »*einen Namen erringen*« *kann. Aru-arúm, der*
entscheidet, wann man den Gefangenen, sein Eigentum, umbringen
und essen darf, scheint keine besondere Eile zu haben. Unwillig wird

---

14 Eine Spitze kann sich Melchior B. nicht verkneifen: »Wissen Sie, zwischen den Weibern, die mich an meinen Stricken zum Vorsteherhaus zogen,
wo ich mein Ende erwartete, dachte ich an Christi Leiden umringt von den
schimpflichen Juden ...« Anscheinend entwickelt sich unsere Beziehung.
Neben Zutrauen und Dankbarkeit meldet sich Abwehr – die im Laufe der
kommenden Sitzungen zunehmen wird –, das bedeutet: Wir sind auf dem
richtigen Weg zum empfindlichen Punkt seines Lebens.

er erst, als Melchior B. wegen rasender Zahnschmerzen hungert und abmagert. Sein Herr will den schmerzenden Zahn mit Gewalt entfernen, und als Melchior B. sich verweigert, schimpft Aru-arúm, falls sein Sklave nicht bald wieder zunehme, werde er vor der Zeit mit der Keule erschlagen – was das heißt: vor der Zeit und ob Aru-arúm einen Zeitpunkt bestimmt hat, bleibt unklar.

Aru-arúm bringt sein Eigentum zu Uriuba, dem Oberhaupt aller Caicámara, in ein auf dem Landweg erreichbares Dorf, das mit seinen zwanzig Behausungen und hohem Zaun eindrucksvoller ist als Atabubu. Melchior B. ist bereits mit der Sprache vertrauter, er hat Benennungen und Wendungen bei Aru-arúm erlernt, und schmeichelt dem Oberhaupt, als sie in seine Behausung kommen, in einer Mischung aus Worten und Gesten. »Bist du es, von dem ich bereits auf dem Meer vernahm, Uriuba, der kluge und mutige Herrscher?« Uriuba mit Halskette aus weißen Seemuscheln und einem Jaspisstein, der in der Lippe steckt, geht vor Melchior B. vornehm und stolz auf und ab. »Du und die Deinen«, sagt das Oberhaupt feindselig, »seid am Tod unseres tapferen Kriegers Wakiri-Watabu schuld. Das wirst du mit deinem Leben bezahlen!«

Melchior B. beteuert, den Toten nicht auf dem Gewissen zu haben, er habe das Land erst vor einem halben Mond erreicht, mit dem Segelschiff, das seinen Hafen verfehlt habe, er werde von seinen Leuten erwartet, die wertvolle Geschenke zu machen bereit seien, wenn Uriuba sein Leben verschone. Das denke er nicht, meint das Oberhaupt voller Hohn, sein Schiff sei vor Tagen verschwunden, anscheinend sei er bei den Seinen kein wichtiger Mann. Das ist eine Nachricht, vor der Melchior B. verstummt und in seinem Elend versinkt. Er denkt an Balduin, der auf dem Segler blieb, »Gott!« betet er stumm, »laß meinen Schulfreund bald wiederkehren und seinen Glauben bewahren, mich lebend zu finden!« Uriuba setzt sich in den Kreis seiner Leute, die trinken und singen und auf Blasinstrumenten spielen, ein Mann bindet Melchior B.s Beine zusammen und er muß zur Musik vor den anderen hopsen. »Es ist unser Essen, das anhoppelt!« heulen sie.

Melchior B. ist zwei Monate bei den Caicámara, als ein feindlicher Stamm Atabubu angreift. Auf einen Verteidiger kommen vier Angreifer, und der Gefangene bietet sich an, bei der Abwehr des Angriffs zu helfen. »Ich werde beweisen«, beteuert er vor seinem Besitzer, »ein Freund Atabubus zu sein.« Er bekommt Pfeil und Bogen und mischt sich ins Kampfgeschehen. Als einstiger Landsknecht im Schießen erfahren, vertreibt er mit Aru-arúm und den Kindern Wakiri-Watabus die feindlichen Wilden, die sich mit Booten in Sicherheit bringen.

... Dieses Ereignis macht Melchior B. wieder Mut. In einer Mondnacht sagt er der Familie Aru-arúms großes Unheil voraus. Das schreibt er dem Schatten zu, der vor der Mondscheibe schwebt und das Schilfdach des Hauses verdunkelt. »Schweig! Oder du wirst erschlagen!« schimpft Aru-arúm und sein Sklave beschwichtigt den Herrn mit einem hastigen Vorwand.

Melchior B. vergißt diesen Vorfall. Zwei Wochen vergehen und Aru-arúm erkrankt samt nahezu allen Familienmitgliedern. Er verlangt, Melchior B. solle zu seinem Gott beten. »Dein Gott warf den Schatten des Monds auf mein Haus«, ist der fiebernde Wilde sich sicher. »Das tat er!« erwidert sein Sklave, »Gott leidet es nicht, wenn dein Volk einen Christen verzehren will. Und du willst mich essen, als sei ich dein Feind.« – »Dir wird nichts zustoßen, wenn ich gesund werde.« Melchior B. errichtet ein Holzkreuz vorm Haus seines Herrn, wirft sich auf die Knie und betet. Trotzdem sterben erst Aru-arúms greise Mutter, dann zwei Kinder und eine der Frauen. Wieder beteuert der Wilde, er werde den Sklaven verschonen, falls sein Gott sich erbarme. Und in der Tat, als sie endlich genesen sind, sprechen sie nicht mehr vom festlichen Essen, zu dem der Gefangene verspeist werden solle, nur lassen sie Melchior B. niemals alleine gehen, um eine Flucht zu verhindern.

Und sein Gott bewirkt weitere Wunder. Melchior B., der den Wilden empfohlen hat, sich nicht am Kreuz zu vergehen, findet es eines Tages, vom Fischfang heimkehrend, nicht mehr vor. Eine Frau im Dorf

hat es verwendet, um auf seinen Holzstangen Meerschnecken zu rei-
ben. Als es bald tagelang regnet, verlangt man von Melchior B., seinen
Gott anzurufen, sonst ließe sich zu dieser Pflanzzeit nichts anbauen.
»Ich warnte euch«, gibt er zur Antwort, »mein Gott werde zornig sein,
wenn man sein Heiliges Holz entweiht.« Atabubus Bewohner sind
einsichtig. Ein Sohn seines Herrn geht Melchior B. zur Hand und zur
Nachmittagsstunde, als das neue Holzkreuz errichtet ist, verziehen
sich Regen und Wolken ...[15]

... Ein dumpfer Kanonenschuß, der aus der Ferne kommt, lockt eine
Gruppe bewaffneter Wilder zum Meer. Melchior B. mitzunehmen,
lehnen sie ab. »Das sind meine Leute«, bekniet er Aru-arúm, »das
Schiff ist erschienen, um mich wieder heimzuholen. Sie werden den
Mann, der mich lebend an Bord bringt, mit wertvollen Geschenken
belohnen.« Er kann seinen Herrn nicht erweichen ... Als die Wilden
nach Hause kommen, geben sie vor, niemand habe sich nach dem
Gefangenen erkundigt. Das ist aber nicht wahr: er belauscht sie bei
einem Streit, was mit dem Sklaven passieren soll. In diesen Tagen, als
er mit zwei Wilden beim Fischen ist, bricht unweit des Dorfes ein star-
kes Gewitter los, und der Wind bringt den Regen zum Fluß. »Bitte dei-
nen Gott, uns vorm Unwetter zu verschonen, sonst fangen wir keine
Fische«, verlangen sie von Melchior B., »wir haben zu Hause nichts
anderes zu essen, das weißt du ja.« Er wendet sich eiligst und aus tief-
stem Herzen an Gott. »Zeige den beiden, o Herr, daß du allezeit bei
mir bist!« Und der mit dem Unwetter anziehende Regenguß bleibt auf

---

15 »Sie sind zu beneiden um dieses Zusammenspiel von Schlauheit und
Zufall«, bemerke ich nebenbei, eine Aussage, die meinen Patienten in Wallung bringt: Es sei sein aufrechter Glaube gewesen, dem er diese Wendung
der Dinge verdankt habe. Andererseits legt er auf seine Schlauheit wert, die
er den barbarischen Wilden voraushat – er kann sich besser verstellen als
sie. Dieser Widerspruch reicht umso tiefer, als mein Patient und sein Vor-
Ich nicht unmittelbar einen Sinnes sind. In Charakter und Wesen, Ideen
und Lebensvorstellungen liegen sie weit auseinander.

der anderen Flußseite stehen und macht sie mit keinem Tropfen naß.
Wieder ein Vorkommnis, das Atabubu beeindruckt. Und Aru-arúm
beschließt, seinen Gefangenen an Uriuba, den vornehmsten Herren
des Caicámara-Stammes, zu verschenken. »Er soll mit dir Ehre erringen und entscheiden, ob er einem Tausch um dich zustimmt.« Auf
diese Weise kommt Melchior B. zu Ohren, daß das Schiff seinetwegen
am Meerstrand vor Anker ging. In seine Erleichterung mischen sich
Zweifel, ob Uriuba zu einer Verhandlung bereit sein wird ... Als man
den Sklaven beim Oberhaupt abliefert, bittet Aru-arúm, dem Gefangenen nichts anzutun, er lebe im Schutz eines machtvollen Gottes.
Und Melchior B. ermahnt Uriuba: »Bald kommen mein Bruder und
andere Verwandte und Freunde mit einem beladenen Schiff. Behandelt mich gut, aller Vornehmen vornehmster Herr eures Volkes, es soll
euch nicht reuen.«

Zwei Monde vergehen, und bald rennen Wilde an, die einen
dumpfen Kanonenschuß vernommen haben, den sie dem Oberhaupt
atemlos melden. Uriuba zeigt sich nicht beeindruckt und lehnt es
ab, sich ans Meer zu begeben. Es ist Balduin, der Uriuba besuchen
kommt. Mit einem Begleiter wagt er sich ins Dorf, um den Herrn
des Caicámara-Volks zu beehren. Vor der Behausung, von Wilden
umringt, treffen Melchior B. und sein Schulfreund zusammen. Eine
Ewigkeit liegen sie sich in den Armen. »Sag dem Oberhaupt, du seist
mein leiblicher Bruder ... und wenn du wieder an Bord bist, bestimme
zehn Mann, die mir im Aussehen nah oder ferner verwandt scheinen,
sie sollen sich als Bruder und Vetter ausgeben – Blutsbindungen sind
den Caicámara heilig«, raunt Melchior und Balduin nickt.

Bei den Verhandlungen beharrt Uriuba auf seinem Recht, Melchior B. zu behalten. Er sei sein Sklave und werde es bleiben. Balduin bittet vergeblich um Freilassung seines angeblichen Bruders
und Melchior B. verspricht seinem Herrn am Ende, zu bleiben. Nur
einem Warentausch solle er zustimmen, der beide Seiten zufrieden-
stellen werde, und bei dieser Gelegenheit wolle er, Melchior B., seine
Verwandten umarmen.

Das will Uriuba dem Sklaven nicht abschlagen. In einem Haufen von Kriegern geht es ans Meer, wo man den Tausch bei den Wilden begehrter Waren, Spiegel und Glasmurmeln, Messer und Scheren gegen Eisenholz, Perlen und Drogen vereinbart. Bis man alle Dinge von seiten der Wilden beschaffen kann, braucht es im Ganzen sechs Tage, und Melchior B. muß das Oberhaupt hinhalten, das wieder heimkehren und seinen Sklaven mitnehmen will. Als das Verladen der Ware beendet ist, treten sie alle der Reihe nach an: Bruder um Bruder und Vetter um Vetter, um den Caicámara-Herrscher um Milde zu bitten. »Das war nicht verabredet«, schimpft Uriuba. »Ich gab dir mein Wort, das stimmt«, sagt Melchior B., »andererseits ist es meine Familie, die mich nicht ziehen lassen will – und es ist eine große Familie, das kannst du nicht leugnen, Herr!« – »Du bist undankbar gegen mich, der dich nicht schlechter behandelte als seinen Sohn.« Und man zetert und klagt, bis der Herrscher ein Einsehen hat und mit einer Kiste Geschenke von Bord geht – »zum Werte von sieben Dukaten«, bemerkt Melchior B.[16]

... Bei unserer 80. Donnerstagnachmittagssitzung, der ersten im Jahr 1902, erinnert er sich, wie er wieder an Deck eines Schiffs stand. »Im frischen Wind, der das Segeltuch beulte, tat ich Balduin Kunde von meinen Erlebnissen und arguierte dem Freund meine Einsicht, die ich von den Wilden erwarb: es sind grimmige Kinder, die mit Gottes Hilfe und unserer Lehrmeinung leicht zu beschmeißen[17] sind ...« Er macht eine Pause. »Vor Anbruch der Nacht waren wir am Ziel.« – »Und Sie traten den Posten als Faktor der Welser an?« Mißmutig erwidert er: »... den ich bald leid war.« – »Warum?« will ich von meinem Pati-

---

16 Wenn mein Patient auf dem Kissen und ich uns vor allem am friedlichen Ausgang erfreuen, erfreut sich das Vor-Ich von Melchior B. in erster Linie an seinem erfolgreichen Schachzug, den er, wieder in Demut verfallend, seinem Glauben zuschreibt: »Auf diese Weise befreite mich Gott, unser Herr, der Gott Abrahams, Jakobs und Isaaks, aus der Gewalt dieser grausamen Wilden!«

17 Jmd. anschmieren, beschwindeln

enten erfahren. »*Es war nicht das ehrliche Tun, das ich anstrebte ... ich kam mir zum aufrechten Handwerk verpflichtet vor ...*« – »*Und worin bestand dieses aufrechte Handwerk?*« – »*In Kampf und Eroberung und der Bekehrung der Wilden zum christlichen Glauben. Und in dieses Land vorzustoßen, das in seinen Tiefen unendliche Mengen an Gold enthielt und es mit Gottes Willen und Gott zu Gefallen aus der Erde zu holen, war aufrecht und ehrenhaft ... Kein Israelit kann verstehen, was das ist, Euresgleichen kennt nichts als den Wucher mit Christengeld! Wir alleine erbeuten das Gold, das euch fett macht! Man sollte es euch wieder abnehmen, sage ich, und Flegel, Axt, Spaten und Karst in die Hand geben!*«*

Ich kritzele in mein Notizbuch, wir schweigen. »Verzeihen Sie, Herr Doktor«, entschuldigt sich mein Patient, »das sage nicht ich, das sagt der, der ich war ... in Wahrheit ist alles vergeblich gewesen: Melchior ist entsetzt von der Siedlung, die er erreicht.[18]« – »Sie meinen den Handelsplatz Coro?« – »Den meine ich ... Balduins eher behutsame Warnungen im Laufe der Seereise nimmt er nicht ernst. Es ist zu berauschend, am Leben und frei zu sein ...« – »Und bei der Ankunft?« – »... will er seinen Augen nicht trauen: Leerstehende Handelshauslager am Hafen, das ein oder andere verkommene Wohnhaus, eine Kirche, ein Galgen und sonst nichts als elende Siedlerbehausungen aus Stroh ... ein vergessener Flecken am Ende der Welt. Hungernde Siedler, feindselige Wilde – der Handel mit Seife und Wein gegen Farbstoffe, Eisenholz, Zucker und Perlen liegt weitgehend brach. Nur alle sechs Monate zeigt sich ein Schiff wie das, mit dem wir im Hafen einlaufen ... Ich bekleidete eine entbehrliche Stelle. Meine Tage im Faktorhaus neben der Kirche vergingen in Einsamkeit und Einerlei. Austausch hatte ich nur mit dem Priester aus Málaga und dem am

---

18 Ab dieser 80. Donnerstagnachmittagssitzung beginnt mein Patient, von der 1. zur 3. und wieder zur 1. Person zu springen. Mehr und mehr grenzt er sich von seinem Vor-Ich ab. Auch gegen mich nimmt sein Widerstand zu (vgl. zu diesem Punkt Fußnote 14): Ich bin der Geburtshelfer schlimmer Erinnerungen, die er von sich fernhalten will.

Aufbau der Zuckerplantage weiter westlich von Coro verzweifelnden Balduin (es fehlt an versprochenen Wilden, die Feldarbeit leisten ...). Bei den hungernden spanischen Siedlern war ich verhaßt. Ich war der Vertreter der Kaufmannsfamilie, von der sie abhingen und die sie im Stich ließ. Ich mußte mich vorsehen vor Unmut und Groll, wenn es wieder nichts Eßbares gab außer Maisbrot und man kein Versorgungsschiff schickte ...«

... Umso erregender, als in der Januarhitze am Horizont Schiffsmasten flimmern. Es sind sechs Schiffe, die anlanden. Sie sind beladen mit Edlen, Kriegsknechten, Handwerkern, Pferden, Verpflegung und Waffen. Melchior B. schließt Bekanntschaft mit Neithard von Neuenstein, dem Kommandanten, einem Franken aus Onoltzbach, den er mit deutschen und spanischen Hauptleuten bei sich im Wohnhaus bewirtet – er bietet das Beste auf, was seine Vorrats- und Weinkeller hergeben (die beinahe leer sind). Neithard von Neuenstein behauptet zu wissen, wo das sagenumwitterte Goldland zu finden sei, das er im Auftrag der Welser erobern soll. Er legt Karten und Wegeberichte vor, die einen Beutezug berechenbar erscheinen lassen. Melchior B. beeilt sich, zu schildern, was er bei den Caicámara-Wilden erlebt hat – er kennt Sprache, Gewohnheiten, Sitten und Kampftechnik, hat geographisches Wissen erworben, das sich bis ans Gebirge im Westen erstreckt, und Legenden vernommen, die sich mit den Annahmen Neithard von Neuensteins großenteils decken.[19]

Er nimmt Schulden bei Neithard von Neuenstein auf, die er mit seinem Goldanteil abbezahlen will, wird zu einem der Hauptleute des Kommandanten ernannt und darf seinen Freund Balduin mitnehmen. Erst hilft er, im Hinterland Wilde zu jagen, die man auf dem Feldzug als Lastschlepper braucht (man schmiedet den Sklaven einen Eisenring um den Hals und kettet sie aneinander). Und Anfang Mai schwingt sich Melchior B. aufs Pferd, das er, nicht anders als Degen

---

19 »Er hat diese Legenden in Wahrheit erfunden, um sich bei dem Mann unersetzlich zu machen«, sagt mein Patient.

und Schild, Lederstiefel und Brustpanzer, mit seinem Geldbrief erworben hat. Lanzen blitzen und Helmfedern flattern im Wind, als sich dreihundert Mann, Fußsoldaten und Reiter, in Marsch setzen. Sie erreichen den Wald, der sie mit seiner kirchhohen Decke, die Sonnen- und Himmelsschein aussperrt, und Mauern aus Pflanzen und Holzschlingen verschluckt. Sie dringen in Schluchten ein, die sich verengen, bis unpassierbare Felsen sie wieder zur Umkehr zwingen. Am sechsten Tag tritt der Wald auseinander auf eine Ebene von unermeßlicher Ausdehnung. Kein Windhauch geht, als sie ins Steppenland aufbrechen. Grasinseln, Flechten und niederes Buschwerk, vor Trockenheit berstender Boden. Sie marschieren in sengender Sonne und Staub und werden ermahnt, mit dem Trinkwasser sparsam zu sein. Lastsklaven, die umsinken und nicht mehr aufstehen, trennt man der Einfachheit halber den Kopf ab, das Halseisen aufzusprengen kostet nur Kraft und Zeit.

In einer Nacht zieht sich der Himmel zu; wo Sterne und Schleier einen silbernen Schein auf das Heer legten, herrscht eine bleierne Finsternis. Und im Morgengrauen prasselt und rauscht es zur Erde. Alle jubeln vor Dankbarkeit, baden im Schlammwasser, bis das Kommando zum Aufbruch ergeht. Weiterzuziehen ist schwierig, das Wasser steigt ... Und als sich der Regen verzieht, braust die Luft vor Moskitos. Sie springen auf die Beine, sie schlagen wild um sich ... das ist erst der Anfang, am andern Tag waten sie bis zu den Schenkeln im sumpfigen Wasser, als es in der Kolonne zu Taumel und Aufruhr kommt, Pferde scheuen und Schußwaffen loskrachen. Melchior B. ist nicht weit von der Stelle entfernt, an der ein Kaiman einen Mann an seinen Lenden im Maul schwenkt ...

»Ich trieb meinen Gaul mit den Sporen zur Eile an, um dem Mann auszuhelfen«, erinnert sich mein Patient, »als ein zweites und drittes und viertes Tier auftauchten. Es wimmelte geradezu von diesen Bestien. Sie hatten Monat um Monat im trockenen Schlamm verbracht und sich mit dem Niederschlag wiederbelebt. Im morastigen Wasser zu fliehen war aussichtslos. Sie kreisten uns schwimmend und schwanzschlagend ein ... Ich erschoß zwei Reptilien, die auf uns zukamen, bis *mich mein steigendes Pferd in den Schlick warf, wo ich eine neben mir treibende Lanze ergriff und sie dem Tier, das mich angriff, ins Auge hieb. Es ließ von mir ab und fing rasend zu zappeln an.«*

Zehn Schritte entfernt muß sich der Kommandant eines Kaimans erwehren, der um die drei Meter mißt. Erst Melchior B., der von Neuenstein beispringt, kann das Krokodil mit der Lanze zur Strecke bringen. Sechs Mann und sechs Pferde sind tot, als zu guter Letzt alle Kaimane erlegt sind, die sie auf einer Erhebung im wasserbedeckten Land vor Anbruch der Nacht an den Helmbarten braten. Und Melchior B. hat von nun an im Haufen den Ruf, keiner Gefahr aus dem Weg zu gehen. Er wird zu einem der engsten Vertrauten und Ratgeber Neithard von Neuensteins. Trotz der Entbehrungen, die sie erlebt haben, sind der Kommandant und sein Kreis guter Dinge. Und mit dieser blendenden Laune weiht Melchior B. den Ritter aus Onoltzbach in seine Einsichten um den Stellenwert des Goldes bei den Eingeborenen ein: »Vergeßt nicht, sie haben keine Ahnung von seinem Wert. Das macht sie begierdlos und unachtsam, wenn wir sie auscultieren.[20] Beim Gold denken sie an kein ander Ding wenn nicht die gnadenreich Leben bescherende Sonne. In weisem Ratschluß hat Gott es nur uns erlaubt, in diesem Metall eine Macht zu erkennen, die den Menschen von Not und Verderben befreit.«

... Im Verlauf dreier Monate stehen sie vor dem auf den Karten verzeichneten Bergland im Westen. Es scheint zu hoch, um passierbar zu sein. Melchior B. wird zur rechten Hand Neithard von Neuensteins. Er ist es, der mit den Wilden spricht, um in Erfahrung zu bringen, ob sie einen gangbaren Weg auf die andere Seite der Berge ins Reich der mit Goldstaub bepuderten Menschen und Tiere kennen. Die einen verneinen, es gebe nur Felsen und Geier, wer nicht von den Schluchten verschlungen werde, erfriere in Eis und Schnee; die anderen bejahen, das Heer solle seitlich der Berge in Richtung der hochstehenden Sonne marschieren und werde mit einem Gebirgspaß belohnt; wieder andere

---

20 aushorchen

warnen, vor dem Goldland erreiche man erst eine Hochebene, die von sprechenden Hunden und Fledermausmenschen bewohnt werde. Melchior B. horcht die Wilden mit Hilfe von in der Caicámara-Sprache bewanderten Dolmetschern aus und lernt neue Idiome. Wenn diese Wilden nicht friedfertig sind und das Heer aus dem Hinterhalt angreifen, erteilt er den Ratschlag, sie hart zu bestrafen. »Bei grimmigen Kindern hilft nichts als das Dreinschlagen. Man muß sie mit Feuer und Schwert erziehen, um sie zu ehrlichen Dienern des Glaubens zu machen.«[21] Neithard von Neuenstein befiehlt, dreißig Einheimische von den Hunden zerfleischen zu lassen, und brennt eine Siedlung mit allen Eingeborenen nieder, als bei einem anderen Angriff ein Hauptmann ums Leben kommt.

Zu dieser Zeit hat das Heer noch zu essen. Am flußreichen Rande der Berge erbeuten sie das an den Ufern verbreitete Wasserschwein, schießen Enten, fangen Otter und Barsche. Wenn sie notgedrungen in die Ebene ausweichen, um einen reißenden Strom zu umgehen, wird es karger und bald finden sie keine Tiere mehr. Sie dringen in Dschungelgebiete vor, wo sie auf Vipern und giftige Riesenspinnen treffen, hohes Fieber bekommen, an Eiterbeulen leiden. Reihenweise erkrankt man an Bauchwassersucht. Dem Kommandanten graut es vor dem Madennest in seinem Schenkel, auf das Melchior B. den verwesenden Rest eines Tieres legt, das hat er in seiner Zeit bei den Wilden beobachtet, verwesendes Fleisch zieht die Maden ins Freie ... und er kennt Rinden und Heilpflanzen, die er mit Balduin sammelt, zu Salben verarbeitet oder zu Pulver zerreibt, fiebersenkende, schmerzlindernde, eiteraustrocknende Mittel. Trotzdem sind bald achtzig Mann aus dem Haufen zu schwach und zu fiebrig, um weiterzuziehen, und bleiben mit einem der Hauptleute in einer Siedlung mit friedlichen Wilden.

Und Neithard von Neusteins Heer zieht in Richtung der hochstehenden Sonne, zur Rechten das karge und felsige, wolkenverhangene

---

21 Mein Patient ist erregt und will mir erst nicht sagen, was sein Vor-Ich dem Oberbefehlshaber riet. Ich bleibe beharrlich und mache mich unbeliebt.

Bergland. Monat um Monat sind sie auf dem Marsch und von einem Gebirgspaß ist weit und breit nichts zu entdecken. In der Feuchtigkeit rosten Hufeisen und Helme, und die Arkebusen verrotten. Wieder ein Dschungel und wieder ein Sumpf. Wieder ein Fluß, der sie zwingt, einen Umweg zu machen. Und der qualvolle, nie zu besiegende Hunger. Sie essen Schlangen, Ratten und Kakerlaken. Wenn wieder eines der Pferde zusammenbricht, schlachten und essen sie es auf der Stelle. Als zwei Spanier ein Reittier absichtlich verletzen, um es zu verzehren, baumeln sie bald im Kapokbaum, wo sie von den Geiern zerhackt werden. Andere haben sich einen als Pfadfinder dienenden Eingeborenenjungen zum Mahl ausersehen und garen sein Fleisch auf dem Feuer ...

... Gut sechshundert Tage sind sie auf dem Marsch, als sie vor einem zweiten Gebirge zu stehen kommen, quer zu den Bergen im Westen. Jetzt scheint es, als sei alle Anstrengung sinnlos gewesen. Neithard von Neuenstein, der Gottes Gnade erwirken will, befiehlt einen Festzug zu Ehren der Jungfrau Maria. »Und wir sangen eine Messe«, erinnert sich mein Patient, »zwischen Palmen, keifenden Papageien und kreischenden Affen.« – »Heute nehmen Sie das nicht mehr ernst?« will ich wissen. »Ich nahm es niemals ernst«, gibt er zur Antwort, »ich sagte zu Balduin: ›Schau sie dir an, mein Freund. Sie wollen den Vater im Himmel bestechen. Gott hilft nur dem Menschen, der aufrichtig glaubt.‹ ... Neithard von Neuenstein und seine Hauptleute hatten nichts anderes im Sinn als das Gold und gaben nicht acht auf gewichtige Dinge, die man in den Siedlungen der Wilden am Rand des Gebirges fand ...« – »Gewichtige Dinge?« – »Salz ... Decken aus Baumwolle. Diesseits waren keine Salinen bekannt ... und die Decken von auffallend kunstvoller Machart, die den hiesigen Wilden nicht zuzutrauen war ... ich erkundigte mich bei den Einheimischen nicht mehr, ob sie einen Weg kennen, auf dem man das Goldland erreicht. Ich fragte nur, wie sie an Decken und Salz kommen. Und erfuhr von der Stelle am Fuße der Berge, wo zeitweilig Waren aus dem Westen eintreffen.« – »Das war der Paß!« – »Und er war nicht weit weg. Zu Fuß brauchte man zwischen zwei und drei Tagen.«

Melchior B. verschweigt diese neue Erkenntnis, er teilt sie nur Balduin mit. Listig bietet er Neithard von Neuenstein an, von zehn Reitern begleitet als Kundschafter loszuziehen; der Oberbefehlshaber, der nicht mehr weiter weiß, pflichtet dem Vorhaben bei. Melchior B. bekommt alles, was er verlangt. Neu beschlagene Pferde – man hat eine Schmiede errichtet und macht Hufeisen aus nicht mehr tauglichen Waffen –, Messer, Scheren und Beile als Gaben und Tauschmittel, und alle zehn Leute, die auf seiner Liste stehen: Alle sind gute Reiter, verwegene Krieger und heimliche Neithard-von-Neuenstein-Gegner – und der zehnte sein Schulfreund aus Augsburger Tagen.

Sie brechen im Morgengrauen auf und erreichen vor Anbruch der Nacht einen Zugang ins Bergland neben einem fischreichen silberblauen Fluß. Am zweiten Tag reiten sie in diese Talenge, die sich verbreitet und angenehm ansteigt. Man solle umkehren, regt Balduin an, und Bescheid geben. Sein Vorschlag zwingt Melchior B. zur Entscheidung. Man solle den Weg erst erkunden, entgegnet er. »Und falls wir das Goldland im Westen entdecken, war es Gottes Wille, uns auszuersehen und nicht den Vertreter der Welser! Warum sollten wir mit der Kaufmannsfamilie und Neithard von Neuenstein teilen?« Mit elf Mann einen Angriff der Wilden abwehren zu wollen, sei aussichtslos, wendet der Schulfreund ein. »Man wird uns nicht angreifen«, sagt Melchior B. und verlangt zu erfahren, wer von den neun anderen Deutschen und Spaniern auf seiner Seite sei. Ausnahmslos alle sind auf seiner Seite und zaudernd schließt Balduin sich dieser Mehrheitsentscheidung an.

Sie erreichen ein Hochland und stoßen auf Siedlungen, die von friedfertigen Wilden bewohnt sind. Diese rennen weg vor den Menschen zu Pferde, sie kennen keine Pferde und nie sind sie Reitern begegnet. »Ai-tok-kai«, »große sechsbeinige Gottheiten«, heißen sie bei dem Bergvolk, das kleinere Mengen an Silber und Blattgold besitzt. Melchior B. und seine Leute erfahren, Gold und Silber seien aus »Teken-kito«, dem »reichen Land«, das sich vor dem Wassertor ausbreite.

Sie reiten zehn Tage und kommen zu einer Klamm, wo sie abspringen, die Pferde am Halfter nehmen und auf dem Schotter behutsam bergab lenken. Es geht steil in die Tiefe, sie straucheln und knicken um und reden den zittrigen Tieren gut zu. Vor den elf Mann braust ein Wasserfall nieder, den man auf einem Felsenpfad seitlich umgehen kann, und als sie vor dem Land auf der anderen Seite stehen, knien sie nieder und danken dem Herrn.

... *»Sie hatten das Goldland erreicht?« will ich wissen. »Nein«, sagt mein Patient, »dieses Land war ein Garten. Man baute Mais, roten Pfeffer und Bohnen an, Pitaya, Wurzeln, Bataten und Baumwolle, die man mit Spindeln zu Garnen verspann ...« – »Und Gold?« – »Gold und Silber waren reichlich vorhanden. Man stieß in den Wildenbehausungen wieder und wieder auf Schmuck und Figuren, Totenmasken und andere Schmiedearbeiten aus reinem Gold, nur stammte das Gold aus dem Tauschhandel mit einem Volk, das im fernen Nordwesten zu Hause war ...« – »Und Sie kehrten verbittert um?« frage ich, als mein Patient eine Pause einlegt. »Um verbittert zu sein, hatte er[22] keinen Anlaß ...« Seine Erinnerungen stocken, er schweigt.*

Ich bleibe beharrlich, bis er mir die erste Begegnung mit den Eingeborenen schildert. Anfangs rennen auch sie vor den Menschen zu Pferde weg und fliehen in eine beeindruckend große, mit zwei Reihen Palisaden befestigte Siedlung (nicht weit entfernt lebt ein feindlicher Stamm, der von Zeit zu Zeit wieder auf Kriegszug ins Land einbricht). Melchior B. und sein Trupp reiten bis zur Umfriedung, vor der tiefe Fallgruben lauern. Er macht mit Handzeichen klar, zu Verhandlungen und einem friedlichen Ausgleich bereit zu sein. Zur Warnung schießt er mit seinem Vorderlader in die Luft, und die Wilden, den Bogen im Anschlag, den Pfeil an der Sehne, werfen sich bei dem Knall vor Entsetzen zu Boden. Bei den Wilden erhebt sich ein Raunen, als Melchior B. vom Pferd steigt, um auf das an

---

22 (Vgl. Fußnote 18) Ab diesem Zeitpunkt spricht mein Patient von seinem Vor-Ich *nur noch* in der 3. Person.

seiner Erscheinung, vom Federkranz bis zu Bemalung und Zepter, erkennbare Oberhaupt zuzugehen, das aus der Siedlung ins Freie tritt. Ein die Caicámara-Sprache beherrschender Einheimischer ist auf Anhieb zur Stelle und man kann Schmeicheleien und Geschenke austauschen.

Ein großer Empfang wird den Fremden bereitet. Sie gelten als Gottheiten aus einer anderen Welt, die die Einheimischen vor Naturgewalt, Mißernte und feindlichen Nachbarn bewahren werden. Man bewirtet sie mit Maniok und Tomaten und Bergen an Fleisch, das von Lama und Hirsch stammt, sowie mit Honigmet, bis sie berauscht sind.

Melchior B. und seine Leute beschließen, einstweilen beim Stamm der Maruja zu bleiben. Sie haben es gut bei den Einheimischen, die den Weißen die besten Behausungen abtreten und jedem einzelnen zwei junge Dienerinnen zuteilen. Melchior B. lebt bald mit zwanzig Frauen in seinem Haus, die er bei den Eltern zum Preis einer Axt erwirbt, gegen ein Brotmesser oder einen Spiegel tauscht. Andere verschleppt er gewaltsam beim Krieg des Maruja-Volks gegen die feindlichen Nachbarn. Mit Hilfe der »großen sechsbeinigen Gottheiten« ist den Marujas der Sieg nicht zu nehmen. Zum Dank schenkt das Oberhaupt Melchior B. und seinen Leuten Smaragde und Goldschmiedearbeiten. Gold erbitten sie wieder und wieder, und wieder und wieder erhalten sie es. Und das Oberhaupt spricht Melchior B. eine Tochter zu, um den Ersten der Fremden verwandtschaftlich an sich zu binden.

Zwanzig Monate bringen sie bei den Maruja zu. Melchior B. lehrt seine Frauen zu beten und Kirchenliedkompositionen des Vaters zu singen. Er macht sich mit der Sprache vertraut und legt Karten des Landes an, das große Mengen an Salz und Smaragden zu bieten hat: es eines Tages im Auftrag der heimischen Kaufmannsfamilie einzunehmen, wird sich lohnen. Von den Deutschen und Spaniern, die nichts als saufen und huren und sich streiten – um Gold oder Weiber –, wendet er sich voller Hochmut und Abscheu ab (nicht aber von seinem Freund, der beim Kartographieren behilflich ist). Eine Feindseligkeit seiner Leute ums Gold, bei dem sich zwei Mann Messerstiche beibringen, dient Melchior B. als willkommener Anlaß, sich alles Gold, das sie haben, abliefern zu lassen und in seinem Haus zu verwahren. Keiner mißtraut seinen Absichten, alle verehren den Mann, dem sie Reichtum und Frauen und Tag um Tag einen vollen Magen verdanken ...

... »Sind unsere Stunden nicht um, Dr. Abraham? Wo ist Mausi, sie wollte um halb auf der Schwelle stehen ...«, wehrt mein Patient auf dem Kissen im Sofa ab. »Wir haben noch eine Stunde«, erwidere ich, »warum reden Sie nicht einfach weiter?« – »Ich kann nicht mehr weiter ... Sie haben mich erfolgreich behandelt ... was wollen Sie denn noch, Dr. Abraham?« – »Melchior B. plante heimlich den Aufbruch, nicht wahr?« – »Lassen Sie mich in Frieden ... ich weiß es nicht mehr!« Er ist außer sich und kann sich kaum noch beherrschen. »Ja! Er plant seinen Aufbruch ... alleine, mit allem Gold ... nur sein Augsburger Schulfreund soll mitkommen ...«

Von einem Aufbruch zu zweit will der Schulfreund nichts wissen. Die andern ums Gold zu bestehlen, sei nicht recht. Ob er das siebte Gebot nicht mehr kenne? Und zu zweit bis ans Meer ziehen zu wollen, sei irrsinnig. Balduin habe bereits auf dem Weg ins Gebirge nichts anderes behauptet, schimpft Melchior B., und von seinen Warnungen habe sich keine bewahrheitet. Es sei Gottes Wille gewesen, sie zu den Maruja zu schicken. Und im Namen des Herrn werde er wieder heimkehren, um sich seine Entdeckungen verbriefen zu lassen. Man werde allen Gefahren entkommen.

Balduin ist zu treu, um den Freund zu verraten. Trotzdem bleibt er standhaft und will sich nicht anschließen, eine Weigerung, die Melchior B. nicht beeindruckt, der in aller Stille Vorkehrungen zum Aufbruch trifft, und Gold, Waffen und Wegproviant auf vier Pferde verteilt. In der Neumondnacht, die er zum Abschied bestimmt hat, vereinigt er sich mit der Tochter des Oberhaupts und indem er ein Kirchenlied seines Herrn Vaters singt, »Ach werte Magd, die mir liebste von allen«, erstickt er die Strampelnde mit seinen Fingern. »Ich bin

Gott! Ich bin Gott!« wiederholt er mit bellender Stimme und sinkt auf der Leiche zusammen.[23]

Tief in der Nacht schickt er zu seinem Freund und zerrt Balduin, als er ins Haus tritt, zum Schlafzimmer. Bei den Maruja zu bleiben, bedeute zu sterben, das Oberhaupt werde die Mordtat vergelten, es bleibe nichts mehr, als sich »schnelliglich abzuleinen«. Los geht es in aller Eile zum Wasserfall, und als der Tag anbricht, sind sie im Bergland, wo sie mit Hilfe der Karten, die Melchior B. bei sich hat, den sichersten Weg bis nach Coro beratschlagen ... sie werden es niemals erreichen.

... Nach der 92. Sitzung am Donnerstagnachmittag kommt mein Patient nicht mehr zu mir. Seine Abneigung gegen mich ist die Verkehrung der Dankbarkeit, die er am Anfang empfand. Als Psychiater ist man diesen Wechsel von Liebe zu Abscheu bei seinen Patienten gewohnt – da macht Melchior B. keine Ausnahme. Und seine Abneigung geht Hand in Hand mit der Abneigung gegen das Ich seines Vorlebens. Er wollte mit seinen Erinnerungen »zu sich« kommen und stieß auf ein Vor-Ich, das schauderhaft stark und beklemmend ist – zu seiner »Menschwerdung« kann es nichts beitragen ...

... Gleichzeitig sind die »unheimlichen Triebe«, die eine Behandlung erforderlich machten – und von diesen Trieben ist Melchior B. heute frei –, nur aus seinem Vorleben ableitbar. Das sollten sich meine Kollegen zu Herzen nehmen, die das Warum aller Seelenerkrankungen in kindlichen Wunschphantasien ansiedeln, nicht in erlittener, verinnerlichter Gewalt. Mit dem anhaltenden Frieden im Kaiserreich kennen

---

23 Was der Antrieb zu diesem Verbrechen gewesen sei, will ich von meinem Patienten erfahren. Er braucht eine Weile: »Es ist seine Lieblingsfrau ... um sie in alle Ewigkeit an sich zu binden ...« Das ist keine Antwort, mit der ich zufrieden bin. Außer der Gottgleichheit, die er sich einbildet, scheint Melchior B. das Verbrechen berechnet zu haben, denn es zwingt Balduin, an seiner Seite zu fliehen ...

sie nichts anderes als Sittlichkeit und Kultur und vergessen den schlafenden Krieger in uns ...

Dr. Abrahams Studie hat mir erlaubt, eine Trennlinie zwischen dem Ich meines Vorlebens und meinen Schrumpfkopferinnerungen zu ziehen und mich beim Diktat dieser Tsantsa-Memoiren zu entlasten. Und er hatte recht: Melchior B. stieß mich ab. Meine Herkunft mit Elternhaus, Kindheit und Heimat war nur um den Preis eines Menschen zu haben, der mir in seiner Vermessenheit wesensfremd war. Ich erkannte mich in diesem Vor-Ich nicht wieder – das, nebenbei bemerkt, eigentlich Simon Dryander hieß. Ich wollte das Ich meines Vorlebens loswerden und schleunigst aus meinem Bewußtsein vertreiben. Zu diesem Zweck mußte ich Abrahams Gegenwart meiden.

Ich bekam meinen Doktor nicht mehr zu Gesicht, der, beruflich erfolglos, am Hungertuch nagte. Wann er es wagte, mich schriftlich um Zustimmung zu einer Einzelfallstudie zu bitten, bei der er, betonte der Doktor, Vertraulichkeit wahren werde, weiß ich nicht mehr. Beharrlich verweigerte ich meine Billigung, ich mußte erst meinen Vergangenheitsschock verdauen. Es dauerte Jahre, bis ich seinem Plan, ein Buch zu verfassen, das meine Behandlung und Simon Dryanders Geschichte zum Gegenstand hatte, meinen Segen erteilte.

Es erschien 1910 mit dem Titel: *Unheimliche Triebe. Zur wahren Geschichte des Melchior B.* Zu Beginn fand sein Werk eine breite Beachtung. Es war ein aufsehenerregendes Mittelding aus Abenteuergeschichte und ernsthafter Wissenschaft mit einem geradezu sensationellen Patienten. Bei der Fachwelt erregte das Werk nichts als Hohn und Spott: Ich galt als reine Erfindung von Abraham. Man warf dem Psychiater vor, nur auf sich aufmerksam machen und gegen Kollegen polemisieren zu wollen (das tat er wahrhaftig, an Stellen, die ich nicht zitiert habe). Mit diesen Angriffen machte er sich keine Freunde.

Bald setzte sich in der Wiener Gesellschaft die Meinung durch,

Melchior B.s Leben sei unerlaubt lasterhaft – und als am verwerflichsten galt seine Vielweiberei. Selbst rein literarisch fand man das nicht hinnehmbar. Das Publikum konnte sein Schicksal, als Schrumpfkopf zu enden, nicht anders als gutheißen.

Bei allem Aufsehen, das Dr. Abrahams Buch gleich bei seinem Erscheinen erregt hatte, geriet es am Ende zum Mißerfolg. Und als Psychiater mit Geltung und Ansehen in Fachkreisen war er erledigt. Wieder war ein Vertreter der Wissenschaft an mir gescheitert. Rettung vor seinem beruflichen Niedergang versprach sich der Doktor nach alldem vom Krieg, bereits Monate vor dessen Ausbruch.

Ich erinnere mich an den Streit zwischen Abraham und Dora Wessely an einem Sonntag, als beide Merunkas mit Betty und mir und der Freundin in den Prater-Auen spazierengingen. Wir trafen den Arzt in der Sonne am Wegesrand, er schien auf der Parkbank in aufrechter Haltung zu schlafen. Es war Dora, die Abraham wiedererkannte, der sich von seiner Brillenattrappe verabschiedet und seinen Vollbart rasiert hatte. Mit blanken Wangen und brillenlos wirkte der Doktor noch spitzer und elender.

»Ich brauche keinen Bart mehr«, bemerkte er blinzelnd, als er sich vor den Damen mit Handkuß verbeugt hatte, in der um sein Hinterteil schlotternden Hose und einen auffallend speckigen Hut in den Fingern drehend, »der Krieg, der bevorsteht, wird alles Verfaulte und Morsche vom Erdboden fegen. Mit der Verehrung des Alters wird Schluß sein und Tatkraft und Jugend in Ansehen stehen.« – »Mit einem Krieg«, sagte Thomas Merunka, der Abrahams Hand ergriff, »ist nicht zu rechnen.« – »Oh, er kommt ... kommt mit Sicherheit«, strahlte der Doktor und zwinkerte mir an der Weste Merunkas zu. »Man sollte meinen, diese Aussicht begeistert Sie«, mischte sich Dora Wessely ein. »Und ob sie das tut«, sagte Abraham frank und frei, »und ich werde als einer der ersten im Felde stehen ...« – »Mein Gott, das ist Irrsinn«, erwiderte Dora – man muß wissen, in letzter Zeit schrieb sie Artikel, die alle Menschen Europas zum Frieden aufriefen, und leitete ein pazifistisches Komitee, das Versammlungen im Kaiserreich, Deutschland und Frankreich abhielt, um einen denkbaren Krieg abzuwenden – »Sie sind geisteskrank, Abraham, anscheinend geisteskrank, und sollten sich Hilfe bei einem Psychologen holen.«

Dora Wessely sagte das leise und eindringlich und mit einem Ernst, der den Doktor verbitterte. Vogelscheuchenhaft gestikulierend und mit leisem Schimpfen entfernte er sich. Familien und Paare, die neben dem Heustadelwasser entlangliefen, drehten sich zu uns um, und mein Besitzer trieb Gina und Betty zur Eile an.

V

Bettys Launen und Bettys Liebe; mit Teekesselchen
wieder Sprechen lernen; von Halleys Kometen zum
Schaaß einer Beißzangen; Dora und Gina und Gina
und Thomas und Thomas und Betty und Betty
und Dora und Dora ... und ich zwischen allen

Mit dem Ende der Donnerstagsnachmittagssitzungen versank ich
in Mißmut und Niedergeschlagenheit. Von der Familie ließ ich
mich nicht mehr mit »Simon« und vom Personal nicht mehr mit
»Herr Dryander« ansprechen, ich bestand auf dem Namen, den
mir Gina verliehen hatte. In der Abscheu vor meinem vergangenen Ich, das mir fremd und gleichzeitig vertraut war, verstummte
ich – und wenn ich krampfhaft um Worte rang, konnte man meinen, ich habe das Sprechen verlernt. Durch meine Sprache war
ich ein lebendiges, menschliches Wesen gewesen – oder sagen
wir besser: ein menschliches Halbwesen –, mit Simon Dryander,
den wir in der Ordination Dr. Abrahams wiedererweckt hatten,
waren mir mein Leben und Menschsein verleidet.

Mein Verstummen war von Dauer, man machte sich Sorgen.
Mausi nahm mich zum Corso der Sportwagen mit, die man im Prater mit Blumen bewarf und bejubelte; Gina wiederum schleppte
mich in den Musikverein, wo wir im Goldenen Saal Sinfonien von
Brahms lauschten, und ich halb versteckt in der Jacke aus Seide
und vor der Bluse mit Spitzen in (trockenes) Schluchzen verfiel,
Gina mußte mich streichelnd beschwichtigen ...

Selbst dem Kind der Familie mißlang es, mich von meiner
Melancholie zu befreien. Im Alter von etwa vier Jahren fing es an,
mich zu jedem Ausflug mitnehmen zu wollen. Beim Picknick im

Freien rannte Betty mit mir in die Wiese und schleuderte mich in die Luft; hielt mich einer Kuh vors Maul, die mich beschnupperte und kreuz und quer ableckte, bis ich klatschnaß war, und belehrte sie: »Das ist mein Freund namens Tato! Und weißt du, was schlimm ist? Er will nicht mehr sprechen ... er ist krank an der Seele, sagt meine Mama. Kannst du meinen Freund nicht zum Sprechen bringen, Kulimuh?« Wiederholt schritten Gina und Thomas Merunka ein, wenn Betty mich in einer Mischung aus kindlicher Liebe und Unwillen knautschte und knetete, an meinen Ohren zerrte, in meine Nase biß und quengelte: »Sag was, du Hirnhappler!«

Sie kriegten nicht alles mit, was das Kind mit mir anstellte. Betty besuchte das Freibad am Alt-Arm der Donau immer nur in Begleitung von Esti, der Kinderfrau. Und wenn sie, nie tiefer als bis zu den Knien, die im Badekleid steckten, mit Esti ins Wasser ging, ließ sie mich niemals beim Strandstuhl allein. Betty schleppte mich mit, und aus Feindschaft zur Kinderfrau schleuderte sie mich weit von sich und fing augenblicklich zu flennen und zu zetern an: »Hol meinen Tato! Du sollst meinen Tato holen!« Esti hatte beileibe nicht vor, sich ins Wasser zu werfen und mich aus der Donau zu retten – sie fand es bereits an den Waden zu naß. Ein mutiger Bub holte mich schwimmend ein, als ich abtrieb, und brachte mich meiner Besitzerin wieder, die sich heiter bedankte, mir ewige Treue und der Kinderfrau schreckliche Rache schwor.

Aller ewigen Treue zum Trotz konnte sie mich am anderen Tag aus dem Fiaker feuern, wenn sie mit der Kinderfrau oder dem Vater in Streit geriet. Im Allgemeinen ging das glimpflich aus, bis mich eines Tages ein Fahrrad am Bordstein erwischte. Es walzte mir eine Gesichtsseite platt. Vom Kinn quer zur Wange und weiter zum rechten Ohr – haarscharf verfehlte es Auge und Stirn – war mein Hautsack zerquetscht und entstellt. Ich war zu stumpf, um den Schmerz zu bemerken, und meine Verunstaltung, die ich benommen im Fensterglas an meinem Stammplatz besichtigte, scherte mich nicht im Geringsten.

Wenn Betty zu mir an den Wohnzimmervorhang schlich – verbotenerweise, man hatte sie streng und bei Strafe ermahnt, mich in Ruhe zu lassen – und meine Entstellung betrachtete, weinte sie los und verriet sich an Kinderfrau oder Bedienstete, die Bettys Vergehen den Herrschaften meldeten. Das brachte meinen Besitzer in Zugzwang. Er mußte das Kind, das sein Machtwort mißachtete, vor sich und dem Dienstpersonal hart bestrafen. Er schleifte es zu einem Hocker im Wohnzimmer und versohlte es auf seinem Schoß mit der flachen Hand, verbittert und schimpfend, er liebte es grenzenlos und empfand heftigen Widerwillen gegen sein Tun; dummerweise verlieh das seinen Hieben mehr Kraft, als beabsichtigt. Betty strampelte außer sich, heulte und wimmerte, und als beide Pobacken feurig verfleckt waren, erwachte ich aus meiner Stumpfheit. »Schluß!« sagte ich klar und entschieden, »es reicht!« – und Merunka erstarrte in seiner Bewegung. Mit dem Arm in der Luft und der Stirn voller Schweißperlen blinzelte er mich vom Schemel aus an. »Du kannst wieder sprechen?«, verwirrt und erleichtert kam er auf die Beine und gab seine Tochter frei, die keine Anstalten machte, Reißaus zu nehmen. Betty rieb sich mit der Faust beide Augen ab und auf das Gesicht trat ein Strahlen.

Trotzdem dauerte es eine Weile, bis ich wieder richtig sprach. Und ich verdankte es Betty, die sich auf den persischen Teppich im Wohnzimmer setzte, wo sie Kaufmannsladen und Fiaker spielte oder Lieder sang und sich Geschichten ausdachte, bis sich in mir neue Lebenslust meldete. Als ich mich nicht mehr ins Schweigen verbiß, regte sie mich mit kindlicher Klugheit zum Sprechen an, indem sie mich Teekesselworte erraten ließ. »Mein Teekesselchen ist ein Tier«, gab mir Betty vor, »und eine Reihe von Menschen ... was ist das?« Oder: »Mein Teekesselchen kommt im Wasser vor und im Kaffeehaus ißt man es mit Schlagobers.« Und sie kringelte sich auf dem Teppich vor Lustigkeit, wenn mir »Schlange« und »Strudel« nicht einfallen wollten. Teekesselchen war eine Leidenschaft Bettys. Mit Sprachen tat sie sich nicht schwer – Betty wechselte fließend vom Deutschen ins Tschechische und vom Tschechischen ins Italienische.

Man erlaubte es Betty, mich, wenn ich dem zustimmte, ins Kinderzimmer am Flurende mitzunehmen, zum Entsetzen von Esti, die in diesem Zimmer schlief und es nicht aushielt, mich um sich zu haben. Das Kind wollte keine Minute am Tag ohne meine Gesellschaft verbringen. Von nun an waren wir unzertrennlich.

Meine Stellung bei Betty, die wacher und ernster war, als die in der Nachbarschaft spielenden gleichaltrigen Kinder, und lebendiger als es die steifen und heiklen kleinen Erwachsenen aus besseren Kreisen waren, war eine andere als in der Vergangenheit. Ich war kein Spielzeug mehr, das man halb streichelte und halb mißhandelte. Ich war ein Spielkamerad, den sie hegte und pflegte. Und auf Schritt und Tritt mußte ich Betty begleiten. Heimlich, versteckt zwischen Bluse und Kittelkleid, schleppte sie mich in den Klassensaal mit, zu den dreißig mit Haarschleifen, Schnecken- und Zopffrisuren in sechs Bankreihen scharrenden Schulkameradinnen. Im Schulzimmer kam ich ins Pult zu den Heften. Mich zu verbergen, fiel Betty nicht schwer. Sie hielt lieber Abstand, als Freundschaften einzugehen, und im Klassensaal wehte ein Anflug von Einsamkeit um sie.

Betty konnte sich dieses Verhalten erlauben. Sie war gut in der Schule und meldete sich, wenn kein anderes Kind seinen Arm heben wollte. Schriftliche Aufgaben, die man erteilte, erledigte sie in der Regel als erste. Selbst wenn sie zerstreut wirkte oder zu pispern schien – und das konnte passieren, wenn sie sich mit mir austauschte –, ließ sie sich bei keinem Vergehen erwischen. »Antworte mir!« hieß es scharf von der Tafel, »oder warst du nicht aufmerksam, Betty?«

Betty nicht aufmerksam? Das war undenkbar. »Maria Theresia bestieg 1740 den Thron«, sagte Betty auf Nachfrage. »Sie entspringt in Tirol«, gab sie sicher zur Antwort, als es um den Ursprung der Drau ging, »und endet bei Essegg, wo sie in die

Donau fließt.« Bei Kopfrechenaufgaben war sie unschlagbar. »48 mit 4 dividiert?« – »Das macht 12« – »6 mal 7?« – »Ergibt 42.« Ich will es nicht abstreiten, bei diesen Aufgaben half ich von Zeit zu Zeit mit einem Zischeln aus, in Geographie und Naturlehre, Fremdsprachen oder Geschichte war das allerdings nicht erforderlich.

Betty und ich waren immer beisammen, vom Aufstehen bis zum Gute-Nacht-Sagen. Das heißt, ich war Spielkamerad und Vertrauter, erwachsener Freund und Privatlehrer Bettys, sie lernte von mir eine Menge an Dingen, die mit Geschichten und Lebenserfahrung verbunden waren. Wir wechselten von einer Sprache zur anderen, und im Gymnasium stach Betty den Englischprofessor aus, den sie vor der versammelten Klasse berichtigte (das vorlaute Kind mußte sich in die Ecke stellen und bekam eine schlechtere Note). Wir sangen – mit Mausi als dritter im Bunde – in der hallenden Erdgeschoßgastwirtschaftsstube beim Fegen und Dielenbodenscheuern mit Leidenschaft. Und sie las mir vor, auf dem Holzstoß im Hinterhof, im Eßzimmer, wenn sie am Mittag alleine blieb und sich mit Powidltascherln und Kaiserschmarrn vollstopfte, oder im Schaumbad, in dem sie es stundenlang aushielt (alle dreißig Minuten war wieder ein Eimer mit kochendem Wasser erforderlich, den Rosa vom Waschkeller hochschleppte und in den Zuber goß). Wahllos sprang sie von Werken Jules Vernes oder Walter Scotts zu Robert Louis Stevenson und seiner *Schatzinsel*.

Und sie teilte mir mit, was im Extrablatt stand, etwa von den Nachrichten um den Kometen, der Halley hieß, und mit seinem giftigen Schweif unsere Erdlaufbahn kreuzte, weshalb man den Lesern zum Kauf einer Gasmaske riet – Betty war alarmiert und bekniete den Vater, seine Familie vorm Cyanogen zu bewahren, indem er sie alle mit Schutzmasken ausstatte.

An wen sollte Betty sich halten, wenn nicht an mich? Thomas Merunka war dauernd auf Achse. Er reiste in Karstgebiet und

Karawanken, wo er mehrere Alpenbahnbaustellen leitete und sich bei der Bohrung des Wocheiner Tunnels, den Wassereinbruch und abspringende Felsen erschwerten, besondere Verdienste erwarb. 1909, bei der Streckeneinweihung Spittal an der Drau – Badgastein, kam es sogar zu einem Handschlag mit Kaiser Franz Joseph. »Gelt's Gott, Herr Marille«, versetzte der Kaiser, ein Scherz, der meinem Freund und Besitzer ans Herz ging, den Gina – und Dora – hingegen beleidigend fanden.

Kurz und gut: Betty vermißte den Vater. Und auch Gina entzog sich dem Kind mehr und mehr. Sicher, sie brachte der Tochter mit Hingabe, Ernst und Geduld das Klavierspielen bei, und Bettys Musiklust war nicht zu verkennen. Man mußte sie niemals ermahnen, ans Klavier zu gehen, um eine Bachinvention zu studieren oder sich mit der Mozartsonate vertrauter zu machen, das tat sie von alleine, wenn sie aus der Schule kam. Und nichts liebte sie mehr, als zu zweit mit der Mutter einen Dvořákschen Slawischen Tanz anzustimmen, bis Salonschrank und Fenster vor Schwingungen bebten. 1910, mit bevorstehendem Schulwechsel, schickte Gina die Tochter zu einem Klavierlehrer, der eine Stelle am Konservatorium bekleidete – bei der Begabung, die sie an den Tag lege, brauche Betty erfahrene Anleitung am Klavier, nicht die einer einfachen Liebhaberin.

Gina selbst war beim Aufbau des Wessely-Komitees als rechte Hand unentbehrlich. In Doras Namen schrieb sie Briefe an Schriftsteller, Schauspieler oder Politiker in aller Welt, um einen Friedenskongreß auf die Beine zu stellen. In der Erdgeschoßwohnung am Schwarzenbergplatz, wo das Wessely-Komitee Sitz und Adresse fand, telefonierte man mit Redaktionen in Wien und Berlin, an der Seine und am Genfer See, was Dora im Wechsel mit Gina erledigte. Bald waren sie zu sechst und entwarfen Plakate, besprachen Artikel von Dora und setzten Appelle auf ... und mit dem ersten Kongreß im St. Annahof, an dem sich Prominente aus Belgien, der Schweiz, Großbritannien, Deutschland und Frankreich beteiligten, die vor der schwelenden Kriegsgefahr warnten, rannte Gina vor Sonnenaufgang aus dem Haus und kam erst gegen Mitternacht heim.

Bettys Konservatoriumsvorspiel war ein Erfolg. »Mit Handkuß ... mit Handkuß«, der Lehrer, Herr Dalca, sprang von seinem Schemel und wirbelte ums Klavier, »wir machen sie zur Pianistin von Gnaden!« In den folgenden Monaten ließ sich das Kind von dem Mann, der besessen, skurril und genialisch war, zu aufsehenerregenden Leistungen mitreißen – bis Bettys Leidenschaft schlagartig in sich zusammensank, und sie nur noch lustlos zum Konservatorium lahmte, wo der empfindliche Mensch sie bald aufgab.

Sie verweigerte sich aus Verletztheit und Auflehnung, um es »der Italienerin« heimzuzahlen – und wenn Betty von »der Italienerin« sprach, zersprang sie vor Feindseligkeit gegen Gina. »Mutter wollte mich loswerden«, sagte sie schniefend, »als sie mich ins Konservatorium schickte«, und schimpfte mit mir, wenn ich Gina in Schutz nahm. Gemeinsam Klavier zu spielen hatte das Kind als Zusammensein, wenn nicht als Verschmelzung mit Gina erfahren ... und die hatte das alles beendet.

Wer diese Entfremdung von Mutter und Tochter bewirkt hatte, war Dora Wessely. Tag um Tag stand sie wieder vorm Haus mit der Jungfraumaria- und Jesuskindwandnische und meldete sich mit der Automobilhupe an. Dora und meine Besitzerin hatten sich zu Herzensfreundinnen entwickelt. Dora achtete Gina, die sich nicht mehr bremsen ließ und bis zum Letzten verausgaben konnte, wenn sie eine Sache als richtig erachtete. Ginas politischer Idealismus, der erst in Verbindung mit Dora erwacht war, speiste sich aus Gerechtigkeitssinn und einem Wissen, das sie sich beim Studium von Buch oder Zeitung erwarb. Und was sie Gina besonders hoch anrechnete, waren Treue und Standfestigkeit, Eigenschaften, die Dora veranlaßten, spitz zu bemerken, in Bezug auf den Ehemann seien sie Verschwendung, Gina solle sich endlich mehr Freiheiten nehmen und bei den sie verehrenden Schauspielern zugreifen!

Bettys Beziehung zu Dora war ambivalent. Wenn es ums Reiten im Herrensitz, Radfahren und Rauchen ging, verteidigte sie Mutters Freundin entschieden. Daß sie als Backfisch beim Tennis nicht mit nackten Armen und fußfreien Kleidern spielen durfte und im Strandbad vom Hals bis zur Wade bekleidet ins Wasser gehen mußte, empfand sie als Schmach – Dora Wesselys Kampf gegen diese den Frauen auferlegte Moral war gerecht und bewundernswert. Man konnte nicht anders, als sie zu verehren! Mehr als das: Dora blitzte vor Scharfsinn und Sinnlichkeit. Sie hatte ein weiches Gesicht, in dem alles zusammenstimmte – erst in Bewegung entwickelte es eine fesselnde, unwiderstehliche Tiefe. Und Mutters Freundin schloß Betty nie aus. Sie nahm sie zum Automobilausflug mit einem jungen, aufstrebenden Schauspieler mit, in den sich Betty verliebt hatte. Betty begleitete Dora und Gina zu Pressevertretern in Budapest, und sollte mitkommen zu einem Kongreß in Paris, schweren Herzens schlug sie diese Einladung aus. Betty wollte auf keinen Fall den Vater verpassen, der in den betreffenden Tagen nach Hause kam ... sie war nicht bestechlich, sie liebte den Vater.

Dora habe erst Gina vereinnahmt und anschließend gegen den Vater in Stellung gebracht – diese Auffassung Bettys verfestigte sich mit der Zeit. »Falsche Gretl! Kaneuile! Sie ist verantwortlich«, zeterte Betty am Mittagstisch, »wenn meine Eltern sich nicht mehr vertragen«, und schob voller Ekel den Teller mit Kaiserschmarrn weit von sich weg. »Ich wette, sie werden sich wieder zusammenraufen«, versetzte ich von meinem Platz vor der Anrichte, wo ich am Metallbeschlag baumelte. Zwischen den Brauen in Bettys Gesicht zeigte sich eine scharfe und schattige Falte.

Ich schwieg lieber, um es nicht schlimmer zu machen. Nein, Gina und Thomas Merunkas Entfremdung ging nicht auf das Konto der Industriellengattin – oder ging es nicht unmittelbar. Es war verwirrender mit dieser Liebe. Mein Besitzer ging Streit aus dem Weg, wo er konnte, und hatte sich auf seine Ehe verlassen, wie auf die K.u.K.-Monarchie und die Kirche. Er bohrte beharrlich seinen Wocheiner Tunnel und kriegte nicht mit, was mit Gina passierte. Es ging nicht um Untreue oder Verrat. Beide schienen sich an diese Liebe zu klammern oder besser an ein unvereinbares Ideal.

Mein Freund und Besitzer hielt an der Gewohnheit fest, einen Blumenstrauß mitzubringen, wenn er nach Hause kam, sei es aus Tschernowitz, sei es vom Schillerplatz, und falls Gina zu Hause war und keinen Automobilausflug mit Dora Wessely unternahm oder am Schwarzenbergplatz einen Artikel aufsetzte, nahm sie seine Blumen dankbar an – allerdings hielt sie den Strauß in der Hand, als sei er ein Tier, bei dem man sich nicht sicher sein kann, ob es nicht beißt oder kratzt. Diese Beklommenheit, die meine Besitzer beherrschte und an ein Gewitter erinnerte, das sich zusammenbraut und niemals losbricht, zog Betty auf Dauer in Mitleidenschaft. Es entlud sich erst kurz vor der Mobilisierung und dem erstem Kanonenbootfeuer auf Belgrad, in Mitterers Landaufenthalt.

VI

*Besuch beim Galanteriewarenkaufmann am
Kohlmarkt und mein Wiedersehen mit Psito;
unsere letzten Sommertage bei Onkel Julius in Grinzing;
wie ich den Hofrat besiege, Gina aufbricht,
Betty mit mir Reißaus nimmt –
und der große Krieg beginnt*

Vor diesem Einschnitt in Grinzing, das unsere Familie am 13. Juli
erreichte, von Wiesen- und Waldduft und Schrammelmusik
umweht, machte ich mit meinem Besitzer und Betty einen An-
standsbesuch bei Franz Mayr am Kohlmarkt, dem Schrumpfkopf-
sammler und Galanteriewarenkaufmann, von dem ich bereits
zu Beginn meiner Wienzeit erfahren hatte. Mayr hatte dem wieder und wieder aufkommenden Gerede um einen sprechenden
Schrumpfkopf nie Glauben geschenkt und erst mit Erscheinen
der Abraham-Studie: *Unheimliche Triebe. Zur wahren Geschichte
des Melchior B.* nahm er den Gesellschaftstratsch ernster. Er
schrieb Briefe an meinen Psychiater und bat um Erlaubnis, mich
kennenzulernen – vergeblich, der Doktor antwortete nicht. Mayr
eilte zur Weintraubengasse, wo er Dr. Abraham Geld anbot, der
sich, trotz knurrenden Magens, auf seine Verschwiegenheitspflicht berief und meine Adresse verweigerte.

Das erfuhr ich vom Galanteriewarenkaufmann selbst, der mit
Thomas Merunka zu telefonieren meinte. Diese Verwechslung
verdankte ich Betty. Sie ging an den Apparat, als es im Korridor
schellte, und als man den Vater zu sprechen verlangte, der zu dieser Zeit in Venetien weilte, bat sie mich feixend, meinen Herrn zu
vertreten. »Das ist 377 – wer spricht bitte?« wollte ich wissen und

lauschte der Stimme im Schallbecher, den Betty mir mit einem Kichern ans Ohr hielt. »Grias Sie! Habidere! Franz Mayr, mein Name«, sagte der Ladenbesitzer mit klebriger Stimme und weihte mich in seine Leidensgeschichte ein. Er habe alles Erdenkliche veranlaßt, um meinen Aufenthaltsort in Erfahrung zu bringen. »Sie san's, Herr Thomas Merunka, net wahr? Sie besitzen einen Schrumpfkopf, der angeblich sprechen kann? ...« – »Angeblich?« sagte ich mißmutig, was er – zu Recht – als Bejahung betrachtete. »Das heißt, ich darf annehmen, es ist kein Geschichterl! Ob Sie mir Erlaubnis erteilen, Herr Ingenieur, gelegentlich seine Bekanntschaft zu machen? Ja, darf ich Sie bald zu mir einladen, werter Herr, meine Sammlung an Tsantsas ist nicht zu verachten!« Ich teilte dem Galanteriewarenkaufmann mit, in den kommenden Wochen auf Reisen zu sein, es sei unverzichtbar, Geduld aufzubringen. Was sollte er machen? Er stimmte mir notgedrungen zu.

Am folgenden Tag stand Franz Mayr vorm Haus Nummer 10 und erkundigte sich in der Gastwirtschaft, ob man mit Familie Merunka bekannt sei. Mausi konnte dem vornehmen Menschen mit Silberschopf und Brennscherekringeln im Vollbart nichts abschlagen. Sein Laden mit Galanteriewaren und Schmucksachen, Dosen und Handschuhen, Reise- und Brieftaschen, Seidenzeug, Sonnenschirmen, Riechflakons und Fichus, war eine der ersten Adressen in Wien. Sie spendierte Franz Mayr ein Glas Dalmatiner-Wein und prahlte mit mir und Familie Merunka und dem begabten und reizenden Backschieserl Betty, das leider mit mir in der Regel allein bleibe. Mayr spitzte die Ohren bei dieser Bemerkung ... Bald klingelte er an der Wohnung im dritten Stock und schwenkte zwei Schachteln, die beide mit Schleifen verziert waren. Betty nahm seine Kartandeln nicht an. Ich sei nicht zu sprechen, versetzte sie fuchtig, und als sich Franz Mayr nicht abwimmeln ließ und vom Hausflur ins Wohnzimmer vordringen wollte (Mausi hatte dem Mann meinen Stammplatz verraten), packte Betty den Mopp, der im Korridor lehnte.

Im Ministerium teilte man Mayr mit, wann mit der Heimkehr Merunkas zu rechnen sei, und an besagtem Tag sprach er bei meinem Besitzer im Schillerplatzamtskabuff vor. Merunka fand Mayrs Besessenheit, meine Bekanntschaft zu machen, erheiternd und ließ sich beschwatzen, mit mir an den Kohlmarkt zu kommen.

Ich erinnere mich an Franz Mayr, der um Mitte Siebzig war, als einen straffen bis steifen Mann. Er hatte mehr Haare als Kaiser Franz Joseph, dem er in Betragen und Haltung ansonsten vergleichbar war. Mayr steckte im Smoking aus teuerstem Zwirn, als er uns zur Theke mit vier Registrierkassen und einem wandhohen Regal voller Schubladen lotste. Aus dem Verkaufsbereich brachte er uns in die Buchhaltung, wo alle Pulte mit kritzelnden Herren besetzt waren, und zum Podest mit dem Mayerschen Aufsichtsplatz, von dem man zu einem benachbarten Zimmer kam. Es enthielt den Tresor, eine Sitzecke und einen Diwan, auf dem er sich ausruhen konnte. Mayr zapfte seinem Gast einen Tee aus dem Samowar, fiel in den Sessel und streckte den Arm aus. »Darf ich den Schrumpfkopf betrachten, Herr Ingenieur?« Bettys Vater antwortete mit einem Nicken und hakte mein Trageband von seiner Weste, um es dem Ladenbesitzer zu reichen.

In den ersten Minuten, als er mich begutachtete und mit seinen Brennscherebartkringeln kitzelte, schien mir seine Leidenschaft in keinem anderen Zweck als dem Sammeln an sich zu bestehen. Man konnte meinen, seine Schrumpfkopfbesessenheit habe sich aus reinem Zufall ergeben. Er wollte von mir tausend Dinge erfahren, die in Mayr den biederen Laien verrieten. Von der anthropologischen Forschung und Wissenschaft hatte der Mann nur bescheidene Kenntnisse – und das bei einer Sammlung, mit der es, wie er mit einem Blinzeln bemerkte, kein zweiter Privatsammler aufnehme. Ja, an sich ließ der Mann es an Bildung vermissen. In meiner Erinnerung war er ein Mensch, der seine mangelnde geistige Tiefe mit Reichtum und Vornehmheit ausglich – sowie mit nicht zu verleugnender Kaufmannserfahrung –, eine K.u.K.-Blattgolderscheinung auf morschem Holz.

Von Anfang war ich mir sicher gewesen, Mayr werde mich meinem Besitzer abkaufen wollen – und keinen Erfolg bei Merunka erzielen, ich war ein Familienmitglied, er hing an mir, ganz zu schweigen von Betty, die nicht hatte Platz nehmen wollen und den Hausherrn mißtrauisch beobachtete. »Darf ich wissen, Herr Ingenieur, was Sie sich vorstellen? Gut, er ist nicht in bester Verfassung, nicht wahr ... eine schlimme Entstellung ... er hatte einen Unfall?« Merunka verschluckte sich an seinem Zigarrenrauch, und Betty entgegnete, flinker als der Papa: »Tut uns arg leid, er ist nicht zu verkaufen.« Hustend und sich seine Augen abwischend, versetzte der Vater: »Na eh net.«

Franz Mayr schien diese Bekundungen nicht ernst zu nehmen. Er zog einen Vorhang auf, der vor der Mauer hing, und schleppte uns in eine Kammer im Zwischenstock, wo ein Schaukasten gegen den anderen stieß. Ich kann es nicht leugnen, es schauderte mich vor meinen Schicksalsgenossen, die zwei-, drei- und vierreihig in den Vitrinen zu schweben schienen. Es waren wesentlich mehr als in Cambrigde. Franz Mayr bugsierte den Herrn Ingenieur und sein »Backschieserl« zu einem Schrank in der Mitte. »Das war mein erster«, er zeigte zum Schrumpfkopf mit Falten und Fettpolstern und tiefen Augenringen, »den ich bei einem Seemann in Hamburg entdeckt habe ... und diesen erwarb ich bei einer Versteigerung, als ich 1907 in London war, ein Prachtexemplar, das wird niemand bestreiten ...«

Mir schwindelte kurz vor dem »Prachtexemplar«, unverwechselbar mit seinem vorstehenden Kiefer, der faltenlos zimtbraunen Haut und dem glatten, blauschwarzen Haar. »Oh, das ist Psito, wir kennen uns«, seufzte ich, »wir teilten einen Ausstellungskasten in Sydenham ... und hingen in der anthropologischen Sammlung von Cambridge ...« – »Mein Kauf war de jure«, versicherte Mayr, »bewußt lasse ich mir kein Diebesgut andrehen ... meine Kaufmannsprinzipien verrate ich nicht. Meine Mittelspersonen in Rotterdam, London und Brooklyn sind als verdienstvoll und ehrbar bekannt. Sie kaufen mit Hilfe von Siedlern und Missionaren bei den indianischen Stammesgemeinschaften ein ... und brauchen nicht im Museum einbrechen zu lassen.« Kichernd – und nicht mehr beleidigt – marschierte der Sammler mit uns zum benachbarten Schaukasten. »Sind sie nicht epatant?« wollte er wissen.

Ich machte im Glasschrank auf Anhieb einen Knaben aus, der zum Todeszeitpunkt nicht geschlechtsreif gewesen war, sodann noch zwei Frauen und den Kopf eines Affen, und mußte meinen Schock erst verwinden. Es herrschte anscheinend ein enormer Bedarf, wenn man Tsantsas von Kindern und Frauen herstellte – falls man keine Affen verwendete, praktischerweise ...

Mayr war nicht bewußt, daß sich in seiner Sammlung zwei Frauen, ein Kind und ein Affe befanden. »Ich denke, Sie haben erraten, warum ich Sie in meine Leidenschaft einweihen wollte. Ich muß diesen Schrumpfkopf erwerben, ich muß! Ein sprechender Schrumpfkopf fehlt in meiner Sammlung ... nennen Sie mir einen Preis, mir ist keiner zu hoch!« – »Ich will heim, ich will heim!« Betty zerrte am Vater. »In der mittleren Reihe, die erste und zweite von links, das sind Frauen, mein Herr«, mischte ich mich ein, »und rechts von den beiden Frauen, das ist ein Kind ... und bei dem Schrumpfkopf mit Nasenentstellung und Stirnpolstern handelt es sich um einen Affen!« Erregt riß mich Mayr am Trageband hoch. »Das ist nicht wahr«, schimpfte er, »ich verderb mir doch nicht meine Sammlung mit Frauen und Affen!«

Betty riß Mayr mein Band aus den Fingern und rannte mit mir aus der Galanteriewarenhandlung bis zum Eingang der Hofburg, vor dem sie verschnaufte. »Dich zu verkaufen ... dem stimme ich niemals zu ... du bist mein engster, vertrautester Freund!« keuchte sie. Und wir blinzelten hoch zur vergoldeten Kuppel, die in der tiefstehenden Sonne in Flammen aufging.

Wie ich bereits sagte, am 13. Juli erreichten wir Mitterers Ferienbleibe. Gina hatte in letzter Minute entschieden, Mann und Kind nicht alleine aufbrechen zu lassen und den beiden in Grinzing

Gesellschaft zu leisten, trotz Doras Bitten, sich nicht zu entfernen, alle Anstrengungen seien erforderlich, alle und mehr als das, um einen Krieg zu verhindern. Ginas Zerrissenheit konnte nicht tiefer gehen. Wenn sie sich von der Vernunft leiten ließ, mußte sie an Doras Seite in Wien bleiben ... und wenn sie der Familie treu bleiben wollte, hatte sie keine andere Wahl, als mit Betty und Thomas vier Wochen in Mitterers Haus zu verbringen, an dieser Gepflogenheit hielt mein Besitzer strikt fest. Bei allem Widerwillen gegen den Ziehvater beugte sich Gina der Sturheit des Ehemanns.

Leider war mein Besitzer nicht ehrlich gewesen. Julius Mitterer hatte auf seine vertraute Italienreise verzichtet. Er hielt sich bereits in seinem Grinzinger Haus auf und wollte es mit der Familie teilen. Bei der herrschenden Unsicherheit, die der Mord an Franz Ferdinand und seiner Gattin bewirkt hatte, wollte er als Sektionschef im Bauministerium – und politisches Schwergewicht in den Kulissen – gleich abrufbar sein, falls erforderlich. Onkel Julius absagen konnte Merunka nicht, und weihte er Gina ein, blieb sie bei Dora ... folglich unternahm er nichts (was von allem das Falscheste war).

Gina konnte den Schock nicht verwinden, den sie bei der Ankunft in Grinzing erlebte, als Julius Mitterer auf einem Stock vor seinem Haus lehnte, um unsere Familie willkommen zu heißen. Sie schien vor Verachtung und Haß zu zerspringen und sprach in den kommenden Tagen kein Wort mit dem Ehemann. Ginas Benehmen gegen Mitterer bewegte sich hart an der Grenze zur Feindseligkeit. Sie weigerte sich, zu den Mahlzeiten zu erscheinen, hielt sich in der Regel alleine im Garten auf, wo sie, zum Mißfallen Mitterers, Zeitung las – »eine Frau mit politischen Neigungen«, witzelte er, »gleicht einem Esel, der Philosophie betreibt« –, theoretische Schriften studierte und Briefe schrieb – sicherlich ausnahmslos an Dora Wessely –, die sie am Mittag zur Poststelle brachte.

Alle in der Familie litten und Betty hielt sich von der giftigen

Stimmung im Landhaus fern, sie streifte mit mir durch den Wald. Beim Grottenerforschen und Fundsachensammeln – Tierkiefer- und Rippen, Pillendosen und Mieder, um die wir uns eine Geschichte ausdachten –, benahm sie sich kindlicher, als sie in Wahrheit war – ja, als ahne sie, mit dem bevorstehenden Krieg aus der Kindheit vertrieben zu werden.

Dora Wessely tauchte am 18. Juli mit Automobil und Chauffeur in der Grinzinger Gasse auf und ließ sich nicht erst vom Bediensteten anmelden. Sie kam, vor dem sprachlosen Diener, im Garten an, wo alle, mit Ausnahme Ginas, versammelt waren, und baute sich vor Hofrat Mitterer auf, der, mit meinem Besitzer ins Schachspiel vertieft, erst seinen Zwicker ins Auge klemmen mußte. »Ja?« machte er barsch, seinen Spazierstock mit gichtigen Fingern umklammernd. Mißtrauisch betrachtete er die Besucherin. »Wo ist Frau Merunka? Ich komme, sie abzuholen!« – »Sie sind eine freche Person«, schnaufte Mitterer, »Sie dringen in mein Haus ein, Sie stellen sich nicht vor, und, als reiche das nicht, wollen Sie Gina verschleppen«, er streckte seinen Arm aus, »Sie sollten sich schleichen, Madame!« – »Das werde ich auf der Stelle, Herr Hofrat – in Ginas Begleitung.«

Betty hockte nicht weit von uns auf dem mit Seilen zwischen zwei Pappeln befestigten Schaukelbrett. Sie fand es zum Umwerfen komisch, wenn ich meinen Besitzer beim Schachspiel beriet und der Ziehvater nicht das Geringste bemerkte. Jetzt wirkte sie ernst und verschlossen. Erst hatte sie sich von der Schaukel schwingen wollen, um Mutters Freundin mit offenen Armen zu empfangen – als klar war, was Dora beabsichtigte, schien sie in sich zusammenzusinken. »Was haben Sie vor?« mischte sich mein Besitzer ein, »Gina und mich auseinanderzureißen?« Seine weinerlich gellende Stimme befremdete alle ...

»Unsinn. Ich mache nichts, was Sie nicht selbst tun, Merunka«, entgegnete Dora, »das wissen Sie. Ich brauche Gina am Schwarzenbergplatz. Ginas Mitwirkung im Anti-Kriegs-Komitee ...« – »Dieser ewige Vorwand ... es wird nicht zum Krieg kommen! Unser

Kaiser wird uns vor dem Schlimmsten bewahren.« – »Seien Sie nicht kindisch, es heißt, in der Hofburg bereite man ein Ultimatum an Serbien vor.« – »Ein Ultimatum – das muß nicht im Krieg enden. Fragen Sie meinen Ziehvater. Er weiß Bescheid. Julius, Sie stimmen mir zu? Keine Kriegsvorbereitungen ...« Hofrat Mitterer kratzte sich an seiner schwarzbraunen Warze, die auf der Ballonnase prangte. »Wenn es sein muß, erteilen wir den Serben einen Denkzettel«, versetzte er bellend, »und misten den Saustall aus.« – »Das heißt: es sind Kriegsvorbereitungen im Gange!« – »Sie haben keine Ahnung! Vergeltungsmaßnahmen sind kein Krieg!« Julius Mitterer stemmte sich an seinem Stock aus dem Korbstuhl und kam auf die Beine, »und in Serbien sollte man dankbar sein ... wir schaffen Ordnung und bringen Kultur auf den Balkan ... und du, mein Sohn, wirst neue Eisenbahnlinien bauen.«

Betty sprang von der Schaukel, als Gina im Reisekleid, mit Hut und Koffer auftauchte. Sie rannte zur Mutter und schmiegte sich an sie. Gina blieb steif auf der Schwelle zum Herrenzimmer stehen. »Sie sagen es, Wien plant den Angriff auf Serbien, was wiederum Rußland nicht kaltlassen wird. Alle werden sich einmischen, Deutschland, das an unserer Seite steht, und das kann Frankreich nicht dulden ... wir legen Lunten ans Pulverfaß und fliegen mit in die Luft«, widersprach Dora Wessely, »Sie werden keine Kultur auf den Balkan bringen – mit dem Krieg werden unsere Staaten barbarische Schlachtfelder sein, Hofrat Mitterer.« – »Papperlapapp!« bellte Mitterer außer sich.

Ich konnte mich nicht mehr zusammenreißen. »Sie hat recht. Wenn es zu einem Krieg kommt, wird alles zusammenbrechen, und was uns vertraut war, Vergangenheit sein ... eine unwiederbringliche Welt.« Ich sagte das zu meinem Besitzer, als ob er mit Mitterer Schach spiele und meinen Rat brauche. Hatte ich vor, einen Keil zwischen Mitterer und seinen Ziehsohn zu treiben? Kann sein. Wenn er Vernunft annahm und mit den Frauen – und Betty und mir – in die Stadt aufbrach, konnte er seine Familie vor dem Zerfall bewahren.

Halb von Rosen versteckt hing ich an einem Bogen vor Mauer und Treppchen zum Garten, drei Meter vom Hofrat und meinem Besitzer entfernt. Alle hoben das Kinn oder drehten sich zu mir um, außer Mitterer, der nichts als »Papperlapapp!« zischte, »Schleich di, Frau Wessely, schleich di hiazt, hosd mi?« – »... eine unwiederbringliche Welt«, seufzte ich, »und ich denke, ein Krieg wird Franz Joseph vom Thron stoßen ...« – »Halt deine Pappn!« fuhr mich mein Besitzer an. »... ich achte den Kaiser, ich liebe den Kaiser ... trotzdem macht er den Eindruck, als wisse er nicht mehr, was vor sich geht.«

Jahrzehntelang hatte mich Mitterer ignoriert; jetzt aber, an diesem 18. Juli, hob er seinen Stock mit der eisenbeschlagenen Spitze und keifte: »In Oasch mit dir! Hosd mi ned?« Vorsichtshalber trat Dora zwei Schritte beiseite, dem Hofrat war zuzutrauen, daß er sie schlug. Allerdings war nicht Dora das Ziel seines Stocks. »In Oasch mit dir! Hosd?« wiederholte sich Mitterer und wankte zum Bogen, an dem ich befestigt war, »i begel die nieder, du raunzanda Krampus!«

Ich war erheitert und sprachlos – ich hatte den Hofrat und seine Verstocktheit besiegt –, und gleichzeitig entsetzt, als er mit seinem Stock auf mich eindrosch. Gott sei Dank ließ es der Hausherr an Zielsicherheit und an Kraft in den Armen vermissen, mit seinen Hieben traf er nur die Rosen, die bald, zerrupft und zerfleddert den Boden bedeckten. »Nein!« heulte Betty, »du darfst meinem Freund nichts zuleide tun! Weg mit dem Stock, Onkel Julius!«, und Merunka, beim Aufspringen den Schachspieltisch umwerfend, stellte sich blass zwischen mich und den Ziehvater ... und als der Aufruhr zu Ende war und sich der Hofrat vom Diener ins Herrenzimmer helfen ließ, waren Dora und Gina verschwunden.

Ginas Entscheidung, der Freundin den Vorzug zu geben, verschaffte dem Hofrat Genugtuung. Permanent hetzte er gegen das »Judenweib«, das sich zum christlichen Glauben bekehrt habe, nur um seinen Ziehsohn zu heiraten, was besonders verderbt und verschlagen gewesen sei.

Betty hielt es auf Dauer in Grinzing nicht aus. Am 24. Juli, im Morgengrauen, schlich sie mit mir aus dem Haus. Erst als wir in einen Zug stiegen, der Richtung Graz rollte, war mir klar, was das Kind mit uns vorhatte. Alle Strecken im Kaiserreich kannte sie aus dem Effeff, und vor den Zugschaffnern schwenkte sie ein Papier, das mit Stempeln und Kraxen versehen war und den Besitzer zur dringlichen Reise berechtigte, ein Schrieb aus der Eisenbahndirektion, den sie dem Vater stibitzt haben mußte, und der alle Schaffner beeindruckte: Sie legten zum Abschied die Hand an den Kappenschirm, als seien sie mit Betty im Bunde.

Am dritten Tag brachte der Zug uns ans Meer von Piran. Betty hockte mit mir auf der Kaimauer (Hand in Hand – ein Streich, den mir meine Erinnerung spielt), wo sie uns ein zweisames Leben ausmalte, ich als Buchhalter, sie als Privatlehrerin in einem vornehmen Haushalt der Stadt, bis das Geld reiche, um eine Hafenpension aufzumachen. Sie wolle mich heiraten, meinte sie ernsthaft ... Alles war friedlich und Wiener Familien tummelten sich auf der Seepromenade, mit Waukerln im Kerbl und schneeweißen Sonnenschirmen, die kreisten und kreisten, als seien es Uhrenzeiger. Wir blieben nur eine Nacht in Piran. Ein vom Vater beauftragter Detektiv machte uns ausfindig, und wir traten in seiner Begleitung die Heimreise an. Mein Freund und Besitzer, schlagartig ergraut auf dem Scheitel und mit einem silbrigen Schnauzbartstrich, schloß Betty mit stummer Erleichterung in seine Arme (ich kam mir zwischen den beiden zerquetscht vor), als man uns zu Hause am Fleischmarkt ablieferte.

In Wien machte man mobil, es herrschte Kriegsstimmung, die alles und alle erfaßte und mitriß – außer Dora und Gina am Schwarzenbergplatz. In dieser Kriegsnacht, der ersten von allen, erlitt Julius Mitterer einen Zusammenbruch, von dem er sich nicht mehr erholte. Wenn wir den knochig im Grinzinger

Krankenstuhl kauernden Hofrat in Zukunft besuchten, streckte er seinen Gichtfinger gegen mich aus – bei dieser Bewegung von qualvoller Langsamkeit zischte und pfiff es, als ob er ein Leck habe – und entkrampfte sich erst, wenn man mich aus dem Zimmer entfernte.

VII

Von Kriegszeiten und Dora Wesselys Schicksal;
Abschied aus Wien, Abschied von Gina;
bei Frau Cucu in Bukarest; Bettys Bewerber und Verehrer;
Verlobung mit Mihai, und Betty verheimlicht mich

Mitte April 1916 stand Gina bei uns auf der Schwelle zum Korridor und bat um ein Bett bis zum anderen Tag. Zu kraftlos, um sich auf den Beinen zu halten, sank sie ins Wohnzimmersofa und schlief auf der Stelle ein. Sie hatte sechs Tage im Freien verbracht ohne Nachtlager, Nahrung und Geld – das erfuhren wir am folgenden Morgen, als sie totenblass und befangen am Kaffeetisch saß.

Vor dem Kriegsrausch der ersten sechs Monate hatte sich Gina in Hietzing verbarrikadiert, wo sie seit der Flucht aus dem Garten in Grinzing Doras Gast in der Wessely-Villa gewesen war. Man hatte Dora und sie auf der Straße beleidigt, bespuckt und mit Steinen beworfen, die Wohnung am Schwarzenbergplatz war in Flammen aufgegangen. Selbst in der Villa erhielten sie Morddrohungen, Pakete mit Katzen- und Rattenkadavern ...

»Ich konnte mich nicht bei euch melden in dieser Zeit ... ab Anfang August 1914 funktionierte bei Dora das Telefon nicht mehr. Wir schickten einen Diener zum Fernmeldeamt, dem man mitteilte, kriegshalber nehme man Umbaumaßnahmen vor ... und meine Briefe erreichten euch nicht. Doras Schreiben an Schriftstellerfreunde und Kriegsgegner im In- und Ausland erging es nicht besser, man sonderte sie auf der Poststelle als ›unzustellbar‹ aus ... und der Briefbote lieferte sie wieder bei uns ab ...«, rechtfertigte Gina sich vor der Familie.

»Heimzukommen fiel dir nie ein«, sagte Betty kalt. Ab dem siebten Kriegsmonat hatte sie Briefe von Gina erhalten und keinen beantwortet. Sie weigerte sich, mit der Mutter zusammenzutreffen. Anders der Ehemann, der in Galizien weilte, wo er neue Eisenbahnstrecken errichtete, die zur Truppenversorgung erforderlich waren, er hatte Gina in seinen Erwiderungen bekniet, sich wieder mit Tochter und Mann zu vereinen. »Ich konnte nicht weggehen und Dora allein lassen« – »Uns allein lassen konntest du«, zischelte Betty. »... ach, Dora war krank, Betty ... krank an der Seele ... ich dachte, ich kann sie vorm Schlimmsten bewahren ... wenn ich nur bleibe, wird sie sich nichts antun ...«

Dora hatte im Februar Selbstmord begangen, wir hatten es aus den Zeitungen erfahren. Man munkelte von Doras Liebesgeschichte zu einem verhafteten Serbenspion oder Doras romantischer Freundschaft zu einer Frau ... und als Dora tot war, war Gina, nach eigenen Worten, vor Kummer zu mutlos gewesen, um sich an die Familie am Fleischmarkt zu wenden. Ja, selbst als man sie aus der Wessely-Villa vertrieb, hatte sie sich nicht gleich wieder heimgetraut.

Merunka stand auf und half Gina ins Schlafzimmer. Er verzieh seiner Frau, die verbittert und krank wirkte. Er blieb seiner Liebe treu, die er vom Ziehvater widerspruchslos hatte angreifen lassen – dieser Verrat hatte beide entzweit. Und treu blieb er auch seinem Kaiser Franz Joseph – alle Entscheidungen, die man in der Hofburg traf, ließen, in seinen Augen, politische Weisheit erkennen, und den Krieg zu befehlen war notwendig gewesen. »Und das Massaker, das man im Namen Franz Josephs in Šabac beging«, sagte Gina am Mittagstisch, »als man Frauen und Kinder im Kirchgarten abstach?« – »Feindpropaganda«, versetzte Merunka fest. Es war zwecklos, vor diesem Vertrauen verstummte sie, dankbar, verzweifelt, um Streit zu vermeiden ...

Gina war wieder zu Hause. Rauchend saß sie auf dem Sofa und starrte ins Leere oder spielte, eher stockend als fließend,

Klavier. Betty hielt sich von der Mutter fern, wollte sie niemals zu einem Spaziergang begleiten und bei den Mahlzeiten schwieg sie sie an.

Im Dezember des Jahres 1916 erhielt mein Besitzer einen Brief mit der Anweisung, sich in Bukarest bei den Besatzern zu melden. Man brauchte Eisenbahnstrecken im Land, um Petroleum und Weizen zur Donau zu bringen, und Viadukte und Tunnel im Norden, die die Karpaten passierbarer machten.

Dieser Anweisung Folge zu leisten, betrachtete Thomas Merunka als Ehrensache. Was konnte verpflichtender sein als der Tod von Franz Joseph I. vor knappen drei Wochen. Seinen Tod zu verwinden fiel meinem Besitzer schwer. Umso mehr, als zwei Tage vor Kaiser Franz Joseph – und dieses Zusammentreffen konnte kein Zufall sein – sein Ziehvater Julius in Grinzing verstorben war (von dem er Geld, Haus und Garten in Grinzing sowie zwei Meter Kladden mit Mitterers Eintragungen erbte). Merunka bereitete sich auf die Reise vor.

Betty wollte den Vater begleiten – und Gina versicherte, daß sie bald nachkommen werde. Als wir uns am Gleis aus dem Zugabteil beugten – ich baumelte an Bettys Pelzkragenmantel –, stand Gina mit scheuem Gesicht neben Mausi. Ich glaube, ich ahnte, daß es unser letztes Zusammensein war. Und nicht anders als Betty kam ich mir erleichtert vor, als Gina – und Mausi – im Lokomotivenqualm und wirbelnden Flocken am Bahnsteig versanken und wir uns als Reisende einbilden konnten, der Abschiedsschmerz bleibe zu Hause in Wien.

Vor einer Weile fand Michael in den Papieren seiner »Urahnl« – wenn er von Betty als »Urahnl« spricht, packt mich Schwermut – ein Tagebuch, das mit der Ankunft in Bukarest einsetzt. Die wieder und wieder von Wasser verwischte Schrift ist zu zwei Dritteln nicht mehr zu entziffern. Aus dem Drittel, das leserlich blieb, teilt sich mir Bettys Stimme mit, was mich zugleich selig und abgrundtief traurig macht. Um mich von dieser klaren und singenden Stimme bei meinen Erinnerungen tragen zu lassen, werde ich Bettys Tagebuchzeilen zur Hilfe nehmen.

Bukarest, am 4. Januar: Unsere Bleibe besteht aus zwei Zimmern mit Gas, Kachelofen und Federbett, Teppichen, Spieluhrschatullen und vom Holzwurm befallenem Mobiliar. Alles in allem herrscht Sauberkeit, selbst wenn sich Papsch in der Nacht einen Floh einfing, den er mir heute beim Aufstehen vermacht hat. Und bei aller Sauberkeit, kann einem schlecht werden, es mieft in den Ritzen, als ob eine Maus verwest ... Unsere Quartiergeberin, die Frau Cucu heißt, macht meinem Vater Avancen. Ich hemme sie (oh, er sollte mir dankbar sein!). Gott sei Dank geht sie nachmittags aus (Kartenspielen mit Freundinnen und Sich-aus-der-Hand-lesen-lassen ...), und kommt erst nach Hause, wenn wir nicht mehr wach sind. Von mir nimmt sie sicherlich an, ich sei narrisch. Ich muß mich vorsehen, sie spechtelt uns aus, und ich spreche mit Tato, den sie nicht bemerken darf – Vater meint, es sei besser, sie wisse nichts von einem Schrumpfkopf im Haus bei dem Aber- und Irrglauben, der bei den Einheimischen weit verbreitet sei –, sie wird annehmen, ich pflausele mit mir allein ...

14. Januar (od. rum. Neujahrstag): Dieses Kalender- und Tageszeittohuwabohu. Man schreibt den Bewohnern von Bukarest vor, sich bei allen Fristen an unsere Zeitrechnung zu halten. Frau Cucu, die in einer Sache aufs Amt mußte, hat sich im Tag vertan und eine Strafe bezahlt, um sich drei Wochen Haft zu ersparen (man darf mit dem Kriegsrecht nicht scherzen, sagt Vater). Stephana (wir sollen sie Stephana nennen!) schafft es nicht, sich das richtige Datum zu merken, umsonst nimmt sie alle zehn Finger zur Hilfe – bei Gelddingen scheint sie sich praktischer anzustellen –, ein Vorwand, um bei uns zu klopfen, in Nachthemd und Seidenrock, und sich bei Paps zu erkundigen? Sie ist Dreißig, verheiratet mit einem Postler, den man als Kriegsgefangenen ins Lager verbracht hat, und das veranlaßt sie, sich bei uns auszuweinen ... selbst wenn sie, scheint es, den Mann nicht besonders vermißt ... und um meinen Vater scharwenzelt, von dem sie sich Vorteile bei den Bezugsscheinen verspricht. Tato warnt meinen Vater ... wie recht er hat, sie wird von Tag zu Tag dreister und rennt halbnackt in den Korridor, wo sie auf Vater trifft, der sich nicht rechtzeitig abwenden kann. Stephana, bald kommt meine Frau, sagt er ernsthaft, und sie legt den Kopf schief und zwinzelt meinen Vater an: Bald ist nicht heute und heute nicht bald. Sie spricht zu gut Deutsch, um uns nicht auf die Nerven zu fallen.

20. Januar (od. julianisch der 7.): Vor vier Tagen ist Papsch an die Donau verreist, wo man eine Verbindung ans andere Ufer plant, er konnte uns leider nicht mitnehmen. Und als ich im Hof beim Kaninchenstall bin, schleicht Frau Cucu ins Zimmer, um Vaters Tabak zu stehlen (ein besseres Tauschmittel kann man nicht auftreiben), Brot-, Butter- und Fleischkarten an sich zu nehmen und in seine Papiere zu spitzen. Ich habe Tato im Vorhang versteckt, von wo er Frau Cucu beobachten kann. Und als sie einen Brief meiner Mutter studieren will, kann er sich nicht mehr beherrschen. Sie solle das seinlassen, schimpft er, sonst werde der Geist seines Herrn sie bestrafen, und vor Entsetzen rennt sie aus dem Zimmer, verliert die Bezugsscheine und Zigaretten und schmeißt auf der Flucht eine Lampe zu Boden. Scherben, Petroleumgestank. Ich sei schuld, meint sie nachher frech, ich solle abschließen. Sie bezichtigt den Knecht Nicolaie aus der Nachbarschaft und seine angeblich diebische Elster von Ehefrau ... und am Nachmittag meint sie, es sei ein Erdbeben gewesen ... – Heute zeigt sie sich nicht, und es tut mir nicht leid. Auf der Schwelle zum Korridor stoße ich gegen meinen Teller mit Brot, Marmelade und Ei, die Frau Cucu mit unseren Marken beziehen kann – sie zweigt sich selber mehr ab, als vereinbart ist.

23. Januar (od. julianisch der 10.): Papsch kommt heim und ist schlechtester Laune. Er soll keine Eisenbahnstahlkonstruktion auf die andere Seite des Donauarms schlagen, er soll die vorhandene abreißen und eine Kostenberechnung erstellen, ob der Materialwert den Abbruch rechtfertigt. Er kommt sich vom deutschen Kommando betrogen vor. Und das deutsche Kommando ist streng. – Tato (mit dem mir nie langweilig wird) und ich haben in warmer Aprilsonne (mitten im Januar) Bukarests Straßen erkundet. Ich verdanke es mei-

nem Freund, daß ich mich nicht verlief. Bis auf Metropolie, Arsenal und Monarchenschloß erinnert mich alles an Grinzing, man scheint in einem Dorf zu sein, das nicht mehr enden will. Ein Stock hohe Bauten bescheidener Machart (wie das Cucusche Haus in der Strada Polonă) grenzen an Villen. Alle haben einen Hof und einen Garten mit Beeten und kleinere Stallungen zur Haltung von Nutztieren. Die muß man melden und großen Teils abtreten. Ein Schwein zu verschweigen ist strengstens verboten. Bei einem Spaziergang haben wir es erlebt: Zwei deutsche Soldaten und zwei von den unseren bugsieren einen Mann mit Gewalt auf den Laster zum Hausschwein, das er den Besatzern verheimlicht hat, er weint, fleht sie an, geht zu Boden, sie stoßen Gewehrkolben in seine Seite und witzeln: »Er quiekt wie sein Gulasch ... als ob er zum Schlachter muß.« Und in Colentina, der Vorstadt, die sich im Nordosten erstreckt, wo man an allen Ecken Maisflocken und Sonnenblumenkerne bekommen kann, zwischen Schuhputzern, Tschumsen, Zigeunerkapellen, kreuzt ein Trupp von Soldaten den Weg eines Leichenzugs mit Weihrauchfaß schwenkendem Priester vorm Ochsenkarren, und ein Feldwebel ohrfeigt den Geistlichen, der mit seinem Zug keine Eile hat, stehenzubleiben. Schimpfend gehe ich auf diesen preußischen Viechskerl los. Nein, ein Kavalier scheint der Feldwebel nicht zu sein, er faßt mich ins Auge, als sei er bereit, mich zu schlagen. Meine Rettung verdanke ich Tato (wem sonst?). Mit schnauzender Stimme befiehlt er: »Kehrt Marsch!«, und der Feldwebel knallt beide Hacken zusammen ...

29. Januar (od. julianisch der 16.): Am gestrigen Sonntag zu dritt im Kaffeehaus. Es heißt Capşa und scheint sich zum Treffpunkt der deutschen und unserer Soldaten entwickelt zu haben, das verhilft dem Besitzer zu Extrarationen an Butter, Kaffeebohnen und Spirituosen ... Als Frau Cucu von Vater erfuhr, was wir vorhaben, wollte sie unbedingt mitkommen. Es dauerte, bis er sie abwimmeln konnte, sich als Mann, der verheiratet sei, vor den Offizieren mit einer Dame zu zeigen, das ginge nicht ... Ich mag es nicht zwischen den Uniformierten, die mich von Kopf bis Fuß angluren, als sei ich ein Rennpferd, auf das sie Wetten abschließen. Um mich kennenzulernen, stellen sie sich mei-

419

nem Vater vor, der sie alle zu willig behandelt ... oder lassen mir Brief-
chen vom Kellner bringen, die ich nicht lese und in meine Handtasche
stecke (und bei Frau Cucu im Ofen verbrenne).

4. Februar (Januar, der 22.): Lustig ist es, wenn Tato und ich mei-
nen Bewerbern Spitznamen verleihen, und Herrn Karl Otto Moritz
aus Pasewalk »Otto von Steifnacken« nennen. Er muß, als Jurist,
auf dem Meldeamt arbeiten. Nicht an der Westfront zu sein und an
Kampfhandlungen teilzunehmen findet er unehrenhaft (»er leidet am
Schicksal, das auf seiner Seite ist«, spottet Tato, als uns eine Birjar
nach Hause bringt). Wenn er mit mir spricht, scheint der Mann im
Gerichtssaal zu stehen, den er von sich einnehmen will. – »Potz« heißt
der Feldwebel, der aus Apolda kommt. Er habe beim Grabenkampf
mit seinem Feldspaten zwanzig Franzosen erschlagen, »potz Blitz!«.
Mich schaudert es, wenn er »potz Blitz!« sagt und in einen krachen-
den Lachanfall ausbricht, bei dem er seinen Rachen aufreißt und
einen Bierdunst verbreitet, bei dem einem schlecht werden kann. Am
heutigen Tag geht er mit seinem Kommando von Hoftor zu Hoftor,
um Kohlen und Feuerholz, Bettzeug, Matratzen und Wollsachen ein-
zuziehen. Wir kommen vom Stadtbummel heim, als der Trupp unser
Brennholz ins Freie schleppt und mein Verehrer Frau Cucu den Pelz-
mantel wegnehmen will. Bei meinem Eintreten stockt er und unsere
Quartiergeberin kann sich aus seinem Griff befreien. »Sie! Liebe Betty!
Potz Blitz! In der Strada Polonă, wer konnte das ahnen ... meine
Teure!« Sein Trupp muß das Feuerholz wieder ins Haus bringen, und
der Feldwebel schmatzt mir einen Kuß auf die Hand. Mir ist das Vor-
gehen unserer Soldaten zuwider ... Vater will das nicht wahrhaben
oder weicht aus, leider seien diese Dinge im Krieg nicht vermeidbar. Er
kennt nur ein Ziel: seine Heimat zu retten, die Europa zu Frieden und
Reichtum verholfen hat, bis der Nationalstaatenwahn alles mit sich
riß. »Grober Mann«, sagt Frau Cucu vom Feldwebel »Potz« und zeigt
mir blaue Flecken an Armen und Handgelenk, wo er sie umklammert
hat, um an den Pelz zu kommen.

13. Februar (od. der 1.): Ich habe einen besseren Stand bei Stephana,
das verdanke ich »Potz« und meinen anderen Verehrern. Sie will mir

bei meiner Entscheidung beratend zur Seite stehen. Alle diese Bewerber seien abstoßend, sage ich, sie brauche sich nicht zu verausgaben –
das geht bei Frau Cucu zum einen Ohr rein und zum andern raus.
Von meiner Verbindung zu einem Offizier, der im Haus ein und aus
geht, verspricht sie sich Vorteile ... Wenn ich nicht spazierengehe, steht
sie bei mir auf der Schwelle und redet und redet und redet ... ich will
nicht rausgehen bei diesem Schneetreiben mit seinem Nadeln, die mir
ins Gesicht stechen!

26. Februar (od. der 13.): Mutter schreibt uns, sie werde nicht kommen. Ich wußte es. Und bemitleide Papsch, der mit zitternden Lippen
liest. Bis er den Brief aus der Hand legt, vergeht eine Ewigkeit.»Ich
denke, sie kommt, wenn es warm wird«, bemerkt er mit kratziger
Stimme, um mich zu beschwichtigen. Das muß er nicht, ich bin kein
Backschieserl mehr. Hasse ich Mutter? Ich denke, ich hasse sie. Auf
nichts, was sie sagt und verspricht, ist Verlaß ... alle paar Tage erhalte
ich einen Brief, in dem sie mich bittet, sie nicht zu verurteilen. Ich antworte sachlich und schildere, was wir in Bukarest und bei Frau Cucu
erleben, und wenn ich guter Laune bin, lasse ich sie an den neuesten
Entwicklungen mit meinen Verehrern teilhaben. Ich streite mich niemals mit Tato, nur wenn es um Mutter geht, prallen wir meist aneinander, er nimmt sie in Schutz, und das kann ich nicht leiden. – Es
schneit wieder, und es ist kalt, in der Nachbarschaft heizt man mit
Zaunlatten oder mit Stallbrettern, und um Brennholz zu haben, holzt
man seinen Garten kahl ...

Knapp zwanzig Seiten sind bei der zerlaufenen Tintenschrift
nicht zu entziffern. Wieder leserlich wird Bettys Tagebuch erst
mit einem Eintrag von Mitte April ...

20. April (julianisch der 7.): Es ist keine gute Idee von Mihai, in die
Strada Polonă zu kommen. Wir sind nicht daheim, und er trifft auf
Frau Cucu, die sich zu meinem Besucher abscheulich benimmt. Sie
denkt sich, ich wolle mich mit einem Hiesigen einlassen, der nicht
den Eindruck macht, reich zu sein oder Beziehungen zu haben und

Annehmlichkeiten in Aussicht zu stellen. Vertrauensvoll wendet sie sich an meinem Vater, ob er von dem jungen Verehrer erfahren habe, Mihai Herşcovici, einem heimischen Juden. Papsch, zu zerstreut, um Frau Cucu sein Ohr zu leihen, erkundigt sich: »Meinen Sie den Leutnant vom Meldeamt?« – das weiß ich von Tato, der beide belauscht hat, als ich mit Mihai im Park Cismigiu war und Tato zu Hause ließ (was er mir krummnimmt). »Sie sollte sich von diesem Saujuden fernhalten«, legt Frau Stephana meinem Vater ans Herz, dem der Name Mihai Herşcovici nichts sagt. Bei diesem Rat kann sich Papsch nicht mehr bremsen. Sie habe kein Recht, sich in seine Familienbelange zu mischen, entgegnet er grantig. Das kennt sie nicht vom Herrn Merunka aus Wien, der sie sonst mit Samthandschuhen anfaßt. Schockiert und beleidigt rennt sie aus dem Zimmer. – Wird sie es sich eine Lehre sein lassen? Wer weiß. Bei Frau Stephana muß man auf der Hut bleiben, sie habe aus Rache zwei Nachbarn verpfiffen, heißt es, beide seien bis heute in Haft ...

30. April (julianisch der 17.): Mit Mihai im Park Carol, wir mieten ein Ruderboot und bis der Bootsverleih schließt, treiben wir auf dem See. – Papsch wollte mir meine Verabredungen ausreden. Ich sei erst sechzehn und in diesem Alter verbiete es sich, einen Verehrer zu treffen, wenn nicht eine Anstandsperson an der Seite sei. Meine Anstandsperson heiße Tato, versetze ich, und beiße mir auf die Zunge, es stimmt nicht, er begleitet mich nicht zu Begegnungen mit Mihai, es ist zu blamabel, ich will mit dem Menschen, in den ich verliebt bin, allein bleiben (sicher, ich habe vor Tato ein schlechtes Gewissen, dem ich die Eifersucht anmerke, die er in sich verschließt). Und seine Regeln von Anstand und Sittlichkeit, teile ich Vater mit, seien nicht mehr in Kraft. »Und wer bitte hat das veranlaßt?« will er von mir wissen, »das deutsche Kommando?« – »Nein, dieser Krieg«, springt mir Tato bei, »Anstand und Sittlichkeit bleiben im Krieg auf der Strecke.« Vater wirkt niedergeschlagen und sagt nichts mehr. – Ich weihe Mihai ins Verbot meines Vaters ein, als wir auf dem Wasser Salami und Brot essen. Von Tato kein Wort, ich bin unsicher, ob er einem sprechenden Schrumpfkopf nicht ablehnen wird. Ich werde niemals auf Tato ver-

zichten! Sollte Mihai mir diese Bedingung stellen, wird er sich bei mir einen Korb holen. – Ich schreibe mir Tatos Entgegnung vom Krieg als Zusammenbruch von Anstand und Sittlichkeit zu, Mihai ist beeindruckt, das merke ich. – Er ist erleichtert, daß ich das Verbot nicht zu ernst nehme. Warum bitte sollte ich? Er ist nicht aufdringlich. Es ist seine Achtung vor mir, die Mihai verbietet, mich an sich zu ziehen und zu einem Kuß zu zwingen oder ich weiß nicht was Peinlichem. Am Anfang verwirrte mich diese Korrektheit, ich kenne sie nicht von den Leutnants und Feldwebeln, die fallen alle im Nu aus der Rolle. Ich vermutete, daß er sich nichts aus mir mache, ich sei nicht begehrenswert, zu jung und zu dumm. – Ich kann nicht behaupten, Mihai entspreche meinem Ideal. Er ist nicht besonders groß, zierlich und schmalschultrig, hat dunkel umrandete Augen und trotz der olivbraunen Haut eine blasse Gesichtsfarbe, vorstehende, wulstige Lippen. Was ich mag, ist sein weicher und wendiger Gang und das Milde und Warme der Stimme. Er ist ein guter Mensch und spricht ein Deutsch, das mich streichelt. Lustig und liebenswert ist seine Eigenart, falls er nicht redet (und das tut er gerne), zu summen. Er summt, wo er geht und steht, hiesige Volksweisen, Hadern und Opernmusik. Ich muß sagen, ich staune, was er alles weiß, und beileibe nicht nur aus seinem Studienfach Medizin. Ich verlange von einem Verlobten, mich an seinen geistigen Dingen teilhaben zu lassen und mich nicht von Natur aus als dumm abzutun. – Wir beide sind gegen den Krieg, das verbindet uns. Heute, im Boot, sprachen wir von nichts anderem, als warum er ausbrach und nicht endlich Frieden wird ... Vater sagt, Serbien habe den Krieg zu verantworten, Mihai widerspricht dieser Auffassung klipp und klar, man habe das nationalistische Attentat von Sarajewo als Vorwand benutzt ... »Kriegstreiber waren Franz Joseph und Wilhelm II.«, im Sonnenschein blitzt seine Brille mit Rundgestell, »was bin ich? Ein Gegner von Wien und Berlin – der Regierungen!, nicht der Bewohner Berlins und Wiens! Und sicher kein Freund der Politiker in meiner Heimat, die nahezu alle gesinnungslos sind.« Mihais politische Ansichten sind mir nicht fremd, sie erinnern mich an die Ideen von Dora und Mutter. Ich streue das ein, und Mihai horcht mich aus.

423

Mutters Mitarbeit im Anti-Kriegs-Komitee kommentiert er mit einem anerkennenden Pfeifen, er findet den Mut beider Frauen bewunderns- wert (ich werde rot im Gesicht, was Mihai nicht auf meine Beziehung zu Mutter beziehen kann, diese Verbitterung, von der er nichts weiß...). 3. Mai (julianisch 20. April): Nie mehr mit Mihai ins Alhambra- theater! Ein Spießrutenlaufen, das alles verdorben hat. Im randvol- len Saal lauter Uniformierte, die mich mit den Augen verschlingen. Und in diese Gier mischt sich Feindseligkeit, als sie meinen Beglei- ter bemerken, einen Einheimischen ... In der Pause schießt Otto von Steifnacken auf mich zu und stellt sich zwischen uns, als sei Mihai nicht vorhanden. Ich will um Otto herumgehen, der sich mit mir mit- dreht. Mihai wiederum tritt versehentlich auf Ottos Fuß. Schmerzhaft kann das nicht sein bei den Stiefeln aus Leder. Trotzdem nimmt es der Leutnant zum Anlaß, Mihai am Kragen zu packen und loszu- schreien ... das sei ein absichtlicher Angriff gewesen! ... auf einen Ver- treter der deutschen Besatzungsmacht! Man bildet einen feixenden Kreis um uns drei, was meinen Bewerber vom Meldeamt anstachelt. »Leutnant, ich bitte Sie«, sage ich mahnend. Ich habe Tato bei mir, den ich von unserem Gang ins Theater nicht ausschließen wollte, wir haben vereinbart, er darf sich nicht mucksen. Ich komme ins Schwit- zen: Und wenn er sich nicht mehr beherrschen kann? Umso mehr, als mein lieber Herşcovici sich mit keiner Silbe verteidigt und schlaff an der Faust pendelt, die sich um seinen Krawattenknopf ballt (nein, ich brauche keinen Helden, der sich in Gefahr bringt). »Herr Moritz, ich bitte Sie«, sage ich eindringlich. Tato steckt in meiner Kettenhemd- handtasche, die mir am Handgelenk schlenkert, er hat gute Sicht auf Mihai und den Leutnant. »Potz Blitz!« legt er mit einer krachenden Stimme los, als stehe der Feldwebel neben uns, »man sollte meinen, Sie seien an der Westfront gewesen, bei diesem Schneid vor dem Feind, alle Achtung, mein Gutster! Ich habe beim Grabenkampf mit meinem Feldspaten zwanzig Franzosen erschlagen! Und Sie, Leutnant Moritz? Was tun Sie im Meldeamt? Heldentaten, wenn Sie Personalien auf- nehmen ...?« Man prustet im Kreis um den Leutnant und uns. Karl Otto Moritz verrenkt sich den Hals, weit und breit ist vom Feldwebel

nichts zu entdecken. Er verbeugt sich vor mir und haut ab auf jo na.
Und ich nehme Mihai, der mechanisch einen Schritt vor den anderen
setzt und zum Saal trotten will, an der Hand, um das Haus zu verlas-
sen. Niemals mehr ins Alhambratheater!

17. Mai (julianisch der 4.): Tato bereitet mir Kopfschmerzen. Er lei-
det an Eifersucht wegen Mihai, eine Eifersucht, die er nicht zugeben
will. Und er sagt nichts Schlechtes von meinem Verlobten ... ja, wir
haben uns heimlich im Kino verlobt ... und ich habe es Tato verraten
(er hat beteuert, er werde nichts sagen). An Mihai, den er nicht verspot-
tet hat, als wir uns kennenlernten, nimmt er bestimmt keinen Anstoß
(allen anderen Verehrern verlieh er einen Spitznamen). Bei unseren er-
sten Begegnungen war er dabei. Warum sollte ich Tato nicht mitneh-
men zu meinen Treffen mit einem Studenten? Tato hat auf Kommen-
tare verzichtet (ich denke, er ahnte, was mit mir passieren wird). Bald
kam mir seine Gesellschaft verfehlt vor, und ich ließ Tato zu Hause
allein ... Von Zeit zu Zeit mache ich das wieder wett. Wir gehen in den
Park Cismigiu und ich lese meinem Freund auf der Parkbank aus Buch
oder Zeitung vor. Mir ist nicht klar, wann ich meinen Verlobten mit
Tato bekannt machen kann. Er wird ja zeitlebens an unserer Seite sein –
das ist eine Aussicht, die ich meinem lieben Mihai Herşcovici erst bei-
bringen muß. Ob er erfreut sein wird, steht in den Sternen ...

Wieder folgen elf wellige Seiten, aus deren verwischter Schrift
man nicht recht schlau werden kann. Betty lernte Mihais Familie
kennen, von seinem Vater, der Philologie lehrte, bis zur halbdeut-
schen Mutter und seinen zwei Schwestern. Alle lebten im Viertel
Uranus beim Arsenal. Und sie stellte Mihai meinem Freund und
Besitzer vor, der den Studenten mißtrauisch begutachtete, als sie
zu dritt – und mit mir – im Kaffeehaus zusammentrafen. Merunkas Bedenken zerstreuten sich, alles in allem fand er nichts zu
beanstanden. Bettys Verehrer war mit seinen knapp 22 ein reifer und ernsthafter junger Mann, der es mit Leib und Seele zum
Arzt bringen wollte. Wenn mein Herr an Mihai einen Makel entdeckte, bestand der im Judentum seiner Familie. Mehr nebenbei

riet Merunka dem jungen Mann, zum katholischen Glauben zu wechseln. Er solle sich an Bettys Mutter ein Beispiel nehmen, die diesen Schritt nie bereut habe.

Mihai und Betty erwiderten nichts. Sie wollten Verwandte Mihais in einem Gebirgskurort namens Sinaia besuchen und baten um seine Erlaubnis. Merunka erteilte seinen Segen. Und als Mihai zur Vorlesung mußte, und Vater und Tochter im Capşa allein blieben, bat sie »Papsch«, mich zur Eisenbahnbaustelle mitzunehmen – man errichtete in den Karpaten ein Viadukt –, zu der er bald wieder aufbrechen mußte, es verbiete sich, mich bei Frau Cucu zu lassen – die hatte mich vor einer Woche entdeckt, als sie ins verschlossene Zimmer spaziert war (vor der Hauswirtin ließ sich nichts wirksam versperren). Als sie mich wahrnahm, stieß sie einen Schrei aus, nahm vor mir Reißaus und verbarrikadierte sich auf der anderen Seite des Korridors. Um sich wegen des Eindringens nicht zu verraten, hielt sie den Vorfall geheim. Mit anderen Worten: Wenn ich mit Frau Cucu allein blieb, war ich in Gefahr ... Und Merunka war meine Begleitung sehr recht, er konnte Ansprache gebrauchen.

»Darf ich dich mit meinem Vater verschicken?« erkundigte sie sich mit schlechtem Gewissen. Wir hatten es seit einer Ewigkeit nicht mehr erlebt, eine Reihe von Tagen getrennt zu sein. Ich entgegnete kratzig: »Ich darf nicht im Weg sein.« – »Du bist nicht im Weg«, Betty streichelte mich in der Kettenhemdhandtasche, die sie im Schoß hielt, »am Ende wird alles ins Lot kommen, Tato ...«

VIII

Wie ich abhanden komme und Betty alles
in Bewegung setzt, um mich wiederzufinden;
und wo ich – dummerweise – bleibe

16. Juni (julianisch der 3.): Es ist das Schlimmste passiert, ich bin
außer mir. Diese Nachtstunden habe ich weinend verbracht. Und ich
hadere mit Papsch, der nicht wachsam gewesen ist. Er kann mir nicht
sagen, wo Tato verschwunden ist, ob er bereits auf dem Nordbahnhof
fehlte oder im Laufe der Reise abhanden kam, in Zug oder Automo-
bil. Ja, Papsch will nicht ausschließen, Tato beim Aufbruch vor Hast
und Zerstreutheit vergessen zu haben ... und falls er zu Hause blieb,
kann es Frau Cucu gewesen sein, die sich an Tato vergangen hat, ich
will mir nicht ausdenken, wie ... Als ich sie aushorche, scheint sie mir
ahnungslos. Das heißt nichts bei unserer Quartiergeberin, selbst wenn
sie Schlechtes tut, hat sie das reinste Gewissen ... Es ist zum Verzwei-
feln, ich habe keinen Anhaltspunkt, der mir erlaubt, auf die Suche zu
gehen. Papsch kann sich nicht mehr erinnern, im Zugabteil mit unse-
rem Tato pallowert zu haben ... »*Warum hast du mich nicht benach-*
richtigt, als er verschwunden ist? Konntest du kein Telegramm schik-
ken?« *will ich von Vater erfahren, der schuldbewußt schweigt. Ach, wir*
leiden beide an diesem Verlust. Papsch hat den Tato ja damals im
Leihhaus entdeckt, seit Paris ist er Teil der Familie gewesen ... Ich bin
zu benommen, um zu denken und weiterzuschreiben, muß erst wieder
klarwerden und einen Plan fassen.
19. Juni (julianisch der 6.): Ich vermisse dich, Tato, wo bist du ...
(unleserlich) ... Mihai nimmt an, es sei wegen Sinaia, und meine Ver-
zweiflung habe mit seiner Familie zu tun. Was oder wer mich verletzt
habe, will er erfahren, ich sage: niemand, er glaubt es mir nicht ... ja,

wie soll er mir glauben, wenn er nichts von Tato weiß? Es war eine Dummheit, den Freund zu verheimlichen. Soll ich sagen, ich hatte bis vor ein paar Tagen meinen engsten Vertrauten und Kindheitsfreund bei mir, einen Schrumpfkopf, der sprechen, empfinden und denken kann? Mihai wird meinen, ich sei angrennt.

22. Juni (julianisch der 9.): Bei dieser Hitze zu fahren ist irrsinnig. Trotzdem will Papsch sein Versprechen nicht brechen, mit mir bis zur Baustelle in den Karpaten zu reisen. Auf der Wegstrecke wollen wir Nachforschungen anstellen ... Vater besitzt eine Photographie mit der Laube im Garten von Grinzing, auf der Onkel Julius und meine Eltern Kaffee trinken, und in den Rosen, die sich ums Gestell ranken, ist Tato gut zu erkennen. Papsch hat sich an sie erinnert und ließ sie sich schikken (von Mutter, von Rosa, ich weiß es nicht), vor zwei Tagen kam sie in der Strada Polonă an und wird uns bei den Nachforschungen sicher von Nutzen sein.

22. Juni (bei Nacht): Eine anstrengende Reise, und wir haben nichts erreicht. In Bukarest war es der Kommandanturchauffeur, der Papsch vor zwei Wochen zum Nordbahnhof brachte – er konnte sich an keinen Schrumpfkopf erinnern. Auf der Gara del Nord wandten wir uns an Schaffner und Bahnhofsgendarmen, Hausierer mit Maiskolben, Kulis und Zeitungsjungen, Schuhputzer und mit Etappensoldaten verhandelnde Donjas (was diese Bediensteten anbieten, weiß ich ...), und wedelten mit unserer Photographie. Man bekreuzigte sich vor dem Schrumpfkopf, verneinte pressiert und beeilte sich, uns zu entkommen; wieder andere witterten eine Belohnung und versicherten uns, sie seien Tato begegnet, nur wo genau, wußten sie nicht mehr, es sei denn, wir regten sie mit einem Geldschein an, in sich zu gehen und sich zu entsinnen – was sie uns auftischten, war nichts als Schmarrn. Im Zug bis Ploieşti fuhren wir 1. Klasse ... sonst holt man sich in den Waggons, die mit Menschen und Kleinvieh randvoll sind, Schmarotzer und Krankheiten ... Trauben von Reisenden hingen auf den Trittbrettern ... wie soll man sich bei diesem Andrang erkundigen? Vom Schaffner erfahren wir nichts. Er irre sich nie mit Gesichtern, beteuert er ... ich halte den Atem an ... bis er auf Onkel Julius zeigt, den er wie-

dererkannt haben will. Bei der Ankunft herrscht siedende Hitze; wieder befragen wir Bahnhofsbedienstete, Maisflockenanbieter, Drehorgelspieler ... Auskunft erhalten wir nicht. Vor der Halle wartet ein Automobil auf uns, das Vater bei seiner Abteilung bestellt hat, ein junger Soldat reißt den Wagenschlag auf, er verneint mit Bedauern, als ich auf die Photographie tippe ... ich nicke in Fahrtwind und glutheißer Sonne ein ... – Ich schreibe im Lampenschein auf der Veranda des Hauses, das Papsch vor zwei Wochen bewohnt hat; wir werden im Freien schlafen, was bei der Hitze nicht falsch sein kann; bei unserer Quartiergeberin, die Florica heißt, stapeln sich Doppelbett, Sitzbank und Teppiche, Hausrat und Kram von der Holzgalerie auf dem Rasen; Florica streicht alle vier Zimmer im Haus, unser Eintreffen kommt nicht gelegen ...

23. Juni (am Mittag): Wir bleiben erfolglos, beim Zimmerausputzen mit Kuhmist und Lehm kneift Florica vor unserer Photographie beide Augen zusammen. Vater hat sich bereits vor zwei Wochen erkundigt, als Tato nicht mehr in seinen Sachen zu finden war, ob sie in Haus oder Garten einen Schrumpfkopf entdeckt habe ... seine Sprachkenntnisse sind zu schlecht und er konnte Florica nicht beibringen, was er vermißte ... »Dumnezeule!, und dieses Ding soll bei mir sein?« Ich sage Florica, es handele sich um einen wertvollen Gegenstand, wir seien bereit, uns dem Finder erkenntlich zu zeigen ... sie macht eine Pause beim Zimmerausputzen, um sich in der Nachbarschaft zu vergewissern. Nein, von einer aufsehenerregenden Fundsache scheint man im Dorf keine Ahnung zu haben. Auch bei den Ingenieuren in der Baustellenbude am Hang hat sich Vater vergeblich erkundigt, sie finden sein Anliegen mehr als befremdlich ... und als ich vom Berg in die Schlucht linse, wo man in Hitze und Staubwolken Pfeiler errichtet, zwischen Zugochsen, Ziegelsteinhaufen und Arbeitern, die wimmeln, als sei es ein Ameisenhaufen, kommt mir unsere Nachforschung aussichtslos vor – wenn Vater Tato auf der Baustelle fallen ließ, ist er mit Sicherheit nicht mehr zu finden ...

24. Juni (julianisch der 11., in Bukarest): Ich schlucke meinen Weinkrampf weg, als wir nach Hause fahren, Vater soll meinen maßlo-

sen Kummer nicht mitbekommen ... alles in mir ist verhangen und leer ... und meine Sicherheit, niemals alleine zu bleiben mit meinem unsterblichen Freund an der Seite ... ich war dumm, ich war blind, ich war kindisch und von einer Zuversicht, die unverzeihlich ist ... in der Strada Polonă zwei dringliche Nachrichten, Mihai fleht mich an, zu verraten, was los ist und mich auf der Stelle zu melden, wenn ich wieder heimkomme; ich verziehe mich lieber ins Bett, wo ich weinen kann ...

26. Juni (julianisch der 13.): Mihai versteht meine Niedergeschlagenheit. Und er glaubt mir, als ich von meinem Kindheitsfreund spreche, dem lebenden, denkenden, sprechenden Schrumpfkopf ... Wer liebt, der vertraut, meint er ernsthaft und knapp. Das macht mich seliger als ich es sagen kann.

1. Juli (julianisch der 19. Juni): Heute weinend erwacht, was mich weckt, ist mein Weinen, im Traum war mir Tato erschienen, ein Klumpen aus Haaren und Haut auf einem Feldweg, ich weiß nicht wo, von Reifen zerquetscht und von Hufen zertrampelt ...

2. Juli (julianisch der 20. Juni): Mutter hat einen Besuch bei uns vor, um mit meinem Verlobten Bekanntschaft zu schließen, der sie aus der Ferne bewundert (das weiß sie von mir). Das mag mich von meiner nicht endenden Traurigkeit ablenken ...

Wenn ich es von heute betrachte, erscheint mir mein Schicksal von bitterer Komik. Als Merunka im Automobil des Etappenkommandos das Haus in den Bergen erreicht hatte, wo er bei Florica, der Bauersfrau, einquartiert war, ließ er mich beim Aussteigen fallen. Er war zu kraftlos, um es zu bemerken. Im Zugabteil, das wir mit drei Offizieren teilten, war ich zum Schweigen verurteilt gewesen, und um ehrlich zu sein: Es erleichterte mich. Ich wollte nur ungern von meinem Besitzer zu Bettys Verlobtem befragt werden. Erstens beherrschte mich Eifersucht, zweitens studierte Mihai Medizin, und vor Arztkitteln warnte mich meine Erfahrung! Auch mein Herr schien sich lieber in sich zu verkriechen. Ich denke, er ahnte, daß alles, was in der Vergangenheit sein

Leben bestimmt hatte – Habsburger Monarchie, Fortschritts-
und Gottvertrauen – unwiederbringlich dem Ende zuging.

Bei unserer Ankunft im Dorf ging ein Unwetter nieder. Zweige
knallten aufs Automobilverdeck und in der Wolkenwand zap-
pelten Blitze. Berge und Wald tauchten geisterhaft weiß aus der
Unwetterfinsternis auf. Alles dampfte und bald war nichts mehr
zu erkennen. Der Weg war nicht befestigt, im Handumdrehen
sprudelte Wasser bergab, und der Erdboden weichte auf, wir liefen Gefahr, mit den Reifen im Schlamm zu versinken. Merunka
beeilte sich, schleunigst ins Haus zu kommen, und in seiner Hast
riß er mich aus Versehen aus meinem Versteck zwischen Weste
und Hosenbund. Ich fiel in ein Loch voller matschigem Wasser,
das mich bis zum Scheitel bedeckte. Es erwies sich als sinnlos,
bei Donner und prasselndem Hagel um Hilfe zu schreien. Mein
Herr war bereits außer Reichweite, und der Soldat, der den Koffer
vom Wagendeck schnallte und kurz aufhorchte, konnte keinen
Menschen entdecken. Er marschierte zum Tor, um ein Dach zu
erreichen.

Es ist nicht zu bestreiten: Mein Pech war bemerkenswert. Man
hatte unsere Ankunft belauert und mitbekommen, wie ich ins
Wasserloch klatschte. Barfuß, in Lumpen, mit triefendem Filzhut stahl sich ein Zigeuner zum Wagen und lugte ins Innere.
Anschließend kniete er sich vor das Schlammloch und zerrte
mich an meinem Scheitel ins Freie. Er kam mir schwachsinnig
vor. »Kannst du mich ins Haus bringen zu meinem Besitzer? Er
wird sich erkenntlich ...«, ich kam nicht ans Ende. Mit einem
gellenden Heulen sprang der Mann auf die Beine und hetzte im
Zickzack bergauf; ich schlenkerte an seinen Fingern, die sich in
der Ziegenhaarwolle verfangen hatten, und heulte nicht schlechter als er.

Diesen Unwettertag werde ich nie vergessen. Es blitzte und
krachte, als wolle der Himmel zerbersten. Warum der Zigeuner
mich nicht einfach fallen ließ, weiß ich nicht. Um zu verschnaufen war er zu besessen. Sein Filzhut flog weg, er verlangsamte

nicht. Er rannte und heulte und heulte und rannte, es ging aus dem Dorf kreuz und quer in das Wiesen- und Weideland, das aus der Talenge kletterte ... bis er stolperte und auf dem schmierigen Boden bergab sauste und eine Kante erreichte, vor der es in schwindelerregende Tiefen ging ... wir flogen ins Nichts.

Ich erwachte, als mich etwas schubste und streifte. Dieses feuchte und rauhe Ding war eine Zunge, sie leckte mich ausdauernd von allen Seiten ab. Speichelschaum hing mir in Haaren und Brauen und knisterte in einem Nasenloch. Der Sabber, der alles verklebte, war ekelhaft. »Laß mich in Ruhe!« versetzte ich fuchsig, und mit einem Jaulen ließ das Tier vor mir ab. Es war ein Hund, der sich neben mir ausstreckte, hechelnd und witternd, mit schwarzweißem Fell. Er belauerte mich eine Weile, kroch dann wieder zu mir und stupste mich mit seiner Nase an, bis ich einen Abhang erreichte und losrollte. Tollend und bellend umsprang mich das Tier. Vor einem Bach fing er mich mit der Schnauze auf und legte mich auf einem Moospolster ab, hob den Kopf und benachrichtigte seine Meute. Bald war ich von anderen Hunden umringt, die mich abwechselnd wedelnd und blaffend beschnupperten, ins Maul nahmen und in die Luft warfen. »Das kitzelt!« beschwerte ich mich, »mir wird schwindlig!« – es schien sie im Spiel zu befeuern ...

Schlagartig legten sie sich alle im Kreis auf den Boden. Ich hatte keinen Befehl oder Pfiff vernommen, der dieses Verhalten rechtfertigte. In meinen Gesichtskreis trat eine Gestalt, um die lehmbraune Schwaden aus Molke- und Mistgeruch wehten. Stumm ging der Mann neben mir in die Hocke und wischte mir Erde und Grashalme aus dem Gesicht. Was war besser – sich totzustellen oder um Hilfe zu bitten? Ob mich der Schafhirte von seinen Hunden zerreißen ließ, wenn ich es wagte, zu sprechen? »Ob Sie ... ich meine ... ob Sie mich zu meinem Besitzer ... er ist bei der Bauersfrau einquartiert ... Florica ... ich weiß nicht ... das Dorf muß Izvor heißen ... «, stammelte ich in der Sprache, die Betty und ich in den Vormittagsstunden bei Kaffee und heimlichem Rauchen und Haarschneckenflechten vereint mit dem Lehrbuch studiert hatten (bei dieser Erinnerung mußte ich seufzen). Er kratzte sich an seinen Bartstoppeln, zog sich am Hirtenstab hoch und erwiderte – nichts.

Sein schwarzweißer Hund nahm mich wachsam ins Maul und wir trabten zur Herde, die auf dem benachbarten Hang graste. Die Tiere versammelten sich um den Hirten. Mit der Aussicht auf Wiesen und Talsenken, Berge und Felsspitzen lehnte er sich auf den Stecken und harrte in Schauern und Sonnenschein aus. Stunden vergingen. Von Zeit zu Zeit nahm er einen Schluck aus der Fellflasche an seinem Ledergurt oder kaute auf Wurzeln und Rindenholz.

Es ging nicht ins Tal, es ging hoch in die Berge, ich entfernte mich weiter und weiter von meinem Besitzer, und mit dem Hirten verhandeln zu wollen schien aussichtslos. Er betrachtete mich mit seinen klaren, an tiefe Gebirgsseen erinnernden Augen, zwei reinen undurchdringlichen Spiegeln, und schwieg. Warum, das begriff ich erst, als wir am Ziel waren, seiner Behausung aus Bretterdach und unbehauenen Balken mit Melkstand vorm Eingang. Er befestigte mich an einem Vorsprung der Wand zwischen Bechern und Holzkellen, Fellen und Schermessern, holte Reisig, um Feuer zu machen, und kochte im beizenden Qualm seinen Maisbrei.

Meine Geduld mit dem Mann war am Ende, als er auf eine Bretterbank neben den Flammen sank. »Gesegnete Mahlzeit!« versetzte ich an meinem Platz vor einem armbreiten Spalt in der Balkenwand – zu antworten, schien er entbehrlich zu finden. »Pofta buna!« bemerkte ich grantiger. Er schaufelte sich seinen Brei in den Rachen. »La naiba!« beschwerte ich mich, »das ist schlechtes Benehmen! Sie verschleppen mich in diese Gegend, weit weg von meinem Herrn und Besitzer, und weigern sich standhaft, mit mir eine Silbe zu wechseln. In meiner Familie nennt man mich Tato. Und Sie – haben Sie keinen Namen, verdammt?« Er kratzte die Holzschale mit seinen Fingern leer. »Dieser entlegene Berg wird mich umbringen, wenn ich mich mit niemandem austauschen kann! ... Sie schweigen und schweigen! Haben Sie keine Seele im Leib?«

Ich beschimpfte den Schafhirten, der seine Holzschale neben dem Feuer abstellte, das von einem Viereck aus ungleichen Steinen umgeben war, in aller Ruhe seinen Strohsack ausbreitete und sich auf der Bretterbank ausstreckte. »Noapte buna!« – kein Dank, und als eine Minute verstrichen war, schnarchte er schwach. Ich horchte der Stimme, die sich mit dem Wind vor dem Spalt in den Balken vereinte. Und ich linste ins Freie zu seinen sechs Hunden, diesen schlafenden Schatten vorm Melkstand im Gras ... nie hatte der Hirte beim Aufstieg zur Alm seinen Tieren ein Lob oder einen Befehl erteilt ... und er nannte sie niemals bei Namen ... Es gab keinen Zweifel: Der Hirte war taubstumm! Und von mir konnte er nicht erfahren, daß ich lebte. Lippenbewegungen, Stirnrunzeln, Augenbrauenhochziehen, sich mit den Fingern mitteilen – zu all diesen Dingen war ich außerstande.

Sechs Monate hauste der Mann auf der Sennerei, und wenn er alle paar Wochen zum Markt aufbrach, war ich nicht unter den Sachen, die er in seinen Sack steckte. Besucher, die ich auf mich aufmerksam machen und anflehen konnte, mich wieder ins Flachland zu bringen, verirrten sich nie zu uns. Und zum Winteranbruch, wenn der Hirte zusammenpackte und seine Herde im Schneefall bergab trieb, ließ er mich an meinem Platz vor der Balkenwand baumeln.

An diesem Platz vor dem armbreiten Spalt in der Balkenwand hing ich nicht steif in die Tiefe – es wehte ins Haus und ich kreiselte um meine Achse, bei Unwetter konnte es mich an meinem Trageband von einer Seite zur anderen schleudern. Im Winter fielen Schneeflocken auf mein Gesicht und in Haaren und Augenbrauen knisterte Eis.

Ich hatte Sicht auf das Wiesenland vor der Behausung und die zwischen Wolken aus Bienen und Schmetterlingen grasende Herde, wenn sie mit dem Hirten ab Mai wieder bei mir war. Ich rettete Schafe vorm Sturz in die Tiefe, indem ich die Hunde mit Pfiffen auf Trab brachte, und freundete mich mit dem schwarzweißen Hund an. Wiederholt steckte er seine Schnauze in den Verschlag und jaulte mich schwanzwedelnd an, bis der Hirte den Milchbottich stehenließ und mich vom Balken nahm. Das Tier flog mit mir in den Lefzen bergauf und bergab und ich jauchzte vor Schwindel und Lust, wenn es auf einen Felsspalt zurannte und sprang ... ich sprach mit dem Hund, der mich zwischen den Pfoten hielt, er schien meinen Geschichten mit Andacht zu lauschen, und meine Seufzer erwiderte er mit einem Winseln. Eine Weile war er meine Rettung in dieser von Stille und Weite und Leere beherrschten Welt.

Wir wehrten den Wolf ab, der nachts um die Herde schlich und sich ein Schaf holen wollte. Ich bemerkte den Schatten gemeinhin als erster und zischte den vor der Behausung in Reichweite ruhenden Hund aus dem Traum. In einer Neumondnacht kam es zum Kampf, bei dem der Wolf seinem Gegner in Nacken und Kehle biß – der Hund ging an diesen Verletzungen ein. Kummer und Einsamkeit machten mich stumpf. Ich bekam nicht mehr mit, ob der Hirte den Schafen die Klauen schnitt, bei der Geburt eines Lammes half, Milch im Kessel erhitzte, einen Pferch reparierte ... oder ob er bereits nicht mehr bei mir war und seine Tiere von Wiese zu Wiese ins Tal trieb ... und in meiner Stumpfheit entging mir, daß er eines Morgens auf Strohsack und Bretterbank liegenblieb, statt nach seiner Herde zu sehen.

IX

Von einer unvergeßlichen Automobilfahrt und meiner Heimkehr
in die Familie; Betty ist eine richtige Frau; schmerzhafte
Neuigkeiten und verpaßte Ereignisse um Gina und Thomas
Merunka, Mihai Herşcovici und Frau Stephana Cucu

Bukarest, 1. September: Heut will ich der Welt einen Haxen ausreißen!
Ich bin außer mir von der am Vormittag aus den Karpaten erhalte-
nen Nachricht! Erst war ich verwirrt, als mich Olga ans Telefon holte:
»Ein dringender Anruf vom Rathaus.« – »Aus Wien ... oder Bukarest?«
frage ich. »Nein«, antwortet Olga und zaudert, »Izvor.« Izvor, erstes
Herzklopfen meldet sich. Eine amtliche Stimme am anderen Ende der
Leitung verbindet mich mit Frau Petrescu. Florica – ich kann mich auf
Anhieb entsinnen. In der Vergangenheit habe ich Vaters Quartiergebe-
rin im Karpatendorf wieder und wieder mit Brief oder Karte erinnert,
sich umgehend mit mir in Verbindung zu setzen, sollte mein »wert-
voller Gegenstand« unverhofft auftauchen, und fallweise schickte
sie mir eine Antwort, leider wisse sie nichts von dem »scheußlichen
Ding« ... »Ich habe einen Neffen im Rathaus«, teilt sie mir als erstes
mit, »er hat mir erlaubt, mit der Hauptstadt zu telefonieren.« Statt
mich von Floricas Beziehungen beeindruckt zu zeigen, schweige ich
mich vor Anspannung aus, das verunsichert sie. »Doamna Doktor ...
Sie wissen ... Florica ... Izvor?« – »Sicher, Doamna Petrescu«, versetze
ich heiser, und es schmeichelt der Bauersfrau, bei mir als »Dame« zu
gelten. Ich erfahre: Man hat meinen Tato entdeckt! Und zwar auf der
Alm bei einem taubstummen Hirten! Im Tal seien zwei seiner Hunde
erschienen, in elendem Zustand, verwirrt und verhungert, und man
habe nur noch seinen Leichnam zu bergen vermocht. »Und neben
dem toten Costică hing dieses Ding ...«, sagt sie mit nicht zu ver-

kennendem Widerwillen, »... und wissen Sie, was man mir weismachen will ... es spreche unsere Sprache ... ein Schmarren, nicht wahr, Doamna Doktor Herşcovici?« Ich sage nicht nein und nicht ja, ich erwidere, ich sei bereit, mich erkenntlich zu zeigen, wenn ich meinen wertvollen Gegenstand wiedererhalte, und meine Dankbarkeit werde Florica miteinschließen. Hastig versichert Florica, sie wolle es ausrichten. – Und ich bitte Mihai, mit mir in die Berge zu fahren. Er solle sich krank melden und seine Praxistermine verschieben. Das findet er nicht eben gut. Wenn Mihai nicht mehr summt, ist es ernst. Er kommt sich seinen Patienten verpflichtet vor und will sie keine Minute allein lassen ... ich treibe meinen Mann in die Enge, ich weiß. Er kann mir nichts abschlagen, und ich verbiete mir sonst, mit meinen Bitten zu weit zu gehen. Heute kann ich mir diese Bedenken nicht leisten. Mir ist nichts dringlicher, als mit meinem Freund aus der Kindheit und Jugend zusammenzukommen! Und Mihai, den ich vor einer Ewigkeit einweihte – unsere Photographie aus der Grinzinger Laube, die Tato mit Mitterer und meinen Eltern zeigt, bewahre ich bei uns im Wohnzimmer auf –, stecke ich mit meiner Seligkeit an.

Bukarest, 2. September: Als ich in den Fernsprecher jubele: »Tato ist wieder da«, schimpft Vater am anderen Ende: »S'is net zam glabn ... Betty, s'is net zam glabn! Liag me net au!« (das ist eine neue Gewohnheit von Papsch, sich im Dialekt zu verkriechen, den er nicht beherrscht) – »es ist wahr, Papsch, er ist wieder bei mir!« entgegne ich, »ich kann Tato an den Apparat holen, wenn du willst ... falls er von der heutigen Aufregung nicht zu erledigt ist ...« Papsch will lieber nicht, er ist anscheinend nicht weniger aufgeregt ...

Diese Automobilfahrt, als Betty mich aus den Karpaten abholte, vergesse ich nie. Auf der kurvig abfallenden Straße ins Flachland befestigte sie mich am Spiegel, wo ich freie Sicht hatte. Ich pendelte zwischen Mihai und Betty in Fahrtwind und Sonne und blinzelte in den Staub, der von unseren Reifen am Wagenheck aufstieg. Zu benommen von den letzten Ereignissen, dauerte es eine Weile, bis ich zur Besinnung kam, und ich betrachtete Betty,

437

als sei sie ein Traum. Umso mehr, als sie nicht mehr das Kind mit der Stupsnase war. Diese Betty, die sich auf dem Ledersitz streckte, mit blonden Haaren, die ins Kupferrot spielten, und der sich im Wechsel belustigt und mißmutig, barsch und ironisch verziehenden Nase, schien mehr von der Mutter zu haben als in der Vergangenheit. Sie war bereits Dreißig – wir schrieben das Jahr 1930, erfuhr ich im Laufe der Fahrt – und erinnerte mich an die jugendlich heitere Gina im Pfandlleiherhaus von Monsieur Michel ... und an den Vater, wenn sie keine Sonnenbrille aufhatte und mich im Wechsel von Schatten und Sonne mit murmelblauen Augen betrachtete – einem Flimmern, das sie umso durchscheinender machte –, Augen von einer Reinheit, die anders als bei meinem vergangenen Besitzer beweglicher wirkte, neben Geradheit und Ehrlichkeit, die sie vermittelte.

Nein, diese Automobilfahrt vergesse ich nie: Bettys knielanges Kleid, das mir waghalsig vorkam, das in alle Richtungen fliegende und an den Haarschnitt von Knaben erinnernde kurze Haar, Arme, die sonnenbraun und nackt aus dem Stoff ragten (ich mußte mich erst mit den heutigen Sitten anfreunden, die freier und luftiger waren als zu »meiner« Zeit), und mit diesen Armen umschlang sie den Ehemann, der summend und rauchend am Steuerrad saß, und dem sie in meinem Beisein den Scheitel verwirbelte oder einen Kuß auf den Hals preßte. Bettys Beschwingtheit war ansteckend. Wir pfiffen und sangen mein Chanson vom »Petit Coquin« – mit neuen Strophen, die Betty sich ausdachte, in einer Mischung aus Hochdeutsch und Wienerisch –, und sie schminkte sich vor mir im Spiegel, rauchte mit Elfenbeinspitze und sagte mit heiserer Stimme: »Wir sind wieder eine Familie! Und du bist bei mir, als sei nichts passiert! Wollen wir Teekesselchen raten?«

Am folgenden Tag, als wir beide allein waren, und mich Betty vom mehlweißen Staub in den Hautfalten und meiner Ziegenhaarwolle befreit hatte, weihte sie mich auf der Gartenveranda bei Eiern mit Speck und Kaffee in die von mir verpaßten Ereignisse ein. Ich wollte als erstes erfahren, ob Frieden sei und der Kaiser in Wien seine Ziele erreicht habe, seinem Reich mit dem Krieg Macht und Einfluß zu sichern. Betty legte ein Bein auf das andere und ließ das Knie aus dem seidenen Hausmantel spitzen. »Von wegen, Wien hat keinen Kaiser mehr!« sagte sie paffend und blies einen Rauchkringel in die Luft, »Karl fuhr mit dem Staatsbahnen-Hofzug ins Schweizer Exil. Unser Reich, unsere Vorherrschaft, alles verbedert. Preßburg heißt Bratislava und Laibach Ljubljana. Und Bukarest, das auf der richtigen Seite stand, belohnte man mit Transsilvanien und der Bukowina ...« – »Und dein Vater? Er liebte das Reich und die Monarchie ... ich meine, das ist ein entsetzliches Ende«, ich stieß einen Seufzer aus, »hat er den Schlag verdaut?« – »Mutters Tod war der schlimmere Schlag«, sagte Betty rauh und beugte sich vor, um den schwelenden Stummel im Ascher der Rauchgarnitur zu zerquetschen. »Gina ...«, fragte ich stammelnd, »... ist nicht mehr am Leben?« – »Sie starb in den Tagen, als Vater und ich auf der Heimreise waren, Neunzehnachtzehn. Woran, konnte uns Dr. Horvath, der junge, nicht sagen. Sie war schwach, hatte nichts auf den Rippen, das war normal ... man fand in der Stadt nichts zu fressen und wenn, konnte Mutter es sich nicht mehr leisten, bei der galoppierenden Inflation! Und ans Mitterererbe zu gehen, das Vater im Salonschrank in einem Geheimfach versteckt hatte – er mißtraute den Banken, die angeblich alle in Judenhand und reinste Laushutschentempel waren –, ließ sich Mutter nicht einfallen. Es ekelte sie vor den Kronen des Hofrats. Die zerrannen mit den Preissteigerungen von allein und waren bei unserer Heimkehr kein Zehntel mehr wert ...«

»Gina tot ... Gina tot«, wiederholte ich fassungslos. »An den Hungerprotesten nahm sie nicht mehr teil ... sie hatten das alles vor Kriegsausbruch kommen sehen, Dora und sie«, sagte Betty verbittert, »und ich habe beide zu Unrecht bezichtigt, es handele sich um Gehabe und Geltungsdrang, bedenkenlos habe mich Mutter verraten ...« Betty straffte sich, »... trotzdem ist sie nicht verhungert. Mausi, ja unsere Mausi, die heute als Schneebergers Witwe meinem Vater behilflich ist, versorgte sie mit den notwendigsten Dingen ... Und in den Briefen, die ich von der Mutter erhielt, bis zum letzten, drei Tage vor unserer Heimreise, war von fehlendem Lebenswillen nichts zu bemerken. Sie rechnete mit einem baldigen Frieden und wollte Mihai am Fleischmarkt empfangen, um seine Bekanntschaft zu machen. Ob sie sich vor mir verstellt hat? Ich weiß es nicht.«

Bettys Leiden vertiefte meinen Schmerz – und es half mir, mich von diesem Schmerz nicht zerreißen zu lassen. Betty durfte nicht leiden, es war meine Aufgabe, sie zu zerstreuen und heiter zu stimmen. Ja, es erleichterte mich, sie als Kind zu betrachten, dem ich als erwachsener Freund und Vertrauter zur Seite stand. Und ich munterte sie mit Erinnerungen an meine erste Begegnung mit Gina und Thomas auf, als sie mich an der Seine im Pfandleiherladen erwarben ... bis Bettys Bedienstete Olga ins Freie kam, um das benutzte Geschirr abzudecken. Sie streifte mich mit der Schulter am Sonnenschirm, wo ich an einer der Streben befestigt war, und ließ vor Schreck alles fallen, was sie in den Fingern hielt. Betty stand auf und beschwichtigte Olga, die erst um die Sechzehn war und aus der Vorstadt kam. Vergeblich, sie starrte mich voller Entsetzen an, rannte schließlich ins Haus und kam nicht mehr zum Vorschein. Betty mußte die Scherben alleine beseitigen.

Gina Merunka bekam eine Grabstelle bei den Katholischen auf dem Zentralfriedhof. Ein Triebwagen der Straßenbahn rollte den Sarg bis vors Friedhofstor ... Betty hatte Mihai beim Abschied an Bukarests Bahnhof versprochen, bald wiederzukommen. Sie wolle nur noch das Ende des Krieges abwarten und das Maturaexamen bestehen. In Wien werde sie Vaters Zustimmung zu einer Heirat im Standesamt einholen, was bei seinem Katholizismus nicht leicht werde und beides erfordere: Geduld und Beharrlichkeit. Mihai war nicht willens, den Glauben zu wechseln, nicht aus besonderer Treue zum Judentum – es widersprach seinen ethischen Ansichten, aus Zwang einen anderen Gott anzubeten.

Ginas Tod brachte alles ins Wanken. In der Trauer um sie, die mit schlechtem Gewissen verbunden war, meldete Betty sich nicht zum Examen an. Und als der Vater zusammenbrach, vergaß sie es ganz. Gemeinsam mit Mausi versorgte sie den von hohem Fieber befallenen, wirr redenden Kranken mit Wasser und Medikamenten, die Dr. Horvath empfahl und die Mausi mit Mitterers Geld auf dem Schwarzmarkt erwarb, bis das Erbe verbraucht war. Sie rieben den Vater mit Kampfer ein, spritzten das Morphium, wechselten Bettzeug und Kleidung. Halbwegs erholt von der Grippeerkrankung, blieb seine Verfassung besorgniserregend. Er war klapprig, brach wieder und wieder in Weinen aus und wollte vom Brot, das nach Pech schmeckte, oder vom Gerstenabsud, der den Kaffee ersetzte, nichts zu sich nehmen. Er lehnte es ab, ins Kaffeehaus zu gehen oder eine Spazierfahrt im Prater zu machen. Eine Welt war versunken: das Reich und das Kaisertum, die ein heiliger Teil seines Lebens gewesen waren. Er las keine Zeitungen mehr und blieb teilnahmslos gegen das Schicksal der Staatsbahnen, die mit dem Zusammenbruch von K.u.K. an sechs Nationen fielen – das war bedenklicher als alles andere. Im August 1919 ging er in Pension.

Eine Entscheidung zu treffen fiel Betty schwer. Sie hatte versprochen, Mihai zu heiraten – andererseits kam sie sich verpflichtet vor, beim kranken und mutlosen Vater am Fleischmarkt zu bleiben. In den ersten zehn Monaten hatte Mihai sie beschwichtigt, in Brief oder Telefonat, wenn sie Zeit brauche, werde er sie nicht verurteilen und vom Schicksal nicht mehr verlangen, als recht und billig sei. Das war eine Anspielung auf seine Festnahme Anfang April 1918. Anderthalb Jahre zuvor hatte er den Befehl des Etappenkommandos mißachtet, sich als Soldat des besiegten Rumäniens bei den Besatzern zu melden und freiwillig in Kriegsgefangenschaft zu gehen, ein Verstoß, den das Kriegsrecht aufs Strengste bestrafte. Daß Bettys Verlobter am Ende dem Schlimmsten entrann, lag nur am Friedensschluß Bukarests mit Berlin, der in diesen Tagen in Kraft trat. Nebenbei bemerkt hatte Frau Cucu Mihai beim Etappenkommando verpfiffen: Der Rekrut Herşcovici Mihai habe sich mit dem Einmarsch der Mittelmachttruppen versteckt, um sich seiner Gefangennahme zu entziehen und sein Medizinstudium wieder aufzunehmen. Bis heute bewahre er Schußwaffe und Munition vorschriftswidrigerweise zu Hause auf, teilte sie auf dem Amt einem K.u.K.-Leutnant mit. Diese letzte Bezichtigung war von besonderer Schwere und machte seine Verhaftung erforderlich, umso mehr, als Frau Cucu nichts Falsches behauptete: Mihai hatte Uniform, Waffen und Munition bei sich zu Hause im Garten vergraben.

Frau Cucu betrachtete es als Verdienst, Mihai Herşcovici verraten zu haben (von den Extrarationen an Tabak und Butter, die sie als Belohnung erhielt, sprach sie nicht) – sie versicherte dem »verehrten Herrn Ingenieur«, als er die »liebe Stephana« vertrauensvoll aushorchte, sie habe verhindern wollen, daß sich der »Saujude« tiefer und tiefer ins Herz seiner Tochter einschleiche … das war eine Einmischung seitens der Hauswirtin, die Bettys Vater zum Anlaß nahm, sich eine andere Bleibe zuweisen zu lassen.

Mihais Bereitschaft zu warten, nahm ab. Er verlangte von Betty, zu einer Entscheidung zu kommen. Das machte sie abweisender, als sie sein wollte. Am Fernsprecher kam es zu Vorwurf und Streit, bis man sich um Vergebung anflehte und weinte.

Schließlich hatte er keine Geduld mehr und handelte. Mit Erhalt seines Titels als Doktor der Medizin, den er mit Summa cum laude erwarb, bestieg er einen Eisenbahnwagen am Nordbahnhof. Auf dieser Reise, die zwei Tage dauerte, in Abteilen mit zerstochenen Polstern, zerschlagenen elektrischen Birnen und fehlenden Ascheschalen, die man um des Nickels und Kupfers willen abmontiert hatte, kam Mihai sein Bargeld abhanden. Er trank bei Stationsaufenthalten aus Regentonnen und konnte den Hunger mit Rauchen bezwingen. In Wien schleppte er sich zu

Fuß zur Adresse am Fleischmarkt. Im schummrigen Treppenhaus traf er auf Betty, unrasiert, in verknittertem Anzug, Braunkohle- und Schweißgeruch um sich verbreitend. Sie wollte schon losrennen, um dem vermeintlichen Fremden ein Schmalzbrot und Wasser zu holen, als sie Mihai erkannte. Der hielt, als sie alle beim Mittagstisch saßen, beim Hausherrn formell um die Hand seiner Tochter an. Vater Merunka erwiderte mit einem von Kauen und Schlucken begleiteten Nicken und Mausi bekam feuchte Augen.

X

Von meinem Leben in der Strada Niculcea;
Olga flieht vor mir und will ins Kloster gehen;
Mihai, der Arzt, ist Verehrer von Leibniz;
meine Entdeckung des Radios; Mara, das Sonnenwendekind;
ich assistiere Mihai in der Arztpraxis in
Colentina und am Park Cismigiu

Bettys Mann hatte mit seinen knapp 34 als Arzt einen blendenden Ruf. Zum Großteil verdankte er das seiner Sachkenntnis
bei Leber-, Herzkreislauf- und Lungenerkrankungen, Gelenk-
schmerzen, Fieberinfekten und Hautleiden und einer Reihe von
Heilungserfolgen, die sich per Mundpropaganda verbreiteten.
Seine Befunde waren meistenteils zutreffend, und wo er als Arzt
keine Handhabe hatte, schickte er seine Patienten zu anderen
Doktoren, Neurologen, Chirurgen und Nierenspezialisten, die
er mit gutem Gewissen empfehlen konnte. Allgemein lobte man
Aufmerksamkeit, Anteilnahme und Ernsthaftigkeit, die Mihai
an den Tag legte, und daß er keinen Kranken mit Titel und Geld
einem anderen, minderbemittelten, vorzog, brachte der Praxis
erheblichen Zulauf. Er kannte alle Patienten bei Namen und
strahlte Sicherheit aus, das erweckte Vertrauen. Bald konnte er
seine beengte Ordination beim Tempel Beth Hamidrasch aufgeben und große und sonnige Zimmer am Park Cismigiu beziehen. Außerdem ging er der Forschung und Lehre nach. Erst
vor drei Monaten hatte man Bettys Mann zum Ehrenprofessor
ernannt. Das war außerordentlich in seinem Alter und mußte
Mißgunst und Eifersucht mit sich bringen. Neidische Kollegen
verbreiteten, maßgeblich seien seine Beziehungen ins Schloß zur

Monarchin gewesen, er habe sie zu seinen Gunsten beeinflußt, Empfehlungen aus dem Palast seien verbindlich ...

Diesen Verleumdungen war schwer zu entgehen, umso mehr, als sie Eingang in Zeitungen fanden, die alle Juden verteufelten. Mihais Verbindungen zum Herrscherhaus waren bescheidener, als man behauptete. Im Januar und Februar hatte er keine vier Wochen den Leibarzt Marias ersetzt, der beim Sport in den Bergen einen Unfall gehabt hatte. Und der Hof hatte Dr. Herşcovici mit diesem Ersatz nicht alleine betraut, das betrachtete man als zu waghalsig; er mußte sich seine Aufgabe mit zwei Kollegen teilen, die mehr Erfahrung besaßen als er.

Mihai waren monarchistische Neigungen fremd, er blieb ein Verfechter der Demokratie. Trotzdem war er von seinen Begegnungen mit der Monarchin, die scharfsinnig, willensstark und aufrichtig wirkte, beeindruckt gewesen. Sie wiederum hatte den relativ jungen Arzt als abwechslungsreich und erfrischend empfunden, wenn man dem Dankschreiben trauen konnte, das mit beendeter Aufgabe aus dem Palast eintraf (und dem ansehnlichen Honorar auf einem dem Schreiben beiliegenden Scheck). Seine angeblich enge Beziehung zum Herrscherhaus und der verliehene Ehrenprofessorentitel verschafften Mihai am Park Cismigiu reihenweise Patienten aus besseren Kreisen. Nicht alle waren leidend, teils bildeten sie es sich ein oder hatten nichts anderes vor, als den Doktor zu examinieren. Der haßte es, von der betuchten Gesellschaft unsinnigerweise beansprucht zu werden, es widersprach seinem sozialen Gewissen. Von Direktoren, Fabrikanten und Richtern verlangte Mihai das vierfache Honorar – mit diesem Geld wollte er an der Ştefan-cel-Mare-Chaussee eine Arztpraxis einrichten, wo man Arbeitern, Handlangern oder Zigeunerinnen erschwingliche Sprechstunden anbieten konnte, eine Idee, von der Betty begeistert war, trotz der Kosten und Mehrarbeit, die sie verursachen mußte.

Das ereignete sich in der Zeit, als ich wieder zu Betty kam. Tag um Tag waren sie und Mihai im Einsatz. Sie mußten aufs Rathaus, zur Standesvertretung, Genehmigungen einholen und Steuern begleichen, Medizinerbestecke und Apparaturen kaufen, um sein Arztkabinett auf die Beine zu stellen. Es war nicht zu verkennen: meine Heimkehr tat Betty gut, sie platzte vor Zuversicht, Tatkraft und Heiterkeit, und mein neuer Besitzer erkannte das an, was mich seliger machte als ratsam und weise war (und von mir konnte man diese Weisheit verlangen).

Dabei denke ich an das Verschwinden der Zugehfrau, der keiner im Haushalt besonderes Gewicht beimaß. Nachdem sie mir auf der Veranda begegnet war, hatte sich Olga verkrochen und bis zur Schlafenszeit kam sie nicht wieder zum Vorschein. Betty war sicher, sie werde sich bald von der ersten Verwirrung erholt haben ... doch es sollte anders kommen: tief in der Nacht hatte Olga das Haus in der Strada Niculcea verlassen und auf den ausstehenden Lohn einer Woche verzichtet, um einer zweiten Begegnung mit mir zu entgehen.

Als Betty das Dachzimmer leer vorfand, nahm sie ein Taxi und ließ sich zur Kneipe von Nuțu Gheorghe, dem Vater der Hausangestellten, bringen. Sie wollte sie umstimmen und wieder zu sich holen. Mit Veilchen am Auge und fehlendem Schneidezahn kauerte Olga verheult in einem Winkel der Schankstube. Vater Nuțu war nicht bereit, sie bei sich aufzunehmen und in der Kneipe arbeiten zu lassen, das machten bereits seine kleineren Kinder. Er hielt auch nichts von der Idee seiner Tochter, sie als Novizin ins Kloster zu schicken. Sie solle sich schleunigst zur Herrschaft nach Haus schleichen, wo man sie besser bezahle als anderswo ... keiner wußte das besser als er, der sich jedes Mal von Olga zwei Drittel vom Monatslohn abliefern ließ.

Betty half Olga beim Aufstehen, und widerstandslos ließ sich diese zum Taxi bringen. Als sie in der Strada Niculcea eintraf, legte sie, von der Herrin verarztet, den Kittel an, um wie sonst an die Arbeit zu gehen. Olga machte sich nicht mehr vor mir aus dem Staub, den Anfangsschock schien sie verwunden zu haben. Trotzdem kam sie mir niemals zu nahe und weigerte sich, selbst auf Bitten Mihais oder Bettys, mich zum Automobil in der Einfahrt zu bringen oder auf die Veranda zum Garten zu haken. Sie sprach nicht mit mir und behandelte mich mit einer verbissenen Feindseligkeit, die Betty auf Dauer verstimmte.

Es war Mihai, der Olga verteidigte: sie sei halt ein einfacher Vorstadtcharakter, der in seinen Grenzen gutherzig und willig sei; er hatte nicht Unrecht: an Ameisenfleiß war die Hausangestellte unschlagbar. Und sie leistete wertvollste Dienste, als Betty daheim eine Tochter zur Welt brachte – zur Sommersonnenwende am 20. Juni (ich werde auf dieses Ereignis beizeiten zu sprechen kommen).

Ich weiß nicht mehr, wann sich Mihai in der Praxis beim Friedhof der Schwester von Olga annahm, der Kleinsten in Nuțu Gheorghes Familie, die an Gliederversagen und Atemnot litt. Mihai bewahrte das Kind vorm Ersticken, indem er es mit seinem Wagen ins Krankenhaus brachte, wo man es mit der Eisernen Lunge beatmete. Seine Hausangestellte war dankbar und zeigte es offen. Dauernd war sie im Einsatz, nie wollte sie freimachen, man mußte sie zwingen, an den Sonntagen auszugehen. Bei aller Erkenntlichkeit gegen den Hausherrn – auf Olgas Verhalten zu mir hatte dies keinen Einfluß. Und unser Zusammentreffen, Olgas und meins, hatte wiederum Anteil am grauenhaften Ende, das den Armenarzt in Colentina ereilte.

Ich will nicht vorgreifen auf dieses Ende, ich weigere mich, es zu tun. Lieber will ich in meinen »Familienerinnerungen« schwelgen, die mir in der Gegenwart vor Bettys Urenkel, dem ich sie zur Niederschrift mitteile, traumhaft erscheinen, als seien sie ein Irrtum, der sich meinem Alter verdankt (mich »hochbetagt« zu nennen, ist reinste Tiefstapelei): Meine Zeit mit Mihai und Betty – und Mara, der Tochter der beiden – war heiter und sorgenfrei.

Mihai und ich kamen gut miteinander aus und unsere Verbindung vertiefte sich immer mehr. Meine ersten Beklemmungen legten sich bald. Bei aller Liebe zur Wissenschaft war er ein guter Mensch, es fiel meinem Besitzer nicht ein, mich als Forschungsobjekt zu betrachten. Zudem hing er der Leibnizschen Philosophie und besonders der Theorie von den Monaden an, die immaterielle Atome und physische Punkte waren, beides zugleich.

Alles Seiende setzte sich, Leibniz zufolge, aus diesen Spiegeln der kosmischen Seele zusammen, die ausdehnungslos und empirisch nicht meßbar sind. Mit anderen Worten: Mihai war der Ansicht, in mir lasse sich nicht der kleinste versteckteste Restbestand Hirnsubstanz ausfindig machen. »Es ist unsinnig, dich zu zerschneiden, mein Lieber. Wer das tut, gleicht dem Jungen, der ein Radio zerlegt, um in seinem Inneren das Zwergenorchester oder den Nachrichten sprechenden Wicht zu entdecken ...« Das ließ er mich wissen, wenn er keinen Schlaf fand und vor seiner Wohnzimmerbibliothek in den Sessel aus Leder und seitlichem Flechtwerk fiel, summte und rauchte und sich mit mir austauschte. Man konnte Leibniz' Idee der Monade, die einen mathematischen Mittelpunkt bildete, der in seinem Fluidum erster Materie unsterblich war, gut auf mich anwenden, fand mein Besitzer. Mit anderen Worten: ich war der Beleg eines Geistes im Sinne des Denkers aus Leipzig und glich der von zweiter Materie freien Monade, wenn man meinen faustgroßen Hautsack vergaß, der mein Ich mehr beliebig als notwendig einschloß und den ich mit meinem Willen nicht beeinflussen konnte. Das machte mich in Mihais Augen bemerkenswert. Er horchte mich summend zu meinen Erinnerungen an Bettys Kindheit und Jugend am Fleischmarkt und an mein Leben im Kreis der Familie Merunka aus, er wollte alles erfahren, was mit Betty zusammenhing, und blieb neben mir bis zum Morgengrauen wach.

Seine Verliebtheit in Betty war mitreißend. In dieser Hinsicht war er mehr ein junger romantischer Kerl als ein reifer Mann. Wenn er aus der Arztpraxis heimkam, umarmte er Betty bereits auf der Treppe vorm Hauseingang – sie eilte ins Freie, wenn er mit dem Wagen vors Haus rollte –, hob sie hoch, hielt sie fest, trug sie vor sich ins Eßzimmer, wo sie sich mit unernstem Schimpfen befreite. Kein Tag, an dem er seiner Betty nichts mitbrachte. Mihai schleppte Wien-Stiche, neueste Romane, Suchardschokoloade und Schellackschallplatten an, legte Zeitschriften oder Konzertkarten auf den Tisch. »Ich habe dich heillos vermißt«, sagte er, »und zwar schlimmer als in der vergangenen Woche«, was Betty dem aus seinem Brillenglas blinkernden Mann mit einem Kuß auf die Nase vergalt. »In der kommenden Woche hast du mich vergessen«, bemerkte sie mit einem kehligen Lachen und setzte sich, strahlend und erhitzt, an den Mittagstisch, auf dem Teller und Suppenterrine bereitstanden. »Nie«, widersprach er, »es wird sicher schlimmer sein, wesentlich schlimmer sein mit meinem Trennungsschmerz!«

Ich schluckte und seufzte, wenn ich das erlebte. Das alles erinnerte mich an Merunka, der seiner Gina einen Blumenstrauß mitgebracht hatte, wenn er zu Essen und Mittagsschlaf heimkehrte … »Ach, der Herr, diese Aufmerksamkeit, Tag um Tag … das ist Liebe, wahrhaftige Liebe, Frau Gina«, hatte ich Mausis Stimme im Ohr. Sicher, alles war steifer und strenger gewesen, von den sich wiederholenden Gerbera, Rosen und Chrysanthemen bis zum Essen, das punkt halb eins fertig sein mußte – wehe Lucie versagte und brachte den Fahrplan im Haushalt des Staatsbahnenbeamten ins Wanken. Ich seufzte vor Mitleid mit meinen vergangenen Besitzern und unguten Ahnungen um das, was Mihai und Betty bevorstehen mochte.

Ach, diese Tage in Bukarest sind unvergeßlich: Betty, Mihai und ich brachten quirlige Tage zu; samstagabends bei Tango und Charleston im Tanzlokal, einer Terrasse im Freien, waren sie nicht zu stoppen; ich wippte bei Betty am Knopflochrevers, versteckt von einem Schal, den sie sich um den Hals schlang, die Schritte und Schwingungen gingen ins Blut; Betty nahm mich an Hochsommertagen ins Wellenbad *Lido* mit, wo sie sich im Wasser erfrischte und anschließend wieder zu mir in den Korbstuhl am Beckenrand flegelte (sie fand es zum Schieflachen, als ich das Badekleid, einen hautengen Einteiler, »unpassend« nannte, es zeige mehr Schenkel und Busen als gut sei ...); Tage am Schreibtisch und Tage im Garten, wo sie mit meiner Hilfe an einem Manuskript tippte, in dem es um Dora Wesselys Leben und Wirken ging. Sie stellte Dora als von der Gesellschaft verabscheute Streiterin gegen den Krieg, Frauenrechtlerin, Muse von Dichtern und Schauspielern und Literaturwissenschaftlerin dar. Betty verwertete Briefe von Dora an Gina, die sie im Nachlaß der Mutter entdeckt hatte, neben Notizen, Kalendereintragungen, ersten Fassungen von Ansprachen oder Pamphleten, die dem Brandanschlag im Komiteessitz entgangen waren. Mit meinen Schilderungen von Dora Wessely konnte ich Bettys Erinnerungen an Ginas Freundin berichtigen oder vertiefen ... sie sog an der Elfenbeinspitze, las mir zur Beurteilung zwei oder drei neue Seiten vor, verbesserte, klapperte in die Maschine, und setzte den Schlußpunkt zur Wessely-Monographie – mit der sie sich den Kummer um Gina vom Herzen schrieb –, als Mara entschied, es sei Zeit, auf die Welt zu kommen und Mihai eine Hebamme holte ...

Ach, diese Tage vorm Radioapparat, der mir mit Symphonien und Walzern und Marschmusik (letztere konnte mich wahnsinnig machen), Reportagen, Ansprachen und Wetterberichten samt Wasserstandsmeldungen von Rhein oder Donau, Kinderstunde, Betrachtungen und Rezitationen meine einsamen Stunden vertrieb – keine Stunde allein, und ich kam mir verlassen vor ... Das Radio blinzelte mich mit seinem Magischen Auge an, als ob es mehr Leben enthalte als ich.

Zeitweise schien dieser Kasten aus Bakelit ein Freund zu sein, der keine Anstrengung scheute, um mich beharrlich bei Laune zu halten. Als Neuerung stach er das Telefon aus – zwar machte es mich vor den Fernsprecherteilnehmern am anderen Ende zu einem vollwertigen Menschen. Allerdings mußte man mich in die Diele bringen, wo das Telefon auf der Konsole vorm Spiegel stand, und mich vor die Sprechmuschel halten. Wenn ich telefonieren wollte, brauchte ich Hilfe, und unsere Bedienstete lehnte es ab, mir zu helfen, wenn wir zu Hause allein waren.

Mit dem Radio war es bequemer. Betty machte es an, ehe sie in die Stadt mußte, stellte den von mir erbetenen Sender ein, und es spielte und spielte, ich mußte nur lauschen, und konnte mir einbilden, wieder mit Gina im Wiener Konzerthaus zu sein ...

Ach, diese niemals vergessenen Tage in Bukarest. Ich war keine acht Wochen bei Betty und Bettys Mann, als Mihai erste Schwangerschaftsanzeichen an seiner Frau auffielen, wiederholtes Erbrechen und Schwindelempfindungen – die Betty selbst, in die Arbeit am Wessely-Buch vertieft, lediglich hinderlich fand und ansonsten nicht ernst nahm.

Maras Ankunft belebte das Haus umso mehr. Ich sagte bereits, Bettys Kind kam zur Sommersonnenwende am 20. Juni zur Welt, ein Geburtstag, dem man seine Einwirkung anmerkte, sie war ein pralle Lebenslust ausstrahlendes Wesen, das lieber vor Leidenschaft quiekte als Bauchschmerzen mitzuteilen oder Betty bei Nacht aus dem Schlaf zu schreien.

Mara war erst zehn Monate, als sie mir vor allem anderen Spielzeug den Vorzug gab. Sie verlangte mich zu sich in Laufstall und Korbwagen, wo sie mich vor Entdeckererregung besabberte, begrapschte und an meinen Ohren riß. Nichts fand sie spaßiger, als mich zum Schimpfen zu bringen, indem sie mir in meine Nase biß, was wiederum Betty vom Lesen abhielt, die das Buch von den Knien fegte und auf die Beine sprang, um mich vor der jauchzenden Tochter zu retten.

Einen Charakterzug, der uns verwirrte, ließ das Kind erst im Alter von drei oder vier erkennen. Mitten im Spiel konnte Mara ins Stocken geraten. Mit einem Gesicht von erwachsenem Ernst hielt sie still und schien alles um sich zu vergessen. Sie glitt von der Schaukel und ging in den Heizkeller, quetschte sich zwischen Mauer und Kessel und weinte. Nie ließ sich sagen, warum sie das tat. Mit meinem Montmartre-Chanson, das ich aus voller Kehle sang, konnte ich sie allerdings wieder aufheitern.

Mihai wollte in diesen wechselnden Stimmungen kein Merkmal von seelischer Krankheit erkennen. Seine mystische Seite betrachtete Maras Hang anfallsweise in Niedergeschlagenheit zu versinken (eine Niedergeschlagenheit, die nicht von Dauer war) als eine Eigenheit, die sich dem Tag der Geburt seiner Tochter verdankte. Wenn dieser sonnenreichste Tag an sein Ende kam, nahm das Vergehen seinen Lauf – eine Ahnung, die Mara anscheinend verinnerlicht hatte …

Ach, diese heiteren Tage in Bukarest: Von Zeit zu Zeit stritt sich Mihai mit Betty halb launig, halb ernsthaft um meine Gesellschaft. Er mochte es, mit mir im Automobil zu seinem Arztkabinett in der Vorstadt oder zu seiner Praxis am Park Cismigiu zu rollen, um mit mir zu politisieren und philosophieren – von der Leibnizschen, alles beherrschenden Harmonie, bis zum nationalsozialistischen Wahn Adolf Hitlers. Und wenn er seine Patienten empfing, kam ich an einen Haken im Medikamentenschrank, aus dem ich sie heimlich beobachten konnte – dieser Schrank hatte Scheiben mit Streifen aus Milchglas, die mich vor den Kranken ausreichend versteckten. Alle hingen sie dem Arzt an den Lippen, der mitteilsam war und sie mit seinen Reden beruhigte, Arme einrenkte und Spritzen ansetzte, Tinkturen auftrug und Rezeptmischungen kritzelte, und selbst wenn ich mich nicht im Zaum halten konnte und kicherte oder in Hicksen ausbrach, schien man mich nicht zu bemerken.

Mein Beisein im Sprechstundenzimmer war hilfreich. Wenn wir allein blieben, schloß er den Schrank auf und bat mich um meine Beurteilung von Frau X. oder wollte erfahren, was ich von Herrn Y. hielt. Mir fielen Ticks oder Stimmungen an seinen Patienten auf, die sie vor dem Herrn Doktor absichtlich verbargen, und die sich erst zeigten, wenn er seinen Schemel auf Rollen vom Boden abstieß und zum Schreibtisch glitt, um Rezepte mit Salben- und Pulvermixturen zu Papier zu bringen. Aus der Verschiebung im Wahrnehmungsapparat entwickelte ich wiederum eine weitere Fertigkeit, mit der ich Mihai von Nutzen sein konnte. Anhand der Geruchsschleier, die die Patienten umwehten – wenn ich es mir vornahm, sah ich diese Schleier bis heute –, entdeckten wir schwer zu erkennende Krankheiten. Mihai legte ein Buch an, in dem er zusammenfaßte, was ich an seinen Praxisbesuchern bemerkt hatte. Und mit der Zeit konnte er ein Verzeichnis mit sich wiederholenden Erscheinungen anlegen. Allem Unreinen, Schmierigen, Blassen und Blasigen, kotigen Flecken und fahlroten Spritzstellen (und tausend anderen Dunstschichterscheinungen), ließen sich bald erste Krankheiten zuordnen.

Er war bei Patienten zunehmend beliebt, das erregte den Neid der Kollegen. Man streute Verleumdungen gegen Herşcovici, den Juden. Seine erfolgreiche Praxis am Stadtrand zog besonders drei andere Doktoren, die im Viertel nicht weit von Mihai praktizierten, in Mitleidenschaft. Der junge Arzt kam den Dreien, die es von den Lebendigen nahmen, in die Quere. Daß Mihai die Zigeuner und Kinder, Handlanger und Arbeiterinnen der Gegend zu erschwinglichen Preisen, wenn nicht unentgeltlich, behandelte, mußte sie irgendwann arm machen. Sie liefen Sturm gegen die Konkurrenz und erreichten, daß man Mihai seine Praxiszulassung entzog.

Das hatte mein Herr nicht vorausgesehen in seiner Absicht, nur Gutes zu tun. Mihai ließ es sich eine Lehre sein. Trotz baldiger Wiedererteilung der Zulassung machte er sich seine Gegner zu Freunden, indem er den dreien seine »Einnahmen« zukommen ließ. Diese »Einnahmen« bestanden aus Speckseiten, Pflaumenschnaps, Schafskeulen und Karpfen, Tabak, frischen Eiern, Melonen und Kartoffeln, kurz: aus Naturalien, die sich im Vorzimmer stapelten. Selbst wenn sie nur Lumpen am Leib hatten, wollten sich seine Patienten mit dem, was sie hatten oder auftreiben konnten, beim Doktor bedanken. Mal war es ein Lamm, das man auf seinen Tisch legte, mal waren es zwei Hennen, die sich aus dem Flechtkorb befreit hatten und sich zu uns ins Sprechzimmer verirrten, wo sie um Pritsche, Personenwaage, Elektrisierapparat und Besteckbecken flatterten, bis sich alle halbwegs beweglichen Kranken beteiligten, um das Federvieh wieder einzufangen.

Wenn Mihai Professoren und Schauspielerinnen, Diplomaten, Gesellschaftsdamen, Richter und Kaufleute und andere Patienten von Geld, Rang und Namen in seinem Sprechstundenzimmer am Park Cismigiu empfing, hing ich in einem besseren Versteck. Mein Platz war beim Menschenskelett in der Ecke. Man konnte den oberen Teil seiner Hirnschale abnehmen und mich im Hohlraum verstauen. An dieser Stelle bemerkte mich niemand, und die beiden Orbitae waren meine Luken. Ich bekam alles mit, was sich zwischen Besucherstuhl, rollbarer Faltwand und Arztliege abspielte – und Mihai mußte sich wiederholt mit Entschiedenheit weiblicher Zudringlichkeiten erwehren.

Elvira Mocanu, die Ehefrau eines Politikers, wartete nur auf die Bitte des Doktors, sich beim Paravent bis aufs Hemd zu entkleiden. In der ersten Zeit konnte er sie zur Vernunft bringen. Wochen vergingen, und als sie den Arzt wegen Stichen im Herzen um Hilfe bat, wollte und durfte er sich nicht verweigern. Sie eilte zur Spanischen Wand, um sich auszuziehen, und legte unaufgefordert mehr ab, als sie sollte. Mit nacktem Busen drang sie auf den sprachlosen Doktor ein.

Wenn ich meinen Freund und Besitzer vor Schlimmerem bewahren wollte, mußte ich eingreifen. »Elvira, Elvira, bald bist du in meinem Reich! Du wirst von der Seefahrerkrankheit zerfressen und Haare und Schamhaare werden dir ausfallen und du mußt bei lebendigem Leibe verfaulen ...« Es schauderte sie vor der Stimme, die aus dem Skelett zwischen Waschtisch und Topfpalme kam. Aschfahl starrte sie zum Geripppe und wollte zur Faltwand, um sich wieder anzuziehen. Auf halbem Weg sackte sie in sich zusammen. »Tut mir leid«, sagte ich zu Mihai, als wir wieder allein waren, »das mit dem Verfaulen ging anscheinend zu weit ...«

Dieser Vorfall blieb nicht ohne leidige Nachwehen. Elvira

Mocanus Mann, Nae Mocanu, Historiker, Akademiemitglied, Parlamentarier, verleumdete meinen Besitzer in einem »Das Problem mit den Juden« betitelten Zeitungsartikel und nannte Mihai Herşcovici einen liebestollen, seine Stellung mißbrauchenden Israelitenarzt, der Patientinnen zu schamlosen Handlungen zwinge: seine Ehefrau habe das selber erlebt und sei nur in letzter Minute entkommen ...

XI

Wiedersehen am Fleischmarkt; s'is net zam glabn;
im Dickicht von Grinzing; Julius Mitterers
Tagebuchkladden; der brennende Garten

Von Zeit zu Zeit reiste ich mit der Familie zu meinem einstigen
Besitzer in Wien. In Erinnerung sind mir besonders mein erster
und letzter Besuch bei Merunka am Fleischmarkt und im Grinzinger Haus, das er von Onkel Julius geerbt hatte. Statt auf den
lebensbejahenden Menschen, der mir aus vergangenen Tagen
vertraut war, traf ich einen Mann, der mir fremd vorkam, als er
mich, auf einem Stock lehnend, mißtrauisch betrachtete. Von seinem dichten und kohlrabenschwarzen Haar hatten sich lediglich
Fransen erhalten, die als quarzgraue Querstreifen seine von Flek-
ken besprenkelte Glatze bedeckten. Das einst leuchtende Augen-
blau wirkte beschlagen und stumpf, und er giente und gamatzte
laufend: »S'is net zam glabn.«

Wenn er das von sich gab, meinte er alles: vom niemals ver-
wundenen Tod seiner Gina bis zum Ende des Reichs und der
Habsburger Monarchie – aber auch unsere Wiederbegegnung am
Fleischmarkt. »S'is net zam glabn«, versetzte er heiser und nahm
mich von Nahem in Augenschein, als seine Tochter mich vor sein
zerfurchtes Gesicht hielt, »wieder mit meinem Burzi zusammenzutreffen, den ich in den Karpaten versaubeutelt hab«.

Thomas Merunka ließ es sich nicht nehmen, mich an meinen
Wohnzimmerstammplatz zu haken, dem mittlerweile verblichenen, klebrigen und stellenweise mottenzerfressenen Vorhang. Mit
Bettys Hilfe erreichte Merunka das Sofa und ließ sich ins Polster
fallen, in dem er tief versank, bis es Mihai als Gegengewicht in der

anderen Ecke beschwerte. Betty stand neben dem Vater und hielt seine Hand. Merunka betrachtete sie und betrachtete mich und betrachtete Mara auf Mausis Armen und wandte sich stirnrunzelnd an seinen Schwiegersohn: »Darf ich vorstellen, der Herr, das ist meine Familie. Meine Frau Gina und unsere Tochter«, er zeigte auf Mara, »und Tato am Vorhang, mein engster Vertrauter, Kaffeehausbegleiter und hilfreicher Schani bei Staatsbahnenaufgaben, und unsere Dienstmagd, die alle Welt Mausi nennt ... und Sie, wer sind Sie, wenn Sie mir das verraten wollen?«

Diese Ausfallserscheinungen legten sich wieder und konnten klarsten Erinnerungen weichen. Anderes schien er mit Absicht vergessen zu haben. Er fragte zum Beispiel nie, ob sich Mihai inzwischen zum Katholizismus bekehrt habe, das war ja Merunkas Bedingung gewesen, die Hochzeit mit Betty zu billigen ... Schwer zu sagen, ob er sich der Fehler bewußt war, die er in der Ehe mit Gina begangen hatte. Bettys Mutter zu zwingen, den Glauben zu wechseln, war in seinen Augen notwendig gewesen, sei es vor Gott (der von Haus aus katholisch war), sei es vor seinem Ziehvater und der Gesellschaft. Heute schien er das Judentum tiefer zu hassen, als zu seiner Zeit an der Seite von Gina. Er nickte zur Photographie an der Wand, die Franz Joseph I. im Goldrahmen zeigte: »S'is net zam glabn, s'is net zam glabn ... diese Lercherls sains schuld, wenns hiatz alles vabei is«, und grantelte in seine Grießnockerlsuppe, die er um sich und auf seinen Hausmantel spritzte.

Diese Vorstellung eines Komplotts zionistischer Kreise von Lemberg und Czernowitz bis New York gegen den Habsburger und seine Monarchie zugunsten Amerikas und seiner Banken, die in Judenhand und »reinste Laushutschentempel« seien, machte tieferen Einsichten Platz, als er sich in die Aufzeichnungen von Onkel Julius vertiefte. Es handelte sich um rund zwei Meter Kladden in Leder, die Teil seines Mitterer-Erbteils waren, und die Mausi vom Grinzinger Dachstuhl holen mußte, wo Merunka sie seinerzeit hatte verstauen lassen.

Das war 1937 bei unserem letzten Besuch an der Donau. Es war zu heiß, um am Fleischmarkt zu bleiben, und wir tauschten das stickige Wien mit der Grinzinger Vorstadt, die frischer und luftiger war. Betty und ich hatten Mitterers Ferienhaus eine Ewigkeit nicht mehr betreten, uns beiden war mulmig, als Mausi es aufschloß und uns in den schummrigen Korridor winkte. Es war klamm in den Zimmern, die niemand bewohnte und die man im Winter nicht heizte. An den Streifentapeten war Wandschimmel zu erkennen. Mausi stieß Laden um Laden auf, bis alle Fransengardinen, Ohrensessel und Teppiche, Billard- und Schachtische, Globus und Bibliothek, Gipsvenus, Beethovenmaske und Metternichbronze im Sonnenschein schwammen – er erinnerte mit seinen Schatten an Bernstein und Bienen, ein warmes, vom Garten anschwirrendes Gelb.

Bettys Vater fiel seufzend ins Wohnzimmerkanapee und nieste im Staub, der vom Polster zur Decke stieg. Mit dem Tod seines Ziehvaters hatte Merunka die Hausangestellten in Grinzing entlassen, alle Dinge im Haus waren stumpf oder schmierig, im Dielenboden fiepte und trippelte es um die Wette – und mit einem Schrei zwischen Schauder und Lust streckte Mara den Finger zur Maus an der Fransengardine aus.

Um Garten, Obstgarten und Weinberge war es nicht viel besser bestellt als ums Haus. Vorjahreslaub faulte auf der Terrasse, Spazierwege, Steinsitze, Laube und Gartenhausteich waren von modrigen Schichten bedeckt. Im Laubengang waren Holzgitter und Pfeiler verrottet und unterm Gewicht der Glyzinie, die sich um die Pergola rankte, teilweise zerbrochen. Es war schwierig, zum Gartenhaus vorzudringen und zu den Pfirsichspalieren im westlichen Gartenteil, Rosen- und Schlehenhecken machten den Weg unpassierbar ... Im Verlauf eines Mittagsspaziergangs mit seiner Enkelin verirrte sich Thomas Merunka im Garten, er lief mit der Kleinen eine Stunde im Kreis, bis sie weinte und er sich im Wiesengras ausstrecken mußte. Seine Rettung verdankte er Mausi. Sie fand die beiden, zerkratzt und zerstochen, mit Kletten in Kleidern und Haaren zwischen Disteln und Kornblumen. »A Sauhaufn is des, koi Goadn neama«, schimpfte Thomas Merunka, als er sich erholt hatte und mit der Familie am Kaffeetisch kauerte, »a Sauhaufn, diese Verlassenschaft vom oiden Julius ...«

Wenn mein letzter Besitzer und ich in der Nacht wieder Stunden um Stunden beim Schachspiel verbrachten, von Fackeln beschienen, die neben uns knisterten, wie in unserer fernen und heiteren Anfangszeit, sprach er von Mitterers Tagebuchkladden und ließ seinem Grimm freien Lauf (schwer zu sagen, warum er das eigens auf Hochdeutsch tat). »Tato, er hat uns verraten! Uns alle!« – »Bitte das Pferd von a4 zu c3 ziehen! Wen meinen Sie, Merunka, und wer ist ›wir alle‹?« – »Mein Ziehvater«, zischte er, »Julius Mitterer«, und beugte sich vor, um mein Pferd zu verschieben, »und ›wir alle‹ sind ausnahmslos alle, mein Freund.«

Nacht um Nacht, wenn wir im Fackelschein Schach spielten, erfuhr ich von weiteren Schweinereien, die Onkel Julius begangen hatte. »Henny und Wilna, erinnerst du dich an sie?« – »Und ob«, sagte ich, »das waren Mitterers Nichten ...« – »... die er beide im Stillen nicht ausstehen konnte. Er fand sie mißraten, wehleidig und dumm. Und er verkuppelte sie mit zwei Hundsviechern, Wilna mit einem geschlechtskranken Staatsanwalt und Henny mit einem versoffenen Parlamentarier, der sie vom ersten Tag an aufs Schlimmste geschlagen hat ...« – »Und Mitterer waren diese Dinge im Vorfeld bekannt?« – »Er nahm es in Kauf, um sich diese zwei Herren zu verpflichten. Er nutzte es aus, oh, er nutzte es weidlich aus ... Henny mit Bluterguß, Henny mit Rippenbruch ... mein Ziehvater hatte den Ehemann in der Hand. Er konnte den Parlamentarier erpressen und im Reichsrat als Werkzeug einsetzen.«

Wilnas Staatsanwalt war vor dem Weltkrieg verstorben, und sie folgte dem Mann gegen Ende des Kriegs ins Familiengrab – Henny wiederum hockte im Rollstuhl mit Ledersitz, Gummibereifung, Fußkasten und Lehne in einer Wohnung von elfeinhalb Zimmern am Opernring ...

In Mitterers Tagebuchkladden kamen Listen mit Adligen, Hofburgbeamten, Ministern, Professoren, Journalisten und Industriellen vor, und neben den Namen hatte er unmoralische Vorlieben, abartige Neigungen und andere Verfehlungen vermerkt ... ich mußte an meine Begegnung mit Mitterer im Bordellkabinett mit den Glasscheiben denken. Wo er sein Wissen gewonnen hatte, lag auf der Hand.

Mehr als das: Onkel Julius hatte Beziehungen zu staatspolizeilichen Spitzeln besessen. Sein Einfluß ging wesentlich tiefer als es seine Stellung im Bauministerium vermuten ließ. »Er hat Dora Wessely Geld zukommen lassen, um dem Komitee auf die Beine zu helfen«, weihte mich Bettys Vater in seine Erkenntnisse ein. Im Morgengrauen oder am Mittag, wenn alles ein Nickerchen hielt, nahm er Kladde um Kladde zur Hand und entzifferte sie mit der Lupe – keiner hatte mehr Zutritt zum Zimmer, in dem er schlief und das er vor seiner Familie verriegelte. »Das kann nicht sein«, sagte ich und vermasselte meinen Zug, als ich den Turm von d4 auf d7 verschieben ließ. »Dora Wessely wußte nichts von diesem Geld, oder besser: sie wußte nichts von seiner Herkunft. Angeblich waren es Spenden von Leuten, die vorzogen, nicht in Erscheinung zu treten.« – »Es war eine Falle.« – »Nichts anderes als das. Mit Doras Verrufenheit konnte er das Komitee bei Bedarf in den Dreck ziehen lassen, es war besser wenn sie und kein anderer es leitete. Das heimliche Spendengeld war eine Zeitbombe. Sollte sie hochgehen – mit seiner Hilfe –, schien es aus der serbischen Hauptstadt zu kommen, mit anderen Worten: vom Feind, und mit diesem Skandal konnte man Dora Wessely loswerden.« – »Teuflisch!« – »Teuflisch, ja, das war es wirklich«, versetzte er.

Von Nacht zu Nacht wirkte Merunka verzweifelter. Seine schlechte Verfassung war nicht zu verkennen, und Betty bekniete den Vater, es mit seinem Studium der Aufzeichnungen gut sein zu lassen. Vergeblich – ich denke, er war zu vergiftet, um sich von den Mittererkladden zu trennen. Seine Verehrung des geistigen

Ziehvaters und das vergangene Habsburger Kaiserreich zersetzten sich Seite um Seite.

»Warum hat er mir seine Kladden vererbt?« wiederholte mein letzter Besitzer am Schachtisch, »und sie nicht von seinen Dienern beseitigen lassen oder sonstwem vermacht? Kannst du mir das verraten? Er wußte, ich werde sie lesen, er wollte es, und konnte sich ausrechnen, von mir verabscheut zu werden, wenn ich sie studiere, nicht wahr? ... Am Ende war er es, der uns in den Krieg trieb, es sollte kein Stein auf dem anderen bleiben, kein Stein auf dem anderen von unserem lieben Reich ... am Ende war es ein Komplott, und der Jude in Wahrheit katholisch, ein Christ von Geburt an ... ein falscher, ich meine, ein echter, der falsch ist ...«

Gegen Ende August, kurz vor unserer Abreise, stand der Grinzinger Garten auf einmal in Flammen – ein Versehen, das uns alle in Lebensgefahr brachte. In dieser Nacht hatte sich Bettys Vater bei Sonnenuntergang in die »Hapfn haun« wollen, zum Schachspielen sei er »zmiad«. Das war ein Schwindel – er hatte mit Mausi vereinbart, alle Tagebuchkladden ins Freie zu schaffen und nicht zu nahe am Haus zu verbrennen, sobald seine Familie im Bett war und schlief. Er mußte sich unbedingt noch heute Nacht von diesem vergifteten Mitterer-Erbe befreien! Mausi kam gegen Mitternacht in seine Kammer, wo sie die Kladden mit Kordeln zusammenband und paketweise zu einer Schubkarre schleppte; die schob sie zum Ufer des Gartenhausteiches, der inzwischen ein schilfgrasbewachsenes Sumpfloch war.

Kaum setzte Mausi den Haufen aus Reisig und Kladden in Brand, kam im Donautal Wind auf. Funken flogen zum Gartenhaus, das auf der Stelle in Flammen aufging. Und bald brannten die meterhohen Rosenspaliere und Hecken, eine tosende, fauchende, krachende Feuerwand, vor der die beiden ins Sumpfloch auswichen, Merunka am Stock, der im Schlamm keinen Halt fand ... sie waren in verzweifelter Lage. Mich weckte der flakkernde Widerschein an der Wand. Leider konnte ich mich nicht zum Garten umdrehen, um mich zu vergewissern, was vor sich ging. Trotzdem heulte ich aus voller Kehle: »Es brennt! Alles Aufwachen! Bringt euch in Sicherheit!« Betty ergriff mich, als sie aus dem Haus rannte und fragte Mihai, der Mara im Arm hielt, außer Atem, wo Mausi und Papsch seien; Mihai gab die Tochter an Betty ab und hetzte vergebens von Zimmer zu Zimmer ... Es dauerte, bis Bettys Vater und Mausi mit verrußten Gesichtern und Haaren bei uns auftauchten, und Betty sie mit einem Schluchzen umarmte ... Bimmelnde Feuerwehrfahrzeuge rollten an, und es knackte und knirschte im Wind vor der Flammenwalze, die sich vom Garten aufs Haus zubewegte.

Julius Mitterers Haus sollte heilbleiben. Bis heute erinnere ich mich an den Morgen danach, als wir auf der Terrasse den Garten betrachteten, eine kahle und qualmende Schneise, Familie Herşcovici in Nachthemd und barfuß, Mara, die wimmernd am Busen von Mausi schlief, und Merunka, der krumm auf dem Steintreppchen kauerte – und mir, der nie fror, mir war kalt vor Beklemmung und Rauch ...

XII

Mihai vertraute aufs Gute im Menschen und war als Vertreter der Leibnizschen Theodizee zuversichtlicher, als man es sein durfte. Ernstliche Zweifel am Fortschritt in Wissenschaft oder Gesellschaft waren meinem Besitzer fremd, trotz aller Gefahren, die er nicht verleugnete. Grauenhafte Dinge passierten in Deutschland. Und um seine Heimat stand es nicht viel besser: Der Aufstieg der Eisernen Garde, die Morde beging, war besorgniserregend, der neue Regierungschef, ein Judenhasser, nicht weniger.

Allerdings schien man im Schloß nicht bereit, sich dem Großdeutschen Reich und der Eisernen Garde zu beugen. Bukarest blieb mit Frankreich und England verbunden, das betonte Mihai vor Betty (und mir), wenn wir mittwochs nachts aus dem Kino »Regal« kamen, wo uns die Wochenschauen jedes Mal zusetzten, mehr als der zum Schluchzen verleitende Liebesfilm. »Hitler wird es nicht wagen, Wien an sich zu reißen! Mach dir keine Sorgen!« versicherte er auf dem Heimweg und nahm seine Frau in die Arme; Bettys Nase verzog sich erregt und beklommen.

Selbst von den Angriffen gegen den »Armenarzt«, die wiederholt in der Presse zu finden waren und in letzter Zeit nicht mehr abreißen wollten, ließ sich Mihai nicht in Panik versetzen. Vor Betty verheimlichte er diese Hetzerei, um sie nicht zu beunruhigen. In den betreffenden Zeitungen schrieb man, der Jude Herşcovici betreibe sein Arztkabinett in der Vorstadt mit niederen Absichten. Seine armen Patienten umsonst zu behandeln sei eine besonders verschlagene Strategie. In Wirklichkeit sammle der Quacksalber Christenblut, das er teuer an andere Juden verkaufe, und er spritze seinen Patienten ein Gift, das auf Dauer verheerende Wirkungen zeitige, vornehmlich bei Kindern und schwangeren Frauen, um die christlichen Menschen im Land zu zersetzen.

Mihai las mir diese Verleumdungen von Zeit zu Zeit in seiner Arztpraxis von Colentina vor. Sie war neuerdings wesentlich schlechter besucht. »Nichts los heute«, sagte er mit einem Zwinkern, wenn das Vorzimmer leer und wir beide allein waren und er mich aus meinem Medikamentenschrank holen konnte, »in dieser Stadt scheint man keine Beschwerden zu haben.« Er beugte sich von seinem Schemel zur Arzttasche, der er ein Hetzblatt entnahm, das er vor mir entfaltete. »›Bei der Verteidigung Bukarests hat sich der Jude Herşcovici als Feigling erwiesen und seine Uniform lieber im Garten vergraben‹ ... kannst du mir verraten, von wem sie das haben?« Mihai betrachtete mich mit einem Zwinkern – in einer Mischung aus Ratlosigkeit und Belustigung – und wandte sich wieder den Anschuldigungen in der Zeitung zu: »›... ob es mit richtigen Dingen zuging, als Herşcovici seinen Titel als Doktor erwarb, ist, am Rande bemerkt, mehr als fraglich. Das maßgeblich aus Juden bestehende Gremium, von dem sich der Judenarzt examinieren ließ, zog Absolventen mosaischen Glaubens vor, am medizinischen Fachbereich Bukarests ist das ein offenes Geheimnis‹ ... ›offenes Geheimnis‹ bedeutet nichts anderes als ›Klatsch und Tratsch‹«, witzelte mein Besitzer und sein rechtes Bein wippte beschwingt auf dem linken.

Man ließ in der Zeitung Patienten zu Wort kommen, die bei uns in der Praxis gewesen sein wollten und den »Scharlatan« Doktor Herşcovici bezichtigten, sie fehlerhaft oder erfolglos behandelt zu haben. Einer bezeugte, an schlimmeren Schmerzen zu leiden, als vor der Behandlung, ein anderer machte den Doktor verantwortlich, daß sich seine Fallsucht nicht lege. »Namen? Von wegen. Kein Name, den ich mit der Ordinationskartei abgleichen kann ...« Er ließ das Blatt sinken und trat zum Schreibtisch, um sich seine Pfeife zu stopfen. »Und was bringt dieser Unsinn? Den einfachen Leuten? Sie werden es vorziehen, nicht mehr zum Arzt zu gehen ... und wenn sie gezwungen sind, blechen sie doppelt und dreifach.« Sein ehrlicher Kummer war nicht zu verkennen – und es tat Mihai nicht um sich und sein Ansehen leid, das man in der Aufwieglerpresse mit Dreck bewarf.

Erst mit dem Anschlag der jungen Gardisten konnte er seinen Glauben, es werde sich alles zum Besseren wenden, nicht aufrechterhalten. Vormittags, als Mihai einen Schuhputzerjungen behandelte, der sich mit seinen schmutzigen Fingern von einer Abszessbeule hatte befreien wollen und in der Nacht hohes Fieber bekommen hatte, brachen sie in seine Praxis ein.

Ich konnte nicht eingreifen an diesem Vormittag und Mihai von meinem Versteck aus zur Seite stehen – ich war nicht in der Praxis, ich war in der Strada Niculcea, wo Betty mir, Elfenbeinspitze und Stift in der Hand, zwei Kapitel aus einem neuen Werk vorlas, die ich beurteilen und kommentieren sollte. Mit der Biographie Dora Wesselys hatte sie ein in der Heimat erfolgreiches Buch verfaßt, und man hatte sie als Kolumnistin verpflichtet. Sie diktierte der Stenotypistin in Wien jeden Mittwoch die Zeitungskolumne ins Telefon, tags darauf fand sie sich dann im Blatt. Jetzt schrieb sie an einem Buch, das ein Sittenbild Wiens in der Zeit vom Jahrhundertanfang bis zum Krieg entwarf. Dabei halfen Betty sechs Kladden von Julius Mitterer, die – aus Zufall – dem Feuer im Garten entgangen waren (sie hatte sie seinerzeit klammheimlich mitgehen lassen), sowie Doras umfassender Briefwechsel mit einem verstorbenen namhaften Dichter und Liebhaber. Beide Quellen erlaubten gehaltvolle und tiefe Einsicht ins Leben der Wiener Gesellschaft und hatten das Zeug zum Skandal, auf den man im Verlag große Hoffnungen setzte.

Bei diesem Angriff am Vormittag, als ich bei Betty war, drangen vier Gardistenstudenten vom Fachbereich Medizin – Mihai erkannte sie teilweise wieder –, gewaltsam ins Sprechzimmer ein und schlugen als erstes den Schuhputzerjungen. Mein Besitzer, der sich in den Weg stellen wollte, erhielt eine Ohrfeige und schwankte gegen die Wand. »Es ist eine Schande! Ein Kind aus dem Volke! Und dich in den Arsch ficken lassen, das reicht dir nicht! Es muß ein beschnittener Judenschwanz sein!« Sie boxten dem Kleinen ins Kreuz, hieben auf seine Arme und Pobacken, bis der Abszess aufging und Eiter und Blut bis zu Schreibtisch und Schrank spritzte. Sie trieben den Schuhputzerjungen ins Vorzimmer, um sich dem Doktor und seinem Kabinett zuzuwenden, das sie kurz und klein schlagen wollten. Zwei nahmen Mihai in die Mangel, die anderen beiden zerschmetterten sein Mobiliar ... als vorm Haus eine Automobilhupe losging, und sie sich beeilten zum Wagen zu kommen, der sich auf der Straße mit quietschenden Reifen entfernte ...

Mihai verschwieg seiner Frau diesen Vorfall. Nicht verheimlichen konnte er seine geschwollene Backe, das blutunterlaufene Auge und sein zerbrochenes Brillenglas – Mihai ließ sich eine glaubhafte Ausrede einfallen. Er wollte Querelen mit Betty vermeiden. Und es mußte zum Streit kommen, falls sie verlangen sollte, die Arztpraxis in Colentina zu schließen.

Ich erfuhr von dem Angriff, als wir auf dem Weg zu einem Krankenbesuch an der Piaţa Rosetti waren. Es war ein kalter und nebliger Wintertag, Reste verharschten Schnees klebten im Rinnstein, und mein Besitzer, erregt und zerfahren, wich der Straßenbahn, die auf uns zurollte, gerade noch aus. Als er auf die Bremse trat, knallte ich an meinem Trageband gegen die Frontscheibe. Wir schlingerten auf den vereisten Schienen, drehten uns um hundertachtzig Grad, kamen zum Stehen ... Der Schock war zu groß, er verlor die Beherrschung, und bekannte mir, was er am Vortag erlebt hatte. »Sie haben den Schuhputzerjungen mißhandelt ... bei mir in der Praxis, das kann ich mir nicht verzeihen! Und mit seinem Abszess schwebt der Bengel in Lebensgefahr ...

wer weiß, ob er zu einem anderen Doktor ... und ich habe keinen Namen und keine Adresse, die wollte ich aufnehmen, wenn er betreut ist ...« – »Das muß man zur Anzeige bringen«, schimpfte ich. »Mit einer Anzeige kann man nichts ausrichten, das wird niemand weiterverfolgen, was wollen wir wetten.« Nach dem Krankenbesuch an der Piaţa Rosetti beeilte er sich, in die Vorstadt zu kommen, in der Hoffnung, den wartenden Schuhputzerjungen anzutreffen ... vergeblich, bis Anbruch der Dunkelheit blieben Mihai und ich in der Praxis allein.

Er wirkte von nun an beklommen und summte nicht mehr. Diese Beklommenheit erinnerte mich an den jungen Mihai im Alhambratheater, der sich vom Leutnant der deutschen Besatzer vor der sie umringenden Menge beschimpfen ließ und sich mit keiner Silbe verteidigte. Und in diesen Tagen erlag Olgas Schwester, die Kleinste aus Nuţu Gheorghes Familie, der Krankheit, durch die sie an den Rollstuhl gefesselt gewesen war. Sie erlitt in der Nacht einen Erstickungsanfall und starb. Bettys Bedienstete, von einem Anruf benachrichtigt, brach auf der Stelle nach Hause auf. Sie verschwand, ohne etwas zu sagen. Betty und ich feilten am neuen Buch und bemerkten das Fehlen von Olga erst, als Mihai aus seiner Praxis am Park Cismigiu kam. Es mußte ein Uhr sein, und Mara war nicht daheim – sonst holte Olga das Kind jeden Tag um halb eins von der Volksschule ab ...

Bettys Versunkenheit hatte einen Grund, von dem Mihai nichts wußte. Sie war wieder schwanger, mit knapp 38 Jahren. Das verschwieg sie, als ob sie dem Schicksal mißtraue, selbst mir hatte sie nichts verraten. »Um Gotteswillen! Wo ist Mara?« empfing sie den Ehemann, der in den Korridor trat. Er hatte schneematschverspritzte Galoschen an und eine Haube aus grauem Astrachan auf dem Kopf. Langsam stellte Mihai seine Arzttasche ab. »Ich weiß nicht ...«, versetzte er schluckend, »ist sie nicht mit Olga ...?« Er rannte ins Freie und raste im Wagen zur Schule, wo das schluchzende Kind von der Treppe im Eingang flog und seinen Vater umklammerte.

Es dauerte, bis wir vom Todesfall in Olgas Familie erfuhren. Mein Besitzer betrachtete sich als verantwortlich, er sei nicht ausreichend wachsam gewesen. Diesen Vorwurf ließ er sich nicht ausreden. Begleitet von der verschleierten Betty und Mara, die dunkle Schleifen im Haar trug, machte er sich zur Kneipe von Nuţu Gheorghe auf, nicht weit von seinem Arztkabinett in der Vorstadt entfernt, an der Kreuzung Maşina de Paine und Strada Ionescu, einen schleifenversehenen Kranz auf der Sitzbank und mit sechs Geldscheinen in seiner Brusttasche.

Als sie bei der Bierhalle eintrafen, kam in den Pulk vor dem Eingang Bewegung. Verwandte und Nachbarn und Stammkunden teilten sich, um den Besuchern den Weg freizugeben. In der Schankstube mischte sich Weihrauch- und Kerzenwachsduft mit dem typischen Pflaumenschnapsgeruch. In der Mitte befand sich ein Tisch, der mit bis auf den Fußboden reichenden Stoffen bedeckt war, und auf dem Tisch stand der Sarg mit der Toten. Im Halbdunkel, das in der Bierhalle herrschte, glich sie Schwester Olga aufs Haar. »Olguţa! Olguţa!« fing Mara zu weinen an, als sie sich vorm Sarg auf die Zehenspitzen stellte. »Das ist nicht Olguţa«, beeilte sich Betty, das Kind zu beschwichtigen, das unvermittelt den Finger ausstreckte und wieder »Olguţa!« rief, schlagartig heiter, mit seliger Stimme. Vor der an der Holzwand verlaufenden Stuhlreihe, auf der zahnlose Frauen den Totenbrei mummelten, huschte ein Schatten, um sich aus der Schankstube in ein benachbartes Zimmer zu retten. »Olguţa! Was machst du?« beschwerte sich Mara, »warum rennst du weg, bin ich nicht deine Freundin?« Sie riß sich von der Mutter los und wollte Olga erreichen.

Mitache verhinderte es. Mitache Gheorghe, ein Bruder von Olga, der bei einem Bojaren als Hausknecht arbeitete, war ein fanatisches Mitglied der Eisernen Garde. »Judenbalg!« zischte er, packte das Kind am Schlafittchen und stieß es zu Boden. Mara klatschte mit Knien und Handtellern auf die mit Holzmehl bestreuten, von Schneematsch und Straßenkot nassen und dreckigen Dielenbretter. Mit einem Sprung war Mihai bei der Tochter. Er zog sie hoch, wischte sie mit dem Taschentuch sauber und wollte Mitache sein Beileid bekunden und sich wegen Maras Benehmen entschuldigen. Seine Stimme versagte vor dem jungen Mann, der seine Faust ballte und vor Verachtung zu platzen schien. Nuțu, der Vater, griff ein und beeilte sich, Mitache energisch beiseite zu schieben und mit einem Auftrag ins Freie zu schicken, ein Befehl, den der Sohn nur murrend befolgte.

Nuțu Gheorghe bedankte sich bei Mihai. Er umarmte den Doktor und seine Frau Betty, und versprach, Olga werde bald wieder zum Dienst erscheinen. Das habe Zeit, winkten meine Besitzer ab. Und was mit dem »fahrbaren Krankenstuhl« sei, wollte Nuțu Gheorghe vom Doktor erfahren (Mihai hatte damals den Rollstuhl besorgt), es herrsche Bedarf bei Verwandten in Giurgiu ... »Ach, den will ich nicht wiederhaben«, sagte Mihai – und Nuțu bedankte sich mit einem Handkuß bei Betty. Als Bettys Mann einen Umschlag mit Geld aus der Brusttasche zog und dem Wirt auf die Hand legte, zischte Mitache, der wieder ins Gasthaus kam: »Dieses Judengeld wirst du nicht annehmen, Tata.« – »Zum Teufel, Mitache! Du schreibst mir nicht vor, was ich tun oder lassen darf«, schimpfte sein Vater. »Er will sich freischachern mit seinen Silberlingen, das darfst du nicht zulassen. Du verkaufst unsere Seelen an Judas Ischariot! Unsere Seelen und die deiner Tochter Anuța!« – »Bitte«, machte sich Betty bemerkbar, »Sie haben kein Recht, meinen Mann zu verurteilen ... seinerzeit hat er Anuța vorm Tode bewahrt, als er sie von der Eisernen Lunge beatmen ließ ... und seine Krankenbesuche, den Rollstuhl ... das scheinen Sie alles vergessen zu haben, Mitache.« – »Nicht«, flehte Mihai, eine Hand auf dem Arm seiner Frau, »Betty! Liebes! Nicht streiten! Es ist der Schmerz ... Ich kann das verstehen, ich kann das verstehen ...«, und er zog sie mit Mara zum Ausgang der Gastwirtschaft, wo sein von Kindern umlagertes Automobil an der Bordkante parkte.

Mihai und Betty waren schweigsam und niedergeschlagen, als

sie von der Aufbahrung heimkamen – mich hatten sie wegen Olga zu Hause gelassen, und es dauerte, bis ich erfuhr, was passiert war –, und fanden es ratsamer, nicht an der Beisetzung teilzunehmen, um Mitache Gheorghe nicht wiederzutreffen und Querelen am Grab zu vermeiden.

Kurz nach der Beerdigung tauchte Mitache im Arztkabinett in der Strada Vasile auf. An diesem unseligen Februarvormittag herrschte das dichteste Schneetreiben. Betty hatte Mihai noch am Morgen gebeten, ob der Schneemassen lieber zu Hause zu bleiben. »Meine Kranken haben Vorrang, das weißt du, mein Liebes. Und solltest du heute auf Tato verzichten, wird er auf mich aufpassen ... habe ich recht, Tato?« – »Ja«, sagte ich heiser, bewegt von der Zuneigung und dem Vertrauen, die Mihai mir zeigte.

Meine Erinnerung schmerzt mich bis heute, wenn mir die Hilflosigkeit in den Sinn kommt, mit der ich im Medikamentenschrank baumelte – die bei dem Anschlag der jungen Gardisten zersplitterte Glasscheibe hatte Mihai behelfsweise durch graue Pappe ersetzt, sie nahm mir die Sicht auf ein Drittel des Zimmers.

Ich konnte Mitache Gheorghe nicht aufhalten, der mit knallenden Stiefeln ins Sprechzimmer kam. Anzunehmen, er glaubte den Schauergeschichten, die um den »verschlagenen Juden« in Umlauf waren – und daß Mihai einen sprechenden Schrumpfkopf besaß, wußte er von der Schwester. Von Anfang an hatte Bettys Bedienstete in mir eine Teufelserscheinung gesehen. In Olgas Vorstellung mußte ich auch mit dem Tod von Anuţa zu tun haben, die wiederholt in der Armenarztpraxis gewesen war. Und Mitache nahm wahrscheinlich an, daß der Jude mich bei seinen heimlichen Riten verwendete. Meine Gegenwart bei den Behandlungen im Sprechzimmer, die niemand zu Hause vor Olga verhehlt hatte, paßte zu diesem Verdacht.

Mihai empfing sechs Patienten an diesem Tag. Alle hatten sie sich von den Schuhen befreit, um auf dem Parkett keinen Dreck zu verteilen, und tappten bestrumpft oder barfuß zur Pritsche.

Gegen halb zehn war das Vorzimmer leer. In Colentina besaß Mihai kein Telefon, und eine Arzthilfe lohnte sich nicht mehr.

Beim Gepolter der Stiefel im Warteraum schreckten wir hoch. »Mitache ...«, versetzte Mihai schweratmend, als er Olgas Bruder erkannte, und machte zwei taumelnde Schritte zur Liege, »... leider konnten wir nicht an der Beisetzung teilnehmen ... und mein Geld sollte niemanden aus der Familie in seinem Schmerz um Anuţa beleidigen ...«, er nahm seine Brille ab, die er im Kittel verstaute, als wolle er sie vor einem Faustschlag in Sicherheit bringen ... »Saujude! Verkriech dich im Schoß deiner Mutter! Du hast es verbrochen ... du wolltest sie umbringen ...« – »Nein ... ich bin Arzt ... und ich habe versagt, das stimmt ... keine Absicht, es war keine Absicht ... um Gotteswillen«, flehte Mihai mit versagender Stimme.

Mitache, der mir beide Schultern zukehrte und mit seiner Breite Mihai verdeckte, zog einen Gegenstand aus seinem Mantel, eine Hippe, ein Messer, ich weiß es nicht. Er stach wieder und wieder auf meinen Besitzer ein. Mihai sank neben der Pritsche zu Boden. Ich stieß ein ohrenzerreißendes Heulen aus, das den jungen Gheorghe verwirrte und ablenkte.

Mitache marschierte zum Medikamentenschrank. Es war klar, daß er wußte, wo ich mich befand. Sein Hieb verfehlte mich um Millimeter, als sich eine Stimme im Vorzimmer meldete: »Herr Doktor! Herr Doktor! Ist alles in Ordnung?« Mit einem Sprung war Mitache beim Fenster zum Hinterhof und hechtete in den Schnee, Mihai bewegte sich nicht mehr ...

Bettys Beherrschung war eindrucksvoll. Sie beeindruckte alle, die zu uns ins Haus kamen, um einen Beileidsbesuch abzustatten. Mich hatte ein Kriminalist zwischen Pillendosen, Tiegeln mit Salben und Nierenschalen im Schrank entdeckt und drei Stunden bei sich auf der Wache vernommen. Er war ein Polizeikommissar mit Erfahrung und, selbst wenn er nie einem bizarreren Zeugen begegnet war, fand er meine Aussage glaubhaft. Als Betty per Anruf zu wissen verlangt hatte, wo ich sei, ließ er mich heimbringen.

Was in den Zeitungen stand, kann ich nicht sagen. Betty, die Vorkehrungen zur Bestattung traf, hatte nichts Dringenderes vor, als das Haus zu verkaufen und ins heimische Wien aufzubrechen. Journalisten, die um einen Termin baten, wies sie ab, sie stellte kein Radio an, las keine Zeitungen. In meiner Erinnerung ist alles still oder Betty verhandelt am Telefon ... Und wo war Mara? Es ist mir entfallen. Hielt sie sich bei Tante Eugenia auf, der im Elternhaus lebenden Schwester Mihais, oder quetschte sie sich zwischen Heizkellermauer- und Kessel, um in aller Ruhe zu weinen?

Dreimal empfingen wir den Kommissar in den kommenden Tagen bei uns in der Strada Niculcea. Er war ein in Ehren ergrauter Beamter, der sich Betty als »zweifacher Witwer« vorstellte. Er hatte, noch zu K.u.K.-Zeiten, Strafrecht und Kriminalistik in Wien studiert. Es stachelte seinen beruflichen Ehrgeiz an, eine waschechte Wienerin vor sich zu haben. Als erstes befragte er Betty zu Schauspielerinnen und Heurigen seiner Studentenzeit. Sie antwortete starr und mechanisch – er war zu erinnerungsselig, um es zu bemerken.

Seine Tasche im Schoß, seinen Hut auf der Tasche, im Pelz, den er hatte nicht ablegen wollen – Betty hatte vergessen, zu heizen, und eine Bedienstete anstellen, wollte sie nicht mehr, das lohne sich nicht in der Zeit bis zur Abreise –, beichtete er uns beim letzten Besuch, mit Gerechtigkeit sei nicht zu rechnen ... »Leider habe ich nichts in der Hand, Herr Mitache Gheorghe kann mit einem hieb- und stichfesten Alibi dienen, das von dreizehn Personen beglaubigt wird ... kein Fingerabdruck, der uns hilft, keine Mordwaffe ... nichts in der Hand außer dem, was Herr Tato«, er nickte zu mir, der am Bronzekorbleuchter hing, »bei seinen Vernehmungen aussagte.« – »Und das zweifeln Sie an?« fragte Betty. »Nein, nein, alles stimmig«, er drehte verlegen seinen Hut in den Fingern, »... stichhaltig und stimmig. Leider kann sie Herr Tato nicht handschriftlich anerkennen, und nichtunterschriebene Aussagen sind nichts wert, ich meine, man wird sie nicht zulassen vor Gericht. Und wer sollte einen Schrumpfkopf zum Zeugen berufen?« – »Warum sollte man nicht, wenn er denken und sprechen kann?« war Bettys Antwort, die aus weiter Ferne zu kommen schien, »und ob eine Strafe ergeht, ist belanglos ... mein Mann wird am Ende nicht wieder lebendig ... und das ist ein Unrecht, das Gott nicht mehr gutmachen kann.« Bettys Beherrschung hielt an. Sie weinte nicht, raste nicht, brach nicht vor Schmerz und Verzweiflung zusammen, blieb standhaft und sachlich, als kenne sie keine Empfindungen mehr. Sie wollte von mir nicht erfahren, was passiert war, und halbe Bemerkungen zischte sie nieder. Betty verkaufte das Jugendstilhaus in der Strada Niculcea zu einem bescheidenen Preis und war nichts als erleichtert, es los zu sein. Was sie von der Einrichtung mitnehmen wollte, Jugendstilsessel, Buffetschrank und Bibliothek, schleppten Packer zu zwei Speditionslastern vor dem Haus, die in den Norden aufbrachen. An Eugenias Familie gingen Porzellan, Teppiche, Automobil und Klavier. Beide Ordinationen mit Apparaturen, Instrumenten und Krankenkarteien hatte Betty an junge Doktoren verkauft. Einem rechtsmedizinischen Schreiben entnahm sie, man gebe den Leichnam von Dr. Mihai Herşcovici frei und bitte um Abholung binnen zweier Tage. In aller Stille ließ sie seine sterblichen Reste verbrennen und nahm Mihais Asche aus Bukarest mit auf die Reise.

In diesen Tagen und Wochen verzichtete sie keine Nacht auf das Tagebuchschreiben, als ob sie dem Schlimmsten verbiete, sie um den Verstand 'zu bringen ... es gibt zwanzig Seiten, die heute im Tagebuch fehlen, Betty hat sie mit Gewalt aus der Kladde entfernt, doch wann und warum, kann ich sie nicht mehr fragen ...

In der letzten Nacht tappte sie zu mir ins Wohnzimmer, barfuß, im Nachthemd, das zwischen vom Vollmond beschienenen Tapeten zu phosphoreszieren schien. Mir ist nicht erinnerlich, wo ich befestigt war. Ich hatte den Eindruck, als schwebe ich in dieser hallenden Weite aus Mauern und Wandnischen, Stuck in den Ecken und nacktem Parkett. Betty stand vor mir, mit baumelnden Armen. »Zur Mittagszeit brechen wir auf« – das war mir bekannt –, »unser Zug geht um Viertel vor drei.« Mit der Fußsohle kratzte sie sich an der Wade. Schweigen. Sie fror und umschlang sich mit beiden Armen. »Ich ... ich bin schwanger«, bemerkte sie heiser, »und werde mir niemals verzeihen, es verschwiegen zu haben ...«

Meine Erwiderung ist mir entfallen. Bettys Beherrschtheit machte sie zu einer fremden Person. Sie wollte sich abwenden und brach in Schluchzen aus. »Warum kannst du mich nicht umarmen, mein Freund?« Bettys Weinen zerfiel in ein schmerzhaftes Kichern, »mich an dich ziehen und meine Stirn streicheln ... oder mich kitzeln, bis ich nicht mehr atmen und denken kann ...« Ich erinnerte sie an den Ausflug ans Meer von Piran, nur wenige Tage vor Kriegsausbruch. »Ich werde als Buchhalter arbeiten«, sagte ich, »und du als Privatlehrerin in einem vornehmen Haushalt, bis das Geld reicht, um eine Pension aufzumachen. Das haben wir uns an der Mole versprochen. Du warst vierzehn, und ich zirka einhundertzwanzig.« – »Ja, eine Hafenpension«, meinte Betty, »und auch wenn inzwischen ein Vierteljahrhundert vergangen ist, scheint es erst gestern gewesen zu sein ...«

»Extrablatt! Extrablatt!« schrillte es neben mir, als uns das Taxi am Mittag beim Bahnhof ablieferte, »Steht Ultimatum von Hitler an Wien bevor?« Ich schielte vom Mantelknopf Bettys, an dem ich hing, zu dem Zeitungsjungen mit seinem Packen im Arm. »He!« machte ich mich bemerkbar, »verkaufe uns eine!« – »Nein«, schimpfte Betty, »wir haben keine Zeit«, und das stimmte – sie hatte sich mit der Abfahrt des Zuges um vierzig Minuten vertan. Dringender war es, zwei Kulis zu finden, die Koffer und Kisten zum Gleis schleppten und ins Abteil stellten, und auf Mara zu achten, die weinte und wegrennen wollte.

Betty erhielt auf dem Bahnsteig einen Stoß von der Seite, durch den ich zusammen mit dem Knopf auf den Boden fiel, wo mich ein Schuh ohne Absicht aufs Gleis kickte. Ich linste zur stampfenden Lokomotive hoch, von der heißes Maschinenfett in mein Gesicht klatschte. Ich gab es schnell auf, um mein Leben zu schreien, der Krach auf dem Bahnsteig war einfach zu laut. Betty bemerkte mein Fehlen nicht rechtzeitig. Und als sie im heimischen Wien eintraf, warf sich die Stadt gerade in Hitlers Arme. Auch mich sollte es zu den Deutschen verschlagen, von Bukarest ins transsilvanische Zeiden und von Zeiden ins ferne Berlin.

XIII

Von meinem Aufenthalt bei den Sachsen von Kronstadt
und Zeiden und dem Grenzland der Christenheit;
ich errege Aufsehen; Spannungen zwischen mir und
meinem zehnten Besitzer; ich werde zu Streichen und
Schlimmerem erpreßt; der Nationalsozialismus erreicht den
Karpatenrand, und man schickt mich ins ferne Berlin

Ich beging einen Fehler, der sich nicht mehr gutmachen ließ und mein weiteres Schicksal besiegelte. Als sich der Zug aus dem Bahnhof entfernt hatte, rief ich in meiner Verzweiflung: »Zu Hilfe!« Ich tat es auf Deutsch, was einen hageren Kerl auf mich aufmerksam machte, der eben den Bahnsteig erreichte. Es war Eberhard, Sohn eines Bauern aus Zeiden bei Kronstadt. Er hatte seinen Auftrag als Bote erledigt und wollte heim.

Eberhard Bartelmaess traute seinen Ohren nicht, als er mein »Zu Hilfe! Zu Hilfe!« vernahm. Anscheinend ging es einem Deutschen ans Leder, den man gegen den Abschaum verteidigen mußte, der in der balkanischen Hauptstadt zu Hause war. Er drehte sich um, stellte sich auf die Zehenspitzen, und es verging eine Weile, bis er mich, maschinenfettverschmiert, auf dem Gleisbett entdeckte. Er sprang auf die Schienen und packte mich mit seiner Hand. Sie war schaufelgroß und eher dreckig als sauber, trotz des Seifengeruchs, der mir rosig vor Augen stand. Er bespuckte mich wieder und wieder mit Speichel, um mein Gesicht vom Maschinenfett sauber zu reiben, und wir betrachteten uns eine Weile.

Er war jung, keine neunzehn, wenn ich mich nicht irre, mit verschnittenem strohgelbem Haar auf dem Vogelkopf, der aus dem Halskragen eines schlechtsitzenden Anzugs ragte. Alles an

Eberhard Bartelmaess wirkte zu lang und zu spitz und zu groß, seine Beine, sein Hals, seine Nase, sein Kinn und sein Kehlkopf ... ein Wollmantel schlotterte um seinen Anzug, der gleichzeitig zu weit und an Armen und Beinen zu kurz war. Er nahm mich mit auf die Reise, die stundenlang dauerte, und blieb bis zum Zielbahnhof maulfaul und mißtrauisch. In den Momenten, in denen wir nicht zwischen Bauern und Bauersfrauen klemmten, die Ziegen, Fasanen und anderes Kleinvieh mitschleppten, bat ich den Jungen, mit meiner Besitzerfamilie am Fleischmarkt zu telefonieren, um sie zu benachrichtigen, wo ich sei, und mich bald mit der Post zu verschicken. Bartelmaess sagte nicht »ja« und nicht »na« und schien unentschlossen, was er mit mir anfangen solle.

Am Bahnhof von Kronstadt verließ er den Zug. Er eilte mit langen, weitausholenden Schritten zu seiner Verlobten, die am Katharinentor wohnte. Mit dem Horst-Wessel-Lied, das mir aus Radiosendungen des Großdeutschen Reiches bekannt war, pfiff er sie zu sich ins Freie. Offenbar zog er es vor, auf der Gasse zu bleiben. Warum, das erriet ich, als Greta und er in der feuchtkalten Luft zum Honterus-Hof schlenderten. Auf dem Spaziergang ging es um die Hochzeit der beiden, die der Vater von Greta anscheinend nicht billigte. Dieser Vater, Besitzer der Burzenland-Druckerei, war wohl ein belesener Setzer und Buchdrucker und wirkte in Kirche und Einheitsbewegung mit; einen Bauern als Schwiegersohn lehnte er ab. Bartelmaess schimpfte verhalten und heiser – zu dieser Stunde begegnete man keinem Menschen mehr und von den Mauern und Haustoren hallte es wider – und seine Verlobte versetzte von Zeit zu Zeit: »Man darf seinen Nerven keinen Lauf lassen.«

Was mich betraf, hielt sich der Junge bedeckt. Er schien sich nicht sicher zu sein, ob es gut sei, mich seiner Verlobten zu zeigen. Erst, als sie wieder vorm Elternhaus ankamen, zog er mich aus seinem Mantel. Greta starrte mich streng und mißbilligend an. »Was ist das?« verlangte sie harsch zu erfahren. Sie erhielt keine Antwort von Eberhard. Er war ein langsamer Redner und wußte

477

vermutlich nicht, wie er mich vorstellen sollte. Ich sprang in die Bresche und machte es selbst.

»Verehrteste Greta«, versetzte ich, »ich bin ein Deutscher, nicht anders als Sie und mein Finder« – das Gewicht, das die beiden dem Deutschsein zumaßen, war mir auf dem Weg nicht entgangen, und ich plante, es zu meinem Vorteil zu nutzen – »ich stamme aus einem protestantischen Hause, wenn ich das bemerken darf, mit einem Vater, der kirchliche Lieder verfaßte« – ich schmetterte los: »Nimmer Freud auf der Erde«, und »psscht!« machte Bartelmaess, »wirst du den Rand halten?« Ich bat um Verzeihung – und ließ mich nicht stoppen. »Ich meine, mein Stammbaum ist absolut vorzeigbar und ansehnlicher, als es meine Erscheinung ist ... liebe Greta, Herr Eberhard weiß es bereits, auf dem Bahnhof kam ich meiner Herrin abhanden, meine Herrin ist Wienerin, Betty Herşco ...« – ich biß mir auf die Zunge, sie mochten vom Mord an Mihai aus der volksdeutschen Presse erfahren haben (»Bluttat an Giftspritzen setzendem Judenarzt!«), oder einen israelitischen Namen an sich ablehnen – »Merunka ... Familienname Merunka« – mit tschechischen Namen kannten sie sich wahrscheinlich nicht aus – »auf dem Nordbahnhof, wo mich Herr Eberhard rettete ... haben Sie Mitleid, verehrteste Greta, ich bitte nur um einen Anruf bei meiner Familie ...«

Gretas Erwiderung machte mich sprachlos. »Es kommt alles anders, als man es sich dachte«, bemerkte sie mit unverkennbarem Ekel. Sie wollte sich nicht mit mir abgeben und zog es vor, den Verlobten entscheiden zu lassen, den sie vorm Elternhaus mit seinen Balkonbalustraden, Wandpfeilern und Blendgiebeln stehenließ, und eine Luke im Torbogen aufklappte, um sich von der Einfahrt verschlucken zu lassen.

Bartelmaess kratzte sich ratlos am Kehlkopf, bis er sich besann und zu einer Pension eilte, wo er den Betreiber aus seinem Kabuff scheuchte. Er mußte sich nicht erst erkundigen – »Zimmer Acht«, verriet der Besitzer verschlafen und streckte sich. Im ersten Stockwerk empfing uns ein Mann, mittelgroß und mit schnurgeradem Scheitel. »Sieben Uhr war vereinbart, hast du das vergessen, Mensch? Unser Besuch aus Berlin hat nicht ewig Zeit ...«

Fallschissel hieß dieser Mensch, der meinen Finder ins Zimmer trieb – ein Zimmer mit Doppelbett, Gußeisenofen, Emaillewaschbecken und Erker zur Gasse. Dort erhob sich ein zweiter Mann aus seinem Sessel, der in einem klaffenden Seidenrock steckte und bis zum Hosenbund nackt war. »Heil Hitler«, der Bauernsohn streckte den Arm aus – ein Gruß, der mißriet, schließlich hatte er mich in der Hand, unfreiwillig hielt er mich dem Gast vor die Nase.

»Was ist das? Ein Schrumpfkopf?« – »Ein Schrumpfkopf, Herr Amtsleiter, ja!« sagte Bartelmaess schluckend. »Mhm«, machte der Mann aus Berlin mit einem Zwinkern. Er wandte sich wieder zum Erker um und ließ sich schwer in den Ohrensessel fallen. Mir blieb unklar, was er von dem Jungen erfahren wollte. Ob alles erledigt sei? Ja, sagte Bartelmaess. Und wo er das Schreiben aus Bukarest habe? Er habe bei seiner Begegnung kein Schreiben erhalten, antwortete Bartelmaess stammelnd. Diese Erwiderung stellte den Gast nicht zufrieden. Er horchte den Jungen minutenlang aus und zog seine Eignung als Bote in Zweifel.

Am Ende war ich es, der Bartelmaess rettete (alles andere als selbstlos, es war meine Vorleistung, um seine Hilfe in Anspruch zu nehmen). Ich lenkte den Reichsdeutschen von meinem Finder ab, indem ich etwas sagte (ich weiß nicht mehr, was es war). Er ließ sich vom Jungen mein Trageband reichen. Schauder und Abscheu erregte ich nicht bei dem mich eine Weile begaffenden Amtsleiter – im Gegenteil, er fand mich »knorke«.

Im Pensionszimmer ging es bis tief in die Nacht. Ich mußte aus meinem Leben berichten und vergaß nicht, zu betonen, daß ich Deutscher sei. Man pichelte Bier und trank Pflaumenschnaps, und um mir Gutes zu tun, tauchte mich der Vertreter vom Volksdeutschen Amt mit der Nase ins Schnapsglas und kippte mir Bier in mein Ziegenhaar, bis es triefnaß war.

Eberhard Bartelmaess machte sich als mein Besitzer beim Mann aus dem Großdeutschen Reich beliebt. Er bestand seine Probe und diente dem Volksdeutschen Amt als Kurier in geheimer Mission. In seiner harmlosen Schlichtheit als Junge vom Land, der in Bukarest, Hermannstadt oder Sinaia angeblich Verwandtenbesuche abstattete, aber in Wahrheit vertrauliche Botschaften an Mussolini- und Hitlerverehrer der Presse, Eiserne-Garde- und Volksparteimitglieder bis zu Mittelspersonen in Schloß und Regierung zustellte, erwies er sich als ideale Besetzung. Bartelmaess nahm seine Aufgabe ernst und verriet mir auch nie nur ein Sterbenswort von seinen vertraulichen Mitteilungen ...

Meine Beziehung zum Finder war spannungsreich. Ich konnte dem Zeidner Bauernsohn nicht verzeihen, meinen Willen mißachtet zu haben und mich zu behandeln, als sei ich sein Eigentum. Von Anfang an lehnte der Junge es ab, mich mit meiner Familie sprechen zu lassen. Eine Weile beschwichtigte er mich durch Ausreden – im Bauernhof gebe es keinen Apparat, der Fernsprecher im Telegraphenamt sei kaputt und mich postalisch nach Wien zu verschicken, zu unsicher.

Am ersten Sonntag, als er sich mit seiner Verlobten traf, machte ich mir nichts mehr vor. Und beim Spaziergang zum Gipfel der sich an die Stadtmauer schmiegenden Zinne, dem Hausberg von Kronstadt, verdarb ich es beiden. Ich zankte Bartelmaess vor seiner Greta aus, bis sie forderte, er solle mich in den Wald schleudern oder an seinen Freund Fallschissel abtreten, alles sei besser, als mich zu behalten. Das fand er nicht, und sie fingen miteinander zu streiten an. Beim Abschiednehmen war seine Freundin beleidigt und hastete grußlos ins Vaterhaus.

Bartelmaess ließ sich von seiner Verlobten nichts vorschreiben. Und ich hatte bald keine Kraft mehr, mich gegen mein Schicksal zu stemmen und den Jungen zu triezen. Aus Zufall bekam ich zu Ohren, was in Wien los war: Adolf Hitler in Wien, meinem liebem, vertrauten Wien, ich machte mir Sorgen um Betty und Mara, und war umso verzweifelter, als mir kein Weg einfiel, auf dem ich erfahren konnte, ob sie in Sicherheit waren. Mit diesem Ereignis brach alles in mir zusammen. Falls sich Betty mit Mara ins Ausland absetzte und Thomas Merunka das Zeitliche segnete (er war im Winter in schlechter Verfassung gewesen), sah ich sie bestimmt nie mehr wieder.

Meine Niedergeschlagenheit machte mich stumpf. Ich hing auf dem Bartelmaesshof in der Sonne, abwechselnd an Stallpfosten, Brunnen oder Pferdekarren, wenn der Bauernsohn melkte, ein Huhn auf den Block legte, den Heuaufzug wieder instand setzte, Futter verteilte ... Zeitweilig konnte er sich nicht erinnern, an welchem Haken er mich zuletzt festgemacht hatte. Es war nicht einfach, mich wiederzufinden auf dem riesigen Hof mit seinen Scheunen und Stallungen, gar nicht zu reden von Viehweide, Acker und Obstgarten. War ich im Freien oder hing ich bei Leiterkarren, Ochsenpflug, Zaumzeug und Brennholz im Schuppen? Hatte er mich bei den Schweinen vergessen, die an der Bretterwand hochsprangen, um mich zu fressen (dankbarerweise war ich nicht in Reichweite), oder baumelte ich auf dem Plumpsklo? In Schweinestall oder Abort hakte er mich zur Strafe – oder um mich zu erpressen.

»Fitzko, wo steckst du, Mann? Schlauberger!« heulte er – er nannte mich abwechselnd »Fitzko« und »Schlauberger« –, und ich muckste mich nicht, bis er mich zwischen Pferdegeschirren, Heugabeln und Sensen erblickte. »Kannst du dich nicht melden, du Maulaff?« Er deckte mich mit einem Schwall von Beschimpfungen ein (wenn er aus der Haut platzte, reihte er Schimpfwort an Schimpfwort und war alles andere als einsilbig). Er brachte es fertig und schleuderte mich auf den Lehmboden, um mit mir Fußball zu spielen, kickte mich um eine Ansammlung Milchkannen, weit in den Hof vor den Hund an der Kette, der sich jaulend an einen entfernteren Platz verzog, zwischen in alle Richtungen stiebendes Federvieh, wenn nicht um ein Haar in den Brunnen beim Wohnhaus – ich landete zu meinem Segen im Zieheimer, der neben dem Schacht auf der Brunnenmauer kippelte.

In der ersten Zeit fiel es mir schwer zu erkennen, warum mich der Bauernsohn bei sich behielt, immerhin stieß er Greta mit mir vor den Kopf. Sicher, letztendlich war ich es gewesen, der dem Jungen seine Stellung als Bote in heimlichem Auftrag des Großdeutschen Reiches verschafft hatte. Diese erste Erfahrung mit mir hatte er nicht vergessen, vielleicht konnte ich auch in Zukunft von Nutzen sein. Zweitens erregte ich Aufsehen – und er mit mir –, ob auf dem Bauernhof und in der Nachbarschaft oder bei seinen politischen Freunden. Letztere fanden mich ausnahmslos »knorke« – dieses Wort machte bei der NS-treuen Jugend in Zeiden und Kronstadt auf Anhieb Karriere.

Anders verhielt es sich mit seinen Eltern, besonders dem Vater, einem hageren, harten Mann, maulfaul und vulkanisch (was er und sein Bengel gemein hatten), der in seinem Leben zwei Dingen verpflichtet war: den Regeln der Ahnen und Urahnen in diesem Landstrich und seinem protestantischen Glauben; oder mit dem Zeidner Pfarrer, der seine Gemeinde ermahnte, besonnen zu bleiben, sonst laufe man in diesen Zeiten Gefahr, von den »Flammen des Hasses« verschlungen zu werden; dem Viehdoktor, der sich vom Siegeszug der Nationalsozialisten nichts Gutes versprach – diese Erwachsenen waren schockiert, wenn der Junge mich an meinem Trageband schwenkte, und betrachteten mich als Vorboten des Todes, der dem Vertrauten – das ahnten sie alle – bevorstand.

Umso beliebter war ich bei den Jungspunden, die mit den Erwachsenen haderten und aus moralischer Enge und Steifheit, Regeln und Vorschriften ausbrechen wollten. Seine nationalsozialistischen Ansichten bezog mein Besitzer von Junglehrer Fallschissel oder vom Silberfuchsfarmer am Ende des Dorfes und hielt sie dem Vater am Mittagstisch vor, bis dieser vor Grant seine Mehlsuppe stehen ließ oder den Sohn mit Gewalt aus der Stube trieb.

»Kampf war erforderlich ... Kampf ... um das Grenzland der Christenheit gegen den Feind zu verteidigen« – Pause, Besteckkratzen auf Porzellantellern – »... Kampf ist notwendig, um unser Volkstum zu retten ...« – wiederum Pause und Schlag von der Pendeluhr – »... und zur echten Gemeinschaft zusammenzuschweißen«, sagte der Junge und kaute und schluckte, und der Vater versetzte: »Nicht mit eurem Hitler ... der von unserer Sachsengeschichte keinen Schimmer hat.« – »Hitler hat mehr von dem Willen und der Lebenskraft unserer Ahnen als du und dein Pfarrer ... unsere Ahnen, die kamen, um das Land zu bebauen, bis es eine wirtliche Gegend war ... und wir lassen uns vom Monarchen und seiner Regierung in Bukarest triezen und piesacken ... und diese rumänischen Heufresser stehlen unser Land ...« – »Halt deine Goschen, Kaptschuliger du!« – »... wir sollten uns endlich ans Herrenmenschentum unserer Ahnen erinnern und nicht mehr den Schwanz einklemmen, was du und dein Pfarrer bevorzugt, wenns heikel wird ...«

Ich lauschte dem Streit mehr benommen als aufmerksam, es war in der Stube zu heiß und zu stickig und Fliegen umkreisten Terrine und Teller ... und wachte auf, als es Ohrfeigen hagelte. Eberhard sprang vom Stuhl, riß mich eilig vom Holzriegel, schwang sich aufs Bizikel und raste ins Waldbad. Einmal werde er es seinem Vater vergelten, beteuerte er auf dem Weg. Von mir, seinem »Fitzko«, verlangte er Zustimmung. Ich mußte parieren bei den Streichen, die er mit mir anstellte, und wenn ich nicht mitmachen wollte, kam ich in den Schweinestall oder aufs gasige Scheißhaus.

In der ersten Zeit waren es harmlose Streiche, mit den Dummheiten Jonathan Heises und seiner drei Wohnungsgenossen am Korso vergleichbar. In der Regel ging es um das andere Geschlecht, Nachbarschaftsbackfische, Gymnasiastinnen aus Kronstadt ... ich sollte sie ausspionieren, in Badekabinen, auf Schulklos, in freier Natur oder mit Schweinigeleien in Schrecken versetzen. Mein Besitzer, der Greta vergeblich ermahnte, den Vater zu einer Entscheidung zu zwingen, hatte sie im Verdacht, auf dem Sprung zu einem anderen, dem Familienvorstand willkommeneren Mann zu sein, und befestigte mich an den efeubewachsenen Stadtmau-erresten mit Sicht auf das Elternhaus. Zwei Wochen verbrachte ich beim Katharinentor und mußte dem Bauernsohn Meldung erstatten, wann Greta das Haus verließ, ob sie alleine war oder beim Heimkommen zerzaust wirkte ...

Bald fand ich bei ernsteren Missionen Verwendung. Als mich der Junge zum Gottesdienst mitnahm, ging ein Murren durch die Reihen der Kirchengemeinde: ich war den Leuten im Dorf nicht geheuer. Eberhard saß in der vordersten Bank, auf dem Platz, auf dem sonst Adolf Fallschissel saß, der an diesem Tag angeblich krank war. Es verwirrte den Pfarrer, mich vor sich zu haben. Ver-sehentlich fegte er sein Predigtmanuskript vom Pult auf der Kan-zel ins Kirchenschiff, wo man es erst wieder einsammeln mußte.

Dieser Erfolg brachte Bartelmaess und seine Freunde auf neue Ideen. Ein Kamerad aus der Wirtschaft »Zum Weißen Roß«, des-sen Vater das Gasthaus betrieb und als Mitglied der Einheitsbe-wegung ein Gegner der Nazis war, stieg nachts auf die Leiter und hakte mich mit meinem Trageband in eine Lampe der Schank-stube, die von der zweizimmerhohen Holzdecke baumelte. An-derntags sprach dort ein Redner aus Hermannstadt, um vorm Einfluß des Großdeutschen Reiches zu warnen, der den Sachsen und Schwaben mehr schade als nutze. Ich sollte den Mann so ver-unsichern, daß er seinen Vortrag vorzeitig beendete. Als er auf-stand und sich seine Brille aufsetzte, kam aus meiner Lampe ein heftiger Schluckauf.

Man zischelte, bis wieder Ruhe einkehrte, und alles dem Red-ner aus Hermannstadt lauschte. Er sprach vom Dasein als Deut-scher in nichtdeutschen Landen, einem zu doppelter Treue ver-pflichtenden Dasein, zum nichtdeutschen Staat und zur eigenen Volksgruppe. »Mit unserem Wirken dienen wir einem Zweck, der nationenverbindend und friedenserhaltend ist!« Ich pfiff lauthals. Im Gasthaus verrenkte man sich den Hals, sprang von Stuhl oder Holzbank und schwang seine Faust in die Luft gegen einen nicht sichtbaren Gegner ...

Mir war klar: mein Besitzer beobachtete genau, ob ich meine Aufgabe richtig erledigte. Trotzdem verkniff ich mir Hickser und Pfiffe, als der Gastredner auf Adolf Hitler zu sprechen kam und seine Ideen und Vorhaben brandmarkte. »Hitler bringt uns in Gefahr, alle Deutschen, die nicht innerhalb der reichsdeutschen Grenzen zu Hause sind. Wer wird es ausbaden, wenn es zum Krieg kommt? Wen wird man als Staatsfeind abstempeln und triezen? Wem wird man das Recht entziehen, Teil einer fremden Nation zu sein? Wem wird man es heimzahlen? Uns, liebe Freunde! Und das ist im Sinne von Hitler, der Volksgruppen, die nicht im Reich leben, umsiedeln will. Sein Plan ist es, uns aus der Erde zu reißen, mit der wir seit Generationen verwachsen sind! Wir sollen unsere ewige Heimat verlassen! ...« Hier hatte ich eigentlich »Heil Hitler!« schreien sollen, um Tohuwabohu und Tumult zu entfesseln – ich brachte es aber nicht fertig. Warum sollte ich eine Rede verhindern, die ich in Charakter und Aussage teilte?

Es erboste den Bauernsohn, daß ich nicht folgsam war! Beim Lagerfeuer, das er mit seinen Freunden am Rand einer Wiese weit außerhalb Zeidens entfachte, machten sie mir den Prozeß und verurteilten mich auf der Stelle zum Tode. »Am Strang und enthaupten, das geht nicht bei Fitzko«, bemerkte mein zehnter Besitzer belustigt, »wenn wir Schlauberger wirksam zu Tode bringen wollen, haben wir keine andere Wahl als das Feuer ... sonst bringt er es fertig, am Leben zu bleiben.«

Ich traute dem Bauernsohn alles zu. Ich hing an der Lenkstange seines Bizikels, das am Pappelstamm neben dem Wiesenweg lehnte, unweit des Feuers, um das sie im Kreis hockten und Kukuruzkolben und Krumpbirnen garten. Bartelmaess schwankte, schon ziemlich betrunken, zum Fahrrad und zog mich vom Lenker. »Was hast du zum Volksgerichtsurteil zu sagen?« Ich schwieg. »Dir soll es nicht besser ergehen, als den Kruddern und Adaxln, die in den Flammen zerplatzen! Wird sich zeigen, ob ich dich nicht umbringen kann ...« Ich baumelte vor seinem Vogelgesicht, das von Hitze und Pflaumenschnaps hetschenpetschrot

485

war. »Willst du dein letztes Gebet sprechen, Fitzko? Es hat dir die Sprache verschlagen, du Maulaff, wie?« Er packte mich und warf mich in Richtung Feuer. Ich flog in die Nachtluft und hatte den Himmel vor Augen, eine Granitplatte, schwarz, voller Einsprengsel, die sich auf Felder und Heuwiesen legte ... und landete zwei bis drei Meter vom Feuer entfernt auf der anderen Seite im Gras.

Ich erinnere mich – voller Scham! – an den Lebenstrieb, der sich mit meiner Erleichterung meldete. Eberhard stellte sich breitbeinig vor mich ins Gras. »Hat es dich versengt, Fitzko? Das tut mir leid. Ich will alles tun, um deine Schmerzen zu lindern.« Er zog seinen Schwanz aus dem Latz und bepißte mich. »Ist das gut, Fitzko?« wollte er von mir erfahren, und ich schluchzte vor Freude am Leben zu sein. »Helft mit!« heulte Bartelmaess seinen Kameraden zu, als er sich keinen Spritzer mehr ausbrinzen konnte, und sie stellten sich an und bepinkelten mich, Mann um Mann, bis ich in einer Urinlache schwamm.

Ich bekenne: Mir kam diese Rohheit belanglos vor – Hauptsache, ich war am Leben. Und bald ließ ich mich von meinem Besitzer klammheimlich an einen Zigeunerkarren haken. Es handelte sich um den Karren von Chitaila, der von Geburt an nicht voll bei Verstand war. Wenn er seinen mageren Klepper antrieb und das Fuhrwerk im Stehen auf die Dorfstraße lenkte, zog er alle paar Meter den Strohhut vom Kopf und verneigte sich, einerlei, ob er einem Menschen begegnete oder nicht. Chitaila, der in der Werkzeugfabrik niedere Arbeit verrichtete, und seine Sippschaft bewohnten ein Bretterhaus außerhalb Zeidens ... Chitaila stehle, was er in die Kniefel bekomme, hieß es bei den Zeidner Sachsen, und wenn sie irgendwas bei sich zu Hause vermißten, schimpften sie: »Jesses Maria. Chitaila hat uns besucht, und wir waren nicht daheim!« Bei Eberhard und seinem Freundeskreis war der Zigeuner besonders verhaßt. Kein Weiberrock sei vor Chitaila sicher, hieß es, er lauere, wittere, luchse und hechle, wenn man den Zigeuner nicht außer Gefecht setze, werde er bald eine volksdeutsche Frau entehren ... In dieser Nacht hielten wir uns am Zeidner

486

Berg bei den restlichen Mauern der Schwarzburg auf. Junglehrer Fallschissel und mein Besitzer erwiesen mit zehn Kameraden im Fackelschein dem deutschen Rittertum Achtung und Ehre: mit Ansprachen, Strammstehen und Hitlergruß. Und beim Aufbruch um Mitternacht war man sich einig, daß ich Chitaila eine Lektion erteilen solle.

Es sollte an einem der folgenden Tage passieren. Chitaila kam aus der Werkzeugfabrik und kletterte auf seinen Karren. An diesem Tag hing auch ich an dem Fuhrwerk, verdeckt von verrottetem Krempel und Kram. Chitaila wendete mit seinem Fahrzeug und lenkte es schnalzend zur Dorfstraße. Er konnte nicht stillstehen, kratzte sich mit seiner Peitsche im Kreuz, zog den Hut vor unsichtbaren Passanten und brabbelte in seinen Stoppelbart. Wir verließen das Dorf in der sinkenden Sonne und bogen zum Weg ab, der neben dem Fluß verlief, eine Strecke mit tiefen und steinigen Fahrrinnen. Chitaila hielt ein beschauliches Tempo ein und bei seinen Strohhut umgaukelnden Faltern verfiel er in seliges Quieken.

Es widerstrebte mir, dieses erwachsene Kind zu verwirren und irrezumachen. Ich zauderte, bis ich mich wieder ans Feuer erinnerte, in dem mein Besitzer mich hatte verbrennen wollen ... »Chita-il-a!« meldete ich mich mit singender Stimme aus meinem Versteck. Chitaila hippelte auf seinen Zehenspitzen und reckte sich in alle Richtungen mit rollenden Augen. »Chita-il-a!« sang ich, »Chita-il-a!«, wieder und wieder. Und mit einem Aufschrei schwang er seine Peitsche. Er drosch auf seinen mageren Gaul ein, der voller Entsetzen Reißaus nehmen wollte. Seine Ladung bewegte sich schlingernd und schlitterte von einer Seite zur anderen.

Ich wollte Chitaila bremsen und machte es schlimmer: »Chitaila! Anhalten! An-halt-en!« heulte ich. Wir hatten einen Hang erreicht, es ging bergab, und der Karren beschleunigte, rappelnd und klappernd, bis uns der unebene Boden hochschleuderte und der Wagen vom Fahrweg zum Flussufer schoß, wo wir an einen Weidenstamm krachten. Der Karren stellte sich auf und zerbrach in zwei Teile. Dem Pferd trat roter Schaum aus dem Maul, und Chitaila zappelte an einem Holm der zersplitterten Deichsel im Todeskampf, bis seine Glieder zur Ruhe kamen. Auch ich pendelte an meinem Platz langsam aus, es grauste mich vor dieser dunkler werdenden Stille aus Grillen und marmelndem Wasser, bis mich ein Lampenschein streifte und Bartelmaess auf seinem Fahrrad bergab rollte.

Ich war schuld an Chitailas grausamem Ende und konnte den kindlichen Mann nicht vergessen, Nacht um Nacht stand er mir wieder vor Augen, wie er am Deichselholm zuckte und Blut spuckte. Ja, ich war schuld an Chitailas Tod – der meinem Besitzer kein schlechtes Gewissen bereitete. Meine Vorhaltungen fand er vollkommen abwegig. »Schluß mit dem Zores!« versetzte er außer sich, »dieser Zigeuner war Kuhscheiße, Fitzko! Um einen zertretenen Kakalatsch weint man nicht!« Niemand in Zeiden mißtraute der Sache. Alle meinten, Chitaila, halbschwachsinnig wie er gewesen sei, habe einen tragischen Unfall erlitten, sonst nichts – das ermunterte Bartelmaess und seine Mitstreiter zu einem neuen Verbrechen, das sie mit meiner Hilfe an einem Professor, einem herzkranken Juden in Kronstadt, begehen wollten. Es machte den Bauernsohn fuchsteufelswild, als ich ablehnte. Er versicherte mir, mich ins Feuer zu werfen und sperrte mich tagelang auf die Latrine.

Daß ich der Gefahr, in den Flammen zu landen, entging, verdankte ich Junglehrer Fallschissel, der in der hitlernahen Volkspartei aufstieg und mit meinem Besitzer als seinem Adjutanten zu Parteitreffen in Transsilvanien und im Banat reiste. In Bukarest kam es inzwischen zum Machtwechsel, und der Monarch mußte auf seine Krone verzichten. Carol II. verließ seine Heimat, General Antonescu und Eiserne Garde hatten von nun an das Sagen. Mit dem Pakt zwischen neuer Regierung und Hitler marschierten befreundete reichsdeutsche Truppen ein, und von Zeit zu Zeit drangen mir Stimmen ans Ohr, von der Zeidener Dorfstraße oder in Kronstadt, deutsche Stimmen aus Pommern und Franken und Wien, die bei mir eine Mischung aus Schauder und Heimweh verursachten.

In der Regel blieb ich auf dem Zeidner Bauernhof. Nach Kronstadt kam ich nur mit Eberhards Vater, wenn er in der Stadt auf die Sparkasse mußte oder mit seinem Grossisten verhandelte und sich in Gelddingen von mir beraten ließ – ich konnte rechnen, das hatte er mitbekommen. Es war keine Freundschaft, die mich mit dem Mann verband. Er hatte mich auf der Latrine entdeckt, wo ich in einem Winkel zu baumeln verurteilt war. Das war eine Gelegenheit, die er beim Schopf packte, um mich in die Jauche zu schmeißen und dauerhaft los zu sein. Ich ahnte, was er mit mir vorhatte und stimmte schleunigst ein Kirchenlied Adam Dryanders an, das den frommen Sachsen beeindruckte.

»Ich werde nicht sterben, wenn Sie mich ins Loch werfen, Sie irren sich, falls Sie das denken, Herr Bartelmaess. Es wird eine Qual sein, das kann ich nicht leugnen – allerdings werde ich nicht in der Scheiße ersticken. Und jedes Mal, wenn Sie sich auf den Abtritt begeben, ein Kirchenlied schmettern.« Das war eine Aussicht, die Eberhards Vater veranlaßte, mich an die Scheune zu haken, wo ich schwer zu bemerken war und keinen Schaden anrichtete. Das weite Land vor der Dachluke bot mir entschieden mehr Abwechslung als das Plumpsklo (ganz zu schweigen von Sonne und Luft, die mich streichelten).

Meinen Besitzer bekam ich nicht mehr zu Gesicht. An Feld- und Hofarbeit nahm er fast nicht mehr teil. Stattdessen verpflichtete er sich mit Fallschissels Hilfe zum Dienst bei der Wehrmacht. Wenn ich mich richtig erinnere, brauchte er mich im April 41 zum letzten Mal. Es ging wieder um Greta, die er im Verdacht hatte, einen Verehrer aus Deutschland zu haben, einen Offizier, der in Kronstadt zur Zeit seinen Dienst versah. Was sonst, dachte er, ließ sie zaudern, zu heiraten? Von Gretas Vater kamen keine Bedenken mehr. Mit einem Handlanger Fallschissels legte man sich nicht an ...

Er versteckte mich wieder im Efeu der Stadtmauer, von wo ich das Hoftor im Auge behielt. Nicht weit von der Stelle, an der ich hing, brachte man bald eine Reihe von Hakenkreuzfahnen an, so daß ich Gretas Elternhaus nicht mehr erkennen konnte. Trotzdem behauptete ich, Tag um Tag habe Greta sich abholen lassen, und zwar von einem Wehrmachtsdienstgrad mit zwei goldenen Sternen in einem Automobil. »Und heim brachte er sie erst wieder im Morgengrauen.« In seiner Eifersucht nahm mein Besitzer mir alles ab. Er teilte mir seine Absicht mit, wegzugehen und in die Welt aufzubrechen, in der man als Deutscher und Arier zur Herrschaft bestimmt sei. »Und was soll aus mir werden?« wollte ich wissen und war erleichtert, als er seine Lippen zusammenkniff ... er hatte nicht vor, mich bei sich zu behalten.

Es war Junglehrer Fallschissel, der meinem Besitzer einen Posten als Boten verschaffte (im Reichspostministerium in Berlin, wenn ich mich richtig erinnere). Und aus Zufall begegnete Bartelmaess an der Spree dem Amtsleiter wieder, der Kronstadt besucht hatte und sich noch an die Nacht mit dem sprechenden Schrumpfkopf erinnerte. Er erkundigte sich, wo ich sei. Beim Vater in Zeiden, erwiderte Eberhard. »Du solltest deinen Fitzko zu dir nach Berlin holen und dich an Lohenfeld-Meyenbug wenden, das ist ein hoher Beamter beim Sicherheitsdient – und ein schrumpfkopfbegeisterter Mann«, riet der Amtsleiter, »das wird deinen Aufstieg beschleunigen, Junge!«

Eberhard Bartelmaess schrieb an den Vater, er solle mich einpacken und auf die Post bringen. Der wiederum wollte mich lieber behalten, mein Rat in Finanzdingen war unentbehrlich, und er stellte sich lange Zeit stur. Erst als ein Feldpolizist auf den Hof kam, gab Eberhards Vater seinen Widerstand auf, und ich reiste im Koffer mit anderen Habseligkeiten von Zeiden bis Wien (ach, mein Wien, von dem ich keinen Zipfel vor Augen bekam, warum konnten mich Betty und Mara nicht abholen und an den Fleischmarkt mitnehmen ...?) und von Wien in einem weiteren Zug nach Berlin.

Bald trat mich der Junge (an dem alles schlackerte, selbst die Uniform paßte nicht, stellte ich fest, als er mich in seinem Pensionszimmer auspackte) an den Ministerialrat, SS-Mann und adligen Sammler ab. Er verlangte keinen Pfennig und ließ sich von Lohenfeld noch nicht einmal zu einer besseren Stellung verhelfen – er hatte nichts Dringenderes vor, als in Rußland den Herrenmenschen zustehendes Land zu erobern und mit dem Geist seiner Zeidner Ahnen und Urahnen deutsche Kultur zu verbreiten.

Es dauerte keine drei Monate, bis er fiel. Ich allerdings lebte weiter ...

XIV

Ich passe zum Totenkult; zwei seufzende Nachbarn in
der Schrumpfkopfsammlung; wie mir meine Vergangenheit
als Simon Dryander zur Naziverehrung verhilft;
Sprachreinheitsfimmel und mein Auftritt in der Wochenschau

Lothar zu Lohenfeld-Meyenbug, der aus einem hessischen Adels-
und Rittergeschlecht stammte, besaß eine Sammlung von zweihundert Tsantsas, die im Herren- und Rauchsalon mit seinen
Wandpaneelen von an der Decke befestigten Kordeln hingen und
sich im Luftzug bewegten. Sie streiften einander, wenn das Personal gegen sechs frische Luft aus dem Garten ins Zimmer ließ,
um den Qualm der vergangenen Nacht auszutreiben, Berge von
Kippen und Flaschen beseitigte und den verdreckten Parkettboden wienerte. Oh, ich verabscheute es, meinen Nachbarn zu nahe
zu kommen oder gar an sie zu stoßen – an Unwettertagen, wenn
Sturmwind den Wannsee zu bleigrauen Wellen und Schaumkro-
nen zusammenpeitschte, konnte das aber passieren.

In den ersten zehn Monaten wechselte ich mit meinem neuen
Besitzer kein Wort, und er gab es bald auf, mich zum Sprechen zu
bringen. Er stand vor mir in Stiefeln und Uniform, mit der SD-
Raute, Ledergurt, Litzen und Kappe, an der mir der Zierat aus
Adler und Hakenkreuz auffiel und vor allem der Totenkopf, den
ich besonders abstoßend fand und der mir meine Rolle nur allzu
bewußt machte: Ich paßte zum Totenkult der Nationalsozialisten,
ich paßte zu Lohenfeld-Meyenbug und seinen Mitstreitern.

Lothar zu Lohenfeld-Meyenbug liebte den Tod und aus diesem
Grund liebte er Tsantsas. Beeindruckt war er von der Haltbarkeit,
die man dem Tod mit den Tsantsas verschaffte. »Technik und

Wirkung«, das waren seine Schlagworte, »Technik und Wirkung sind nicht zu verachten«, wiederholte er vor seinen SS- und Parteifreunden, die uns am Kamin lehnend in Augenschein nahmen oder blinzelnd aus Sesseln und Sofas studierten.

Daß sich in seiner Sammlung zehn weibliche Tsantsas und neun Exemplare von Kindern befanden, war meinem Besitzer nicht unbekannt. Er ließ sich von einem Doktor beraten, einem Gerichtsmediziner und Anatomen, mit dem er aus Studientagen befreundet war. Zu Lohenfeld hatte mich von seinem Doktor begutachten und meine platte Gesichtsseite, diese Entstellung vom Kinn bis zum rechtem Ohr, die mir Bettys Vorschulkindlaune verschafft hatte, im gerichtsmedizinischen Institut ausbessern lassen. Der Fachmann betonte zwei Dinge: Ich sei ein echtes und erstklassiges Fabrikat – und ich sei im Leben ein Weißer gewesen. Das machte mich zu einem Prachtexemplar!

Bei den Modellierungen, die Lothar zu Lohenfeld-Meyenbugs Studienfreund an mir vornahm, in einem Saal voller mannsgroßer Becken aus Stein, im Boden verlaufender Abflußrinnen und einer Reihe vergitterter Fenster zur Spree, mußte ich mir meine Schmerzen verbeißen. Er sollte keinesfalls mitbekommen, daß ich lebendig war, und ich hielt alles aus, bis ich wieder im Herren- und Rauchzimmer bei meinen Leidensgenossen hing.

Ich muckste auch nicht, als ein brenzliger Vorfall meinen neuen Besitzer zur Furie machte. Gegen Mitternacht hatte ein junger betrunkener SS-Scherge seine Pistole entsichert, um auf einen Schrumpfkopf zu schießen und verfehlte meinen Nachbarn nur um Haaresbreite. Verwirrung entstand, alles sprang auf die Beine. Als der sternhagelvolle SS-Mann auf mich zielte, mischte sich Lohenfeld-Meyenbug ein. Er querte mit schlendernden Schritten das Zimmer. »Ich denke, du solltest dich besser benehmen«, versetzte er ruhig und beherrscht, »oder weißt du nicht mehr, daß du bei mir zu Gast bist?« Er streckte den Arm aus und zeigte zur Wand. »Und das ist meine Sammlung, die lasse ich mir nicht zusammenschießen von einem Schlappschwanz wie dir ...«

Unvermittelt entriß er dem Jungen die Waffe. Mit einer flinken Bewegung der linken Hand packte er sie am Pistolenlauf, holte aus und hieb den Griff seinem Gast ins Gesicht – er sank auf dem Teppich zusammen und wimmerte nur noch.

»Wegschaffen«, sagte zu Lohenfeld mit einer Stimme, die im Widerspruch zu seiner hitzigen Rohheit stand. Sie wirkte auffallend angenehm glatt und weich. Alles an meinem Besitzer schien weich zu sein: Backen und Lippen, sein breiter und teigiger Nacken, die weiße empfindliche Haut. Das tat seiner Strenge und Beckmesserei keinen Abbruch. Er legte auf Haltung und Sauberkeit wert. Dienstpersonal, mit dem er nicht zufrieden war, niedere Dienstgrade, die nicht genug auf sich achteten, fertigte Lohenfeld-Meyenbug vernichtend ab. Alles im Leben war Wille und Macht, und als Herrenmensch war er der Wille an sich.

Ich stellte mich tot, um vergessen zu machen, daß ich ein angeblich sprechender Schrumpfkopf war. Das gelang auch – bis Lohenfeld an seinem Geburtstag vom Rechtsmediziner einen Schrumpfkopf verehrt bekam, der von allen anderen im Rauchzimmer abwich. Man beging den Geburtstag bei Sonnenschein im Garten zwischen Villa und Aussichtsterrasse am Wannsee. Ich konnte nur sehen, wie der Hausherr die Pappschachtel aufklappte und sein Geschenk an den Haaren ins Freie zog. Zu den begleitenden Worten des Rechtsmediziners brach man im Garten in schallendes Lachen aus.

Am anderen Vormittag hakte der Diener den Neuzugang an meine Seite. Ich erkannte gleich, daß es ein weiblicher und erst vor kurzem verfertigter Schrumpfkopf war. Was mich 1914 beim Galanteriewarenkaufmann am Kohlmarkt entsetzt hatte, schokkierte mich bei dem Berliner SS-Mann nicht mehr: Tsantsas waren noch immer begehrt, und der Markt zeigte reges Interesse an brandneuer Ware ... Entscheidender war etwas anderes: Der neue Tsantsa war keine Indianerfrau. Er stammte von einer Weißen – das war wohl der Grund, warum man sie neben mir anbrachte –, einer Weißen mit welligem, ebenholzschwarzem

Haar, das sich in die Tiefe ergoß. In den Spiegeln im Herrenzimmer und in den Fenstern zu Garten und Wannsee studierte ich das Gesicht, das Jugend und Reinheit ausstrahlte. Zwei Dinge erschienen mir an meiner Nachbarin sonderbar. Sie war von einer anderen Machart als alles, was mir in der Sammlung des Galanteriewarenkaufmanns und bei den Anthropologen in Cambridge begegnet war. Und sie verwirrte mich mit einem Geruch, der einen leuchtgelben Schimmer erzeugte und an chemischen Klebstoff erinnerte.

In der zweiten Nacht stieß sie auf einmal einen Seufzer aus. Was das in mir verursachte, kann man sich vorstellen. Fieberhaft horchte ich in die Stille ... mein Besitzer war in diesen Tagen auf Reisen, das hieß, gegen zehn herrschte Ruhe im Haus, alle Dienstboten konnten sich zeitig aufs Ohr legen ... mit anderen Worten: wenn ich meine Nachbarin ansprach, bekam es kein Mensch in der Villa mit.

»Psst«, machte ich, »pss-sst! Du bist nicht alleine ... ich meine, du hast einen sprechenden Nebenmann. Ich bin lebendig, nicht anders als du. Und ich dachte bis heute, ich sei eine Ausnahme ... willst du mir deinen Namen nennen? Ich heiße ›Tato‹ ... in meiner Familie nennt man mich ›Tato‹ ... ach, meine Familie, von der ich nicht weiß, wo sie ist ...« Eine Minute verging, ich erhielt keine Antwort. »Das mit dem Seufzer, das war keine Einbildung ... du kannst nicht abstreiten, daß er von dir kam ... oder sprichst du kein Deutsch ... oder willst du kein Deutsch sprechen? Wollen wir uns in einer anderen Sprache ...?«

Meine Anstrengungen blieben vergeblich, sie schwieg. Erst im Morgengrauen seuzfte sie wieder, ein langer anhaltender Seufzer, der mich aus dem Halbschlaf riß. Und es passierte im Beisein Herrn Friedrichsens, des Majordomus in Lohenfelds Haushalt, der sich im Rauchzimmer aufhielt, um festzustellen, ob alles sauber und an seinem Platz war. Es wunderte mich, daß er von diesem Seufzer nichts mitbekam. Und es passierte aufs Neue zur Mittagszeit vor den vier Kindern und Lothar zu Lohenfelds

Ehefrau, einer schweren, hochgewachsenen, goldblonden Kielerin, die im angrenzenden Eßzimmer speisten. Sie kauten und schluckten und kratzten mit dem Besteck, ohne ein Wort miteinander zu wechseln, als meine Nachbarin wiederum in einen langen, anhaltenden Seufzer ausbrach, der mir ins Mark ging (man weiß, was ich meine) ... nebenan aß man seelenruhig weiter.

Niemand in der Familie nahm dieses Seufzen wahr, so wie auch niemand vom Personal und kein Besucher. Und es kam immer wieder, begleitet von einem Summen, vor dem mir mehr und mehr schauderte. Es war ein verzweifeltes, leidvolles Summen. Meine Nachbarin sprach nicht mit mir, und ich hatte den Eindruck, sie sei zu schmerzhaft und kummervoll in sich versunken, um mit Worten erreichbar zu sein. Bei diesem Seufzen, das bald nicht mehr abbrach, am Tag und bei Nacht, war an Schlaf nicht zu denken. Ich war zerrissen vor Mitleid und Grauen ... und mit der Heimkehr des Hausherrn aus Rußland, wo er im »Reichskommissariat Ostland« an Operationen der Abwehr beteiligt gewesen war, verriet sein Studienfreund, der Gerichtsmediziner, vor den versammelten Sicherheitsdienstleuten – und vor mir –, um wen es sich bei meiner Nachbarin handelte.

Bei seinem Vortrag entnahm er dem Holzkistchen auf dem Kaminsims einen weiteren Schrumpfkopf, diesmal einen Mann. »Beides sind Juden«, er nickte abwechselnd zu seinem neuen Mitbringsel und meiner Nachbarin, »die ich mir aus Sachsenhausen bestellt habe, wo man sie praktischerweise im Vorfeld enthauptete«, es wieherte im Offiziers- und Beamtenkreis, »... und die ich zum Schrumpfkopf verarbeitet habe! Was der Indianer beherrscht, kann der Arier besser ...« – »Sie sind großartig, August«, versetzte der Hausherr, der den hellblonden Schrumpfkopf von Nahem in Augenschein nahm; alles nickte und stieß auf den Rechtsmediziner an.

Ich fand keine Ruhe mehr bei meinen Nachbarn, die nichts als bewußtloses Leiden waren. Mir war das bewußtlose Dasein nicht unvertraut. Ich hatte ja selbst erst im Laufe der Zeit, die ich beim Vertreter der Spanischen Krone verbrachte, mit Hilfe von Ara und Totenkopfaffe meinen Wachtraum verlassen. Trotzdem schien mir der Wachtraum nicht mit der Bewußtlosigkeit meiner Nachbarn vergleichbar. Ich erinnerte mich nur an eine Empfindung, die mit dieser ichlosen Vorzeit verbunden gewesen war: eine Empfindung vollkommenen Friedens. Und was ich meiner Nachbarschaft anmerkte, hatte mit Seelenruhe nicht das Geringste zu tun.

Ich hielt es auf Dauer nicht aus, und mir blieb keine andere Wahl, als mein Schweigen zu brechen. Ich verlangte von meinem Besitzer, er solle mich aus seiner Sammlung entfernen und in einem anderen Zimmer befestigen lassen. Er verweigerte mir diese Vorzugsbehandlung nicht – ein sprechender Schrumpfkopf verdiene es, fand er, bevorzugt behandelt zu werden. Ansonsten hielt sich sein Erstaunen in Grenzen. Daß ich lebte und sprach hatte er ja bereits von meinem letzten Besitzer aus Zeiden erfahren, er war also beileibe nicht unvorbereitet, selbst wenn er der Behauptung nie ernsthaft getraut hatte. Er ließ mich vom Hausdiener Friedrichsen abwechselnd in den westlichen Turm oder die Bibliothek haken. Wenn er wieder ein Essen gab, war meine Aufgabe, seine Gesellschaft bei Laune zu halten. Meine Geschichten vom Leben als Schausteller oder als heimlicher Redner im Paulskirchenparlament waren besonders beliebt.

Mein elfter Besitzer war zweifacher Doktor, in Jurisprudenz und Geschichtswissenschaften. Er war ein Kenner von Staatstheorien aller Zeitalter und beherrschte seinen Clausewitz aus dem Effeff, konnte sich stundenlang mit den Kollegen zu neusten Waffenentwicklungen austauschen, war kein Freund der Musik, wenn sie nicht von Carl Orff stammte, sprach fließend Latein und zitierte mit Vorliebe Cicero, Seneca und Julius Caesar. Er telefonierte und schrieb mit der rechten Hand, streckte die Rechte zum Hitlergruß aus, hielt das Messer beim Schneiden und rauchte mit rechts ... nur wenn er einen Diener mit Ohrfeigen eindeckte oder ein Glas zerschmiß, tat er es mit seiner Linken; und in der linken Hand hielt er die Waffe, mit der er im Garten auf Tontauben schoß; er benutzte die Linke zum Kraulen seines Jagdhundpaars oder zum achtlosen Streicheln der Kinder – steif lag seine Hand auf den geraden und goldblonden Scheiteln. Und auch mich hielt zu Lohenfeld in seiner Linken, wenn er im Garten der Villa spazierenging und sich mit mir austauschen wollte.

In seinen Augen war Abstammung alles, Sippschaft und Rasse verliehen einem Menschen seinen Wert. Ich war der Sohn eines Schulrektors und Protestanten aus Augsburg, der »Stadt deutscher Kaufmannsfamilien«, und hatte mich den »Gesetzen des Schwertes« verschrieben, als Landsknecht und deutscher Eroberer Amerikas – mein Herrenmenschentum konnte man mir nicht abstreiten. Das alles verhalf mir zu einer besonderen, mit Privilegien verbundenen Stellung im Haus.

Sein Wissen um Simon Dryander besaß er von mir. Ich muß zugeben, ich konnte nicht widerstehen, beim studierten Historiker Eindruck zu schinden. Ja, ich merkte, ich konnte zu Lohenfeld sogar erpressen. Mir fielen angeblich vergessene Dinge ein, die ich in meiner Augsburger Kindheit erlebt hatte – oder bei der Verteidigung Wiens gegen die Osmanen –, Dinge, die er nur von mir erfahren konnte, wenn ... nickend wies er seinen Hausdiener an, mir beim Telefonieren behilflich zu sein und ich ließ mich vom Amt mit der Nummer am Fleischmarkt verbinden. Angestrengt und erregt lauschte ich in die Leitung. Das blieb vergeblich – es meldete sich ein mir fremder Mann, der behauptete, er kenne weder Merunkas noch eine Maria Therese mit Spitznamen Mausi. Auch wollte er mir nicht sagen, seit wann er an dieser Adresse zu Hause war ... Mein neuer Herr nahm mich im Automobil mit, mit dem er sich zu seinem Arbeitsplatz bringen ließ – auf der AVUS ging es mit Karacho ans Ziel –, und mit dem beauftragten Fahrer erkundete ich bis zur Heimkehr am Mittag Berlin, ich machte von Woche zu Woche mehr Schuttberge aus. Nachts brauste und flackerte es in der Ferne, ich konnte das Luftangriffsschauspiel im

Norden und Osten vom Turmzimmer aus gut beobachten und begutachtete seine Wirkung am Tage vom Wagen aus, von der Aussicht, es gehe zu Ende, klammheimlich befriedigt.

Ich ließ mich vom Hausherrn mit »Simon« ansprechen, Ehefrau, Kinder und Hausangestellte verpflichtete er, mich »Herr Dryander« zu nennen. In einer schwachen Minute war ich der Versuchung erlegen, einfließen zu lassen, in Wien sei vor rund dreißig Jahren ein Buch um mein Leben als Simon Dryander erschienen. »Mein Gott, das ist Abrahams Buch!« rief ich, als ich den bleigrauen Leinendeckel wiedererkannte, den Lohenfeld mir ein paar Tage danach vors Gesicht hielt, »kann man es bis heute erwerben?« Diese Dummheit nahm er mir nicht krumm. »Ich bin vom Sicherheitshauptamt, hast du das vergessen? Wir finden alles und alle, mein Lieber.« – »Sie haben es bereits studiert?« wollte ich wissen. »Dryanders Geschichte ist eindrucksvoll«, gab er zur Antwort, »der Rest psychologischer Schund. Und diese verlogene Judenmoral, die dem Ziel dient, den arischen Herrenmenschen zu entmannen ... wer sagte das, Simon: ›Der Judendoktor ist die Krankheit, die er zu kurieren vorgibt‹?«

Er plante einen Ausflug in meine Geburtsstadt, ein Vorhaben, das er nicht wahrmachen konnte, er war zu beansprucht von seinen beruflichen Aufgaben. Weiterhin war ich verpflichtet, an seinen Diners und SS-Offizierstreffen teilzunehmen. Meine Geschichten verhalfen zu Lohenfeld bei den Besuchern zu großer Beliebtheit, seine Einladungen waren besonders begehrt. Ich ging gegen alle verwendeten Lehnworte an und ersetzte sie standhaft mit deutschen (wie ich es von Nikolas Elze und Jonathan Heise in Erlanger Tagen erlebt hatte), ein Tick, den man in der Gesellschaft »zum Schießen« fand. Ich verbesserte hohe Vertreter von Sicherheitsamt und Partei, die von »deutscher Kultur« sprachen, dieser undeutsche Redestil sei nicht verzeihlich, »bitte sagen Sie: ›Geistesanbau‹, meine Herren, ›deutscher Geistesanbau‹ ist der richtige Ausdruck«, verbat mir den »Horizont« oder das »Sofa«, die ich zu »Gesichtskreis« und »Lotterbett« eindeutschte, und den »Patrioten«, der eigentlich »Leuthold« hieß. »Guten Appetit!« sagte mein elfter Besitzer, und ich zischelte an meinem Platz: »Das heißt Eßlust ... gute Eßlust!«, ein Einwand, der alle belustigte.

Zeitweise trieb ich es – absichtlich – zu bunt. Wenn Worte wie »Komma«, »Korpsgeist« und »Dessert« fielen, warf ich ein: »Das heißt ›Beistrich‹! ... ›Gemeingeist‹!« und »›Nachtisch‹«, bis sich die SS-ler wie Schulbuben vorkamen. Oh, ich konnte meinen Halter in Weißglut versetzen. Beharrlich bemerkte ich zu seinen Besuchern: »›Soldat‹ ist kein heimisches Wort, meine Herren! – ›Menschenschlachter‹, das ist seine deutsche Entsprechung!«, ein Einwand, den ich im Minutenabstand wiederholte, um »Soldat« und »Soldatentum« ging es ja permanent. »Es reicht, Simon, das ist zersetzend«, verwarnte er mich, »sinnentstellend und zersetzend, du solltest uns diese Verballhornungen lieber ersparen ...«
Er ließ mich vom Diener ins Turmzimmer hochbringen, wo ich mich von der Gesellschaft erholen konnte und das Schauspiel der Flugzeuggeschwader verfolgte, die von fernem Summen begleitet am Nachthimmel auftauchten, bis in der Stadt erste Feuer aufflackerten ...

Mein Besitzer ließ sich von den Angriffen nicht beirren. Er zechte und qualmte bei Karten- und Billardspiel und schwofte zur Tanzmusik, die aus dem Schalltrichter schepperte oder hielt Ansprachen vor dem Diner: alle Opfer, die Deutschland erbringe, seien nichts als ein Vogelschiß gegen den sicheren Endsieg, »nehmen wir uns ein Beispiel an Simon Dryander, er ist der unsterbliche Arier und Deutsche ...« (mich im Verlauf meiner Menschwerdung zu einem »unsterblichen Arier« entwickelt zu haben, war von besonders abscheulicher Ironie). Diese Gesellschaften ekelten mich. Lohenfelds Rechtsmedizinerfreund plante, eine weitere Judenkopflieferung zu bestellen, und nickte zur Sammlung, die vor den Paneelen hing, es kribbele in seinen Fingern, wenn er sie betrachte ... Ein SS-Mann aus Wien strich seinen Schnurrbart und kuderte: »Ka Jud is a bessara Jud ois sei Leich.«

»Das ist es ja«, sagte ich heiser, »sie sind nicht tot.« – »Wois maanst?« verlangte der Wiener zu wissen. »Tut mir leid«, sagte ich zum Gerichtsmediziner, der sein Whiskyglas ansetzte, »wenn Sie einen Juden zum Schrumpfkopf verfertigen, ist er nicht tot. Diese beiden, die Sie unserem Hausherrn verehrt haben, seufzen und wimmern, ich bilde mir das nicht ein. Was Sie fabrizieren, sind untote Juden! Und ob dieses ewige Seufzen den menschlichen Ohren auf Dauer verschlossen bleibt ...? Mit anderen Worten: Ich rate, es bleiben zu lassen.« Ich hatte Erfolg: er verschluckte sich an seinem Whisky und brachte meinem Herrn keinen Schrumpfkopf mehr mit!

Bei den Abendgesellschaften kam mir zu Ohren, wie Amerikaner und Rote Armee in den Ardennen und in Ostpreußen vorstießen. Mit dem Deutschen Reich ging es anscheinend zu Ende, nichts konnte mich seliger stimmen. Sicher, der Kreis um zu Lohenfeld-Meyenbug ließ sich von den Meldungen nicht ernsthaft beeindrucken. Man wettete auf eine Wendung des Kriegsgeschehens zugunsten der Deutschen in letzter Minute, sei es mit der Entwicklung von neuen Raketen von nie dagewesener Vernichtungskraft, sei es durch den Fanatismus des arischen Willens.

Im Januar ließ sich der Hausherr mit einem Bekannten beim Reichspropagandaminister verbinden. Seine Idee, einen Wochenschaubeitrag um den Augsburger Simon Dryander zu drehen, den Landsknecht des Kaisers und deutschen Eroberer, der, von Indianern enthauptet, bis heute am Leben sei, stieß am anderen Ende der Leitung auf Zustimmung: Das werde den Durchhaltewillen und die Kampfmoral festigen! In meiner Heimatstadt Augsburg zu drehen war des heiklen Kriegsverlaufs wegen zu schwierig, und man einigte sich auf einen Dreh in der Villa am Wannsee, besonders der westliche Turm bot sich an, der in seiner Bauweise ans Mittelalter erinnerte. Ich hatte beileibe nicht vor, meinem Besitzer und der *Deutschen Wochenschau* als Propagandaobjekt zu dienen ... in der Nacht vor den Aufnahmen plagten mich schlagartig Halsschmerzen und meine kratzige Stimme versagte, als ich vor laufender Kamera meinen Text von Schrifttafeln ablesen sollte. »Das macht nichts«, versetzte der Aufnahmeleiter, »wir lassen es von einem Schauspieler einsprechen«, und man drehte den Wochenschaubeitrag zu Ende. Mein Halsweh schien sinnlos gewesen zu sein ...

Bei der Zensurstelle allerdings hatte man Zweifel und kam zu dem Schluß, ein enthaupteter Landsmann, von dem nichts erhalten sei als eine faustgroße Fratze, sei nicht das taugliche Mittel, den Durchhaltewillen des Volkes zu steigern. Lothar zu Lohenfeld-Meyenbug lieferte sich einen Kleinkrieg mit dem Ministerium, telefonierte und gab keine Ruhe, bis Goebbels zu einer Besprechung bereit war, die er, in letzter Minute terminlich verhindert, auf einen Zeitpunkt im Mai oder Juni verschieben ließ.

Ende Februar teilte man meinem Besitzer mit, der Filmstreifen sei bei einem Angriff verbrannt und man bitte den Vorgang ad acta zu legen. Das konnte zu Lohenfeld in seinem Wahn nicht mehr bremsen. Ich war der Beweis, daß der Herrenmensch unsterblich war, und an dieser Unsterblichkeit wollte er teilhaben. Als sein Studienfreund zu Besuch in die Villa kam, verlangte der Hausherr, falls es mit dem Endsieg nicht klappe, zum Schrumpfkopf verewigt zu werden, zum lebenden Schrumpfkopf, ob er sich das zutraue? Mehr als eine schwammige Antwort erhielt er nicht, und bevor man einen ernsthaften Plan fassen konnte, hatte der Rechtsmediziner in seinem Institutskeller Selbstmord begangen.

Es ging zu Ende, es mußte zu Ende gehen. Zehn Tage vor Ankunft der Roten Armee verzichtete Lohenfeld auf seine Fahrten ins Stadtgebiet – Schutthaufen, Autowracks, Pferde- und Menschenkadaver versperrten den Fahrdamm – und bald war der Fernsprecher tot, an dem er seine Anweisungen erteilt und diktiert hatte. Er trank seinen Vorrat an Whisky, Champagner, Burgund- und Bordeauxweinen leer und saß schlaff im Kaminsessel, wo er den Frontverlaufsmeldungen oder der Platte mit Orff-Musik lauschte, die sein Hausdiener Friedrichsen auflegen mußte.

Koch und Stalljunge setzten sich bei Nacht und Nebel ab, und als aus der Ferne Kanonendonner anrollte, wies Lohenfeld-Meyenbug seinen Adjutanten an, sich mit den Dienern beim Volkssturm zu melden (mit Ausnahme des unverzichtbaren Friedrichsen). Leider ließ er mich nicht mehr ins Turmzimmer hochbringen, wo ich mich am Vormarsch der Russen erfreuen konnte. Ich blieb bis zum Morgengrauen an seiner Seite und mußte dem lallenden Hausherrn mein Ohr leihen.

Als er in den ersten Stock zu seinen Lieben stieg, baumelte ich an der Uniformjacke, die weitoffenstehend um seinen Schlafanzug schlotterte. Seine neben der Mutter im Ehebett schlafenden Kinder erwachten nicht bei seinem Eintritt. Lohenfelds Ehefrau stellte sich lediglich schlafend, das merkte ich, als er sich vorbeugte und mich bei dieser Gelegenheit gegen sie preßte, der Herzschlag beschleunigte sich ... mehr mit dem linken Arm als mit der linken Hand, in der er die Waffe hielt, strich er der Frau ums Gesicht, »ach, meine Treue, mein ehrliches deutsches Weib, mir bleibt keine Wahl, als den Willen zu vollstrecken ... den Willen der Vorsehung, der unerbittlich ist« – und sein Finger bediente den Abzug.

Es vergingen Minuten, bis ich zur Besinnung kam. Ich war zu entsetzt von dem Mord an der Ehefrau und zu benommen vom Knall. Die Kinder umklammerten weinend den Vater, der vorm Bett in die Hocke ging und sie beschwichtigte, »nicht weinen, nicht weinen, ein deutsches Kind weint nicht«. Er streifte den Scheitel der Kinder mit seinem linken Arm. Blitzschnell erschoß er den ersten Sohn, dann seinen zweiten, die Tochter entwand sich dem Vater und rannte los. Sie floh aus dem Zimmer zur Treppe ins Erdgeschoß, wo sie ins Straucheln kam und in die Tiefe fiel. Auf dem Zwischenpodest blieb sie regungslos liegen.

Im Morgengrauen wirkte die Villa verwaist, alle weiblichen Dienstboten hatten sie anscheinend verlassen. Der einzig verbliebene Diener war Friedrichsen, der meinen Besitzer rasieren mußte und seine letzten Befehle erhielt. Er mußte dem Hausherrn sein Ehrenwort geben, mich vor der Roten Armee zu verteidigen, koste es was es wolle, bis zum letzten Atemzug – der Feind durfte mich, einen unsterblichen Arier, niemals in seine Gewalt bringen! Ich baumelte neben dem Spiegel im Speisesaal, vor dem der Hausherr in blinkender Kluft seinen Arm zum Heil-Hitler-Gruß ausstreckte. Mit der linken Hand zielte er auf seinen Kopf. »Ich gehe als deutscher Soldat in den Tod!« – »Das heißt: ›Menschenschlachter‹, Soldat ist kein Erbwort«, warf ich, mehr mechanisch als mutwillig, ein. Meine Bemerkung entging dem SS-Mann, Orff-Chor und Artilleriegrollen verschluckten sie. »In deiner Unsterblichkeit lebe ich weiter«, versetzte er, mit seinem Finger am Abzug, zu mir, ein Versprechen, bei dem es mir schauderte.

Er zitterte, als er den Abzug bewegte, und brachte sich nur einen Streifschuß gleich neben dem Auge bei. Er sank in einen Sessel und ließ sich vom Diener das Blut stillen. Es verging eine Weile, bis er wieder aufstand, vor den Spiegel trat und seine Waffe ergriff. Sie wechselte von seiner linken zur rechten Hand und von der rechten zur linken. »Mach du es!« verlangte er heiser von Friedrichsen, und der war zu treu und zu willig, um sich zu verweigern. Er hielt seinem Herrn den Pistolenlauf an die Stirn. Ich schloß meine Augen, es krachte ein Schuß – und eine warme und klebrige Masse bespritzte mich.

Friedrichsen erledigte pflichtschuldigst auch alle weiteren Anweisungen seines Herrn. Er errichtete einen Scheiterhaufen im Garten, brachte Ehefrau, Kinder und Hausherrn ins Freie, wo er sie auf dem Holzstoß ablegte, holte einen Kanister, besprengte sie mit Benzin und steckte alles in Brand. Eine Stichflamme schoß in den weißen Aprilhimmel, der voller naher und fernerer Rauchwolken hing. Friedrichsen hakte mich hastig vom Spiegel. Es ging in sein Hausdienerzimmer im Ostturm, wo er sich aus dem Frack pellte und in einen Anzug stieg, der teuer und neu war und auffallen mußte, und abmarschbereit seinen Koffer ergriff. Er setzte sich einen Fedorahut auf und steckte mich in seinen wadenlangen Stoffmantel, der mir nicht erlaubte, ins Freie zu linsen.

Der Hausdiener, der dreißig Jahre Anweisungen befolgt hatte, hatte keinen Plan. Sein Zuhause im Wedding besaß er nicht mehr, seine Eltern waren bei einem Angriff verbrannt. Trotzdem wollte er sich in der Gegend verkriechen, die er aus seiner Kinder- und Jugendzeit kannte, und erstaunlicherweise erreichten wir sie ohne Schwierigkeit. Heute denke ich, es war sein blasses und sich aus Gewohnheit verleugnendes Dienstbotenwesen, das uns vor Partei- und SS-Schergen unsichtbar machte, die einen Mann seines Alters, der sich nicht am Volkssturm beteiligte, auf der Stelle verhafteten oder erschossen. Es machte mich rasend, blind in seinem Mantel zu stecken. Außer Leiterkarrenrasseln und Straßenbahnklingeln, Ziegelsteinklackern und fernem Maschinengewehrfeuer bekam ich von dem, was um uns auf der Straße passierte, nichts mit.

Friedrichsen brachte mich in einen Dachstuhl beim Lampenwerk Osram, der halb in der Luft schwebte und in der Mitte zur fehlenden Hausseite aufklaffte. Von meinem Platz an einem Nagel erkannte ich Feuer, Handgranaten zerbarsten, es schoß in der Nachbarschaft, sonst war alles finster um Mauern und Steinhaufen. Wir waren allein im Versteck, das man nur mit einem Sprung vom benachbarten Dachstuhl erreichte, das hinderte andere daran, unserem Beispiel zu folgen.

Friedrichsen wirkte verzweifelt und wollte nicht sprechen. Er hatte sein Leben dem Dienen und der Pflicht geweiht, und es war seine letzte verbliebene Aufgabe, mich vor der Roten Armee zu bewahren. Als nach Tagen ein Russe zu uns auf den Dachstuhl sprang und mit der Maschinenpistole vor Friedrichsen auftauchte, hielt dieser ein Brett in den Armen, um uns zu verteidigen. Das Brett war zu schwer und als Hausdiener war er dem guten Benehmen verpflichtet – zwei kurze Salven und Friedrichsen schwankte zur wandlosen Kante und kippte ins Nichts.

Ich war zu erregt, um mich still zu verhalten. Es tat mir leid um den Mann und sein sinnloses Ende, und ich war erleichtert, vom Alptraum befreit zu sein, den ich bei meinem elften Besitzer erlebt hatte. Vollkommen außer mir, fing ich zu schwatzen an. Das mußte den Russen verwirren, der dort, wo ich war, keinen Menschen entdeckte, und von dem, was ich sagte, verstand er kein Wort. Zur Sicherheit feuerte er in die Ecke, und als ich schimpfte, er solle das seinlassen, von mir ginge keine Gefahr aus, ich sei ein Freund, begann er wild um sich zu ballern. Kugeln und Holzsplitter spritzten um meine Ohren, und ich machte den Fehler zu heulen, ich sei es leid, wann dieser Wahnsinn denn endlich zu Ende sei, und er solle sich bloß vor der Kante in Acht nehmen. Er hatte die Schlucht hinter sich wohl vergessen und machte einen weiteren Schritt auf den Abgrund zu. »Halt!« bellte ich, »halt!«, was ein Fehler war. Wieder ein Schritt und ein letztes Maschinenpistolenrattern – und auch der Russe verschwand in der Tiefe.

Vierter und letzter Teil

*Von Ohnmacht und Aufschwung
zu Schwermut und Gegenwart
Berlin, Frankfurt, Augsburg, Wien
(1945–2020)*

1

Kurze Geschichte vom Kalten Krieg und meinem
Pech mit einem Spionageauftrag

Was mein Leben vom Ende des Kriegs bis zum Mauerfall anbe-
langt, kann ich mich kurz fassen. Bei der zweiten Patrouille, die
bei mir im Dachstuhl auftauchte, verhielt ich mich schlauer und
sagte kein Sterbenswort, bis mich ein Soldat mit Mongolenge-
sicht von meinem Nagel am Dachbalken hakte. Er benachrichtigte die zwei anderen Soldaten, die mich mißtrauisch von allen
Seiten betrachteten, einsteckten und auf die Kommandantur
brachten. Erst vor dem jungen und kurzsichtigen Offizier, von
dem man annehmen durfte, er spreche Deutsch, bedankte ich
mich bei der Roten Armee, den nazistischen Wahnsinn beendet
zu haben. Leider blieb ich nicht bei diesem intelligenten und
herzlichen Menschen aus Moskau, der mich nicht im Verdacht
hatte, Teil eines teuflischen, vom RSHA vorbereiteten Plans zu
sein, wie die sowjetische Staatssicherheit, der er meine Entdek-
kung bekanntgeben mußte.

Es dauerte keine zwei Stunden, bis mich zwei Agenten vom
NKWD in Gewahrsam nahmen und wir im Emka zum Haupt-
quartier brausten. Zwei Kommissare vernahmen mich im Wechsel und begossen mich wieder und wieder mit Wasser, um mich
drei Tage am Schlafen zu hindern (andere Foltermethoden waren
bei mir nicht anwendbar, denn daß ich schmerzempfindlich war,
konnten die beiden nicht ahnen). Am dritten Tag spritzte man
mir eine Droge, der zum Trotz ich bei meinen bisherigen Angaben blieb. Ob das Serum bei mir keine Wirkung entfaltete, oder
das, was ich sagte, der Wahrheit entsprach, war meinen Verneh-

mern nicht klar und sie sperrten mich sicherheitshalber in einen Metallschrank, aus dem ich dann auch eine Ewigkeit nicht mehr herauskam.

Mit dem Aufbau des Staatssicherheitsministeriums zog ich aus dem NKWD-Schrank zur Stasi um. Wieder vernahm man mich tagelang, und es ging ausschließlich um meine Zeit beim SS-Mann. Was ich bei meiner Familie in Wien, im Kristallpalast oder in Bamberg erlebt hatte, wollte keiner von meinen Vernehmern erfahren. Und mit meiner Bitte, sich an Frau Herşcovici zu wenden – wo sie sich aufhielt, das wußte ich allerdings nicht –, die meine Geschichte beglaubigen konnte, hatte ich nicht den geringsten Erfolg. Trotzdem schien mir der Stasimann, der meinen Vorgang verantwortete, mit der Zeit zu vertrauen, ja, er beabsichtigte, mich zum Einsatz zu bringen. Zu mehr sollte es leider nicht kommen – man entfernte den Stasimann von seinem Posten, bevor er zur Tat schreiten konnte.

Ich wechselte bald in ein Kellerabteil, das Waffen und Apparaturen vorbehalten war, die, zur operativen Verwendung entwickelt, anscheinend defekt oder sonstwie unbrauchbar waren. Es dauerte Monate, bis man sich zu mir verirrte und ich die Gelegenheit hatte, mich beim Personal in Erinnerung zu bringen. Das war eine sinnlose Anstrengung: man hatte keinen Auftrag, sich mir und meinem Vorgang zu widmen, und schenkte mir keine Beachtung.

Meine Verlassenheit machte mich stumpf. Wenn an der Betondecke Lampen aufflackerten, fiel es mir schwer, meinen Schlaf abzustreifen und mich rechtzeitig zusammenzureißen, bevor wieder Stille und Finsternis einkehrten, mir ewig vorkommende Stille und Finsternis, bis ich am Ende verlernte zu sprechen und mein Stammeln nicht mehr zu verstehen war.

In den Sechzigerjahren entdeckte ein junger Major meine stockfleckigen Stasi- und NKWD-Akten. Seine berufliche Zielsetzung war eine Modernisierung von Taktik und Strategie im geheimdienstlich operativen Bereich. Im Prinzip war es denkbar, mich bei einem westlichen Zielobjekt in Politik oder Wirtschaft mit abseitigen und exzentrischen Neigungen – Perversionen waren im Kapitalismus verbreitet – als aussichtsreichen Spion einzusetzen. Was im Dossier aus der Nachkriegszeit zu mir vermerkt war, betrachtete er als Empfehlung ... und ließ mich aus dem Keller zu sich an den Schreibtisch holen.

Trotz der Verwirrtheit, die ich an den Tag legte, gab mich der Stasimajor nicht gleich auf, und in den kommenden Wochen kam ich wieder zu mir. Außer der Hornbrille und seinem pastellblauen Anzug erinnere ich nichts von dem Mann. Was mir gefiel war sein freundliches Auftreten. Und die Dinge, die er mir aus Zeitungen vorlas oder in Wochenschau-Ausschnitten vorspielte, von Naziverbrechen, Atombombenexplosionen, Amerikas imperialistischen Kriegen bis zum sozialistischen Wiederaufbau in der DDR: Dies alles beeinflußte meine politische Einstellung auf eine Weise, die meine Ausbildung zum Auslandsagenten rechtfertigte.

Bei der ideologischen Schulung erfuhr ich, daß im Bundesnachrichtendienst alte Nazis am Zuge seien. Das steigerte meine Bereitschaft, mich meinem Genossen Major in die Arme zu werfen, der zudem eine ausbeutungsfreie Gesellschaft als Ziel vorgab, ein Ziel, das mir lohnens- und lobenswert vorkam. »Bist du bereit?« wollte er von mir wissen, »dich in den antifaschistischen Kampf bei uns einzureihen?« Ich zauderte keine Sekunde: »Das bin ich!« Ich hatte meinen Alptraum beim Ministerialrat und SS-Mann vom Sicherheitsdienst nicht vergessen. Wenn es gegen Nazis ging, war ich bereit.

Sicher, ich wollte dem Keller entkommen, in dem ich lebendig begraben gewesen war. Ich klammerte mich an den rettenden Strohhalm, den mir der Mann mit der Hornbrille reichte. Meine Bitte, mich mitzunehmen, zu sich nach Hause, oder in seine Datscha, von der er mir Aufnahmen zeigte, erteilte der Stasimajor allerdings eine Absage. Es sei zu heikel, sich mit mir zu zeigen ... falls er den westlichen Diensten bekannt sei und man uns zusammen beobachte, sei ich als Agent bereits vorm ersten Einsatz

»verbrannt«, er brauche mich bei meinem Auftrag als »Jungfrau«. Verbindlicher war er, was meine Familie anging. Er versprach, zu ermitteln, ob Betty und Mara am Leben waren und wo sie wohnten ... als eine Reihe von Wochen verstrichen war, meldete er mir, er wisse Bescheid. Wenn ich erfolgreich sei, werde er es mir verraten. »Ist Betty am Leben ...? Hat man sie ermordet ...?« – »Das wirst du erfahren«, versprach der Genosse Major, »wenn du zu deiner Zielperson abreist«, und ich wartete nur umso fiebriger auf den Tag, an dem ich den Stasibau endlich verlassen und meine Aufgabe antreten konnte ...

Ehe es losging, zog man meinen Major von mir ab und brachte mich zu einem anderen Offizier, der mit einem Federstrich auf meinen Einsatz verzichtete. »Ein sprechender Schrumpfkopf«, versetzte er barsch, »steht im Widerspruch zu den Maximen und Prinzipien des wissenschaftlichen Materialismus. Geist ohne Materie ist idealistischer Unsinn!« Das war allerdings nur ein Vorwand: er mußte mich aus dem Verkehr ziehen und in die Stahlkammer einschließen lassen, denn wir waren uns beide im Haus meines elften Besitzers am Wannsee begegnet, im Kreis der SS-Kameraden vom RSHA, die ich beim Essen mit meinen Geschichten bei Laune hielt ...

Bis zum Mauerfall blieb ich im Keller.

11

Bei Andi Meister am Helmholtzplatz in Berlin;
kleiner Erfolg mit der deutschen Fassung meines Montmartre-
Chansons; Charlotte-Charlie und das Stern-Interview;
ein Ossi mischt den Wertpapierhandel auf;
unsere Loftpartys werden zum heißen Tip;
Erpressung und Anzeichen unfairer Praktiken;
Andi ist nicht mehr der Alte

Man kann es sich denken: Ich ahnte nichts von den Ereignissen, die mir zu meiner Rettung verhalfen. Wer mich aus dem Keller befreite, das weiß ich nicht – wer auch immer es war: er griff in meinen Schopf und verstaute mich in seiner Tasche. Mit Sicherheit wollte der Mann mich zusammen mit den sich ebenfalls in der Tasche befindlichen Akten einem fremden Geheimdienst andrehen. Auf seinem Weg fing er auf einmal zu rennen an, und entledigte sich seiner Tasche, indem er sie in einem Hinterhof fallen ließ.

Halb versteckt von einem Mauervorsprung und zwei Asche-tonnen fand sie Andi Meister, mein neuer Besitzer, an diesem Januartag 1990, als er im Morgengrauen mit einer jungen Frau, einer Kneipeneroberung, zu sich nach Hause zog. Er packte den Ledergriff, schielte ins Innere, im Hinterhofdunkel war nichts zu erkennen, und nahm die Tasche mit hoch in die Wohnung. Noch im Flur fingen beide an, sich zu entkleiden, mit einem Kichern und Keuchen, das schlagartig abbrach, als ich in der Tasche zu wissen verlangte: »Wo bin ich?« Andi beugte sich in seinen Hin-terhof und entdeckte mich. Mit einem »ach, du Scheiße!« war seine Erregung dahin.

Hing es an meinem Alter, das mir einen Streich spielte, mich auf Wiederholungen aufmerksam machte und charakteristische Abweichungen ausblendete? Oder kann es an verschiedenen Menschen sich auffallend gleichende Merkmale geben? Ich meine: ob sich mit der Zeit alles wiederholt, vom Aussehen bis zum Charakter der Menschen? Von Anfang an hatte ich bei Andi Meister meinen zweiten Besitzer aus England vor Augen ... er hatte Oliver Cliftons energisches Kinn und seine freche, verwegene Nase.

Andi stammte aus Greifswald, er war achtundzwanzig und hatte mit knapp einundzwanzig sein Studium der Mathematik in Berlin aufgenommen. Wegen Protesthaltung und Disziplinlosigkeit von der Uni exmatrikuliert, mußte er auf Gelegenheitsarbeiten ausweichen, wusch Leichen, verrichtete Friedhofsarbeiten, war Lastwagenfahrer und Kameraschwenker in Babelsberg und Kellner in einem HO-Restaurant.

In der ersten Zeit, als ich bei Andi am Prenzlauer Berg wohnte, zog er einen Handel mit russischen Uhren auf und bald auch mit Militaria und Waffen sowjetischer Herkunft. Er verkaufte Pistolen in Kellerlokalen oder Hinterhofwinkeln an Amerikaner und Westdeutsche, Spielernaturen und Exzentriker. Im September verhaftete man seinen Kontaktmann zur 20. Gardearmee, und er konnte seinen Handel nicht aufrechterhalten. Seine DM-Einnahmen hatte er in der Zwischenzeit zu einem Umtauschkurs von 1:10 oder mehr zu von allen verachtetem Ostgeld gemacht. Andis Wette ging auf, mit der Wiedervereinigung wechselte man seine achthunderttausend in vierhunderttausend Mark West.

Trotzdem behielt er sein Leben am Prenzlauer Berg bis auf Weiteres bei. Er schlief auf Schaumgummimatratzen, besaß eine Reihe verschossener beigebrauner Sessel mit Brandflecken und eine Gußeisenwanne, die freistehend auf einem Podest an der Wand thronte. Mich hakte er meistens ans Fenster mit Sicht auf den Helmholtzplatz. Meine Sorge, er werde mich bei seiner Neigung, mit allem zu handeln, was Geld brachte, schleunigst verscherbeln, erwies sich als gegenstandslos. Wir freundeten uns miteinander an.

Ein Steckenpferd Andis, bereits in der Jugend, war das Leben in der K.u.K.-Zeit gewesen. Alle historische und belletristische Literatur um die Habsburger Monarchie, die zu DDR-Zeiten greifbar gewesen war, hatte mein neuer Besitzer als Junge verschlungen. Andi war dieses Reich von Galizien bis ans italienische Mittelmeer unwiderstehlich erschienen. Umso begieriger horchte er mich zu seinem vergangenen Sehnsuchtsland aus. Ich mußte Alltagserlebnisse, Straßenszenen, Moden und technische Neuerungen schildern, alles, was mir aus der Wiener Welt um 1900 erinnerlich war ... In seiner Begeisterung nahm er sich vor, bald mit mir in die Stadt an der Donau zu reisen, und bei diesem Besuch konnte Andi mir helfen, Erkundigungen um meine Familie einzuziehen, was er eine »prima Idee« nannte.

Eilig hatte es allerdings keiner von uns mit der Wienreise. Insgeheim rechnete ich mit dem Schlimmsten. Daß Betty noch lebte, war wenig wahrscheinlich ... und in Wien zu erfahren, man habe sie alle ermordet, Betty und Bettys Kinder, war eine zu grauenhafte Vorstellung.

Andi wiederum wollte nicht auf mich verzichten. Er konnte mit mir in seinem Freundeskreis angeben. Ich paßte zu meinem Besitzer und seinen Bekannten, die im Sozialismus Quertreiber gewesen waren und sich bis heute nicht anpassen wollten, sie waren Randgestalten und nonkonformistische Lebensgenießer. Mit anderen Worten: Es ging mir nicht schlecht. Ich stand hoch im Kurs bei seinen Freundinnen und Freunden, die Musiker, Schmuckmacherinnen und Kneipiers waren und mich an Klatsch oder Meinungsstreit teilnehmen ließen – von Zeit zu Zeit mußte ich Schiedsrichter spielen. Bei den Tanzfesten, die bis zum Morgengrauen dauerten, schwenkten mich Andis Freundinnen an meinem Trageband zu Sechzigerjahrebeat und DDR-Rock und stampfender Discomusik aus der HiFi-Anlage und nahmen es mir nicht krumm, wenn ich ehrlich bekannte, mit Betty das

Tanzbein zu Tango und Charleston zu schwingen, sei mir eigentlich lieber gewesen ... Andi spielte mit Leidenschaft Baß und Gitarre, auch wenn er nicht mehr war als ein Amateur: bei Konzerten von Freunden in Bunkeranlagen, Fabrikhallen, Kellerlokalen beteiligte er sich aus Jux oder sprang als Ersatzmann ein. Bei den Auftritten baumelte ich an seinem Hosengurt, was sich zu seinem Markenzeichen entwickelte, und ich selbst stieg im Kiez zur bekannten Erscheinung auf.

An einem Morgen, als Andi ein Schaumbad nahm, fiel mir mein Montmartre-Chanson wieder ein, das ich meinem Besitzer am Fenstergriff vorsang. Er fand es mitreißend, sprang aus der Wanne, lief nackt und mit patschenden Schritten zu seiner Gitarre und begleitete mich mit Akkorden beim Singen. Mit Peer, seinem Nachbarn, einem blendenden Schlagzeuger, machte er aus dem Chanson einen Rock-Song und modernisierte den Text: Ich riet meinem Besitzer, dem Ex-DDRler, er solle beim Wiedervereinigungstaumel und im »Wilden Westen seinen Dez« auf den Schultern behalten. Wenn wir es bei Auftritten spielten, war ich es, der den neuen »Petit Coquin« ins Mikrophon heulte, das Andi sich vor seinen Hosengurt hielt, und das Publikum rastete aus. Man berichtete von unserem Lied in der Zeitung, nannte den singenden Schrumpfkopf einen »technisch trickreichen Gag« und sendete es in den Rundfunkanstalten Berlins. Eines Tages stand das Fernsehen bei uns auf der Matte. Man konnte sich nicht bei uns anmelden, da schon seit Wochen das Telefon streikte. Andi, der nur bereit war sich gegen ein Honorar von zweitausend Mark interviewen zu lassen, schmiss das Fernsehteam aus seiner Wohnung, als man diese Summe nicht aufbringen wollte.

Bei einer jungen Journalistin vom *Stern* lief es anders. Sie durfte umsonst Andis Wohnung betreten. Mitte Zwanzig, schlagfertig und sicher im Auftreten, erteilte sie dem Photographen, den sie mit dabei hatte, klare Anweisungen, was sie brauchte: Ansichten von unserer Hinterhofwohnung (besonders der Gußeisenwanne auf dem Podest); von Andi am E-Baß mit mir, der am Hosenbund baumelt; Nahaufnahmen von meiner Fratze und Andis Gesicht; Andi rauchend, am Fenster zum Helmholtzplatz blinzelnd, sein fettiges aschblondes Haar aus der Stirn streifend ... Sie verbreitete um sich einen Hauch von Gaultier-Parfum – ich erkannte den Schimmer von seidigem Jadeblau wieder – und ließ sich in einen der Sessel mit Brandflecken fallen, wickelte sich aus dem Halstuch und setzte die Schirmkappe ab. »Ich bin Charlotte«, bemerkte sie knapp. Andi tischte Kaffee und Kristall-Wodka auf, bot der Westlerin eine von seinen DDR-Zigaretten an, Marke *Karo,* und nannte sie kurzerhand »Charlie«. – »Charlotte«, entgegnete sie verstimmt, »Charlie, das ist mir zu kumpelhaft plump.« – »Soll nicht wieder vorkommen«, sagte er ernst.

Es war nicht zu verkennen: sie zog meinen Besitzer an. Und um sie zu beeindrucken, drehte er auf und gab Antworten, die sie verwirren mußten. »Zwischen Sachsen und Vorpommern«, fing sie an, »ist man frustriert und behauptet, man werde vom Westen bevormundet ...«, sie beugte sich kurz zur Aussteuerungsanzeige, nickte und legte den Schreibblock zurecht. »Frustriert«, sagte Andi, »warum?« – »Das kriegt man zu Ohren, wenn man mit den Leuten spricht ...« – »Ich bin nicht frustriert, absolut nicht frustriert«, sagte Andi und nahm einen Schluck aus dem Wodkaglas, »und im Mielke- und Honecker-Staat ging es bei der Bevormundung wesentlich schlimmer zu.« – »Findest du nicht« – beide waren gleich ins Duzen verfallen – »daß der Osten verschrottet wird?« – »Ja, was soll man sonst anstellen mit Schrott? Alles anstreichen? Bis es den Eindruck macht, neu und intakt zu sein? Das haben wir schon im Sozialismus gemacht ...« Sie verstellte das Mikrophon, ob aus Notwendigkeit oder Verunsicherung war nicht klar. »Und was ist mit der Treuhand?« – »Was soll mit der Treuhand sein?« – »Alle Welt meint, sie verscherbelt das Land, oder nicht?« – »Wer es verscherbelt hat, das war die KoKo. Und von Tafelsilber kann ich nichts erkennen.«

Als der Photograph seine Tasche nahm und sich entschuldigte, er habe noch einen anderen Termin, wirkten beide erfreut. »Und was ist mit dem Schrumpfkopf-Song, den du verfaßt hast?« wollte Charlotte von Andi erfahren, als sie allein waren und sich mit Wodka zuprosteten, »er kam mir als Warnung vor, sich von der westlichen Selbstherrlichkeit nicht verdummen zu lassen ...« – »Nein, nein, dieser Schlingel von Schrumpfkopf empfiehlt mir, mich schlau anzustellen und meinen eigenen Weg zu gehen, jenseits von Ideologien und verlogenen Werten.« Er sagte das mit einem Zwinkern zum Fenstergriff, wo ich in Aprilluft und Sonnenschein hing. »Du meinst, er empfiehlt dir, Karriere zu machen?« – »Ja, warum nicht?« meinte Andi belustigt, »ist man als Ossi zum Jammern verpflichtet? Wenn ein Wessi Karriere macht, zieht man den Hut – und uns Ostlern schreibt man ein moralisches Leben vor ...« – »Und du hast keinen utopischen Anspruch mehr?« – »Ist das ein Vorwurf? Wir sollen Utopien hochhalten, und andern erlaubt man, im Fett zu schwimmen?«

Sie stoppte das Band, packte Mikro, Kassettenrecorder und Schreibblock, um sie in der Jeans-Tasche zu verstauen. »Das kann nicht dein Ernst sein«, bemerkte sie vorwurfsvoll, »ein Mann um die Dreißig, der in einer Kohleofenwohnung lebt, beileibe nicht vorhat, den Prenzlauer Berg zu verlassen, einen Schrumpfkopf besitzt und Gelegenheitsmusiker ist. Du hast mit deinem Lied einen bescheidenen Erfolg erzielt und eine Handvoll Tantiemen verdient. Ansonsten nennt man dich den ›letzten Bohème der DDR‹ ... Und du rechtfertigst den westlichen Kapitalismus, als sei er dein neues Gesellschaftsideal.« – »Alles Klischees«, sagte Andi, »Klischees eurer Presse, man will uns unsere Rolle zuweisen, sonst nichts ... ›letzter Bohème der DDR‹ ... ist das ein Quatsch!« Es folgte ein Wortgefecht, das sich als Flirt zweier starker und sturer Naturen erwies. Mit der zweiten Kristall-Wodka-Flasche war Charlie bereit – er ließ es sich nicht mehr verbieten, sie Charlie zu nennen –, mit Andi ein Bad in der Wanne zu nehmen, und sie tanzten umschlungen, bis das

Holzofenfeuer das Wasser im Boiler ausreichend erhitzt hatte. Sie quetschten sich beide ins Schaumbad und schmetterten aus voller Kehle den Song vom »Petit Coquin«, mit Schaum in den Haaren und rot in den Gesichtern, und vom Fenstergriff, wo ich befestigt war, johlte ich mit.

Ich konnte nicht ahnen, was ich damit anrichtete. Mit den Armen vor der Brust setzte Charlie sich auf. »Wer ist das?« verlangte sie harsch zu erfahren. Andi blies eine Schaumflocke von Charlies Nacken. »Wer das ist?« wiederholte er blendender Laune, »na, Schrumpfi! Darf er nicht mehr mitsingen?« – »Unsinn. Wir sind nicht alleine ...«, versetzte sie. »Das stimmt ... wenn du Schrumpfi mitrechnest, sind wir zu dritt.« Er wollte Charlie umschlingen, sie stieß seine Arme weg. »Laß das mit dem singenden Schrumpfkopf, das ist ein Vermarktungstrick ... es ist ein anderer Mann in der Wohnung ... du hast mein Vertrauen mißbraucht, das ist mies von dir! Ich sage dir: wehe, der Kerl faßt mich an!« Sie verließ Andis Wanne, stieg naß in die Kleider, die vor dem Podest lagen, schnappte sich Jeanstasche, Halstuch und Kappe und rannte ins Treppenhaus.

Ich bedauerte es, meinem Freund eine Liebesnacht mit der *Stern*-Journalistin verdorben zu haben, und das umso mehr, als er vor mir bekannte, er habe sich in sie verliebt. Ich hatte mir das schon gedacht bei der Unrast, mit der er sich in seiner Wohnung bewegte, in einem Auf und Ab aus Erregung und Niedergeschlagenheit. Mehr oder weniger alle zwei Stunden lief Andi zur Fernsprecherzelle am Helmholtzplatz, um mit Charlotte Verhoeven zu sprechen. Sie war nicht im Haus oder ließ sich verleugnen. Andi schrieb einen Brief, auf den er keine Antwort bekam. Und als Anfang Mai der Artikel im *Stern* erschien, in dem sie Andi als Schlitzohr charakterisierte, das man in seinen Ansichten unorthodox und in seinem Benehmen charmant finden konnte, legte er sich einen gebrauchten VW-Bulli zu und wir gingen auf die Reise.

Wien wollte Andi als Erstes ansteuern – am Tag unseres Aufbruchs besann er sich schlagartig auf Paris, das er mit seiner Nonchalance und meiner Hilfe eroberte. Ich stand Andi mit meinem Französisch bei, wenn er in Parks und Bistros mit Pariserinnen flirtete und sich so von seinem heimischen Liebesleid ablenkte. Er hatte Erfolg bei den Frauen und wesentlich besseren Sex als zu Hause am Kiez (das betonte er wieder und wieder). Ich erlebte Paris in Erinnerungen an Henry, an Adelaide, Marion und Mathilde – die allesamt tot und ein Haufen verrottender Knochen waren. Andi ließ mich in meinem verzweifelten Zustand bald lieber allein in der Absteige, in der wir wohnten, wenn er essen-, spazieren- oder in ein Museum ging.

In Paris war mit mir nichts mehr anzufangen, Andi entschied, seine Sachen zu packen. Wir reisten ans Mittelmeer, wo ich bald zu mir kam. Ach das Meer, das bei mildem Wind, der meine Ziegenhaarwolle zerzauste, smaragden und blau an den Strand schwappte, stimmte mich selig. Bei unserem Besuch in der Ewigen Stadt, die wir Mitte September erreichten, erkrankte ich nicht mehr an Heimweh und Niedergeschlagenheit. In der Rampa Sebastianello, vorm Haus, das ich mit meinem englischen Kaufmann bewohnt hatte, schien außer parkenden Pkws und einem Stromkasten alles beim Alten zu sein. Nicht anders erging es mir vor meiner zweiten Adresse, der Mietwohnung Heises am Korso, trotz einer im Erdgeschoß spiegelnden Modeboutique. Campo de' Fiori und Piazza del Popolo, Villa Borghese und Gassen ums Pantheon, nahezu alles erkannte ich wieder, was meine Vergangenheitssehnsucht befriedete.

»Auf nach Wien!« meinte Andi an einem Novembertag. Wir betankten den Bulli und klapperten los. Er fuhr Richtung Brenner, bereits nicht mehr sicher, ob »sein« Wien im November ein lohnendes Ziel sei. Außerdem war sein greifbares Bargeld verbraucht. »Wir werden den Wienbesuch nachholen«, meinte er, im Schneesturm, der uns auf dem Grenzpass empfing, und versprach mir, von einer Privatdetektei Erkundungen anstellen zu lassen, was mit meiner Wiener Familie passiert sei.

In Andis Wohnung am Helmholtzplatz hatte der Faxapparat eine Zunge bekommen, die sich bis zum Podest mit Wanne und Wassertank kringelte, und sein Anrufbeantworter blinkte. Ein Großteil der Nachrichten stammte von seinem ehemaligen Nachbarn, dem Schlagzeuger Peer, der jetzt bei einer Versicherung in Frankfurt arbeitete und Andi zu sich an den Main holen wollte. Er spreche im Namen des Abteilungsdirektors, der von Andis *Stern*-Interview »schlicht begeistert« gewesen sei, teilte Peer seinem Kumpel am Helmholtzplatz mit, der Chef winke mit einer Anstellung. Keine der Postsachen, Faxe und Anrufbeantworternachrichten stammte von Charlie, das traf meinen noch immer verliebten Besitzer hart – selbst wenn er es sich nicht eingestehen wollte – und beschleunigte seine Entscheidung, nach Frankfurt zu gehen. »Wir machen Schluß mit dem ›letzten Bohème der DDR‹, Schrumpfi«, versetzte er grimmig.

Andi hatte kein Geld mehr, das Einkommen aus seinen Aktien und Anlagen reichte nicht aus, und er hatte nicht vor, sich von Anteilen zu trennen, die gerade wesentlich weniger wert waren als beim Kauf. Er schmiss eine Party, um sich von den Freunden und Nachbarn am Prenzlauer Berg zu verabschieden, die um Mitternacht in eine Orgie ausartete, schlief seinen Rausch aus und packte am Mittag verdrießlich den Bus mit seinen Habseligkeiten voll.

Sechs Wochen nahm Peer uns bei sich in der Wohnung auf, bis Andi einen leerstehenden Laden in Bornheim fand, in dem wir behelfsweise einziehen konnten. Mit seiner Anstellung kam er nicht klar. Er langweilte sich mit den Aufgaben, die er am Schreibtisch im Glasturm erledigen mußte, stieß sich an den Kleidervorschriften und Firmenhierarchien und verachtete Peer, der das alles verteidigte.

Andi zerstritt sich mit seinem ehemaligen Nachbarn und ging seiner Wege. Als Autor des Schrumpfkopfsongs konnte er sich einer Gruppe von Frankfurter Musikern anschließen, die nachts in Lokalen und Liveclubs auftraten, und von diesen Gigs seine

Miete bezahlen. Mit meinen Erinnerungen ans Paulskirchenparlament verhalf ich meinem Freund zu einem zweiten Verdienst. Er ließ sich beim Frankfurter Sightseeing Service eintragen und bot als Guide eine »Revolutionstour« an, zu der er nichts anderes beitragen mußte als zu meinen Schilderungen passende Lippenbewegungen. In der Lokalpresse schenkte man unserem historischen Frankfurtspaziergang Beachtung. Andis Geschichtswissen nannte man »vorbildlich« und seinen Vortrag »anschaulich« und »mitreißend«, »als habe der Tourguide aus Ostberlin mit seinem freakigen Schrumpfkopf am Anorak miterlebt, was zur 48er Zeit in den Apfelweinkneipen und Gassen von Frankfurt passiert ist ...«

Mit dem Bandmitglied Heinz, der am Keyboard stand, einem bequemen und mitteilsamen »Froangforter Buu«, schloß Andi sich enger zusammen. Heinz Hartmann, der in einer Firma von Frankfurter Brokern arbeitete, war Informatiker. Ende der Achtziger, Anfang der Neunziger hatte sich der Programmierer in den USA eine goldene Nase verdient. Nicht anders als Andi verheimlichte er, wirtschaftlich wesentlich bessergestellt zu sein, als man dem Schmutzstreifenkragen am Nylonhemd oder den schlabbrigen Kordhosen anmerkte. Wer es als Erster beim anderen witterte, bekam ich nicht mit oder weiß ich nicht mehr – es schweißte sie jedenfalls fester zusammen. Andi vertraute Heinz Hartmann an, daß ich der seltene Fall eines lebenden Schrumpfkopfs war, und dieser versicherte, nichts zu verraten.

Weder bei den Proben am Stadtrand von Offenbach noch bei den Auftritten, die bis um Mitternacht dauerten, lernten sich Andi und Heinz besser kennen. Beider Freundschaft ergab sich erst aus den Besuchen von Andi und mir bei den Brokern am Goetheplatz, abends um acht, wenn der Firmensitz verlassen war, bis auf Heinz, der der Band eine Website einrichtete. Andi mußte Ideen und Inhalte liefern, die sein neuer Bekannter erfindungsreich umsetzte, der uns bei dieser Gelegenheit lehrte, ein Rechnerprogramm zu bedienen und zu erstellen.

Beraten von Heinz steckte Andi sein Geld in besser bewertete Aktien und Anlagen. Das zahlte sich aus und ermunterte uns, den Finanzmarktnachrichten mehr Aufmerksamkeit zuzuwenden. Ich war an Andis Spekulationen beteiligt, das heißt, er las mir aus den Zeitungen vor, um mich in Umsatzzahlen und Kursentwicklungen einzuweihen. Es hatte seinen sportlichen Reiz, diese Angaben, Ziffern und Kurven im Sinn zu behalten, und wenn ich in unserer von Straßenlaternen gelb beleuchteten Wohnung nicht einschlafen konnte, Wahrscheinlichkeitsrechnungen anzustellen. Bald traf ich Annahmen, die Wertsteigerungen oder fallende Kurse voraussagten. Zufallsergebnisse schienen es nicht zu sein, meine Anzahl von Treffern war auffallend hoch. Heinz erstellte mit Andi und mir ein Papier, das meine Bemessungen zur Aktienentwicklung in Kurven und Kurstabellen dokumentierte, und legte es seinen Firmenchefs vor.

Es ging Schlag auf Schlag: Als zwei Wochen verstrichen waren, stellte man Andi am Goetheplatz ein. Wir waren erfolgreich mit unseren Empfehlungen zum An- oder Verkauf von Aktienanteilen, erfolgreicher als die zehn anderen Finanzmakler, die vor Computer- und Fernsehschirmen dreireihig Schreibtisch an Schreibtisch am Telefon hingen. Mein Besitzer bestand seine Probezeit noch vor dem Fristablauf. Zu diesem Anlaß gab man einen kleinen Empfang in der Diele und stieß mit Champagner auf »unseren Neuzugang aus Deutschlands Osten« an, »dem Kapitalismus steht nichts mehr im Weg, wenn er Herzen und Hirne im Osten erreicht hat und es keine Schande mehr ist, sich bereichern zu wollen! Willkommen, Andi Meister, in unserem Team!«

Trotzdem nahm man den Ossi am Anfang nicht ernst. Sein Benehmen schwankte zwischen Befangenheit und Anmaßungen, Siegesgewißheit und mangelndem Selbstvertrauen. Mich wiederum, der an seinem Hosengurt baumelte – das hatte er sich von den Firmenchefs ausbedungen –, werteten seine Kollegen als Tick eines Angebers. Daß Andi einen Tick haben mußte, schien sicher. Wenn er sich – notwendigerweise – mit mir beriet, was keiner der anderen Finanzmakler ahnen konnte, hielt er seine Hand vor die Lippen und raunte – alles glaubte, daß er mit sich selbst sprach. Und dauernd wich er auf das Firmenklo aus, aus dem unsere Stimmen erstickt auf den Korridor drangen (er stritt sich mit mir, und ich antwortete erregt, um meinen Besitzer vor falschen Entscheidungen zu bewahren).

Als Andi der unangefochtene »Aktienking« war, stellten sich einerseits Mißgunst und Neid ein, zum anderen Freundschaftsbereitschaft als ehrliche Zuneigung zu einem Sieger. Auf einmal war Andi beliebt und begehrt, und es war schwer, allen Einladungen Folge zu leisten, von Hochzeits- und Grillfesten, Sauna- und Sauftouren bis zum Wochenendsegelausflug an der Côte d'Azur ...

Meine Erinnerung an diese Zeit mit Andi in Frankfurt am Main ist ein Wirbel, der aus Bildschirmzahlen, Kurven und Pfeilen besteht, launisch wechselnden Zahlen, umspringenden Pfeilen, ansteigenden und wieder fallenden Kurven, aus Firmenbilanzen, Renditeerwartungen, Trendwellen und anderen Indikatoren, die ich in meine Berechnungen einspeiste, Berechnungen, die auf bekannten Methoden und meinen Erfahrungen im Handel beruhten. Ich konnte sie bald automatisch vornehmen, ohne an algorithmische Grenzen zu stoßen, ich war keine Maschine, die Vorschriften einhalten mußte ...

Dieses Flimmern in meiner Erinnerung hat mit den endlosen Stunden zu tun, die wir vor Computer- und Fernsehbildschirmen verbrachten. Wir hatten am Firmensitz ein eigenes Zimmer bekommen – das erlaubte uns, frei miteinander zu sprechen, und ich konnte rechtzeitig falsche Entscheidungen verhindern, wenn Andi am Telefon bei seinen Empfehlungen Zertifikate verwechselte oder sich wieder bei einem Verkaufspreis vertat. Manchmal stellte er einfach den Lautsprecher an, um mich an seiner Statt machen zu lassen ... und dieses Flimmern in meiner Erinnerung ist nicht zu trennen von den Lebensgewohnheiten, die uns keine Minute zur Ruhe kommen ließen. Kundenberatung und Firmen-

besprechungen, Analysteneinstufungen und Kursschwankungs-
studium, Gesellschaftsverpflichtungen und Partys bis tief in die
Nacht.

Schon seit einer Reihe von Monaten konnte sich Andi ein Loft
im Gutleutviertel leisten, und bald galten die Partys, die wir auf
dem Dach gaben, nicht nur bei den Firmenmitarbeitern als »hei-
ßer Tip«. Broker und Banker, Finanzmarktreporter und Yuppies
aus anderen Wirtschaftsbereichen rissen sich um eine Einladung.
Warum, war nicht schwer zu erraten: Erstens waren sie neugierig
auf unsere Dachbodenwohnung von dreihundertvierzig Quadrat-
metern mit umlaufender Sonnenterrasse samt Bar, und zweitens
aus Neugier auf Andi, den Ossi und Studienabbrecher, Tourguide
und Musiker, dem es an Finanzmaklerstallgeruch mangelte – halb
dunste er Braunkohle aus, halb Minol, feixten zwei Deutsche-
Bank-Streber, die ich belauschte –, dieser Freak, der den Wertpapierhandel aufmischte und dessen Merkmal ein Schrumpfkopf
am Hosengurt war. Alle wollten mich anfassen und in mein Ziegenhaar greifen. Mal setzte man mir eine Sonnenbrille auf, mal
rieb man mir Kokain in die Nase ... kurz: bei Andi zu sein, galt als
cool.

Kein Mensch wußte von meinem Anteil an Andis beruflichem
Aufstieg zum Frankfurter Broker, außer Heinz Hartmann, dem
Froangforter Buu. Heinz machte einen Traum seiner Kinderzeit
wahr und erwarb eine Burg an der Kirchhainer Lahn mit der Auflage, sie zu sanieren. Heinz war jetzt weit weg, das erleichterte
Andi. Eines Tages als Hochstapler-Ossi entlarvt, von Kollegen
und Firma verstoßen zu werden, war eine Vorstellung, die meinen
Besitzer verfolgte – er verriet es mir in einer schwachen Minute –,
und diese Angst schien zu wachsen, je besser er dastand.

Im Porsche, den Andi sich zulegte, fuhren wir zweimal im
Monat zur Burg seines Freundes, der nur noch Sanierungsmaß-
nahmen im Sinn hatte, uns im Regen vom Marstall zum Speisesaal scheuchte und mit seinen baulichen Vorhaben langweilte.
Andi gab diese Besuche bald auf und bevorzugte andere Ziele. Wir

brausten mit zweihundert Sachen im offenen Wagen zur Côte d'Azur und an die Seine; ich flatterte an meinem Band, das am Spiegel befestigt war, in alle Richtungen und hatte den rauschhaften Eindruck, zu fliegen. Bei einer Gelegenheit riß dieses Band, und es wirbelte mich durch die Luft auf die Autobahn. Andi trat auf die Bremse und fuhr auf den Standstreifen, sprang aus dem Wagen und rannte zu mir, um mich halsbrecherisch von der Fahrbahn zu klauben, ehe ein anrasender Lkw mich zerquetschte, und landete mit einem Hechtsprung im Graben. »Das war verdammt knapp, Schrumpfi«, meinte er kichernd, und wir brachen zusammen in hysterisch erleichtertes Lachen aus.

Wenn wir im Cabriolet auf die Reise gingen, schwelgten wir in einem Geschwindigkeitsrausch, der zu unseren Lebensgewohnheiten paßte. Von der Bulli-Zeit hatten wir uns weit entfernt, und mein Besitzer war nicht mehr der Alte. Was Andi in Stimmung versetzte, waren Zahlen, nackte Zahlen, die auf seinem Konto erschienen. Er rechnete sie nicht in Anschaffungen um, Besitz anzusammeln war nicht seine Absicht – das signalrote Cabrio blieb eine Ausnahme. Mit Gier hatte das nichts zu tun (oder mehr am Rand). Das merkte man an seiner blendenden Laune, wenn sich ein Kurssturz ereignete und es mit unseren Zahlen in den Keller ging.

Ab wann es mit uns bergab ging, wer weiß ... Andi konnte nicht auf mich verzichten und hatte, trotz seines Versprechens, nie ernsthaft Ermittlungen um Bettys Familie anstellen lassen. Ich wollte mit der Detektei sprechen, der mein Besitzer angeblich den Auftrag erteilt hatte, einer Kanzlei an der Freyung in Wien. Er griff zum Mobiltelefon, gab die Nummer ein, lauschte und meinte, es melde sich niemand. Oder er wollte erst gestern mit den Detektiven ergebnislos telefoniert haben ... Seine Versicherungen waren wertlos und wuchsen zum Streitpunkt, der uns auf die Dauer entzweite.

Hartmann wiederum, der auf seinem Kirchhainer Burgberg

vereinsamte, wollte von Andi besucht werden. Alle paar Tage rief er seinen Kumpel an und beschwor eine Freundschaft, die es nicht mehr gab. Andi verschob einen Besuch immer wieder. Das verbitterte Hartmann, begreiflicherweise. Kein anderer als er hatte Andi zum Job als Finanzmakler und seinem Erfolg in der Branche verholfen. Erstens verlangte er: Dankbarkeit. Zweitens: Ein zinsloses Darlehen von 100000 Mark. Hartmann hatte sich bei den Instandsetzungskosten verkalkuliert und mußte dringend seine Tilgungsverpflichtungen bei den Kreditinstituten begleichen.

Andi ließ Hartmann das Darlehen anweisen, das zwischen drei und vier Monaten vorhielt, und noch einmal 100000 in Tranchen. Doch die Ruine erwies sich als Faß ohne Boden. Als mein Besitzer sich weigerte, weiter zu zahlen, griff der einstige Freund zur Erpressung. Er werde den Firmenchefs verraten, wie Andi zu seinen Kursentwicklungsvoraussagen komme, und das werde seine Entlassung bedeuten. Ein Schrumpfkopf als Broker – das werde von keiner Finanzmarktaufsicht akzeptiert ...

Andi nahm nicht mehr ab oder ließ sich verleugnen. Monate gingen ins Land, es passierte nichts, bis ein Schreiben der Wertpapieraufsicht eintraf, das von »Anzeichen unfairer Praktiken« sprach. Es ging um den von uns betriebenen Aktienabverkauf eines Chemieunternehmens nur einen Tag vor der hohen Gewinnwarnung, die man in der Branche absolut nicht vorhergesehen hatte – ich allerdings hatte sie als wahrscheinlich errechnet. Ein Anwalt der Firma war Gast unserer Partys und auf diese private Verbindung bezog sich das Schreiben. Man mußte im Amt einen Tip bekommen haben, und es war nicht schwer zu erraten, von wem ...

Das alles verfinsterte unsere Stimmung. Andi verausgabte sich bei den Partys, sniffte immer mehr Kokain, trank immer mehr und verbrachte den Tag vorm Computer im Halbschlaf. Schlaff und faul rief er mir alle Seiten auf, die ich studieren mußte, und stellte den Lautsprecher an, wenn das Telefon klingelte, brauchte bis mittags, um wieder in Schwung zu kommen und zu den Gesellschaftsereignissen fit zu sein – dann aber war er der Wachste und Witzigste aller Broker und Banker im Raum. Daß er wochenendweise verreiste und mich in der Wohnung allein ließ, war neu. Angeblich fand seine Freundin mich schauderhaft, ein Model, mit dem er zwei Tage in Prag und zwei andere am Lago Maggiore verbrachte. Und er nahm mich nicht mit, als sie beide nach Wien fuhren. Wieder zu Hause, verriet er mir, wo sie gewesen waren, als ob er den Wunsch habe, mich zu verletzen.

Diese Wienreise kreidete ich meinem Besitzer an, und zur Strafe versagte ich Andi den Dienst. Eine Weile bemerkte er nichts von den schwachen Renditezahlen, die wir erwirtschafteten, bis er vor den Firmenchefs Rede und Antwort stehen mußte. Auf einmal schien er keine Angst mehr zu haben, als Schwindler entlarvt Job und Geld zu verlieren. Andi gab mir »freie Hand« – und ich riß mich zusammen, um den Schaden in Grenzen zu halten.

Das war im Januar 2001. Alles schien gutzugehen, bei der Finanzaufsicht sah man von weiteren Ermittlungen ab. Ich witterte, daß eine Krise bevorstand und warnte vorm Kauf eines Großteils von Titeln, die man auf dem Technologiemarkt hoch handelte. In der Firma hielt man sich an unsere Vorgaben, und in diesem Fall war das nicht anders. Bis sich Widerspruch regte, verging eine Woche; in der zweiten bestellte man Andi ins Chefzimmer. »Ich mache das«, sagte ich zu meinem Besitzer. »Grufti, du bist unersetzlich«, bemerkte er grinsend, als ob er das alles nicht ernst nehme, und hielt in den kommenden sechzig Minuten dezent seine Hand vor die Lippen.

Mit meiner Marktanalyse stieß ich bei den Chefs unserer Firma auf offene Ohren. Auf Anweisung mußten sich Andis Kollegen nach seinen (das heißt meinen) Zielsetzungen richten, die dem Kursverlauf auf dem Parkett widersprachen. Knappe vier Wochen vergingen, bis sich meine Annahmen als richtig erwiesen und alle Vorhersagen nahezu punktgenau eintrafen. In Finanzmaklerkreisen bescheinigte man Andi Meister prophetische Gaben und in den Zeitungen sprach man vom »Guru aus Ost-Berlin«.

Von diesem Zeitpunkt an war alles anders. Wenn Andi zum Goetheplatz aufbrach, ließ er mich zu Hause. Ich hing auf der Terrasse, wenn er sich im Loft aufhielt, triefte im Regen und dampfte im Sonnenschein. Oder er sperrte mich in seinen Wandtresor. Von seinem Tun in der Firma erfuhr ich nichts. Erst aus den dringlicher werdenden Nachrichten, die auf seinem Anrufbeantworter eingingen – von Firmenmitarbeitern, die Andi privat sprechen wollten –, konnte ich mir seinen Wahnsinn zusammenreimen: Andi empfahl aller Welt, sich mit billigen Technologieaktien einzudecken, der Preisverfall habe den niedrigsten Punkt erreicht, bald werde es mit den Kursen bergauf gehen. Seine Annahmen waren den Firmenchefs heilig. In der ersten Zeit wettete alles am Goetheplatz auf eine Technologiemarkterholung und kaufte in großem Stil Ramschtitel ein, Andi machte es mit seinen Anlagen vor.

Warum, ist mir schleierhaft und wird es bleiben. Wollte er an der Vermessenheit Rache nehmen, die er in Frankfurt verinnerlicht hatte? Oder konnte er mit seinem Leben nicht Schritt halten und fand keinen anderen Ausweg als diesen? Seine Erregung war nicht zu verkennen, von Niedergeschlagenheit merkte ich nichts ...

Als keine von seinen Voraussagen eintraf, ging es Schlag auf Schlag: Andi hatte kein Geld mehr; mit der Loftmiete schien er bereits im Verzug zu sein; als Broker am Goetheplatz war er untragbar; und ein Kokaindealer wollte seinen Zaster eintreiben. Mit Gewalt drang er in unsere Dachwohnung ein und fand Andi in Shirt und Slip auf der Terrasse vor, im Liegestuhl, mit einer Schnapsflasche in der Hand. Ich hing am Eisschrank und mußte mitansehen, wie der Dealer dem lallenden Andi zwei Finger brach und eine Frist von zwei Tagen bewilligte, sonst ... ich blieb lieber stumm, um den Kerl nicht zu reizen (und am Ende auf dumme Ideen zu bringen).

Als der Eindringling weg war, betrachtete Andi mit stupidem Gesicht seine Finger und weinte. In seinem Elend tat er mir unendlich leid. »Trenne dich von deinem Porsche! Das bringt eine Stange Geld«, riet ich meinem Freund und Besitzer. Er schwieg zu meinem Vorschlag und wankte ins Loft, um sich anzuziehen und aus dem Haus zu gehen. »Nimm mich mit, Andi ... warum nimmst du mich nicht mit?«

Andi brauchte den Wagen zu anderen Zwecken, und daß er mich zu Hause ließ, hatte einen guten Grund. Er beschleunigte in dieser Nacht auf der Autobahn, bis er von der Fahrbahn abkam und bei hoher Geschwindigkeit an einen Baum knallte.

III

Ich werde von einem Auktionshaus erworben;
ein deutsch-englischer Anthropologe und Journalist
und sein Kampf gegen meine Versteigerung

Man glaube es oder man glaube es nicht: Zum Schluß kam ich
wieder nach Augsburg. Niemand aus Andis Verwandtenkreis
hatte sein schuldenbelastetes Erbe antreten wollen, seine Habseligkeiten fielen an den Staat, der sie auf amtlichen Wegen zum
Kauf anbot. Mich erstand ein Auktionshaus am Augsburger Hofgarten zum Spottpreis von achthundert Euro.

Das erfuhr ich erst im Magazin des Auktionshauses, wo mich
der Kurator ausgiebig studiert hatte und in meiner Gegenwart
telefonierte: »Er ist wesentlich mehr wert als achthundert Euro ...
wesentlich mehr wert, mein Lieber ... ja, nicht nur echt ... es ist
der Kopf eines Weißen, verstehst du? ... um das Jahr 1600, das
kriegst du sonst nie ... nein, ich sage dir ... besser erhalten als
andere ... und bis auf kleinere Eingriffe, eine Gesichtsmodellie-
rung in neuerer Zeit und statt Menschenhaar Tierhaar, im Ori-
ginalzustand ... na, du kannst als Richtpreis Zehntausend veran-
schlagen ...«

Man bewahrte mich fachgerecht in einer Holzbox auf, und
tagelang blieb ich im Finstern allein. Ich offenbarte mich nicht,
als mich das Personal registrierte und photographierte. Ob das
schlau oder dumm war – ich war mir nicht sicher. Irgendwann
brachte man mich in ein Zimmer im ersten Stock, wo ich zur
Besichtigung vor der Versteigerung in einen Glaskasten kam. Von
allen Besuchern der Ausstellung fiel mir besonders ein Mann mit
Dreitagebart und einem stachligen Kurzhaarschnitt auf. Dieser

Mensch zeigte nicht das geringste Interesse an anderen Auktionshausobjekten. Bereits von der Schwelle aus hatte er mich entdeckt und schlenderte, ohne nach rechts oder links zu schauen, zielsicher zu meiner Vitrine. Er betrachtete mich mit der Leidenschaft eines Experten, kritzelte in ein Notizbuch und photographierte mich. Ob er vorhatte, mich zu ersteigern?

Am Tag der Auktion kam ich wieder in meine Box. Ich wußte vom Personal, das ich belauscht hatte, daß man mich in den Versteigerungssaal brachte, in dem eine schwirrende Betriebsamkeit herrschte, die sich bis in meine Holzkiste mitteilte. »Wer bietet mehr?« hallte es aus einem Lautsprecher, »zweitausend ... der Herr mit der Fliege ... Sie bieten zweitausend? ... wer bietet mehr? ... zweieinhalbtausend? ... der Herr mit der Nummer 9 ... er bietet zweieinhalb ... unsere Pendule au sauvage mit dem Schwarzen aus napoleonischen Zeiten, wer bietet mehr? ... Nummer 130, Frau Scheerschmidt, sagt drei ... darf ich mit einem besseren Angebot rechnen? ... meine Damen und Herren, wir sind bei dreitausend ... dreitausend ... zum ersten ... zum zweiten ... zum dritten ...«, es folgte ein Schlag mit dem Hammer, »versteigert!«

Man zerrte mich an meinem Band aus der Box. Ich blinzelte in einen Saal mit Pilastern und Wandfriesen, Nischen und Hohlkehlen, goldenen Borten und Spiegeln und Puttenfiguren, alles in einem strahlenden Weiß, das mich blendete. Links von mir hockten drei Menschen an Telefonen, die den Klienten am anderen Ende Objektnummer, Preis und Auktionsverlauf mitteilten. Ich baumelte neben dem Pult auf der Stirnseite, eine junge Frau hielt mein Trageband in der Hand. Vor mir zwanzig Stuhlreihen, die dicht besetzt waren. »Meine Damen und Herren, Losnummer 108«, teilte der Auktionator am Stehpult mit, sein Silberhaar wirkte vertrauenerweckend, ansonsten erinnerte er mit seinem sonnenbraunen Furchengesicht an einen Skilehrer in Pension, »aufsehenerregender Tsantsa von mindestens 400 Jahren mit Echtheitszertifikat, besonderes Schmankerl: Es handelt sich um einen weißen Mann«, aus dem Saal drangen Raunen und Kichern an meine Ohren, »wir starten mit zehntausend Euro, wer bietet mehr?« – »*Elf*tausend« meldete sich eine Stimme – ich kreiselte um meine Achse und konnte sie keinem Gesicht in den Stuhlreihen zuordnen. »Erstes Angebot ... wer bietet mehr, meine Herrschaften?« Ich denke, man kann meine Aufregung nachvollziehen. Ich verließ diesen Saal mit einem neuen Besitzer, bei dem ich einen Teil meines Lebens verbringen mußte, es war mir beileibe nicht gleich, wer das war ...

Unruhe entstand in den hinteren Stuhlreihen, als sich ein Mann erhob und auf das Stehpult zuschlenderte, dieser Mensch mit Dreitagebart, hochstehendem Stachelhaar, in blaugrauem Nicki und Jacke mit Lammfell am Kragen. Er trat neben den Auktionator und beugte sich, als sei es sein gutes Recht, luftholend zum Mikrophon. »Es ist eine Schande«, versetzte er heiser. Stuhlbeine schnarrten, man murrte und munkelte. »Darf ich Sie bitten ... das ist nicht erlaubt ...«, sagte der Auktionator, der sich wieder faßte, »mein Herr, darf ich bitten, im Publikum Platz zu nehmen.« – »Nein, vergessen Sie das, Platz nehmen werde ich erst, wenn Sie diese Versteigerung abbrechen«, sagte der Mann, »mein Name ist Christopher Prinz, ich bin Journalist.«

Er gab einem Burschen mit Stahlrahmenbrille ein Zeichen, vor dessen schwabbliger Wampe zwei Kameras baumelten. »Take a picture, Tom«, sagte er zum Photographen, »a picture of me and the shrunken head, please! ... Meine Damen und Herren«, wandte er sich ans Publikum, »Sie nehmen an einem barbarischen Vorgang teil! Ja, es ist barbarisch, einen menschlichen Kopf zu versteigern! Wer in diesem Saal findet es nicht barbarisch, wenn man auf der Welt einen Menschen enthauptet? Und war dieser Tsantsa kein Mensch? Er sei vierhundert Jahre alt, heißt es im Katalog. Ja und? Das macht seinen Erwerb nicht moralischer ...« – »Sie haben kein Recht, mein Herr ... nehmen Sie Platz«, wiederholte sich der Auktionator erregt, und im Publikum zischten und zischelten Stimmen, der solle »a Ruah gebe« und sich »verzupfa«! Zwei

Hausangestellte erreichten das Stehpult und packten den Unru-
hestifter am Ellbogen, der sich diesen »physischen Angriff« verbat.
Zu meiner Versteigerung kam es nicht mehr. Der Auktions-
hausbesitzer, Fons Imhof, entschied, mit der Losnummer 109
weiterzumachen. Imhof hatte mich vor ein paar Wochen besich-
tigt, als er meinen Wert vom Kurator erfahren hatte – ich kannte
den Mann mit Zigarre und rotem Schal.

Von seinen Leuten benachrichtigt, eilte er in den Saal, um
dem Personal raunend Anweisungen zu erteilen. Imhof stellte
sich dem Journalisten vor. »Bitte verzeihen Sie das grobe Benehmen der Hausangestellten, es war nicht gerechtfertigt. Darf ich
Sie beide zu Kaffee und Whisky einladen?« Er winkte der jungen
Frau, die mich am Band hielt: energisches Zeichen, zu folgen. Ich
schielte zum Menschen mit hochstehendem Stachelhaar. Daß er
meine Partei ergriff, fand ich bemerkenswert. Ich hatte Vertrauen
in den Journalisten gefaßt.

Christopher Prinz, der halb deutscher, halb britischer Herkunft
war, hatte in Cambridge Anthropologie studiert und danach in
Hamburg und Berlin Journalistik. Von der anthropologischen
Sammlung im heimischen Cambridge war er bereits in seiner
Kindheit zum einen schockiert und zum anderen begeistert
gewesen, eine Erfahrung, die auf seine Studienentscheidung
maßgeblichen Einfluß nahm – und auf den verqueren Verlauf
dieses Studiums, den er bei seiner Wahl nicht beabsichtigt hatte.
Bald wandte sich Prinz von den unmittelbareren anthropologischen Lehrzielen ab, um sich dem Leben von William Owen und
dessen wissenschaftlichen Auffassungen zuzuwenden.

Schnell stieß er auf Owens Bestellungen von Eingeborenenske-
letten und -kranien bei »Sammelreisenden« in großem Umfang.
Ja, Owen selbst hatte auf seinen Expeditionen in den Kolonien
Leichen ausgraben lassen. Vor dem Transport in die englische
Heimat hatte man Weichteil-Lieferungen in Formalin fixiert und
in Blechkanistern verschifft. Mit der Konservierung waren Ein-

heimische betraut, und der Forscher berichtete in einem Brief von der Frau, die im Kopf, den sie einbalsamierte, ein nahes Familienmitglied erkannt hatte. Zur Reaktion dieser Frau hatte Owen notiert: »In der konvulsivischen Raserei, die sie erfaßt hat, zeigt sich der seelische Primitivismus des Negers.«

Mehr als das: Mit dem Brief konnte Prinz den Beweis erbringen, daß der »Vater der anthropologischen Sammlung«, als er in Sierra Leone gewesen war, aus wissenschaftlichem Ehrgeiz und Eigennutz den Mord an einem Mende in Kauf genommen hatte, um eine abgehende Lieferung zu komplettieren.

Dringlicher als sein Material zu erforschen, schien Owen das Sammeln gewesen zu sein. Und wenn er mit seinen Assistenten ans Werk ging, Vermessungen von Knochen und Gliedmaßen vornahm oder das Studium mimischer Muskeln betrieb, ordnete er alle Merkmale einer aufsteigenden Tierreihe zu. Diese Tierreihe setzte mit dem Orang-Utan ein und reichte von minderen Rassen indianischer und afrikanischer Populationen bis zur Rasse des nordischen Menschen.

Prinz brandmarkte Owens wissenschaftliche Leistungen als »inhaltlich irrelevant« und »rassistisch«. Und er rechnete mit dem Museum ab, das diese Vergangenheit der Sammlung absichtlich verschleiere. Seine Protestaktion vor Owens Denkmal, bei der er verlangte, das »menschliche Material«, von Knochen und Skalps bis zu Kranien und Tsantsas aus der Ausstellung zu entfernen und zu bestatten, verursachte einen Skandal in der Presse; bis in die Londoner *Times* fand er seinen Niederschlag.

Sonst bei Professoren und Fellows beliebt als Hansdampf-in-allen-Gassen mit heiterer Ausstrahlung, machte Prinz sich im Fachbereich reihenweise Feinde. In Stellungnahmen seitens des Cambridgemuseums und des anthropologischen Fachbereichs bewertete man seine Anschuldigungen als haltlos. Ein Professor griff Prinz in der Vorlesung an: »Junger Mann, mehr historische Einordnung, bitte! Moral in der Wissenschaft ist eine Sackgasse ... falls Sie sich nicht lieber zur Hausdame ausbilden lassen wollen!« – das studentische Publikum wieherte. »Sie schaden der Uni«, hieß es vom Dekan, als er Christopher Prinz in sein Zimmer bestellt hatte, »wissen Sie, Geld ist scheu und liebt keine Skandale. Was wir an Spenden einnehmen, kommt allen zugute. Auf sie zu verzichten, ist nicht meine Absicht ... Lassen Sie Owen in seinem Mausoleum ruhen!«

Christopher Prinz brach sein Studium in Cambridge ab. Er ging nach Hamburg, das kannte er von seinen Besuchen als Kind und Heranwachsender bei den Tanten und Onkeln des Vaters in Barmbek und Altona. Er nahm ein journalistisches Studium auf und fand nach dem Abschluß Anstellung bei einem Berliner Blatt, wo er als Kenner der englischen Welt seinen Weg machte, heuerte bei einer britischen Zeitung an und schrieb nebenbei seine *History of Shrunken Heads*. Das mit historischen Photographien und Faksimiles reichlich bebilderte Buch brachte es auf der Insel zum Bestseller: »Tsantsas haben sich erst mit dem Kolonialismus bei uns in Europa zur Mode entwickelt«, hieß es im Vorwort zu seiner *Geschichte,* »und wir alle, die in einer Mischung aus Grauen und Lust im Museum einen Schrumpfkopf betrachten, betrachten in Wahrheit uns selbst ... Auch wenn sie aus einer fremden Kultur stammen, die man bei uns nie verstand und verstehen wollte, sind diese Fratzen nichts anderes als ein barbarischer Spiegel der westlichen Welt.«

Prinz hatte aus Zufall von meiner Versteigerung erfahren, die in einem bekannten Auktionshaus in Augsburg bevorstand, und hatte sie sich nicht entgehen lassen wollen, um auf ein Ereignis aufmerksam zu machen, an dem sich der bis heute ansteckende Geist unserer kolonialistischen Wertevorstellungen zeige ... Prinz war ehrgeizig, litt nicht an falscher Bescheidenheit – und war aufrichtig von seiner Sache durchdrungen.

Im Zimmer von Imhof befestigte mich seine Hausangestellte an einem Karteischrank und hastete gleich wieder ins zweite Stockwerk, wo sie dem Auktionator zur Hand gehen mußte. »Nehmen

Sie Platz, meine Herren«, sagte Imhof und streckte seinen Arm zu den Sesseln vorm Schreibtisch aus, er selbst holte eine Karaffe mit Whisky. Und ich meldete mich am Karteischrank zu Wort: »Ich will mich von Herzen bedanken, Herr Prinz. Daß jemand meine Partei ergreift, ist eine Seltenheit. Ich meine, Sie wissen ja nicht, wer ich bin. Trotzdem wollen Sie mir helfen, uns allen, mir und meinen Leidensgenossen, das finde ich ehrenwert. Es ist in der Tat unerfreulich, versteigert zu werden …«

Als ich anfing zu sprechen und Imhof begriff, daß die Stimme nicht aus seiner Wechselsprechanlage kam, ließ er die Karaffe vor sich auf den Teppich fallen, und Christopher Prinz setzte sich kerzengerade im Sessel auf. Sein Photograph brachte sich eilig in Stellung und knipste mich von allen Seiten.

Imhof und Prinz horchten mich eine Weile aus, man konnte meinen, sie verfolgten das gleiche Interesse – doch das taten sie nicht im Geringsten … Christopher Prinz mußte sich erst bewußt machen, was diese Wendung der Dinge bedeutete. Ich verhalf seinem Kampf zu moralischer Tragweite. Imhof dagegen schien nach erstem Staunen zu wittern, wieviel mehr Geld sich mit mir, einem lebenden Schrumpfkopf, verdienen ließ, als mit einem toten. Man merkte es meinem Besitzer – das war der Auktionshausinhaber ja faktisch – rasch an: Sein Wille, mit dem Journalisten zu einem Einvernehmen zu kommen, sank rapide.

»Kann es sein«, wollte Prinz von mir wissen und schwenkte sein Whiskyglas, in dem drei Eisklumpen klimperten, aus dem er vor Spannung zu trinken vergaß, »daß Sie Melchior B. sind, der sprechende Tsantsa aus der Studie von diesem Wiener Psychiater und Nervenarzt … Elias Lew Abraham, wenn ich nicht irre …?« – »Melchior B. ist nicht mein richtiger Name … der Doktor erfand dieses Pseudonym zu meinem Schutz.« Ich war sprachlos, Prinz kannte das Buch Dr. Abrahams. »Und der richtige Name ist?« mischte sich Imhof ein und leerte sein Glas, als enthalte es Wasser. »Mein erstes Ich nannte sich Simon Dryander, ich meine, der Mann, dem mein Kopf noch intakt auf den

Schultern saß ... ich habe keinen richtigen Namen ... man nannte mich in meinem Leben Petit Coquin, Peewee und Tato, es hing vom Besitzer ab.«

Prinz stellte das Glas auf den Schreibtisch und straffte sich: »Ich denke, wir sind einer Meinung, Herr Imhof, einen lebenden Schrumpfkopf darf man nicht verkaufen ...« Mit diesem Satz nahm der Streit seinen Lauf. Imhof entgegnete, ich sei sein Eigentum, und mit seinem Eigentum fange er an, was er wolle. »Verzeihen Sie! Ein Schrumpfkopf, der lebt, ist ein Mensch!« – »Ein Mensch?« sagte Imhof und spielte mit seinem Schal, »Sie meinen wohl ein Objekt von historischem und kulturellem Wert!« – »Nein, er ist ein Mensch, und in unserer Zeit sind Menschen kein Eigentum anderer Menschen!« – »Ich denke nicht, daß er, juristisch betrachtet, ein Mensch ist.« – »Ethisch betrachtet, nicht rechtlich, Herr Imhof.« – »Sie haben eine Versteigerung behindert – mit Vorsatz! Sie bringen ja den Photographen gleich mit! Und jetzt wollen Sie mir vorschreiben, was ich zu tun habe? In meinem Haus ... als mein Gast ... das ist stark! Ich behalte mir vor«, schimpfte Imhof erregt, »vor Gericht zu ziehen.« Ein Wort gab das andere, bis der Auktionshausinhaber Christopher Prinz als »moralischen Eiferer« und »Schmierfink mit Sendungsbewußtsein« beleidigte und vom Personal an die Luft setzen ließ, zusammen mit seinem »schmuddeligen englischen Knipser«.

Imhof war sich nicht hundertprozentig im Klaren, was er mit mir anstellen sollte. Mich in meine Holzbox zu sperren war nicht ratsam, besser schien es, ein Auskommen mit mir zu finden. Nicht, daß er sich mit mir anfreunden wollte. Ich blieb seine Ware, nicht anders als ein Josefinischer Tisch oder eine Laterndluhr, die er »leider nicht alle zu sich mit nach Hause nehmen« konnte – mit diesen Worten entschuldigte er seinen Beschluß, mich weiter am Hofgarten aufzubewahren. Imhofs Auktionshaus, erbaut 1900, von außen neuklassizistisch, im Inneren eher Barock, bestand aus den Ausstellungszimmern im ersten Stock und dem Versteigerungssaal in der zweiten Etage, wo ich wieder an einem Gardinenraffhalter hing und in den Hofgarten oder zum Perlachturm schielte. Wenn man um achtzehn Uhr zusperrte, kam ich in einen Vitrinenschrank, der in den Ausstellungszimmern stand, aus versicherungstechnischer Notwendigkeit – und mußte auf Singen oder Pfeifen verzichten, sonst ging der Alarm los, mit dem der Louis-Seize-Schrank verbunden war.

IV

Aus Bettys Tagebuch; ein Gericht soll entscheiden;
ich nehme mein Schicksal selbst in die Hand

Das Tagebuchschreiben behielt Betty immer bei, und im letzten
Journal aus den Nullerjahren finden sich Zeilen zu unserer Wiederbegegnung, die ich in meine Erinnerungen einbeziehen will,
ganz so, als ob Betty und ich sie zu zweit wieder auffrischen und
auf diese Weise erneut miteinander vereint sind ...

Wien, am 1. September 2003: Bei Sichtung der Zeitungen, die sich
nach Monaten Abwesenheit in meinem Wohnzimmer stapeln, stoße
ich auf einen Artikel, bei dem sich mein Herzschlag beschleunigt. Ein
deutsch-englischer Anthropologe und Buchautor habe mit seinem
skandalreichen Auftritt in einem Auktionshaus am Augsburger Hof-
garten die Lizitation eines Schrumpfkopfs verhindert. Anscheinend
hat der Auktionshausinhaber den Anthropologen auf Hausfriedens-
bruch verklagt und dieser den Mann vom Auktionshaus auf einen
Verkaufsverzicht. Ich denke als erstes: Das kann er nicht sein. Ist mir
a bisserl viel Zufall auf einmal – ausgerechnet in Augsburg, der Hei-
mat von Simon Dryander, soll er wieder auftauchen? Ich schaue aufs
Datum der Ausgabe: 19. Mai (und am 16. ging es mit Thomas ins Haus
auf Sardinien). In meiner Aufregung schlage ich Zeitung um Zeitung
auf. Ich finde nichts, falls ich nicht einfach zu letschert bin. Lasse es
sein, mache mir einen Tee. Rufe bei Thomas an, der bereits grunzelt,
und spreche den Anrufbeantworter voll. Verabschiede mich mit der
Bitte an meinen Sohn, morgen im Internet zu recherchieren ... Ich
mache kein Auge zu in dieser Nacht. Wenn es Tato ist ..., sage ich mir
und ermahne mich, mir keine vergeblichen Hoffnungen zu machen ...

Wien, um 2. September 2003: Stunden vergehen, Thomas meldet sich nicht. Am Nachmittag steht er bei mir auf der Drischpel und hat einen Packen mit Ausdrucken bei sich. »Mamsch«, meint er strahlend, »ich wette, das ist er!« In seinen Fingern schwenkt er eine Aufnahme ... schlecht zu erkennen ... es hapert am Drucker. Wir vergessen ins Zimmer zu gehen, bis ich mich vor Schwindel und Herzrasen setzen muß. Er hilft mir zum Sofa, auf dem ich mich ausstrecke. »Mamsch«, will er besorgt von mir wissen, »was brauchst du ... was kann ich dir holen ... ein Glas Wasser?« – »Es ist nichts zu erkennen von der Unfallverletzung ... nein, ich denke, er ist es nicht«, sage ich matt. Thomas will mir meine Zweifel vertreiben. Er greift sich ein Blatt um das andere und liest mir vor. Und er kommentiert die im Sommer vor allem in Deutschland und England erschienenen Artikel. »Dieser Christopher Prinz, was verlangt er, Mamsch? Daß der Auktionshausinhaber am Augsburger Hofgarten einen menschlichen Leichenbestandteil bestattet? Nein, das Gericht solle anerkennen, daß es sich bei dem Auktionshausobjekt erstens um einen Menschen und zweitens um eine Person handelt! ... Anfang Juni hat Prinz vor der Presse betont, man habe es mit einem lebenden Schrumpfkopf zu tun ... das Gericht hat zwei Gutachten aufsetzen lassen, von einem Anthropologen und einem Mediziner, und zum Schluß seine Klagezulassung erteilt! Das heißt ...« Thomas legt seinen Packen beiseite, »... es ist Tato, den sie im Auktionshaus versteigern wollen!« Er wirkt erregt, und ich ahne, warum. Ich habe meinen Sohn, als er klein war, in England mit meinen Geschichten von Tato begeistert, sie erheiterten Thomas und mich, wenn wir traurig waren ... und jetzt scheint es, als tauche sein Kindergeschichtenheld wieder auf ...!

Wien (in der Nacht) 2./3. September: Wieder Schwindel und Herzrasen, als ich im Bett bin. Gleichzeitig packt mich eine Welle von Seligkeit. Ich habe das Alter von 103 erreicht, bis zum Schaun-ob-da-Deckl-paßt wird es nicht lange mehr dauern. Und jetzt passiert das Unwahrscheinlichste, das nur passieren kann: Tato und ich kommen wieder zusammen. Was auch bedeutet, daß meine Vergangenheit wiederkehrt. Von der Kindheit am Fleischmarkt bis zu Mihais Tod und meinem eiligen Aufbruch aus Bukarest ... Das alles zusammen ist schwindelerregend. In mir wechseln sich Sehnsucht und Schmerz miteinander ab, bis ich keine Luft mehr bekomme und aufstehen muß. Ich betrachte das Blatt mit dem Photo von Tato und habe keinen Zweifel mehr, daß er es ist ...

Wien, am 3. September: Um sechs bin ich wieder wach, setze mich an meinen Schreibtisch und schreibe an Christopher Prinz. Ich adressiere den Brief an das Publishing House auf der Insel, das seinen Bestseller verlegt hat. Thomas kann man erst zur Zehnerjause anrufen. Seit er vorzeitig in Rente ging, kommt er am Vormittag nicht aus den Federn. Er klingt ziemlich dramhappat, als er sich meldet. »Kannst du mich mit dem Auto nach Augsburg bringen?« frage ich (bei aller Lust, die mir das Autolenken bereitet: Ich wage es nicht mehr, am Steuer zu sitzen, bestimmt nicht bis Augsburg, das ist mir zu weit). »Nach Augsburg? ... ach so, ja ... nach Augsburg. Und wann?« – »Heute, denke ich, werden wir es nicht mehr schaffen.« »Das kann nicht dein Ernst sein, Mamsch! Allenfalls morgen!« – »Morgen ist prima. Ich danke dir, Thomas. Und ich brauche ein gutes Hotel in der Altstadt. Kannst du im Internet zwei, drei Adressen ermitteln?« – »Das heißt, du bist sicher, er ist es?« Ich sage nichts. »Was denkst du, Mamsch, wie viele Tage sind notwendig?« – »Um uns mit dem Auktionshausinhaber zu einigen? Keine Ahnung, mein Lieber, zwei Tage, drei Wochen ... Ich will dich nicht inkommodieren, ich weiß ja, du hast auch als Pensionist deine Verpflichtungen. Du bringst mich und reidst wieder aus.« – »Und du willst in Augsburg allein bleiben, Mamsch?« Mit anderen Worten: Mein Sohn traut es mir nicht zu. Und ich kann es nicht leiden, wenn er mich behandelt, als sei ich ein Gaagal, das man an die Hand nehmen muß ...

Augsburg, am 5. September: Gestern um 17 Uhr treffen wir ein. Bis wir im Hotel in der Frauentorstraße sind und uns erfrischt haben, macht das Auktionshaus zu. Erst heute kommen wir in die laufende Ausstellung mit den Versteigerungsobjekten der Lizitation, die in knapp einer Woche, am Donnerstag, stattfinden wird. Von Tato ist weit und breit nichts zu entdecken, und mein Pulsschlag geht wieder normal. Er darf ja auch nicht mehr verkauft werden, bis das Gericht zu einem Urteilsspruch findet. Der Prozess hat bis heute nicht einmal begonnen. Allerdings scheint der erste Verhandlungstag festzustehen, haben wir im Hotel aus der Zeitung erfahren, am 24., das ist in zweieinhalb Wochen. – Ob wir bereits Kunden seien, fragt uns ein junger Mann, der beim Ausgang zum Treppenhaus vor einem Computer sitzt, und den Katalog vom Auktionshaus erhalten – nein? Er nehme uns gerne in seine Adresskartei auf! »Wir haben den Tsantsa vermißt«, sage ich. Erst weiß der junge Mann nicht, was ein Tsantsa ist, und als er kneißt, wen wir meinen, wirkt er einigermaßen verkrampft. »Steht er im Katalog?« fragt der Student uns dumm, »wenn nicht, kann er nicht in der Ausstellung sein.« – »Das ist uns klar«, mischt sich Thomas ein, »kann man den Schrumpfkopf nicht außer der Reihe besichtigen?« Fahrig verweist er uns ans Sekretariat. Das ist verschlossen, man weiß nicht warum. Im Eingangsportal des Palais treffen wir auf den Hausmeister, der uns nicht sagen kann oder will, ob Fons Imhof, der Inhaber, gerade im Haus ist ...

Augsburg, am 6. September: Gestern haben wir nichts mehr erreicht, nicht beim zweiten Besuch im Auktionshaus und nicht telefonisch. Wochenends bleibt es ohnehin zu. Mein Sohn, der nach Hause muß wegen Terminen, will mich mitnehmen und erst zum Gerichtsverfahren wiederkommen. »Du richtest eh nichts aus, Mamsch!« liegt er mir in den Ohren, »und am Verhandlungstag werden wir Tato begegnen!« Meine Halsstarrigkeit bringt den Buan zur Verzweiflung. »Du hast Tato verloren, bevor ich zur Welt kam, Mamsch! Und jetzt kannst du dich keine elf Tage gedulden?« – »Hast du es vergessen, my dear? Ich bin 103. Wer in meinem Alter ist, hat keine Zeit mehr – und keine Sekunde Geduld.«

Augsburg, am 8. September: In meiner Post keine Antwort von Christopher Prinz, meldet Thomas aus Wien. Gut, ich habe den Brief erst am 3. verschickt. Und er ging an den Verlag, nicht an seine Privatanschrift. Mein Sohn will eine E-Mail ans Publishing House senden und die sollen es weiter an Prinz expedieren ... bitte, wenn man das machen kann, Hauptsache hurtig! – Heute endlich Erfolg im Sekretariat, wo

ich einen Termin bei Fons Imhof bekomme, am morgigen Dienstag
um Dreiviertelelf. Auch die Vorzimmerdame scheint wenig erbaut von
meinem Anliegen, Tato zu sehen und zu sprechen. Sie glaubt mir kein
Wort, als ich sage, daß Tato und ich uns kennen. Um von der Presse zu
sein, bin ich allerdings sichtlich zu alt, das beruhigt sie wieder ...

Fons Imhof besuchte mich alle zwei Tage und schimpfte auf
Prinz, der nichts anderes im Sinn habe, als seinem in Deutschland erscheinenden Buch breite Aufmerksamkeit zu verschaffen.
In den Zeitungen ging es anscheinend hoch her, Imhof mußte
sich in Interviews vor der Presse rechtfertigen. Trotzdem wettete er auf die »Gnade der Zeit«, mit der sich zum Schluß wieder
alles beruhigen werde. Als der Entscheid des Gerichts eintraf, der
meine eingehendere Untersuchung anordnete und zwei Experten als Gutachter einsetzte, brach seine Sicherheit in sich zusammen. Sein vom Vater ererbtes Auktionshaus am Hofgarten war
eine ehrbare Institution und mit Familie Imhofs Beziehungen
in der Stadt hatte das Haus alle Krisen bestanden – daß dieser
Schutz nicht mehr reichte, schockierte den Mann.

Ab jetzt durften Prinz und sein Anwalt sich mit mir beratschlagen, Imhof mußte den Zutritt zu mir garantieren. Langsam sollte
mir klarwerden, was ein Gerichtsverfahren zu meiner Menschwerdung beitragen konnte. Wenn ich, juristisch betrachtet, ein
Mensch war, erhielt ich einen Ausweis und eine Versicherungs-
nummer und war – eine freie Person. Es ging nicht mehr, mich
einfach mitzunehmen und mit mir umzugehen, als sei ich recht-
loses Eigentum ...

Prinz und sein Anwalt beabsichtigten, meine Augsburger
Abstammung geltend zu machen und sie vom Gericht anerkennen zu lassen. Ich war gegen den Plan, und das machte ich beiden
klar. »Es ist der sicherste Weg«, sagte Prinz, »in der Fallstudie zu
einem sprechenden Schrumpfkopf, verfaßt vom Psychiater Elias
Lew Abraham, erschienen in Wien vor knapp einhundert Jahren,
heißt der Patient Melchior B.: Das ist logischerweise ein Pseud-

onym, alle Patienten erhalten ein Pseudonym, wenn man sie Fachwelt und Publikum vorstellt. Und dieser Melchior erinnert sich an seine Kindheit als Sohn eines Augsburger Rektors und Reformators namens Adam Dryander. Auch daß Simon Dryander im Auftrag der Welser in Venezuela war und dort verschollen ist, ist in den Archiven bezeugt – und es paßt zu dir«, abwechselnd kratzte sich Prinz am Dreitagebart und fuhr mit den Fingern ins hochstehende Stachelhaar, »das kann kein Zufall sein, falls man nicht ernsthaft behaupten will, es gebe Hunderte sprechender Tsantsas von nicht indianischer Abstammung, und alle seien um 1900 Patienten auf Abrahams Couch in der Weintraubengasse gewesen!«

Mit auf dem polierten Parkettboden quietschenden Gummisohlen lief er vor mir auf und ab in einer Mischung aus Kampfwillen und Hochstimmung. Um ehrlich zu sein, ich bereute bereits das von Prinz und seinem Anwalt erwirkte Gerichtsverfahren, bei dem ich nichts anderes war als der Streitgegenstand. Einen Streitgegenstand mußte man nicht um Zustimmung zu einem Rechtshandel bitten.

Prinz legte mir einen Packen Kopien aus dem Augsburger Stadtarchiv vor, die er von einem Archivar hatte zusammenstellen lassen. Diese Reproduktionen von schriftlichen Zeugnissen, Korrespondenzen und Akten vom Steueramt, Geburtstags-, Tauf-, Heirats- und Sterbeverzeichnissen beglaubigten meine Erinnerung. Es war ja bis heute nicht sicher gewesen, ob es sich um echte Erinnerungen handelte. Umso verbissener warnte ich Prinz und seinen Rechtsbeistand vor der Idee, beim Gerichtstermin auf meine Augsburger Herkunft zu setzen (besser: meine vermeintliche Augsburger Herkunft!), das in mir vergrabene Ich sei mir wesensfremd, und ich ließe mir von keinem Richter bescheinigen, Simon Dryander zu sein. »Simon Dryander ist tot«, sagte ich, »der von seiner Bestimmung zu Herrschaft und Reichtum besessene Heuchler ist tot. Er war stark, siegessicher, energisch und mitleidlos – ich kann mit keinem dieser Merkmale dienen.

Ich stamme nicht von protestantischen Eltern ab, meine Heimat waren Feuchtigkeit, Frieden und Seelenruhe, und meine Paten ein Affe und ein Papagei ... Was verbindet mich mit diesem Simon Dryander, der sich gottgleich vorkam? Absolut nichts!«

Meine Begegnungen mit Prinz waren kurzweilig, wenn er mich ohne seinen Anwalt besuchte und zu meinen Erfahrungen in Cambridge befragte. Ich hatte William Owen erlebt, konnte seine Gestalt und sein Auftreten schildern und Auskunft erteilen zu Howard und Hughes. Prinz war versessen auf meine Geschichten, sie paßten zu seiner Kritik an dem Anthropologen, durch die er es sich an der Uni verscherzt hatte, und er zeigte mir Photographien aus der Zeit, als ich mit der Nummer »T47« im Ausstellungskasten befestigt gewesen war – trotz der griesigen Aufnahme konnte ich mich zwischen Psito, Zerepe und Naapi erkennen. Auf einer anderen Aufnahme fehlte ich. »In der Registratur warst du nirgends vermerkt«, teilte Prinz mir bei einer Gelegenheit mit, »ich meine, ein Schrumpfkopf T47 ist an keiner Stelle verzeichnet, man findet nur T46 und T48 ... Owen und Hughes haben den Diebstahl verschleiert, um einen Skandal zu vermeiden.« – »Und Oliver Howard?« – »Der mußte seinen Hut nehmen ... Hughes hat Howard anscheinend erfolgreich belastet, und trat mit Owens Tod dessen Nachfolge an.«

Ja, diese Begegnungen mit Prinz waren lustig und lenkten mich von den Beklemmungen ab, die mir mein baldiger Auftritt vorm Richter verursachte. Imhof wiederum paßte es nicht, seinen Gegner gezwungenermaßen im Haus zu empfangen. Er ließ Prinz von seinen Leuten im Auge behalten ... Imhofs Stimmung ging in dieser Zeit gegen null. Mit dem bevorstehenden ersten Gerichtstermin erschienen in den Zeitungen wieder Artikel ums Auktionshaus und meine mißlungene Versteigerung. Das mußte seine Klienten verunsichern. Ich zog seinen Namen in Mitleidenschaft – das hielt Imhof mir wieder und wieder beleidigt vor, umso beleidigter, als ich nicht sagte, was Christopher Prinz und sein Rechtsbeistand vorhatten.

Von Tag zu Tag wirkte er reizbarer. Ich denke, er plante bereits, sich von mir zu trennen und seinen Hals aus der Schlinge zu ziehen, auf halb schlaue, halb vornehme Weise. Sicher, es mußte sich um ein Versehen handeln, er durfte mit meinem Verkauf nichts zu tun haben. Am 11. September war wieder Versteigerung. Das bot sich an: Prinz war nicht in der Stadt, sondern im Land unterwegs, um sein Buch vorzustellen – erst zum Gerichtstermin wollte er wieder in Augsburg sein ...

Augsburg, am 9. September: Irgendwie scheinen sie bei Imhof die Freisen zu kriegen. Zur vereinbarten Uhrzeit, um Dreiviertelelf, stehe ich in seinem Sekretariat. Er wird von der Vorzimmerdame benachrichtigt, kommt auf die Schwelle und mieft mich als erstes mit seinem Zigarrenqualm ein. Imhof wirkt – absichtlich – schlampert, das findet er kunstsinnig, nehme ich an. Roter Schal, Schuppen auf dem Jackett, nikotingelbe Finger. Er ergreift meine Hand und verbeugt sich, »aus Wien?«, reißt zwei Witze, die ich auf der Stelle vergesse, und verfinstert sich schlagartig, als ich mein Anliegen vorbringe. Nein, vor dem Gerichtstermin ginge das nicht, Tato sei nicht im Haus, und er habe Termine, sagt Wiedaschaun, dreht sich um und ist verschwunden. – »Und?« will Thomas erfahren, »was hast du erreicht?« – »Nichts«, sage ich mit dem Schnurtelefon in der Hand, zerre an seiner Strippe und setze mich auf meinem Zimmerbalkon in die Sonne. Ich schildere kurz mein Erlebnis mit Imhof. »Soll ich dich abholen ... bis zum Gerichtstermin?« – »Nein, ich will in zwei Tagen zu Imhofs Versteigerung gehen.« – »Ja, richtig ... Ich wollte dir sagen, das Publishing House hat mich informiert, Christopher Prinz sei in Deutschland auf Reisen ... mit seinem Buch ... es ist inzwischen auf Deutsch erschienen, wußtest du das?« – »Kannst du dich an den deutschen Verlag wenden, Thomas?« – »Mache ich, Mamsch ... Und du? Ist dir nicht langweilig?« Er meint meine Beinschmerzen, die es nicht zulassen, Augsburg zu Fuß zu erkunden. Ohnehin zieht mich Augsburg nicht an, muß ich sagen. Meine Erinnerungen gehen mir nahe. Seit mir bekannt ist, wo Tato steckt, machen sie mir umso schlimmer zu schaffen.

Augsburg, am 10. September: Gestern Nachmittag in der benachbarten Buchhandlung. Ich mußte das Buch nicht bestellen, es stapelte sich auf dem Tisch mit den Neuheiten. Ich lese es auf dem Balkon, und es lenkt mich von meinen Erinnerungen ab. Als ich mich wieder vertieft habe, klingelt das Telefon. Prinz ist am Apparat, er ruft aus Hamburg an. »Entschuldigung«, sagt er, »wenn ich mich erst jetzt melde. Ich habe Nachforschungen anstellen lassen ... von Betty Merunka/Herşcovici spricht Tato ja dauernd ... ich mußte erst auf Nummer Sicher gehen, daß Sie es wirklich sind ... kein Wunder, daß ich Sie bei meinen Recherchen im Auftrag von Tato nicht auftreiben konnte ... Sie haben sich bereits im Exil in den Vierzigerjahren von Herşcovici in Lynn umbenannt, nicht wahr?« Ich habe einen trockenen Hals, und es schwindelt mir wieder. »Ja ... in Lissy Lynn ... mein Autorinnenname ...« – »Bei dem Namen Lissy Lynn und dem Alter von 103 – verzeihen Sie, wenn mich das mißtrauisch machte ...« Ich muß das erst alles verdauen und bin verwirrt: Imhof hat einwandfrei Tato in seinem Besitz! Und Tato beauftragte Prinz, mich zu finden – mich oder mindestens meine Familie. »... Frau Lynn, werden Sie zur Verhandlung in Augsburg sein?« Ich muß mich besinnen. »Ja«, sage ich atemlos. »Ich werde unmittelbar vorm Gerichtstermin eintreffen. Ich meine, am Vorabend ... wollen wir essen gehen?« – »Ja«, sage ich wieder, benommen und einsilbig. »Haben Sie eine Mobilnummer?« – »Nein ... mein Sohn ... ich habe kein Handy ...« – »Verstehe ...«, erwidert er. Denkt sich sicher, was braucht die ein Handy mit 103? »Herr Prinz ... werden wir gegen Imhof Erfolg haben?« will ich zum Abschluß erfahren. »Ich denke ja«, sagt er gut aufgelegt, und wir verabschieden uns.

Augsburg, am 11. September: Um sieben Uhr aufstehen, man darf sich nicht gehen lassen. Waschen, eincremen, frisieren, anschließend zum Dejeunieren mit hiesigen Zeitungen, Tee, Eierspeise und Speck. Mit fortschreitendem Vormittag werde ich damischer, kann mich nicht mehr auf das Buch konzentrieren, bereite mich innerlich auf die Versteigerung vor. Irgendwie will ich die Hoffnung nicht aufgeben, daß ich bei dieser Gelegenheit Tato begegne ...

Am Donnerstagsvormittag sperrte man mich in die Holzbox. Ich konnte nicht in meinem Vitrinenschrank bleiben und nicht meinen Platz im Versteigerungssaal einnehmen, in dem Auktionsvorbereitungen im Gange waren, es blieb nichts anderes als meine Box. Ich weiß nicht, ob man mich im Keller abstellte. Stunden um Stunden vergingen, nichts passierte, bis man meine Holzbox ergriff und in eine andere Ecke des Hauses verfrachtete. Von außen drang Stimmengewirr an meine Ohren. Ich war sprachlos vor Schreck, als man mich aus der Holzbox zog und vor das in den Stuhlreihen raunende Publikum hielt. »Aufsehenerregender Tsantsa von mindestens 400 Jahren mit Echtheitszertifikat ... einzigartig: es handelt sich um einen Weißen ...«, der Auktionator, ein Mann, der mir fremd war, las die Beschreibungen hektisch vom Blatt.

»Ist das der Schrumpfkopf, der sprechen kann?« wollte ein Herr in den vorderen Stuhlreihen im Trachtenjanker mit Lederbesatz erfahren. »Ob er spricht? Nein, das kann er nicht«, witzelte der Auktionator am Stehpult, »er kann nichts als beißen! Ausgangspreis zweitausend Euro, wer bietet?« – »Zweitausend? Mehr nicht?« hieß es von allen Seiten. »Mehr nicht?« machte sich der Versteigerer lustig, »mit anderen Worten: Sie alle wollen bieten?« – »Dreitausend«, meldete sich eine Dame – und es versetzte mir einen elektrischen Schlag. Diese Dame am Gangplatz war Betty!

»Dreitausend, mein Herr«, wiederholte sie fester und schwenkte das Schild mit der Saalbieternummer. »Danke, wir sind bei dreitausend«, kam vom Auktionator, der auf seinen Zehen wippte, »wer bietet mehr, meine Damen und Herren, als dreitausend?« Rechtzeitig kam ich einem anderen Bieter zuvor, der in den hinteren Reihen sein Schild in die Luft recken wollte. »Dreitausend! Zum ersten! Zum zweiten! Zum dritten! Versteigert!« rief ich in den Saal. Zerstreut und in Eile – die Imhof verlangt haben mußte – ließ der Auktionator den Hammer fallen. Man verstaute mich wieder in meiner Transportbox – und Betty durfte mich mitnehmen!

V

Bettys Geschichte und unsere »ewige Wegstrecke«;
Mara und Thomas; meine Bekanntschaft mit Bettys Familie;
letzter Auftritt von Christopher Prinz und ein Buch,
das nicht fertig wird; ein niemals erratenes Teekesselchen

Ich verlebte mit Betty noch gute sechs Jahre in Wien. Von der
Wohnung am Rudolfspark brachen wir alle paar Tage zum geh-
weiten Fleischmarkt auf, wo wir vor »unserem« Haus in Erinnerungen schwelgten. In einer Mischung aus Schwermut und Heiterkeit reisten wir von Zeit zu Zeit nach Piran und dachten an
unseren Besuch in der Hafenstadt wenige Tage vor Ausbruch des
Weltkriegs. »Warum machen wir nicht endlich wahr, was wir vorhatten? Wir sperren eine Hafenpension auf und heiraten«, sagte
sie in vollem Ernst an der Kaimauer, von der wir annahmen, es
sei »unsere alte«. Schwerer fiel es uns, Bukarest wiederzusehen:
der efeubewachsene Bau von Frau Cucu, das Jugendstilhaus in
der Strada Niculcea, beide waren – wenn auch in verlottertem
Zustand – erhalten, als ob sie bereit seien, uns wieder aufzunehmen ...

Man merkte Betty das Alter nicht an. Allen Falten zum Trotz,
war sie noch voller Lebenskraft. Der Neigung, die Schultern vor-
fallen zu lassen, gab sie nicht nach. Sie straffte das stahlgraue
Haar zu einem Knoten, auf diese Weise betonte sie das Gesicht
von fast jugendlich wirkender Lebhaftigkeit. Durch das Lesen
von Zeitungen auf Deutsch und in anderen Sprachen, das Studium historischer Werke und Diskussionen im Freundinnenkreis
um politische oder geschichtliche Themen hielt sie sich auf dem
Laufenden und geistig rege. Vormittags saß sie an der in der Emi-

grationszeit in London erworbenen Remington und war in die Arbeit an einem neuen Buch vertieft.

Im Exil hatte sie eine Reihe von Werken auf Englisch verfaßt, die erfolgreich gewesen waren und sie vor der Armut bewahrt hatten: Zur geistigen Wiener Welt um 1900 bis zur nationalsozialistischen Herrschaft; zum Wiener Judentum oder zum Jugendstil. Bereits mit dem ersten Buch hatte sie sich einen anderen Namen zugelegt, den sie beibehielt, als sie den britischen Paß bekam: Lissy Lynn. Nicht, um sich Mihai aus der Seele zu reißen, hatte sie auf den Namen Herşcovici verzichtet – Betty war voller Liebe, wenn wir von Mihai sprachen, sie hatte sich in keinen anderen Mann mehr verliebt. Was sie von sich fernhalten mußte, war der mit dem Namen Herşcovici verbundene Schmerz.

Zur Emigration hatte Betty sich erst mit dem Angriff der Wehrmacht auf Polen entschlossen. Als sie aus Bukarest kommend in Wien eintraf, das sich gerade auf Hitlers Besuch vorbereitete, war Thomas Merunka am Fleischmarkt verschieden, nicht ohne mit knarrender Stimme zu hauchen, »s'is net zam glabn, der Kaiser is wida do« und von Betty erfahren zu wollen, wo Tato sei. Er brauche mich, brauche mich dringend, um mit mir im Staatsbahnenamt neue Strecken zu planen.

Betty war schwanger und kam sich zu kraftlos vor, gleich wieder auf Reisen zu gehen. Und sie konnte sich nicht vom Zuhause am Fleischmarkt trennen, allem Nazigeheul auf den Straßen zum Trotz. Sie hatte keinen Mann mehr, sie hatte keinen Vater mehr, und sie telefonierte vergeblich mit Bukarest, um meinen Verbleib in Erfahrung zu bringen, kurz: sie hatte nichts anderes als diese Wohnung, die letzte Sicherheit bot.

Betty verbarrikadierte sich in den von Abnutzung, Kochdunst und Kohlenruß muffigen Zimmern. Sie mußte nicht ausgehen, das machte Mausi. Mausi besorgte, was lebensnotwendig war. Sie hatte das »Gasthaus zum Weinberg« verpachtet – im Erdgeschoß stampfte und schmetterte es in der Nacht nationalsozialistische

Kampflieder –, vom Pachtgeld und Bettys Ertrag aus dem Hausverkauf ließ sich der Alltag einstweilen bestreiten. Mausi brachte das Kind, das nicht immer daheim hocken wollte, zu Wursteltheatern und Rutschbahnen im Prater, wo es eine Tasse Kakao bekam. Und sie ging mit Mara zur Messe im Stephansdom, um sie vor Gott ins Gebet einzuschließen und zur Tarnung, als sei sie ein christliches Kind.

Dank einer mit Mausi befreundeten Hebamme konnte Betty den Jungen am Fleischmarkt zur Welt bringen, eine glatte Geburt, die nicht mehr als zwei Stunden in Anspruch nahm. In der rumänischen Botschaft erwirkte sie mit dem Paß, der sie als »Herşcovici, Elisabeth« ausgab, wohnhaft in Bukarests Strada Niculcea, einen offiziellen Geburtsschein und ließ das Kind von einem Geistlichen der orthodoxen Gemeinde in Wien christlich taufen.

Bei einer Razzia von Polizei und Gestapo, die sich der Nachbarschaft oder dem Zufall verdankte, bewahrten sie Paß und Geburtsschein vor Schlimmerem (den Eindringlingen schien der Name »Herşcovici«, den sie »Herskovítschi« betonten, nichts als seinen minderen slawischen Stamm zu verraten). Trotzdem betrachtete Betty den Vorfall als Warnung und bereitete alles zur baldigen Flucht vor.

Im rettenden Dover kam Mara ums Leben, als sie vor einen Lastwagen lief, der sie meterweit mitschleifte – ein mit dem Namen Herşcovici verbundener, nicht zu verwindender Schmerz, und ein Alptraum, der Betty bis heute verfolgte.

Wir waren unzertrennlich und schienen zu zweit eine ewige Wegstrecke vor uns zu haben. Betty empfand es nicht anders als ich. »Deine Unsterblichkeit, Tato, ist ansteckend«, sagte sie ab und zu vor dem Zubettgehen, wenn sie sich von mir verabschiedete. Am anderen Tag war sie munter und frisch, und wir hatten ein strammes Programm zu erledigen, von der gemeinsamen Arbeit am neuen Buch bis zu Konzert- und Theaterbesuchen. Betty hatte drei Enkelfamilien, und Sonntagsmahlzeiten nahm man im Familienkreis ein: Bettys Sohn namens Thomas (in englischer Aussprache) hatte Anfang der Sechzigerjahre in Wien studiert, seiner Geburtsstadt, die er hatte kennenlernen wollen, und wo er sich in eine Kommilitonin verliebt hatte. Im Nu hatten sie eine Tochter bekommen. Ziemlich schnell folgten zwei weitere Kinder, und allen zusammen verdankte das »Urahnl« Betty bereits eine Handvoll von Urenkeln, vom Arschaufdererd bis zum halbstarken Spund – nebenbei, es war nicht Bettys Absicht gewesen, sich vom Londoner East End zu trennen und heimzukehren; erst mit der Heirat des Sohnes entschloß sie sich um.

Bei diesen Essen, abwechselnd beim Stadtpark, im Alsergrund und in der Siebensterngasse, lauschte man Bettys und meinen Geschichten. Betty aß Spatzenportionen, mir reichte es, Bratensaft auf meinen Lippen zu schmecken oder Blunzn- und Meerrettichdunst einzuatmen. Alle Familienmitglieder am Eßtisch bei Laune zu halten, fiel Betty und mir nicht schwer. Ich war Bestandteil der Bettyschen Sippe. Bei den Urenkeln, die mich am Anfang bestaunt und begrapscht hatten, ließ das Interesse bald wieder nach, sie zogen es vor, vor dem Laptop zu hocken und Videospiele zu spielen. Mit anderen Worten: ich hatte den Stand eines Uropas, den man gern hat und achtet – jedoch eher langweilig findet.

Wer mir nie von der Seite wich, war Bettys Sohn. In seiner Kinderzeit war ich der Held unvergeßlicher Einschlafgeschichten gewesen – mich jetzt vor sich zu haben bewegte den Mann. Und auch einer der Urenkel aus der Familie wandte sich mir mit der Zeit wieder zu: das war Michael, der nicht nur mit seinem Namen an seinen Urgroßvater Mihai erinnerte.

Ich sprach von der »ewigen Wegstrecke vor uns« und denke, sie kam uns nur als Wiedergutmachung unserer schmerzlichen Trennungszeit vor; wir waren der Meinung, sie stehe uns zu. Mit meiner Hilfe beendete Betty eine kritische Monographie zu Franz Joseph I. und seinem Anteil am Ende des K.u.K.-Kaiserreichs. Was sie anschließend vorhatte, lag auf der Hand. Sie wollte sich meinen Erinnerungen zuwenden, von meiner Bewußtseinsentwicklung bei einem Beamten der Spanischen Krone in Caracas bis zur Gerichtssache Prinz gegen Imhof.

Betty hatte bereits vor Mihais Ermordung geplant, meine Biographie zu Papier zu bringen, und war mitnichten bereit, sich von diesem Vorhaben abbringen zu lassen. Das machte sie Christopher Prinz in meinem Beisein klar, als er in der Wohnung am Rudolfspark auftauchte. Im Wohnzimmererker, wo wir den Kaffee einnahmen (ich ließ mich im Luftzug beim Fenster vom Vorhangstoff streicheln), gratulierte er uns dazu, wieder vereint zu sein. Daß wir wieder vereint waren, war letztlich sein Verdienst, das konnte niemand bestreiten.

Prinz hatte bei seinem Gerichtsstreit in Augsburg nicht alles erreicht, was er hatte erreichen wollen. Mit meiner Versteigerung, angeblich aus Versehen, hatte sich Imhof zwar verkalkuliert. Erstens verursachte mein Verkauf, der null und nichtig war, einen Skandal ersten Ranges, der seinem Auktionshaus am Hofgarten schadete. Zweitens verurteilte man meinen letzten Besitzer zu einer beachtlichen Geldstrafe. Allerdings war ich mit Betty bereits in Wien. Am Gerichtsverfahren teilzunehmen und mich dem Pressetumult auszuliefern, war nicht meine Absicht – wieder bei meiner Familie zu sein, ließ mich alle anderen Dinge vergessen. Das hatte den Richter am Ende veranlaßt, von einer Beschlußfassung zu meiner Rechtstellung abzusehen.

Bei aller Dankbarkeit gaben wir Prinz einen Korb, als er um die Rechte an meinen Memoiren bat. »Tut mir leid«, sagte Betty, »ich habe das Erstrecht.« – »Sie kennt mich von Kindheit an«, stimmte ich zu, »uns verbinden Erfahrungen und tiefes Vertrauen.« Bei aller Einsicht, die er an den Tag legte, wirkte Prinz, bis er aufbrach, zerstreut und ein wenig beleidigt.

Trotzdem scheute sich Betty, mit mir an die Arbeit zu gehen. Und wenn, machten wir keine Fortschritte. Kaum hatte sie mich am Schreibtisch befestigt und zwei Zeilen getippt, mußte sie sich einen Tee machen oder einen dringenden Anruf erledigen. Wir kamen nicht vom Fleck, sie fand Vorwand um Vorwand, um das Manuskript »eine Weile beiseite zu legen«. Ich weiß nicht mehr, wann ich erriet, was sie hemmte: Unbewußt nahm sie an, wenn das Buch erst beendet sei, werde sie keine Lebensaufgabe mehr haben und sterben.

Bettys Geburtstag im Juni 2010, den sie im Kreis von Familie und Freunden beging, war der Einschnitt, mit dem sie verfiel. In rasendem Tempo verließen sie Wille und Lebenskraft. Erst sagte sie eine bevorstehende Reise ab, und bald alle Termine, die sie außer Haus hatte, von der Fußpflegerin bis zum Fernsehauftritt. Sie konnte schlecht laufen und ging nicht mehr einkaufen, verbrachte den Tag auf dem Wohnzimmersofa, wo wir vor der Urne in der Bibliothek mit der Asche Mihais Teekesselchen spielten. »Was ist das?« verlangte sie von mir zu wissen: »Es kann sich vor Freude bewegen und weh tun«, oder: »Mein Teekesselchen ist das Wort, das Brillanten und blutige Nasen vereint.« Ich scheiterte an Bettys Teekesselchen, mehr zum Schein, als in Wahrheit, nicht anders als in der Vergangenheit am Fleischmarkt, und sie konnte wieder zum strahlenden Kind werden, wenn sie mir verriet, daß sie »Rute« und »Ring« meinte.

Zwei Dinge erinnere ich, die mir klarmachten, daß keine Aussicht auf Besserung bestand. An einem Tag schleppte sie sich zum Schreibtisch und packte die Remington mit beiden Armen. Betty verstaute die schwere Maschine im Koffer, den sie auf den Fußboden stellte. Das war Bettys wortloser Abschied vom Schreiben.

Das zweite war Bettys Bemerkung, sie wolle verbrannt und als Asche mit der von Mihai vermischt werden. Diese Bemerkung schockierte mich umso mehr, als sie sonst nie bereit war, vom Sterben zu sprechen, und mir versicherte, bald komme alles ins Lot und unserer Idee, in Piran eine Hafenpension aufzusperren, werde nichts mehr im Weg stehen.

Betty starb an einem Tag im September, zur Nachmittagsruhezeit. Milde Luft floß vom Rudolfspark zu uns ins Zimmer, Kinderstimmen vom Spielplatz und Motorgrollen wehten an, ein Ausflugsschiff tutete nah auf dem Donaukanal, ein tiefer durchdringender Ton, bei dem Betty sich straffte. Sie hob das Buch von den Knien, aus dem sie mir vorlas, wollte wieder beginnen und zauderte ... Sie blinzelte kurzsichtig in meine Richtung. »Wo bist du, mein Freund, bist du bei mir?« – »Ja, Betty. Am Vorhang im Erker, du weißt ja, mein Stammplatz.« – »Ah gut ... in der Sonne erkenne ich nichts mehr ... Ist es schlimm, wenn ich mir eine Pause erlaube? Kann uns ja nicht wegrennen, ich meine, das Buch ...« – »Nein nein, ist nicht schlimm, Betty, mach eine Pause!« – »... und ich habe ein Teekesselchen, mußt du wissen ... das wirst du niemals erraten, ein Lebtag nicht ... nein, das wirst du niemals erraten, mein lieber Freund ...«

Bettys Nase umspielte ein heiteres Beben, sie seufzte und atmete aus und das Buch fiel zu Boden. Mir war zwar bewußt, daß sie gerade gestorben war, trotzdem bettelte ich, »Betty, sag mir dein Teekesselchen, wird sich zeigen, ob ich es nicht knacken kann ...«. Ich flehte und wollte sie wieder zum Sprechen bringen, bis alles in Weinen und Wimmern zerfiel.

Meine Erinnerungen enden mit Bettys Tod. Alles andere ist Schwermut und Gegenwart. Daß es mir schlechtginge, kann ich nicht sagen. In Bettys Familie nahm man sich meiner an. Erst war es Thomas, der mich bei sich aufnahm, bis er an einem Schlaganfall starb, nur ein Dreivierteljahr nach dem Tod seiner Mutter. Ich wechselte von einem Haushalt zum anderen, bis ich mich großteils bei Michael aufhielt, der die ernsthaft und eindringlich wirkenden dunkel umrandeten Augen Mihais besitzt, außerdem seine Klugheit und Gutherzigkeit. Und es war Michael, der nach beendetem Studium anregte, Bettys Idee wieder aufzunehmen und meine Lebenserinnerungen niederzuschreiben.

Ich lebe bei Michael und seiner Freundin Lily in der Krapfenwaldgasse in Grinzing, mit Sicht auf das Mittererhaus, in dem man zur Zeit einen Nagelkosmetiksalon betreibt. Wenn ich an

Tagen mit donautalklarer und frischer Luft auf dem Balkon an meinem Trageband schwinge, vor bewaldeten Bergen und Weinsteckenreihen, und sich alles vor Sehnsucht und Trennungsschmerz in mir zusammenzieht, weiß ich nur: es wird weitergehen, weitergehen, weitergehen ...

Inhalt

Die Arbeit des Autors an dem vorliegenden Buch wurde durch den Deutschen Literaturfonds e.V. gefördert.

MIX
Papier aus verantwortungsvollen Quellen
FSC
www.fsc.org
FSC® C014496

Verlag Kiepenheuer & Witsch, FSC-N001512

1. Auflage 2020

Verlag Galiani Berlin
© 2020, Verlag Kiepenheuer & Witsch, Köln
Alle Rechte vorbehalten
Covergestaltung Manja Hellpap und Lisa Neuhalfen, Berlin, unter Verwendung verschiedener Illustrationen von freepic.
Lektorat Wolfgang Hörner, Alice Herzog
Gesetzt aus der Calluna
Satz Wilhelm Vornehm, München
Druck & Bindung GGP Media GmbH, Pößneck
ISBN 978-3-86971-177-5

Weitere Informationen zu unserem Programm finden Sie unter *www.galiani.de*